KB100074

타자의 환대

박완서, 타자의 환대

초판인쇄 2021년 10월 20일 **초판발행** 2021년 10월 25일

지은이 우현주 **펴낸이** 박성모 **펴낸곳** 소명출판 **출판등록** 제13-522호

주소 06643 서울시 서초구 서초중앙로6길 15, 2층

전화 02-585-7840 **팩스** 02-585-7848 **전자우편** somyungbooks@daum.net **홈페이지** www.somyong.co.kr

값 31,000원

ISBN 979-11-5905-647-5 93810

이 책은 2016년 이화여자대학교 박사학위논문 「박완서 소설의 환대 양상 연구」를 수정 보완한 것임을 밝힌다.

박완서, 타자의 환대

Park Wan Seo,
the Hospitality of the Other

우현주 지음

오늘도 딸의 앞날을 위해

묵주기도로 하루를 시작하시는

사랑하는 나의 어머니

김화영 님께 이 책을 바칩니다.

책머리에

문학이 어느 매체보다 흥미롭던 시절, 장르를 떠나 현실의 반영 여부를 습관적으로 질문하며 강요하던 세태가 어색하지 않았다. 그런 익숙함은 1990년대 정치·사회적 격동 중에 내면의 일상, 개인의 일상으로 다양화되었다. 각종 문학적 기교와 알레고리로 점철된 텍스트 속에서 개안하듯 작가와 만날 때도 늘 그 안에 재현된 일상과 비일상의 공존에 대한 사유는 문학 연구에 있어서 큰 과제와 같았다.

시간과 공간을 넘어 끊임없이 현재적 일상을 투영하게 하는 박완서 소설은 삶의 주체와 타자가 공존하는 현실 공동체를 집요하게 작품에 반영한다. 조르조 아감벤이 언명한 '호모 사케르'는 아이러니하게도 주체와 타자의 경계가 모호해지는 현실 패러다임을 잘 드러내는데 근대화를 거쳐 신자유주의의 경쟁 속에서 언제든, 누구나 경계 밖으로 밀려날 수 있는 우리의 호모 사케르적 정체성이 박완서 소설 안에 이미 고스란히 담겨있었다.

해외 난민, 탈북민, 불법 외국인 체류자 등 특수한 환경의 타자가 아니라도 우리 사회에는 젠더 소수자, 차상위 계층, 장애인, 노약자를 포함한 일상의 이웃이 타자로 존재한다.

환대의 개념은 이들과 어울려 사는 삶만이 아니라 언제든 내가 이들의 입장이 될 수 있다는 불안감이 팽배한 현실에서 실천성을 고민할 계기를 주었다. 오늘날 공동체 내부로 타자를 포섭하고 그들을 위치하게 하는 주체의 의무는 어쩌면 판타지에 불과할지도 모른다. 그럼에도 불구하고 조건을 거부하는 무조건적인 환대의 판타지가 그 척도가 되어야 하는 까닭은 주체들의 공동체라는 안도감 역시 타자의 존재 기반 위에 가능하기 때문이다. 현존하는 타자를 향한 혐오와 배제의 감정보다는 이웃과의 거리를 유지하면서 공존을 인정하는 과정은 공동체의 내부 경계를 느슨하게 하여 환대의 대상과 주체의 관계를 허무는 환대적 시발점이 된다.

환대의 양상은 결과론적으로 고정되는 것이 아닌 여러 관계망 속에서 변화되고 견지되는 과정 중에 구성된다. 환대는 주체의 환대 의무와 타자의 환대(받을) 권리가 상충하는 그 경계에서 주체의 책임을 산출시키는 공동체의 윤리이다. 박완서 소설에서 적대와 환대가 각축하는 일상 공간은 공동체의 시대감각과 병행하여 구축된다. 이 책은 박완서 소설의 통시적 고찰을 통해 정초한 증언, 공감, 차이의 환대 층위에서 국가, 도시, 가족 공동체의 경계를 오가는 타자의 정체성과 대응을 규명하고 존재의 다양태를 수용하는 주체의 수행 윤리를 파악한다. 따라서 이 책은 환대 주체와 타자의 인식론적인 정체성 논의에서 벗어나 주체, 타자, 공동체의 복합적인 연관성 안에서 환대의 공동체적 윤리를 정립하고 환대의 다양한 양상을 규명하는 기회가 될 것이다. 이는 박완서 소설의 새로운 윤리를 제시했다는 점에서 특징적이며 1970년대부터 환대의 아젠다를 내장한 박완서 소설을 통해 2000년대에 한정되었던 한국 환대문학의 연속성을 견인했다는 점에서 의의가 있다.

2018년 한 학술대회에서 박완서의 소설이 소설인가 일상인가에 대한 진지한 물음으로 인해 순간 혼미해지던 강렬한 경험이 있다. 소설의 미학성과 현실의 리얼리티 사이에서 연구자의 성향이 극렬히 갈리는 박완서 소설의 특징을 보여주는 질문이었지만 나는 홀로 연구를 시작하던 그 시간으로 조용히 회귀하고 있었다. 생애 첫 경험인 육아의 치열한 하루 속에, 가장 문학에서 멀리 있던 그 시간을 견디게 해 준 대상이 박완서 소설이었기 때문이다. 고단한 삶을 위무하고 텍스트를 통해 현재적인 내 일상을 성찰하게 하는 힘. 그러면서 놓치지 않는 문학적 완성도가 박완서 소설 안에 모두 담겨 있었다. 지속적으로 고민해왔던 문학의 실천성을 체험하는 이 순간을 글로 써내는 것은 하나의 당위였기에 연구 대상인 박완서 소설은 문학적 미학성과 현실성이 행복하게 공존했고 그 점에 감사했다.

오랜 연구의 결실이 맺어지기까지 뒤에서 응원해 준 분들께 감사와 존경의 마음을 전한다. 여러 개인적인 어려움으로 포기의 끝에 다다른 순간에 항상 따뜻하게, 때로는 엄격하게 다잡아주셨던 지도교수 김미현 선생님. 현역 비평가이자 교수자로서 언제나 성실한 선생님의 삶은 그 자체로 롤모델이기에 늘 존경과 동경의 대상이다. 실질적 연구자로서의 첫 발을 축하하며 환하게 웃어주시던 정우숙 선생님, 어려울 때면 늘 도움을 주시던 연남경 선생님께 깊은 감사의 인사를 드린다. 박완서 연구를 계기로 만난 새로운 스승이자 신진 연구자로서의 길을 지속적으로 격려해 주시는 신수정 선생님, 학문의 길에 동행이 된 것을 축복해 주시던 차미령 선생님의 따뜻한 말씀도 잊을 수 없다. 아울러 이 글을 쓸 수 있도록 조언을 아끼지 않으셨던 이은정 선생님, 조남민 선생님께도 감사의 마음을 전한다.

들뜬 마음으로 아치울로 향했던 내게 기꺼이 시간을 내주셨던 호원숙 선생님. 지금까지 연구 과정을 자상하게 지켜봐 주시는 그 마음은 항상 나에게 버팀목이 된다. 선생님의 응원이야말로 평생 박완서 연구자로서 나의 긍지가 될 것이다. '완서학'이라는 부푼 연대로 긴 안목을 갖게 해 주신

권명아 선생님. 온 몸으로 학문을 실천하는 선생님의 모습은 앞으로 나의 길에 큰 모범이 되리라 믿는다. 작가 박완서 안에서 만난 이선미 선생님. 연구자로서만이 아니라 생활인으로서 내 일상을 깊이 이해해 주시는 선생님께 늘 감동한다. 두 선생님이 닦아 놓은 길에 후학으로서 부끄러움 없이 살아가리라 다짐하며 책을 펼치곤 한다.

별빛을 보고 하루를 마감하던 알파실의 한 구석, 벽돌을 나르듯 책을 짊어지고 오르던 중앙도서관, 지금도 그 앞을 지나면 긴장감을 주는 인문대 강의실 등 교정 곳곳과 그곳에서 함께 스터디하며 논쟁하던 동기, 선후배들의 얼굴이 떠오른다. 그들과의 시간이 헛되지 않도록 이제 나의 몫을 걸어야겠다.

각자의 자리에서 열심히 살면서 서로의 길을 응원해 주는 나의 선후배가 있는 곳 문예비평, 한국문화연구소에서 인연을 맺은 한별 선생님들께도 부끄럽지만 책 한 권을 드릴 수 있어서 다행이다. 그리고 함께 공부하는 기쁨과 더불어 학인의 겸손과 열정을 배우고 있는 비평숲길 선생님들께도 감사와 존경의 마음을 바친다.

하루의 시작을 시와 함께 할 수 있도록 몇 년째 배려해주시는 김종래 선생님, 영성적인 깊이를 자극하는 고종향 가롤로 신부님, 나의 첫 책을 누구보다 반가워 할 은정, 순희, 영진, 동국 선배에게도 고마운 마음을 전한다. 그대들과의 한 잔이 얼마나 큰 위로였던지.

연구의 모든 과정을 고스란히 지켜보며 고통의 시간을 함께했기에 내 길에 무조건적인 신뢰를 보이는 소울 메이트 김원희와 엄마의 컴퓨터가 세상에서 제일 미운 내 반쪽 김우빈, 무뚝뚝한 동생 성윤에게 사랑과 고마움을 전한다.

마지막으로, 이 책은 2020년 겨울에 출간되어야 했다. 2021년이 되어 세상에 내놓은 이유는 박완서 작가 서거 10주기를 추모하고 싶은 나의 작은 욕심 때문이었다. 작가의 기일 즈음, 이 한 권을 영전에 바치고 싶은 작은 바람을 이뤄준 소명출판의 배려에 감사드린다. 아울러 호원숙 선생님의 소개로 박완서 작가를 향한 영감이 담긴 소중한 작품을 표지로 기꺼이 내어주신 최이숙 선생님께 더할 수 없는 고마움을 전한다.

2021년 박완서 작가 기일

진리관에서 우현주

차례

제1장

환대 문학, 불가능성의 가능성

1. 환대의 발견과 타자의 문학

한나 아렌트Hannah Arendt는 『인간의 조건』에서 인간 실존을 위한 세 가지 조건으로 생명, 세계성, 다원성을 제시했다. 이 중 다원성의 조건이 되는 인간의 '행위'는 모든 사람에게 의미 있는 공동의 세계에 관해 논의하는 기초적 활동으로 규정된다. 그런데 근대에 접어들어 사적 영역과 공적 영역의 경계가 사라지면서 인간은 거처를 상실하게 된다. 고대 폴리스에서 그리스인들이 사적 영역과 공론 영역의 공존을 통해 각 영역의 존재를 확신했다면, 근대인들은 자본주의에 의해 말과 행위를 통해 공유할 수 있는 거주공간을 상실한 것이다.[1]

---

1 아렌트에 의하면 공적이라는 것은 "공중 앞에서 현상하는 모든 것은 누구나 볼 수 있고 들을 수 있는 까닭에 가장 폭넓은 공공성"을 가지며 그것이 우리 모두에게 공통적이라는 점에서 세계 자체를 의미한다. 따라서 공적인 것은 우리가 말과 행위를 통해 우리의 인격을 드러내는 구체적 행위의 공간과 장소로서의 '공론 영역'이다.

아렌트의 탐구는 인간의 실존 조건이라는 전제 아래 '환대hospitality'에 대해 사유하게 한다. 인간의 실존이 '언어와 수행'에 의해 구성되어 있다는 것은 인간의 생존에 공적 영역이 깊숙이 개입해 있음을 방증한다. 타인이 부재한 사적인 영역들 사이에 개입하는 성원권은 공동체 구성원 간의 대화와 개인의 정체성을 인정하는 교호 속에 환대의 영역과 절합된다.

환대를 주인과 손님의 대립에서 벗어나 "공간에 대한 권리이자 교제의 권리, 즉 친교의 가능성으로 충전된 현상학적 공간(사회)에 들어갈 권리"로 이해한다면 우리는 공동체 안팎의 타자를 절대적으로 환대할 근거를 세울 수 있다. 이와 같은 사유는 환대가 단지 이방인의 문제만이 아니며, 반드시 국경선과 연관된 문제도 아니라는 점을 지적한다.[2] 물리적이고 지리적인 조건에서 벗어나 환대의 외연을 넓히면, 대화와 수행의 감응으로 공동체 내부에 현상하고 있는 타자의 존재성과 성원권을 유지하게 하는 것도 절대적인 환대임을 확인할 수 있다.

박완서 문학은 끊임없이 타자를 생산해 내는 현실에서 억눌려 있던 그들을 전경화시킨다. 사실 박완서 소설의 타자들은 2000년대 이후 한국문

사적인 영역은 "타인이 보고 들음으로써 생기는 현실성의 박탈, 공동의 사물세계의 중재를 통해 타인과 관계를 맺거나 분리됨으로써 형성되는 타인과의 '객관적' 관계의 박탈, 삶 그 자체보다 더 영속적인 어떤 것을 성취할 수 있는 가능성의 박탈"로 타인의 부재 영역을 의미한다. 오늘날의 사적 영역은 공론 영역으로부터 완전히 단절되어 주관적 욕구와 가치에만 예속된 친밀성의 영역으로 세계의 박탈을 의미한다. 예를 들어 고대 그리스에서 소유(所有)의 개념은 세계 속의 특정한 장소와 결합되어 가장이 가난하다고 해서 세계 내에서 가지는 자신의 지위와 시민권을 상실하지는 않았다. 그런데 근대의 자본주의 과정에서 소유는 점차 자의적으로 점유, 처분, 양도할 수 있는 동산의 성격으로 변질되었다. 아렌트는 노동이 절대화되고 소유가 사유(私有)로 변질되면서 말과 행위를 통해 공유할 수 있는 거주 공간을 상실한 상황을 공사의 경계 상실로 설명한다. 한나 아렌트, 이진우・태정호 역, 『인간의 조건』, 한길사, 2007, 34~47쪽 참조.

2 김현경, 『사람, 장소, 환대』, 문학과지성사, 2015, 229쪽.

학에서 주로 언급하는 불법 체류자, 이민자 및 이주노동자와 같이 외부에서 내부로 도래한 경우는 드물다. 그러나 인종, 민족 등에 의해 배제되지 않음에도 불구하고 "인간 주체들은 자유롭게 이동하고 그들이 원하는 곳에 정착할 기본적인 권리를 절대 갖고 있지 않다"는 알랭 바디우Alain Badiou의 지적은 박완서 소설의 배경에도 적용된다. 박완서 소설에서 다수의 타자들은 전체적인 지배 권력에 의해 통제되거나 계층화된 차별로 인해 로컬리티적 타자로 전락한다. 그들은 주체에게 어떤 불안과 공포를 던져주는 '낯선 타자들'일 뿐이다.[3] 동일한 체제의 이질감으로 남거나 공동체 내부의 공동空洞으로 살아가는 그들의 배제는 외부에서 오는 이방인이 아닌 공동체 내부에서 진행되기에 상대적 박탈감이 더하다. 그들은 회귀할 지향점이 없으며 여전히 그 자리에서 살아가야 하는 존재들인 것이다. 배제된 공동체 내부에서 살아가야 하는 이들을 환대한다는 것은 누구나 타자로 전락할 수 있는 벌거벗은 현실[4]이자 타자의 문답 과정에 반응하는 동안 누구나 타자가 될 수 있는 상황이기에 결국 자기 자신에 대한 환대이기도 하다.

박완서朴婉緖 1931~2011에 대해 간략히 살펴보면, 작가는 1970년 『나목裸木』으

---

3 서용순, 「이방인을 통해 본 새로운 주체성에 대한 고찰」, 『한국학논집』 50, 계명대 한국학연구원, 2013, 285쪽.

4 오늘날 예외 상태가 문제적인 것은 법과 제도에 외재한 삶에 대한 무관심을 정당화하거나 그들을 분리해 내는 정책과 이어지며 이 상황에서 누구나 사케르가 될 가능성이 열려있기 때문이다. 아울러 아감벤은 "자본주의의 발전과 승리는 일련의 적절한 기술들을 통해 자본주의가 요구하는 이른바 '순종하는 신체'를 산출해낸 새로운 생명권력의 규율적 통제가 없었다면 불가능했을 것"이라고 설명한다. 자본주의하에서 '순종하는 신체'란 벌거벗은 생명, 호모 사케르를 의미하며 그들에 대한 통제, 배제를 위한 법의 규율이라는 모순 아래 건재할 수 있었다는 역설이다. 조르조 아감벤, 박진우 역, 『호모 사케르-주권 권력과 벌거벗은 생명』, 새물결, 2008, 37쪽.

로 『여성동아』 여류장편소설 공모전에서 입선하여 등단한 이래 중·단편 소설 약 105편과 장편 15편, 수필집 15권, 동화집 8권을 비롯하여 콩트집, 묵상집, 여행기, 대담집 등의 다양한 창작활동을 했다.[5] 또한 저술 작업이 집적되기 시작하는 1980년대부터 작가의 작고 후 추서된 금관문화훈장2011까지 꾸준히 많은 문학상을 받기도 했다.[6] 박완서 소설은 1980년대부터 비교적 최근까지 일본, 런던, 프랑스, 미국, 독일, 중국, 스페인, 태국, 멕시코, 브라질 등 세계 여러 국가의 언어로 번역되면서 그의 소설이 세계적 수준으로서 가치가 있음을 증명했다. 작가의 작고 후 2012년 장편 소설집세계사이, 2013년 단편 소설집문학동네이 수정되어 완간 후 2015년 작가의 산문집문학동네이 완간되었으며 작가의 인터뷰 모음집마음산책을 비롯하여 거의 매해 작가를 추모하는 글들이 발표되고 있다. 이렇듯 박완서는 문단에서 보기 드물게 노년까지 화려한 필력의 본보기를 보여주었고 사후에도 국내외적으로 문학적 성과를 인정받고 있다.

작가의 꾸준한 창작만큼이나 현재까지 박완서 문학에 관한 연구는 작가론, 개별 작품론, 서평, 학위 논문에 이르기까지 방대하게 진행되어 왔으며 현재 진행 중이다. 이 글에 도움이 되는 선행 연구를 살펴보면 다음과 같다.

첫째, 박완서 문학 연구의 기본이 되는 주체 연구는 전쟁 체험, 여성, 세

5 이 외에도 서울 국제문학포럼 「포스트식민지적 상황에서의 글쓰기」 발표(2000), 변영주 감독의 다큐멘터리 〈20세기를 기억하는 슬기롭고 지혜로운 방법〉(2008)에 출연한 경력 등이 공식적으로 확인된다.

6 작가가 50대가 되는 1980년대 한국문학작가상(1980)을 시작으로 이상문학상(1981), 이산문학상(1991), 현대문학상(1993), 중앙문화대상 예술부문(1993), 동인문학상(1994), 한무숙문학상(1995), 대산문학상(1997), 만해문학상(1999), 인촌상 문학부문(2000), 황순원문학상(2001), 호암예술상(2006), 금관문화훈장 추서(2011) 등의 수상 경력을 확인할 수 있다. 「작가 연보」, 『박완서 단편소설 전집』, 문학동네, 2013 참조; 「박완서 작품 연보-문학인 작품 연보 시리즈」, 『작가세계』 92, 세계사, 2012.봄.

태, 노년소설에서 각각 다른 양태를 보인다. 한국전쟁을 배경으로 한 소설은 작가의 자전적 체험이 변주되면서 가족서사를 중심으로 주체성 형성의 탐구가 이어진다.[7] 특히 후방의 일상에 남겨진 딸과 어머니의 전쟁 체험담은 여성문학에 대한 근본적인 고민이 시작되는 90년대 이후 여성인물들의 정체성 찾기와 여성적 글쓰기에 대한 논의와 연동되어 활발히 연구된다. 여성인물들의 정체성 분석은 주로 「엄마의 말뚝 1」과 『나목』 두 작품에 집중하여 여성인물들이 유년시절을 거쳐 전쟁을 통해 성장해 가는 성장소설의 측면에서 연구한 성과들[8]에서 젠더 정체성 확인과 자기발견 서사로서의 여성적 글쓰기[9]로 이어져 현실과의 길항 속에서 주체로 거듭나는 인물들의 특성을 고찰한다.[10] 박완서 소설을 여성의 성장서사로 보는 연구들은 한국전쟁을 겪으며 성장한 여성의 서사가 가부장적 이데올로기와 근대 현실에 대항하는 응전력을 갖는다는 점에 주목한다.[11] 이

---

7 권명아, 「한국전쟁과 주체성의 서사연구」, 연세대 박사논문, 2001.

8 김미영, 「박완서의 성장 소설과 여성 주체의 성장」, 『한중인문학연구』 25, 한중인문학회, 2008; 김병희, 「한국현대 성장소설 연구」, 서울여대 박사논문, 2000; 나병철, 「여성성장소설과 아버지의 부재」, 『여성문학연구』 10, 한국여성문학학회, 2003; 류보선, 「고통의 기억, 기억의 고통－그 많던 싱아는 누가 다 먹었을까 연작에 대한 단상」, 『문학동네』 14, 1998.봄; 성민엽, 「자전적 성장소설의 실패와 성공」, 『서평문화』 9, 1993.봄.

9 김경수, 「여성 삶의 복원에 대하여 「엄마의 말뚝 1~3」 연작론」, 이경호·권명아 편, 『박완서 문학의 길찾기』, 세계사, 2000; 윤정화, 「박완서의 자서전적 글쓰기 서사 전략과 그 탈식민주의 의미－『그 남자네 집』을 중심으로」, 『한국문학이론과 비평』 66, 문학이론과 비평학회, 2015; 이선미, 「박완서 소설의 서술성 연구－『나목』, 「그 가을의 사흘동안」, 『그해 겨울은 따뜻했네』를 중심으로」, 『여성문학연구』 5, 한국여성문학회, 2001; 조혜정, 「한국의 페미니즘 문학 어디까지 왔나」, 『또 하나의 문화』 3, 평민사, 1983.

10 김경수, 「여성 성장소설의 제의적 국면」, 『페미니즘과 문학비평』, 고려원, 1994; 김병희, 「일대기적 성장소설」, 『태릉어문연구』 9, 서울여대 인문과학대학 국어국문학과, 2001; 박정애, 「여성작가의 전쟁 체험 장편소설에 나타난 '모녀관계'와 '딸의 성장' 연구－박경리의 「시장과 전장」과 박완서의 「나목」을 중심으로」, 『여성문학연구』 13, 한국여성문학회, 2005; 배상미, 「박완서 소설을 통해 본 한국전쟁기 여성들의 갈망」, 『여성이론』 24, 여성문화이론연구소, 2011.

11 김연숙·이정희, 「여성의 자기발견의 서사, '자전적 글쓰기'」, 『여성과 사회』 8, 한국여성연

연구는 이후 자전적 글쓰기 소설에서 발견되는 여성 주체의 성장이 현실에 대응하는 당대 한국인들의 정체성 형성 문제와 연관성을 갖는다는 논의와 맥을 같이한다.

또한 박완서 소설의 여성적 글쓰기는 가부장제 문화에 대한 비판과 여성의 삶을 억압하는 사회의 모순 폭로,[12] 가족 및 주체 내면의 갈등구조를 가시화하는 데에 의의가 있다.[13] 이은하[14]는 박완서 소설의 갈등 요인을 주로 ① 전쟁 체험으로 인한 갈등, ② 전근대적 제도・관습으로 인한 갈등 ③ 현대 사회의 부조리로 인한 갈등으로 대별한다. 외적으로 발생된 대립과 갈등이 인물의 내적 갈등을 일으키는 계기가 되고 자아정체성에 대한 물음이 여성문학의 특성으로 이어진다는 논자의 연구는 박완서 소설에서 도출되는 개별 주제들의 저변에 여성 문제가 항존함을 강조하지만 결론을 여성문학으로 일원화하는 경향을 보인다.

한편, 박완서 소설에서 근대적 주체의 형성과정은 "고독한 타자들을 발견하는 증언의 장"[15]이자 근대 부정 의지를 드러내면서 식민지 여성화자

구소, 1997; 이정희, 「오정희, 박완서 소설의 근대성과 젠더의식 비교연구」, 경희대 박사논문, 2001.

12 박혜란, 「여자다움의 껍질벗기」, 『작가세계』 8, 1991.봄.

13 강금숙, 「박완서 소설의 공간에 나타난 여성의식」, 『이화어문논총』 10, 이화여대 한국어문학연구소, 1989; 김양선, 「박완서 소설의 대중성 연구－1980년대 여성문제 소설 다시 읽기」, 『한국문학이론과 비평』 16-1, 한국문학이론과 비평학회, 2012; 김홍진, 「홀로서기와 거듭나기－자기발견의 서사」, 『한남어문학』 22, 한남대 국어국문학회, 1997; 이남호 「말뚝의 사회적 의미」, 『그 가을의 사흘동안』, 나남, 1985; 임선숙, 「1970년대 여성소설에 나타난 가족담론의 이중성 연구－박완서와 오정희를 중심으로」, 이화여대 박사논문, 2010; 정미숙, 「박완서의 『그해 겨울은 따뜻했네』의 가족과 젠더 연구」, 『현대문학이론연구』 29, 현대문학이론학회, 2006; 황도경, 「생존의 말, 교신의 꿈－여성적 글쓰기의 양상」, 『이화어문논집』 14, 이화어문학회, 1996; 황도경, 「이야기는 힘이 세다－박완서 소설의 문체적 전략을 중심으로」, 『실천문학』 59, 실천문학사, 2000.8.

14 이은하, 「박완서 소설의 갈등 발생 요인 연구」, 명지대 박사논문, 2005.

15 권명아, 「엄마의 이야기는 그녀에게 어떤 의미였을까－기억과 해석을 통한 역사적 경험의

의 정체성을 형성한다고 파악된다.[16] 근대적 주체에 대한 연구는 탈식민적 논의와 맞물리면서 인물의 주변부적 특성을 드러내기도 한다.[17] 「엄마의 말뚝 1」을 분석하면서 박완서 소설이 전근대나 탈근대와 '대립'하는 이원론적 '번역' 과정을 거쳐 근대 속에 전근대와 탈근대를 포함하는 일원론적 '재번역'의 양상까지 동시에 보여준다는 김미현[18]의 논의는 박완서 소설의 근대에 관한 개진된 연구로서 의의가 있다. 비자발적인 근대체험은 소외와 억압, 상처의 경험이지만[19] 이를 성찰하고 극복하는 과정에서 근대화 담론들이 배태된다.[20] 박완서 소설의 주체 연구자들은 박완서 소설에서 한국전쟁의 기억이 근대 체험의 기원서사라는 점에 대체로 수긍한다.[21] 따라서 작가가 전쟁의 비극과 환난의 이야기를 반복하면서 기억의 근원을 보존하고 복원하려 노력하고 있다는 것이다. 이러한 연구는 전쟁, 세태, 여성의 단편적인 주제 연구를 지양하고 박완서 소설을 연속성 있게

재구성」, 『박완서 문학 길찾기』, 세계사, 2000; 이선미, 「박완서 소설의 서술성 연구」, 연세대 박사논문, 2000.

16 김복순, 「'말걸기'와 어머니-딸의 플롯」, 『현대문학연구』 20, 새미, 2003; 이동하, 「1970년대의 소설」, 『한국문학의 현단계』, 창작과비평사, 1982; 장소진, 「근대 도시 권력의 유혹과 배반」, 『서강인문논총』 41, 서강대 인문과학연구소, 2014; 정미숙, 「탈주의 서사-박완서의 도시의 흉년」, 『국어국문학』 35, 부산대 국어국문학과, 1998; 최경희, 「「엄마의 말뚝 1」과 여성의 근대성」, 『민족문학사 연구』 9, 민족문학사 연구소, 1996; 최선영, 「박완서 소설에 나타난 가부장제 · 자본주의 양상과 극복의 가능성」, 『현대소설연구』 51, 한국 현대소설학회, 2012.

17 이정희, 「생활세계의 식민화와 나르시시즘적 '신여성'-박완서의 세태소설을 중심으로」, 『한국문화연구』 4, 경희대 민속학연구소, 2001; 이정희, 「감시의 시선, 몸의 언어」, 『여성과 사회』 13, 창작과비평사, 2001.

18 김미현, 「박완서 소설의 근대 번역 양상-「엄마의 말뚝 1」을 중심으로」, 『현대문학이론연구』 47, 현대문학이론학회, 2011.

19 송명희 · 박영혜, 「박완서의 자전적 근대 체험과 토포필리아-그 많던 싱아는 누가 다 먹었을까를 중심으로」, 『타자의 서사학』, 푸른사상사, 2004.

20 권명아, 「박완서-자기상실의 '근대사'와 여성들의 자기찾기」, 『역사비평』 45, 1998.

21 김은하, 「완료된 전쟁과 끝나지 않은 이야기-박완서론」, 『실천문학』 62, 2001.5.

파악하려는 시도로서 가치를 갖는다.[22]

전쟁의 원체험이 한국인의 정체성 형성의 기저[23]가 되면서 박완서 소설의 도시 중산층 주체는 욕망, 불안의 심리가 속물성의 근원으로 자리한다.[24] 이 중 작가가 주로 주목하는 중산층 여성들은 가족구성원들도 자신과 마찬가지로 사회구조적 모순으로 인해 소외된 존재이면서 동시에 자신을 억압하는 존재라는 인식[25]이 대두된다. 1970년대 박완서 소설은 경제부흥기에 여성들의 자리를 집 안으로 한정하는 중산층 가정주부들의 '행복' 이데올로기에 대한 여성들의 거부와 분열을 보여준다. 구번일[26]은 인물의 분열된 자기 인식과 목적 없는 외출의 반복성이 행위의 저항성이자 자기 인식을 통한

22 이외에도 박완서 소설의 '생존'이라는 키워드를 중심으로 연속적인 연구를 진행하고 있는 차미령의 논의가 참조된다. 연구자는 소설 속 피난의 서사가 증명서(시민증, 도민증)와 증명서(신임장, 피난민증)의 대립구도로 치환된다고 설명한다. 폭력적인 경계를 넘나들며 살아남기 위한 인물들의 신원 연출 전략은, 이후 패스포트 등 국가 간 경계 넘기의 문제로 확장된다. 즉, 생존은 소속-배제의 구조로, 국가 / 국민 형성의 장치들을 통해 결정된다. 박완서 소설은 한국사회의 기술적 시민권의 시발점에 다름 아닌 목숨이 있다는 사실을 드러낸다는 것이다. 차미령, 「한국전쟁과 신원 증명 장치의 기원－박완서 소설에 나타난 주권의 문제」, 『구보학보』 18, 구보학회, 2018.

23 신샛별, 「박완서 소설에 나타난 '먹는 인간'의 의미－초기 장편소설을 중심으로」, 동국대 석사논문, 2015.

24 김영택 · 신현순, 「박완서 소설의 정신분석학적 고찰－『욕망의 응달』, 『오만과 몽상』에 나타난 '콤플렉스', '불안'을 중심으로」, 『어문연구』 63, 어문연구학회, 2010; 김은하, 「비밀과 거짓말, 폭로와 발설의 쾌락－국가 근대화기 여성대중소설의 선정성 기획을 중심으로」, 『여성문학연구』 26, 한국여성문학학회, 2011; 오자은, 「1980년대 박완서 단편 소설에 나타난 중산층의 존재방식과 윤리」, 『민족문학사연구』 50, 민족문학사학회, 2012; 오자은, 「중산층 가정의 욕망과 존재방식－박완서의 『휘청거리는 오후』론」, 『국어국문학』 164, 국어국문학회, 2013; 이선미, 「[작가론] 한 길 사람 속을 파헤치는 소설－분단 / 냉전 문화와 마음의 흔적」, 『실천문학』 101, 2011.봄; 이선화, 「박완서 중기 장편 소설에 나타난 주체 연구」, 한국외대 석사논문, 2014.

25 김양선 · 오세은, 「안주와 탈출의 이중심리－박완서, 김향숙의 중산층 여성문제 소설을 중심으로」, 『오늘의 문예비평』 3, 1991.가을.

26 구번일, 「여성주의 시각에서 본 '집'의 의미 연구－박완서, 오정희, 배수아를 중심으로」, 연세대 박사논문, 2012.

성찰로 이어진다는 점을 적극적으로 평가한다.

아울러 근대화의 징후인 파행적 가족관계 및 도시 일상의 주체 연구[27]는 도시의 공간성 문제와 맞물려 고찰된다.[28] 박완서 소설에서 서울이라는 도시성에 대한 성찰은 정홍섭에 의해 당대 삶의 본질이 경제제일주의적 근대화가 낳은 후진성과 획일화, 육체적 질병으로 요약되고 상징된다.[29] 이 외에도 여러 논자들에 의해 박완서 소설은 1970년대 경제 성장 이후 인간의 욕망의식을 반영하는 도시 속 아파트 문화의 속성 및 공간의 이데올로기적 특성을 잘 묘파하는 것으로 평가된다.[30] '시선의 편재성', '유행을 통한 계층적 구별 짓기' 등 아파트 주거자들의 의식이 이미 이데올로기적으로 포섭되었다는 연구[31]는 도시 주체의 성립 배경이 된다. 도

27 권영민, 「박완서와 도덕적 리얼리즘의 성과」, 『박완서 문학앨범』, 웅진출판주식회사, 1992; 성민엽, 「윤리적 결단과 소설적 진실」, 『지성과 실천』, 문학과지성사, 1985; 이광훈, 「소시민적 삶과 일상의 덫」, 『현대문학』 26-2, 1980.2; 한혜선, 「박완서의 두 겹의 글쓰기」, 『한국문학이론과 비평』 7, 한국문학이론과 비평학회, 2003.

28 강인숙, 「박완서의 소설에 나타난 도시의 양상(I)-「엄마의 말뚝」(1)의 경우」, 『청파문학』 14, 숙명여대 문리과대학 국어국문학과, 1984; 강인숙, 「박완서의 소설에 나타난 도시의 양상-도시의 흉년 에 나타난 70년대의 서울」, 『인문과학논총』 16, 건국대 인문과학연구소, 1984; 조미희, 「박완서 소설에 나타난 실험으로서의 가난과 도시빈민의 삶」, 『한국현대문학회 학술발표회자료집』 8, 한국현대문학회, 2014.

29 정홍섭, 「1970년대 서울(사람들)의 삶과 문화에 관한 극한의 성찰-박완서론(1)」, 『비평문학』 39, 한국비평문학회, 2011.

30 김병덕, 「한국여성작가 소설에 나타난 일상성 연구-박완서, 오정희, 양귀자를 중심으로」, 중앙대 박사논문, 2008; 박철수, 「박완서의 문학작품을 통해 본 서울 주거공간의 이분법적 시각」, 『한국주거학회 논문집』 17, 한국주거학회, 2006; 송은영, 「현저동에서 강남까지, 문밖의식으로 구성한 도시사-박완서 문학과 서울」, 『한국여성문학회 학술대회 발표집』, 한국여성문학회, 2011.4.30; 송은영, 「'문밖의식'으로 바라본 도시화-박완서 문학과 서울」, 『여성문학연구』 25, 한국여성문학학회, 2011; 최유연, 「1970년대 소설에 나타나는 '집'의 상징성」, 『도솔어문』 15, 단국대, 2001; 한귀은, 「장소감에 따른 기억의 재서술-박완서의 『그 남자네 집』을 중심으로」, 『현대문학의 연구』 36, 한국문학연구학회, 2008.

31 오창은, 「아파트 공간에 대한 문화적 저항과 수락-박완서의 「닮은 방들」과 이동하의 「홍소」를 중심으로」, 『어문논집』 33, 중앙어문학회, 2005.

시 계급을 표상하는 양옥집 역시 당대 현실의 자본주의적이고 가부장적인 현실 이데올로기의 모순이 집약되고 그 안에서 작동하는 권력 관계가 형상화되어 냉소적 주체가 탄생하는 과정이 드러나기도 한다.[32] 박완서 소설에서 아파트와 양옥집 등으로 표상되는 도시의 공간성은 소외와 획일의 일상을 의미한다. 연구자들은 아파트의 공간성이 인간관계의 파탄이나 인간 소외현상으로 이어지며 이는 산업화에 따른 근대 일상의 부정적 측면으로 이해되지만 그 안에서 인물들은 각자의 방식으로 저항성을 갖는다고 지적한다. 특히 기존의 주체 연구에서 더 나아가 타자와의 관계성 모색에 더 집중한 연구는 박완서 소설에 드러난 한국 중산층의 자기정체성의 균열과 모순을 탐색한다. 이때 '우리'라는 공동체의 외부, 타자를 구성하는 정동으로서 '적대'의 개념이 제시되는데 자기정체성의 내외부의 경계를 모호하게 만드는 '타자'와 대면함으로써 주체는 자기 갱신의 정체화正體化라는 역동성을 보인다고 평가된다.[33] 그러나 박완서 소설에서 중산층 주체에 대한 대부분의 연구는 그 근원에 전쟁에 대한 트라우마를 강조하면서 당대와 충돌하는 주체의 갈등의식을 약화시키거나 주체의 계급적 불안과 욕망[34]에 논의가 한정되면서 그 이후 진행되는 주체의 성찰과 타자와의 공동체적 욕망을 간과하는 모순을 보인다.

---

32 정혜경, 「1970년대 박완서 장편소설에 나타난 '양옥집' 표상」, 『대중서사연구』 25, 대중서사학회, 2011.

33 오자은, 「박완서 소설에 나타난 중산층의 정체성 형상화 연구」, 서울대 박사논문, 2017.

34 계급적 불안과 동요가 초래하는 분열증 속에서 중산층의 자유주의가 자란다고 분석하는 황병주의 논의는 주목할 만하다. 그는 박완서가 윤리와 도덕을 강조하고 인간적인 것에 대해 주의를 환기하지만, 그것은 시장의 자유와 능력주의에 기반한 경쟁과 결합된다고 강조한다. 작가는 부조리하고 타락한 현실에서 자신의 생존을 도모해야 하는 중산층의 딜레마를 자유주의의 미덕으로 해소했다는 것이다. 황병주, 「1970년대 중산층의 소유 욕망과 불안－박완서의 1970년대 저작을 중심으로」, 『상허학보』 50, 상허학회, 2017.

박완서의 노년소설 연구에서 노년 주체에 대한 연구는 '노년'의 자의식이나 긍정적 자아정체성 형성을 위한 주체 연구로 일반화하고 있다는 점이 주목된다. 이러한 연구는 박완서 노년소설을 통해 '노년'의 범주를 재설정하고 노년 주체를 무조건적인 타자로 설정하는 것이 아닌 일반 주체와 대등한 위치에서 밀도 있게 고찰해 보려는 노력이 주목된다.[35] 특히 박완서의 말년 소설이 죽음의 재현과 삶의 불협화음을 기입한다는 연구는 노년소설의 새로운 측면을 부각하기에 가치가 있다.[36] 아울러 박완서 노년소설의 특수성은 주체의 입장이 노년 주체만이 아닌 부양 주체의 입장을 함께 고려해야 한다는 점에 있다. 후자의 경우는 효孝학이나 종교, 간호학 등의 특수 분과학문에서 주로 연구가 진행되는 실정이다. 노년소설에 대한 문학사적 범주 설정 및 심도 있는 연구를 위해 주체 연구의 다각적인 모색이 선행되어야 한다.

둘째로 박완서 문학의 타자성 연구는 비교적 초기작들에서 주요 인물로 거론되는 오빠 표상에 관한 논의로 시작된다. 전쟁 체험에서 타자로 상징되는 오빠 표상에 관한 연구[37]는 원체험 극복[38]과 한국전쟁의 분단적 속성[39]을 나타내면서 작가의 트라우마적인 반복성을 중심으로 분석된다.

---

35 서정자, 「하강과 상승 그 복합성의 시학 – 최근 10년의 노년소설에 나타난 노년의식과 서사구조」, 『초고속정보화센터논문집』 1, 초당대 초고속정보화센터, 1995; 이경란, 「노년은 타자이기만 한 것인가 – 여성 노년소설의 노년과 성숙」, 『젠더 하기와 타자의 형상화』, 이화여대 출판부, 2011; 이수봉, 「박완서 노년소설 연구」, 고려대 석사논문, 2010; 최정선, 「박완서 노년소설 연구」, 동국대 석사논문, 2014.

36 우현주, 「상생과 불협화음의 경계에 선 말년성(lateness) – 박완서의 「빨갱이 바이러스」를 중심으로」, 『이화어문논집』 49, 이화어문학회, 2019.

37 신수정, 「증언과 기록에의 소명 – 박완서론」, 『소설과 사상』 18, 고려원, 1997.봄; 이수형, 「박완서 소설에 나타난 애도와 죄의식에 관한 연구」, 『여성문학연구』 25, 한국여성문학회, 2011.

38 이경재, 「박완서 소설의 오빠 표상 연구」, 『우리문학연구』 32, 우리문학회, 2011.

박완서 문학 연구의 주요 축을 형성하는 여성문제 연구는 가부장적 이데올로기나 근대화의 억압받는 타자로 구성되는 여성의 정체성을 규명하고 있다.[40] 또한 주체화에 대한 연구와 마찬가지로 박완서 소설에서 타자로 위치하는 여성들의 삶에는 전쟁의 자장이 깊이 남아있다. 김정은은 박완서 소설에서 전쟁의 체험을 여성의 목소리로 발화하고, 억압된 것을 재발언하며, 한국사회를 청자로 삼아 애도되지 못한 기억을 환기시킨다는 발언의 효과에 이르는 세 층위로 설정한다.[41] 연구자는 역사의 주변부에서 소외된 목소리를 대변하는 작가의 노력과 한국사회 형성에 기반이 되는 한국전쟁의 의미를 환기하고 있다. 소수자의 기억 투쟁 속에서도 여성들이 겪은 전쟁은 '공적인 애도의 대상'이 되지 못한다는 김은하의 연구 역시 주목된다. 박완서 소설에서 반복되는 전쟁의 이야기는 공감共感의 공동체 바깥의 여성들을 문학적 공간에 위치하게 함으로써 가부장적 민족주의 공동체가 지운 그녀들의 흔적을 찾아가는 과정으로 해석된다.[42] 이러한 연구는 타자의 정체성 형성에 있어서 박완서 소설은 재현할 수 없거나 재현하지 않았던 주변부적인 여성을 호명했다는 것에 의의가 있다고 본다. 더 나아가 "타자의 타자성이 '나의 구성적 외부'로서 '나의 정체성'을 형성하는 주요 요소"[43]였음을 자각하는 젠더 수행성 연구로 확대된다.

박완서 세태소설 연구는 중산층 주체와 도시성에 대한 연구에 집중되

39 서영채, 「사람다운 삶에 대한 갈망」, 『그의 외롭고 쓸쓸한 밤』, 문학동네, 2013.

40 김은하, 「소설에 재현된 여성의 몸 담론 연구－1970년대를 중심으로」, 중앙대 박사논문, 2004.

41 김정은, 「전쟁 체험 소설에 나타난 여성 목소리의 의미 연구」, 서울대 석사논문, 2015.

42 김은하, 「젠더화된 전쟁과 여성의 흔적 찾기－점령지의 성적 경제와 여성 생존자의 기억 서사」, 『여성문학연구』 43, 한국여성문학학회, 2018.

43 김윤정, 「박완서 소설 「그 남자네 집」의 젠더 수행성과 장소」, 『현대문학이론연구』 53, 현대문학이론학회, 2013; 김윤정, 「박완서 소설에 나타난 "남편"의 표상과 젠더 정치성 연구」, 『여성문학연구』 30, 한국여성문학학회, 2013.

어 가난과 계급의 타자에 대한 본격적인 논의가 부족하다. 「창밖은 봄」을 여성작가에 의해 재현된 1970년대 도시의 식모 형상이기에 주목한 오창은의 연구도 중산층의 허위의식과 계급의식 폭로로 귀결된다.[44] 식모, 행상인, 노년 여성 등 공동체에 의해 억압받는 타자의 정동 언어 분석은 그들을 집중 조명한 연구가 비로소 등장했다는 점에서 의의가 있다.[45] 물론 박완서 소설에서 가난 및 계급의 문제는 주체와 타자의 관계성 안에서 고려되지만 소설을 통해 형상화되는 타자의 다양한 양상에 대한 고찰이 전제되어야 한다.

박완서 노년소설에서 노년의 타자성을 연구하는 논의들은 우선적으로 소외되거나 병든 노인의 삶의 질, 가족의 관계 문제를 집중적으로 다룬다.[46] 이러한 연구에서는 돌봄의 필요성[47]과 가족의 소통을 대안으로 제

44 오창은, 「도시의 불안과 여성하위주체-1970년대 '식모' 형상화 소설을 중심으로」, 『현대소설연구』 52, 한국 현대소설학회, 2013.

45 우현주, 「소문의 타자와 정동의 윤리」, 『한국문학이론과비평』 85, 한국문학이론과비평학회, 2019.11.

46 곽미경, 「사토 아이코와 박완서 작품에 나타난 현대의 노인상」, 『일본학보』 70, 한국일본학회, 2007; 김경수, 「여성경험의 소설화와 삽화형식-「저문 날의 삽화」론」, 『현대소설』 9, 현대소설사, 1991.겨울; 김경수, 「삶의 무게가 실린 글의 가벼움-이청준과 박완서의 신작」, 『현대문학』 517, 1998; 김은정, 「박완서 노년소설에 나타나는 질병의 의미」, 『한국문학논총』 70, 한국문학회, 2015; 김지혜, 「현대 소설에 나타난 치매 표상 연구」, 『현대문학이론연구』 72, 현대문학이론학회, 2018; 김혜경, 「박완서 소설의 노년 문제 연구」, 충남대 석사논문, 2004; 박혜경, 『저문 날의 삽화, 소시민적 삶의 풍속도』, 문학과지성사, 1991; 백지연, 「황혼의 삶을 향한 따뜻한 시선」, 『동서문학』 232, 1999.봄; 손남미, 「문학작품 속에 나타난 노인소외 양상에 관한 연구-박완서 단편소설을 중심으로」, 호서대 석사논문, 2008; 손종업, 「삶을 완성하는 것은 결국 죽음이다-박완서의 친절한 복희씨 읽기」, 『분석가의 공포』,경진문화, 2009; 송명희, 「노년 담론의 소설적 형상화-박완서의 「마른 꽃」을 중심으로」, 『인문사회과학연구』 13-1, 부경대 인문사회과학연구소, 2012; 오준심, 「한국 문학작품에 나타난 노인문제 유형 연구」, 백석대 박사논문, 2009; 오준심・김승용, 「박완서 소설에 나타난 노인에 대한 가족부양 갈등 연구」, 『한국노년학』 29-4, 한국노년학회, 2009; 유남옥, 「풍자와 연민의 이중성-박완서 소설에 나타난 노인」, 『어문논집』 5, 숙명여대 한국어문학연구소, 1995; 이정숙, 「현대소설에 나타난 노인들의 삶의 변화 양상」, 『현대소설연구』 41, 한국 현대소설학회,

시[48]하고 노년 역시 다른 세대와 다를 바 없이 "인간적 존재성과 문제적 의미를 품고" 있으며 더구나 연륜에 의한 "통찰과 이해, 관점과 지혜가 피력되는 문학적 공간"을 지닌다고 평가된다.[49] 따라서 이 연구들은 노년의 갈등 극복과 화해에 초점을 둔다.[50] "자본과 재생산으로 수렴되는 근대적 세계에서 노동력을 상실한 노인들은 '불모성'의 영역을 형성"하며 타자화[51]되는 특성을 보이기도 하지만 박완서의 노년소설은 "노년 세대의 일상을 '노인문제'로 수렴시키지 않고 '인간다움'의 영역으로 확산시키는 미덕"을 지닌다고 고찰되기도 한다.[52] 그러나 노년의 타자성 연구는 가족 관계 안에서의 화해와 소통이라는 대안과 노년의 삶을 향한 관조성이 이분화되어 연구된다. 가족 공동체와 노년의 일상이 분리될 수 없는 현실이라면 두 영역을 포용하는 통합적인 견해가 필요할 것이다.

2009; 임금복, 「일곱 가지 인간의 콤플렉스-박완서의 '너무도 쓸쓸한 당신'을 중심으로」, 『현대 여성소설의 페미니즘 정신사』, 새미, 2000; 장영미, 「세태소설과 세계 인식 모색-박태원의 『천변풍경』과 박완서의 『천변풍경』을 중심으로」, 『구보학보』 9, 구보학회, 2013; 조회경, 「일상 속의 진실 캐기-박완서론」, 『치유와 회복의 서사』, 푸른사상사, 2005; 최명숙, 「박완서 노년소설 연구-『너무도 쓸쓸한 당신』을 중심으로」, 『문예연구』 71, 2011.겨울.

47 김영택 · 신현순, 「박완서 노년소설 연구-동거자와 여성 노인의 상관성을 중심으로」, 『어문연구』 68, 어문연구학회, 2011.

48 김보민, 「한국 현대 노년소설 연구」, 인제대 박사논문, 2013.

49 김병익, 「험한 세상, 그리움으로 돌아가기-박완서의 친절한 복희씨」, 『기억의 타작-도저한 작가정신을 위하여』, 문학과지성사, 2009.

50 전흥남, 「박완서 노년소설의 담론 특성과 문학적 함의」, 『국어문학』 42, 국어문학회, 2007.

51 하수정, 「노년의 삶과 박완서의 페미니즘」, 『문예미학』 11, 문예미학회, 2005.

52 김영아, 「박완서 노년소설 연구」, 충북대 석사논문, 2014; 이명원, 「두려운 낯섦-소설이 일상성에 대응하는 양식」, 『문예중앙』 86, 1999.여름; 전흥남, 「박완서 노년소설의 시학과 문학적 함의(II)」, 『국어문학』 49, 국어문학회, 2010.
이 외에도 노년소설을 젠더적으로 탐색하면서 자신과 타자의 동시적인 변이를 도모하는 젠더 윤리, 젠더 정치학을 달성한다는 견해를 도출하는 정미숙과 유제분의 논의 역시 박완서 노년소설의 새로운 연구방향으로 가치가 있다. 정미숙 · 유제분, 「박완서 노년소설의 젠더 시학」, 『한국문학논총』 54, 한국문학회, 2010.

셋째, 박완서 소설의 윤리의식 연구는 타자수용과 공동체 의식에 관한 연구로 고찰된다. 전쟁의 증언과 기록이 작가의 역사 복원 의식과 연관되어 문학적 의의를 갖는 자전적 서사연구[53]는 과거와 현재의 조우 속에서 주체의 위치를 점하는 서술자의 윤리 의식을 전제로 한다. 박완서의 자전적 서사 윤리에 대한 논자들의 연구는 박완서 소설에서 주체의 생존과 성장에 대한 서술이 '증언문학'으로서 가치가 있음을 규명하는 데 초점을 맞춘다.[54] 작가의 자전서사는 소설에서 언표화되었던 '복수의 글쓰기'로 시작되었으나 '치유의 글쓰기'이자[55] 역사의 재구성으로서 증언의 가치를 미학적으로 조망해 보는 연구[56]로 진행된다. 이는 1990년대 동구권의 몰락과 냉전시대의 종식이후 반공이데올로기에 대한 시대적 완급이 조절되면서

---

53 강진호, 「반공주의와 자전소설의 형식－박완서를 중심으로」, 『국어국문학』 133, 국어국문학회, 2003; 백윤경, 「분단의 경험과 여성의 시선 －박완서의 초기 단편소설을 중심으로」, 『현대문학이론연구』 51, 현대문학이론학회, 2012; 손윤권, 「박완서 자전 소설연구－상호텍스트 안에서 담화가 변모하는 과정을 중심으로」, 강원대 석사논문, 2004; 손윤권, 「'번복'의 글쓰기에 의한 박완서 소설 『그 남자네 집』의 서사구조 변화」, 『인문과학연구』 33, 강원대 인문과학연구소, 2012; 이상경, 「박완서와 근대문학사－서사의 힘으로 1990년대에 맞선 작가」, 『여성문학연구』 25, 한국여성문학학회, 2011; 이선미, 「박완서 소설과 '비평'－공감과 해석의 논리」, 『여성문학연구』 25, 한국여성문학학회, 2011; 이은하, 「박완서 소설에 나타난 전쟁 체험과 글쓰기에 대한 고찰」, 『한국문예비평연구』 18, 창조문학사, 2005; 조미숙, 「박완서 소설의 전쟁 진술 방식 차이점 연구」, 『한국문예비평연구』 24, 창조문학사, 2007.

54 권명아는 "박완서 문학은 근대적 주체 형성 과정의 역사적인 형식을 비판적으로 재해석하는 과정이자 전쟁의 증언을 통한 성찰과 동시에 고독한 타자들을 발견하는 증언의 장"으로 평가한다. 권명아, 「엄마의 이야기는 그녀에게 어떤 의미였을까－기억과 해석을 통한 역사적 경험의 재구성」, 『박완서 문학 길찾기』, 세계사 2000; 김양선, 「증언의 양식, 생존・성장의 서사」, 『한국문학이론과 비평』 15, 한국문학이론과 비평학회, 2002; 신수정, 「증언과 교정 기록에의 소명－박완서론」, 『소설과 사상』 18, 고려원, 1997.봄.

55 이상우・나소정, 「복수와 치유의 전략적 서사－박완서의 자전적 작품세계」, 『인문과학논총』 25, 명지대 인문과학연구소, 2003.

56 이선미, 「세계화와 탈냉전에 대응하는 소설의 형식 : 기억으로 발언하기－1990년대 박완서 자전소설의 의미 연구」, 『상허학보』 12, 상허학회, 2004; 이선옥, 「박완서 소설의 다시 쓰기」, 『실천문학』 59, 2000.가을; 이평전, 「한국전쟁의 기억과 장소 연구」, 『한민족어문학』 65, 한국민족어문학회, 2013.

박완서 문학에 대한 재평가가 이루어지던 시대 상황과도 연관성을 갖는다. 이 시기 이후 연구자들은 문학의 일상성에 대한 새로운 환기와 더불어 박완서 문학의 개인 체험이 공적 서사로서 확장성을 갖는다는 점에 주목하기도 한다. 박완서 소설은 "개인의 특수성을 반영하는데 국한되지 않고 당대 삶의 보편적 윤리와 가치체계의 패러다임을 제공한다"[57]는 것이다.

박완서 세태소설 분석에서 작가윤리에 관한 초기 연구는 작가가 일상의 단면만을 드러낸다는 점에서 평가절하하는 경향을 보인다.[58] 그러나 박완서 세태소설에 대한 연구는 최근 들어 당대인들이 공유하는 감각의 차원에서 논의되고 있다. 박수현[59]은 한 시대의 집단적인 정신 현상 근저에 있는 거대한 심적 구조이자 시대인의 사고와 행동을 의식적·무의식적으로 지배하는 현상을 망탈리테로 정의하면서 박완서 장편 소설에서 보이는 작가의 사유가 민중문학에 대한 비평 이데올로기의 대항적 사유와 유사하며 그 중에서도 『문학과지성』 측의 비평적 이데올로기와 친연성이 있다고 진단한다. 이러한 논의는 "박완서는 사회의 가난이 6·25의 폐허로부터 기원을 둔다는 점을 포착했으며 '부끄러움'에 대한 사회적 감수성이 탈각된 채 기계적 발전논리를 추구하는 통치성의 품행방식을 꼬집는다고 분석"한 이정숙[60]의 논의에서도 확인할 수 있다. 연구자는 속물성에 대한 작가의 윤리적 성찰에 무게를 둔다. 소설의 배경이 되는 당대의 시대

---

57 박영혜·이봉지, 「한국여성소설과 자서전적 글쓰기에 관한 연구－나혜석, 박완서, 서영은」, 『아세아여성연구』 40, 숙명여대 아세아여성연구소, 2001.

58 김영무, 「박완서의 소설 세계」, 『세계의 문학』 6, 1977.겨울; 황광수, 「민족문제의 개인주의적 굴절」, 『창작과비평』 57, 1985.10.

59 박수현, 「1970년대 한국 소설과 망탈리테」, 고려대 박사논문, 2012; 박수현, 「박완서의 장편소설과 비평 이데올로기－『도시의 흉년』과 『살아있는 날의 시작』을 중심으로」, 『한국문학이론과 비평』 15-1, 한국문학이론과 비평학회, 2011.

60 이정숙, 「1970년대 한국소설에 나타난 가난의 정동화」, 서울대 박사논문, 2014.

감각에 대한 연구는 공동체의 특성을 파악하고 그들의 일상에서 배제되는 타자를 구분하는 데 유효하며 이를 통해 주체의 환대 가능성 및 불가능성을 타진하는 데 참조점이 된다.

박완서 소설의 공동체 의식에 관한 연구의 단면은 생태문학적 연구[61]나 여성성과 모성성이 보편적 인간애에 대한 포용과 생명 본질에 대한 추구로 이어진다는 젠더문학 연구를 참조할 수 있다.[62] 또한 나병철[63]의 지적과 같이 중산층 여성의 신음소리, 민중적 인물의 육체, 노년 여성과 남성의 기억 등 사적인 감정의 깊이로 공동체의 소망의 울림을 재현하거나 정연희[64]의 연구에서처럼 작위적이고 속물적인 일상 너머 발견되는 타자의 숨결을 통해 생명의 '에코피아'적 이미지를 구현하는 것으로 박완서 소설이 설명되기도 한다. 기존 체제의 야만성과 허위성을 자각하고 타자들을 향해 초젠더적 연대감을 느끼며 화해와 통합의 새로운 젠더 구축이 노년 주체에 이르러서야 가능하다는 연구[65]는 세대적·공동체적 관점에 참조가 된다.

박완서 소설의 윤리의식 연구는 개인의 윤리의식이 당대적 삶의 보편

61 남진우, 「박완서 소설에 나타난 식물적 상상력」, 『문학동네』 54, 2008.봄; 우한용, 「여성소설에서 에코 페미니즘의 한 가능성－박완서의 그 많던 싱아는 누가 다 먹었을까를 중심으로」, 『한국어와 문화』 1, 숙명여대 한국어문화연구소, 2007; 조남현, 「생태학과 상식과 그리고 생명주의의 화음」, 『박완서 문학 길 찾기』, 세계사, 2000.

62 강인숙, 「박완서론－「울음소리」와 「닮은 방들」, 「泡沫의 집」의 비교연구」, 『인문과학논총』 26, 건국대, 1994; 이은숙, 「가부장제 의식의 극복과 생명주의－박완서의 「해산바가지」를 중심으로」, 『문예시학』 26, 문예시학회, 2012; 이재복, 「문명의 야만, 야만의 문명」, 『비만한 이성』, 청동거울, 2004; 정미숙, 「시점과 젠더 공간」, 『한국문학논총』 27, 한국문학회, 2000.

63 나병철, 「박완서 소설에 나타난 여성적 사랑의 의미」, 『현대문학이론연구』 43, 현대문학이론학회, 2010.

64 정연희, 「박완서 단편소설의 생태문학적 가치」, 『어문논집』 68, 민족어문학회, 2013.

65 양보경, 「박완서 노년소설의 젠더 윤리 양상 연구」, 『아시아여성연구』 53-2, 숙명여대 아시아여성연구소, 2014.11.

성과 어떻게 길항하는가와 더불어 은폐된 타자의 존재성을 드러냄으로써 체제의 불합리함을 가시화한다. 박완서 소설의 윤리의식 연구는 "타자성을 인정하는 일상의 공간"을 중심으로 치유 가능성을 내포한 "대안 공간"[66]인 공동체를 추구하고 근원적인 생명의식의 탐구 속에 "공동체를 갈망하는 내면의식"[67]의 고찰로 이어진다. 따라서 환대는 주체와 타자의 상호관계가 아닌 공동체 내에서 사유해야 한다.

박완서 소설의 윤리 의식 연구에서 유의할 사항은 '주체와 닮은 타자' 혹은 '절대적 타자'의 문제이다. 바디우는 레비나스를 비판하면서 타자성의 경험이 존재론적으로 '보장'되지 않는 타자는 주체와 너무 닮아 동일자의 논리로 다시 귀결되고, 혹은 '전혀 다른 타자'는 종교적 본질에 닿은 경건한 담화 범주에만 속하는 논리라고 설파한다. 인간, 권리, 다문화 등의 추상적인 범주에서 벗어나 단독적 과정들에 대한 지속 가능한 준칙이 필요하다는 것이다.[68] 박완서가 주목하는 공동체는 당대의 감각을 공유하는 환대와 적대의 일상이 각축하는 장이다. 그 안에서 타자와의 소통과 연대가 공소해지지 않기 위해서는 각각의 일상에서 존재의 다양태多樣態를 고찰하는 작업이 선행되어야 한다. 한국전쟁을 거쳐 근대 자본주의 속에서 생존의 강박에 놓인 개인은 언제나 타자로 억압되고 은폐될 위기에 놓인다. 때문에 일상 공동체 내부의 주체는 타자에게 동일자의 범주를 강요하는 '주체와 닮은 타자'의 기준을 설정하거나 혹은 공동체와 동떨어진 경계 너머의 초월적이고 추상적인 범주의 이분화된 타자를 양산하는 것이다. 주

---

66 김미영, 「박완서 소설의 치유 공간 연구」, 『한국언어문학』 91, 한국언어문학회, 2014.

67 곽희열, 「박완서(朴婉緖)와 장신(張欣) 소설에 나타난 도시적 일상성 비교연구」, 서울대 석사논문, 2015.

68 알랭 바디우, 이종영 역, 『윤리학』, 동문선, 2004, 33~42쪽.

체가 공동체의 범주에서 경계를 오가는 일상의 타자 정체성을 규명하고 환대할 때 다양태의 존재와 공존할 수 있다. 환대의 주체는 타자를 향한 무한한 열림이자 문턱이다. 주체는 환대의 조건을 결정하는 환대의 권리자가 아니라 환대의 과정 속에서 사후 만들어지는 결과물이다. 기본적으로 환대에 있어서 윤리적 결단은 주체의 몫이다. 그러나 박완서 소설의 환대는 주체의 일방적인 행위와 판단에 의해 결정되는 것이 아닌 타자의 능동적인 요구와 자극에 의해 행해지며 공동체의 시대감각과 병행되기에 윤리 또한 환대의 주체에게 전적으로 부여된 역할이 아닌 것이다.

한국사의 해방, 전쟁, 근대 산업화 및 자본주의화를 두루 배경으로 하는 박완서 문학에 대한 연구는 내용적 측면에서 볼 때, 주로 개인의 주체성 형성에 주목해 왔다. 식민의 근대화 시절부터 소속감이 결여된 개인이 살해되거나 배제되던 현실은 지속적인 타자를 양산해 내고 이에 맞선 개인의 쟁투는 자기동일성 확립의 목표로 귀결될 수밖에 없었다.[69] 또한 우리 문학이 주체성 정립에 경도되었다는 것은 주변의 타자들을 주체의 시선으로 배제하고 주체와 타자의 경계를 이분법적으로 범주화해 왔음에 대한 증명이기도 하다. 이 책은 바로 이 지점에 주목하여 논의를 시작하려 한다. 박완서 문학에 대한 대부분의 연구가 개인의 주체성에 집중해 있다는 것은 그만큼 타자성이 사회 전반에 분포되어 있었다는 반증이기 때문이다. 타자에 관한 논의는 경계의 해제와 재구축이라는 측면에서 동일자

69 권명아는 "사람들은 오로지 살기 위해 하나의 집단에 귀속됨으로써 자기를 보존한다. 그러나 이러한 자기보존 방식은 철저한 익명성으로의 자발적 투항과정이다. 사람들은 자기를 버린 대가로 집단이라는 익명성의 안전을 구하는 것이다. 익명성으로의 자발적 투항에 의한 집단적 귀속욕망은 '모든'의 이름으로 변형되면서 타자에 대한 배타적 강제의 논리가 된다"고 설명한다. 권명아, 「박완서 – 자기상실의 '근대사'와 여성들의 자기찾기」, 『역사비평』 45, 역사문제연구소, 1998.11, 405~406쪽.

인 주체에게 혼란과 자극의 대상으로 다가온다. 그러나 공동체 내부에서 이해 불가능한 타자를 환대한다는 것은 인간의 실존을 위한 필요조건이기에 지속적인 탐구가 필요하다.

현실을 살아가는 개인의 여러 결을 살펴볼 수 있는 '환대'의 논의는 기존 문학 연구에서 표면적인 주제로 설정되어 논의된 바가 거의 없다. 환대를 주체화의 방법으로 보고 주체 연구 혹은 주체의 윤리 연구에서 부분적으로 다루거나 환대의 대상이 되는 타자성 연구 또는 타자의식 연구를 통해 주체와 타자의 소통 문제를 고찰하는 연구가 대부분이다. 한국 문단에서 타자에 대한 환대 문제는 '다문화'에 대한 인식이 새롭게 고찰되는 2000년대 이후 논의에서 가시화된다. '환대'의 범주가 변모하는 연구 과정을 통시적으로 고찰하면 다음과 같다.

개화기 주체성에 대한 연구는 관습이나 에토스와 같은 전통적 요소를 전제로 한다. 당시의 주체는 전통을 단절하지 않으려는 긍정성을 바탕으로 서양의 낯선 타자를 받아들이지만 전통의 핵심을 파괴하고 정지시키는 자기 전복적 운동 가운데 정립된다.[70] 1920년대 문학에서는 자유와 공동체 의식의 연관성을 중심으로 논의가 진행된다. 안용희[71]는 근대적인 개인의 자유를 표방하던 유학생들이 가족 공동체의 혈연성을 타파하고자 하지만 전통성을 요구하는 여성의 위치에 의해 불완전한 가족 공동체를 구성하며 이는 민족 공동체가 식민통치 이념에 복속되는 확장성을 갖는다고 설명한다. 이들은 민족 구성원들의 계급 간 조화를 꾀하였으나 공동체 의식은 계급 갈등을 조장한다. 그러나 일군의 소설가들에 의해 주목된

70 김미정, 「이행의 시간성과 주체성」, 『동방학지』 158, 동방학회, 2012.
71 안용희, 「1920년대 소설의 공동체 의식 연구」, 서울대 박사논문, 2013.

농촌 촌락 공동체는 전통적 토대를 기반으로 감각의 재현에 집중함으로써 식민의 훈육된 감정을 탈피하려 한다. 이후 1930년대 문학에서는 파시즘 체제에서 공동체와 자유의 관련성이 사라지고 이념의 일정한 틀에 의해 공동체가 작동한다.

채만식 문학을 중심으로 연구한 김연숙[72]은 근대적 주체와 식민지 종속민으로서의 주체가 공존할 수 없는 간극에 대한 작가 인식을 추적해 간다. '여성, 아이, 룸펜' 등으로 형상화된 인물들은 식민지적 근대가 배제하고 억압한 타자이다. 타자에 대한 주체의 인식은 근대·제국주의의 남성성 체계로부터 주체를 이탈시키는 힘으로 작용되기도 한다. 식민지 조선 문인들의 대동아전쟁 체험이 한국전쟁기에 어떠한 방식으로 재현되는 가를 고찰한 서동수[73]의 논의는 한국전쟁기 주체 구성에 대한 참조점을 제시한다. 대동아전쟁으로 조선 문인들은 일제를 '조국'으로, 실천적 희생을 '국민'의 경험으로 상상적 허위의 동일시를 경험한다. 한국전쟁기에 그들은 이런 기억의 연속으로 반공주의 이데올로기를 실천하는 '국민'이 된다. 대동아전쟁이 일본 제국주의를 위한 타자의 전쟁이었다면 한국전쟁 역시 '반공 국민'이 되기 위한 재현의 실천 속에서 스스로 타자의 위치를 점했다는 것이다. 생존을 위한 주체로 위치하기 위해 타자가 되었던 체험이 기억의 연속성 측면에서 호명된다.

1950년대 황순원 소설에서는 유랑민, 거리의 여자나 아이들 등 사회로부터 배제되고 소외된 '약자'인 타자가 주체에게 윤리적 의무를 인식시키는 '윤리적 타자'로 분류되기도 한다. 안서현[74]은 소설 속 인물이 타자에게

---

72 김연숙, 「채만식 문학의 근대 체험과 주체구성 양상 연구」, 경희대 박사논문, 2003.
73 서동수, 「한국전쟁기 문인과 대동아전쟁의 기억」, 『우리어문연구』 33, 우리어문학회, 2009.

보여주는 '환대'와 '책임'의 태도를 통해 주체와 타자의 궁극적 지향태를 제시한다.

탈식민과 한국전쟁을 배경으로 하는 환대 범주의 연구는 단성적인 주체와 이분법적 젠더 타자를 양산해 온 것이 사실이다. 근대적 주체 연구는 탈식민, 근대적 개인의 발견 등의 연구 성과를 보였지만 일상적 주체이자 타자적 주체로도 연구될 수 있는 인물이나 주체적 여성인물들도 타자로 분류하는 이분법적 시각에서 벗어나지 못하는 경향을 보인다.

1960년대 소설 연구에서는 김승옥 소설의 '여성', 이청준 소설의 '무의식', 최인훈 소설의 '환상'을 각각 타자로 설정한다. 이은영[75]은 1960년대 소설에서 이질적 '타자성'을 소유한 성찰적 주체는 전후의 궁핍과 정신적 상처를 치유해야 하는 현실적 과제, 균열된 자본주의적 근대 질서 속에서 진정한 근대성에 대해 사유하는 개인이라고 평가한다.

1970년대 한국사회를 배경으로 하는 문학연구에서는 국가주의에 기반한 감수성의 문화정치로서 주체구성의 원리가 작동한다는 점에 주목한다. 박숙자[76]는 윤흥길의 「아홉켤레의 구두로 남은 사내」를 중심으로 상호성의 원리에 기반한 차이의 감수성이 타자의 윤리학으로 전환되는 과정을 살펴본다. 연구자는 주체와 타자의 공감과 동시에 감각된 잉여성이 국가

---

74 안서현, 「황순원 소설에 나타난 타자 인식 연구」, 서울대 석사논문, 2008.

75 이은영, 「1960년대 소설에 나타난 주체 구성 방식 연구」, 경북대 박사논문, 2010.

76 박숙자, 「1970년대 타자의 윤리학과 '공감'의 서사」, 『대중서사연구』 25, 대중서사학회, 2011. 이 논의와 연속성을 갖는 박숙자의 연구로 김승옥의 「환상수첩」을 분석한 논의에서는 소설 속 타자성의 징후이자 표상인 동시에 감정이 격발하는 지점으로 '괴물'을 설정한다. 무감정, 반윤리, 비죽음의 양태로 분류되는 괴물(성)은 병적 징후가 아닌 1960년대 사회적 조건 속에서 등장할 수밖에 없는 존재라는 점에서 문제적이다. 박숙자, 「괴물의 탄생-무감정, 반윤리, 비죽음-김승옥의 「환상수첩」을 중심으로」, 『한국문학이론과 비평』 62, 한국문학이론과비평학회, 2014.

주의적 기획에 '틈'을 내고 또 다른 관계성을 가능하게 한다는 점에서 가치를 갖는다고 본다.

1960년대에서 2000년대에 이르는 서정인 소설연구에서는 전편에 파편적으로 잔재하는 균열된 외부에 대한 불확실성과 혼란상을 '타자성'이라는 키워드를 통해 '생성'과 '소통'으로 재독해한다. 장보영[77]은 인물 간의 대화양상을 중심으로 분석되는 소설이 더 나아가 독자를 향해 열려 있는 글쓰기의 환대 공간으로 확대된다고 파악한다.

2000년대 한국 디아스포라 문학 연구는 사회의 다문화 현상에 대한 수용 정도에 따라 한국사회의 집단적 동일성에 균열을 일으키는 '낯선 타인', '한국인에 의해 고통 받는 불쌍한 피해자', '윤리적 (비)동일시를 통한 불안한 유대'로 타자를 분류한다. 김민정[78]은 주체와 타자가 화해하거나 연대하지 않고 갈등하는 관계로 남게 되면서 우리 모두가 근대적 타자로서 피해자임을 역설하고 디아스포라 담론을 인간 중심의 보편적 이주담론으로 확장한다.

1960년대 이후 자본주의 산업화를 배경으로 하는 연구들은 식민 체제나 전쟁이라는 외부의 폭력적인 현실에 의해 가시적으로 양산되는 타자가 아닌 일상에서 발견되는 이질적인 인물이나 감정의 잉여를 타자로 설정하여 주체와 이들과의 상호 관련 속에서 사회 체제의 불합리함을 추정하는 독법을 사용한다.

시대성이 강하게 작용하는 이상의 연구에서는 주체와 타자가 현실과 길항하는 과정에서 어떤 정체성을 구성해 가는가에 연구의 초점이 맞춰

77 장보영, 「서정인 소설의 타자성 연구-대화양상을 중심으로」, 이화여대 석사논문, 2009.
78 김민정, 「디아스포라 문학에 나타난 타자 인식 연구」, 중앙대 박사논문, 2015.

진다. 즉 환대 주체와 타자의 정체성 연구에 편중되어 주체와 타자, 공동체의 다층적인 정체성 파악과 더불어 환대 방식에 대한 통합적인 연구가 부족한 실정이다. 또한 각각의 주제에 맞게 개별 작가의 텍스트들이 편취되어 연구되는 한계도 드러난다. 환대 구성원에 대한 정체성 파악과 환대 '방식'의 다양성에 대한 연구는 2000년대 이후 텍스트를 대상으로 하는 논의에서 활발해진다. 이를 개괄하자면 첫째, 이주노동자를 비롯한 타자의 재현과 이에 수반되는 윤리에 대한 일련의 논의들이다. 이들 논의는 한국인 작가인 주체가 국경 너머의 타자를 어떻게 재현할 수 있는가에 대한 철학적 탐색으로 이어진다. 타자에 대한 재현이 자칫 주체의 나르시시즘에 함몰될 위험을 경고한다는 점에서 이 연구들은 현재에도 일정한 유효성을 지닌다.[79] 둘째, 다양한 타자를 보다 섬세하게 유형화하고 이를 통해 국경 너머의 타자 일반으로 환원되지 않는, 타자의 고유한 특성을 규명하려는 일련의 논의들이다. 이들 논의는 이주노동자, 탈북자, 난민, 여성, 낀 존재in between 등 다양한 타자의 양상과 정체성을 복원시키고 있다는 점에서 의의가 있다.[80] 셋째, 주체와 타자간의 연대 가능성에 주목하는 일련의

---

79 복도훈, 「연대의 환상, 적대의 현실」, 『문학동네』 49, 2006.겨울; 황호덕, 「넘은 것이 아니다」, 『문학동네』 49, 2006.겨울.

80 ① 중심부 제국의 주변부에 대한 폭력 속에서 만들어진 타자의 양상 : 고인환, 「중동 분쟁의 문학적 수용 양상」, 『국제어문』, 국제어문학회, 2011; 김미정, 「우리는 왜 이곳에 있고 저곳에 있지 않은가」, 『실천문학』 88, 2007.겨울; 방민호, 「'세계시민' 오수연」, 『문화예술』 285, 2003.4; 연남경, 「한국 현대소설에 나타난 접경지대와 구성되는 정체성」, 『현대소설연구』 52, 한국 현대소설학회, 2013; 최남건, 「2000년대 한국 다문화소설 연구－이주민 재현 양상과 문학적 지향성을 중심으로」, 한국외대 박사논문, 2014.
② 탈북 디아스포라의 존재 : 고인환, 「탈북자 문제 형상화의 새로운 양상 연구」, 『한국문학논총』 52, 한국문학회, 2009; 김효석, 「"거울"의 서사와 "탈북"을 둘러싼 다양한 시선들」, 『문예운동』 105, 2010.봄; 오창은, 「분단 디아스포라와 민족문학」, 『실천문학』 100, 2010.겨울.
③ 한국 내의 이주노동자들의 재현 ; 강진구, 「한국소설에 나타난 이주노동자의 재현 양상」,

논의들이다. 이들 논의들은 보다 현실적인 층위에서 국경 안쪽의 주체와 바깥쪽의 타자 사이의 관계맺음에 대한 모색의 필요성을 적극적으로 제기하고 있다는 측면에서 그 의의를 인정받을 수 있다. 특히 다소 관념적 심급에 그치기 쉬운 주체와 타자의 인식론적 문제설정을 수행적인 방식으로 전환시키고 있다는 점에서 그 중요성이 크다.[81] 이외에도 다문화 주체들을 정치적 주체로 재해석한 연구,[82] 젠더적 관점에서 타자의 문제에 접근한 연구[83]나 타자 형상화 과정에서 성찰되어야 할 국가적 틀에 대한 문제제기를 담은 연구[84]등이 있다.[85] 또한 주체와 타자 간의 경계를 넘어 세계 체제의 소수자로서의 연대를 가능하게 만드는 형상화 방식에 대한 논구[86] 역시 수행적 연구의 일면을 드러낸다.

환대 연구에서 간과할 수 없는 부분은 주체와 타자의 상호관계가 공동체와 어떤 연관성을 갖는가의 문제이다. 환대와 연관된 선행 연구는 위의

『어문논집』 41, 중앙어문학회, 2009; 이미림, 「2000년대 다문화 소설에 나타난 이주노동자의 재현 양상」, 『우리문학연구』 35, 우리문학연구회, 2012.

81 고봉준, 「타자, 마이너리티, 디아스포라」, 『작가와 비평』 6, 여름언덕, 2007.여름; 조정환, 「경계-넘기를 넘어 인류인-되기로」, 『문학수첩』 18, 2007.여름.

82 연남경, 「다문화 소설의 탈경계적 주체 연구」, 『한국문학이론연구』 49, 한국문학이론학회, 2012.

83 김윤정, 「디아스포라 여성의 타자적 정체성 연구」, 『세계한국어문학』 3, 세계한국어문학회, 2010; 안현, 「이주여성을 둘러싼 권력의 작동 양상 연구-다문화 단편 소설을 중심으로」, 한국외대 석사논문, 2014; 연남경, 「다문화 소설과 여성의 몸 구현 양상」, 『한국문학이론과 비평』 48, 한국문학이론과비평학회, 2010; 이은실, 「현대 소설에 나타난 이주여성 연구」, 인제대 석사논문, 2014.

84 박진, 「박범신 장편소설 『나마스테』에 나타난 이주노동자의 재현 이미지와 국민국가의 문제」, 『현대문학이론연구』 40, 현대문학이론학회, 2010.

85 이상 2000년대 이후 연구에 대한 분류 및 정리는 장성규, 「2000년대 한국 소설에 나타난 타자 형상화 방식의 변화 과정 연구」, 『어문논집』 56, 중앙어문학회, 2013, 25~26쪽을 주로 참고함.

86 위의 글, 42쪽.

분류에서 보았듯 주체나 타자 연구라는 주제를 가시화함으로써 주체와 타자의 인식론적 문제에 집중하는 경향이 있으며 공동체와의 연관성은 배경으로 한정되거나 결론에서 간단히 언급되는 한계를 내포한다. 이 책은 주체와 타자의 관계를 공동체와의 관련성 내에서 규명하면서 환대의 양상을 분류하는 데 그치는 것이 아니라 주체가 타자를 환대하기 위해 구성해가는 윤리적 수행성을 함께 재고할 것이다. 따라서 이 책은 2000년대 본격화되었던 디아스포라적 환대 연구의 전초적 역할로서 환대의 양상을 정립하고 환대의 윤리를 위한 다양한 방법론을 모색하는 점에서 가치를 가질 것이다.

이상의 선행 연구들을 참조하고 수용하면서 이 책은 다음의 네 가지 사항을 목적으로 한다.

첫째, 개인을 타자적 상황으로 유도하는 현실에서 그들을 배제하는 정치적인 힘, 권력은 어디에서 오는가의 문제를 고찰한다. 박완서의 등단작에서부터 시작되는 한국전쟁의 폭력성은 국가권력에 의한 개인의 타자화로 집약된다. 그렇지만 박완서 소설이 국가 이데올로기에 의한 개인의 수난사로 단정 짓기 어려운 이유는 생존을 위해 이웃을 타자화하는 개인들의 미시화된 폭력 또한 핍진하게 묘사되기 때문이다. 타자를 배제하고 스스로 타자가 되기도 하는 반복성은 전쟁 체험 이후 현재에 이르러 개인의 일상을 지배하는 신자유주의 체제 내에서도 확인된다. 이 책은 환대 주체를 구성하는 현실과 타자를 적대하는 현실이 동일한 환대의 층위에서 어떻게 작동하는가를 살펴볼 것이다. 이는 박완서 소설이 지향하는 공동체의 특성과 연동된다. 작가는 한국전쟁, 근대화, 신자유주의에 이르는 일상 속에서 변모하는 공동체의 환대에 대해 깊은 관심을 갖는다. 박완서 소설의 공동체는 반복과 변주 속에서 환대 받지 못한 타자들을 향해 열려있는 환대의 공동체이자 현재성을 환기하는 일상의 공동체로서의 특징을 갖는다.

둘째, 타자로 전락한 인물들을 유형화하여 타자의 양상을 살펴본다. 특히 이 과정에서 도출되는 타자의 현실 대응력은 그들의 적극성으로 파악할 수 있다. 기본적으로 환대를 베푸는 것은 주체이지만 환대는 타자의 권리로서 인정되어야 한다. 박완서 소설의 타자들은 노년, 하층민, 반공 이데올로기의 희생자, 여성 등 복합적인 상태와 조건을 갖추고 있다. 그들은 각기 다른 환대의 공간에 대한 비판적인 성찰을 가능하게 한다. 그들은 자신을 억압하고 배제하는 현실을 드러내면서 한편으로 "존재 그 자체"의 차이에 대한 인정여부를 묻고 있다. '환대를 받을 수 있는 타자는 따로 존재하는가?'의 질문은 '환대할 수 있는 주체는 누구인가?'라는 질문과 연동된다.

셋째, 환대 주체의 윤리적 감각에 대한 규명이다. 주체가 자신의 결핍을 인지하고 현실에 기입되는 순간 발생하는 주체화의 원리는 단독성의 타자와 소통을 추구하는 환대의 원리와 등가화된다. 따라서 이 책에서는 '어떤' 환대인가를 규정하는 데 초점이 있는 것이 아니라 '어떻게' 환대할 것인가의 방법론에 대해 사유할 것이다. 공동체 내의 주체가 경계의 타자를 환대하기 위한 현실적 선택과 감각적 감응, 응답의 교호 속에서 바로 주체의 윤리가 발생하며 이 과정은 증언, 공감, 차이의 환대적 층위를 정초한다. 특히 세 층위는 환대가 요청되는 공간에서 주체의 위치가 사상이나 젠더, 계층, 연령 등의 요인에 의해 타자로 전이되는 폭력의 지점을 노출하기도 한다. 이 책은 이 틈새 공간이 환대의 윤리에 대해 재사유할 수 있는 계기라고 본다. 이 공간 내에서 환대가 지속되어야 하는 이유와 환대의 절대성이 요청되며 실천적 방안이 모색된다.

마지막으로 한국 현대소설에서 2000년대 이후 본격화된 환대 연구를 1970년대로 견인함으로써 환대 논의의 연속성 차원에서 가치를 부여한다. 다양한 타자를 유형화하고 주체와 타자 간의 연대 가능성을 모색하는 최근의 환대 연구 경향은 박완서 소설에서 이미 그 원형을 찾을 수 있다. 이것은 1970년대에서 2010년대를 아우르는 박완서 소설에서 주체, 타자, 공동체로 대별되던 개별 연구를 관통하는 것이 '환대'에 대한 고찰이라는 전제 아래 통합적으로 제시된다. 이 책은 박완서 소설의 환대의 이론적 층위를 구축하고 다양한 주체와 타자의 공동체적 관계성을 통해 환대의 양상을 제시할 것이다. 이로써 '문밖의식'을 작품의 기본 원리로 서사화하며 주체의 위치를 경계에 두고 경계 안과 밖에서 소외되는 타자와 소통하고자 하는 작가의 윤리의식을 확인할 수 있다. 박완서 소설은 텍스트와 작가의 관계만이 아닌 텍스트, 작가, 독자의 소통까지 의식하고 당대적인 공동체성에 대해 성찰하며 환대할 방안에 대해 모색한다는 점에서 가치가 있다.

결과적으로 이 책은 환대와 적대를 가능하게 하는 현실적 조건을 분석하고, 일상 공동체를 구성하는 환대 주체와 대상 타자의 양상을 파악함으로써 박완서 소설이 추구하는 환대의 의미와 양상을 밝히려 한다. 이는 주체와 타자에게 동일하게 주어지는 공동체의 현실이 어떤 조건과 사건을 계기로 환대와 적대로 분화되는지에 대한 원인을 밝히고 더불어 점차 모호해지는 주체와 타자의 경계성에 대한 본질적인 탐구로 이어질 것이다. 이로써 이 책은 박완서 소설만이 갖는 환대 양상의 독특성을 규명하고 주체와 타자의 관계성을 재사유하면서 현재적인 공동체 윤리의 가치 지향점을 모색해 보겠다.

2. 경계 넘기와 공동체의 윤리

환대hospitality의 실행은 주체가 타자를 맞이하고 대접하는 행위와 더불어 타자를 영접하는 주체의 윤리, 공감의 감각, 공동체의 이해관계가 복합적으로 작용한다. 환대가 행해지는 장소의 외연이 공동체의 범주로 확장될 때 타자의 정체성에 대한 본질적인 논의가 시작된다. 그러나 "주인은 환대하기 전에 이미 환대받고 있는 손님이요, 환대를 통해 타자의 볼모hostage가 될 때 비로소 주인host일 수 있다". 타자에 의해 주인의 정체성이 확인되고 주인과 손님의 구분이 모호해지는 개념이 환대이다. 주인은 손님을 자신의 집 안으로 들어오게 하는 동시에 그의 타자성을 존중해야 한다. 타자를 환대하기 위해 집이 필요하지만 주인은 손님에게 그 집을 빼앗길 위험에 항상 노출되어 있다. 주인은 자신의 세계를 정립하기 위해 스스로를 타자에게 노출해야 하는 것이다.[87] 환대는 타자를 맞이하는 주체의 환대 의무와 타자의 환대(받을) 권리가 상충하는 곳, 바로 그 경계에서 시작된다. '경계', '문턱', '문지방'으로 지칭되는 사이 공간이 바로 환대가 출현하는 지점이 된다. 환대는 주체와 타자의 정체성에 대한 물음과 응답 속에서 주체의 책임을 산출하는 공동체의 윤리이다.[88]

---

87 Jacques Derrida, trans. Rachel Bowlby, *Of Hospitality*, Stanford : Stanford Univ. Press, 2000, p.25; 민승기, 「환대의 시학 (1)」, 『자음과모음』 14, 2011.겨울, 614쪽 재인용, 618~619쪽 참조.

88 민승기는 환대를 다음과 같이 정의한다. ① 지식이나 개념의 기원. 환대는 지식으로 환원될 수 없는 불가능한 경험이다. ② 현전 불가능성. 환대의 '동시성'은 현전을 불가능하게 한다. 주인은 초대하는 동시에 초대받는, 자신의 집에서 자신이 환대하는 손님에 볼모로 잡혀 있을 때에만 존재하는 불가능한 존재이다. ③ '아직 발생하지 않은(not yet)' 가능성으로 존재. 환대는 온전히 사유될 수 없어 여전히 사유되어야 할 것으로 남은 '가능성'이다. 위의 글, 638쪽.

이런 '경계'에 대한 논의는 오늘날 화두가 되어 주체와 타자 모두를 포괄하는 핵심적인 개념으로 자리매김되었다. 전지구적global 자본주의에 의해 구축된 세계의 네트워크로 경제 및 문화의 이동을 통한 혼종화가 가속화되고 있다. 그러나 지속적인 경계의 탈구축déconstruction은 동시에 경계의 재생산을 포함한다. 연합과 연맹의 난무 속에 공동체의 주체인 '우리'는 새로운 경계를 구축하면서 이외의 타자를 배제하기 위한 통제와 억압의 감시를 강화하고 있다. 경계에서 자본과 문화의 유동성은 보장되고 있으나 사적 공간과 공적 공간이 해체되면서 모든 사적 영역은 공적 영역에 편입되고 일상의 미시적인 감시에 노출된 개인들은 공동체의 잠재적인 배제 대상으로 전락해 가는 것이다.

사실 주체 중심의 서구 철학사에서 타자는 주체에 동일화되거나 문명 / 자연, 이성 / 감성, 정상 / 비정상, 선 / 악으로 이분화되고 전유되어야 하는 존재로 인식되었다. 하지만 주체 중심의 철학사에서 배제되거나 억압되던 타자는 주체와 비대칭성을 이루며 완전체가 아닌 상징질서 내부의 균열을 드러내는 역할을 하기도 한다. 경계의 안팎에 존재하는 타자는 공동체의 틈이자 구성 요건이 된다.

주체와 타자의 관계에서 나에게 다가오는, 혹은 내 곁에 머물고 있는 타자를 어떻게 환대할 것인가의 문제는 19세기 철학에서부터 '이웃사랑'의 개념으로 논의되어 왔다.[89] 그렇지만 주체 중심의 철학에서 타자에 대

89 키에르케고어(Søren Aabye Kierkegaard)는 『사랑의 역사』에서 기독교적 '사랑'의 개념으로부터 이웃 사랑의 의미를 찾는다. 기독교 교리의 근본이념은 신구약의 공통 계명인 신에 대한 절대적인 사랑과 신약의 중심 계명인 내 몸과 같은 이웃 사랑이다. 키에르케고어는 신으로부터 유래되고 신이 명령한 사랑의 의무만이 인간에게 진정한 해방을 준다고 언명한다. 기독교적 사랑의 정의처럼 나의 도움을 절대적으로 필요로 하며 신 앞에 동등한 인간 누구나 나의 이웃이 될 수 있다. 그들을 향한 조건 없는 선행이 키에르케고어가 강조하는

한 주체의 책임이 철학의 근본적인 문제로 전환된 계기는 임마뉴엘 레비나스Emmanuel Levinas로부터 시작된다. 그에 의하면, 타자의 "얼굴은 절대적으로 낯선 영역으로부터 우리 세계로 들어오는 것"이다. 여기서 얼굴visage은 "가난한 자, 나그네, 과부와 고아"로 "헐벗은" 타자와의 비참한 대면은 주체의 자기 동일성을 파괴 시킨다. 타자의 현현이 "주체의 능동성에 기인한 의식의 지향적 대상으로 등장하는 것이 아닌 주체의 감성"에 호소·계시하면서 주체에게 근원적 윤리성을 사유하게 하는 것이다.[90] 주체에게 타자는 초월적이자 형이상학적으로 외존하는 관계이다. 따라서 주체는 "세계-내-존재로서 주거를 통해 자기동일성을 유지하면서 내면성을 형성하지만 동시에 밖으로 향한 존재로서 타자에게로 열려있다. 인간은 자기보존성을 지닌 동시에 타자성을 수용하는 존재이며, 안으로 향한 동시에 밖으로 향해 있는 존재이다".[91] 레비나스에게 환대란 고통에 무방비한 타자에 의해 "인간의 존엄성"과 "주체의 책임"을 상기시키는 개념이다.[92] 이때 주체의 책임은 "타자가 나를 위해 무엇을 할 수 있는지는 그의 일이다. 나의 일은 나의 책임이고 나의 대리일 뿐, 타자는 그가 원하는 자를 위해 개입할 수 있지만, 나를 위해서는 아니다" 즉 인간이 타자를 위해 대리와 책임을 지는 것은 곧 스스로에 대해 책임을 지는 것이며, 이때 인간은 그가 선택하는 바로 그러한 존재로 존재하게 된다.[93] 이 지점에서 레비나

이웃 사랑이다. 더 자세한 사항은 쇠얀 키에르케고어, 임춘갑 역, 『사랑의 역사』, 치우, 2011을 참조할 것.

90 김연숙, 『레비나스 타자 윤리학』, 인간사랑, 2001, 14쪽.

91 위의 책, 70쪽.

92 강영안, 『타인의 얼굴 – 레비나스의 철학』, 문학과지성사, 2005, 31쪽.

93 최상욱, 「하이데거와 레비나스에 있어서 '이웃' 개념에 대하여」, 『철학연구』 62, 고려대 철학연구소, 2003, 137~138쪽.

스의 절대적인 환대의 개념이 도출된다. 타자에 대한 주체의 책임은 '나의 책임'이자 '대리'일 뿐 어떤 보상도 요구되어서는 안 된다는 본질적인 이웃사랑이 윤리학의 제일철학으로 정초되는 것이다. 주체와 타자의 이자관계에서 책임의 윤리는 제3자인 이웃에 의해 가능하다. 윤리가 보편적인 정치의 영역으로 확장되는 것은 타자의 주변에 보이지 않는 얼굴로 존재하는 제3자의 역할인 것이다.[94] 환대 논의에서 제3자, 다자多者는 주체와 이웃의 관계성이 사회정의에 이르는 방안을 추정하는 바탕이 된다.

그럼에도 불구하고 레비나스의 환대에서 주체와 타자 모두는 수동적인 존재들이다. 레비나스가 집중한 절대적 타자는 목소리가 소거된 채 주체를 결박하는 수동성이 한계로 남는다면, 주체 역시 '타자와 대면'이라는 외부적 사건을 겪은 후 죄책감에 의해 책임이 통감되는 타자의 볼모이자 의존적인 주체인 것이다. 자크 데리다Jacques Derrida는 레비나스의 사유가 기존에 형이상학적 철학의 담론에서 벗어나지 못함을 지적한다. 레비나스의 철학이 동일자의 우위에 근거한 존재론적 언어, 전체와 무, 삶과 죽음의 이항대립에 근거하며 '나'와 '타자', 자기성의 주체와 책임의 주체가 존재론 안에서의 이항대립을 이루는 양 극단을 반복하고 있다는 것이다. 데리다는 이항대립으로 환원될 수 없는 잔여, 형이상학적 사유에 의해 배제된 잔여에 주목한다. 형이상학적 담론에서 "말할 수 없는 것"이자 사유

94 삼자성은 현상과 재현의 세계를 넘어서지만 나의 대면적 관계 또한 넘어선다. 또 제삼자의 등장이 의식과 제도의 재현 세계로 이어지는 데 반해, 삼자성은 대면이 관계하는 영역에 머문다. 현상 세계로 진입하지 않은, 그렇지만 타자 속에 이미 포함되어 있는 제삼자를 보편화하고 절대화한 것이 삼자성이라고 할 수 있다. (…중략…) 삼자성은 모든 주체와 대면적인 관계에 개입하여 사회를 대면의 공동체로 만들어준다. 그러므로 우리가 책임과 결부된 정의, 비교할 수 없는 것을 비교하는 정의가 보편적으로 실현될 가능성을 내세울 수 있는 것은 이 삼자성에 기대서다. 문성원, 「이웃과 정의」, 『대동철학』 57, 대동철학회, 2011, 36~37쪽.

불가능한 지점, "해결되지 않는 것, 실행 불가능한 것, 비정상적이고 정상화할 수 없는 것으로 항상 남아있는 것"[95]이 바로 잔여이다. 이런 단독적인singulier 존재가 주체와 타자의 능동적인 환대를 가능하게 하는 추동력이 된다. 흔적, 차연, 재, 유령과 같이 동일성으로 포함될 수 없는 주변적 요소들에 관심을 갖던 데리다는 소포클레스의 『콜로노스의 오이디푸스』를 인용하면서 "이방인의 질문"에 대해 사유한다. 타자는 준거점에 따라 주체와 타자 모두가 될 수 있기에 선험적이지 않다. 이방인이 토착민에게 질문을 하는 상황은 토착민인 이방인을 지칭하는 순간 발화된 정체성을 되돌려 준다. 이 과정에서 "내부와 외부의 경계가 파괴되는 것은 물론, 고유한 내부의 동일성이 동요된다".[96] 타자의 내-외존은 이 경계에서 발생한다. 이방인의 질문[97] 속에서 토착민은 자신이 이방인이 되는 정체성의 변화뿐 아니라 재질문하는 과정에서 자신의 토착성을 의심하게 만드는 모호함을 겪는다. 이런 상호 긴장력 속에서 주권적 질서를 유지하기 위한 타자의 억압과 제재가 등장하지만 동시에 환대의 윤리도 도출될 수 있다. 타자의 질문에 응답할 때 환대의 주체는 타자에 대한 책임에 사로잡힌다.

---

95 Jacques Derrida, *Galilée*, Paris, 1974, p.7; 서용순, 「데리다와 레비나스의 반(反)형이상학적 주체이론에서의 정치적 주체성」, 『사회와 철학』 28, 사회와 철학연구회, 2014, 331쪽 재인용.

96 서용순, 「이방인을 통해 본 새로운 주체성에 대한 고찰」, 『한국학논집』 50, 계명대 한국학연구원, 2013, 290쪽.

97 경계 경험은 "한 개인이 자신의 지위, 주도적인 역할, 심지어는 자신의 역사까지도 상실할 수 있다는 것, 그리고 삶의 정상적인 진행이 보이는 것보다 훨씬 덜 안전하다는 것"을 가르쳐 준다. 이 불안정하고 쓰라린 경험이, 이방인 개인에게는 객관적이고 자유로운 관점을, 그리고 그가 다가가는 공동체에게는 비교와 물음을 통한 자극과 변화의 가능성을 제공한다. 이 경계 경험을 통해 이방인은 "물음을 던지는 존재"가 된다. Alfred Schütz, "Der Fremde", *Ders. Gesammelte Aufsätze* Bd. I, Den Haag : Martinas Nijhoff, S. 1972, pp.53~69; 김애령, 「이방인과 환대의 윤리」, 『철학과 현상학연구』 39, 한국현상학회, 2008, 180~181쪽 재인용.

데리다는 "타자가 우리의 규칙을, 삶에 대한 우리의 규범을, 나아가 우리 언어, 우리 문화, 우리 정치 체계 등등을 준수한다는 조건을 내걸고 환대를 제의"하는 조건부적인 환대를 "초대invitation의 환대"로 명명한다. 초대의 환대는 "나의 집에서 주인"인 내가 "나의 지상권을 침해하는 이" 누구나 "이방인으로, 그리고 잠재적 원수로 간주"하여 배제할 수 있다.[98] 그렇다면 제한 없는 환대, 우리의 생명이 위협받을 수도 있는 낯선 타인조차 절대적으로 환대해야 하는 것일까? '왜', '무엇'을 위해 타자에 대한 선택과 구분의 권리가 있는 주체가 그런 위험을 감수해야 하는 것인가라는 결정불가능성의 문제가 제기된다. 구체적인 법 또는 권리로 재현되는 국가의 정치는 이러한 이방인의 양가적 성격을 제거하고, 환대의 구체적 권리를 제한하기 위해 이방인과 비非이방인, 시민과 비非시민 사이의 경계를 끊임없이 다시 확정하려고 시도한다.[99] 데리다의 이론은 현실 정치에서 '절대적 환대' 이론의 참조 가능성을 열어주는 개방성으로 해석할 수 있다. 즉 '절대적 환대'는 어떠한 조건도 붙이지 않는 무조건적인 환대로 죽음의 위협을 감수해야 할 만큼 극단적인 것이라 할지라도, 이 이념은 보존되어야 한다고 갈파된다.

초대의 환대가 적대적인 불관용, 즉 타자를 잠재적인 원수이자 범재자로 무조건적 배제의 대상으로 설정하는 과정이 되지 않도록 하고, 나아가 힘이 불균등한 이질적인 존재들 / 공동체들 간의 성찰적 공존을 가능하게 하기 위해서는 무조건적인 환대의 이념이 관용을 법제화하고 실행하는 전 과정에 동반되어야 한다. 데리다는 명시적으로 "순수하고 무조건적인 환대를, 환대

98 자크 데리다, 남수인 역, 『환대에 대하여』, 동문선, 2004, 89쪽.
99 서용순, 앞의 글, 341쪽.

그 자체를, 최소한 사유해보지 않는다면, 우리는 환대 일반의 개념을 갖지 못할 것이며 (자신의 의례와 법규, 규범, 국내적 관계나 국제적 관례로 이루어지는) 조건부 환대의 규준조차 정할 수 없을 것"[100]이라고 말한다.

무조건적인 환대는 정치적 혹은 법적 환경에서 그대로 실현되는 것은 아니지만, 관용의 제도를 보호하고 근거로 세우고 반추하는 정의로운 척도로 요청된다.[101] 무조건적인 환대의 불가능성과 조건부 환대를 위한 성문화된 권리가 만나는 틈에서 환대는 시작된다. 두 체제는 서로를 배제하는 동시에 서로를 포함한다. 주체가 타자를 위해 배려할 수 있는 최소한의 제도적 보호와 현실 정의의 성립을 위해 무조건적인 환대 이론은 기본적인 잣대로서 기능을 해야 하며 주체 중심의 법제정, 타자의 절대적 배제의 순간에 지속적으로 출현하여 근본을 사유하게 만들어야 한다. 또한 얼굴을 마주한 타자와의 윤리적 관계에 이미 내재한 제3자의 환대가 정의의 '제도화'를 통해 정치의 가능성을 열어준다.

타자에 대한 레비나스의 환대가 주체의 희생을 바탕으로 하는 "무한 책임"의 윤리를 강조한다면, 데리다의 "절대적 환대"는 정의 실현을 위한 척도로서 작용한다. 두 사람의 논의는 공통적으로 타자에 대해 본질적이고 상대적인 윤리적 평가를 재고하게 한다. 이때, 윤리의 문제를 우리의 일상 차원에서 사유하기 위해서는 "인간, 권리, 타자 등의 추상적인 범주에서 벗어나 개별적 과정들에 대한 지속 가능한 준칙"이 필요하다. 레비나스의 절대적 타자는 타자성의 경험이 존재론적으로 '보장'되지 않고 주체와 너

100 지오반나 보라도리, 손철성 외역, 『테러시대의 철학 – 하버마스, 데리다와의 대화』, 문학과 지성사, 2004, 235쪽.

101 김애령, 앞의 글, 189~190쪽.

무 닮은 타자가 동일자의 논리로 다시 귀결되거나 혹은 '전혀 다른 타자'처럼 종교적 본질에 닿은 경건한 담화 범주에만 속하는 논리이다. 알랭 바디우는 레비나스 철학은 현실과 괴리되는 단점이 있다고 지적한다.

또한 오늘날 강조하는 타자의 차이를 존중하자는 주장 역시 '차이의 존중'과 인권의 윤리가 정체성을 규정하는 것은 아니라는 점을 명확히 해야 한다. 차이에 대한 존중은 대부분 정체성이 동질적일 때만 허용되는 문제점이 있기 때문이다. 그렇다면 오히려 강조되어야 할 것은 차이의 문제가 아닌 동일성의 인정이다. 여기서의 동일성이란 유일자로 귀결되지 않는 동일성, 공백을 의미한다. 바디우는 모든 상황은 무한한 요소들로 구성된 다양성일 뿐이라고 역설한다. 다양태多樣態적인 무한은 초월이 아닌 일반적인 형식이다. 무한한 다양성이란 단순히 주어져 있는 것일 뿐이다. 어떠한 경험이라도 무한한 차이들의 무한한 전개라는 점에서 동일하며 심지어 자아 자신에 대한 반성적 경험조차도 결코 하나의 통일성에 대한 직관이 아닌 차별화들의 미로迷路로 구성되어 있다. 윤리는 공동체의 평화적 공존과 배제의 문제를 해결하는 핵심 요소이다. 공동체 내에서 차이란 "인간 종의 자명하고 무한한 다양성일 뿐"이다.[102] 때문에 윤리가 이데올로기의 성격을 띠거나 관용의 성격을 가지면 안 된다. 다양한 동일성을 인정하는 것, 억압이나 배제 없는 공존의 상태가 이상적인 환대의 모습이다.

자기동일성을 요구하는 주체는 권력을 가지며 동일화에 저항하는 타자를 억압하고 통제하는 과정에서 폭력이 발생한다. 공적 질서의 편리성에 익숙해진 주체들은 타자에게 가해지는 부당함에 무감각해지고 심지어 현

102 알랭 바디우, 이종영 역, 앞의 책, 33~43쪽 참조.

존하는 타자를 부정하기도 한다. 그런 주체가 타자의 존재를 인정하고 그들과 공존의 필요성을 인식할 때 타자성의 윤리 문제가 도출된다. 타자와 공존을 탐색하는 자리에서 윤리가 발생하고 그들과 공존하며 공동체 형성을 모색할 때 환대의 윤리가 생성된다. 환대에 대한 타자의 권리 요구와 주체의 윤리의식은 환대의 원인이자 조건이다. 환대의 윤리는 공동의 선common good, 공동체를 향할 때 적극적인 실천 방안으로 사유된다. 이는 타자를 양산하는 적대적 현실의 억압과 통치의 논리를 끊임없이 현재화할 때 가능하다.

박완서 문학에서는 '경계'의 인식론적 개념이 환대의 문턱, 주체와 타자의 정체성이 모호해지는 순간의 공간이라는 실천적 장소로 전환된다. 박완서의 전全 소설에는 유년기부터 노년기에 이르는 각 세대가 등장하고 작가의 자전적 체험이 내재된 역사적 현실이 끊임없이 제시된다. 한국사의 굴곡 속에 살아간 인물들의 사적 경험이 공적인 집단의 경험과 교차할 때, 그 내부 공간에서 주체와 타자의 정체성이 구분되기 시작하며, 그 지점이 바로 폭력에 의해 정치적 힘이 출현하는 자리이다. 박완서 문학은 역사의 미시화된 폭력으로 배제된 타자들의 일상을 낱낱이 고발하며 동일성의 완전체를 강조하는 한국사회에서 예외, 틈, 빈공간으로 존재하는 타자와 주체의 간극을 밀도 있게 재현한다. 박완서 소설에서 타자성은 주체와 타자의 대칭에서 출현하는 것이 아닌 주체의 타자성 체험 이후 주체 내부에 잠재된 타자성과 외부의 타자성이 지속적으로 교호하는 양상으로 드러난다. 박완서 문학은 주체 내부의 타자성을 직시하고 이웃으로서 타자를 환대하기 위한 경계에 주목한다. 외국인 노동자나 외부의 이방인이 등장하기 이전 한국 내부에서 발생하는 타자들에 대한 환대의 문학으로서 박완서 문학을 호명하고 공동체에 대한 새로운 정의를 소급하여 연구해야 하는 까닭도 여기에 있다. 박완서 소설에는 이데올로기, 가족, 연령, 계급, 로컬을 포함하는 복합적인 기준의 다기한 타자들이 존재한다. 박완서 문학은 수동적으로 체제에 배제되는 타자가 아닌 현실에 대한 균열과 교란, 고발과 저항의 타자를 묘파하고 이들에 대한 환대의 윤리를 모색하는 주체를 통해 문학적 의의를 획득한다.

이상의 환대 이론을 참고하면서 박완서 소설에 적합한 환대의 층위를 설정해 보겠다. 각 층위의 환대 양상과 이를 실현하기 위한 주체의 윤리의식에 전제되는 이론의 입각점은 다음과 같다.

증언의 환대는 타자에 대한 기억의 보존이나 망각을 포함하기 마련이며 그 과정에서 타자화된 사건을 재현하기 위한 주체의 응답과 국가 공동체의 분유를 위한 환기가 필요함을 보여준다.

근세 초기까지만 해도 망자추모, 송덕, 역사 등이 기억의 형식으로서 가치가 있었다면, 문자시대에 이르러서는 문학적 실례 속에서 기억의 문제가 회자된다. "다른 어떤 것에도 구속되지 않고 스스로의 동력으로 움직여가는 실체, 스스로를 심판하는 법정"으로서의 역사라는 근대적 역사 개념이 유효성을 의심 받으면서 '역사'를 대신해 '기억'이라는 개념이 등장하는 것이다. 개인에게 기억의 과정들은 대부분 반사적으로 진행되고 심리적 기제의 일반적 법칙을 따라 일어나는 데 반해, 집단적, 제도적인 영역에서 그것은 의도적인 기억 내지는 망각의 정치를 통해 조정된다. 생생하고 개인적인 기억에서 인위적이고 문화적인 기억으로의 이행은 기억의 왜곡, 축소, 도구화의 위험성을 지니고 있기 때문에 다분히 문제성을 지닌다.[103]

서구 · 남성 · 엘리트의 자기실현으로서의 '역사'에 저항하는 담론이자 그 속에 배제되었던 타자들의 기억 담론이 등장하게 된다. 기억은 동일자 내로 흡수되지 않는 타자의 체험을 분유分有하면서 공동체의 과거인식을 새롭게 재구성하는 데 핵심적이다.[104] "끝없이 잊혀지면서도 잊을 수 없는 것으로 남아 있는 것"이 기억의 분유를 가능하게 한다. 아감벤은 "존재했던 것과 그 가능성의 관계 속에 존재하는 가능태는 현실태에 선행하는 것이 아니라 그것을 뒤따른다"고 설명한다. 기억 속에서 이미 존재하는 잠재태는 실행되지 않은 과거의 잠재태와 겹쳐있다.[105] 기억과 망각의 길항관계 속에서 '잊을 수 없는 것'으로 남은 기억은 증언의 환대를 가능하게 하며 공동체 안에서 분유함으로써 망각과 무관심의 공동체에 활력을 불어넣는다.

그러나 타자의 '기억'을 투명한 언어로 재현한다는 것에 대한 회의는 가야트리 스피박Gayatri Chakravorty Spivak[106]을 포함한 많은 논자들이 동의하는 바이다. 개인이 자신의 언어로 발화할 수 있는 권리를 가질 때, 그 개인은

103 알라이다 아스만, 변학수 · 백설자 · 채연숙 역, 『기억의 공간』, 경북대 출판부, 2003.

104 윤대석, 「서사를 통한 기억의 억압과 기억의 분유」, 『현대소설연구』 34, 현대소설학회, 2007, 78~79쪽.

105 조르조 아감벤, 김상운 역, 『세속화 예찬』, 난장, 2010, 222쪽.

106 스피박은 재현이라는 어휘는 묘사(Darstellung)와 대표(Vertretung)를 포괄하는데 이 두 개념은 동일한 것이 아니라고 지적한다. 스피박 자신이 페미니스트로서 서발턴을 페미니즘의 구성집단으로 서술하는 미학적인 '묘사'와 그들을 대변하여 말하는 정치적인 '대표'의 입장은 다르다는 것이다. 다시 말해 묘사는 '다시-제시' 혹은 '다시-표현'으로서의 재현의 의미로 "거기에 자리매기기"를 뜻한다. 대표는 '누구의' 그리고 '어떤 것에 대한 욕망이나 욕구'에 대해 말하기를 의미한다. 강희, 「스피박의 학문적, 실천적 미학」, 『영어영문학』 53, 영어영문학회, 1998, 224쪽.
이 두 종류의 재현이 갖는 불연속적인 차이와 공모성을 인정하면서 우리는 서발턴 재현에 있어서 '누가, 어떻게 말해야만 하는가?'를 고민해야 한다. 스피박은 여성 서발턴 스스로 '말하기'를 시도하려 해도 중층결정적 억압상태로 인해서 이해되거나 지지 받지 못하기에 그들은 침묵할 수밖에 없다고 강조한다.

공적 질서 안에 위치하는 비오스bios[107]의 주체가 된다. 물론 여기서 개인이 발화하는 자신의 언어는 상징 질서의 언어이자 공적인 언어로서 허락된 큰타자Autre의 언어이다. 발언권 있는 주체가 공적인 질서 안에서 자신의 경험을 발언하는 행위는 공동체 내부 주체로서 정당성을 갖는다. 특히 고통스러운 경험의 역사는 말하기를 통해서 의미화된다. 반복적 상상을 통해 작업하고 이야기를 통해 경험을 재구성함으로써 고통은 견딜 수 있는 것[108]이 된다. 그러나 공적인 힘의 논리에 의해 발언권이 금지되거나 공적인 체계의 언어가 아닐 경우, 혹은 발언의 기회가 생략되어 침묵이 강요되면 개인은 타자로 배제된다. 언어로 표상되지 않고 결락되는 타자의 잉여성 안에 '사건'의 핵심이 있으며 문학은 "거기에서 언어로는 재현할 수 없는 '현실'이 있다는 사실", 즉 "'사건' 그 자체의 소재를 지시"[109]한다.

따라서 주체가 역사적 '사건'의 기억을 타자와 공유하는 과정에서 자칫 타자의 기억을 소비하고 억압하면서 그 증언의 결과가 "인간의 숭고한 사랑의 찬가"로 변질됨을 경계해야 한다는 오카 마리Oka Mari의 경고는 주의할 필요가 있다.[110] 소설이나 영화 속 '사건'의 리얼함을 강조하는 스펙터

107 아감벤은 "조에(zoe)는 모든 생명체(동물, 인간 혹은 신)에 공통된 것으로, 살아있음이라는 단순한 사실을 가리"키며 "반면 비오스(bios)란 어떤 개인이나 집단에 특유한 삶의 형태나 방식"이라고 설명한다. 조르조 아감벤, 박진우 역, 『호모 사케르－주권 권력과 벌거벗은 생명』, 새물결, 2008, 33쪽.

108 김애령, 「다른 목소리 듣기」, 『한국여성철학』 17, 한국여성철학회, 2012, 42쪽.

109 오카 마리, 김병구 역, 『기억 서사』, 소명출판, 2004, 63쪽.

110 조은은 작가 밀로스의 노벨 문학상수상 연설을 전유하면서 신화화시키고 전설화시킨 과거를 그 거짓과 꾸밈에서 해방시키는 글쓰기가 작가의 책무 중 하나라고 강조한다. 기억을 쓰는 일이 산 사람들의 책무인 것은 살아있는 사람만이 기억할 수 있기 때문이다. 그는 전쟁에서 살아남은 사람들의 기억을 어떻게 재기억화하고 저항기억화할 것인가가 가장 큰 숙제로 남는다고 지적한다. 조은, 「차가운 전쟁의 기억」, 『전쟁의 기억, 역사와 문학』 하, 월인, 2005, 266쪽.

클에 공감하면서 우리가 느끼는 타자와 주체의 거리감, 사건 외부자로서의 안도감이 '사건'의 대의로서 정의감, 인간적인 공감으로 손쉽게 환원되어 버린다.[111] 진실의 "실감을 영유하는 주체"는 타자 스스로도 공유하기 어려운 기억들을 쉽게 이해함으로써 역으로 역사적 '사건' 외부의 현실에 만족하고 일상적 현실로 환원되지 않을 '사건' 속에서 공동의 책임을 망각한다는 것이다. 기억의 분유란 주체에 앞서서 존재하는 타자의 목소리에 경청하고 '사건'의 기억을 나누어 갖는 행위이며 타자가 호소하는 목소리에 무능함과 수동성으로 응답하는 것이다. 개인의 기억과 망각을 획책하는 정치의 길항 관계 안에서 증언은 타자적 위치에서 기억의 서사화를 통한 윤리적 환대를 가능하게 한다.

박완서 소설은 '전투'의 현장이 아닌 전쟁의 '일상'에서 전쟁의 참상을 증언한다. 생존이 폭력이 되는 전후 일상에서 이데올로기의 선택에 의한 국가 공동체 배제는 주체에게 국외자의 위치를 부여한다. 박완서 소설에서 국외자로서 국가에 의해 관리되는 타자적 주체들은 반공과 무관심의 망각기제로부터 끊임없이 위협받는다. 환대 받지 못했던 전쟁의 기억들, 생존을 위해 망각을 강요당하고 자발적인 망각을 체화할 수밖에 없던 사건들을 환대하는 방법이 증언의 한 복판에서 이루어진다. 한때 조건부의 환대조차 되지 못했던 기억을 변주하고 반추하며 재구성하는 그 지점에서 환대의 순간이 열리는 것이다. 과거의 그 순간은 사후적으로 구성되며 환대 받지 못했던 사건은 박완서 소설에서 미래 완료적인 도래할 시간으

111 오카 마리는 〈라이언 일병 구하기〉, 〈쉰들러 리스트〉, 〈벤트〉 등을 예로 들면서, '휴머니즘'과 '엔터테인먼트'의 훌륭한 융합이 누구의 어떠한 욕망에 일조하고 있는지 자문한다. 우리는 '사건'을 깊은 인간적 공감을 가지고 이해하지만 '사건'이 폭력적으로 도래하여 스스로의 주체성을 빼앗아 버릴 걱정은 없다는 것이다. 오카 마리, 김병구 역, 앞의 책, 95쪽.

로서 지속적으로 회귀한다. 박완서 소설에서는 현재성을 띠지 못했던 기억의 파편들이 시대를 통과하며 해결되지 못한 상태로 재귀하면서 의미를 덧입혀 간다. 증언의 환대는 일회적인 발언으로 과거의 시간을 박제하여 환송하는 것이 아닌 반복적인 원환圓環의 충동에 기인한다.

작가는 타자에 대한 기억의 책무를 글쓰기를 통해 반복적으로 수행하면서 독자들에게 당대적 고통을 현재진행형으로 환기하려 시도한다. "우리 곁에 남겨져 있는 것은 기억의 흔적, '사건'의 흔적, 사건이 그 자신의 기억을 말한 흔적뿐"이지만 '사건'을 "나누어 갖기를 내건 말하기"란 그 흔적으로 하여금 '사건'의 기억을 이 세상으로 다시 한 번 소환하는[112] 시도이자 분유의 윤리이다.

공감의 환대는 일상의 주체가 우연히 마주한 사건을 회피하지 않고 선택함으로써 타자에 대한 윤리를 정립하고 공동체의 현존을 위한 현재성에 대해 사유할 기회를 포착한다.

공동체의 질서에 기입되기 위해 주체는 자신의 존재와 결별하고 대타자의 욕망에 충실하기 위해 노력한다. 1970년대 이후 산업화 자본주의 사회를 배경으로 한 박완서 소설은 계급 상승을 욕망하는 주체이자 속물의 타성적인 현실에서 회귀하는 타자와 대면하는 불안의 주체를 다각도로 조망한다. 이들에게 욕망의 대상이란 어떤 공허 / 결여의 실정화일 뿐 '그 자체로는' 실존하지 않는 순전한 왜상적 실체에 불과하다. 계급 변화의 도달할 수 없는 기회를 상실로 여기며 "대상을 잃어버리기도 전에 그 대상에 대해 지나치고 과도하게 슬퍼하는" 것이 바로 기만적인 스펙터클

112 위의 책, 172쪽.

이다.[113] 실상 그들의 욕망 구조는 대상을 소유하고 있지만 그 대상을 욕망하게끔 만들었던 원인이 철회되어 효력을 상실한 상태이다. 그래서 그들이 대상을 소유하는 방법은 기만적인 상실의 포즈를 통한 연기演技이다. 주체의 기만적 책략으로 설명되는 현실대응 태도는 역으로 그런 포즈를 유도하는 현실의 욕망의 대상과 원인, 대상의 상실과 결여, 기만과 역설의 복합적인 메커니즘을 추론하게 한다.

주체에게 내재된 타자성이 이데올로기의 작동 원리를 파악하는 기능을 한다면, 여기서 파생되는 피할 수 없는 타자에 대한 근원적인 공포감과 이물감에 대한 대응 논의가 필요하다. 이를 위해 슬라보예 지젝Slavoj Žižek은 큰타자에 대한 존재의 원초적 취약성을 인정할 것을 촉구한다. 상징적 질서이자 그 이면에 외설적인 큰타자에게 노출된 개별적인 인간은 "모든 타자의 취약성과 한계를 인정하고 존중하는 개인들의 철저한 윤리적 관계를 개방"한다. 인간이 큰타자에 압도된 상태를 존중하는 것은 윤리적 자율의 제한이 아닌 바로 그 자리에서 책임responsibility의 근거가 형성되는 긍정적 조건이다. 즉 타자의 불가해성과 불투명성의 심연 속에서 "한계에 대한 상호 인식은 취약성의 연대인 사회성"을 개방한다. 이는 "서로 간섭하지 않고 공존하는 태도"를 함의하는 것이다. 윤리적 공감을 위해 우리가 환대할 대상은 "외상적 사물traumatic thing로서의 타자"이다. "사물로서의 타자는 내 동류, 내 거울 이미지로서의 타자 아래 언제나 도사리고 있는 철저한 타자성otherness, 순화될 수 없는 괴물 같은 사물의 가늠할 수 없는 심연"을 뜻한다. 이때의 타자[114]는 '상상적인 닮은꼴'일 뿐 아니라 그것과

113 슬라보예 지젝, 한보희 역, 『전체주의가 어쨌다구?』, 새물결, 2008, 217~289쪽.
114 지젝이 분류하는 타자는 다음과 같이 세 가지 양상을 보인다.

의 상호적인 교환이 불가능한 주체 내부의 실재적 사물이라는 절대 타자이기도 하다. 때문에 사물과의 공존을 최소한 견딜 수 있기 위해서는 상징적 질서가 매개되어야 한다. 상징적 질서로서 대타자의 기능이 정지되는 순간 타자는 괴물 같은 사물이 되고 역으로 "동반자로서의 타자가 존재하지 않는다면 상징적 질서 자체가 괴물 같은 사물"이 될 것이다.[115]

우리 삶의 일상적인 이웃이란 본래 "하나의 사물이고, 충격을 안겨주는 침입자"이다. 그들은 "우리와 다른 생활방식을 지니고 있어서", "저 나름의 사회적 관습과 의식에 따라 구체화된, 주이상스를 추구하는 방식"이 다르다. 이웃은 "우리를 불안케 하는 자이고, 우리 생활방식의 균형을 깨뜨리는 자"다. 그러므로 이웃이 너무 가까워질 경우 우리는 이 "거슬리는 침입자를 없애기 위해 공격적인 반응"을 하게 되는 것이다.[116] 이런 이웃을 환대하기 위해 이웃 사랑에 대한 사고의 전환이 필요하다. 이웃 사랑에 관한 보편 명제 "나는 너희 모두를 사랑한다"는 "내가 증오하는 최소한 하나가 존재한다"는 경우에만 실질적인 실존의 수준을 획득한다. 예외에 대한 증오는 보편적 사랑의 "진리"이다. 이와 반대로 진정한 사랑은 보편적인 증오가 아닌 보편적 무관심을 배경으로 기대서 발생한다. "나는 너희

첫째, 상상적인 타자. 그들은 "나와 같은" 다른 사람들, 즉 내가 그들과 함께 경쟁이나 상호인정 등등의 거울과 같은 관계에 참여하는 나의 동류 인간들이다.
둘째, 상징적인 "큰타자". 우리의 사회적 실존을 구성하는 내용이며 우리의 공존을 조정하는 비인격적 규칙들의 집합이다.
셋째, 실재, 불가능한 사물, "무자비한 동반자"로서의 타자. 사물로서의 이웃(네벤멘쉬)은 나의 닮은꼴(semblant)이며 나의 거울 이미지의 심층에는 언제나 근본적인 타자성이 항존한다. "순치"될 수 없는 괴물 같은 사물의 깊이를 알 수 없는 심연이 존재한다. 케네스 레이너드 · 에릭 L. 샌트너 · 슬라보예 지젝, 정혁현 역, 『이웃』, 도서출판 b, 2010, 228~229쪽.

115 김동훈, 「무조건적 존중의 대상인가, 두려워하고 경계해야 할 대상인가?」, 『철학논총』 72, 새한철학회, 2013, 283쪽.

116 슬라보예 지젝, 이현우 · 김희진 · 정일권 역, 『폭력이란 무엇인가』, 난장이, 2011, 98쪽.

모두를 사랑하는 것은 아니다"는 "내가 사랑하지 않는 사람은 아무도 없다"의 기초라는 것이다. 이는 다시 말해 내가 "전체에 대한 총체적인 시선을 가질 수 없기 때문에, 나 자신을 책임에서 면제해 줄 수 있는 것은 아무것도 존재하지 않는다"[117]는 윤리적 책임을 발현시킨다.[118]

절대 타자의 배면에 있는 예외적인 타자를 향한 증오를 넘어 주체와 타자의 배경에 선재해 있는 제3자를 향한 정의로 나아가기 위해서는 '보편적 무관심'이 필요하다. '공존과 동시에 분리'는 '증오'를 포함하는 '보편적인 사랑'을 넘어서는 진정한 사랑의 환대 윤리이기 때문이다. 두려움과 경계의 대상인 '부정적인' 타자와 함께 공존하고 공감하는 열림의 환대를 주장하는 지젝의 언명은 주체에게 적이자 악으로 다가오는 타자에 대한 주체의 소통을 상기시키며 무조건적인 환대가 불가능한 타자에 대한 또 다른 환대의 방법을 제시한다.

경쟁 위주의 현대 사회는 점점 '타자'와 '나'의 구분을 어렵게 하고 정치·경제·사회적 문화 안에서 다양한 타자를 경험하고 구분하게 한다. 그러나 공동체 내부에서 "타자의 개념은 상대적"이며 "우리는 우리 자신이 타자라는 사실을 인정"하면서 "우리 안에 있는 불안의 괴물"들과 마주해야 한다. '낯설음'과 '두려움'의 감각을 타자에게 투사하지 말고 그 자체로

117 케네스 레이너드·에릭 L. 샌트너·슬라보예 지젝, 정혁현 역, 앞의 책, 206·290쪽.

118 사랑에 관한 의미를 설명하기 위해 지젝은 라캉의 성(sexuation)구분 공식을 전유한다. 라캉은 보편성에 예외인 최소한의 하나에 관한 실존을 진술하는 명제를 도출한다. 즉, 모든 대문자 남성은 예외인 하나를 포함한다. 이는 예외자로서의 아버지, 법질서이자 텅 빈 아버지를 지시한다. 남성은 예외적 일인을 설정하고 기표의 의미를 받아들임으로써 전체의 부분으로 통합된다. 이에 반해 여성은 각자가 예외로 존재함으로써 전체의 일원론적 통합이 불가능하다. 단독성(singularity)으로서 여성은 서로에게 이웃이 되며 남성적인 총체성에 의문을 제기한다.

인정해야 하는 것이다.[119] 타자를 내면화하지 않고 "타자를 타자로 놓아" 주기 위해서는 타자로서의 자신, 환언하자면 "자아의 탈중심화"[120]를 수용하고 다른 자아로서의 타자를 모두 허용해야 한다. "다른 사람의 유일성에 대한 나의 존중이 윤리학의 정당한 요구라면, 그것은 타자를 나와 동등하게 보편적인 권리와 의무를 지니고 있는 또 다른 자아로서, 즉 그 다음에 나를 인정하고 존중할 수 있는 누군가로 인정할 것을 요구"[121]하는 과정이다. 이 과정에서 '공감'이란 주체의 동일시적 감정을 전제로 한 기존 담론의 반복을 의미하지 않는다. 박숙자의 진전된 논의에 따르면, 공감은 타자성에 조응하는 새로운 접근으로 주체성의 '매개'로서가 아니라 타자와 공존하는 만남이어야 하며, 이런 맥락에서 타인의 고통을 이해하는 것에 머무르지 않고 나와 타인이 놓인 관계의 변화를 내포하는 것이어야 한다. 이것은 공감의 본원적 의미에 다가서는 기획이기도 하고 상호성의 원리에 기반한 타자성에 조응하는 공감에 대한 재구성이다.[122]

타자를 환대하기 위해서는 존재론적 사고의 전환과 더불어 주체의 실천적인 방안이 필요하다. 환대의 이론에서 보았듯 타자는 절대적 환대와 조건적 실제성 앞에서 진동하는 존재이다. 공동체 내부에 타자가 처한 상황이란 '지금 여기서 현실적으로 제시되고 있는 바의 복합물들'이거나 '어

119 개인이나 국가가 자행하는 '이방인'의 악마화는 과거에 억압되어진 것들로 되돌아가는 것으로 해석될 수 있을 것이다. 그것들은 때로는 강박적인 충동으로, 때로는 우리를 무섭게 만들고 공포에 떨게 하는 것의 모습으로 현재에 되살아난다. 그러나 아이러니 하게도 악마화된 타자의 모습에서 우리를 가장 공포에 떨게 만드는 것은 우리 자신의 거울 이미지이다. 리처드 커니, 이지영 역, 『이방인, 신, 괴물』, 개마고원, 2004, 135쪽.

120 위의 책, 139쪽.

121 위의 책, 144쪽.

122 박숙자, 「1970년대 타자의 윤리학과 '공감'의 서사」, 『대중서사연구』 25, 대중서사학회, 2011, 185쪽.

떤 일이 일어나고 있는 바의 터-장소'와 같다.[123] 도래한 상황을 사건으로 만드는 것은 존재를 새롭게 재구성하는 과정 중의 수행이다. 모든 존재는 본질적으로 공백을 포함하고 있는데 정신분석학적인 주체성을 떠올리게 하는 개인의 틈이 전체적인 사회의 틈으로서 타자로 환유될 수 있다. 바디우의 견해를 참조할 때 "국가는 집단을 셈함으로써 상황(세계의 통일성)을 보장하는 기제"인데, 그 국가가 "이질적인 존재, 공백과도 같은 존재를 셈에서 누락시킴으로써, 그것을 구분의 체계(지식체계) 밖에 위치 짓고, 그것의 가치를 부인"[124]할 때 사건이 발생한다. 우연적으로 일어나는 사건은 공백으로 인해 발생한다. 사건의 가치를 판단하고 기존의 질서 속에서 사건을 실질적이고 근원적인 문제로 간주하는 주체의 '개입intervention'이 필요한 것이다.[125] 타자가 기존 질서에 균열을 내고, 새롭게 의미를 가지는 것에 대한 반응이 충실fidelity한 주체[126]의 책임이며 이 안에서 타자를 향한

123 김상일, 『알랭 바디우와 철학의 새로운 시작』 1, 새물결, 2008, 57쪽.
124 서용순, 앞의 글, 295쪽.
125 바디우는 기존의 지식이 갖는 총체성을 중단시키는 과정에서 구성되는 주체의 '사유'가 보편성을 구성한다고 본다. 지식 속에서 묘사적 술어들을 통해 식별 가능한 것은 '특수한(particular)'이라 정의되고 그럼에도 불구하고 모든 묘사로부터 공제되는 것은 '단독적인(singular)'으로 명명된다. 바디우는 진정으로 특수한 특수성들을 묘사하는 술어들을 자기충족적이고도 자기동일적인 결합이라고 비판한다. 그런 의미에서 그는 단독성이 공제를 통해 보편성에 대한 권리를 주장하는 보편적 단독성을 강조한다. 보편적 단독성을 위한 최초의 물질성은 사건적 언표이다. 상황 속에서 결정불가능한 무엇이 결정되었음을 선언하게 하는 그 무엇이 사건적 언표이다. 사건적 언표는 주체-사유를 위해 현재를 고정하고, 바로 그 주체-사유로부터 보편성이 엮여 나온다. 바디우는 모든 보편적 단독성이 사건을 초래하는 결정에 수반되는 결과들의 관계망으로서 제시된다고 설명한다. 알랭 바디우 · 슬라보예 지젝, 민승기 역, 『바디우와 지젝 현재의 철학을 말하다』, 길, 2013, 36~57쪽.
바디우는 정치적 주체성을 적극적으로 구성하는 주체의 투쟁적 실행을 강조하는데 이는 바디우의 이론이 실정법을 바탕으로 현실적 대안을 모색함을 의미한다.
126 충실성에 대해 바디우는 다음과 같은 전제를 설정한다.
첫 번째, 충실성은 특수하다. 그것이 사건에 의존하기 때문이다. 충실성은 능력, 주체적 특징 또는 덕성이 아니다. 충실성은 상황 속에 놓여 행하는 조작으로, 상황들에 대한 검토에 기반

환대가 시작된다.

국가에 의해 배제되었으나 타자의 실존 그 자체가 국가의 균열로서 국가를 지탱하는 역할을 할 때 이 아포리즘 사이에서 사건이 시작된다. 상황 속에서 잉여적 부가물인 사건을 기존질서의 단절로서 충실히 기입하는 진리에 대한 물음과 결정을 통해 환대가 발현되는 것이다. 타자에게 새로운 가치를 부여하고 공존의 계기를 열어가는 것은 타자를 향한 환대로부터 온다. 아울러 충실한 주체의 개입에 의한 선택과 결정에서 환대의 방법을 마련할 수 있다.

박완서 소설은 현대적으로 재탄생하는 도시 공동체를 배경으로 한다. 탈향민이라는 자전적 정체성에도 불구하고 작가는 고향을 향한 향수나 서울을 향한 동경의 이미지를 표상하지 않는다. 박완서는 급격한 산업화 자본주의로 변모하는 일상 속에서 서울의 도시민을 중심으로 하되 도시 개발에 따른 공간적 계층화와 이로 인해 분화되는 로컬리티적 차별을 지적한다. 이후 점차 계층적 차별이 내면화되어 속물적인 주체와 공동체적인 배제 및 억압에 비판적으로 반응하는 타자의 관계성에 집중하는 양상

한다.

두 번째, 충실성은 상황의 한 항-다수가 아니라 일자로 셈하기처럼 하나의 조작, 구조이다. 충실성을 평가할 수 있도록 해주는 것은 후과이다. 사건의 조정된 후과들의 일자로 셈하기가 그것이다.

세 번째, 충실성은 현시된 다수들을 식별하고 재편성하기 때문에 상황의 부분들을 셈한다. 충실한 정파의 후과는 상황 속에 포함된다. 그 결과 충실성은 어떤 의미에서는 상황의 상태의 조작을 행하게 된다.

따라서 충실성은 상황—개입의 결과들이 셈하기의 법칙에 따라 연속적으로 이어지는 것—에 의해, 특수한 다수—이름이 주어진 후 순환하게 되는 사건—에 의해, 그리고 접속의 규칙—사건이 상황에 속한다는 것이 개입에 의해 결정되었기 때문에 사건과 관련해 기존의 임의의 다수의 종속을 평가할 수 있게 해주는 것—에 의해 공동으로 규정된다는 것을 개념적으로 포착하고 확인해야 한다. 알랭 바디우, 조형준 역, 『존재와 사건』, 새물결, 2013, 382~384쪽.

을 보인다. 이 과정에서 작가는 "나의 형성이 내 안에 타자를 포함하며, 나 자신에 대한 나의 이질성foreignness이 역설적이게도 나와 타자들의 윤리적 관계의 출처"가 됨을 역설한다. 나를 이루는 타자들의 수수께끼적인 흔적들로 인해 나는 환원불가능한 방식으로 나 자신을 알거나 다른 이들과 다른 나의 "차이"를 알 수 없다. 나는 타자와 별도로 고립된 채 책임감이라는 문제를 생각할 수 없는 것이다.[127]

타자와의 대면을 외면하지 않고 감내할 때, 우연한 사건을 선택하고 그것에 개입할 때 우리는 균열된 현실 질서의 현재적 결여로서 "타자의 비존재"를 완전하게 떠맡는 "부정적인 것과 함께 머물기"[128]의 환대를 시행할 수 있는 것이다. 그런 의미에서 공감의 환대는 공동체의 새로운 구성이 아닌 현재 도래하는 공동체[129]를 재구성하기 위한 주체의 윤리가 된다.

차이의 환대는 공동체 내부 주체가 타자로 전락하면서 공통의 감각으로 취합되던 상식에 저항하고 그것을 재감각하면서 공동체 변모의 가능성을 배태하는 데 유효한 기능을 한다.

공통감각을 의미하는 'sensus comunis'라는 개념은 "한 공동체가 암묵적으로 공유하는 가치와 믿음들"을 의미한다.[130] 이는 공동체에서 사람들이 '공통'으로 지니고 있는 정상적인 판단력의 의미로 통용된다. 한 인간 속에 있는 모든 감각들을 통합하여 얻는 종합적이고 전체적인 감득력인

---

127 주디스 버틀러, 양효실 역, 『불확실한 삶-애도와 폭력의 권력들』, 경성대 출판부, 2008, 147쪽.

128 슬라보예 지젝, 이성민 역, 『부정적인 것과 함께 머물기』, 도서출판 b, 2007, 453쪽.

129 아감벤은 현실정치를 타개할 새로운 대안을 기획하지 않는다. 따라서 그는 "'도래하는'을 '미래의'와 혼동"하지 말 것을 주문한다. 아감벤은 메시아가 강림하는 '최후의 날'이 중요한 것이 아니라 최종 형태를 기다리지 않는 '최후의 날' 이후에 대해 집중한다. 조르조 아감벤, 이경진 역, 『도래하는 공동체』, 꾸리에북스, 2014, 151~152쪽.

130 소피아 로젠펠드, 정명진 역, 『상식의 역사』, 부글북스, 2011, 42쪽.

공통감각은, 한 사회 속에 사람들이 공통으로 지니는 정상적인 판단력과 대응하면서 차이의 기초로서 상정된다.[131] 이때 '차이'란 현대 철학에서 주로 말하는 다름, 다양성, 다문화, 차이를 말하는 것이 아니다. '차이'는 기존의 상식을 개인이 수행하는 과정에서 발생하는 '반복'의 비틀림, 그 의미의 틈새이다.[132] 귀납적이고 경험적으로 집적된 상식을 넘어 이데올로기적으로 강압되는 기존 담론에 영향받고 수행하는 개인의 행위 중 규정에 의해 보이지 않았던 것들, 감각되지 못했던 것들을 가시화하여 영향 관계를 주고받으며 차이의 환대는 발생한다.

이렇게 공통감각과 대별되는 차이도 때로 시대착오적인 고정관념으로 변질될 수 있다. 따라서 현실의 '차이'를 끊임없이 쇄신하여 생동적으로 유지, 발전시킴으로써 그것을 통념이라는 의미의 '보통감각gemeinsinn이 아닌 시의적절한 공동체적gemeinshaftlich 감각의 이념으로 이해해야 한다. 차이의 공동체적 감각은 '이념'의 차원이 아닌 '현실'의 차원을 고려하여 "모든 인간에게 있어서 살아있는 올바름과 공공公共의 복리에 대한 감각"이 "공동의 삶에 의하여 획득되고 삶의 질서와 목표에 따라 결정"되어야 한다.[133] 소설에서는 구체적으로 '일상'에 잠식되어 있는 대상에 대한 인식과 믿음, 관행이 '공동'의 삶을 위한 배려와 감응의 차이로 이해된다.[134]

---

131 나카무라 유지로, 양일모 · 고동호 역, 『공통감각론』, 민음사, 2003, 13~16쪽.

132 바디우는 플라톤의 철학을 바탕으로 '다름(l'autre)'은 '순수 다수(le multiple pur)'의 이름이며, 따라서 "있음의 일반적인 이름"에 지나지 않는다고 지적한다. 이러한 다름의 '진리'는 '같음'이라는 '동일성'의 개념으로 환치된다. 이때의 동일성이란 일자로 환원되는 보편적 개념이 아니다. 바디우에게서 보편성은 차이를 전제로 한다. 보편성을 담지하게 되는 '진리'는 따라서 "모두에게 전달된다"는 특징을 갖는다. 홍기숙, 「알랭 바디우의 진리, 사건 그리고 주체」, 『해석학연구』, 36, 한국해석학회, 2015, 365~366쪽.

133 최성환, 「"상식(常識)의 정의"를 위한 시론(試論)」, 『해석학연구』 31, 한국해석학회, 2013, 195~196쪽.

차이를 내재한 담론은 "'감각, 기본지식, 경험, 윤리'가 중첩"되어 있으며 사회의 "지적 전통 및 실천, 사회관계망의 재편에 따른 산물"로 그것의 습득은 "개인의 주체화 과정"과 연동된다. 따라서 차이는 "개인과 공동체를 연결"한다.[135] 공동체 내부에서 개인이 동일화 담론에 의해 배제되고 억압될 때 개인은 타자로 전락한다. 차이의 담론이 개인의 일상에 지배력을 강화할 때 차이의 정치는 경제, 사회, 문화, 세대, 섹슈얼리티, 질병, 감각 등의 다기한 세부요소로 집약되면서 개인 삶에 척도로 작용한다. 공동체 속에 뿌리박혀 있는 대상에 대한 인식은 그 전통성에도 불구하고 시대에 따라 낙차가 생기기 마련이다. 차이의 환대는 대상과 수용 공동체 간의 비균질적인 경험과 전언한 여러 세부 요소의 마찰 과정에서 드러난다. 차이의 인식 변화는 개인을 둘러싼 사회・경제・도덕적 변모를 바탕으로 하기에 이를 규명한다면 타자의 정체성을 파악하고 내부 공동체에서 그를 공감하며 환대할 수 있는 여지를 마련할 수 있다. 또한 공동체의 기존 담론에 저항하여 자신의 정체성을 재규정하려는 개인의 노력을 통해 '차이'를 내장한 환대 가능성이 노정된다.

공동체 안에서 정치의 장소와 쟁점, 보이는 것과 보이지 않는 것의 규정, 말과 소음의 경계는 감성의 분할로 설명된다.[136] 자크 랑시에르Jacques Rancière는 지적 평등의 기반 위에서 인간이 인지적 감각을 통해 세계와 관

---

134 아렌트에게 상식은 종국적으로 보면 다원적이고 말이 많은 세계에 적합한, 강압적이지 않지만 결정적으로 중요한 사회적 접착제이다. 그녀에게 있어서 상식의 중요성은 그것이 인민들 사이의 모든 차이들을 허물어뜨리거나, 그들을 '대중'으로 만들지 않고도 전체주의 정치와 전체주의적인 정신이 깃들 심리적 갈등으로부터 보호해준다는 데 있다. 소피아 로젠펠트, 정명진 역, 앞의 책, 403쪽.

135 이행선, 「1920년대 초중반 상식담론과 상식운동」, 『상허학보』 43, 상허학회, 2015, 285~287쪽.

136 자크 랑시에르, 오윤성 역, 『감성의 분할』, 도서출판 b, 2008, 13~14쪽.

계 맺고 세계에 대한 이해를 구성한다[137]는 점에서 감성의 문제를 제시한다. 기존에 감각의 문제가 미학, 사적인 영역에 경도되었다면, 몫의 배분과 지위의 문제는 흔히 정치, 공적인 영역으로 이해되어 왔다. 감성의 분할은 두 영역의 동시성, 나눔과 공유가 교집합하는 개념이다. 선험적 인식에 종속된 우리의 감각은 이미 규정된 인식 이상의 것을 억압하고 배제한다.[138] 이성적인 지각형식에 합체된 감각 / 감성sense이라는 감각기호의 간극을 드러내는 것, 정신분석학에서 언급하는 주체의 분리 경험이 현실을 봉합하는 상징화로서 'as~if'가 아니라 불일치의 재현 그 자체로 드러냄이 필요하다. 공동체적 삶이라는 심급에서 미학의 정치성은 우리의 선험적 인식에서 걸러져 있던 타자를 감각하게 하는 역할을 할 수 있다.[139]

"개체성이나 개체의 환원할 수 없는 단독성singularity", 즉 차이를 강조하는 것만으로는 "공통성의 사유로 나아가기 어렵고, 더불어 사는 공동체에

137 박나래, 「미감적 경험의 사회적 함의－랑시에르의 감성론을 중심으로」, 서울대 석사논문, 2014, 57쪽.

138 오늘날 커피가 향기롭고 맛있다고 느끼는 것이나 S라인 몸매를 아름답다고 느끼는 것은 단순히 감각중추의 지각이 아니라 그것을 좋거나 나쁘다고 판단하는 사유가 몸에 합체(incorporation)된 결과다. 감각과 사유의 일치를 전제하는 재현체제에서 커피의 쓴맛을 느끼는 감각지각은 커피 문화를 멋진 취향으로 간주하는 인식 뒤로 사라지며 비만이 몸무게의 수치가 아니라 일종의 질병으로 간주되는 것 역시 인식과 감각 사이의 간극이 봉합됨으로써, 몸의 감각으로 합체된 인식이 생물학적인 원초적 감각인 것처럼 자연화된다. 정혜욱, 「랑시에르의 미학적 공동체와 '따로 · 함께'의 역설」, 『비평과 이론』 18-1, 한국비평이론학회, 2013, 194~195쪽.

139 미학적 혁명은 결코 주체나 개인의 차원에서 성취될 수 없기 때문에, 후기 푸코의 '자기에의 배려'를 넘어, 그것을 공통적인 것으로 공유하는 공동체로 나아가고자 한다. 그래서 랑시에르는 미학을 주체의 판단에서 기인하는 것으로 한정하지 않고 "무엇이 감각 경험으로 나타나는 지를 결정해주는 선험적 형식의 체제"로 정의했다(위의 글, 197쪽). 랑시에르가 정치의 기저에 있다고 주장하는 "어떤 미학"은 예술철학의 분과학문을 지칭하는 것이 아니라 "지각과 사유의 역사적 체제"이다. 자크 랑시에르 · 이택광 인터뷰, 최정우 역, 『다시 더 낫게 실패하라』, 자음과모음, 2013, 94쪽.

대한 강조만으로 타자를 환대하는 사회로 나아가기는 어렵다".[140] 따라서 랑시에르의 사유는 기존의 공동체 내부에 존재하는 타자와 공존할 수 있는 방안을 모색하는 데 적절한 지침이 된다.

아리스토텔레스의 로고스 개념을 전유하면서 랑시에르는 '셈'으로서의 로고스가 정의와 부정의의 공동체적 질서 확립에 도움을 준다면, '말'로서의 로고스는 선과 악, 정당함과 부당함의 감정을 공유하며 공동체의 소통을 가능하게 한다고 설명한다. 이는 공동체 차원의 질서를 이해하고 공통의 감각과 인식을 공유하는 공동체적 원리에 바탕이 된다. 랑시에르는 '셈'의 로고스를 주도하는 주인과 '셈'의 로고스에서 배제되어 '말'의 로고스만이 가능한 노예의 이분화에 반대한다. 사회적 존재로서 모든 인간이 공유하는 단일한 로고스로부터 평등은 도출되기 때문이다. 어떠한 사회에서건 그것이 기반한 사회 질서에 따라 명령하는 이와 복종하는 이가 존재하지만, 이는 자연적 원리나 능력에 기인한 것이 아니다. 오히려 "정치의 토대는 사실 자연도 관습도 아니라, 토대가 없다는 것, 모든 사회 질서의 순수한 우연성임"을 드러내고자 하는 것이 랑시에르의 목표[141]이다. "정치는 공통 감각을 다시 틀짓는 논쟁적 형식이며, 이런 의미에서 미학적 사건이다." 이때의 공통 감각은 "합의를 뜻하는 것이 아니라, 정반대로 상이한 공통감각들 간의 대립, 논쟁의 장소를 의미"한다. 미학적 경험은 이런 공통 감각을 재편하는 새로운 공통 감각이자 이데올로기의 재분할이다.[142] 랑시에르의 미학적 혁명은 예술적 미학 속에서 풍경으로 원경화

140 정혜욱, 앞의 글, 191쪽.
141 박나래, 앞의 글, 52~53쪽.
142 위의 글, 76쪽.

되어 있던 것 혹은 분할된 감각에 의해 억압되어 있던 타자의 평등과 자유가 일상적 삶에서 성취되는 것이다. 따라서 공동체 구성과 공동체 내부의 의사소통을 위한 조건으로 평등[143]이 강조되며 이는 감각의 분할로 분류되는 아는 자와 모르는 자, 체제의 영속적 재생산을 지칭하는 순환논리를 극복할 기반이 된다. 기존 사회학이 현실의 불평등으로 인한 착취 구조를 폭로하여 기만성을 드러내는 데에 초점이 있다면, 랑시에르는 더 나아가 인간의 평등함이 공동체를 구성하는 경험적 사실을 공유하고 수행해 내는 능력으로 발휘됨을 강조한다. 따라서 모든 사회 현실의 불평등 구조는 공동체 구성원들의 평등에 정초하여 가능한 것이다.

치안[144]으로 정의되는 사회질서에 의해 개인은 자신의 역할과 위치, 감각을 부여 받는다. 그러나 미학적 경험은 주체에게 힘의 관계들을 중지시키고, 규정된 감각으로부터 자신을 분리시켜 새로운 감각을 가상으로 향유하게 하는 해방의 기회를 준다. 기존 질서의 우연성을 드러냄과 동시에 새로운 질서를 사유하고 그 불화의 현시 속에서 정치[145]의 실현 가능성을 타

143 19세기 노동자들이 주경야독으로 철학과 시를 향유하는 것을 본 랑시에르는 노동자들이 부르주아와 다를 바 없는 사유를 한다고 판단한다. 노동의 시간을 지나 휴식의 시간에 부르주아와 다를 바 없이 철학과 시를 접하는 노동자들은 인간의 보편적 사유체계를 향유하고 이와 맞닿아 있다는 측면에서 평등하다는 것이다. 인간의 평등은 이미 전제되어 있음을 자각하는 것으로부터 시작될 수 있다.

144 『정치적인 것의 가장자리』에서 랑시에르는 정치적인 것을 통치 과정(치안)과 평등 과정(정치)의 마주침으로 설명한다. 치안은 인간들을 공동체로 결집하고 그들 간의 동의를 조직하는 것으로 구성된다. 정치는 자리와 기능들을 위계적으로 분배하는 것과 관련된다. 정치는 평등의 전제 그리고 그것을 입증하는 실천으로서, 해방의 의미와 연관성을 갖는다. 랑시에르는 치안을 부정적인 의미가 아닌 중립적 의미로 사용한다고 말한다. 정치와 치안은 행하고, 존재하고, 말하는 방식들을 서로 다르게 나누는 체제들일 뿐이다. 자크 랑시에르, 양창렬 역, 「옮긴이의 덧말」, 『정치적인 것의 가장자리』, 길, 2008, 39쪽 참조.

145 랑시에르는 정치가 어떤 규정된 역사적 기획에 묶이지 않았음을 밝히면서 어떤 사회의 집단들, 자리들 그리고 기능들의 계정 외부의 어떤 특유한 주체의 형상이 구성될 때 정치가 존재한다고 언급한다. 자크 랑시에르, 오윤성 역, 앞의 책, 70쪽.

진하는 것이다. 평등의 개념을 현실의 불평등 구조에 개입할 수 있는 반성적 인식으로서 누구에게나 열려있는 윤리[146]의 측면에서 접근한다면, 공동체 내의 타자로 억압된 구성원의 계쟁이 공동체의 차이를 재건하는 데 유의미[147]함을 알 수 있다.

박완서 문학에서 가족 공동체의 '일상'에 잠식되어 있던 차이는 혼종성으로 오염된 타자와 마주하면서 반응하고 기존 담론을 재분할한다. 타자는 공동체의 상식을 수행하며 규범에 균열을 가해 감성화esthétisation하고 공동체 내부 주체의 자각을 촉구하며 자신의 정체성과 위상을 재편한다.

박완서의 노년소설[148]은 가족 공동체 내부에서 환대 주체인 노년이 주

---

146 윤리는 규범이 사실 속에서 해체되는 것이며, 담론과 실천의 모든 형태들을 구분되지 않는 동일한 관점 하에 식별하는 것이다. 자크 랑시에르, 주형일 역, 『미학 안의 불편함』, 인간사랑, 2008, 172쪽.

147 정치와 평등의 관계에 대해서 랑시에르는 평등이 정치를 생각할 수 있기 위한 필요조건이라고 정의한다. 그러나 평등은, 그 자체로서는 정치적이지 않다. 그것은 정치적이지 않은 많은 상황(예를 들어, 두 명의 대화 상대자들은 서로의 말을 이해할 수 있다는 단순한 사실에서) 효과가 있다. 또한 정치적인 불일치라는 각 경우의 특유한 형태로 실행될 때만 평등은 정치를 초래한다. 위의 책, 72쪽.

148 노년문학을 정의함에 있어 다수의 연구자들은 노인에 대한 규제적 기준인 노인복지법(1981 제정)에 입각하여 65세 이상의 연령자 선에 대부분 동의한다. 그러나 문학에서의 노년의 범주를 사회입법과 상식의 기준만으로 기준을 세우기에는 제반의 복합적 요소를 단순화하는 경향이 농후하다. 때문에 노년 문학은 "(입법적 연령선에 있는- 인용자) 노년 인물이 주요인물로 나타날 것, 노인이 당면하고 있는 제반 문제와 갈등이 서사골격을 이루고 있을 것, 노인만이 가질 수 있는 심리와 의식의 고유한 국면에 대한 천착이 있어야 할 것"(변정화, 「시간, 체험, 그리고 노년의 삶- 이선의 「이사」와 「뿌리내리기」를 대상으로」, 『한국문학에 나타난 노인의식』, 문학을 생각하는 모임, 1996, 174~175쪽)으로 설정되거나 "존재론적인 양상으로서의 노인성, 문학의 소재가 아닌 본질로서의 약자나 타자의 문제를 호출"하는 것으로 정의된다(김미현, 「웬 아임 올드(When I'm old)」, 김윤식 · 김미현 편, 『소설, 노년을 말하다』, 황금가지, 2004, 282쪽). 서사적 측면으로는 "노인을 서술자나 초점화자로 설정하여 서사화된 소설을 노년소설로 규정한다. 가족해체와 세태의 비정함을 통해 노인의 소외된 삶을 다루는 '노인문제' 소설과 노인의 원숙성과 지혜, 존재의 탐구와 죽음에 대한 철학적 성찰을 다루는 긍정적 측면의 소설 두 가지가 절망과 전복의 하강구조와 통합과 완성의 상승구조라는 서사구조와 짝을 맺고 있다", "노년의 삶을 서사화하되, 주제의 핵심이 '나이듦'의

인으로서 자신의 정체성을 재정립하거나 주체에서 타자로 위치전도되면서 기존 담론에 길항하는 차이를 세밀하게 추적해 간다. 현대 사회에서 공동체에 의해 묵인된 상식은 노년을 타자로 자리매김한다. 노년의 표상은 주체로서의 '우리'가 지닌 속성들의 부정적 측면이 투사된 타자의 속성을 지닌다. 스스로를 이성적, 문명적, 근대적, 합리적 존재로 간주하고 싶은 주체의 욕망이 감정적, 자연적, 전근대적, 비합리적 존재로서의 타자를 상정하게 한다. 따라서 노년은 점점 더 과거에 고착되어 시대에 뒤떨어진 '촌스러움'을 지닌 존재로 형상화되는 것이다. 한국사회에서 노년은 '선진된 문명'에 대한 우리의 선망이 빚어내는 '과거에 고착된 타자'이다.[149] 노년을 환대함에 있어서 노년에 대한 담론은 노년으로부터 도출된 것이 아니라 공동체에 의해 노년에게 규정된다는 점에서 문제가 있다. 보부아르의 언명처럼 "노인의 지위는 결코 자신이 정복해 취득하는 것이 아니라 그에게 주어지는 것"[150]이며 공동체의 목표와 이해관계에 따라서 수정된다.

노년은 누구나 피해갈 수 없는 균질한 체험이다. 환대의 주체였던 개인은 몸, 성, 감정의 감각적인 영역에서 변화를 체감하며 가족 및 사회공동체 내에서 위치가 전환된다. 노년은 이미 공동체 '내부의 타자'로 존재한

과정, 즉 노화가 일상적 삶과 관계들, 가치들에 미치는 영향과 문제들을 다루는 소설"(김미영, 「한국 노년기 작가들의 노년소설 연구」, 『어문론총』 64, 한국문학언어학회, 2015, 218쪽)로 보는 견해가 참조 가능하다.

이 책은 노년문학의 개념에 존재론적인 양상으로서 노인성과 타자성이 함의되어 있다는 논지와 밀접히 맞닿아 있다. 따라서 기존의 견해를 참조하면서 박완서의 노년 문학을 중심으로 존재론, 세태, 미학의 종합적인 측면을 고려하면서 이후의 논의를 전개할 예정이다. 다만, 이 책이 '노인'이라는 표기보다 '노년'을 선호하는 이유는, '노인'이 인물의 생물학적인 육체적 · 감정적 노쇠성으로 한정되는 경향이 있다면 '노년'은 세대적 · 계층적 · 문화적 의미를 아우르는 개념으로서 더 확장성을 갖기 때문이다.

149 정진웅, 「노년 호명의 정치학」, 『한국노년학』 31-3, 한국노년학회, 2011, 759쪽.

150 시몬느 드 보부아르, 홍상희 · 박혜영 역, 『노년』, 책세상, 2014, 769쪽.

다. 가족 구성원의 주체인 노년 세대는 외부의 타자를 환대하는 내부에 자리하지만 동시에 "내부 역시 타자성에 침윤되어 있음을 보여주는 내부 속의 외부 즉 '내-외재성ex-timacy'"의 기표이다.[151] 노년은 주인의 과거이자 정체성을 구성하는 외부이다. 육체적 쇠락과 경제력 상실로 실제적인 주인의 자리에서 자녀 세대와 자리교체 한 노년 세대는 가족 내에서 주인도 타자도 아닌 '잔여'가 된다. 그러나 주인에게 내외부의 노년은 현재를 가능케 하는 요건이자 미래의 자화상이다. 박완서 노년소설에서 노년의 개별성이 차이의 경계를 움직이고 불일치를 가시화하는 평등의 윤리를 추동할 때, '노년'에 대한 "사회문화적 특수성과 인류학적 보편성을 아우르는"[152] 차이의 환대는 의의를 갖는다.

이 책은 박완서 소설의 전 작품을 대상으로 공동체 내에서 배제되는 다양한 타자들과 이들을 환대하는 주체의 환대 양상을 통시적으로 살펴볼 것이다. 특히 환대 양상은 주체와 타자의 상호 관계에 집중되는 것이 아니라 환대 주체의 거점 공간인 국가, 도시, 가족에 이르는 공동체 내에서의 관계를 세밀하게 추적한다는 점에서 의의가 있다. 환대를 위한 책임과 인정이라는 주체의 윤리와 더불어 이 책은 타자의 수동적인 역할만이 아닌 적대적 현실에 대한 저항성을 드러내면서 타자의 능동성에도 초점을 맞

151 민승기, 앞의 글, 615쪽.

152 서형범은 류종렬의 견해를 참조하여 노년소설에서 서사체의 서술자 및 초점화자가 '노인'으로 분류될 수 있는 특징적 주체로 한정되는 것은 그것이 '노인'에 대한 사회문화적 특수성과 인류학적 보편성을 아우르는 주체의 특수성을 지니는 진술주체의 속성을 일반화할 수 있기 때문이라고 설명한다. 이로써 '노인을 서술자나 초점화자로 설정하여 서사화된 소설'이 본격적인 연구영역으로 '노년문학'의 유형이 옮겨갈 수 있는 가능성을 지니는 규정으로 보았다. 서형범, 「노년을 위한 시민인문학 ; 노년문학의 세대론과 전망–새로운 문화환경에 조응하는 문학예술의 가능성에 대한 시금석으로서의 몫을 중심으로」, 『시민인문』 22, 경기대 인문과학연구소, 2012, 20쪽.

출 예정이다. 타자에 대한 역동성은 주체와 교호하면서 상호 긴장관계를 유지한다. 그리고 이 긴장 속에서 타자를 향한 환대의 양상은 텍스트의 후기로 갈수록 더욱 발전적인 방안으로 도출될 것이다.

제2장 '국가 공동체의 분유와 증언의 환대'는 박완서 소설의 출발점인 1970~1980년대 한국전쟁을 배경으로 한 전후 소설을 대상으로 한다. 이 시기 소설에서는 국가 권력 및 구성원들에 의해 국가 공동체 밖으로 배제된 '난민 체험'의 국민을 생성해내기에 주체의 타자성은 공동체의 외부적인 성격을 띤다. 증언의 환대는 공동체 구성원이었던 국민이 타자로 전락하면서 국가 공동체 안팎에서 사건의 분유를 요구하는 환대로 규정할 수 있다.

제3장 '도시 공동체의 책임과 공감의 환대'는 1970~1990년대에 이르는 산업화 자본주의를 배경으로 하는 세태소설을 대상으로 한다. 도시 공동체 내부의 중산층은 산업화 자본주의 시대에 이르러 급작스럽게 축적한 부의 물질만능주의, 현실 순응에 따른 내적 빈핍 의식을 느낀다. 이들은 외부 타자와의 만남을 계기로 내부의 타자성과 대면하고 외재적 타자와 타자적 교집합을 형성한다. 아울러 산업화 시기는 계층 분화와 로컬리티 빈민을 양산하는 배금주의 문제가 동시에 제기된다. 공동체 내부 주체에게 공동체 경계에 존재하는 타자성은 타자와의 공존, 외부 타자의 단독성 인정 등의 책임에 따른 선택의 윤리로 강조된다.

제4장 '가족 공동체의 수행과 차이의 환대'는 1980년대~2000년대 출간된 노년소설을 중심으로 가족 공동체에 내재하면서도 환대의 조건인 집의 거점 공간에서 주체에서 타자로 빗겨나 소외되는 노년에 대해 고찰한다. 노년을 향한 환대는 주체와 외부로부터 유입되는 타자의 기본 환대

구조가 아닌 환대 공간 내부에서 변모된다는 점에서 특징적이다. 노년과 돌봄의 주체인 여성은 공동체 내의 주체임에도 불구하고 내부의 타자로 배제되는 위치에 있다. 노년에 대한 기존 담론의 수행과정에서 겪는 가부장성의 균열과 교란의 틈으로써 드러나는 차이는 평등의 윤리와 결합하여 내부적 환대의 필요성을 제기한다.

각 장의 1절은 각 공동체에서 주체의 위치를 중심으로 주체가 처한 공동체의 배경을 살펴보고 그 안에서 타자를 환대하기 위한 주체의 특징에 대해 살펴해 보겠다. 2절에서는 타자를 배제하고 억압하는 일상의 적대적 현실과 이를 향한 타자의 적극적인 대응 양상을 분석한다. 3절은 각 장의 1절과 2절을 종합하여 박완서 텍스트에서 주체가 타자를 환대하는 행위가 직접적으로 제시된 부분과 타자에 의한 환대 행위가 적극적으로 드러나는 텍스트의 의미에 대해 규명해 볼 것이다.

박완서 소설의 환대는 기존 연구에서 볼 수 없던 박완서 소설의 새로운 윤리를 고찰할 계기를 준다. 1970년대부터 환대의 아젠다를 내장한 박완서 소설을 통해 한국 현대소설사 내에서 환대의 본질을 탐색하고 본격적인 환대 문학의 연속성을 재고하는 기회가 될 것이다. 환대 문학의 토양이 축적되지 않은 문학 장에서 이 책은 불가능성의 가능성을 제시하며 문학 연구의 새로운 방향을 모색해 갈 것으로 기대한다.

제2장

국가 공동체의 분유와 증언의 환대

박완서 소설에서 증언의 환대는 주로 한국전쟁과 전후의 일상을 배경으로 한다. 분단의 결과는 남북의 민족 공동체 내부 분열만이 아니라 동일 지배체제 아래 일상을 공유하던 이웃 공동체의 파괴에 이르기까지 전방위적인 파열을 낳는다. 이 과정에서 전후 남한에서는 오직 북한이 촉발한 전쟁의 피해와 고통, 특히 인민군의 남침으로 인한 직접적인 피해만이 자유롭게 발언되었다. 한국전쟁에 관한 기록들 속에는 민족, 민중, 인권, 여성의 관점이 완전히 배제되어 있으며 오로지 국가의 관점, 반공의 관점만 있다. 엄혹한 처벌과 배제, 사실상의 사건인 이 '지식의 전제專制'는 오늘날도 지속되고 있다.[1] 이런 현실에서 한국전쟁을 기록한 박완서 소설은 배제되었던 민중과 인권, 여성의 관점을 정확히 포착하고 있다. 이는 박완서 소설이 공동체 내부에서 외부로 타자화되는 주체의 양상에 주목함을 의미한

1 김동춘, 『전쟁과 사회』, 돌베개, 2003, 23~26쪽.

다. 그런데 박완서 소설에서 공동체의 외부로 배제되는 주체는 한국전쟁기 이전 일제 말기 식민지 유년 시절에서 그 연원을 찾을 수 있다. 이는 단순히 우리 민족의 역사적 궤적에 따른 보편적인 알레고리로서 타자화를 설명하는 것이 아니다. 이 책은 작가의 유년 체험이 개인사를 넘어 한국사를 공적 서사화한다는 거대시각의 논리를 뒷받침하기[2] 보다는 공공연하게 자행된 보편사 속에 "말해질 수 없었던" 진실의 간극을 드러내는 데에 초점을 둔다. 공적 역사로 회귀될 수 없었던 역사의 이면에서 타율적인 힘에 의해 공동체 내부에서 외부로 위치한 주체는 이방인이 되고 공동체의 폭력을 경험한다. 박완서 소설에서 폭력의 절대권은 주로 큰타자인 국가나 공동체의 집단성에 의해 발현된다.[3] 때문에 그 구성원인 개인은 누구나 폭력적 현실에 열려 있으며 주체와 타자의 경계가 명확히 구분되기 어려운

---

2 이에 대한 다수의 논의는 다음의 글들을 참조할 것.
강진호, 「기억 속의 공간과 체험의 서사-박완서의 「그 여자네 집」을 중심으로」, 『아시아문화연구』 28, 가천대 아시아문화연구소, 2012; 권명아, 「박완서, 그녀가 남긴 것」, 『작가세계』 88, 2011.3; 박완서, 「나에게 소설은 무엇인가」, 『우리시대의 소설가 박완서를 찾아서』, 웅진닷컴, 2006; 백윤경, 「분단의 경험과 여성의 시선-박완서의 초기 단편소설을 중심으로」, 『현대문학이론연구』 51, 현대문학이론학회, 2012; 손윤권, 「'번복'의 글쓰기에 의한 박완서 소설 『그 남자네 집』의 서사구조 변화」, 『인문과학연구』 33, 강원대 인문과학연구소, 2012; 이경재, 「박완서 소설의 오빠 표상 연구」, 『우리문학연구』 32, 우리문학회, 2011; 이선미, 「박완서 소설과 '비평'-공감과 해석의 논리」, 『여성문학연구』 25, 한국여성문학학회, 2011; 이은하, 「박완서 소설에 나타난 전쟁 체험과 글쓰기에 대한 고찰」, 『한국문예비평』 18, 창조문화사, 2005; 정연희, 「박완서 단편소설에 나타난 주체와 타자 연구」, 『어문논집』 66, 민족어문학회, 2012; 조미숙, 「박완서 소설의 전쟁 진술 방식 차이점 연구」, 『한국문예비평연구』 24, 창조문학사, 2007.12.

3 미하엘 빌트는 「폭력에 대한 단상」에서 법과 폭력의 복잡한 관계를 다음과 같이 언급한다. 첫째, 법률은 사회적 평화를 위해 폭력을 행사할 수 있지만 그 사회구성원은 이에 맞서 스스로를 보호할 폭력을 갖고 있지 않다는 역설이다. 공권력을 독점한 국가가 법적 의무를 방기하는 순간 시민들의 정치적 동의는 받아들여지지 않는다. 둘째, 법과 폭력의 결합으로 내적으로 국가와 연계가 창출되기도 하지만 동시에 법 밖의 영역, 불법적으로 정의되는 영역도 존재한다. 아감벤의 견해를 참조하면 법은 자기 영역의 경계에 따라 폭력을 규정한다. 즉 경계선 양쪽은 서로 연관되어 있어 포함과 배제의 관계가 맞물린다. 미하엘 빌트, 송충기 역, 「폭력에 대한 단상」, 『일상사로 보는 한국근현대사』, 책과함께, 2006, 185~186쪽.

지점에 놓인다. 박완서가 포착하는 "정책의 한 수단으로 행사하는 조직적이고 광범위한 폭력violence"[4]이자 사건으로서 일상은 이러한 전후의 현실을 노정한다. 또한 1970년대 이후를 배경으로 한 소설에서는 공동체 편입을 위해 주체 스스로 국가 이데올로기를 자발적으로 내면화하면서 타자로 전락하는 경향을 보이기도 한다. 따라서 박완서 소설의 인물들은 주체의 타자적 위치와 주체에게 영향을 주는 타자 역할의 동시적인 경험을 내포하며 망각의 강요와 자발성에 맞서 사건의 분유를 설파한다.

1. 국민의 외존과 정체성의 분열

박완서 소설에서 국민의 존재적 자격은 내부적으로 굴곡을 거친다. 이 책은 박완서 소설의 인물이 유소년기부터 토착민의 언어나 동일자의 언어에서 벗어나는 타자적 경험을 추적한다. 이때 국민은 자발적으로 타자의 역할을 하기도 하고 국가 공동체에서 배제되어 타율적으로 타자의 위치로 전락하기도 하면서 타자성을 내면화한다. 때문에 박완서 소설에서 국민의 존재 자격은 항상성을 유지하기 어렵다.

1) 이방의 배제와 적대의 일상화

박완서 소설에서 주체의 이방성은 강제와 자발성을 넘나든다. 서울을 향한 동경과 친연성을 내세우며 고향에서 자발적으로 이방의 위치에 있

---

4 김동춘, 앞의 책, 41쪽.

기도 하던 주체는 막상 서울에서 지방의 열등한 이방인이 된다. 식민의 현실에서 이방인과 토착민의 구분 기준이던 언어는 한국전쟁 후 이데올로기로 전환된다. 이러한 기준은 누구나 주체와 타자의 경계에서 자유로울 수 없음을 의미하며 일상에 보편화되어 있는 적대의 현실을 암시한다.

『그 많던 싱아는 누가 다 먹었을까』[5]에서 보면 집안에서의 서울말 통용, 마을 사람들이 인정하지도 않는 양반 행세, 남녀 구분 없는 자식 교육, 서울로의 유학, 일본식 양력 설 쇠기 등 화자의 가족들은 토속적인 개성 마을의 집단성에 위배되는 이방적 행동을 보인다. 이는 지역 공동체에서 자발적인 소외로 "가까이 있으면서 동시에 멀리 떨어져 있는 긴장"[6]을 내포한다. 양반 행세조차 실상 권위의 상징이 될 수 없는 상황에서 나머지 요소들은 아이러니하게도 근대적 개화를 지향하며 화자의 서울행이 엄마 개인의 급작스러운 판단만은 아님을 보여준다.[7]

5 박완서, 『그 많던 싱아는 누가 다 먹었을까』(박완서 소설전집 19), 세계사, 2012. 이하 박완서의 작품을 인용할 때 처음에만 서지사항을 기재하고 이후로는 '작품명, 쪽수'로 표기함.

6 이방인은 한 공동체 안에 아직 완전히 동화되지 않아 낯섦을 간직하고 있는 자이다. 짐멜(Georg Simmel)은 이방인을 "잠재적 방랑자로서 (…중략…) 더 이상 이동하지는 않지만 오는 것과 가는 것의 분리 상태를 완전히 극복하지는 못한 방랑자"라고 정의했다. 이 정의는 "이동"이라는 문자 그대로의 의미뿐 아니라, 공동체적 질서와의 동화라는 상징적인 의미도 갖고 있다. 이방인은 토박이와 달리 완전히 정착하지 못한 채, 이질성의 요소와 국외자의 태도를 유지하고 있다. 따라서 이방인은 "가까이 있으면서 동시에 멀리 떨어져" 있는, 긴장 속에 놓여 있는 존재이다. 김애령, 「이방인과 환대의 윤리」, 『철학과 현상학연구』 39, 한국현상학회, 2008, 179쪽.

7 어린 화자가 박적골에서 겪은 체험은 권위의 균열이자 감각을 통한 근대의 선취이다. 그곳은 박가성을 가진 두 양반집과 양반이 아닌 다수의 홍가로 이루어졌음에도 마을 이름이 박적골인 곳이며 개성지방의 전통상 양반 계층을 인정하지 않는 장소이다. 지주와 소작인의 계층분화가 의미 없는 곳에서 유일한 양반 행세를 하는 할아버지의 위엄은 집에서조차 희화화된다. 화자의 눈에 비친 할아버지의 권위는 "인격과는 무관한" '덕국물감'을 선호하는 집안 여자들의 가식적 행위이며 할머니와 어머니의 농담 속에서 농락된다.

왠지 나는 선생님의 그런 세심한 안배에도 끼지 못하고 늘 가장자리에 처져 있었다. 가장자리에선 중심부에서 일어나는 일이 잘 보였고 선생님이 아무리 공평하려고 노력해도 선생님 손이나 치맛자락을 잡을 수 있는 아이는 정해져 있다는 것도 알 수가 있었다. 그런 애들은 대개 예쁘고 똑똑하고 잘 까불었다. 시골이나 현저동에서 사귄 동무들하고는 다른 진짜 서울 아이들이었다.

나는 중심부의 그런 애들을 입을 헤벌리고 침을 흘릴 정도로 부러워하고 시기도 했지만 닮을 자신이 없었다. 사람에겐 누구나 죽었다 살아나도 흉내 못 낼 것 같은 게 있는 법인데 나에겐 그게 집단의 중심이 되는 것이었다.

—『그 많던 싱아는 누가 다 먹었을까』, 77~78쪽

박적골에서 화자 가족의 서울 지향이 이방의 위치를 낳았듯 식민지 언어를 낯설어 하는 화자에게 제도권은 이방의 영역이 된다.[8] 화자가 서울에서 이방인이 되는 과정은 식민성과 개성이라는 지역성이 결합된다. 박완서의 자전적 소설에서 인물은 서울 토박이와 달리 식민지 학교 교육에 완전히 정착하지 못한 채, 이질성의 요소와 국외자의 이방인적 태도를 유지한다. 지방인이자 식민의 언어를 습득하지 못한 특성과 더불어 문안의 학교에서 문밖의식을 견지한 화자는 이방인의 특성을 지닌다. 서울 말과 스타일로 서울의 이미지를 입었던 시골아이는 현저동에서도 문안의 이미

8 식민의 언어를 사용하는 화자의 경우 식민지 지배국인 일본이 식민지 피지배 인민들에게 적국의 언어를 강요하기에 일본어는 '모어'가 된다. 이런 경우 식민지에서 해방되어도, 적국의 언어를 '모어'로 가진 인민들은 무의식적으로 적국의 문화에 동조하고, '물리적 경계'는 모국에 속하지만, '의미로서 경계'(출생 · 언어 · 문화의 경계)는 적국에 속하게 된다. '물리적 경계'와 '의미로서 경계'가 일치하지 않는 개인은 '물리적 경계'에서 국민이지만, '의미로서 경계'에서 비국민 · 적국인 · 난민이 될 것이다. 하용삼 · 배윤기, 「경계의 불일치와 사이 공간에서 사유하기－G. 아감벤의 국민 · 인민 · 난민을 중심으로」, 『대동철학』 62, 대동철학회, 2013, 98쪽.

지를 입은 문밖의 아이로 행세한다.[9] 학교생활의 가장자리에서 "집단의 중심"이 되지 못한 화자는 기류계상의 문안 거주에도 불구하고 문밖의 정서를 유지하며 타자적 위치를 경험한다.[10] 박완서 소설에서 어린 화자는 전시 식민지 교육에 대한 특별한 거부감을 드러내지 않지만[11] 개성 출신이라는 화자의 타자성은 후방의 식민지 교육에 적응하지 못하면서 지역성과 식민이라는 로컬성이 공명하는 결과를 낳는다.

식민의 현실에서 이방인과 토착민의 구분 기준이던 언어는 한국전쟁 후 그 기준이 이데올로기로 전환된다. 오빠의 사상 경도 이력으로 화자의 가족들은 체재 동조 인민으로 분류되어 이웃들로부터 소외되기 시작한다. 그러나 실상 오빠가 출근공작으로 의용군으로 강제징병되면서 화자의 가족들은 차츰 "우리를 속여먹고 있는 것은" 단순한 이웃이 아닌 "그보다 훨씬 크고 조직적인 힘"임을 간파한다. 결국 화자의 가족을 소외시키고 오빠를 사지로 몰은 이웃들 역시 자신들과 다를 바 없는 위태로운 상황에서 생존을 위해 타자를 배제하기 시작한 것이다.

---

9 이정희는 문안 아이가 아니면서 문안 학교에 다닌다는 점에서 '나'는 양쪽 집단 모두에서 주변부에 위치한 아이가 되는 것으로 설명한다. 이정희는 이때의 '문밖 의식'이란 일종의 경계인(境界人) 의식으로서, 중심부의 부정성과 허위를 꿰뚫어 볼 수 있는 객관적 관찰자 의식이라고 본다. 이정희, 「오정희, 박완서 소설의 근대성과 젠더의식 비교연구」, 경희대 박사논문, 2001, 85쪽.

10 우현주, 「어머니의 법과 로고스(logos)의 세계」, 『인문학연구』 49, 조선대 인문학연구원, 2015, 187쪽.

11 박완서 역시 식민지 백성으로서 으레 겪는 일상적 폭력을 날카롭게 비판하는 것을 피하지 않는다. 하지만 박완서의 추억담은 정치적으로 모욕을 당하는 상황 속에서도 사람들이 어떻게 삶을 영위해 갔는지 미미하게나마 비춰준다는 점에서, 기존의 이분법적 묘사를 바로잡는 데 유용한 역할을 한다. 특히 어린 박완서의 관점에서 일본제국에 동화되어가는 경험을 들려주는 대목을 주목할 만하다. 작가는 그 경험을 통해 묵인과 저항이 놀라우리만치 혼재되어 있던 당시의 분위기를 폭로한다. 스티븐 앱스타인, 「작품해설-내다보기와 들여다보기」, 『그 많던 싱아는 누가 다 먹었을까』(박완서 소설전집 19), 세계사, 2013, 291쪽.

우리 가족에게 참아내기 힘든 가혹한 고통의 시기가 닥쳐왔다. 그건 우리 집 안의 일이면서 나 혼자 겪어내야 하는 일이기도 했다. 동네 사람들은 여전히 우리 집을 거물 빨갱이라고 여기고 싶어했다. 수복이 되고 밖에 나간 엄마를 보고 옆집 사람이 질급을 하더라는 것이었다. 우리가 북으로 안 가고 남아 있다는 건 놀라운 일일 뿐 아니라 기분 나쁜 일이었을 것이다. 기분 나쁜 정도가 아니라 시한폭탄을 옆에 끼고 사는 것처럼 무섭고 불안했을지도 모른다. 무슨 짓을 해서가 아니라 우리의 존재 자체가 사회불안 요소였다. 제거당해야 마땅했다.

— 『그 많던 싱아는 누가 다 먹었을까』, 266~267쪽

한국전쟁 당시 피난은 '국민의 자격'을 심판하는 기회로 작용하고 피난의 선택 여부가 반공과 반역의 구분을 가능하게 했다. 한국전쟁에서 피난은 단지 개인이 전쟁의 참화를 피하기 위해 목숨을 건 '선택'의 문제가 아니라 집단적인 '의식'의 동조로서 강조된다. 박완서 소설에서 화자의 가족은 두 번의 피난을 모두 실패한다. 첫 번째 피난은 대통령을 포함한 국가기관 종사자들이 국민을 배신하고 먼저 피난을 가면서 국민의 신뢰를 저버린 행동을 확인하게 한다. 목도한 현실이 아닌 언론의 선전을 맹신하고 선택 불가능함을 '선택'한 결과로 화자의 가족은 피난에 실패한다. 이 실패의 결과로 화자의 가족은 사상의 불온을 심판 받았으며 이웃 공동체에 의해 공동체 밖으로 떠밀리는 외부자가 된다. 내전 상황에서 국가 구성원인 '국민의 자격'은 구체적인 충성 '행동' 여부로 구분될 수밖에 없다. 한국전쟁에서 이승만 정권은 피난을 간 자와 피난을 가지 못했더라도 전쟁과정에서 북한에 부역하지 않은 사람을 충성스러운 국민으로 간주하였다. 따라서 '충성스러운 국민'과 '의심할 만한 국민'의 가장 일차적인 구분은

인민군 점령 직전 한강을 넘어서 피난을 갔던 '도강파'와 서울에 남아 있었던 '잔류파'의 구분에서 시작되었다. '도강파'들은 서울이 수복되자 마치 '정복자'처럼 서울에 입성하여, "서울에서 살아남은 사람이 '국민'인지 '적'과 내통한 자인지 심사하자"는 적반하장의 자세를 취하였다.[12] 결국 9·28 수복 후 서울에서는 북한에서 월남한 자와 피난을 간 자만이 '공산주의에 반대했다'는 가장 확실하고 안전한 신분증명서를 갖는 셈이었다.[13]

오빠가 서둘지 않더라도 우리도 어서 피난을 떠나고 싶었다. 피난을 못 가고 서울에 남아 있게 된다고 해도 이제 북쪽에 붙는 최악의 상상은 할 필요가 없어졌지만, 수복된 후에 또 어떤 일을 당할지는 생각만 해도 모골이 송연해졌다. 서울을 사수하겠다고 속여놓고 도망갔다 와서도 그렇게 으스대던 사람들이, 한 사람도 남김없이 피난을 가라고 미리미리 한강에 가교까지 설치해놓고 내모는 데도 안 가고 남아 있던 사람들을 어떻게 취급할지는 불을 보듯 뻔했다. 어서

12 이렇듯 서울에 남아 있던 사람에겐 정도의 차이는 있을망정 일단은 부역의 혐의를 걸 수 있는 여지가 있게 마련이었다. 비록 그들이야말로 서울을 사수하겠다는 정부의 말을 액면 그대로 믿은 순수한 양민이었다고 해도 말이다. 정상은 참작되지 않았다. 부역에 있어서 한 점 부끄러움도 없이 결백하다고 주장하기 위해서는 한강다리를 건너 피난을 갔다 왔다는 게 제일이었다. 그래서 자랑스러운 반공주의자 내에서도 도강파라는 특권계급이 생겨났다. 시민들은 안심하고 생업에 종사하라고 꾀어놓고 떠난 사람들 같지 않게 안하무인이었다. 어쩌면 자기 잘못에 대한 자격지심 때문에 선수를 치느라고 그렇게 위세를 부리는지도 몰랐다. 그렇지 않고서야 친일파의 정상은 그렇게도 잘 참작해주던, 그야말로 성은이 하해와 같던 정부가 부역에는 그다지도 지엄할 수가 없는 노릇이었다. 『그 많던 싱아는 누가 다 먹었을까』, 266쪽.

13 김동춘, 앞의 책, 165~166쪽. 부역자 처벌의 정치 혹은 학살의 정치는 곧 희생양의 정치의 중요한 내용이다. 부역자 처벌의 정치는 국민을 버리고 간 정부의 무책임성을 은폐하기 위해 모든 국민들에게 의심의 화살을 퍼부으면서 국민들의 일사불란한 복종을 유도할 수 있는 억압전략이다. (…중략…) 학살의 정치는 적과 정치적 반대자 혹은 '잠재적인 정치 반대자'인 무고한 민간인들에게 무자비한 보복을 가함으로써 당사자는 물론 이것을 목격한 주변 사람들에게 권력에 대한 공포감을 갖도록 해줌과 동시에 피해자와 그의 가족들이 다시는 재기할 수 없도록 만드는 전략이다. 위의 책, 296~297쪽.

떠나고 싶었다. 미치게 떠나고 싶었다.

—『그 많던 싱아는 누가 다 먹었을까』, 277쪽

천지에 인기척이라곤 없었다. 마치 차고 푸른 비수가 등골을 살짝 긋는 것처럼 소름이 확 끼쳤다. 그건 천지에 사람 없음에 대한 공포감이었고 세상에 나서 처음 느껴보는 전혀 새로운 느낌이었다. 독립문까지 환히 보이는 한길에도 골목길에도 집집마다 아무도 없었다. 연기가 오르는 집이 어쩌면 한 집도 없단 말인가. 형무소에 인공기라도 꽂혀 있다면 오히려 덜 무서울 것 같았다. 이 큰 도시에 우리만 남아 있다.

— 『그 많던 싱아는 누가 다 먹었을까』, 282~283쪽

두 번째 피난은 첫 번째 피난의 교훈으로 공동체에 낙오되지 않기 위한 집단적 행동의 결과이다. 두 번째 피난의 실패는 화자 가족에게 피난의 허울과 인공치하를 경험하게 한다. 집을 떠났다 돌아오는 명목상의 행위로 화자의 가족은 내부 공동체의 승인을 얻으려 했으나 불온의 낙인을 직접 체험한다. 화자의 가족들은 반공도 불온도 될 수 없는 내부적 결여의 지점을 정확히 드러내고 있다. 작가는 이 과정에서 서술의 평형감각을 유지하고 있다. 첫 번째 피난이 국민에 앞서 피난을 자행한 남한 권력 기관에 대한 비판이었다면 두 번째 피난에서 박완서는 "인민마저 외면하는 북의 해방 논리"[14]에 의구심을 표한다.

14 물론 그는 6·25 때처럼 제법 시민들의 환영 속에 서울에 입성하리라곤 기대하지 않았지만 밤중에 빈집 들 듯이 싱겁게 입성하여 날이 밝은 후 확인한 서울의 완전무결한 공허 그 몸서리쳐지는 허망은 마치 기습을 당한 기분이었다. (…중략…) 기름진 부르주아, 줏대 없는 소시민들이 다 등을 돌린 건 당연하다손 치더라도 가난뱅이들만은 우리 편이어야만 이번 전쟁의

『목마른 계절』[15]에서 진은 자신이 선택한 북측의 사회주의 이데올로기의 허상을 일상에서 겪는다. 작가는 이 소설로 "당대를 규율한 반공주의의 압력과 그로 인한 자기 검열에서 자유롭지"[16] 못하다는 평가를 받기도 했지만 『목마른 계절』은 적대가 만연한 전쟁의 일상을 생활인의 입장에서 탁월하게 묘사한 점이 돋보이는 텍스트이기도 하다.

> 폭격과 기총소사는 쉬 무슨 끝장을 보고야 말듯이 나날이 격해 가, 이제 아주 절정에 다다른 듯했고 이에 따른 처참한 주검과 파괴의 참상에 사람들은 익숙다 못해 목석처럼 무심해갔다.
>
> 이런 무감동은 비단 남의 일, 이웃의 일이라서가 아닌 것이 금방 자식이 깔려 죽은 폐허에서 양식을 파내어 남은 자식을 위해 죽을 끓이는 어미에게도 이런 무감동은 없었다. 죽음이 도처에 있으면서 상가나 통곡은 없었고, 파괴에 뒤따른 건설이 있을 리 없었다.
>
> 죽기 직전까지도 먹어야 한다는 것은, 먹다가도 죽어간다는 것은 얼마나 욕된 일일까.
>
> —『목마른 계절』, 181~182쪽

죽음이 곧 일상이 되는 전쟁의 이면은 또한 그 죽음을 밟고 일어나려는 생존의 본능이다. 죽음에 대한 애도는커녕 도덕과 감정까지 삭제하는 전쟁에서 살아남는 것이 곧 진리가 된다. 사람들의 마지막 생기는 시장의 활

명분이 서고 고달픈 혁명사업이 고무적일 수 있지 않은가? 박완서, 『목마른 계절』(박완서 소설전집 2), 세계사, 2012, 422쪽.

15 박완서, 『목마른 계절』(박완서 소설전집 2), 세계사, 2012.

16 강진호, 앞의 글, 2쪽.

기에서 오고 그런 이유로 폭격의 대상이 되지만 가장 빠르게 되살아나는 곳도 시장이다. 작가는 이렇게라도 생존해야 하는 현실의 부조리함과 절실함 사이의 갈등을 핍진하게 보여준다. 『그해 겨울은 따뜻했네』[17]에서는 이런 부조리함과 적대의 현실이 아이들의 세계까지 잠식해 있음을 보여준다. 아버지의 죽음과 어머니의 무기력으로 "애정의 공백상태"가 된 수철, 수지, 오목 남매에게 허기증은 극단적인 육체적 · 정신적 결핍의 상태로 다가온다. 서로를 의지하던 그들에게 착한 아이 콤플렉스를 만들어 준 것은 어른들의 이기심이다. 어린 오목의 식탐을 경계하던 피난민 집단은 "자기나 자기 아이가 오목이에게 빼앗기지 않기 위해서 수지가 빼앗기도록 부추"긴다. 어린 수지는 동생 오목의 모든 탐욕을 받아주며 주변에 의해 착한 아이로 만들어진다. 상대적으로 오목은 착한 언니를 괴롭히는 악적인 존재로 미움을 받는다. 오목은 전쟁의 불안과 공포, 피난의 고단함과 부조리한 현실의 모든 적대를 집약한 악이 된다.

> 자기 역시 할머니가 마음 한번 먹기 따라서 얼마든지 내버려질 수도 있다는 생각이 수지를 두렵게 하기는커녕 오히려 편안하게 했다. 수지는 좀 전에 혼자서 감쪽같이 저지른 나쁜 짓의 유력한 공모자를 얻은 기분이었다. 난리통의 모든 사람들은 공모자였다. 인두겁을 쓴 짐승이었다.
>
> —『그해 겨울은 따뜻했네』 1, 39쪽

수지는 오목이를 놓친 게 아니라 놓은 거였고, 어린 마음에 선악의 의식 없이

17 박완서, 『그해 겨울은 따뜻했네』 1 · 2(박완서 소설전집 12 · 13), 세계사, 2012. 이하 인용 시 '권수, 쪽수'로 표기함.

> 놓은 게 아니라 충분한 죄의식을 가지고 저지른 것이었다. 그건 비록 아무도 모르는 일이지만 변명할 여지 없이 확실한 죄악이었다. 수지가 자신의 일곱 살을 꼭꼭 움켜쥐고 그 누구에게도 펴보이지 않으려는 것도 그런 까닭이었다.
>
> —『그해 겨울은 따뜻했네』 1, 43쪽

오목을 유기한 직접적인 행위는 수지의 몫이지만 사건의 완성은 어른들의 공모에 의한 것이다. 익숙한 '오목'의 명칭 대신 본명 '수인'을 부르며 찾던 수지나 모든 상황을 모른 척하던 수철, 피난의 낙오를 오목에게 탓하며 저주하던 할머니는 모두 오목의 유기를 정당화한다. 평소 악의 표상으로 미움받던 오목의 실종은 당연한 결과가 되고 어른들이 수지를 이용해서 자신들의 이기심을 '정의'로 도착했듯 공모된 죄는 상황에 대한 합리화로 이어진다. "살기위한 선택은 아무리 비인간적이라도 정당"해지는 전쟁 통에 피난을 위해 오목을 찾지 않는 가족들의 행위는 정당화된다. 그러나 소설에서 '공모'의 감각은 '죄'를 지속시키며 이후 재회한 자매 사이에 또 다른 죄를 추동해 내고 죄의 무게를 누적시킨다.[18] 이렇듯 전쟁의 현실은 어린 아이조차 가족 내에서 적대의 타자로 배제시키는 일상이 된다.

박적골에서 서울로 근대적 교육을 위한 이동, 한국전쟁으로 인한 피난 등 주체의 물리적 이동은 당대의 보편적인 현대사의 배경이다. 특히 「석양을 등에 지고 그림자를 밟다」[19]에서의 언급처럼 한국전쟁은 누구에게나 "공동의 획"이다. "그 획을 통과하면서 각자의 운명은 얼마나 심한 굴

18 우현주, 「박완서 소설에 나타난 수평적 新가족 공동체 형성」, 『한국문학이론과 비평』 66, 한국문학이론과 비평학회, 2015, 55쪽.

19 박완서, 「석양을 등에 지고 그림자를 밟다」, 『그리움을 위하여』(박완서 단편소설 전집 7), 문학동네, 2013.

절을"[20] 겪어야 했는지 작가는 화자의 가족사를 통해 보여준다.

> 사람이란 고통받을 때만 의지할 힘이나 위안이 필요한 게 아니라 안일에도 위안이 필요했던 것이다. 증언의 욕구가 이십 년 동안이나 뜸을 들였다가 결실을 맺게 된 것은 아마도 최초의 욕구가 증오와 복수심에서 비롯되었기 때문일 것이다. 증오와 복수심만으로는 글이 써지지 않는다. 우리 가족만 당한 것 같은 인명 피해, 나만 만난 것 같은 인간 같지 않은 인간, 나만 겪은 것 같은 극빈의 고통이 실은 동족상잔의 보편적인 현상이었던 것이다. 훗날 나타난 통계숫자만 봐도 그렇다. 우린 특별히 운이 나빴던 것도 좋았던 것도 아니다. 그 끔찍한 전쟁에서 평균치의 화를 입었을 뿐이다. 그런 생각이 복수나 고발을 위한 글쓰기의 욕망을 식혀주었다. 그러나 세월이 지나도 식지 않고 날로 깊어지는 건 사랑이었다. 내 붙이의 죽음을 몇 백만 명의 희생자 중의 하나, 곧 몇백만 분의 일로 만들어버리고 싶지 않았다. 그의 생명은 아무하고도 바꿔치기할 수 없는 그만의 고유한 우주였다는 게 보이고, 하나의 우주의 무의미한 소멸이 억울하고 통절했다.
>
> —「석양을 등에 지고 그림자를 밟다」, 358쪽

전쟁은 누구나 언제든 예외가 될 수 있던 역사의 굴절이기에 적대가 일상화된 생존의 장이기도 했다. 한국전쟁의 일상을 자전적으로 핍진하게 묘사하면서도 작가는 전쟁의 피해를 선불리 일반화하여 무마하지 않는다. 작가는 주체와 타자의 경계가 모호했던 시기에 내면화된 타자성이 공동체의 배제와 맞물릴 때 증언의 욕망이 시작됨을 언급한다. 그러나 사건에

20 박완서, 「그 가을의 사흘동안」, 『엄마의 말뚝』(박완서 소설전집 11), 세계사, 2012, 307쪽.

대한 증오와 복수심만으로 결코 증언의 환대는 가능하지 않다. 절대적인 기억을 객관화하고 그 안에서 사랑을 바탕으로 사건의 단독성을 보편화할 때 증언의 환대는 가능할 것이다.

상대 권력에 대한 적대에서 발발했으나 정작 권력의 균열만 확인하게 된 전쟁 속에서 박완서 소설이 '사랑'을 바탕으로 하는 이유는 가족주의의 경험적 특수성을 버리고 스스로를 객관적으로 서사화하기 때문이다. 유년시절부터 지속적으로 일상에서 역사를 경험하는 박완서 소설의 인물은 적대의 보편화 속에 국가 공동체에 외존하며 이방인으로서 정체성을 부여받는다. 그러나 다수의 자전적 소설에서 보듯 박완서는 자신이 직접 겪은 희생의 의미를 초월적으로 승화하는 것이 아닌 '희생의 희생'으로 예외인 예외를 지시하면서 증언의 기회이자 환대의 장을 열어간다.

2) 주체의 결핍과 은폐된 사건의 재귀

박완서 소설에서 증언의 환대를 행하기 위해 주체는 입사의 과정을 겪는다.[21] 공적인 질서 내부에서 증언의 기회를 얻기 위해 주체는 권력의 언어를 학습해야 하며 큰타자의 욕망이 무엇인지 고민하게 된다. 이를 위해 주체는 타자의 욕망을 욕망한다. 타자의 눈을 통해 본 현실에 대한 감각이

21 박완서 소설에 대한 연구 중 인물의 입사에 관한 논의는 다음과 같다.
김경수, 「여성 성장소설의 제의적 국면」, 『페미니즘과 문학비평』, 고려원, 1994; 김병희, 「한국현대 성장소설 연구」, 서울여대 박사논문, 2000; 김병희, 「일대기적 성장소설」, 『태릉어문연구』 9, 서울여대, 2001; 나병철, 「여성성장소설과 아버지의 부재」, 『여성문학연구』 10, 한국여성문학학회, 2003; 류보선, 「고통의 기억, 기억의 고통－『그 많던 싱아는 누가 다 먹었을까』 연작에 대한 단상」, 『문학동네』 14, 1998.봄; 박정애, 「여성작가의 전쟁 체험 장편소설에 나타난 '모녀관계'와 '딸의 성장' 연구－박경리의 「시장과 전장」과 박완서의 「나목」을 중심으로」, 『여성문학연구』 13, 한국여성문학학회, 2005; 성민엽, 「자전적 성장소설의 실패와 성공」, 『서평문화』 9, 1993.봄.

나 내면화된 현실 체제의 요구에 기꺼이 복무하는 것이다. 불완전한 타자의 욕망을 현실 속에서 체험하면서 결핍된 주체는 현실에 안착하기 위해 기꺼이 노력한다. 환대의 가능성은 그럼에도 불구하고 은폐되었던 사건의 재귀에서 시작된다. 재귀된 사건은 물리적 · 정신적으로도 제거되지 않은 채 주체의 환대 가능성을 열어간다.

『나목』[22]에서 주체는 타자의 죽음에 대한 기억과 망각을 매개로 입사를 체험한다. 주체의 성숙은 전쟁의 사건을 극복하고 환대하기 위한 전제가 된다. 소설은 이경의 집, 고가의 '파괴 / 재건'의 모티프가 타자의 죽음과 연관되면서 의미망을 이룬다. 『나목』에서 가족의 죽음, 주체의 심리적 변화는 고가의 변모와 밀접한 관련이 있다. 고가의 '파괴'는 인공치하의 폭격으로 행랑채에 숨어 있던 오빠들이 몰사하면서 이경의 의사 죽음체험의 배경이 된다.

> 방바닥에 쌓인 흙덩이와 아스러진 기왓장 위에 어머니가 길게 정신을 잃고 쓰러져 있고 나는 휑하니 뚫어진 지붕의 커다란 구멍으로 마구 쏟아져 들어오는 달빛으로 처참한 광경을 또렷이 보았다.
>
> 검붉게 물든 홑청, 군데군데 고여 있는 검붉은 선혈, 여기저기 흩어진 고깃덩이들. 어떤 부분은 아직도 삶에 집착하는지 꿈틀꿈틀 단말마의 경련을 일으키고 있었다.
>
> —『나목』, 296쪽

22 박완서, 『나목』(박완서 소설전집 1), 세계사, 2012.

달아나버린 한쪽 지붕과, 용마루에 뚫린 나락 같은 구멍과 조각난 기왓장들을 밝은 빛 속에서 선명하게 바라본다는 것은 공자님의 나체를 상상하는 것만큼이나 무의미한 모독 같았다.

반드시 어둠 속에서 부연 하늘을 이고 섰어야 하는 우리 집. 그 앞에서 내가 누리는 일종의 외경과도 통하는 공포. 나의 하루의 초점이 그 순간에 있고 나는 그것을 추호도 변경시킬 수는 없는 것이다.

—『나목』, 139쪽

큰집 부자父子보다 더 안전한 행랑채에 오빠들을 은닉시켰으나 폭격은 정확히 그곳만을 가격한다. 평화로운 달빛 속에 산화된 오빠들의 참변은 경에게 트라우마로 남는다. 자신이 제안한 장소가 폭격되었다는 이유로 경은 스스로를 죽음의 원인제공자인 양 취급한다. 전쟁으로 죽음이 일상화되었던 시기에 소설 속 경의 인물 관계도 안에서 가장 불행한 가족은 바로 자신의 일가다. 큰집, 일터, 이웃, 죽은 오빠의 친구에 이르기까지 참혹한 전쟁을 견딜지언정 소설 내부에 다른 가족의 참화는 드러나지 않는다. 전쟁이라는 파국상태에서 재생산 단위인 가족[23]이 파멸한 경의 집안은 공동체 내부의 소속감을 잃게 된다. 상대적인 타자의식으로 현실을 무섭고 춥게만 느끼는 경에게 "전쟁은 누구에게나 재산을 골고루 나누어주고 끝

23 권명아는 한국사회에서 가족 서사가 위기와 관련 있음을 강조한다. 전쟁 상태(세계 대전이나 내전)에서 존재가 절멸, 즉 생물학적, 사회적, 문화적 재생산의 파국에 도달한 상태에서 가족이 호출되는 이유는 재생산의 기초 단위로 간주되기 때문이라는 것이다. 사회적 영역에서 불가능한 재생산을 개인적 차원에서 대리 보상하는 기제로서 가족은 삭막한 사회와 따뜻한 가족의 품과 같은 이분법의 바탕이 된다(권명아, 『무한히 정치적인 외로움』, 갈무리, 2012, 153쪽). 이러한 재생산의 중요성은 『나목』의 결말에서 경아가 태수와 안정된 가정을 선택하는 것으로 설명된다.

나"야 한다는 광적인 '열망'과 '공포'로 적대된다.[24] 경은 상흔을 직시하지 못하고 그것을 추상화하여 "외경과도 통하는 공포"로 자학에 이르는 하루를 버틴다. 또한 폭격 당시 같은 공간인 고가에서 '살아남은 자'의 죄책감은 "아들들은 몽땅 잡아가시고 계집애만 남겨" 놓았다는 엄마의 한탄으로 배가된다. 오빠들의 빈자리로 엄마를 소유하게 되었다는 뜻밖의 안도감은 그러나 삶 자체를 거부한 엄마에 의해 절망으로 바뀐다. 경은 오빠들에 대한 그리움과 죄책감을 엄마에 대한 원망과 애증으로 투사한다. 모성성에조차 호소가 불가능한 엄마의 무기력은 진행 중인 전쟁의 공포, 살아 있음에 대한 절망, 육친애의 슬픔을 각자의 몫으로 환원한다. 이런 이유로 실상 죽은 대상은 경의 오빠들이지만 경은 마치 자신이 죽음을 체험한 것처럼 죽음과 다름없는 일상의 결핍 속에서 살아간다. 가족에게조차 생존의 안도를 받지 못한 경의 부채감은 '결혼'이라는 외부의 출구를 찾게 된다.

고가의 '해체와 재건'에 이르러 이경은 의사 죽음의 원체험에서 일상으로 되돌아온다. '집'에서 일어난 사건을 집 자체와 동일시하며 회피하던 경에게 집의 재건은 사건이 일어난 장소성과 시간성을 재생하는 역할을 한다.

> 그러나 생각해보면 고가의 해체는 행랑채에 구멍이 뚫린 날부터 이미 비롯된 것이었고 한 번 시작된 해체는 누구에 의해서고 끝막음을 보아야 할 것 아닌가. 다시는, 다시는 아침 햇살 속에 기왓골에 서리를 이고 서 있는 숙연한 고가를

24 전쟁의 노도가 어서 밀려왔으면, 그래서 오늘로부터 내일을 끊어놓고 불쌍한 사람을 잔뜩 만들고 무분별한 유린이 골고루 횡행하라. 광폭한 쾌감으로 나는 마녀처럼 웃으면서도 그 미친 전쟁이 당장 덜미를 잡아올 듯한 공포로 몸을 떨었다. 다시는 다시는 그 눈먼 악마를 안 만날 수만 있다면.(『나목』, 124쪽) 경은 전쟁에 대한 공포의 극단에서 이렇게 양가적인 생각을 자주 드러낸다.

볼 수 없다니.

그러나 나는 나 자신의 육신이 해체되는 듯한 아픔을 의연히 견디었다. 실상 나는 고가의 해체에 곁들여 나 자신의 해체를 시도하고 있었는지도 모를 일이었다.

—『나목』, 370쪽

고가의 해체는 엄마가 임종하고 태수와 경이 결혼한 직후 결행된다. 경에게 망각될 기억을 공유했던 엄마의 죽음은 동시에 새로운 일상으로의 전환을 의미한다. 고가의 해체는 집의 '재건'으로 이어진다. 전쟁의 폭력으로 가족을 상실한 뒤 엄마의 시간은 폭격 당시로 정지했다. 무감각, 무채색, 회색빛 고집의 탈생명을 고수하던 엄마에게 경은 미움과 증오를 감추지 않는다. 자신을 삶의 영역에서 배제하고 현재와 단절하는 엄마는 경의 내부에 위치한 전쟁 속 일상의 극단화된 표상이다. 오빠들을 대신해 엄마로부터 인정받고 엄마의 애정을 갈구하는 이경의 심리는 전쟁의 공포 속에서 국가로부터 생존을 보장받고자 하는 '국민'의 소속감과 동궤를 이룬다. 가부장의 이데올로기에 갇힌 엄마의 왜곡된 애정은 전투 인력이 아닌 후방의 젊은 여성이자 전투력을 손상시킨 경이 국민으로 호명되기 어려운 이유와 겹쳐진다. 따라서 엄마에 대한 경의 극단적인 적대는 애정의 요구에 대한 반어이다. 여기서 애정은 단순히 육친애가 아닌 극단성이 동력이 되는 삶의 의욕으로도 해석될 수 있다. 자식의 범주에 오빠들만을 포함시키는 엄마의 완강함처럼 전투력을 손상시킨 경은 국민의 범주에서 벗어남이 암유된다. 고가가 해체 후 양옥으로 재건되듯 경은 마지막 가족인 엄마의 죽음 이후 결혼과 새로운 가족구성으로 재생한다.

전쟁의 기억은 누구에게나 동시대적인 고통과 상처를 남긴다. 『나목』에서 경은 기억의 억압과 재생, 그리고 대결 과정에서 현실의 주체로 성장해 간다. 그리고 주체의 환대는 고가의 해체와 더불어 자신을 해체했으나 자신의 은폐된 곳에 남아 사건으로 재귀하는 것에서 다시 시작된다.[25] 집의 재건과 경의 결혼은 사건의 완전한 해결이 아닌 반복과 변주 속에서 은폐된 사건을 향한 지속적인 환대의 가능성이 된다.

「어느 이야기꾼의 수렁」[26]은 현실 이데올로기에 저항할 수 없는 주체가 타자를 환대하지 못하는 딜레마에 대해 언급한다.

소설에서 길동은 동화작가에 대한 주변의 편견에서 자유롭지 못하다. 동화작가를 동심과 등가하는 편견은 성인인 길동을 동화의 세계에 유폐시킨다. 그런 길동이 어린이 프로의 프로듀서인 김경채를 만나 비로소 동화작가로서의 가치를 존중받게 된다. 김경채는 분단의 현실을 망각하는 현대의 시청자들을 겨냥하여 특집 아동극을 준비한다. 그는 길동에게 통일에 임박하여 자유로웠던 독일의 분단 상황을 반복적으로 들려주며 이념을 넘어서는 리얼리티적 환상을 주문한다. "방위선이 이렇게 철통같음으로써 우리가 이만큼 평화를 누리고 살 수 있는"139쪽것이라고 믿는 길동과 "금지된 구역이란 의식만 없다면 얼마든지" 동물적 감각으로 남북의 아이들이 상봉 가능하다는 김경채의 상식이 충돌하게 된다. "특별한 증오나 특별한 사랑이 의무처럼 부과되지 않은 편견 없는 만남"139쪽은 평소

25 권명아는 『나목』의 경의 상태를 일컬어 '전쟁상태적 신체의 시간성'으로 규정한다. 전후의 평화로운 세상에서 이경은 "여전히 전쟁상태인 신체인 채로, 아니 계속 자라나고 무성해지는 그 '몸'을 앓고" 있다는 것이다. 권명아, 「전쟁상태적 신체의 탄생, 혹은 점령당한 영혼에 관한 보고서」, 『지금 여기 박완서』(문인사 기획전 4), 효성문화, 2018, 151쪽.

26 박완서, 「어느 이야기꾼의 수렁」, 『저녁의 해후』(박완서 단편소설 전집 4), 문학동네, 2013.

동화작가로서 계급을 넘어선 평등, 상상력에 근거한 사랑을 추구하던 길동이 소망하던 환대 조건임에도 불구하고 오히려 현실에 대한 경직성이 자신의 결핍을 드러내는 아이러니로 작용한다. 휴전선의 남방 한계선까지 견학한 뒤 "삼엄하고 완벽한 분계선"에 절망한 길동은 남북한 아이들의 소통 불가능성을 확신한다.

> 남들은 외계인도 끌어들여 아이들의 친구를 만들어주는데 우린 서로 악을 쓰면 들릴 거리의 아이들을 만나게 하는 데도 이렇게 힘이 들다니. 자네도 알잖아? 그 ET인지 뭔지 하는 외계 아이 때문에 지구 아이들에게 외계가 얼마나 가깝고 친한 이웃이 됐나를. 한 작가의 상상력이 외계를 바로 이웃으로 끌어당긴 거지. 근데 자넨 육안으로 볼 수 있는 거리에 사는 아이끼리 말문도 못 열어주겠다고? 남들의 상상력은 그 징그럽고 흉하게 생긴 괴물과도 우정을 맺게 하는데, 우린 한 핏줄끼리 친교를 맺자 하는 것도 이렇게 어려울 수가.
>
> —「어느 이야기꾼의 수렁」, 148쪽

외계라는 물리적 거리도 넘어서지 못하는 이념의 거리는 동심을 꿈꾸는 작가의 상상력 속에서조차 타자를 환영할 수 없게 한다. 이미 인기 연재물 속에서 자신의 캐릭터가 지구촌의 많은 나라 아이들과 사귀고 친해지는 테마를 진행하고 있던 길동에게 가장 근거리의 북한 아이들은 "그리움과 이해"가 결여된 채 남아있던 것이다. 체제의 특성은 유지한 채 남북 아이들의 만남과 친교를 요구하는 김경채의 독촉은 금기된 것의 허가된 '향락'의 성격을 띤다.[27] 현실에서 환상을 꿈꾸던 길동에게 김경채는 환상을 현실로 믿게 만드는 강제를 행한다. "법의 직접적 금지보다 훨씬 더 효과적으로 향락에 대한 접근을 방해"[28]하는 상황에 의해 길동은 자신의 모든 욕망을 회수하게 된다. 길동은 욕망 자체를 욕망하며 글을 쓰고자 하지만 결국 실패하고 만다. 그는 현실의 한정된 사유 안에서 자유롭지 못하며 그 자유조차 즐기려 시도할수록 개인의 죄책감만 더할 뿐이다. '동심'이라는 설정과 환상적인 구성도 내재화된 반공의 자가검열 아래서 자유로울 수 없는 것이다. 리얼리티의 벽을 넘을 수 없다는 현실 체제와 환상으로 현실을 넘어서게 하려는 이면 사이에서 주체는 오히려 '규제를 욕망하는 주체'로 탈바꿈한다. "그 아이들의 말문을 열지 못하는 한 그 밖의 어떤 글을 써도 가짜임을 못 면할 것" 같은 두려움은 가장 이웃한 타자를 가상에서조차 환대하지 못하는 주체의 수렁으로 남는다.

타자에 대한 환대의 어려움은 「비애의 장章」[29]에서 '비애'라는 감정에 응축되어 서술된다. 유년기에 한국전쟁을 체험한 숙희는, 부모세대는 전쟁을 체험한 세대이지만 자신의 세대는 "생각하고 분석해야 하므로" 전후의 감정에 휘말려선 안 된다는 유보적인 입장을 보인다. 이러한 세대적 감각은 이산가족 찾기의 대상자가 되어서도 냉정한 거리감을 유지한다.

> 그때 나는 눈물 대신 열화 같은 분노가 치밀었다. 누구 마음대로 내 어머니의

---

27 초자아는 흔히 금지의 내적 작인(作因), 우리 머릿속에서 들려오는 법의 목소리로 생각된다. 그러나 지젝은 후기 라캉의 주장을 좇아 초자아는 법(특정한 국가의 법이 아니라 상징적 권위 자체)과는 다른 방식으로 작동한다고 말한다. 초자아는 법이 억압하는 것을 자양분으로 삼는 법의 이면이다. 그래서 법이 향락의 포기로서, 우리가 할 수 없는 것을 요구함으로써 자신을 드러낸다면, 초자아는 '허가된' 향락, 향락에 대한 자유가 향락에 대한 '의무'로 전도되는 지점을 가리킨다. 토니 마이어스, 박정수 역, 『누가 슬라보예 지젝을 미워하는가』, 앨피, 2005, 109쪽.

28 위의 책, 112쪽.

29 박완서, 「비애의 장(章)」, 『저녁의 해후』(박완서 단편소설 전집 4), 문학동네, 2013.

오장육부를 난도질하고 피눈물을 쥐어짜고 그러고도 모자라 가장 비통한 얼굴을 구경거리로 삼느냐 말이다. 나 역시 좀 전까지 남의 비극을 구경거리로 삼았건만 내 어머니의 실룩거리는 노안이 몇 백 몇 천만의 구경거리가 되고 있다고 생각되자 분노와 모욕감에 치를 떨었다. (…중략…) 내가 참을 수 없는 건 바로 그 감읍이었다. 누가 우릴 이 지경으로 만들었어? 누가 우릴 구경거리로 삼을 수 있어? 하고 왜 아무도 외치지 않나. 생사람을 토막치듯이 양단해놓은 자리에서 아직 유혈이 낭자함을 몸으로 증거하면서 왜 한마디의 질문도 없이 감사는 무슨 놈의 감산가.

— 「비애의 장(章)」, 383쪽

전쟁을 체험했으나 자신 역시 미체험 세대에 가까운 숙희는 전후 망각의 부작용에 대해 인용문과 같이 반응한다. 육친과 이별한 사건 자체의 상처, 같은 남한에서도 서로를 찾지 못해 살아온 세월에 대한 분노 등이 시간의 풍화작용에 의해 타자로 배제되었던 세월로 무마되는 현실에 숙희는 분개한다. 작가는 이를 통해 누구도 책임지지 않는 전쟁에서 희생자의 비극이 구경거리가 되고 정작 사건의 원인과 책임 여부는 희석되는 세태를 비판한다. 인용된 부분은 망각의 경각심과 더불어 타자의 기억이 값싼 노스텔지어로 소비되는 세태에 대한 경계이기도 하다.

새롭게 찾은 가족은 혈연상으로는 가족이지만 "문화적 차이"를 느낄 만큼 숙희에게 낯선 타자의 모습이다. 이산가족 찾기에서 상봉한 외삼촌을 초대한 날 그의 처조카가 검정개에게 물렸으나 정작 외삼촌 내외는 처제와 더불어 숙희네를 몰아세운다. 개의 보호 관찰을 위해 가축병원에 입원시킨 후 그 사건은 별 탈 없이 무마된다. 너무나 경미한 사건에도 숙희를 믿지 못했던 외삼촌 가족과 자신의 무관심에도 가족의 애착을 갈구하는 개의 순정이 대비되면서 숙희는 비애의 통곡을 터트린다. 시간의 간극으로 타자가 되어 버린 가족과 숙희의 거부로 가족이 될 수 없는 타자 모두 숙희에게는 환대 불가능한 비애로 남는다. 그러나 "내 속에 늘어붙어" 있는 한줌의 비애는 『나목』의 이경이 자신을 해체하고도 사라지지 않던 사건과 동일하게 환대의 가능성을 열어 놓는 장이다.

「복원되지 못한 것들을 위하여」[30]에서는 증언의 진실이 복원되기까지 복합적으로 얽혀있는 이해관계와 복원을 불균질하게 만드는 은폐된 사건의 파편에 대해 언급한다.

「복원되지 못한 것들을 위하여」은 액자 구성의 전편과 유비된 후편의 이야기로 짜인 옴니버스 형식의 단편소설이다. 동일한 화자의 경험담으로 구성되어 있는 두 삽화는 증언에 관한 다른 주제를 서술하고 있으나 환대 불가능성이 가능성을 내포하는 구조에 대해 동일하게 사유하고 있다.

첫째 삽화에서 화자의 경험은 진실된 복원에 대해 화두를 던진다. 어용 관변 잡지의 수필을 심사하던 화자는 씨족 마을의 선거 부정이야기를 최종 작품으로 당선시킨다. 화자는 시대의 개방성을 환영하면서도 내심 당선 사퇴의 압력을 의심한다. 당선자로부터 자의로 당선이 취소되었음을 확인한 화자는 부정적인 권력의 현실이 현재 진행임을 절감하며 사건의 복원이 현실태에서 불가능함을 체감한다.

권력과 힘없는 평범한 사람들의 이해관계가 찰떡같이 맞물리면서 부정을 모

30 박완서, 「복원되지 못한 것들을 위하여」, 『나의 가장 나종 지니인 것』(박완서 단편소설 전집 5), 문학동네, 2013.

의하게 된 경위뿐 아니라, 부정 자체가 지닌 인력 때문에 한번 발을 들여놓자마자 정신없이 빨려들게 되는 모습이 여실하면서도 그 꼼꼼한 기록성 때문에 그동안도 그가 깨어 있다는 걸 짐작하게 하는 거야말로 그 수기의 마지막 진가였다.

—「복원되지 못한 것들을 위하여」, 173쪽

화자에게 윤 노인의 수필은 단순히 외진 고장에 국한된 권력 비리가 아니라 "추악한 시대의 전형"이기에 의미가 있다. 왜곡된 권력이 창출되기까지 평범한 사람들이 부정을 완성해 가는 관계성을 정직하게 드러내는 윤 노인은 작가의 가치관을 대변하는 인물이다. 사건의 복원과정이 생략된 척결의 허위를 비난하는 그의 태도는 제도적 완화와 과정이 생략된 청사진으로 과거 청산과 '구시대의 척결'을 주장하는 집권 권력과 대비된다. 윤 노인은 복원되지 못한 기억을 서사화하면서 사건을 외면한 현실의 긴장력을 상기시킨다. 사건의 과정이 복원되지 않은 척결의 무의미함을 작가는 절실하게 인지하고 있는 것이다.

전쟁의 기록은 거대 권력의 담론에서 시작되는 것이 아닌 일상 공동체의 이해관계가 맞물리면서 타자를 향한 배제와 생존의 대척관계가 이데올로기의 파편을 구축해가는 것이다. 둘째 삽화에서 화자가 송사묵의 진실에 대해 사유하게 된 계기 역시 첫째 삽화의 배경과 흡사하다. 6·29선언 이후 해금 소설의 등장과 오공, 유신 시대의 풍자 글들이 남발하자 화자는 스승에 대한 사건이 문학사에서 복원되어 환대될 기대감을 갖게 된다. 하지만 여기서도 화자의 불안감은 사건이 적대되는 것에 대한 촉각에 기인한다. 이념과 특별한 연관성 없이 시류에 따라 문학가 동맹 사무실을 오가던 송사묵은 누군가의 고발로 사형 당한다. 사망 후 송사묵은 '월북 납북

문인'으로 분류되고 1950년대 실종된 상태의 박제된 문학으로 기록된다. 더욱이 송사묵의 가족들까지 그를 납북 문인으로 취급하면서 송작가의 과거 조작을 묵인한다. 문학사에까지 개입된 이데올로기의 잔재를 척결하기 위해 화자는 송사묵 문학의 온건한 복원을 추진하기로 결심한다.

첫째 삽화가 부정의 인력으로 권력과 평범한 사람들의 이해관계에 대한 조감이었다면, 둘째 삽화는 "한 시대의 광기와 잔인성"이 "동시대 지식인의 비열한 보신책하고 얼마나 밀접하게 연관돼 있나"를 유추하게 한다. 후자의 내용을 증명하기 위해 작가는 세 명의 증인을 배치한다. 송사묵의 사형 사실을 화자에게 메모로 알려준 숙부는 자신조차 생사를 알 수 없이 희생된다. 화자의 숙부는 진실의 가장 근접한 현장에서 동일한 체험을 한 당사자이자 사건의 관찰자로서 적합한 증인이나 그 역시 송사묵과 다를 바 없는 억울한 희생자로 증언이 불가능해진다. 두 번째 증인인 동창생 혜진도 민청 협조 이력으로 옥살이를 한 인물이다. 전쟁 중 송사묵의 사형 소식을 화자에게 알렸던 혜진은 죽은 선생의 진실보다 소중한 현재의 안위를 위해 사건의 증언을 거부한다. 자신의 이력이 발각될 것을 두려워하는 혜진의 태도는 내면화된 반공 이데올로기의 영향력을 짐작하게 하며 송사묵의 기억을 납북으로 조작하는 그의 가족들의 심리적 동인과도 동일하다. 세 번째 증인은 송사묵을 문단에서 키웠다고 자부하며 진정서 리스트의 맨 위에 위치하는 권력자 백민세 옹이다. 사건 당시에도 송사묵의 사면을 외면했던 그는 현재의 화자에게 송사묵이 납치되었다고 발언한다. 남한 권력에 의해 즉결처분된 송사묵을 납북으로 단정하며 비판하는 그는 이데올로기 왜곡의 현주소이다. 문단 권력의 권위는 송사묵 사망의 오도된 사건을 진리로 둔갑시킨다.

세 명의 증인 모두 진실을 함구하고 이로써 증언 확보를 실패한 화자는 사건의 간접 대상자인 송사묵의 유족을 만나지만 아이러니하게도 유족들은 납북설을 진실로 믿으려 한다. 전후 현실에 적응하기 위해 '안전하고 완전한' 기억을 원하는 유족들은 온전한 사건의 파편으로 완전성에 균열을 가하는 화자에게 선택을 요구한다. '말버릇'→'묵계'→'동조'로 이어지는 송사묵의 납북설은 "불행해진 것도 억울한데 홀로 특별하게 불행해지는 거라도 면해보자는" 남은 가족들의 생존의 발로이다. 사건을 향한 복원의 구심력은 이제 화자를 지목한다.

위증의 첫 대상자이자 마지막 대상자는 진실을 밝히려 결심한 화자이다. 그 시절, 스승의 사면을 위해 사모님이 진정서를 내밀었을 때 화자는 숙부의 옥바라지를 핑계로 도움을 회피한 뒤 도장을 안 찍어주던 리스트의 한 명이 된 것에 죄책감을 느껴 송사묵 가족을 피한다. 소설의 전후 삽화에서 불안해하던 화자의 결핍된 심리의 근원은 죄책감인 것이다. 화자의 숙부도 스승과 동일하게 억울한 죽음을 당하는 것을 목격하며 당사자적 입장에서 유가족을 이해한 화자는 그런 입장으로 자신의 보신책을 먼저 마련한다. 자신의 진의를 변명하며 화자는 사건이 복원되지 못하는 추악한 전형에 한 몫을 한다. 첫째 삽화에서 권력비리의 원환은 여전히 끊이지 않고 이를 본 윤 노인이 자의로 당선을 취소하듯 둘째 삽화에서 진실의 증명은 끝내 함구되고 해결되지 못한 은폐된 사건은 지속적으로 회귀할 것이다. 사건을 은폐하는 증인들, 생존을 이유로 조작된 기억을 진실로 호도하는 유족들의 행위는 그들이 기억의 자장에서 자유롭지 못하다는 의미이며 그들의 일상이 여전히 기억과 밀접히 연관된 환대 불가능한 상태임을 반증한다.

은폐된 기억에서 자유로울 수 없는 주체의 입장은 전후 50여 년이 흘러도 그 긴장력이 유지된다. 「빨갱이 바이러스」[31]에서는 자신의 결핍으로 회귀하는 사건을 함구하는 주체의 고통이 재현된다. 소설에서 화자가 소통한 이웃들은 모두 상처를 가진 타자들이다. 소설에서 사건의 기억을 분유할 기회는 우선적으로 타자 집단 내부에서 가능해진다. 육체에 대한 편견과 도덕, 물욕, 성욕에 이르는 차별 속에서 억압받던 이들의 상처는 이념 대립의 가족 상실 체험과 견주어지지만 결코 비등한 무게로 남지 않는다. 화자에게 타인의 상처는 1970년대 빈번한 문제 해결책으로 등장했던 이민이나 현재 익명의 합리성으로 증언될 수 있지만 자신의 상처만은 현실 체제 속에서 쉽게 해답을 얻지 못하기에 함구할 수밖에 없다.

교양인이었던 삼촌이 한국전쟁 당시 인민군이 되자 가족들 사이에서 삼촌에 대한 언급은 금기사항이 된다. 아버지에 의해 삼촌이 근친 살해당하는 현장은 화자의 기억 속에서 사실과 환각의 모호한 경계 속에 남는다. 그리고 화자 가족의 사건은 삼촌의 시신과 함께 집터 마당에 유기되어 굳건히 다져진다. 「빨갱이 바이러스」에서 가족의 참사를 목격한 화자는 내면화된 반공의 억압과 전쟁에 대한 시대의 무관심 때문에 기억의 분유와 환대를 시도하지 못한다. 「빨갱이 바이러스」에서 화자에게 삼촌에 대한 기억은 망각과 기억의 과정으로 설명할 수 없는 이미 항상 '집' 속에 있으며 삼촌과의 만남은 '아직 발생하지 않은' 가능성으로 남아 사후적으로 구성된다. 환각 속에서 화자는 삼촌의 살해 현장을 목격한 것으로 기억하지만 화자가 "더 무서워하는 건 삼촌이 그날 살해되지 않고 북쪽 어딘가에 살아 있을지도 모른다는 가능성"335쪽이다. 삼촌을 교양인으로 추앙했던 화자는 이 사실의 개연성을 인정한다. 죽은 삼촌의 유골이 발굴될 가능성

31 박완서, 「빨갱이 바이러스」, 『그리움을 위하여』(박완서 단편소설 전집 7), 문학동네, 2013.

과 삼촌의 생존 가능성의 경계에서 화자는 고택을 처분하지 못한다. 반공이 무뎌진 자리에 무관심이 압도하는 전후의 현실에서 과거와 현재 어디에도 속할 수 없는 틈으로 남은 바이러스는 보균자가 된 화자에게 잠재되어 여전히 환대 불가능한 아포리아로 남는다.

> 아무에게도 발설하지 못한 골육상잔의 기억은 돌파구를 찾지 못해 나와 한 몸이 되었다. 내 몸은 툭하면 떨리고 아팠다. 떨고 있는 내 몸을 보호하고 힘이 되어 줄 보호막이 필요했다. 그건 권력이었다. 출세의 야망에 불타는 고시생을 애인으로 만들고 그의 뒷바라지를 하기 시작했다. 그건 나 같은 시골뜨기가 생각해낼 수 있는, 권력의 산하로 들어갈 수 있는 최선의 지름길이었다.
>
> —「빨갱이 바이러스」, 333~334쪽

> 나의 시골집 마당은 아직도 흙바닥이지만 양회 바닥처럼 단단하다. 내 친구의 어머니 시신까지 하룻밤 사이에 동해바다로 토해낸 폭우도 우리 마당의 견고함을 범하진 못했다. 나의 입과 우리 마당은 동일하다. 둘 다 폭력을 삼킨 몸은 목석같이 단단한 것 같지만 자주 아프다.
>
> —「빨갱이 바이러스」, 335쪽

법조계에 소속된 남편에게 화자는 자신의 삼촌에 대한 비밀을 끝내 함구한다. 이로써 화자는 이념이 화근이 된 근친 살해 비극의 목격자이자 공모자가 된다. 폭력적인 죽음의 기억을 삼킨 화자는 삼촌의 기억을 완벽히 애도하지 못해 우울증을 겪는다. 애인에게조차 밝힐 수 없던 기억과 한 몸이 된 화자에게 결혼은 신분세탁의 방법이 된다. 그러나 남편과의 결혼으로 공동체 편입에 성공한 화자에게 사건은 감원憾怨의 대상으로 남아 끊임없이 재귀하며 긴장을 불어넣는다. 연좌제의 그늘에서 벗어난 현실에서도 여전히 화자는 닫아버린 기억의 몸을 지켜간다. 소설에서 화자는 사건을 망각하기 위해 노력하거나 공허한 발언으로 사건을 휘발시키지 않는다. 화자는 일상적 현실로 환원되지 않을 사건으로서 공동의 책임을 망각하게 하는 사건의 소비, "사건의 실감을 영유하는 주체"[32]들을 경계한다.

증언의 환대에서 주체는 증언이라는 행위와 환대의 행위자 역할에 모두 열려있는 개념이다. 이 모든 행위가 가능하기 위해 현재 발화하는 주체는 우선적으로 현실 체제의 내부자로서 위치해야 한다. 더불어 '증언'은 주체에게 타자적인 경험이나 그에 상응하는 위험을 감수할 것을 요구한다. 전후 현실에 순응하기 위해 노력하는 주체가 은폐하려 해도 남는 사건의 파편은 증언을 위한 주체의 필요조건이다. 증언과 환대라는 두 영역에서 진동하는 주체의 갈등은 타자에 대한 기억이 공동체 내부에서 환기되는 기능을 한다.

2. 전쟁의 폭력과 타자의 예외성

한국전쟁 이후 전쟁은 반공, 불온, 무관심 속 이질감 등의 내용으로 개인을 통제하던 힘이자 폭력의 감각으로 존재한다. 일반적으로 폭력을 주체가 타자에게 가하는 행위라 할 때, 한국전쟁에서 파생되는 반공 주입의

32 오카 마리, 김병구 역, 『기억 서사』, 소명출판, 2004, 95쪽.

폭력은 국가주체가 일반 국민 전체를 타자화하는 파시즘적인 개념이 된다.[33] 때문에 이 글에서 소설의 인물이 느끼는 폭력은 국가 폭력의 자발적인 '내면화'의 변모에 집중된다.

폭력이 내면화되면서 반공주의는 하나의 공동체 감각으로 개인의 삶에 파토스적인 영향을 미친다. 폭력의 내면화는 타자에 대한 경계, 삶의 반경을 돌아보게 하고 자신에게 익숙한 집단, 정체성만을 인정하게 한다. 박완서 소설에서는 전쟁으로 인한 국가의 반공 사상의 주입과 내면화가 진행되면서 폭력에 대한 반발, 내면화, 비애에 이르는 인물심리의 변모가 나타난다. 이 글에서는 한국전쟁 후 국가 권력에 의해 타자로 자리매김된 인물들의 적대적 현실과 그런 현실에 순응과 저항을 동시에 보여주는 타자의 쟁투에 대해 고찰해 보도록 한다.

1) 반공 이데올로기의 내면화와 기억의 공모

한국전쟁 당시 국가에 의해 공동체의 예외자로 배제된 경험이 있는 대

---

33 김동춘은 갈퉁(Galtung)의 견해를 참조하여 직접적(물리적・가시적) 폭력과 구조적 문화적 폭력에 대해 설명한다. 물리적 폭력에 비해 구조적 폭력(structural violence)이란 불공정한 사회적 장치, 즉 파시즘과 권위주의와 같은 지배체제하에서의 권력의 독점, 계급・인종・남녀 간의 차별 등을 지칭하고, 문화적 폭력은 폭력을 정당화시키는 환경, 인종주의와 반공주의 등을 지칭하는데, 직접 폭력은 이러한 구조 문화적 폭력 아래에서 자행, 정당화, 동기부여되기도 하고 직접 폭력이 후자를 강화하기도 한다. 일상적인 감시와 사찰, 연좌제 등을 통한 사회적 배제와 차별, 블랙리스트 작성 등으로 인한 취업기회 제한, 각종 낙인찍기 등도 구조 혹은 문화적 폭력에 속한다. 부르디외는 상징폭력(symbolic violence)이라는 개념도 사용한 바 있는데, 그에 따르면 사회의 특정 집단에 대한 차별을 정당화하고, 사회구성원들이 그것을 내면화하면 그것도 폭력이라는 것이다. 멀쩡한 사람을 빨갱이 혹은 위험분자로 간주하여 감시 차별하고, 사회적으로 배제하고, 직업 기회를 박탈하여 이들을 경제적 빈궁, 질병, 자살로 몰아가는 것은 폭력으로 봐야 할 것이다. 김동춘, 「분단이 낳은 한국의 국가폭력－일상화된 내전 상태에서의 "타자" 에 대한 폭력행사」, 『민주사회와 정책연구』 23, 민주사회정책연구원, 2013, 114쪽.

부분의 사람들은 권력에 인정을 받기 위해 자발적으로 입대를 하거나 우익에 협조하면서 신분 세탁을 감행했다.[34] 특히 전력의 대상자가 납북되거나 사살된 후 남은 가족들마저 사상을 의심받는 상황에 이르러 '빨갱이'라는 낙인에서 벗어나기 위해 그들에게 가장 필요한 것은 공동체에 공유된 기억을 보유하는 것이다. 망각해야 할 기억과 생존을 위해 조작하고 공모해야 할 기억이 탄생하는 지점이다. 월북인, 처벌된 부역자, 국군에 의해 총살되거나 집단 학살된 구성원이 있는 가족들은 그들이 인민군에 의해 강제 납북되거나 희생되었다고 기억을 조작하고 그 내용을 사실로 믿는다.

전후 예외상태의 여파는 이후 한국사회에서 지속적인 영향력을 갖는다. 1970년대부터 시작된 주권권력의 비상조치는 일상화된 예외 상태를 만듦으로써 국민의 형성 및 '비국민'의 배제를 도모한다. 특히 분단 상황에서 반공에 대한 내면화 작업을 단행한 1970년대 전체주의 사회에서는 단순생존권을 위한 요구조차 간첩행동으로 내몰렸을 뿐 아니라, 상호검열과 자기검열이 일상화된 가운데 간첩 조작을 바라보는 일반 서민들까지도 권력에 복종하는 '국민 만들기'가 감행되었다.[35]

박완서는 전후 개인들이 겪는 결혼, 유학, 경제활동, 이산가족 문제 등 그들의 일상에 스며있는 전쟁의 잔재를 포착한다. 작가는 국가 권력에 의해 훼절되는 개인의 문제뿐 아니라 전쟁 체험을 분유하기 위한 공동체의

34 『목마른 계절』에서 진과 함께 민청 활동을 하던 화진과 현민은 정부 수복 후 입대를 결정한다. "인간축에 끼어들고 싶어서란 동기"가 무엇보다 절실한 그들은 빨갱이 전력으로 인해 피난을 가거나 은닉했던 학생들과 어울리지 못한다.

35 김민정, 「1970년대 여성문학의 정치성에 대한 연구시론」, 『현대문학의 연구』 48, 한국문학연구학회, 2012, 382~384쪽.

갈등 혹은 무관심을 예리하게 지적한다. 무엇보다 복잡다기한 변화 속에서도 국가와 가족, 사건의 폭력에 의한 타자의 위치는 여전히 피해자에 머물러 있음이 주목된다.

「돌아온 땅」[36]은 생존을 위해 가족사를 조작했으나 연좌제로 고통받게 된 자녀 세대의 불합리함과 동시에 일상에 남은 반공정신의 폭력성을 폭로한다.

지식인이자 유산자 백수였던 화자의 남편은 인공치하가 되자 반동으로 몰려 즉결 처형된다. 화자는 "아이들을 기죽이지 않고 기르기 위해 또는 세상 형편에 눈치봐가며 아부하기 위해"166쪽 남편의 덧없는 죽음을 미화한다. 자식들에게 "정신적 지주로 강력한 아버지의 유지 유덕"을 위해 남편은 반공지도자로서 민주주의의 수호를 위해 희생된 인물로 조작된다. 그러나 자녀들의 취업과 출국의 현실적인 검증을 거치면서 가족사적 진실은 강제적으로 밝혀진다. 그 과정에서 정작 자녀들의 진로에 문제가 된 것은 남편의 거짓된 이력이 아닌 기억에서 말살했던 월북한 시동생의 실존이다. 남편의 이복동생이 지닌 서자로서의 반항적인 태도가 형과의 불화로 오해되었고, 결국 형이 학살당하자 그는 "불화의 관계를 적대의 관계로까지 인식시켜가며 저쪽(인민군-인용자)에 아첨을 하다가"168쪽 월북한다. 인공치하에서 형은 학살당하고 동생은 월북하는 상황은 비일비재했기에 서로의 생존을 위해 사건의 진실은 쉽게 망각되어 공모된다. 그래서 화자가 '돌아온 땅'에서 당시를 회고하는 본토박이들은 시아버지의 주사나 시어머니의 음식솜씨 같은 일상의 일들은 자세히 기억하면서도 형

36 박완서, 「돌아온 땅」, 『배반의 여름』(박완서 단편소설 전집 2), 문학동네, 2013.

제의 월북과 사망을 바꿔서 기억할 정도로 그 사실은 집단의 망각 요소가 된다. 소설에서는 진실을 요구하는 전쟁 미체험의 자녀들과 침묵과 위장 속에 과거를 공모하는 전쟁 체험 인물들의 갈등이 드러난다.

> 지금이니까 엄마한테 고백하지만 엄마가 아버지께서 얼마나 훌륭한 분이셨나를 말씀하시는 게 저한테 감동을 준 일도 없거니와 자랑스러웠던 일도 없었어요. 아버지는 저에게 다만 고인故人일 따름이었어요. 그렇지만 이왕 혈연의 간섭을 받게 된 이상 가까운 혈연의 간섭을 받고 싶어요. 전 이대로 있을 수는 없어요. 삼촌의 조카이기 때문에 제가 부닥쳐야 하는 장벽을 저는 아버지의 딸이라는 걸로 타개해보고 싶어요. 아버지가 살아 계실 때 하신 일, 학살당할 때의 상황, 그런 것들을 기억해주는 이가 될 수 있는 대로 많았으면 좋겠어요.
>
> —「돌아온 땅」, 163쪽

삼촌의 존재조차 모르던 화자의 딸은 삼촌의 월북으로 출국이 금지된다. 배우자의 유학으로 결혼과 동시에 출국을 계획했던 딸의 미래는 연좌제에 의해 취소될 상황에 놓인다. 인용문 속에는 전쟁 미체험 인물들의 가치관이 드러난다. 전쟁으로 잃어간 혈연관계에 민감한 전쟁 체험 인물들에 비해 자녀 세대들은 혈연의 덕이나 해에 초연하려 한다. 때문에 이념에 의한 희생도 그들에게는 일반적인 “죽음”에 불과하다. 그렇지만 그들의 생각과 관계없이 현실 권력은 그들을 철저히 국민의 범주에서 제외시키고 타자로 배제한다. 딸은 아버지에 대한 기억의 증언으로 적대적인 현실을 타개하길 바라지만 전쟁체험자들에게 그것은 망각의 잔해이자 묵언의 공모일 뿐이다. ‘돌아온 땅’에서 화자와 딸은 타자를 향한 시대적 무관심을 확인하고 귀환한다. 시대의 경직성은 돌아오는 버스에서 처절한 경험이 된다.[37] 평온한 버스에서 강압적인 취객을 제지하지 못하고 침묵으로 일관하는 승객들의 모습은 진실의 금기가 일상화된 현장을 그대로 반영한다. 특히 규율 권력의 상징인 헌병의 심문에 멀쩡히 협조하는 취객과 승객의 외면은 공모의 현장이 개인의 협조 없이 불가능함을 암시한다.

> 취한은 이 땅에 태어난 사람이라면 누구나 치를 떨며 미워하는 빨갱이라는, 악 중에도 최악을 내세워, 자기가 저지른 악을 최소한으로 축소하고 마침내 무화無化하는 데 성공한 것이다. 이 땅의 모든 악이란 악은 빨갱이라는 강렬한 최악만 만나면—그게 설사 허상이라도—맥을 못 추고 위축되는 이 땅 특이한 풍토를 이 취한은 취중에도 교묘히 이용한 것이다.
>
> —「돌아온 땅」, 172쪽

'헌병'이라는 암시적인 규율의 등장과 취한의 과장 섞인 정보기관 언급은 승객의 잠재의식 속에 있는 자기검열의 공포를 불러일으킨다. 허상인 줄 알면서도 "빨갱이라는 최악의 악"으로 자신의 악을 무화하는 취객 앞에 누구도 자유롭지 못한 현실의 촌극은 바로 당대에 대한 알레고리인 것이다. 소설에서 모녀가 체험한 버스 속의 사건이 귀향지에서 마을 사람들이 보여준 무관심의 태도와 연동이 되는 이유는 이러한 악에 대한 관념이

37 1977년 소설이 발표되던 당시의 제목은 「돌아온 땅」이다. 이후 이 소설은 1978년 「더위 먹은 버스」로 개명되어 소설집 『배반의 여름』에 수록된다. 소설의 명칭이 변경된 점은 내용의 경중이 어디에 치중되었나를 가늠하게 한다. 1978년 개작 당시는 '버스 안에서의 사건'이 부각되며 70년대 반공치하에서 상처받은 타자의 개별적인 현실에 대한 집중이 더 크게 작용했다면 발표 당시와 현재에는 '고향 체험'을 강조하는 제목으로 변경함으로써 시대적 경직성을 반공의 폭력으로 포괄적으로 설명하고 있다.

내면화되었기 때문이다. 사소한 일상사까지 기억하던 마을 사람들이, 심지어 사건 당시 남편의 죽음을 처음으로 알려주었던 학동엄마까지 당시의 기억을 혼동하고 망각했다는 점은 생존을 위해 기억을 망각으로 치환할 수밖에 없던 시대적 압력이 작용했기 때문이다. 반공의 내면화는 타자를 환대할 수 없는 상태의 반영이다. 취객의 빨갱이 언급에 예민하게 반응하는 딸에게 보인 화자의 멀미 소동은 그러한 합리화의 은유이다. "딸이나 외에 버스 칸에서 일어나는 어떤 일에도 신경을 못 쓰게"174쪽 화자의 심한 멀미는 당장 눈앞의 생존을 위해 해결 불가능한 적대의 현실을 빗겨갈 수밖에 없는 타자의 상태이기도 하다.

「카메라와 워커」[38]는 전후 파괴된 일상의 물리적 복구에도 불구하고 뿌리깊이 남아 있는 심리적 타자의 배제가 알레고리화된다.

화자에게 전쟁은 "사람들의 삶이 뿌리를 송두리째" 뽑히는 불모화의 경험이다. 소설에서 화자의 오빠는 이념의 경계를 분간할 수 없는 상태에서 막연히 빨갱이로 짐작되는 행위를 보였으나 결국 인공치하에 죽음을 맞이한다. 자신의 신념과 맞지 않는 이념에 의해 희생된 오빠, 폭격으로 사망한 올케가 남긴 "무책임한 전쟁이 만들어놓은 고아", 조카를 책임지게 된 화자와 엄마는 모두 불모의 삶을 겪은 전쟁체험자들이다. 화자는 전쟁에 대한 복수와 내면의 상처를 치유 받기 위해 조카에게 자식 이상의 과장과 허위의 사랑을 부여한다.

다른 소설에 비해 시대에 대한 작가의 직언이 대부분 소거되어 있음에도 불구하고 「카메라와 워커」에는 당대적인 비판력이 더욱 강력히 암시

38 박완서, 「카메라와 워커」, 『부끄러움을 가르칩니다』(박완서 단편소설 전집 1), 문학동네, 2013.

되어 있다. 오빠의 사상에 대한 확인이 없었으나 화자 모녀는 "오빠가 평생 사회에 참여해서 돈 한푼 벌어들인 일이 없는 주제에 까닭 없이 죽어야 하는 일엔 끼어들고 말았다는 사실이 문과 출신이라는 것과 반드시 무슨 상관이 있다고"362쪽 공모한다. 따라서 사회에 대한 의심과 저항보다 사회의 순응과 안전 지향적인 삶에 대한 희망은 조카 개인의 선택이나 성향과 상관없이 규격화된 이상을 강요하게 된다.

반공의 내면화 논리는 단순히 타자에 대한 적대만을 강조하는 것이 아니라 현실에 눈을 감고 '근면과 성실'의 보상을 꿈꾸면 공동체에 편입될 수 있다는 환상을 전파한다.[39] 근면과 성실의 과정에서 겪는 개인의 희생은 제거된 채 보상의 희망만이 강조되면서 삶에 뿌리 내리기 위해 혈연과 지연, 금력이 횡행하게 된다. "좋은 학교 나와서 착실한 직장을 가지고 결혼해서 일요일이면 처자식 데리고 카메라 메고 놀러 나가"361쪽는 품종개량의 허상은 조카를 공대 졸업, 의가사 제대, 고속도로 현장 측량기사보 자리로까지 안착하게 한다. 여기에 이르기까지의 과정을 되짚어 보면, 화자에게 타자에 대한 이해가 철저히 생략되어 있음을 짐작할 수 있다. 오빠의 사상과 고민을 현실에 대한 적대로 간주하고 생존의 뿌리 내리기에만 골몰한

39 이혜령은 식민지 시대, 그리고 현재에 이르기까지 친일과 전향으로 물들어 정치적 도덕적 정당성을 상실한 지식인의 상황을 소시민이라는 용어로 설명한다. 소시민은 이념이냐, 생존이냐는 양자택일을 강요하는 폭압적 심문하에 생존을 위해 레드 콤플렉스를 내면화한 지식인의 페르소나를 지칭한다는 것이다(이혜령, 「소시민, 레드콤플렉스의 양각」, 『대동문화연구』 82, 성균관대 대동문화연구소, 2013, 69쪽). 그러나 70년대 중・후반 이후의 문학에서 소시민의 정의는 좀 더 폭 넓게 적용 가능할 것이다. 레드 콤플렉스에 대한 지속적인 압력과 학습으로 이념 택일의 당사자가 아닌 일반 시민에게조차 금기의 효과가 발휘되고 있었으며 자녀 세대 역시 전 세대에 비해 이념 습득의 기회조차 쉽지 않았기 때문이다. 「카메라와 워커」에서는 생존을 위해 레드포비아를 내면화한 인물과 그 허상에서 벗어나고자 하는 세대적 갈등이 대립한다.

화자는 조카가 오빠를 닮아 문과에 지원하는 것조차 용납하지 못한다. 취직조차 '운동'으로 분류되고 교제비의 '와이로'를 써서 진급 가능성을 타진하는 현실에서 타자가 되어버린 조카는 간간히 고모의 자의식을 일깨울 뿐이다. 결국 화자는 조카의 열악한 노동 현장에서 '카메라'를 멘 주말의 낭만이 실상은 '워커'의 착취당하는 노동력을 밑바탕으로 함을 깨닫는다.

> 나는 다만 고모가 꾸미고, 고모가 애써 된 일의 파국을 통해서 고모와 할머니로부터, 그리고 이 나라로부터 순조롭게 놓여날 수 있기를 바라고 있을 뿐이야. 그렇지만 고모, 오해는 마. 내가 파국을 재촉하고 있다고 생각하지는 마. 나는 내 나름으로 이곳에서의 일에 최선을 다하고 있어. 그러노라면 누가 알아, 일이 고모의 당초 계획대로 잘 풀릴지. 나도 어느 만큼은 그쪽도 원하고 있어. 파국만을 원하고 있는 게 아냐.
>
> —「카메라와 워커」, 380쪽

타자의 목소리를 빌어 작가는 "철석같이 믿고 있는 기술이니 정직이니 근면이니 하는"379쪽 국가 주체의 비전이 타자를 얼마나 억압하고 있는지 비판한다. 소설에서는 화자가 조카에게 전하는 전쟁의 기억에 대한 공모만이 아니라 전후 경제 복구를 위한 현실의 낭만화가 개인에게 부여하는 조작된 공모 역시 폭력임을 지적한다. 전후의 복구는 노동의 권리에 대한 책임이 필요 없는 임시직을 활용하고 여가를 즐기는 여유는 다른 계층의 몫이 된다. 전쟁의 체험으로 조카를 이 땅에 "뿌리 내리기 쉬운 무난한 품종"으로 키우려던 고모의 혼란은 품종의 문제가 아닌 그 품종을 배척하는 환경의 문제였던 것이다. 뿌리 내리기 힘든 환경에서 가족에게조차 버림

받은 타자의 극단적인 배경은 「재이산再離散」[40]에서도 확인할 수 있다. 이 소설은 「비애의 장章」과 동일 상황을 타자적 입장에서 재현하고 있다. 「비애의 장章」이 주체의 입장에서 이산가족의 탄생 배경에 대한 사회적 무관심과 기억의 낭만화를 비판적으로 서술했다면 「재이산再離散」은 타자에게 그런 낭만조차 허락하지 않는 현실의 냉엄함에 대해 고발한다.

몽동필에게 가족 상봉은 억압했던 유년의 기억을 재확인하는 고통스러운 과정이자 가족에 대한 환상을 파괴하는 악몽이 된다. 고아원에서 자란 몽동필에게 강동수라는 가명은 잠시 머물렀으나 가족의 느낌을 갖게 한다. 오히려 되찾은 정체성은 "가족이 있을지도 모른다는 황홀한 희망의 시기"14쪽조차 빼앗아버린다. 가족에 대한 정보가 전혀 없던 그에게 이산가족 찾기 프로그램은 가족을 찾기 전 가족에 대한 환상을 유예하면서 타인의 상봉 장면을 자기화하는 기회가 된다.

> 이산가족 찾기가 시작되고 나서 그는 비로소 그가 왜 살아왔는지 알 것 같았다. 그가 견딘 오랜 고독과 신산과 궁핍이 휘황한 라이트를 받으면서 온 세상의 심금을 울림으로써 그의 보잘것없는 생애가 순간적이나마 위대성을 획득할 수 있기를 그는 믿어 의심치 않았다.
>
> —「재이산(再離散)」, 19~20쪽

감동적인 비극의 주인공을 꿈꾼 그가 처음 접한 작은 아버지의 "냉정하고 지적인 목소리"는 더한 반전으로 다가온다. 작가는 자신의 과거를 전

40 박완서, 「재이산(再離散)」, 『저녁의 해후』(박완서 단편소설 전집 4), 문학동네, 2013.

시하고서라도 주인공이 되고픈 몽동필의 소외된 삶을 극대화한다. 이산 가족 찾기 프로그램을 보며 타인의 비극에 자신의 한을 얹어 감동하던 평범한 하층의 한 명이던 몽동필에게 작은 아버지는 감정을 배제하고 그것을 '쇼'로 치부하는 것이다. 결국 전화로 미리 만난 목소리는 "그가 살아오면서 만난 어떤 사람하고도 닮지 않았으리라는 예감"을 가능케 하며 계층의 차이에서 오는 위화감을 촉발시킨다. 보편적인 육친애의 친근함을 기대했던 몽동필에게 이질감이 느껴지는 가족의 등장은 그의 일상을 낯선 공간으로 변모시킨다. 그의 정체성 혼란은 네 식구가 살아가는 방안, 노점의 가게, 그가 인생역전을 이룬 것처럼 여기는 그의 주변 이웃까지 객관화하여 바라보게 한다. 몽동필에게 팔월의 열기는 실상 가족으로부터 느끼는 이질감과 두려움에서 비롯되는 분노의 감정이다.

그가 느끼는 계급적 위화감은 첫 만남에서부터 시작된다. 작은 아버지와 "한 조각의 공통의 기억"을 확인하기 위해 폭로한 그의 기억은 은닉되었던 몽동필가家의 어두운 과거이다. 교수 아버지와 의사 어머니, 몽동필을 고아원에 데리고 간 할아버지의 죽음까지 동필에게는 "오직 더 이상 기다릴 만남이 남아 있지 않다"는 사실만이 남는다.

> 내가 다시 설명 안 해도 네가 버려진 까닭은 대강 짐작했을 줄 안다. 어떻게 그런 일이 있을 수 있었나 분하고 야속할지도 모르지만, 누구의 잘잘못을 따질 게 아닌 줄 안다. 그땐 그런 시대였어. 느이 부모님은 전쟁통에 돌아가셨고, 너는 전후에 버려졌고 (…중략…) 평상시에는 상상도 못 할 일이 밥 먹고 잠자는 것처럼 일상적으로 생기는 게 난리통이란다.
>
> —「재이산(再離散)」, 52쪽

몽동필은 가족과 만남으로 사후 조작으로 여기던 기억의 조각들이 진실임을 확인한다. 동필의 친척들은 생존의 장에서 자기 자식을 거둬 먹이기 위해 동필을 핍박하고 고아원에 버려지도록 유도한다. 생존의 윤리 앞에서 전쟁은 개인의 특수성을 파괴한 채 "그 시대와 그 시대의 집안 사정을 이해할 수만 있다면 자연히" 용납되는 것으로 둔갑한다. 각자 부유한 일가를 이룬 그들 앞에 동필의 과거와 현재의 계급은 낯선 타자의 몫이 된다. 동필의 유기에 대한 서로의 도덕적 책임을 떠넘기며 그들은 동필의 상처와 상관없이 시대의 탓으로 서로의 감정을 화해한다. 개인의 책임 의식과 도덕성을 전쟁으로 환원시키는 이기주의는 가족의 폭력에 의해 "유아로 퇴영"하는 동필의 기억을 두 번째로 유기하며 생존을 빌미로 용서를 공모한다. 결국 철저한 타자로 남은 동필 내외와 아이들은 재회한 가족 속에서도 결코 일원으로 인정받지 못하고 적대된다. 영양 상태와 학습능력에서 조카들에게 뒤처지는 동필의 아이들이 오만한 조카들의 횡포를 참지 못하고 일격을 가하는 순간 어른들 사이에 팽배했던 위화감이 폭발하게 된다. 자신을 가족으로 받아들일 의지가 없는 그들 앞에 몽동필과 아내는 분노한다. 가족에 대한 환상조차 남겨놓지 않은 그들에 의해 몽동필 가족은 재이산再離散의 타자로서 적대된다.

「부처님 근처」[41]는 증언자의 발화 욕망과 진실의 발화 조건이 변모하는 현실을 조망한다. 화자 모녀는 한국전쟁 당시 인공치하에서 이데올로기에 반대해 처형된 가족의 기억을 '행방불명'으로 조작한다. 이들은 눈앞에서 사살된 시신을 "새끼를 낳고는 탯덩이를 집어삼키고 구정물까지 싹싹

41 박완서, 「부처님 근처」, 『부끄러움을 가르칩니다』(박완서 단편소설 전집 1), 문학동네, 2013.

핥아먹는 짐승처럼 앙큼하고 태연하게"106쪽 삼키고 이웃의 고발로 잡혀가 고문의 후유증으로 사라져간 "아버지의 죽음도 감쪽같이 처리"한다. "먹는다는 것은 타자의 존재를 부정하는 행위"이다. 살해된 가족은 대상화된 타자로 존중할 수 있지만 "나에게 삼켜지고 나의 일부가 된" 타자는 그 개체성individuality이 부정되는 것이다.[42] 불온의 흔적과 밀고자의 가족이라는 정체성은 공모를 통한 망각만이 공동체에서 생존할 수 있는 유일한 방법임을 본능적으로 체득하게 한다.

> 그런 죽음, 반동으로서의 죽음은 당시의 상황으론 극히 떳떳치 못한 욕된 죽음이었으니 곡을 하고 아우성을 칠 계제가 못 됐다. 믿을 만한 인부를 사 쉬쉬 감쪽같이 뒤처리를 했다. (…중략…) 당시의 서울에선 알리려야 알릴 만한 곳도 없었지만, 서울이 수복되고 나자 빨갱이로서 매 맞아 죽은 아버지의 죽음은 욕되고 수치스런 것이었기 때문에 가까운 친척에게까지 그 일을 속이자고 어머니와 나는 공모했다. 공모를 더욱 빈틈없이 하기 위해 우리는 이사까지 갔다.
>
> —「부처님 근처」, 106~107쪽

반공의 현실에서 이들 모녀는 죽은 가족의 애도는커녕 사건이 회귀하지 않길 바라는 마음으로 죽음을 행방불명으로 처리한다. 가족에게조차 환대받지 못해 타자가 된 아버지와 오빠는 "언젠가는 토해내지 않으면 치유될 수 없는 체증이 되어"110쪽 모녀를 격리시킨다. '식인의 기억'에서 벗어나기 위해 모녀는 각자의 방식으로 일상에 복귀한다. 결혼 후 화자는 시

42 김현경, 앞의 책, 219쪽.

대적 횡포에 저항하여 충실히 일상에 복무하며 은폐된 진실에 대한 두려움으로 가족 재건에 몰두한다. 화자의 '다산'은 사장한 가족에 대한 무의식적인 재생의 의미이기도 하다. 화자가 적대받은 진실에 대한 저항을 보였다면, 공모자인 어머니는 죄책감에 더 큰 의미부여를 한다. '불교에 귀의'하는 어머니의 선택은 도덕적 선 / 악을 가리기 힘들었던 시대의 폭압이라는 전제로 인간성을 수호하지 못한 윤리적 실패의 결과이다. 어머니에게 종교는 진실이 조작된 공모에 대한 죄책감을 초월적인 힘에 의존하여 판단 유보하려는 불안의 결과이다. 애도되지 못하고 타인과 공유되지도 못한 모녀의 기억은 두 사람에게 다른 의미로 사후 구성된다. 언어화되지 못한 화자의 기억은 낯선 길모퉁이 초상집의 곡성조차 황홀한 자유의 노래로 인식하게 만든다. 화자의 증언의 욕구는 "삼킨 죽음을 토해내고" 누리고 싶은 '자유'로 가득하다.

이십여 년이 지나 모녀의 공고한 공모의식을 파괴한 것은 시대의 무관심이다. 전쟁의 물리적 시간 변화로 기억에 대한 공동체의 이완이 생기자 화자는 망자의 외장에서 벗어나려 실상을 폭로한다. 그러나 아무도 화자의 사건에 관심을 갖지 않는 아이러니한 상황이 펼쳐진다. 자본의 욕망에 경주되어 자발적인 망각 상태에 있는 공동체 내부에서 화자의 증언은 개인의 체험으로 한정된다. 폭력적인 억압에 의해 발설할 수 없던 화자의 '말하기의 욕망'은 발언의 기회를 얻었지만 기억의 조작과 다를 바 없는 망각의 무관심은 증언의 공허를 육체적인 증상인 '체증'으로 발현시킨다. 결국 공동체 내부에서 배제되었던 증언은 소설적 진실을 획득하지 못한다. 작가는 증언자와 수용하는 공동체 간에 기억을 체감하는 시간의 차이를 지적한다. 이십여 년이 흘러도 증언자에게 두 죽음의 기억은 말초적인 피부의 촉감으로 밀착되고 긴장되어 원경화되지 못한다. 이에 비해 1970년대 이후 현실 공동체는 전후의 사회 복구와 경제성장에 주력하면서 전쟁의 희생자들에 대한 관심을 거둔다. 또한 이면에는 공론화할 수 없는 반공이데올로기의 내면화도 그러한 무관심에 한 몫을 한다.[43] 이러한 기억의 비대칭성은 사건이 발생한 당대나 서술시점의 현재 모두 동일하게 모녀를 타자화한다.

1970년대 박완서의 전후 소설에서 생존을 위해 내면화된 반공 이데올로기는 전후 세대인 자녀들에게까지 영향을 미친다. 일상에 묻혀있던 억압된 기억은 연좌제의 불합리함, 잃었던 가족, 일상의 불안 등으로 회귀하며 타자를 적대하는 현실로 작용한다. 박완서 소설에서 인물을 타자화하는 현실은 반공 이데올로기의 직접적인 억압과 더불어 그로 인해 파생되는 사회 불평등의 차별과 공동체 내부의 적대로 인한 가족 관계 파멸에 이르기까지 다양하다.

2) 실어적 타자의 발화와 전쟁 체험의 편재

박완서 소설에서 증언의 환대를 위한 대상은 한국전쟁의 특수성에 의해 두 부류의 타자성이 고려되어야 한다. 소설의 구조 내에서 한국전쟁 당시 이념의 불온성을 포함하는 과거 행적이 원인이 되어 타자로 분류된 인물과 그에 대한 기억이 직접적인 환대의 대상이라면, 직접환대 대상에 의해 파생된 가족이나 연루자인 까닭에 공동체에서 타자로 배제된 인물들

43 1970년대부터 시작된 주권권력의 비상조치는 일상화된 예외 상태를 만듦으로써 국민의 형성 및 '비국민'의 배제를 도모한다. 특히 분단 상황에서 반공에 대한 내면화 작업을 단행한 1970년대 전체주의 사회에서는 단순생존권을 위한 요구조차 간첩행동으로 내몰렸을 뿐 아니라, 상호검열과 자기검열이 일상화된 가운데 간첩 조작을 바라보는 일반 서민들까지도 권력에 복종하는 '국민 만들기'가 감행되었다. 김민정, 앞의 글, 382~384쪽.

이 간접환대의 대상이다. 특히 간접환대의 대상은 한국전쟁의 물리적 시간이 경과함에 따라 전쟁에 대한 세대관이 변모하면서 내재된 상처에 대응하는 대상 간의 갈등이 심화된다. 전쟁을 유년기에 체험한 인물들은 냉전 체제가 종식되는 1990년대 이후 이데올로기의 잠식이 무화되면서 점차 전쟁 미체험 세대에 가까워지고 외적인 공동체 배제의 억압에서도 비교적 자유로워진다. 이를 참조하여 본고에서는 직접환대와 간접환대 대상의 체험의 편재상과 그들의 갈등 관계를 살펴보겠다.

『그 산이 정말 거기 있었을까』[44]에서 피난 시기를 선택하지 못해 고립된 화자의 가족들에게 '벌레의 시간'이 되는 그 순간들은 전 국토의 수용소화라고 볼 수 있으며 화자의 가족들은 벌거벗은 생명, 호모 사케르[45]로서 억압적인 권력 아래에 놓이게 된다. 빨갱이, 혹은 군인가족으로 오해되면서 화자의 가족은 전시의 결핍 자체를 구현한다. 그들만 제거하면 사회가 온전해지리라는 판타지는 사회 이데올로기의 단면일 뿐이다.

박완서 소설에서 전쟁의 복원과 시대의 진정한 증언자는 무젤만[46]이 되어버린 오빠의 존재이다. 증언의 환대에서 오빠, 무젤만과 같은 존재는 직

---

44 박완서, 『그 산이 정말 거기 있었을까』(박완서 소설전집 20), 세계사, 2012, 이하 쪽수만 표기함.

45 아감벤은 "희생물로 바칠 수는 없지만 죽여도 되는 생명"을 호모 사케르로 정의한다. 호모 사케르는 제의나 법에 외재하며 존재의 영역에서 추방된 예외상태를 지칭한다. 조르조 아감벤, 박진우 역, 앞의 책, 175쪽.

46 아감벤은 아우슈비츠 수용소의 무젤만에 대해 고찰하면서 ① 무젤만은 비-인간, 증언할 수 없는 자이다. ② 증언할 수 없는 자가 참된 증인, 절대적인 증인으로 설명된다. 증언은 밀접한 이중적 구조인 말함의 불가능성과 가능성, 인간과 비인간, 살아있는 존재와 말하는 존재의 차이와 통합이 맞물린다. 증언의 주체는 구성적으로 분열된 채로 있다. 곧 그 항상성은 분열(sconnessione)과 차이(scarto)만을 지닐 뿐이다. 이것이 주체가 '탈주체화되는 것'의 의미이고, 증인인 윤리적 주체가 탈주체화를 증언하는 주체인 까닭이다. 양운덕, 「침묵의 증언, 불가능성의 증언」, 『인문학연구』 37, 조선대 인문학연구원, 2009, 122쪽.

접환대의 대상이다. 전쟁의 물리적 폭력에 의해 죽어간 그들은 폭력 주체에 대해 어떤 증언도 불가능하다. 직접환대의 대상은 국군이나 의용군으로 징병된 이들뿐 아니라 점령지가 바뀌면서 이전 체제에 동조했던 낙오자들로 낙인찍혀 즉결처분되고 신상파악조차 불가능하게 된 사상자들도 포함되어야 한다.

> 어떻게 그 몸으로 전선을 돌파하고 먼 길을 걸어 집까지 돌아올 수 있었을까 믿기지 않을 만큼 몸이 못 쓰게 된 건 약과였다. 집에 돌아왔는데도 조금도 기쁜 기색이 없었다. 자기가 없는 동안에 태어난 아들을 보고도 안아보려고도 하지 않았다. 도대체 무슨 생각을 하는 건지, 무표정한 것하고도 달랐다. 시선은 잠시도 가만히 있지 못하고 불안하게 흔들리고, 작은 소리에도 유난스럽게 놀랐다. 잔뜩 겁을 먹은 표정은 무슨 소리를 해도 바뀌지 않았다.
>
> —『그 많던 싱아는 누가 다 먹었을까』, 276쪽

> 열은 심한 피해망상에 사로잡혀 있어 자주 놀라고 까닭 없이 불안해하고 오랜만에 만난 식구들에겐 서먹서먹하고 냉담했다. 자기 없는 사이에 태어난 찬이에게조차 전혀 무관심했다. 하다못해 아들인가 딸인가조차도 물으려 들지 않았다. 이것이 가장 혜순을 슬프게도 놀라게도 했다. 아내에게조차 그는 낯선 타인일 따름이었다. 늘 깊은 우수에 잠긴 듯하면서 착하고 다정하던 눈매는 이유 모를 불안으로 핏발 섰다가는 조그만 소리에도 곧 튀어나올 듯이 퉁그러졌다.
>
> —『목마른 계절』, 261쪽

> 헐벗고 굶주려 몰골이 흉한 것까지는 예상한 대로였지만 그때 오빠는 이미

속속들이 망가져 있었다. 눈은 잠시도 한군데 머무르지 못하고 희번덕댔고, 심한 불면증으로 몸은 수척했고 피해망상으로 하루에도 몇 번씩 깜짝깜짝 놀라고 사람을 두려워했다. 가족들한테도 전혀 친밀감을 나타낼 줄 몰랐고 집에 없는 처자식을 궁금해하거나 보고 싶어 할 줄도 몰랐다. 그동안 무슨 일이 그를 그토록 망가뜨렸는지 알아낼 방법은 없었다. 그는 문을 꼭 잠그고 그 안에서 두려움에 떠는 심약한 집 보는 어린이처럼 자기를 단단이 폐쇄하고 외부의 모든 것을 배척하려 하고 있었다. (…중략…) 오빠는 그들만 나타나면 사색이 되어 떠는 증이 그런 소리로 더해지거나 덜해지지 않았고, 인민군복을 보자마자 새로 생긴 실어증도 끝내 그대로여서 병신 노릇에 빈틈이 없었다.

—「엄마의 말뚝 2」, 135~142쪽

오빠는 예전의 그가 아니었다. 그럼 돌아온 게 아니지 않나. 나는 잠든 오빠를 보고 있으면 전선이 어떻게 생겼을까 하는 의문이 도지곤 했다. 적과 우리 편을 분간할 수 있는 선 같은 게 있을까? 그 선은 6・25나 1・4후퇴 때처럼 제가 사람 위를 통과하면 모를까, 초인이 아닌 보통 사람이 임의로 통과할 수 있는 선은 아닐 것이다. 어떤 미친 사람이 홀로 그 선을 향해 돌진한다면 틀림없이 앞뒤에서 일제히 맹렬한 살의가 퍼부어질 테고 순식간에 온몸이 벌집이 되고 말 것이다. 오빠도 살아 돌아온 게 아니라 그때 무참히 죽은 것이다. 지금 아랫목에 누워 있는 건 오빠의 허깨비일 뿐 진정한 그는 아니다. 전선이면 보통 전선인가. 이데올로기의 전선 아닌가. 어떻게 온전하게 살아 돌아오기를 바라겠는가, 라는 체념 끝에 분노가 솟구쳤다. 이데올로기 제까짓 게 뭔데 양심도 없지. 오빠 같은 죽음이 양심의 집이 안 되는 이데올로기 따위가 왜 있어야 하느냔 말이다.

—『그 산이 정말 거기 있었을까』, 25~26쪽

여러 작품에서 변주되고 있는 오빠의 모습은 의용군에서 탈출한 직후 1·4 후퇴의 두 번째 피난 직전의 상황이다. 전쟁 전 신념에 의해 넘나들던 이념의 선은 전쟁 후 강제징병을 겪으며 사선死線이 된다. 『그 산이 정말 거기 있었을까』에 이르면 후방에서 이념의 여파로 일상의 '굶주림'과 사투를 벌이던 화자가 바라본 전방의 이데올로기적 허위가 날카롭게 비판된다.

살의로 가득 찬 전선을 뚫고 살아서 돌아왔으나 더 이상 삶을 지속할 수 없는 오빠의 상태는 산죽음undead[47]의 상태이다. 가족들에게 피난을 종용하는 오빠의 광기는 고결한 정신적인 높이의 추락과 죽음의 공포에 대한 본능instinct에서 유래한다. 해방 후 현실 논리에 의해 훼절해야 했던 오빠의 사상 변모와 오빠의 훼손된 신체는 개인사적인 체험을 넘어선다. 특히 전쟁에 의해 파괴되고 전쟁으로 인해 무젤만으로 구성되는 오빠의 신체는 오빠 자신의 것이자 그의 것이 아니다. "서서히 사라져 간" 오빠의 신체는 한국전쟁과 그로인해 파생된 죽음의 타자성을 상징한다. 수용소라는 광기의 현장에서 무젤만이 모든 인간의 근저에 있는 "비인간적"인 타자성을 대표하듯 전쟁의 한가운데에서 오빠는 인간 존재의 핵심을 보여준다. 오빠의 신체는 역사의 오점과 사건, 갈등이 각인된 텍스트이자 이데올로기와 이웃들의 음모에 의해 강압적인 "타자들의 자국"을 지닌 "사회적 삶의 도가니"[48]에 의해 형성되고 파괴되는 고통의 집약체이다. 때문

---

47 지젝은 이를 '두 죽음 사이'의 영역으로 설명한다. 자세한 사항은 슬라보예 지젝, 이성민 역, 『까다로운 주체』, 도서출판 b, 2005, 247~258쪽 참조.

48 신체에는 항상 공적인 차원이 있다. 공적 영역에서 사회적 현상으로 구성되는 나의 신체는 나의 것이며 또 나의 것이 아니다. 처음부터 타자들의 세계에 배당된 신체는 타자들의 자국을 지니고 있고 사회적 삶의 도가니 안에서 형성된다. 주디스 버틀러, 양효실 역, 『불확실한 삶－애도와 폭력의 권력들』, 경성대 출판부, 2008, 54쪽.

에 오빠가 발화하는 허언, 신음소리 등은 타자의 언어가 된다. 침묵이 아닌 실어는 타자에 대한 주체의 폭력 강도를 더 높이는 저항의 언어이다. '말하지 않음'이 아닌 '말할 수 없음'에 대한 보고이기 때문이다. 그들은 결코 공동체 내에서 노출될 수도 없으며 노출되어서도 안 되는 존재들이다. 이러한 비인간적인 영역인 무젤만은 전쟁의 윤리적 심연을 경험한 모든 이들에게 내포되어 있다. 때문에 이들을 외면할 수 없으며 자칫 무젤만과 같은 인물에 대한 무조건적인 죄의식은 자신 내부의 무젤만적인 실재를 외면하면서 최소한의 안전거리에서 전쟁의 비인간성을 사유하는 결과를 낳을 수도 있다. 한국전쟁의 무젤만은 강압적인 외부 폭력에 의해 죽음, 윤리, 정치적 상황의 경계 그 자체를 표상한다. 그러므로 무젤만의 존재증명은 전쟁으로 파괴된 수동적인 인간의 영역이 아닌 존재 그 자체로 환대의 경계를 가시화하는 문턱으로서 저항성을 갖는다.

박완서 소설에서 엄마와 올케, 화자와 같은 전쟁 체험 인물들은 간접환대의 대상자이다. 화자의 전기적 상황을 고려할 때, '오빠'가 전방의 전쟁을 형상화하며 '정신적 축'의 붕괴를 의미한다면 화자를 비롯한 엄마와 올케는 후방의 참혹한 일상을 대변한다. 직접환대의 대상이 이데올로기의 직접적인 영향으로 타자로 분류된 인물들이라면 이데올로기의 폭력이 일상에 미시적으로 작용하여 '생존'의 영역에서 타자가 된 엄마와 올케, 화자는 간접환대의 대상이다. 한국전쟁을 배경으로 하는 소설에서 내부의 가시적인 관찰 대상으로 존재하는 오빠에 비해 엄마와 올케는 화자의 일상 속 배경처럼 편재하거나 성장의 조력자 역할로 평가절하되기 쉬운 위치에 있다. 실제로 전자에 비해 후자에 관한 연구는 미비한 실정이다. 그나마 인물 '엄마'는 화자의 유년시절, 오빠와의 관계 안에서 언급되어 왔지만 가족의 생존을 위해 큰 역할을 하며 화자와 전쟁의 일상을 견뎌온 '올케'라는 인물은 미지의 타자로 남아있다.

확고한 타자의 위치를 점하는 직접환대 대상자가 존재만으로 증언 주체의 환대를 추동한다면, 간접환대 대상인 화자는 일상의 시대 변모 속에서 증언자로서 환대 주체로 정체성이 교차되는 특성을 갖는다.

정전 후 다수가 사망하거나 불구 혹은 무기력자로 생환한 남성들에 비해 경제력의 우선순위는 여성에게 있었다. 『그 산이 정말 거기 있었을까』에서 화자의 직업이 PX에서 특화된 노동의 예라면, 올케의 성공은 전후 한국 경제의 저층을 견인하는 여성의 일면으로 의미가 있다. 집안의 옷가지로 노점을 펼치던 올케는 기지촌의 양색시를 목표로 보따리 장사를 시작한다.

> 엄마는 건강하여 손자들을 잘 돌보고, 올케는 사나흘에 한 번씩 주머니마다 돈을 하나 가득 벌어오고, 아이들은 살찌고 기름이 흐르고, 나는 한 달에 40만 원이나 되는 수입이 보장돼 있고, 집 안에는 구미구미 양키 물건이고. 오빠가 살아 있어도, 전쟁이 안 났어도 이보다 더 잘 살기를 바라기는 어려울 터였다. 그런데 왜 이렇게 마음이 점점 추비하고 비루해지는 걸까 도둑질해서 먹고살 때도 이렇지는 않았다. 온 식구가 양키한테 붙어먹고 사는 거야말로 남루와 비참의 극한이구나 싶었다.
>
> —『그 산이 정말 거기 있었을까』, 256쪽

전후 여성들로만 이루어진 가정의 경제력이 결국 미군정의 음지와 결부되었다는 것은 의미심장하다. PX걸, 양공주를 상대로 한 장사로 생계

걱정이 없어졌음에도 화자의 가족은 행복하지 않다. 전쟁기 올케와 화자에게 수치심을 일으키던 도둑질보다 전후 더한 비참함의 근원은 "양키한테 붙어먹고 사는" 현실이다.[49] 양키와 양공주에게 기생한 화자와 전쟁 미망인 올케의 자본은 그들 자신이 마치 양공주가 된 듯한 도덕적 수치심을 불러일으킨다. 이는 생존의 단순성이 성적 음란의 문제로 둔갑하면서 양공주로 빠지기 쉬운 PX걸과 양공주와 밀접한 보따리상까지 타락한 여성으로 바라보며 적대하는 당대적 시각에서 자유롭지 못하기 때문이다.

특히 올케의 경우 양공주를 대상으로 하는 관찰자적 입장[50]임에도 불구하고 시어머니로부터 바람난 며느리 취급을 받는다. 실제 박완서 소설에서는 이들에 대한 공동체의 외부적 압력이 표면적으로 서술되지는 않았으나 화자와 올케는 내면화된 도덕성에서 자유롭지 못하다. "순결 콤플렉스의 성적억압"은 "막강한 이데올로기 장치"가 되기 때문이다.[51] 화자와 올케는 경제적 주체로서는 외면된 문화적 타자로 전락한다.

본고에서 고찰한 올케라는 인물은 가족 내에서도 타자로 분류되는 인물이다. 전쟁기에는 남편의 이데올로기 선택에 의해 인공치하와 국군치하에서 모두 반역자로 내몰려 고문을 당하고 가족의 생계도 담당하지만

---

49 『나목』, 『그 남자네 집』 등 박완서 소설에서 화자의 PX걸 근무 경험은 지속적으로 등장한다. "먹고사는 문제가 해결됐는데도 가난은 날로 남루해졌다. 딸이 미군부대에서 벌어오는 돈으로 먹고사는 걸 식구들이 치욕스러워 했기 때문이다." 『그 남자네 집』, 35쪽.

50 박완서 소설의 올케는, 박순녀의 「엘리제 초(抄)」(1965)에서 기지촌에서 장사를 하는 영배가 외부자적인 시선으로 관찰자의 입장에 위치하는 것과 젠더적으로 대비된다. 양공주로부터 유혹을 받고 그녀들의 몸을 안기도 하는 영배는 양공주와 철저히 거리를 두는 남성인물로 등장한다.

51 주체가 성과 권력 그리고 독립적인 자아의 소유자라고 할 때 순결 콤플렉스와 같은 성적 억압은 근대 여성들의 사회참여, 성장과 자기 발견을 어렵게 하는 막강한 이데올로기 장치이다. 김은하, 「탈식민화의 신성한 사명과 '양공주'의 섹슈얼리티」, 『여성문학연구』 10-10, 한국여성문학학회, 2003, 174쪽.

올케는 화자처럼 자신의 신념을 발언할 기회조차 부여받지 못한다. 전후 미군정의 경제적 후광에 기생했기에 화자와 올케는 그들이 창출한 경제력의 가치를 올곧게 환대받지 못한다. 당대에 팽배한 순결 콤플렉스가 내면화된 일상의 폭력에 노출된 올케는 이로써 이념과 가부장성, 순결의 중층 억압에 놓인 타자적 인물로 평가할 수 있다. 그러나 자신을 의심하는 시모에 맞서 결백을 주장하고 단시일 내에 가게를 장만하여 자립하는 올케의 경제력과 하숙을 치기 위해 집을 늘려가는 엄마의 노력은 일상의 방식으로 공동체의 억압에 맞서는 타자의 저항성이다. 억압을 향한 발화와 우정에 가까운 타자 연대는 일상의 현재에서 환대를 자극하는 타자의 적극성으로 표출된다.

「세상에서 제일 무거운 틀니」[52]에서 용공세력으로 감시되는 화자 역시 간접환대의 대상자이다. 그녀는 지체장애의 딸을 가진 옆집 설희 엄마와 유일하게 소통한다. 「세상에서 제일 무거운 틀니」에서 육체의 불구성과 연좌제의 그늘은 국가 공동체 내부에서 비정상성으로 배제됨을 알레고리화한다. 지체장애아의 부모로 살아가는 중압감, 가부장적인 시모, 예술가의 정체성을 버리고 타국에서 보험회사 직원이 되어야 하는 남편의 기구함 등 설희네 가족이 겪는 고통의 중심엔 설희의 장애가 자리한다. 마찬가지로 현재 화자의 가족이 적대되는 것은 한국전쟁 때 의용군으로 출정한 뒤 생존 여부를 알 수 없는 오빠의 존재 때문이다. 정보기관에 의해 화자 가족은 "자신 주변의 세밀한 조감도"가 된 과거와 현재를 목격한다. 화자 가족의 기억은 국가 정보기관에 의해 새롭게 조작되고 관리되며 남파 예

52 박완서, 「세상에서 제일 무거운 틀니」, 『부끄러움을 가르칩니다』(박완서 단편소설 전집 1), 문학동네, 2013.

정인 오빠의 고발까지 국가의 기획에 포섭된다. 실상 화자의 가족을 위협하는 것은 간첩이 된 오빠에 의한 파장보다 실체 없는 소문으로 인한 가정의 파탄이다. 남편은 아내의 연고로 승진 기회의 박탈과 퇴사의 위기를 겪으면서 폭력과 증오를 키워가고 화자와 어머니는 일상의 안일을 파괴하는 오빠와의 상봉이 두려운 나머지 오빠의 사살을 기원하게 된다.

반공이 강조되던 시기임에도 화자가 설희 엄마에게 오빠의 기억을 발화할 수 있는 이유는 화자와 설희 엄마가 내포한 타자의 비정상성이 공명했기 때문이다. 화자의 증언은 공적인 체계 안에서 과거의 '사건' 그 자체도 발언될 수 없으며 미래에 일어날 '사건'조차 선취되어 환대 불가능하다. 생사여부도 파악할 수 없는 상태에서 오빠의 간첩설은 화자의 가족을 국민이 아닌 타자로 배제시키고 일상을 지배하며 가능태로서 사건의 발언과 환대 기회를 봉합한다.

> 내 이야기를 다 듣고 나서도 설희 엄마는 나를 성한 사람이 문둥이 보듯이 보지는 않았다. 그러나 신통한 도움도 주려 들지도 않았다. 겨우 한다는 소리가,
>
> "에이 지긋지긋해. 살아가기 말도 많고 탈도 많고 걸치적대는 것도 많은 놈의 세상 (…중략…) 당신이나 나나 어디로 훨훨 이민이나 갈까?"
>
> —「세상에서 제일 무거운 틀니」, 81쪽

설희 엄마의 언급을 통해 작가는 타자의 상처들이 국내에서는 해결될 방법이 없음을 일갈한다. 그렇지만 화자의 증언 이후 설희 엄마의 담담한 반응은 기억의 진실이 장애, 돈과 같은 다른 일상의 문제와 비등하게 공유된다는 점이 특징적이다. 반공이데올로기 체제에서 기관원에게 감시를

받고 언제 간첩으로 내몰릴지 모르는 화자의 증언과 그런 이웃을 일상적으로 받아들이는 인물의 등장은 박완서 소설에서 이례적이다. 작가는 그 바탕에 비국민의 소통이라는 전제가 있음을 주목한다. 설희 엄마가 화자를 비정상적으로 바라보지 않고 어떤 해결책도 제시할 수 없는 것은 그녀들이 동일한 무게의 아픔을 지녔기 때문이다. 그러나 이 소통의 체험은 화자를 옭아맨 실어적 상태를 나름대로 해소할 방편이 되고 마주한 사건을 성찰하여 환대할 기회를 준다는 점에서 의미가 깊다. 1970년대 현실의 자장에서 두 여성이 탈주할 방법은 자발적으로 국외자의 위치를 도모하는 것이 된다.

「아저씨의 훈장」[53]에서 씨족 공동체에 의해 환대받던 인물은 시대변화와 치매의 불구성으로 적대적 인물로 전락한다. 소설에서는 특히 전쟁 체험과 가부장성에 대한 공동체의 변모된 의식을 확인할 수 있다.

너우네 아저씨는 홍씨 문중의 씨족마을인 너우네에서 사람들에게 도덕적으로 칭송받던 인물이다. 작고한 형의 소생인 장조카 은표와 형수를 자신의 가족보다 편애하는 그에게 "자기 자식은 막기르고 조카자식을 어르고 떠는 걸로 아무도 감히 용훼容喙할 수 없는 도덕적인 완벽성"370쪽을 부여한 진원은 공동체의 힘이다. 가부장성에 충실한 그의 태도는 씨족마을의 한정된 공간에서 자행되는 전쟁의 포화 속에서도 부역한 사실이 은폐될 만큼 특별한 대우를 받는다. 중공군의 남침과 염병의 예후로 피난 인원이 제한된 순간에도 너우네 아저씨는 자식이 아닌 조카를 선택함으로써 자신의 가부장적 도덕관을 확신한다.

53 박완서, 「아저씨의 훈장」, 『그의 외롭고 쓸쓸한 밤』(박완서 단편소설 전집 3), 문학동네, 2013.

제 자식을 모질게 뿌리치고 장조카를 데리고 나와 성공시키기 위해 온갖 고생 다 했다는 걸로 자신을 빛내려 들었기 때문이다. 나는 그가 자물쇠 행상일 적에 매일 밤 그것을 닦아 훈장처럼 빛냈듯이, 요새도 매일 밤 자신의 내력을 번쩍번쩍 빛나게 닦고 있다고 생각했다. 그는 그 특이한 이력으로 어디서나 빛났다. 동향 사람들 중에서도 특히 나잇살이나 먹은 이들은 그의 자랑을 끝까지 들어주고 아낌없이 그를 칭송하고 존경하는 걸로 자신의 도덕적인 결함까지 은폐하려고 드는 것 같았다.

—「아저씨의 훈장」, 375쪽

월남자들에게 "동향인의 군민회"는 특별한 공동체의 역할을 한다. 귀향이 불가능한 그들만의 공동체는 고향의 연장선으로서 의미가 있다. 씨족 공동체는 아니지만 실향민 공동체의 칭송에 너우네 아저씨의 가부장적인 도덕관은 지속된다. 그러나 그의 행위에 공감하는 이들은 구세대에 한정되며 그조차 세대의 도덕적 결함을 너우네 아저씨를 대리하여 은폐하기 위한 수단에 불과하다는 점에서 너우네 아저씨의 행위는 균열을 내포한다. 씨족 공동체와 실향민 공동체에 의해 환영 받은 너우네 아저씨의 선택은 '타인이기에 칭송할 수 있지만 나는 결코 선택하지 않을' 공동체의 이기심과 한계를 보여준다. 그러므로 자신의 도덕성에 대한 너우네 아저씨의 당당함은 훈장처럼 빛나게 닦아 전시하고 있으나 결국은 공동체에 희생된 개인의 일면일 뿐이다.

「아저씨의 훈장」의 화자는 회상 속 소년의 시선으로 너우네 아저씨를 평가한다. 아저씨의 아들인 은표와 단짝이던 화자는 성표에 대한 아저씨의 편애를 이해할 수 없다. 하지만 아저씨가 내세우는 가부장의 권위는 소년의 눈엔 자물쇠가 빛나는 훈장처럼 보이듯 매혹과 혐오의 양가성을 모두 지닌다. 이런 양가성은 처자식을 향한 너우네 아저씨의 비인간적 처사를 화자가 경멸하면서도 본성 너머 가부장적 정체성을 도덕적으로 수행하는 아저씨의 행위에 호기심을 갖게 한다.

너우네 아저씨가 환대 대상에서 적대 대상으로 바뀌는 표면적 원인은 실향민 공동체의 세대교체에 따른 도덕관념의 변화이다. 공동체보다 직계 가족을 우선시 하는 젊은 세대는 아저씨의 행위를 도덕성이 아닌 악습의 폐해로 인식하며 비난한다. 그러나 작가는 그 심층에 한국전쟁이 낳은 죄의식의 근원에 대해 사유할 거리를 남겨둔다. 「아저씨의 훈장」은 전쟁고아의 가족 찾기를 다룬 소설 「재이산再離散」과 정확히 대칭을 이룬다. 「재이산再離散」에서는 전쟁으로 살기가 어려워진 친척들이 자신의 안위와 자기 자식을 살리기 위해 어린 조카를 고아원으로 내몬다. 세월이 흘러 재회한 그들은 생존의 논리를 내세워 자신들의 도덕적 정당성을 설파하려 한다. 전쟁에서 생존의 논리로 무마되던 도덕의 불감증을 비판하던 작가는 「아저씨의 훈장」에서는 죄의식의 희생양으로 아저씨를 설정함으로써 전쟁의 특수성 속에서는 그 역도 긍정하기 어려운 아포리아임을 암시한다.

노년의 너우네 아저씨 집이 빠리 제과점과 사격장 사이에 위치한다는 설정은 전후의 현실에 대한 환유이다. 전쟁의 흔적이 없는 선진화된 파리에 대한 선망은 그 명칭만을 편취한 조악한 제과점에 대한 실망으로 귀결되고 전쟁의 트라우마로 남은 총구가 기껏해야 사격장의 플라스틱 모형에 불과하다는 사실은 성장한 화자에게 현재형으로 다가오는 전쟁의 흔적이다. 제과점과 사격장 사이에 위치한 너우네 아저씨 댁은 너무 이른 기대와 아직 남은 상처 사이에 위치한 전쟁의 잔재를 상기시킨다. 하지만 유년기에 전쟁을 체험함으로써 자녀 세대인 전쟁 미체험에 가깝다고 여기는 화자는 죽음을 앞둔 너우네 아저씨의 최후를 확인함으로써 도덕적 심판의 결과를 지켜보고자 한다.

「아저씨의 훈장」에서 너우네 아저씨의 발화 영역은 가부장적 젠더 정체성에 제한되어 있다. 실상 전쟁이라는 생존의 절박함 속에서 나의 영역을 희생하여 타인을 포용한 아저씨의 행위는 당대 전쟁 체험자들의 죄의식을 대표한 희생양으로서의 표상이 된다. 그러나 전쟁 미체험자들에게 아저씨의 행위는 환대될 수 없으며 변모된 공동체 안에서 가족을 향한 아저씨의 진심은 '말할 수 없는' 실어의 상태가 된다. 전쟁이라는 극단의 상황에서 생존 논리의 대척점에 설정된 아저씨는 전쟁의 이면에 자리하는 도덕적 심연을 가시화하며 매혹과 혐오의 양가적인 타자의 존재성으로 제시된다.

「공항에서 만난 사람」[54]에서 타자의 발화 언어는 개인을 넘어 공동체의 억압된 심리를 발산하는 역할을 한다. 화자는 전후 공간에서 주변 사람들에게 무시당하는 무대소로부터 나름의 삶의 열정을 읽는다. 공동체에서 비하되거나 타자로서 배척당하는 인물에게 화자는 시대에 변함없이 호의적인 시선을 보낸다. 소설 초반의 내용과 밀접한 연관성이 없어 보이는 화자의 공항체험기는 소설 전반을 관통하는 화자의 태도와 연관되어 있다. 화자는 무대소에 대한 호기심과 거리감을 유지하면서 관찰자의 역할을 한다.

PX라는 특수한 공간에서 만난 무대소는 구호 물품으로 연명하던 시절 "한국 사람은 일단 도둑놈으로 보는 고약한 심보"를 가진 양키들에 대항

54 박완서, 「공항에서 만난 사람」, 『배반의 여름』(박완서 단편소설 전집 2), 문학동네, 2013.

해 상품 구매, 전달, 검열의 세 단계로 물품을 빼돌렸고 그 가운데 가장 어려운 역할인 전달을 맡은 청소부 중 한 명이었다. 일반적으로 반공과 안보 논리에 의해 미군정의 불합리함에 대한 실어를 강요받았던 한국인의 정체성은 일상 내부에서 시혜자 / 수혜자의 구도를 내면화한다. 미군정 아래 대부분의 한국인은 자신의 언어로 발화하기 힘든 타자의 위치에서 실어상태가 된다. 소설은 그런 현실을 은유한다.

생존 앞에 도덕률이 무시되던 그 시절, 무대소는 가장 많은 물건을 몸에 착용하고서도 책임자 싸진 앞에서 주눅 들지 않던 인물이다. 소설에서 무대소는 가장 능동적인 성격을 지닌 타자로 묘사된다. 무대소라는 인물에게 주목할 요소는 욕과 고독, 우월감이다. 전쟁과 죽음, 가난은 당대인 누구나 열등의식과 자괴감 속에 살아가게 만들고 PX의 화려함은 자신의 일상을 더욱 대비되게 한다. 그 안에서 '선 오브 비치'를 희화화하는 무대소의 '쌍노메 베치'는 욕이 아닌 일상의 압박을 향한 배설이다. 추임새처럼 곁들여지는 그녀의 욕은 누구에게나 퍼붓는 일상의 용어이자 미군과 극복되지 않은 전쟁의 현실을 향한 대상화된 진심이기도 하다. 잠시의 정전으로 변질 가능성이 있는 냉동식품을 삼엄한 경계 속에 버리려는 교만을 향해 무대소의 '쌍노메 베치'는 "간담이 서늘하도록 노여웁고 우렁찬 외침"으로 압권을 이룬다. 위생의 논리가 적선조차 되지 않는 비인간성과 통하는 상황에서 양키를 향한 적의만 불태울 뿐 안위를 걱정하며 모두가 그 장면을 외면할 때, 무대소는 싸진의 팔을 문다. 화자는 "그녀의 눈은 멸종돼가는 맹수의 눈처럼 완벽하게 고독해" 보인다고 설명한다. 멸종의 위기에 버금가는 현실의 고난과 누구도 시도하지 못하는 무대소의 행위act[55]를 화자는 맹수로 격찬한다. PX 노동자라는 상징적 공동체의 한계를 위반하며 미군을 향한 적의를 가시화하는 무대소의 행위는 영웅적인 고독에도 불구하고 동족 공동체의 카타르시스를 발산한다. PX에 대한 풍족한 환상을 꿈꾸던 시기에 비인간적인 교양을 향한 그녀의 행위는 응어리진 감정의 해원의식이다.

> 이렇게 입이 걸고 안하무인인 무대소와 우리가 오래도록 거래를 계속했던 것은 물론 그녀의 무대소스러운 유능함 때문도 있었지만, 그 터무니없는 당당함에 압도당한 때문도 있었다. 그 무렵엔 참으로 당당한 사람이 귀했다. 그녀가 거침없이 잘난 척하는 게 밉살스럽다가도 문득 부럽고 보배로워지는 걸 어쩔 수 없었다.
>
> —「공항에서 만난 사람」, 396~397쪽

무대소의 고독은 이런 당당함과도 맞닿아 있다. 남편이 국군이라는 터무니없는 이유로 당당했던 무대소는 이후 미군과 결혼한 후에도 여전히 우월감을 뽐낸다. 양공주에 대한 부정적 인식이 팽배한 사회에서 무대소는 "한국 사람 덕으로 굶어 죽지 않고 사는 미국놈"과 산다는 것을 자랑스럽게 여긴다. 미국에 대한 동경으로 미군정의 지배가 수호자로 상상되던 시절 "그녀 혼자 그것을 거슬러 홀로 양키에게 덕"을 베푸는 상황을 화자는 고독으로 지칭한다. 인용문에서 무대소는 미국의 정치·경제적 원조에 압도당해 비굴함과 열등의식이 잠식하던 공동체에 유일한 당당함으로 심

55 지젝은 행위(act)를 근본적 설명 불가능성이라는 의미에서 '미친' 이유라고 설명한다. "행위에 의해서 나는 나 자신, 나의 상징적 정체성을 포함하여 모든 것을 내기에 건다. 그러므로 행위는 항상 '범죄', 말하자면 내가 속한 상징적 공동체의 한계에 대한 '위반'이다." 슬라보예 지젝, 주은우 역, 『당신의 징후를 즐겨라!』, 한나래, 1997, 98쪽.

리적인 안위가 된다.

중동붐이 일고 아메리칸 드림을 향한 이민의 열망이 팽배했던 1970년대, 공항 한복판에서 만난 무대소는 자신의 혼혈 자식을 위해 미국행을 택한다. 무대소의 미국행은 앞서 「세상에서 제일 무거운 틀니」의 설희 엄마가 보여주던 현실 탈피의 상황과 등치된다. 당시의 공동체에서 장애와 혼혈이라는 타자적 위치는 동일하나 무대소는 미국에서도 타자로서의 정체성을 인식하고 '쌍노메 베치'가 아닌 '상놈의 새끼'를 발화하며 한국인으로 맞설 것을 암시한다. 국내에서 타국의 욕을 자국의 욕으로 변치하던 무대소가 자신의 혼혈 아이들을 향해 불완전한 발음이 아닌 완전한 모국어 욕으로 발화하고 미국의 시혜성을 한국인의 그것으로 돌려줌으로써 이등국민으로서의 고독을 해원할 것이다. 현실 도피가 아닌 현실의 도전을 위한 타자의 저항은 희화화되지 않은 욕의 힘에서 비롯된다. 그 누구의 환송보다 무대소의 출국이 허전한 화자의 감정은 생존의 절대성과 미국에 대항하는 동족애로 남았던 기억이 시간의 흐름에 따라 환대의 외연이 넓어지는 이완을 경험했기 때문이다. 이는 생존 앞에서도 당당해 허세로 보였던 과거 무대소의 태도와 미군에게 시혜를 베푸는 양공주의 정체성까지의 변모를 포괄한다. 환대받지 못하던 타자의 욕과 우월감, 고독의 자주성은 주체의 온전한 증언 속에서 환대의 대상으로서 적극적 면모를 보인다.

「엄마의 말뚝 2」[56]는 일상에 잠복되어 있던 사건이 어떻게 타자의 삶으로 회귀하여 발화되며 재체험되는지를 보여준다. 화자는 일상에서 일탈의 순간마다 섬뜩함을 느끼게 된다. 가족과 연관된 그러한 계고는 반사적

56 박완서, 「엄마의 말뚝 2」, 『엄마의 말뚝』(박완서 소설전집 11), 세계사, 2012.

으로 화자의 권태로운 일상이 행복한 것임을 재확인 시킨다. 「엄마의 말뚝 2」는 섬뜩한 이질감의 근원이 실상은 일상에 묻혀있던 전쟁의 상처이자 망각의 기억에서 기인하는 불안임을 증명한다.

화자의 가족은 오빠의 전향과 의용군 지원으로 전쟁기간 동안 이웃 인심의 표리부동함과 비인간적인 멸시를 경험하게 된다. "빨갱이라면 젖먹이 어린 것까지도 덮어놓고 징그러워하고 꺼리던" 시절 화자의 가족은 이념의 틈바구니 속에서 이웃의 고발로 고초를 겪는다. 그들이 산죽음의 상태로 의용군에서 돌아온 오빠와 두 번째 피난을 간 곳은 가난한 시절의 한 때를 보낸 현저동이다. 화자 가족에게 박적골이 태생의 고향이라면 현저동은 서울에서 처음 말뚝을 박은 최초의 공간이자 제2의 고향이다. 실어 상태에서 인민군에 의해 총상을 당한 뒤 운명한 오빠의 기억은 어머니와 화자에게 깊은 상처를 남긴다. 모녀는 각각 종교에 귀의와 결혼의 일상을 살며 암묵적으로 사건의 망각을 공모한다. 그러다 어머니의 골절상 이후 수술 후유증으로 억압되었던 기억이 한순간에 되살아난 것이다. 어머니는 당신의 다리를 오빠로 여기며 오빠가 총상을 당하던 바로 그 순간을 환각으로 재현한다. 어머니의 상태는 "단순히 과거에 당한 폭력적인 사건"이 아니라 오빠의 부상 순간의 폭력적인 사건이 "지금 현재형으로 생생하게 일어나고 있는, 바로 그 장소에 자기 자신이 그 당시 마음과 신체로 느꼈던 모든 감정, 감각과 함께 내팽개진 채로 폭력에 노출된 경험"[57]인 것이다. 오빠의 생존 당시 죽음의 경계에서 경험한 사건의 폭력성이 엄마에게 전이되고 그런 폭력성은 환각을 목도하는 화자에게 고스란히 플래시

57 오카 마리, 김병구 역, 앞의 책, 51쪽.

백되는 양상을 보인다.

> 어머니의 몸에서 수술한 다리만 빼고는 온몸이 노한 파도처럼 출렁였다. 그래서 더욱 그 다리는 어머니의 몸이 아닌 이물질처럼 괴기스러워 보였다. 어머니의 그 다리와 아들과의 동일시가 나한테까지 옮아붙은 것처럼 나는 그 다리가 무서웠다.
>
> —「엄마의 말뚝 2」, 128쪽

> 어머니의 힘도 무서웠지만 더 무서운 건 어머니의 얼굴이었다. 그건 내 어머니의 얼굴이 아니었다. 이제 나는 어머니와 싸우고 있는 게 아니라 내 나름의 공포와 싸우고 있었다.
>
> —「엄마의 말뚝 2」, 130쪽

> 사람 속의 오지는 아무 끝도 없고 한도 없는 거라지만 그런 어머니에게 그런 격정이 숨겨져 있었을 줄이야. 내 어머니의 오지에 감춰진 게 선과 평화와 사랑이 아니라 원한과 저주와 미움이었다는 건 정말 너무했다. 설사 인간이 속속들이 죄의 덩어리라고 하더라도 그건 너무했다.
>
> —「엄마의 말뚝 2」, 131쪽

환각 속에 발작을 일으킨 어머니와 이를 지켜보던 화자는 결국 일상에서 망각하고 있던 고통스러운 사건의 현장과 대결하게 된다. 참척의 원한을 종교에 귀의하며 고운 말년을 보내던 어머니의 이면에 자리한 원한과 저주, 미움의 감정은 발화되어 심연을 드러낸다. 화자는 그런 어머니의 얼굴에서 사건으로부터 회피했던 자신의 공포와 대면한다. 사건 당시로 되돌아간 어머니와 대결하는 딸은 더 이상 어머니가 아닌 자신이 외면했던 심연과 마주한 것이다. "내 살림의 종신집권"을 즐기며 내 일상의 권태를 일깨우던 섬뜩한 이물감들은 결국 망각했던 기억의 변이형들이다. 사랑하는 가족들의 신상에 생기던 계고들은 전쟁의 기억을 지우기 위해 화자가 잃고 잊어간 또 다른 가족의 잔상이었던 것이다. 그것은 화자가 외면하고 살았던 전쟁의 참혹함이 재생되는 과정이었으며 잊었던 과거의 현재 진행형이다.

화자 모녀는 전쟁 발발 30년이 흘러도 타자적인 삶의 자장에서 벗어나지 못한다. 때문에 해결되지 못한 분단문제는 가족 선영이 있는 개풍군 땅을 향해 화장한 재를 날리는 "분단이란 괴물을 홀로 거역할 수 있는" 유일한 타자의 수단을 지속하게 한다. 화자의 어머니는 자신이 먼지가 되어 분단이란 괴물을 무화하길 유언한다. 기억의 공모자이자 타자로서 화자의 선택지는 '그짓'의 반복을 통해 사건을 발화하며 미해결된 현실에 맞서는 것이다.

「엄마의 말뚝 3」[58]에서는 간접환대의 대상인 타자들의 전쟁 체험의 분유가 언급된다. 소설에서 전쟁 체험 인물과 유년기 전쟁 미체험 인물들은 전후 현실 대응에 관해 첨예하게 대립한다. 전쟁의 가족사적 체험은 휴전상태의 장기화와 사망자에 대한 권위 복원이 해결되지 않은 채 점차 망각의 단계에 접어든다.

시리즈로 구성된 「엄마의 말뚝」 연작은 1에서 화자의 유년기 경험을 거

58 박완서, 「엄마의 말뚝 3」, 『엄마의 말뚝』(박완서 소설전집 11), 세계사, 2012.

쳐 2에 이르면 어머니의 부상을 계기로 떠오른 오빠의 죽음에 대한 기억이 중심 테마가 된다. 「엄마의 말뚝 2」가 망각했던 기억에 대한 공포와의 대결이라면 「엄마의 말뚝 3」은 어머니와 화자를 포함한 전쟁 체험자들의 전후사 정리와 이를 바라보는 전쟁 미체험자들의 갈등과 화해를 다룬다.

「엄마의 말뚝 2」에서 은폐되었던 어머니의 기억과 접한 화자는 몸으로 증언한 어머니의 마지막 발화를 끝으로 어머니의 죽음을 대비한다. 고향을 향해 오빠를 화장한 지 30년이 지났으나 바다 건너 개풍 땅을 향해 전쟁의 원한을 포효하던 어머니의 행위는 부상으로 중단된다. 그런 어머니의 집착에서 헤어나오고 싶어 했던 화자에게 어머니 죽음의 애도 과정은 전쟁 체험의 마지막 세대로서 해원할 기회이자 피하고 싶은 기억들과의 재회를 의미한다.

혼수상태 속에서도 어머니의 의식 밑바닥에 남아 있던 '전쟁의 한'은 그것을 외면했으나 화자 역시 감지하는 감정의 잉여와도 상통한다. 이로써 화자는 오빠의 유해를 고향이 보이는 바다에 뿌리며 현실과 맞서는 어머니와 이런 대결 의식을 "유난스런 한풀이"이자 "쇼 부리는 것밖에" 안 되는 것으로 취급하는 조카 사이의 좌표에 위치한다. 화자는 오빠의 수장 방식에 불만을 품던 조카들에게 동조하며 그들에게 더 기울어진 심리를 갖는다. 그러나 오빠와 동일하게 화장해 달라는 어머니의 유언을 완강히 거부하며 너무나 합리적으로 장례준비를 하는 조카들에게 환멸을 느낀다. 화자 역시 어머니의 유언을 회피해 왔으나 시류에 맞게 결국 매장을 결정하고는 "강화도와 개풍군 사이의 한강폭만 한 바다가, 어머니의 상처가, 더운 그리움이 되어 몸속으로 흘러드는 것"168쪽을 깨닫는다. 그런 깨달음은 어머니의 장례를 단순히 신체적인 죽음 의식으로 치부하는 "전형적인 현대인"인 조카들과 억눌린 기억의 해원 의식으로 이해하는 화자 사이에 대립구도를 유발한다. 화자는 해원의식으로 발화 불가능했던 오빠의 저항 언어와 몸으로 저항의지를 보였던 어머니의 불가능한 발화 모두를 증언할 위치에 자리한다.

> 나중에 젊은이들과 어울린 그 노인의 손자는 저런 늙은이가 다 죽어야 통일이 된다고 모진 말을 했다. 우리 집 상주도 차마 드러내놓고 맞장구를 치진 않았지만, 빙긋이 웃으며 의미있는 눈길을 주고받는 게 내 눈엔 꼭 그래, 저런 풍쟁이들이 죽어야 뭔 일이 되고말구, 하는 동감의 표시로 보여 눈꼴사나웠다. 그러나 나는 속으로만 그래 잘들 해봐라, 한을 품은 세대가 속속 죽어가니 느희끼리 잘들 해보라고 뇌까렸지만 내색하진 않았다.
>
> —「엄마의 말뚝 3」, 171쪽

이런 가족 내의 대립구도는 사건의 분유 과정으로 환원된다. 휴전으로 돌아갈 수 없는 땅을 바라보며 그리움을 허세로 달래는 전쟁 체험자들을 향해 전쟁의 미체험자들은 조소와 경멸을 보낸다. 전쟁의 한을 가볍게 여기고 통일에 대한 절박감을 이해하지 않는 그들을 향해 화자는 분노하지만 변화하는 현실을 수용한다. 이는 사건의 분유와 증언의 실패가 아닌 공동체의 현실에서 사건의 영도를 재사유하려는 적극적인 인식의 전환이다. 전쟁 미체험자들의 입장을 이해하고 그들의 방식으로 사건을 환기하려는 화자의 시도는 공동체의 갈등을 가시화하면서 증언을 위한 새로운 모색의 전기가 된다.

이렇듯 박완서의 한국전쟁소설에서 타자로 배제된 인물들은 자신의 목소리가 소거된 실어의 타자들이다. 한국전쟁 이후 반공이데올로기는 국민들의 초자아 역할을 하면서 내면화된다. 국가 폭력에 의해 주도되던 반공 이데올로기의 양상은 경험의 다양성, 개인의 도덕적 책임 의지, 시대 변화에 따른 계층의 변동 등에 따라 변모하기에 이른다. 더욱이 정전의 물리적인 시간이 길어지면서 전쟁의 체험과 유년기 전쟁 체험 및 전쟁의 미체험 등 전쟁의 수용층이 다각화된다. 유년기 전쟁 체험과 전쟁 미체험 세대가 대중의 주된 비율로 등장하면서 전쟁의 객관화 측면에서는 유리해졌으나 한국전쟁 자체의 중요성과 진실의 민감도에 있어서는 무뎌지고 있는 실정이다. "불도저의 힘보다 망각한 힘이 더 무섭다"는 작가의 언급은 이러한 세태를 반영한다.

그러나 작가의 언급처럼 "진실로 통일이 꿈인 사람은 끊임없이 분단된 상처를 쥐어뜯어 괴롭게 피 흘리게 할 수밖에 없"으며 "토막 난 채 아물어 버리면 다시는 이을 수 없게 되리라는 것"도 경험한 타자만이 알 수 있는 일이 되었다.[59] 타자가 발화하기 어려운 까닭은 내면화된 자기검열의 관성만이 아니라 오랜 휴전 상태로 인한 전쟁의 물리적 거리감과 현대의 무관심한 수신자들의 태도도 한 몫을 한다. 오늘날 경계할 점은 반공의 강제된 폭력과 개인의 내부적인 저항이 전도되어 이제는 무관심이 된 망각의 자연스러움이다. 이는 오카 마리Oka Mari가 언명하듯 주체가 '사건'의 기억을 타자와 공유하는 과정에서 타자의 기억을 소비하고 억압하면서 타자와 주체의 거리감, 사건 외부자로서의 안도감이 '사건'의 대의로서 정의감, 인간적인 공감으로 손쉽게 환원되어 버리는 측면에 대한 자각이다.[60]

59 박완서, 「작가의 말-제5회 이상문학상을 받으며」, 『1981년도 제5회 이상문학상 수상작품집』, 문학사상사, 1981.

박완서 소설의 타자들은 이런 현실에 대항하여 잠재적인 발화 의지를 가시화하며 각자의 체험을 분유한다. 폭력적인 공동체를 향한 타자의 증언은 "정황이 그에게 부과하는 '동물이고자 하는 의지'를 거역하는 순간에 있어서 불사의 존재로서의 인간의 정체성"[61]을 드러내는 항거이다.

3. 기억의 환기와 사건의 윤리

'증언'을 환대하기 위한 필수요소인 '기억'이 증언자에 의해 분유되기 위해서는 여러 요소가 전제된다. 전쟁 체험이라는 기억은 폭력에 의해 직접 노출된 타자, 그 타자와 기억을 공유하며 현실에 의해 공동체 외존을 체험하는 타자적 증언 주체, 타자적 주체의 증언을 수신 받는 공동체 집단, 혹은 이를 억압하는 권력 집단 등 그 대상 층위가 복합적이다. 과거에 얽혀 미해결된 전쟁의 사건은 개인의 일상과 밀착되어 개인을 공동체의 타자로 자리매김한다. 기억의 조작과 망각은 국민으로 포섭되지 못했던 타자가 시대의 변화로 인해 공동체의 주체로 정체성이 교차된 후에도 여전히 진실로 발화되어 환대받기 어렵기에 증언자의 한恨으로 남는다.

60 말로는 이야기할 수 없는 '사건'을, 아직도 끝나지 않은 전쟁 서사를 살아가고 있는 사람들에게는 스스로가 주체적으로 선택할 수 있는 가능성 자체가 박탈되어 있는 것이다. 그러한 사람들의 존재, 그들에게 폭력적으로 회귀하는 '사건'의 기억을 '나의' 의지로 상기하고자 하는 마음을 갖게 될 때까지, 자신의 서사의 외부에 놓아두는 것. '나의' 의지와는 관계없이 폭력적으로 침입하여 오는 '사건'의 기억에서 자신의 서사를 지켜내는 것. 그것은 이 사회가 이들 타자에게 전후 일관되게 휘둘러 온 망각의 폭력 그 자체를 덧씌우고 있는 것은 아닐까. 오카 마리, 김병구 역, 앞의 책, 143쪽.

61 알랭 바디우, 이종영 역, 앞의 책, 22쪽.

박완서 소설에서 증언주체는 경험의 타자에서 발언의 주체로 변모하는 교차성과 환대의 대상이자 환대의 주체 두 가지의 정체성을 포괄하는 이중성을 내장한다. "전통적으로 증언에는 사건의 본래성 / 진정성을 위해 이중의 현존이 요구된다. 증언하는 사건에 증인이 현존할 뿐만 아니라 증언하는 순간에 증인이 현존해야 한다." 그런데 한국전쟁에 대한 증언은 "증언되는 사건에 제3자도 없고" 혹은 "처음부터 끝까지 증언되는 사건을 경험했던 증인도 없는 경우"가 존재한다.[62] 사건의 대상자를 통해 사건을 접하는 증언자는 벗어날 수 없는 관계 안에서 사건의 증언을 떠맡는다. 벗어나고 싶지만 벗어날 수 없는 기억 안에서 주체는 기억과 망각을 반복하며 주체화와 탈주체화를 동시에 경험한다. 증언의 언어 혹은 사건의 지식이 결핍된 상황을 해결하고 환대하기 위해서는 증인의 정체성과 사건의 발화 가능성, 분유된 기억을 수신 받는 공동체의 변모 등이 고려되어야 한다. 따라서 이 글에서는 기억의 거리감에 따른 사건의 발화 가능성과 더불어 주체와 타자의 반복과 변주로 사후 구성되는 증언의 환대 양상을 살펴보겠다.

1) 기억 책무의 주체와 소통의 징후

공적 질서 내부에서 증언의 기회를 얻기 위해 타자의 언어를 욕망하던 주체는 대리 죽음의 입사체험을 통해 사건의 현장과 대면하고 증언자로서 기억 책무의 역할을 환기한다. 작가는 증언의 주체를 통해 전쟁의 당사자적 주관성에서 벗어나 객관화된 글쓰기로 독자와 소통을 시도한다.

---

62 양운덕, 앞의 글, 86쪽.

한편 박완서 소설에서 간접환대 대상자인 증언자는 전쟁의 폭력과 이데올로기에 의한 배제가 내면화되어 당대뿐 아니라 물리적 시간의 경과에도 불구하고 사건의 기억에서 자유롭지 못하다. 무엇보다 간접환대 대상자가 경험의 타자에서 발언의 주체로 정체성이 교차하는 양상도 고찰된다. 사건의 직접적인 환대 대상은 납북되거나 사망하여 증언이 불가능하고 그들의 생존 여부와 상관없이 일상을 살아가는 주체들은 타자적 위치에서 사건을 은폐하거나 망각을 강요받는다. 반공이데올로기와 전쟁의 무관심에 의해 사건은 침묵되지만 여전히 증언자의 일상에 남아 공동체와 소통을 어렵게 하는 타자화된 기억은 그 긴장으로 말미암아 사건의 발화가 지연된다. 그럼에도 불구하고 증언자와 밀착된 사건은 주체 내부의 '말하기 욕망' 즉 증언의 욕망으로 남아 주체에게 기억의 책무를 환기시킨다. 사건은 지속적으로 회귀하면서 주체의 환대 가능성을 추동한다.

『나목』에서 인물의 죽음과 재생의 입사체험은 주체의 환대적 성향을 가능하게 하는 요소로 작용한다. 경은 GI 조와의 정사로 처녀지로 남아있는 성의 감각을 일깨워보려 한다. 그러나 자신을 무기력하게 만든 "한발의 땅"에서 벗어나려던 시도는 죽음의 재체험이 된다. 진홍빛 러브모드가 오빠들 죽음의 환각을 불러일으키면서 경은 망각했던 기억과 마주한다. 폭격 당시 산화된 오빠들의 살덩이와 "어쩌면 계집애만 남겨놓으셨노"라는 엄마의 목소리를 되뇌이면서 찬란한 은행나무 낙엽에 몸을 던지던 경의 모습은 죽음의 현장에 무뎌지기 위한 욕망의 발로이다. 금빛 낙엽더미에 몸을 던지는 반복적인 행위는 기억을 봉인하고 일상을 견디기 위한 의식행위인 것이다.

나는 무서워하지 않고 떳떳하게 이지러진 지붕을 대낮에도 볼 수 있었으면 싶었다. 똑바로 용마루를 꿰뚫은 구멍을 보고, 부서진 기왓장을 보고 싶었다. 미워하지 않고 어머니를 볼 수 있었으면 더욱 좋겠다.

—『나목』, 272쪽

그러나 나는 아직도 그것들의 빛, 그것들의 속삭임, 그것들의 아우성을 가끔 가끔 필요로 했다. 그러고 보니 아직도 해체되지 않은 한 모퉁이가 내 은밀한 곳에 남아 있는지도 몰랐다.

—『나목』, 371쪽

감각의 재생으로 망각되었던 기억을 회상하며 경은 비로소 죄책감의 정체와 대결한다. 오빠들의 죽음이 "전쟁 때문이기도 했고 어쩌면 그럴 팔자일지도 모른다"는 사실의 확인과 어머니를 미워하는 자신에 대한 용서가 그것이다. 결코 삼각관계가 될 수 없던 옥희도의 부인에게 경은 모성의 위무를 희구하면서 어머니의 애증에서 놓여날 수 있었다. 결국 이경이 오빠들에게 갖는 죄책감의 근원에는 잃어버린 감각적인 일상에 대한 향수, 그것을 지킬 수 없었던 폭력적인 삶에 대한 저항과 "삶의 기쁨에의 끈질긴" 욕망이 복합적으로 내재해 있다.

이경은 예술가 옥희도를 통해 이를 해소하고자 하였으나 "내 마음 속 깊이에서만 생채기를 내는 나만의 것이어서 애써 남의 이해나 공감을 필요로 하지 않았다".216쪽 경아가 오빠들의 세계를 채색하던 색의 감각을 옥희도를 통해 욕망하듯 옥희도는 경아를 신기루 삼아 일탈을 꿈꾼다. 일치된 욕망을 가졌음에도 그들은 서로에게 "환상과도 같은, 회상과도 같은" 유토피아일 뿐이다. 서로의 자화상을 장난감의 세계에 기댈 수밖에 없는 불안정한 낭만성은 옥희도가 화가의 영역으로 도피한 후 그와 이경에게 위안을 주던 침팬지도 팔리면서 파괴된다. 옥희도에게 선물받은 소꿉놀이 세트를 부수며 이경은 가상의 사랑, 잃어버린 색채에 대한 동심적 미련을 버리고 성인의 세계에 다가선다.

예술과 일상으로 전쟁을 극복한 이들은 각자의 영역에서 기억에 대한 책무를 환기한다. 물리적인 시간의 경과와 일상의 안정에도 불구하고 사건은 재귀한다. 불우하고 암담했던 시절 한발의 고목枯木으로 보이던 옥희도의 작품이 중년의 이경에게 "봄에의 믿음"을 내장한 나목裸木으로 다시 읽히듯 주체의 성숙은 은폐된 감각으로서 사건을 환대하게 한다.

소설의 결말에서 화자는 사건을 망각하기 위해 몸을 던지던 은행나무 벤치에 몸을 맡긴다. 아이들과 연인들이 거니는 가을의 일상에서 세속적인 남편의 모습은 그녀를 낯설게 한다. 해체되지 않은 모퉁이의 은밀함이 오히려 일상의 관성을 밀어내고 익숙한 감각으로 다가오는 그 전환의 순간, 화자는 비로소 사건을 환대할 수 있다. 그녀에게 "안일에도 필요한 위안"은 일상에서 은폐되었던 사건과 교류하며 소통하려는 환대의 노력에 있다.

『그해 겨울은 따뜻했네』에서 아이다운 식욕과 탐욕이 전쟁의 부정적 표상으로 집약되어 타자가 되었던 오목은 성인이 되어서도 여전히 가족의 타자로 남는다. 생존지향적인 전쟁의 상황윤리를 거쳐 중산층의 안락한 삶을 위협하는 존재로 남은 그녀는 수철, 수지 남매에게 계층적 타자로 재구성된다. 공고한 집단의 공모에도 은폐되었던 사건은 끊임없이 재귀하여 수지의 죄의식을 자극시킨다.

그러나 파티의 사람들을 보고 있는 사이에 수지는 수철이 그것을 정말 잊었다는 것을 스스로 알아차렸다. 수철이뿐 아니라 거기 모인 모든 사람들에게 1951년의 겨울은 있지도 않았다는 걸 수지는 다소곳이 인정했다.

그 겨울은 결국은 나만의 것이었어. 그 겨울이 없었던 사람하고 어찌 그 겨울의 죄과를 나눌 수 있기를 바랐던고.

—『그해 겨울은 따뜻했네』 2, 333~334쪽

수지는 벼락을 맞은 것처럼 공구해서 풀썩 바닥에 무릎을 꺾고 그것을 받았다. 어쩌면 수지가 지금 꺾은 것은 무릎이 아니라 이기로만 일관해온 그녀의 삶의 축이었다. 마침내 그것을 꺾으니 한없이 겸허하고 편안해지면서 걷잡을 수 없이 슬픔이 밀려왔다.

"오목아, 아니 수인아, 넌 오목이가 아니라 수인이야. 내 동생 수인이야. 내가 버린 수인이야. 내가 너를 몇 번이나 버린 줄 아니……?"

이렇게 목멘 소리로 시작해서 길고 긴 참회를 끝냈을 때 수인이는 이미 죽어 있었다. 그러나 수지는 용서받은 것을 믿었다. 수인의 죽은 얼굴엔 남을 용서한 자만의 무한한 평화가 깃들어 있었으므로.

—『그해 겨울은 따뜻했네』 2, 339쪽

인용문에서 수지는 사건에 대한 죄의 공모에서 벗어나 "그 겨울에 저지른 죄와 그 죄의식 때문에 떠맡게 된 온갖 근심을 자기만의 것으로 받아"2권, 334쪽들인다. 사건을 공모했다는 사실조차 망각한 수철에게 오목의 존재는 책임이 아닌 시혜적 가식만이 남을 것임을 수지는 짐작한다. 사건에 대한 수지의 책무는 오목의 유기 행위의 당사자로서만이 아니라 비인간적인 상황을 합리화했던 생존 윤리에 대한 참회이기도 하다. 전쟁을 기원으로 하는 공모의식은 생존에 급급해 타자를 적대했던 책임을 '우리'라는 공동체 안에서 쉽게 합리화한다. 그렇지만 "전쟁과 생존으로부터 파생되는 윤리와 책임의 문제는 '우리' 속의 '개인'이 짊어져야 할 과제"이다.[63]

소설의 결말에서 수지는 오목에게 참회의 소통을 시도한다. 죽음을 앞둔 오목 앞에서의 참회가 기회주의적인 발상이자 항거할 수 없는 타자 앞에서 죄의식을 벗어나고자 하는 주체의 이기적 행위로 의심받을지라도 수지는 기억에 대한 책무를 수행한 주체로서 사건의 윤리자이다. 행위의 결과만이 아닌 사건을 반추하고 갈등하면서 참회에 이르는 과정이 바로 증언의 환대로서 가치를 갖는 것이다. 증언의 환대는 "전쟁이 이방에서 온 낯선 손님이 아니라, 우리 삶의 내부에서 싹트고 자라난 죄의 열매가 아닌가 하는 성찰적 인식"[64]이 선행될 때 비로소 가능해진다.

증언의 환대는 해결하지 못한 기억의 시간들을 기억해내려는 시도에서 시작된다. 『그 많던 싱아는 누가 다 먹었을까』에서 "수모에 길들여질 기회 없이" 살아왔던 화자는 빨갱이를 색출하는 기관들의 난립과 권력에 의해 방치된 채 인권유린을 당한다.[65] 인간이 아닌 짐승이나 벌레가 되어야

---

63 우현주, 「박완서 소설에 나타난 수평적 新가족 공동체 형성」, 『한국문학이론과 비평』 66, 한국문학이론과 비평학회, 2015, 65~66쪽.

64 조회경, 「박완서의 자전적 소설에 나타난 '존재론적 모험'의 양상」, 『우리문학연구』 31, 우리문학회, 2010, 623쪽.

65 이따금 군 지도부는 의도적으로 통제되지 않은 폭력을 허용하기도 한다. 예컨대 한 도시에서 살인, 약탈, 강간이 자행되도록 방치하는 것이다. 이들은 이렇게 군율을 일시적으로 풀어놓아도 이후에는 다시 이러한 상황을 통제할 수 있을 것이라 믿는다. 그러나 십중팔구 이것은 전쟁을 더욱더 야만적으로 몰아가는 데 기여할 뿐이다.
마찬가지로, 아마도 대부분의 경우에는, 실질적인 위협이건 혹은 상상 속의 위협이건 간에 그에 대한 공포 때문에 지금까지의 사회적 법규를 어길 수도 있다. 이는 곧 그 위협을 막을 뿐만 아니라 그 위협의 주체로 간주되는 행위자까지 아예 제거함으로써 그 위험성을 궁극적

했던 기억들, 그 기억을 망각했을 때 진정 화자를 벌레로 기억했던 자들에 의해 남겨질 기억의 왜곡이 두려워 화자는 쉽사리 망각과 타협하지 못한다. 승리의 시간만을 기억하고 관용의 시간을 허락하지 않는 사회에서 화자는 비국민으로서 국가 공동체의 배제를 절감한다.

> "전쟁의 광기가 죽인 목숨이 어디 우리 오빠 하나뿐이겠어요?"
>
> "이 다음 세대가 우리 세대가 겪은 광기를 이해할까요? 이데올로기의 싸움이란 미친 지랄을, 그 잔학의 극을, 그 몸서리쳐지는 비정을, 그 인간이면서 인간이 아닌 숱한 짓들을."
>
> "언젠가는 이야기하고 이해시켜야겠죠." (…중략…)
>
> "(…중략…) '전쟁이란 해볼 만한 거다' 얼마나 철딱서니 없는 위험한 생각이겠어요. 전쟁을 겪은 우린 그저 말만 들어도 소름이 끼치는 이야기죠. 그러니까 결국 오빠의 죽음의 경우 같은 참혹의 기억, 학살의 통계, 어머니의 경우 같은 후유증, 이런 것만이 전쟁을 미리 막아보려는 노력과 인내의 밑바탕이 될 수 있을 거예요."
>
> —『목마른 계절』, 431~432쪽

『그 많던 싱아는 누가 다 먹었을까』의 경우 증언을 해야겠다고 다짐하게 되는 전회의 순간, 그 찰나의 결심은 증언의 환원불가능 속에서 주체를 새롭게 열며 환대의 가능성을 시사한다. 『목마른 계절』의 경우 『여성동아』에 「한발기」로 1971년 7월~1972년 11월까지 연재되던 당시에는 위

으로 차단하기 위한 과도한 폭력으로 이어질 수 있다. 이처럼 폭력의 규범화, 법제화, 국가화가 이루어진다고 해도 — 이것이 겉으로 드러난 모습은 제재조치, 처벌, 혹은 전쟁수행이다 — 항상 폭력에는 격렬한 감정이 수반된다는 점을 간과해서는 안 된다. 미하엘 빌트, 송충기 역, 「폭력에 대한 단상」, 『일상사로 보는 한국근현대사』, 책과함께, 2006, 179쪽.

의 인용문이 빠져있다. 1978년 『목마른 계절』로 제목을 바꿔 단행본으로 출간하면서 작가는 인용문의 내용을 삽입한다. '5월'의 소제목으로 추가된 내용에서 화자는 특히 전쟁 미체험자들을 향한 증언의 책무를 피력한다. 전쟁의 실상을 체험하지 못한 세대에게 당사자로서의 증언과 주석은 전쟁의 참상과 더불어 또 다른 전쟁을 막기 위한 시도이다. 소설 속 인물을 타자화하는 현실과 전쟁에 대해 무관심한 현재 독자들의 이중적인 적대의 순간, 위와 같은 다짐을 하던 호모 사케르적인 인물과 서사 밖의 작가가 당시의 다짐을 실현하는 글쓰기로 만나는 공간에서 비로소 환대의 기회가 다가오는 것이다.

박완서의 전쟁소설에서 주체와 타자의 '경계'이자 증언의 환대의 문턱은 간접환대 대상자가 증언자로 정체성이 교차되는 순간에 드러나기도 한다. 기억과 망각의 반복 속에서 이들은 발언의 주체이자 기억의 탈주체화를 동시에 경험하며 소통의 계기를 열어간다.

「세상에서 제일 무거운 틀니」에서 서로의 상처를 소통하던 이웃 설희 엄마는 공동체 내에서 해결되지 못한 문제로 자발적인 국가 공동체 외부자가 된다. 육체의 비정상성은 이민의 출구가 가능하지만 비국민화된 화자에게 남은 사건은 상상의 출구조차 봉쇄한다. 이민에 대해 주체성과 애국심을 근거로 반대하던 화자는 권력의 자장 내에서 그런 기회조차 허락되지 않기에 공허한 주장으로 남는다. 이혼의 두려움, 이민의 거부 모두 실체 없는 오빠의 유령이 원인이다.

> 비로소 나는 내 아픔을 정직하게 받아들였다. 그러나 나는 결코 내 아픔을 정직하게 신음하지는 않을 것이다. 정교하고 가벼운 틀니는 지금 손바닥에 있

건만 아직도 나는 이 세상에서 제일 무거운 또하나의 틀니의 중압감 밑에 옴짝달싹 못하고 놓여진 채다.

—「세상에서 제일 무거운 틀니」, 88쪽

화자가 느끼는 틀니의 동통은 오히려 환각이 아닌 솔직한 심리의 반응이다. 화자는 "설희 엄마가 부러워서, 이 나라와 이 나라의 풍토가 주는 온갖 제약으로부터 자유로워진 그녀가 부러워서, 그녀에의 선망과 질투로 그렇게도 몹시 아팠던 것이다".88쪽 실존 여부조차 불확실한 가족을 연좌제로 감시하는 "한국적인 제약의 중압감", 가부장과 어설픈 애국심에서 자유롭지 못한 자신에 비해 기꺼이 이민을 선택한 설희 엄마의 상대적인 자유로움에 대한 반발이 틀니의 통증으로 화자를 압박한다. 소통을 나누던 육체의 불구성이 화자에게 전이된 것이다. 자신의 기만을 동통으로 환치했던 화자는 틀니를 제거해도 지속되는 아픔을 통해 비로소 자신의 기억과 대면한다. 고통을 정직하게 받아들이겠다는 화자의 결심은 현재의 정체성을 회피하지 않겠다는 주체의 능동성이자 타자를 향한 환대의 가능성으로 이해할 수 있다. '이 세상에서 가장 무거운 틀니'는 화자가 자발적으로 제거할 수 없는 중압감이기에 화자는 현실을 긍정한다. 화자는 그 아픔을 정직하게 신음하지 않고 견딤으로써 자신을 억누르는 "제일 무거운" 권력에 대응한다. 그러나 오빠에 관한 기억은 화자의 일상에 지속적으로 중압감을 주며 긴장을 불러일으킨다. 가족의 비정상성을 공유하던 설희 엄마의 일탈 이후 화자는 사건의 기억을 분유할 기회를 잃는다. 언제 출몰할지 모르는 오빠의 실존과 연관된 기억의 긴장은 화자가 국가공동체에 포섭되기 위해 함구를 요구한다. 화자의 소극적인 저항은 기억에 대한 조작과 망각을 강요하는 반공 이데올로기 대신 "정교하고 가벼운 틀니"인 오빠에 대한 기억을 열어둠으로써 동통을 예감하면서도 기꺼이 환대 가능성을 추구하는 것이다.

「빨갱이 바이러스」에서 우연한 만남으로 서로의 비밀을 공유한 나그네들은 "아무한테도 말하지 않았고 죽을 때까지 말하지 않을 줄 안 걸 말해버리고 나니까 이렇게도 살 것 같다는 데 동의"325쪽한다. 그러나 '말하기의 욕망'에 굴하지 않으며 화자는 끝까지 진실을 함구한다. 시대의 경직성이 완화되고 연좌제가 폐지되었으며 반공의 그늘이 사라진 지금 화자를 망설이게 하는 것은 이웃의 공감력에 대한 의심이다.[66] 「빨갱이 바이러스」는 1970년대 박완서 전쟁소설에서 보았던 증언과 공유의 방식에 대한 강력한 반어이다. 전후의 상처가 타자적인 불이익으로 작용하지 않는 시대, 전후 문제가 가부장, 모성, 속물성의 문제들과 등가가 되는 시대임에도 화자는 침묵으로 사실을 은폐한다. 사건에 대한 수신자의 무관심은 저항의 방식조차 바꾸게 한다. 화자의 발화가 공동체의 무관심으로 무가치해지는 시대에 기억의 보존, 기억의 삼킴만이 그 긴장된 기억의 절대성을 끌어안는 유일한 저항방식이 된다. 타인의 기억을 "망측한 스캔들"이자 "무섭고 천박한 비밀"로 여기는 화자에게 자신의 기억은 해결되지 않은 분단의 잔재이자 아직도 전염력 강한 불온의 내용으로 내부 검열된다. 화자는 자신의 증언이 세 사람에게 쉽게 망각될 기억으로 남길 거부한다.

66 박완서 소설에서 1960년대 반공의 문화와 2000년대 반공의 문화의 차이는 권력의 통제 방식의 변모이다. 표면적인 엄격한 통제와 배제로 주체를 억압하던 옛시대의 논리는 폐기된다. 자발성과 자기표현, 자기실현은 배제되지 않으며, 그것들은 모두 직접적으로 체제에 봉사한다. 케네스 레이너드 · 에릭 L. 샌트너 · 슬라보예 지젝, 정혁현 역, 『이웃』, 도서출판 b, 2010, 216쪽.

「세상에서 제일 무거운 틀니」와 「빨갱이 바이러스」에서 기억의 공유를 위해 공통적으로 제시된 모티프는 통증이다. 통증은 증상의 전조를 알리는 신호이자 긴장된 기억의 환기로 박완서 소설에서는 육체적 통증과 심리적 압박이 등치된다. 「세상에서 제일 무거운 틀니」에서 물리적인 고통의 근원을 제거해도 지속되던 통증은 현실에 대한 중압감과 현실의 안위를 위해 조작된 진실을 쉽게 수긍하는 부끄러운 감정의 복합적인 상처에 기인한다. 「빨갱이 바이러스」에서 역시 화자는 가족사의 비극을 묵인하지만 증언의 욕구는 그의 몸에 수시로 통증이 되어 찾아온다. 아무리 함구하려 해도 화자의 통증은 그 날의 상처를 기억하고 타자와의 공감을 요구한다. 화자는 "내 안의 상처가 남의 상처와 만나 하나가 되려고 몸부림치는 걸" 느끼며 나그네들을 맞이하지만 "어떤 상처하고 만나도 하나가 될 수 없는 상처를 가진 내 몸이 나는 대책 없이 불쌍하다"336쪽는 생각을 한다. 그럼에도 불구하고 망각의 온전한 사라짐이 아닌 집 앞 마당의 텅 빈 공간에 남아 끝없이 회귀하는 유령으로 남는 삼촌에 대한 기억이야말로 현전하는 타자로 남은 삼촌을 화자가 환대하는 방법이기도 하다. 화자는 삼촌에 대한 기억, 바이러스가 되어버린 빨갱이의 기억을 타인들과 공유할 수 없지만 반복되는 기억의 긴장과 통증으로 화자를 괴롭히는 증언의 욕구 속에서 비로소 환대의 가능성이 열린다.

「복원되지 못한 것들을 위하여」에서 사건의 복원 시도는 화자 이외에 누구에게도 환대받지 못한다. 그러나 작가는 결손된 부분을 감쪽같이 속이기 위해 같은 질감의 사기로 마지막 파편을 복원하는 것보다 눈에 띄는 금빛 조각으로 결손의 흔적을 가시화하는 것이 중요함을 비유적으로 암시한다. 증언의 환대는 미해결된 사건의 결과론적인 화해가 아니라 결손되기까지의 과정 그 자체를 인정하려는 기억의 책무에서 시작되는 것이다.

> 누구나 빠져나갈 구멍 먼저 마련해놓고 있었다. 진실이 마치 함정이나 덫이라도 된다는 듯이. 남 나무라 무엇하랴. 누구보다도 내가 그렇게 살아왔다는 증거로 나는 하필이면 나의 촉새 같은 입놀림을 생각해냈다. 나는 나의 촉새 같은 입을 그에게 들킬까봐 그렇게 열심히 갈비를 뜯고 있는지도 몰랐다. (…중략…) 요컨대 그는 송사묵 선생님의 오남매가 다 얼마나 잘 됐나를 내 편지글 속에 나열해주길 바라고 있었다. 그러니까 사장님이 글쟁이한테 청탁을 하고 있었다. 겨우 갈비와 소주를 먹이면서 말이다.
>
> 나는 점점 헤프게 헤실헤실 웃으면서 자작으로 연거푸 축배를 들었다. 복원되지 못한 것들을 위해서.
>
> —「복원되지 못한 것들을 위하여」, 203~204쪽

"망가지고 흩어진 걸 복원하는 데 있어서 제 조각을 찾으려는 노력 없이 딴 조각으로 메운 걸 진정한 복원이라고 볼 수"184쪽 없다는 화자의 발언은 증언의 환대가 지닌 구조적 아이러니를 역설한다. 휴전 직후 자신의 보신책으로 송사묵 선생의 사면 서명을 회피했던 죄책감의 발로였으나 화자는 송사묵 선생의 사건에 대한 책무와 더불어 공동체에 진실을 밝히기 위해 노력한다. 그러나 화자와 유가족의 타협은 복원의 마지막 한 조각으로 완벽한 복원이 불가능하다는 것을 그대로 보여주는 열린 결말로 마무리된다. 이것은 징후로 남은 공동체와의 소통과 증언의 환대 가능성을 시사한다. 미완으로 남겨진 '복원되지 못한' 것들은 '초대받지 못한' 타자와 같이 환대의 장애물이지만 환대의 가능성으로서 지속적으로 출몰할

것이다. 깨진 도자기의 완벽할 수 없는 도금처럼 환대에 대한 의식적인 환기로 사건의 파편들은 남는다. 변하지 않는 현실에서 사건에 대한 다른 각도의 접근을 가능하게 하는 환대의 조건으로서 '복원되지 못한 것들'은 가치가 있다. 소설은 화자를 여전히 신뢰할 수 없는 증언자로 만드는 부정적인 현실을 그대로 노출시키는 것이 필요함을 강조한다. 은폐되었던 사건에 대한 반추와 갈등은 기억에 대한 주체의 책무를 일깨우고 공동체와의 지속적인 소통의 징후를 내장한다. 사건의 "복원되지 못한 것들"을 위한 축배는 '복원되지 못할 것들'을 위한 기꺼운 고배도 될 때 비로소 환대 가능해진다.

일상에서 환기되며 진실의 파급력으로 인해 주체에게 긴장으로 다가오는 전쟁의 기억은 조작과 배제의 국가 이데올로기 혹은 시대적 무관심으로 증언의 기회가 지연된다. 타자의 회귀 불가능한 시간은 예측할 수 있는 미래를 와해시킨다. 주체의 기억 속에 존재하는 사건은 유령이 되어 '이미 항상' 발생했던 것인 동시에 '아직 발생하지 않은' 가능성으로 남아있는 시간의 흔적trace이다.[67] 소설에서 화자들은 공동체 내부에서 그들의 증언을 인정받지 못하는 환원 불가능성을 체험한다. 심지어 그들은 공동체 내부자로 위치가 변경되었으나 여전히 심리적 외부자를 자처하며 사건을 함구하기도 한다. 역사는 과거에 이미already 해결되지 못했던 그 상처와의 만남이며 화자의 존재는 그 상처가 공유되기 힘듦을 드러내며 영원히 도래할 상처를 자신의 통증을 통해 가시화한다. 당대에서부터 현재에 이르기까지 환대 받지 못한 기억은 미해결의 사건으로 남아 증언 불가능한 상

67 근원적인 망각은 보존되어 있다가 다시 돌아오는 억압이 아닌 절대적 손실이요 소멸이다. 민승기, 「환대의 시학 (1)」, 『자음과모음』 14, 2011.겨울, 625쪽.

태로 남지만 공동체 속에서 그 징후를 가시화하며 소통의 계기를 만들어 간다. 증언의 환대에서 타자의 기억은 현실에 부재하는 것이 아니라 잠재되어 있으며 아직not yet 해결되지 않은 분단의 체제 속에서 유령처럼 끊임없이 되돌아와 현실의 결핍을 드러내는 동시에 숨긴다. 주체의 증언 욕망을 자극하는 기억은 육체적 통증과 심리적 죄의식의 징후로 변주됨으로써 공동체와의 소통을 지속적으로 자극하는 것이다. 증언의 환대는 소설의 문맥 속에서 사후적으로 구성되며 끝없이 잊히면서도 잊을 수 없는 반복된 긴장과 고통, 타자를 향한 반복된 열림 속에서 가능하다.

2) 기억 호명의 타자와 해원解冤의 발화

사건의 증인으로서 타자를 대상화하는 주체는 사건을 타자의 몫으로 감각하면서 기억의 이완이 가능해진다. 증언의 환대에서 주체와 타자로 분리된 정체성은 기억의 강도와 사건이 일상에 잠식하는 정도가 상이하다. 이 글에서는 표면적인 반공 이데올로기적 억압의 완화와 전쟁에 대한 시대적 무관심을 거치면서 타자가 기억을 호명하고 사건의 발화를 통한 타자의 해원이 실현되는 것을 확인할 수 있다. 또한 타자의 죽음이 새롭게 환기되면서 해원의식을 통해 주체에게 증언자로서의 정체성 부여가 가능한 지점을 노출한다. 해원을 위한 타자의 발화 노력은 은폐되었던 타자의 목소리를 경청하기 위한 주체의 노력과 감응을 자극하며 증언의 환대로 수행된다.

「부처님 근처」에서 화자의 증언 욕망이 공동체 내의 기억의 복원과 주체 구성을 위한 갈망이었다면 어머니의 불교 귀의는 망자에 의한 현세적인 영향 관계에 더 집중된다. 현실에서 환대 불가능한 기억의 상흔은 종교의 영역으로 전환되어 치유를 시도하고 죄책감에 대한 용서를 구한다.

법열과 자본, 성이 뒤엉킨 망자천도의 공간에서 모녀는 이십여 년 만에 처음으로 죽은 가족을 위한 제사를 거행한다. 박제된 시간 속에 서로 닮은 부자의 사진과 어머니를 닮은 화자의 가족들은 과거와 현재가 비로소 만난다. "아들의 위패 앞에 엎드려야 하는 욕된 배리背理"를 참고 절실하게 절을 하는 어머니의 몸짓은 한 맺힌 통곡이자 절규이다. 일상의 얼룩인 기억에서 놓여나고자 했던 모녀는 자본의 논리로 더럽혀졌을망정 제사를 통해 가족을 환대하면서 사건에 의해 격리 당했던 세월에서 벗어나기로 한다.

> 나는 마치 내가 내 어머니의 어머니가 된 듯, 내 깊은 곳에서 자비심 같은 게 솟구치는 걸 느끼며 가엾은 내 어머니를 안았다. 사람이 살아야 한다는 것은 얼마나 서럽고도 서러운 업일까. 어머니를 안으니 문득 그런 생각이 났다. (…중략…) 어머니의 고운 죽음을 위해서. 나는 처음으로 털끝만큼의 혐오감도 없이 한 죽음을 생각할 수 있었던 것이다. 혐오감은커녕 샘물 같은 희열로 그것을 생각했다면 불효까. 불효라도 좋다. 나는 내 어머니의 죽음으로 내 오랜 얽매임을 풀고 자유로워질 실마리를 삼아볼 작정이다.
>
> —「부처님 근처」, 120쪽

작가는 현세의 '부처님 근처'가 자본에 의해 얼마나 오염되어 있는지 보여주면서 내세적인 의미인 인간 삶의 업보를 성찰한다. 망자천도의 해원 의식은 뒤늦은 애도의 기회이자 어머니와 화자의 공모 파기 현장이 된다. 이를 통해 모녀는 시대의 억압과 망각의 무관심을 넘어 자발적으로 기억에서 이완되기 위한 발화의 몸짓을 시작한다. 이들의 해원의식은 묻어두었던 사건과의 대면이자 죽음의 '영원 회귀' 사유를 통한 '깊은 자기반성'과 위기 극복의 계기이기도 하다.[68] 「부처님 근처」의 해원의식은 가족의 죽음을 애도함으로써 사건이 종결되는 화해의 결과가 아니라 그 죽음의 의미를 갱신하고 문제삼는 변주의 과정이다. 지속적인 사건의 반복된 기억 속에서 화자는 총체적인 허무로 귀결되지 않고 그 죽음에 맞서 사건 자체를 긍정한다. 화자의 이런 '의지'가 전제되었을 때, 미래의 사건 속에 일어날 어머니의 죽음을 계기로 묻혔던 사건 역시 자연스럽게 발화되기를 기대할 수 있다. 어머니의 '고운 사상死相'으로 '흉한 죽음'을 대신하려는 화자의 시도는 두 죽음을 그 자체로 바라보기 위한 적극적인 환대 노력의 일환이다.

소설의 결말에서 작가는 일상의 안위에서 쉽게 타협하는 소재적 공감 속에 현재의 공동체가 현실에서 되풀이되지 않을 사건에 대한 공동의 책임을 망각하고 있음을 비판한다. 일상에서 이완된 사건의 기억이 증언자에 의해 발화되어 공동체에 분유되었을 때 그들의 발화가 공소해지지 않도록 그들의 기억을 반추하고 경청하고 감응하는 공동체의 환대 노력이 요구되는 것이다.

전쟁의 체험과 해원을 조율하고 환대하는 사건 분유의 중간 세대적 특징[69]은 「엄마의 말뚝 3」에서 어머니와 조카들 사이에 위치한 화자의 역할

---

68 백승영, 니체 『유고』(해제), 서울대 철학사상연구소, 2004. http://audio.dn.naver.com/audio/ncr/0850_1/20111213164052876_DU0GR4IIP.pdf (접속일자 : 2016.4.22)

69 김영미는 이런 화자의 세대적 위치를 카를 만하임의 세대론으로 설명한다. 한 세대가 다른 세대에 의해 대체되는 과정에서, 가장 나이 많은 세대와 젊은 세대처럼 간격이 넓은 세대가 직접적으로 대립하는 일은 그리 자주 발생하지 않는다. 대신 서로 가장 인접한 중간 세대

에서 확인할 수 있다. 화자는 아직도 의식의 밑바닥에 '전쟁의 한'이 응어리져 있으나 한편으로는 당사자주의적인 체험에서 벗어나고 있는 전쟁 미체험의 조카들을 인정한다.

> 엄마 이제 그만 한 풀어. 그까짓 육신 아무데 묻히면 어때 난 어떡하든지 엄마 소원 풀어주고 싶었지만 재들이 싫다는 걸 어떡해? 재들한테 져야지 우리가 무슨 수로 재들을 이기겠어. 실상 재들이 옳을지도 모르잖아.
>
> —「엄마의 말뚝 3」, 173쪽

말뚝에 적힌 한자로 된 어머니의 성함에 나는 빨려들듯이 이끌렸다. 어머니의 성함 중, 이름을 따로 뜻으로 읽어보긴 처음이었다. 참으로 신기한 일이었다. 어머닌 부드럽고 나직하게 속삭이며 아직도 내 의식 밑바닥에 응어리진 자책을 어루만지는 것 같았다. 딸아, 괜찮다 괜찮아. 그까짓 몸 아무 데 누우면 어떠냐. 너희들이 마련해 준 데가 곧 내 잠자리인 것을.

생전의 어머니는 깔끔한 대신 차가운 분이어서 한 번도 그렇게 곰살궂게 군 적이 없었음에도 불구하고 어머니의 생애만큼 먼 옛날의 작명이 나에게 그런 위무를 해주고 있었다.

어머니의 함자는 몸 기己 자, 잘 숙宿 자여서 어려서부터 끝 자가 맑을 숙자가

(Zwischengeneration)가 서로 대치하며 이들 서로에게 가장 영향을 끼치는 세대라는 것이다.(카를 만하임, 이남석 역, 『세대 문제』, 책세상, 2013, 62쪽; 김영미, 「박완서 문학에서 '세대'의 의미」, 『한국현대문학회 학술발표회자료집』, 8, 2014, 122쪽) 김영미의 세대론은 이 글의 논지와 많은 부분 공감된다. 그러나 '가족'이라는 키워드를 중심으로 '세대'의 문제를 제시하는 위의 논의와 달리 이 글에서는 결론적으로 증언의 환대 대상과 환대 주체의 관계로 대별해서 파악하는 점에 집중하며 이러한 관계성은 「엄마의 말뚝」 연작뿐 아니라 다른 텍스트를 통해서도 확인됨을 밝힌다.

아닌 걸 참 이상하게 여겼었다.

—「엄마의 말뚝 3」, 174쪽

통약불가능한 오빠의 전후 상처는 오빠에서 엄마, 화자로 이어지면서 어머니의 무덤이자 화자의 절충된 해석 속에 묻힌다. 화자는 화장한 시신을 갈 수 없는 고향 근처에 뿌리며 감원憾怨의 저항을 온몸으로 현시하는 것이 아닌 애도의 해원의식으로 죽은 어머니와 대화하며 소통을 책임질 윤리자의 역할을 한다. 산 자와 죽은 자의 애도의 과정에서 해원을 향해가는 모녀의 대화와 같은 발화는 증언의 환대를 향한 작가의 현실적인 암시이기도 하다. 해결되지 않은 환대 대상자의 고통과 '안식', '영원한 잠'으로 해석되는 어머니의 이름은 절합될 수 없는 어긋남을 가지고 있다. 그리고 그 사이 공간에서 타자에 대한 이해가 시작된다. 「엄마의 말뚝 1」에서 현저동의 문밖 공간에 뿌리 내린 집, 「엄마의 말뚝 2」에서 죽은 아들로 환각되었던 어머니의 다리, 「엄마의 말뚝 3」에서는 무덤의 비석에 이르기까지 집→몸→무덤으로 환유되는 '말뚝'은 뽑히고 변형되며 고정되기까지 많은 질곡을 겪는다. 죽음에 이르는 순간까지 자신의 의지를 관철시키지 못한 어머니는 확고한 타자적 위치를 점한다. 그러나 문밖이지만 서울에 기필코 뿌리를 내린 어머니의 기개는 고인이 되어서도 화자의 목소리를 대리해 전쟁 미체험 인물과의 분열을 종식시킨다. 어머니의 위무는 응어리진 기억을 호명하고 주체를 독려하면서 타자는 잠들지언정 기억과 망각의 길항 관계 안에서도 잊히지 않을 사건이 환대를 통해 무관심의 공동체를 자극할 것임을 암시한다.

전쟁 체험의 부모와 미체험자 사이에서 사건을 객관화하는 인물로 「아저씨의 훈장」의 화자 역시 포함된다. 너우네 아저씨를 이해하기 위한 실마리는 증언자인 화자의 성숙에서 비롯된다. 그는 공동체가 묵인했던 아저씨의 위대성이 허위라는 것을 알면서도 그런 아저씨의 처사를 인간적으로 이해하려고 시도한다.

> 너우네 아저씨까지를 포함한 우리 일행이 동구 밖을 벗어나려고 할 때였다. 여자의 통곡 소리가 들렸다. 은표 아부지, 은표 아부지, 통곡에 간간이 이런 소리가 섞이는 걸로 봐서 은표 어머니가 통곡하는 소리였다.
>
> 그 억장이 무너지는 소리에 우리 일행은 발길을 멈추었다. 그러나 너우네 아저씨만은 지게를 지고 잘도 걸었다. 그후 나는 오래도록 그 억장이 무너지는 소리를 잊지 못했다.
>
> —「아저씨의 훈장」, 373~374쪽

주체에게 호기심을 추동하는 것은 인용문에 서술된 기억 속의 목소리이다. 발화되지 못한 은표 엄마의 호명, 그 통곡은 비명[70]에 가깝다. 가부장적 권위의 직접적 피해자인 은표 어머니의 통곡은 가부장의 폭력에 대한 저항과 자신을 결박하고 떠나는 남편에 대한 원망을 언어화하지 못한 채 담고 있다. 결박된 사이렌의 노래처럼 은표 어머니의 비명은 시간이 흘

70 신수정은 비명을 존재의 표현이자 존재 그 자체라고 설명한다. 비명은 아직 언어화되지는 못했지만 끊임없이 언어를 발생시키고 규제하는 의미의 원천으로서 언어와 비-언어의 경계를 암시하는 그 무엇이라는 것이다. 비명은 의식의 틈새가 무의식의 존재를 증명하듯 언어가 추방하고 있는 어떤 음성이나 몸짓을 가리킨다. 비명은 부재로 현존한다. 저자는 때 묻고 불투명한 언어 이전의 언어들만이 우리의 언어가 배제하고 폐기한 그 어떤 것을 되살려낼 수 있다고 설명한다. 신수정, 「비명과 언어-여성을 말한다는 것」, 『푸줏간에 걸린 고기』, 문학동네, 2003, 20~23쪽.

러 존재는 지워지나 목소리만 잉여처럼 주체와 타자에게 남는다. 가부장의 피해자이자 전쟁의 이산이 낳은 피해자의 목소리는 망각되지 않고 끊임없이 당시의 상황을 환기시킨다. 그리고 그 잉여는 너우네 아저씨에게도 메아리로 남아 "은표야, 아아, 은표야"를 응답하게 한다.[71] 과거 은표 어머니의 통곡에 화답하는 아저씨의 현재적 응답은 과거의 기억과 현재의 응답이 만나는 장이자 가부장의 권위에서 자유로워진 아저씨의 응어리진 그리움의 해원이며 잉여의 비명을 향한 발화이기도 하다. 아저씨의 발화는 가부장의 권위에 복무하며 은폐했던 인간적인 감정의 표출이자 전쟁의 강요로 선택한 자신의 결정에 대한 원망과 해후 불가능한 시간의 그리움으로 응축된다.

전후의 시간적인 거리감은 화자에게 기억의 이완과 더불어 너우네 아저씨의 행위를 이해할 기회를 준다. 결국 너우네 아저씨의 행위가 아들과 조카의 양극단에서 나쁜 것과 더 나쁜 것 중 '더 나쁜 것을 선택'한 충동이라고 생각했던 화자는 마지막에 그리움의 외침인 타자의 발화를 들음으로써 아저씨의 욕망에 공감하게 된다. 너우네 아저씨는 자식보다 조카의 선택을 요구하는 가부장의 상징적 위임을 충실히 현현한 인물일 뿐이다. 과거에서 현재에 이르기까지 너우네 아저씨를 향해 가부장의 잣대를 부여한 채 누구도 그의 본심에 귀를 기울이지 않는다. 그런 타자의 목소리를

71 히스테리자의 담화로서 박완서의 소설에서 인간적인 것 혹은 생명적인 것(대상a)은 진리의 위치에서 나타난다. 이는 박완서의 소설이 계속될 수밖에 없는 실재적 원동력임을 의미한다. 가짜를 가짜라고 말할 수 있는 이면에는 실재를 보충하고자 하는 작가의 의도가 있는 것이다. 가령 「아저씨의 훈장」에서, 장조카인 성표만 등에 지고 떠나는 너우네 아저씨의 등 뒤에서 울리는 아내의 "억장이 무너지는 소리"가 함축하는 어떤 실재, 너우네 아저씨의 "멍청하던 눈에 그윽한 환희가 어리"며 은표를 부르는 목소리에 내재된 어떤 실재를 향한 작가의 믿음이 그의 소설을 멈추지 않는 히스테리자의 담화로 만드는 것이다. 정연희, 앞의 글, 528쪽.

듣고 그의 눈에 어리는 "그윽한 환희"를 읽어내는 화자의 태도는 환대를 위한 주체의 노력으로 평가할 수 있다. 분단으로 인해 불가능해진 귀향과 아저씨의 그리움을 전할 수 없는 화자의 무능함은 경청의 노력으로 환대 가능해진다. 이는 화자의 환각 속에서 자물쇠가 훈장으로 보이던 매혹적인 착각이 사실 그가 "외롭고 초라한 자물쇠장수"에 지나지 않았으며 현재는 시대의 '똥'[72]으로 남았음을 직시하는 행위로 이어진다. 똥으로 전락한 아저씨의 실존은 인간적 가치의 전락이자 시대적 타자로 자리한 가부장의 찌꺼기로서 전후의 극한적 배경 속에 물신화된다. 그러나 마지막 타자의 발언은 주체로부터 전쟁의 생존 논리와 가부장의 자물쇠를 가슴에 달고 살아야 했던 아저씨의 가상의 훈장, 그 정체를 어렴풋이 확인하게 하는 환대의 열쇠가 된다.

노년의 화자가 젊은 시절을 회상하면서 시작되는 『그 남자네 집』[73]은 박완서 소설 중 전쟁과 청춘의 공생에 관한 기억으로 타자에 대한 증언과 환대의 적극성이 잘 드러나는 소설이다. 『그 남자네 집』에서 인물의 관계는 공간적 메타포로 재현된다. 화자의 집, 그 남자의 집, 화자의 시댁, 그 남자의 집과 화자의 친정집의 이사, 화자의 새 집 등 공간이 변화하면서 화자의 현실관, 가족관계, 그 남자와의 이별 등이 순차적으로 진행된다.

화자와 그 남자에게 '집'은 가족 상실의 전쟁 체험 현장이자 생존 지향의 외부 공간에서 두 사람을 보호하며 근친애적 사랑을 나누는 낭만적 공

72 처음 화자가 성표를 만나 너우네 아저씨의 안부를 듣던 상황에서 성표는 아저씨의 '똥'을 치우기 위해 힘든 아내를 치사한다. 아저씨를 외면하기 위한 그의 변명이 역겨운 나는 "그가 똥 소리를 어찌나 걸찍하고 실감나게 하는지 나는 코를 감싸쥐고 싶었고 될 수 있는 대로 빨리 자리를 피하고" 싶은 기분이 들기도 한다.

73 박완서, 『그 남자네 집』(박완서 소설전집 22), 세계사, 2012.

간이기도 하다. 전후 현실의 피안처인 집과 교감하는 청춘들은 음악과 시, 호화스러운 사치의 취미를 즐긴다. 서로를 시대의 마지막 남은 절대적 연인으로 간주하는 이들은 비현실적 행위를 향락하며 현실에 저항한다.

낭만과 피안의 장소였던 집에 대한 인식의 변화는 화자로부터 시작된다. '그 남자네 집'이 담지하던 교양과 감각의 충만함은 "도저히 새끼를 깔 수 없는 만신창이의 집"으로 전환된다. 화자에게 낭만은 미래의 일상까지 보장해 주지 못하는 한계를 갖는다. 집의 안정성과 생산을 담보로 이해타산적인 결정을 내리는 화자가 현실에 개안을 한 것이라면 사랑의 낭만을 포기하지 못한 남자가 청춘의 기억을 몸 안에 가두고 밀폐시키는 실명은 명확히 대칭된다.

> 그것이 다 벌레의 짓이었을까. 내 젊음을 황홀하게 빛낸 그 기쁨의 시간이 다 벌레의 선물이었을까. 설마 처음부터 끝까지 다는 아니겠지. 그렇다면 언제부터 언제까지가 우리들의 시간이고 언제부터 언제까지가 벌레들의 시간이었을까. 오직 그 생각만 하면서 집까지 왔다. 나에겐 전쟁터가 중요한 것보다 그게 중요했다. (…중략…) 그 남자의 전체, 보이는 상처와 보이지 않는 상처까지를 포함한 한 남자의 전체를 본 것처럼 느꼈다.
>
> —『그 남자네 집』, 191쪽

박완서 소설에서 '벌레의 시간'은 인공 치하에서 피난을 가지 않고 부역을 했다는 이유로 고문을 받던 비인간적인 시간을 지칭하곤 했다. 자신과 남자의 사랑을 벌레들의 짓이라고 단정하는 화자의 발화는 강력한 반어의 성격을 띤다. 전후 복구를 위한 생존의 비인간적인 현실 속에 찬란했던 사랑의 진실은 가장 인간적인 기억으로 남는다. 사실 소설에서 남자의 병명이나 발병의 원인은 제시되지 않는다. 그러나 전쟁과 사랑이 공존하던 시절, 그를 상이군인으로 만든 육체의 상처가 전쟁이라면, 그의 보이지 않는 상처가 되어버린 사랑의 실패는 벌레의 몫이 된다고 화자는 여긴다. 청춘의 시간을 휘발시킨 폭력의 전쟁터에서 전리품으로 생성된 벌레는 그들의 가장 화려한 시간을 남자의 시력 속에 박제하고 화자의 기억 속에 각인시킨다.

오이디푸스가 자신의 근친 사실을 자각하고 스스로 눈을 찔러 주권자에서 이방인이 되듯 『그 남자네 집』에서 남자는 시대의 폭력으로 장님이 된다.[74] 현실을 자각한 오이디푸스와 현실에서 퇴행한 남자는 모두 이방인이다. 방랑자가 되어 타국을 배회하던 오이디푸스와 달리 그 남자는 찬란했던 벌레의 시간에 머물기를 고집하는 나르시시스트가 된다. 전쟁의 상흔인 기둥의 포탄 자국이 지워지고 구슬 같던 처녀가 네 아이의 엄마가 된 후, 무엇보다 과거의 시간을 배태했던 화자의 집이 헐리기 직전의 순간에 타자인 그 남자를 화자가 환대하는 방법은 현실과 단절하려는 남자를 현실 한 가운데로 끌어내는 것이다. 남자에게 퍼붓는 화자의 욕과 설교는 기억의 외장으로 남은 벌레의 시간을 추방하기 위한 현실의 언어이다. 일상인으로 돌아온 화자가 그 남자에게 장님의 정체성을 강요함으로써 근

74 『그 남자네 집』의 전체적인 소설 구조에서 다소 이탈한 당질 광수이야기는 "평범하고 힘없는 사람한테 개개다가 국가라는 막강한 힘"에 저항하는 인물의 역할을 한다. 산업인력으로 파견된 월남에서 고엽제 피해를 입은 광수의 경험은 "그 남자의 전쟁터와 광수의 전쟁터가 오버랩"되는 계기가 된다. 국가를 위해 목숨을 걸고 전쟁에 참가한 그 남자의 과거와 산업 역군의 후광을 등에 업고 개인의 영달을 위해 전쟁국으로 파견된 광수의 과거는 등가의 가치로 평가할 수 없다. 선택이 아닌 강요에 의해 전쟁에 희생된 그 남자의 청춘은 보상의 기회조차 없는 것이다.

친적 사랑은 육친애적 정서의 외피를 입는다. 그리고 그들의 추억이 깃든 청춘의 '집'은 파괴된다. 소설은 두 인물이 현실을 직시함으로써 추억은 온전한 자신의 영역으로 자리함을 암시한다.

> 혹시 해진 데는 없나 해서 손으로 골고루 더듬어보았어. 어머니가 장사 다닐 때 내 해진 런닝구 입고 다니던 생각이 나서. 해진 데는 없었지만 우리 엄마 너무 말랐더라. 그 남자가 말끝을 흐렸다. 울고 있었다. 점점 더 심하게 흐느끼면서 볼을 타고 눈물이 줄줄 흘러내렸다. 나도 애끓는 마음을 참을 수 없어 그 남자를 안았다. 그 남자도 무너지듯이 안겨왔다. 우리의 포옹은 내가 꿈꾸던 포옹하고도 욕망하던 포옹하고도 달랐다. 우리의 포옹은 물처럼 담담하고 완벽했다.
>
> 우리의 결별은 그것으로 족했다.
>
> —『그 남자네 집』, 291쪽

『그 남자네 집』에서 화자의 어머니, 시어머니, 춘희 어머니, 그 남자의 어머니는 모두 각자의 임을 짊어진 어머니 세대이다. "마지막 전쟁의 어머니"인 그 남자 어머니의 영면은 전쟁 체험 세대의 일단락이기에 화자와 그 남자의 애도는 당대의 기억에 대한 환대이기도 한다. 어머니를 향한 그 남자의 발화는 청년시절 애증의 대상이었던 어머니를 향한 독백이자 그 시절을 향한 해원의 시도이다. 그 남자의 육체적, 심리적 불구성을 끌어안는 화자는 환대의 주체이다. 남자와 화자는 추억의 공통분모가 있으나 현실 인식의 변모로 공동체에 편입된 주체에 비해 불구성으로 은유된 남자는 타자적 위치에 존재한다. 남자는 전쟁으로 상이군인이 된 육체적 타자이자 근친적 사랑에 눈이 먼 불구성으로 표상된다. 그러나 자신의 장애를 극복하고 가정의 구성과 더불어 장애재단까지 설립한 남자의 변모는 현실에 안주한 주체를 넘어서는 타자의 적극성으로 평가할 수 있다. 전쟁과 사랑의 기억을 호명하고 각자의 현실에 충실하며 이완된 기억으로 사건을 승화하는 타자는 주체로부터 공감의 포옹을 유도한다. 시대를 건너 "물처럼 담담하고 완벽"한 그들의 포옹은 서로가 타자이던 시절에 대한 분유이자 깊은 공감이며 청춘의 사치조차 없었다면 건재하기 어려웠을 이룰 수 없던 사랑과 전후의 시간을 향한 적극적인 증언의 환대이다.

이렇듯 타자의 발화는 대부분 죽음을 앞둔 시점이거나 해원의식과 같이 죽음을 환기하기 위한 시기적 특성을 지닌다. 타자에게 사건의 발화는 죽음과 교환할 정도의 무게로 그들을 억압하지만 그런 압제에 대항하여 끝내 증언되어 환대될 행위라는 것의 반증이기도 하다. 그들의 발화는 공모했던 사건을 당대적 진실 그 자체로 용인하기 위한 적극적인 노력이며 잃었던 인간적인 존재 조건을 향한 절규이다. 박완서 소설에서 증언의 타자는 기억을 호명하며 발화함으로써 이에 감응하는 사건의 윤리자 주체에게 증언의 환대를 실현하게 한다.

박완서의 전후 소설적 가치는 전쟁의 경험, 타자적 기억을 증언함에 있어 '진실'을 분유하는 사건의 윤리에 정직했다는 점에 있다. 한국전쟁은 종식된 전쟁이 아닌 진행형이기에 그와 연관된 증언을 환대하는 것이 어렵다. 사건의 상황이 종료되어 과거사 정리의 단계로 접어들지 않았기에 현재 진행형인 문제에 대한 주체의 결단, 주체의 인식 변화가 중요한 관건이 된다. 정치 · 경제 · 군사적인 대결구도 속에서 현실의 제약으로 환대가 불가능하나 증언의 환대의 아이러니함은 그러한 불가능성이 환대를 가능하게 하는 소통의 징후가 되기도 한다는 점이다. "불가능성은 결정이라

부를 수 있는 것을 처음으로 구성해내는 수행사"이다. "가능성 자체를 만들어내는 기원적 조건"으로서 결정이 결정되기 위해서는 결정 불가능해야 한다.[75] 죽음과 해원의식으로 미해결의 현실에 대항하는 직접환대 대상자들의 발화는 정체성이 교차된 간접환대 대상자들의 증언자로서 기억의 책무를 자극하면서 적극적인 환대를 요청한다.

내전으로 발발된 한국전쟁은 살육과 고문, 이념의 대립으로 인간이 견뎌낼 수 없는 경험의 영도 상태를 재현한다. 인간이 동물과 같이 취급되는 현실에서 남북 사이의 '쭉정이'로 남은 체제 협조자들은 권력에 의해 동물로 전락해 가기도 한다. 그럼에도 불구하고 우리는 "인간으로 머물면서 사실을 증언하는 증인들"에 주목해야 한다. 그들 내부에는 "피해자의 정체성과는 합치할 수 없는 것"으로부터 생겨나는 미증유의 노력이 있다. 인간에게 가해질 수 있는 최악의 상황들이 인간이란 무엇인지를 드러내는 존재 증명인 것이다. '인간의 권리'는 "결코 죽음에 대항하는 생명의 권리나 비참함에 대립하는 생존의 권리가 아니다. 스스로를 긍정하는 불사의 존재 권리, 또는 고통과 죽음의 우연성에 대해 지배권을 행사하는 무한성의 권리"이다.[76] 자신을 타자로 만들었던 고통의 시간을 인물은 '벌레들의 시간'이라고 명명한다. 그리고 자신이 벌레가 되었던 시간을 지나 벌레인 가해자들에게 복수하는 글쓰기를 다짐한다. 이는 소통 불가능한 사건을 분유의 글쓰기로 대신하려는 시도이자 인간으로서 환대 받을 권리에 대한 주장이다.

---

75 민승기, 앞의 글, 631쪽.
76 알랭 바디우, 이종영 역, 앞의 책, 21~22쪽.

제3장

도시 공동체의 책임과 공감의 환대

1960년대부터 시작된 한국사회의 산업화는 모든 문화적 힘의 중앙 집중과 함께 1970년대의 한국사회의 모습을 상당히 바꿨다. 한국사회는 한국전쟁 이후부터 1960년대 중반에 이르는 동안의 사회 변모가 거의 문제되지 않을 정도로 심한 사회적 변화를 1970년대에 겪었다. 그것은 정치적으로는 분단 문제, 정치권력의 과다한 집중화, 경제적으로는 공해, 이농 현상, 도시 변두리의 근로자 문제, 부의 분배 문제, 신식민지화의 문제, 사회적으로는 대중 매체의 지나친 발달로 인한 대중화 현상, 익명화 현상 등등의 모순을 배태하였고, 그것의 압력은 문학 속에 강하게 흡수되었다.[1] 오늘날 신자유주의[2]로 명명되는 사회 메커니즘의 근원은 이미 1970년대

1 김현, 「비평의 방법-70년대 비평에서 배운 것들」, 『문학과지성』 39, 1980.봄, 162~163쪽.
2 푸코는 『생명관리정치의 탄생』에서 자유주의와 신자유주의의 차이를 제시한다. 18세기 자유주의가 "교환"(exchange)을 시장의 원리로 차용했다면 신자유주의는 "경쟁"(competition)에 초점을 맞춘다. 경쟁은 통치술의 역사적 목적이지, 존중해야만 하는 자연적 소여가 아니다.

발아하여 우리의 일상 속에 현재성을 지닌 채 여전히 영향력을 발휘하고 있다.

한국의 근대적 일상세태를 비판하는 박완서 소설은 작가의 등단 이후부터 꾸준히 발표되면서 1970년대부터 2010년대 이후를 아우르는 신자유주의 현실의 단면을 생생하게 묘파한다. 40여 년의 긴 스펙트럼을 지니는 세태비판 과정에서 작가가 주목한 것은 공동체 구성을 위한 주체와 타자의 관계성이다. 1970년대 이후 도시와 로컬의 경계성은 점차 계급 관계로 전환되면서 중산층과 소시민의 주체들은 도시 공동체에 내존한다. 산업화가 촉발시킨 자본의 논리는 공동체 내부의 주체들과 로컬 밖으로 밀려난 타자 모두에게 동등한 '경쟁'의 기회를 제공하고 이에 따른 책임을 부가한다. 이 과정에서 상류층이나 소시민으로 편입을 열망하는 욕망의 구심력이 좌절되면서 개인은 반복적으로 자아상실이나 죄의식과 대면한다. 예속된 자본의 현실에서 신분상승의 기회와 부의 결핍을 상실로 여기는 주체의 기만은 우울의 원환에서 벗어나기 어렵다. 이런 주체에게 타자의 공존은 사건에 개입하고 주체로서 책임을 성찰하는 선택의 윤리로 전환되는 계기를 마련한다. 공동체의 경계에 위치하는 타자는 주체의 욕망에 문제를 제기하면서 계층 편입을 위한 불안이나 자기연민이 공동체 구

둘째, 신자유주의적인 관점은 경제학의 범위를 무한정 확장한다. 경제학은 인간 행동을 목적들과 양자택일적 용도를 갖는 희소한 수단들 사이의 관계로 연구하는 학문이다. 셋째, 신자유주의는 통치성(gouvernementalité) 혹은 통치술(art de gouvernement)이다. 통치성은 인구를 주요 목표로 설정하고, 정치경제학을 주된 지식의 형태로 삼으며, 안정장치를 주된 기술적 도구로 이용하는 지극히 복잡하지만 아주 특수한 형태의 권력을 행사케 해주는 제도・절차・분석・고찰・전술의 총체를 의미한다. 무엇보다 신자유주의는 국가 통치와 개인 통치가 결합된 품행에 대한 인도로 규정된다. 미셸 푸코, 오트리망(심세광・전혜리・조성은) 역, 『생명관리 정치의 탄생』, 난장, 2012, 183~188쪽; 진태원, 「푸코와 민주주의－바깥의 정치, 신자유주의, 대항품행」, 『철학논집』 29, 서강대 철학연구소, 2012, 174~176쪽 참조.

성을 향한 성찰과 공감의 환대로 전환되도록 주체에게 촉구한다.

그러므로 이 글에서는 1970년대 이후 현실의 작동원리가 된 자본주의적 심급이 인물의 일상을 어떻게 예속화하는지 탐구하고 공동체의 내부 주체가 마주한 타자성과 공동체의 경계에 위치한 타자가 공감해 나갈 환대 방안에 대해 모색해 보고자 한다.

1. 중산층의 내존과 계층의 불안

주체가 타자를 환대함에 있어서 거점이 되는 장소인 '집'은 안팎의 경계를 탄생하게 한다. 이와 마찬가지로 박완서 소설에서 집을 거점으로 안팎의 시선, 내부에서 문밖을 아우르는 작가의 겹시선은 인물의 현재적 위치를 파악하는 데 입각점이 된다. 박완서 소설은 중산층의 거점 공간이 주로 근대화된 도시라는 특징을 가진다. 1970년대 이후 산업화된 "근대도시의 등장과 형성은 전통공간의 해체를 수반하면서 이루어진다. 근대 도시공간의 등장은 전통공간에 각인되어 있던 사회적 관계가 탈장소화displaced or disembedding되는 동시에 도시라는 인공공간에서 근대 합리적인 삶의 관계로 재장소화reembedding되는 것을 의미한다".[3] 도시 공동체에 내존하는 중산층은 압축경제 성장에 의해 "새로 발생한 계층으로서 중간계급의 집에 대한 강박과 불안을 동시에 반영하는 "중간계급적인 공포""를 갖는다.[4] 주

3 조명래, 「아시아의 근대성과 도시-한국 도시경험을 중심으로」, 『공간과 사회』 25-4, 번 한국공간환경학회, 2015, 269쪽.

4 정희원, 「도시 속의 낯선 이들-디킨즈 산문에 나타난 불안한 / 익숙한 낯섦과 타자성의 재현」, 『19세기 영어권 문학』 19-2, 19세기영어권문학회, 2015.8, 161쪽.

체의 불안의식은 외부 타자에 의해 촉발되는 내면의 목소리에서 시작된다. 이제 도시 공동체의 배경적 특성과 그에 내존한 중산층에 대해 심층적으로 고찰해 보기로 하겠다.

1) 미시권력의 경쟁적 분화와 집중적 억압

박완서 소설은 당대를 살아가는 인물의 일상에 중심이 놓여있다. 1970~1980년대 소설에서 가시화되던 거대서사가 일상의 미시적인 권력으로 편재되어 있다는 점,[5] 소설의 극적구성이나 결말의 전망이 부재한 상태에서 현대의 소시민적 일상과 그들의 욕망을 거리감 없이 사실적으로 재현한다는 점이 박완서 소설의 한계로 지적되어 왔다.[6] 하지만 이때 현실과 관계 맺는 개인의 욕망은 복합적인 권력의 구도를 드러내는 역할을 한다. 1970년대 이후 근대의 일상체계는 "자유에 기반을 두고 있는 것처럼 보이기 때문에 더욱 더 저항하기 어려운" 예속화 메커니즘에 기반한 집중적 억압의 상태이다. 권력은 "다양하고 구체적, 미시적으로 도처에 편재"하

5 정호웅은 박완서의 문체를 비판하면서 작가의식의 협소함을 지적한다. "폭 좁은 시각 안에 들어오는 대상은 한정될 수밖에 없으며, 그 대상의 성격도 총체적으로 살펴지기 어렵다. 박완서 소설들의 인물들은 한결같이 '나'(그 뒤에 자리 잡은 작가)의 시각을 벗어나지 않는다. 큰 작품에서 빈번하게 만나게 되는 작가의 시야 바깥에서 살아 움직이는 인물을 찾기 어려운 것은 이 같은 문제점에서 비롯되는 것이다."(정호웅, 「박완서론」, 『한국문학의 근본주의적 상상력』, 프레스 21, 2000) 이는 박완서 소설의 일상성에 대한 일침으로도 여겨지나 소설이 내포하는 폭 넓은 알레고리성에 대한 분석에 있어서 아쉬운 지점이다. 아울러 박완서 소설에는 논자가 언급한 '나'의 시각에서 벗어나는 타자의 잉여성에 대한 탁월한 포착이 자주 발견된다는 점도 유의할 필요가 있다.

6 백낙청은 박완서의 작품세계가 '1970년대 한국의 현실을 사는 정직한 소시민의 자기성찰과, 그 소시민적 한계를 넘어서려는 산발적인 노력의 언저리에 위치하'는 한계를 지적한다. "자신의 소시민적 안일성을 인지하는 것만으로 그것이 극복되지 않을 바에야", "나의 안일한 소시민성"(「흑과부」)과 같은 표현은 부적절하다는 지적에서 박완서 소설의 수동적 결말에 대한 불만을 확인할 수 있다. 백낙청, 「사회비평 이상의 것」, 『창작과비평』 51, 1979.봄, 352쪽.

며 그 관계 안에서 항상 가역성을 포함하기에 "저항 역시 권력망의 도처에 현존"하며 "서로 간에 모순과 갈등을 빚기도 하는 다양한 저항의 형태들이 존재"한다.[7] 이 글에서 고찰할 1970년대 이후 공동체를 살아가는 주체의 삶의 원리와 실천의 과정은 미시적으로 잠재한 권력의 장field 내부에서 파악된다.[8] 1970년대 이후 근대화를 향한 욕망은 도시집중화 현상과 맞물리면서 복잡한 갈등 구도 속에서 산업화된 자본주의의 포석을 암시한다. 자본의 현실 내에서 주체들은 다양한 장치들에 의해 무한 증식하면서 산종散種된다. 장치는 주체화를 생산하는 하나의 기계이며 주체는 현실에 예속되는 과정에서 주체로서의 정체성이나 자유를 받아들이게 된다.[9] 1970년대 이후 일상은 "학력자본을 가질 수 있게 해주는 교육시장, 능력껏 돈을 벌게 해주는 취업시장, 가족제도를 통해 신분상승을 꾀할 수 있는 결혼시장"에 이르기까지 여러 영역이 시장화된다. 시장의 원리는 평등과 경쟁의 논리 안에서 자유를 강조하기에 개인의 선택에 따른 생존과 성공의 능력 차이는 오롯이 개인의 몫으로 남겨진다.[10]

7 진태원, 앞의 글, 160・168쪽.

8 1970년대 사회체제에 대한 분석을 파시즘적 개발독재와 이에 대응하는 대중의 순응 / 저항이라는 이분법적 논리에서 벗어나기 위한 연구로 후기 푸코(Focault)의 '통치성' 이론을 주목할 수 있다. 이 연구들은 국가권력과 대중이라는 권력 모델이 아닌 '장치'를 중심으로 모든 관계에서 작동하는 권력 메커니즘을 분석한다. 더욱 자세한 사항은 진태원, 「푸코와 민주주의 – 바깥의 정치, 신자유주의, 대항품행」, 『철학논집』 29, 서강대 철학연구소, 2012; 송은영, 「박정희 체제의 통치성, 인구, 도시」, 『현대문학의 연구』 52, 한국문학연구학회, 2014; 이정숙, 「1970년대 한국소설에 나타난 가난의 정동화」, 서울대 박사논문, 2014를 참조할 것.

9 푸코의 장치개념을 전유하며 아감벤은 감옥, 정신병원, 판옵티콘, 학교, 고해, 공장, 규율, 법적 조치 등의 권력기제에서 외연을 넓혀 펜, 글쓰기, 휴대전화, 컴퓨터, 문학, 철학, 언어에 이르기까지 포괄적인 분야를 장치로 정의한다. 우리가 살고 있는 이 자본주의적 발전의 최종단계는 장치들의 거대한 축적과 증식으로 이루어진다는 것이다. 조르조 아감벤, 양창렬 역, 『장치란 무엇인가』, 난장, 2010, 33~41쪽.

10 송은영은 박정희 체제의 통치성이 지배권력의 억압과 피지배층의 순응 또는 저항을 통해서 구성된 것이 아니라, 시장을 중심으로 사회 전체가 재편성되면서 만들어졌다고 강조한다.

「어느 시시한 사내 이야기」[11]의 인물은 이웃이라는 사물과 대면하기를 피하는 편집증적 주체이다. 소설의 사내는 자신을 압박하는 경쟁의 현실과 그에 적응을 회피하는 순진 무구의 상상적 세계 극단에서 방황하는 인물이다. 그의 현실 거부와 단절의 집중 억압은 '멀미'라는 신체 언어로 표출된다.

어린 시절부터 그의 내면에 존재한 아이다운 창조욕구는 모든 것을 경제성과 연관 짓는 아버지의 세속적인 기준에 의해 억압되어 갈등을 일으킨다. 아버지의 사후 자신의 의지와 상관없이 이권이 난무하는 경쟁 사회로 내몰린 그는 돈의 논리에 의해 탐욕스러운 이웃과 대치하는 상황에서 매번 도피한다. 고효용 저비용의 노동착취, 불법적 비리, 관료와의 유착, 대자본의 파렴치함, 동업자 간의 생존 경쟁 등 현실의 불합리함과 대면하는 환대 불가능한 상황에서 그의 도덕성은 심리적 압박감을 육체성으로 전환한다. 순수한 동심의 절대 영역을 추구하는 그가 한 집안의 가장이자 사업체의 대표로서 공동체에 위치하기 위해 접하는 모든 현실은 낯선 타자의 영역으로 분류된다. 타자의 영역을 이분법적인 적대로 치부하면서도 그는 "이럴 수는 없어, 이래서는 안 돼"라는 윤리적 목소리에 지속적으로 노출된다. 타협할 수 없는 두려움과 낯섦은 그에게 "단 한 번도 맞서볼 생각도 이겨볼 생각도 안 하고" 생리적인 멀미를 유발하며 도피의 기회를 만든다.

그가 느끼는 멀미는 회피하고 싶은 상황에 대한 혐오에 기반한다. 혐오

이는 이후부터 현재의 정권에 이르기까지 민주주의의 형식적 절차 대신 감시, 처벌, 규제의 장치들을 활용하되, 일상생활과 경제활동의 영역을 최대한 개인의 자기관리 문제로 방임시켜 국가의 책임을 최소화하는 복합적 통치기술들을 낳았다고 설명된다. 무한경쟁체제에 따른 자기관리의 책임과 적자생존의 삶의 윤리를 국민이 자발적으로 자신의 삶 속에서 운용한 결과 창출 가능한 통치기술인 것이다. 송은영, 앞의 글, 58~59쪽.

11 박완서, 「어느 시시한 사내 이야기」, 『부끄러움을 가르칩니다』(박완서 단편소설 전집 1), 문학동네, 2013.

의 감정은 '이질적'이며 "자신이 저열해지거나 오염될 수 있다는" 방어기제에서 도출된다. 혐오는 "우리가 지닌 동물성을 숨기고 우리 자신의 동물성을 꺼려할 때 현저히 드러나는 유한성"이다.[12] 그의 멀미는 상상적인 자신의 영역이 현실의 부정에 의해 오염되는 것에 대한 반응이자 동시에 자신 역시 그런 추악성에서 벗어날 수 없는 나약한 존재라는 점에 대한 인정이다. 그의 멀미는 이런 경계에서 자신을 도피시키는 신호sign인 것이다.

이런 그에게 이웃은 근원적인 악으로 다가오기에 적대된다. 자신의 실재를 감당하지 못해 유아기로 퇴행하는 화자는 이웃의 실재 역시 회피하며 사업 파산으로 자족한다. 화자는 극복하지 못한 아버지와의 이자관계를 부정父精에 대한 부담으로 여기며 정관수술을 단행한다. 혈연에 대한 책임감 역시 맞설 의지를 상실한 채 그는 포기를 선택한다. 그의 생식능력 단절은 자신의 또 다른 분신이 될 자식을 향한 도피이자 억압된 책임감의 회피이다. 그리고 개인의 책임이 부재한 도덕성은 자녀들의 죽음으로 파국을 맞는다. 대상의 역습과 회피를 반복하는 동안 그는 장난감 제조의 세계로 도피한다. 이 과정에서 그는 새로운 이웃인 김복록의 속악한 부패상을 겪게 된다. 선량한 이웃의 무식함을 악용하여 땅을 잠식하고 오히려 그들을 협박하여 뇌물을 갈취하는 김복록의 행태는 사업을 하면서 그에게 멀미를 일으키던 속악한 이웃의 실재와 일치한다.

> 바로 그다! 순간적으로 나는 김복록을 오랜 세월 내가 하려는 일 뒤에 숨어서 나에게 그 고약한 멀미를 일으키게 한 징그러운 괴물의 정체로서 파악한다.

---

12 마사 너스바움, 조계원 역, 『혐오와 수치심』, 민음사, 2015, 168~170쪽.

저런 모습이었구나. 바로 저런 모습이었어. 탐욕이니 비열이니 파렴치니 하는 추상명사가 뼈와 살을 갖추면 바로 저런 모습이 되는구나. 나는 진저리를 쳤다.

나는 그날부터 다시 장난감 만들기에 골몰할 수 있었다. 나는 멀미로써 나를 속박하던 괴물의 정체를 알아낸 것에 신선한 기쁨을 느꼈다. 또 그 괴물의 본질이 알고 보니 보잘것없이 허약하다는 게 내게 용기가 되기도 했다.

—「어느 시시한 사내 이야기」, 266쪽

김복록의 호출로 그의 집에 간 화자의 시야에 창밖에서 놀이를 하는 순수한 아이들과 지분으로 협박하는 김복록의 모습이 한 프레임 안에 전개된다. 순수한 동심의 세계 같은 평화를 꿈꾸는 그의 상상계와 탐욕스러운 이웃과 대면할 것을 요구하는 도덕성은 그의 내부에 동시에 내재한다. 아이들이 그의 시야에서 완전히 사라진 순간 화자는 지금까지 그에게 멀미를 유발한 이웃의 일그러진 정체와 직면하는 상황을 맞는다. '외상적 사물로서의 타자'의 심연과 마주한 후 비로소 그는 이분화되었던 세계를 환대할 수 있게 된다. 괴물 같은 타자가 존재하지 않는다면 그에게는 상징적 질서 자체가 괴물로 돌변할 것이기 때문이다. 회피에 급급했던 실재의 일면이 이웃의 형상으로 현시되자 그는 "그와 맞서 그 본질을 알아냄으로써 자유로워지려는 방법에 접근하고 있는 스스로를 자각"266쪽한다. 상징적 현실을 받아들인 사내는 비로소 이웃의 실재와 대면하면서 편집증자에서 신경증자로 이행한다. 그리고 이 이행 과정을 통해 사내는 유아적 퇴행에서 벗어나 자신 내부의 현실적 이물감으로 남은 타자를 인정한다. 편집증자는 상징적 현실과 실재의 분리가 성공적이지 못해 이웃의 자리에 망상을 대체한다. 편집증자의 거부는 이웃의 공간을 없애버렸지만 실체로서의 이웃을 인정함으로써 그는 비로소 내 안의 타자와도 환대할 기회를 얻는 신경증자가 되는 것이다. 유아적 퇴행으로 여겨졌던 그의 장난감 제작은 그런 의미에서 현실과 내부 세계의 평화로운 공존의 모습을 띤다.

1984년 잡지 『2000년』에 연재되었던 「서울 사람들」[13]은 8년 전인 1976년 『동아일보』에 연재되었던 「휘청거리는 오후」와 여러모로 비교되는 텍스트이다. 「서울 사람들」은 중편인 분량의 한계로 시대상과 사건, 인물의 심리가 후자에 비해 깊이 있게 서술되지는 않지만 비개발구역에서 개발구역으로 생활권이 전환되는 인물을 중심으로 '졸부' 신화의 허위를 비판한다. 또한 「휘청거리는 오후」에서 파국을 맞이하던 속물적인 결혼 풍습이 미해결인 채로 적절히 타협되기도 한다.

작가는 「서울 사람들」의 전반부 서사에서 타자와의 비교, 분양 경쟁 등 끊임없는 대결 속에서 허상을 좇는 현대인의 일상과 그런 상황을 조장하는 권력의 실체를 배면에 제시한다. 이전 동네에서는 월세를 소개해 주고 구전을 받던 역할에 한정되던 복덕방이 '××개발, ○○부동산'으로 바뀌면서 투기의 붐을 조장한다. 혜진과 부동산 직원들이 나누는 대화 속에서 작가는 도시개발을 명목으로 이권을 챙기는 국가, 기업, 부동산 업자들의 공모 관계의 일면을 고발한다.

혜진과 부동산 직원들의 대화는 땅 투기와 아파트 투기 현장에서 과잉 현상을 부추기고 수입을 올리는 이면에 국가와 부동산 업주들이 있음을 암시한다. 아울러 작가는 이들의 기획이 성공하는 데 필수적인 요소로 신분상승을 위한 당대인들의 욕망을 지적한다. 부동산 업자들을 이용하면

13 박완서, 「서울 사람들」, 『그대 아직도 꿈꾸고 있는가』(박완서 소설전집 18), 세계사, 2012.

서 입찰가를 높여가는 복처들의 기대치는 이들의 공모를 더욱 공고하게 만든다. 이런 복잡한 관계망 속에서 "돈 벌려고 하는 것은 어떤 짓이든 나쁜 일이 될 수 없다"219쪽는 물질만능적 사고관이 탄생한다. 분양가에 당첨되었으나 계약금 부족으로 신청을 포기한 혜진은 실체가 없이 사라진 '떼돈'의 실물감으로 상실감만을 키운다.

실체 없는 '돈'의 위력은 혜진의 가족 관계 안에서도 작용해서 가늠할 수 없는 어머니의 재력은 자식들에게 절대 권력으로 작용한다.[14] 막내의 결혼으로 신분상승을 꿈꾸는 어머니는 "사돈이 곧 가문"이라는 생각으로 중매에 열을 올린다. 혜진은 혜숙의 중매를 위해 인테리어까지 바꾸는 어머니를 도우며 "신기루 같은 돈다발을 좇을 때보다 한층 더러운 세태의 한 자락을 친정집 안방에서 맞닥뜨리고"247쪽 적대한다. 중매의 당사자인 혜숙 역시 연애와 결혼을 구별하며 상류사회의 편입을 갈망한다. 그러나 그들이 희망하는 상류사회의 편입은 소설 속 로렌스 박 의상실의 쇼윈도에 전시된 비현실적인 옷처럼 보면 즐겁지만 아무리 애써도 도달할 수 없는 이질감이자 "아무도 뛰어넘을 수 없는 보이지 않는 벽"임이 암시된다. 이를 뛰어 넘어보려는 혜진모의 시도는 상류사회의 모방일 뿐 환대 받지 못하는 현실을 암시한다.

1970년대부터 시작된 치명적인 경제적 불평등과 한국 자본주의의 '고질'은 "강남 개발과 부동산 투기 열풍, 관치금융 등을 통해 알 수 있듯 '토

14 박완서는 혜진과 혜숙의 대화를 통해 부와 노인의 사회 문제를 다음과 같이 주장한다. "앞으론 노인 인구의 증가도 문제지만 더 큰 문제는 부의 노인 편중 문젤걸. 우리 엄마가 당신 생전에 돈을 자식들한테 한 푼이라도 내놓을 것 같아? 우리 엄마만 아냐. 지금 돈푼이나 쥔 중늙은이들이 일치단결해서 벼르는 게 생전에 자식들한테 재산 안 주기야. 근데 그 생전이라는 게 마냥 길 테니 기다리고 기다리는 자식들한테는 못할 노릇이지. 아무튼 재미있는 세상이야." 「서울 사람들」, 251쪽.

건'과 재벌 중심의 경제"를 가동시켰다. "박정희식 개발독재는 본질적으로 부자와 특권층 중심 경제의 수호자"였기에 "개발독재의 국가자본주의적 기획은 심층에서는 자유주의나 자본주의와 대립하지" 않는다. 1970년대의 이런 경제·사회의 구조적 모순은 1980년대 이후 지속된 군부독재 아래에서 그 자장을 넓혀간다. 물론 이 역시 "근대화나 경제 성장 그리고 복지에 '동의'"해 주는 대중이 있었기에 가능했다.[15] 1970년대 압축성장에 따른 재벌과 중산층 형성이 두드러지면서 근면성실의 노동의 가치 전파와 더불어 능력과 기회에 따른 성공 신화가 유포된다. "시장경제에 대한 신봉과 그 안에서 근면, 성실한 태도로 자연적 욕망을 추구하는 삶의 윤리가 개개인의 품행 안에서 작동"[16]하게 된 것이다. 그러나 1980년대 접어들면서 신화를 넘어설 수 없는 현실 감각은 계층의 고착화로 남는다. 「서울 사람들」의 인물들은 성역화되어 실체가 보이지 않는 상류층과 치부致富로 중상류층에 편입한 혜진의 친정, 개발의 수혜 경계에 있는 혜진의 가족과 비개발구역 주민인 명희의 가족 등 계층의 넓은 스펙트럼을 보여준다. '대중'의 가장 높은 밀도를 차지하는 혜진과 명희 일가와 같은 서민층이 '정직과 성실'을 모토로 아무리 노력해도 부가 부를 낳는 상류의 '토끼'들을 결코 따라잡을 수는 없는 것이다. 현대의 '거북이'들은 근면과 성실의 청사진이 각인시킨 신화를 거부한다. 그렇지만 그들 역시 상류층의 부를 모방하고자 하는 심리와 현실의 격차로 인해 '속임수와 비리'에 대한 견제와 적대, 자신에 대한 열패감을 경험한다. 혜진은 이런 복잡한 심리를 "돈을 흥청거리고 써보는 즐거움"으로 대체하려 하지만 중매쟁이를 극진

15 권보드래 외, 『1970 박정희 모더니즘』, 천년의상상, 2015, 22~27쪽.
16 송은영, 앞의 글, 2014, 56쪽.

히 대접하는 어머니의 태도에 자신의 결혼과 비교하여 '질투심'과 '패배감'을 느낀다. 하지만 연이은 서술에서 보듯 '새로운 결혼 형태'에 대한 욕심이나 허영으로 혜진은 중매의 진행 과정을 끝까지 지켜본다. 이후 결혼은 결혼 당사자의 의도와 상관없이 조건이 우선시되는 상황으로 진행된다. 작가는 "처음에 주체성을 포기한 건 역시 혜숙이 자신"이라는 지적을 함으로써 현실에 영합하는 인물의 과도한 욕망 또한 간과하지 않는다.

결국 「서울 사람들」은 '서울'이라는 도시공간에서 벌어지는 사람들의 일상이 신분상승을 향한 욕망으로 집중되어 있음을 고발한다. 소설의 전반부에서는 주거 생활의 변경으로 편리함과 소비에 익숙해지는 인물이 점차 더 큰 아파트를 욕망하며 실패를 맛보는 과정을 보였다면, 후반부는 결혼을 통해 상류사회에 편입하려는 인물들의 욕망구도에 집중된다. 이 모든 욕망의 중심에 위치하는 돈의 위력은 부모와 자식 관계에서조차 효를 대체하고 타자와의 대비, 물질만능의 허상에 경도와 현실에서 오는 낙차로 인한 개인의 불만과 열패감의 확산을 보여준다.

『휘청거리는 오후』[17]는 「서울 사람들」에서 더 나아가 욕망의 파멸과 시대의 적대적인 단면이 극대화된다. 소설에서는 특히 허가家의 세 딸들이 결혼하는 과정에서 벌어지는 세태상을 조망한다. 결혼시장에서 자녀의 가치는 성년이 되기까지 자녀를 양육한 부모의 공력을 서열화하는 계기이자 신분전환의 기회이기도 하다. 초희, 우희, 말희는 각기 다른 결혼관으로 출발하여 동일한 양상의 결과를 보여준다.

허성의 첫째 딸 초희가 연애와 결혼을 구분하는 기준에는 아버지의 역

17 박완서, 『휘청거리는 오후』 1·2(박완서 소설전집 6·7), 세계사, 2012.

할이 크게 작용한다. 인간의 본성이나 선량함의 기준은 연인에게 발견하는 아버지의 잔재이다. 그렇지만 "남한테 보이지 않으려면 무슨 재미로 멋있게" 살아가느냐는 초희의 신조는 아버지의 궁색했던 과거와 평범한 일상을 부정한다. "부자들 생활의 재미"를 추구하는 것이 목표인 초희에게 결혼시장에서의 전략은 미모와 성이다.

초희가 결혼 시장의 경쟁 속으로 주저 없이 뛰어든 결정적인 원인은 부성의 훼손이다. 외적으로 드러난 서사와 달리 소설 속 세 명의 딸 중 가장 타산적인 초희가 인간성의 본질과 자본을 구분하면서 전자의 심급에 대해 지속적으로 갈등한다. 허성의 조악한 공장과 불구가 된 손이 원인이 되어 초희는 파경을 맞는다. 맞선자의 배경인 "상류사회의 생활"이 포기되자 결여를 상실로 환치한 그녀는 환대하던 아버지의 본성을 경멸하면서 본격적인 맞선 시장의 척도로 상류생활을 꼽는다. 상류사회의 "땟국물 같은 끈끈하고 기분 나쁜 일종의 품위"를 지닌 중매쟁이는 결혼시장에서 권력의 형성과 전개의 계기를 마련한다.

"말이 쉬워 한마디로 상류사회지 그 켯속이 얼마나 복잡하다구요. 정치 권력이 있는 댁, 재벌 댁, 벼락부자 댁, 고급관리 댁, 돈도 벌고 출세도 하고 학위도 딴 박사님 댁, 유명한 연예인 댁……. 나누면 나눌수록 한이 없죠. 이렇게 벌집처럼 잔다랗게 나뉘어서 서로 제 잘난 맛에 비교적 폐쇄된 생활을 한다구요."

"그러니까 결혼도 저희들끼리만 할 게 아녜요?"

"그런데 그게 아니거든요. 자녀들 결혼 문제에 있어서만은 이왕이면 자기네가 속한 옹색한 울타리를 무너뜨리려 든다 이 말씀이에요. 알아들으시겠어요?

—『휘청거리는 오후』 1, 254쪽

"권력은 망 속에서 기능"하며 "이 망 속에서 개인들이 끊임없이 순환하고 있을 뿐만 아니라, 항상 권력을 감수하면서 또한 그 권력을 행사하는 위치"에 있으며 그 누구에게도 고착되지 않는다.[18] 결혼시장의 권력 재창출은 상류층끼리의 결합만이 있다는 기존의 편견을 넘어선다. 결혼을 "영토 확장"으로 보는 세태에 전시된 초희의 상품성은 계층과 성의 결합으로 낙찰된다. 반면에 허성의 손 씻은 물을 걸레 빤 물로 비유하는 초희의 혐오는 노동을 생활의 궁기로 여기는 사고의 단면을 엿보게 한다. 초희는 노동의 결과로 배어나오는 시각적인 더러움 대신 "부자를 가장 부자답게 돋보이게 하는 결정적인 형용사"로서 청각적인 파토스의 "더러운 부자"를 선택한다.[19] 돈의 본질과 맞닿아 미화되는 부자의 더러움은 노동과 삶의 고단함을 적대하는 초희의 의도와 일치한다. 공회장과 초희의 결합은 "여체의 소문을 안고 정력제를" 끊임없이 복용하는 권력의 이면과 그런 소문을 "능동적으로 수집하고 연구함으로써 자연스럽게 소문대로의 여자를 직접 연출"하며 환상을 현실화하는 새로운 신화의 탄생이다. 『휘청거리는 오후』의 초희가 「서울 사람들」의 혜숙과 변별되는 지점은 부의 본질을 파악하는 감각과 신분의 장애를 딛고 자신의 선택을 추진하는 맹목성, 권력의 장 안에서 발휘하는 능동성이다.

그러나 결혼 시장에서 초희는 "소비될 수 있는 사람"[20]으로 존재한다.

---

18 진태원, 앞의 글, 166쪽.

19 "더러운 부자란 소리가 생각할수록 우습고 유쾌하고 맹랑해서 그래. 엄마 생각해봐. 더럽다는 형용사는 그야말로 모든 것을 더럽게 만들잖아? (…중략…) 그런데 엄마, 더러운 부자만은 예외란 걸 난 지금 발견했어. 부자에 더러운이란 형용사가 붙으니까 부자가 한층 빛나고, 기름이 흐르고, 구미를 돋우는 맛있는 냄새를 풍기는 것 같아." 『휘청거리는 오후』 1, 290쪽.

20 소비될 수 있는 존재자의 극단은 '버릴 수 있는 인간'(l'homme jetable)이다. 양창렬, 「장치학을 위한 서론」, 『장치란 무엇인가』, 난장, 2010, 147쪽.

공회장과의 결혼생활은 명목상 초희에게 계모, 사업가의 내조자, 집안의 실질적 안주인의 역할을 부여하지만 결코 그녀는 환대받지 못한다. 초희의 실질적인 역할은 공회장의 성적 파트너로서의 행위만이 강조된다. 초희의 외모는 언제나 물질적인 부에 의해 대체 가능한 소비 요소가 된다. 소비의 대상이 된 초희는 자신의 현재를 자각할 때마다 "그게 아닌데, 그게 아닌데"하는 내면의 목소리를 듣는다. 자신이 꿈꿔온 부의 쾌락 안에서 울리는 다른 목소리는 "그녀가 소유하고 누리고 있는 것의 가치를 송두리째 부정하고 조롱"203쪽하면서 그녀의 충동적인 삶에 단절을 가져온다. 그 가운데 생겨나는 '권태'는 "존재를 존재로서 인식할 가능성이자 세계를 구성할 가능성으로서의 '열림'"이다.[21] 이 가능성은 동시에 새로운 장치가 도입될 계기가 된다. 목소리에 의한 불안, 초조가 육체까지 잠식하자 초희는 '××정'에 의지한다. 소설에서 초희가 소비하는 수면제와 신경안정제는 현재의 현실에 뿌리내릴 수 없는 초희의 행복을 향한 욕망이 집약된 장치이다. 약은 사랑이 소거된 채 성적 역할만이 극대화되는 외형적인 가족의 붕괴 우려를 잠식시킨다. 초희에게 약은 내부에 잠재한 존재를 분리시키고 체제에 순응하게 만드는 장치의 역할을 한다. 김상기와의 사랑으로 믿고 싶었던 판타지가 낙태로 이어지면서 초희는 다시 약 장치에 의지하게 된다. 이제 초희는 중독에 이르는 약의 과잉공급으로 장치 앞에 봉헌되는 희생양의 역할을 한다.

『휘청거리는 오후』가 제시하는 결혼 시장에서 초희의 결혼은 성과 미모가 돈으로 거래된다. 이에 반해 우희의 결혼은 돈과 사랑이라는 낭만의

---

21 조르조 아감벤, 양창렬 역, 『장치란 무엇인가』, 난장, 2010, 38쪽.

거래 과정을 보여준다. 초희가 아버지의 심성을 갈등의 내용으로 삼았다면 우희는 사랑의 낭만이라는 아버지의 희망을 형식적으로 좇는다. 젊은 시절 민여사와 연애로 결혼한 허성은 젊은이들의 사랑에 "관대하고 이해성 있는 아버지 노릇"을 꿈꾼다. 그러나 우희와 민수의 사랑은 용이 책임져야 하는 개천, 시대의 가난이 장애물이 된다.

> 왜 이렇게 비참한지 모르겠어요. 식을 안 올려서 그런 것 같기도 하고 그 사람이 너무 돈이 없는 가난뱅이라 그런 것 같기도 해요. 실상 그 두 가지를 다 대수롭지 않게 알았거든요. 저는 그런 걸 너무 좋아하는 언니가 얄밉고 얄미워서라도 그런 것들은 무시하고 살아보려 했어요. 무시하는 것만으로도 직성이 안 풀려 철저하게 야유하고 짓밟아줘야겠다고 생각했어요. 그렇지만 그건 저에게 너무 분수에 넘치는 일이었던 것 같아요. 인습이나 돈은 아무나 야유하고 짓밟을 수 있는 게 아닌가 봐요. 저는 지금 그것들을 짓밟고 있는 게 아니라 그것들한테 짓밟히고 있는 기분이에요.
>
> —『휘청거리는 오후』 1, 200쪽

우희는 초희의 속물근성을 비판하면서도 자신의 결혼 역시 '돈'이 절대적 요소임을 직감한다. 상류계급을 꿈꾸던 초희와 정반대로 하류계급으로 진입해 가는 우희의 결혼은 사랑의 낭만과 돈의 결합이다. 우희는 자녀들의 연애가 낭만적인 사랑이길 바라는 허성의 환대를 자의적으로 해석하며 허성에게 좋은 아버지 역할의 기회를 부여하는 것으로 상황을 유도한다. 가난한 연인들의 사랑을 강조하지만 우희와 민수는 가난의 구제에 더 방점을 찍으며 허성과 갈등한다. 초희에 비해 우희는 인간성의 본질과 경제적 관념이 분화되어 있지 않기에 도덕성을 빌미로 자신의 무능력을 해소하려 한다. 또한 우희는 공회장과 연애하면서 변하는 초희의 윤택한 일상에서 상대적인 박탈감을 느끼기도 한다. 결국 초희의 선택을 인정하게 되는 우희는 결혼 시장의 논리에서 결코 자유로울 수 없는 세대의 특징을 보여준다.

결혼과정의 극단을 보여주던 두 언니 사이에서 말희는 이상적인 결혼의 타협지점을 찾는다. 물질과 정신의 극단을 추구하지 않으면서도 적당히 실리를 추구하는 말희는 복합적인 관계도를 보여준다. 사랑에 있어서 남녀가 지닌 "섹스 외의 개성과 미덕에서 오는 매력"을 최고의 가치로 삼으면서도 그녀는 단짝 친구의 애인을 가로챈다. 또한 친구의 불행을 동정했으나 오히려 행복한 모습에 실망하는 이중성도 지닌다. 말희는 초희의 냉랭한 결혼 생활과 공회장의 허위, 경제적으로 힘든 우희의 결혼 생활을 적대하며 "결혼의 본질적인 순수성을 건져낼 수 있을 것 같은 자신과 열정"을 다짐한다. 두 언니들의 결혼으로 인한 집안 사정을 보면서도 자신의 결혼을 우선시 하는 말희는 결국 자녀라는 장치의 역할을 대리한다.

『휘청거리는 오후』의 세 딸들은 가난을 극복하는 부모세대를 보고 자란 세대이다. 허성과 민여사의 속물성이 가난의 체험에서 오는 현실적인 결과라면 세 딸들은 생존의 문제와 노동의식이 소거된 상태에서 결혼이라는 선택의 자유가 주어진다. 무엇보다 주목할 점은 초희와 같이 자본에 노골적으로 경도된 캐릭터만이 아니라 '사랑'의 파토스나 성의 도덕성조차도 결국은 자본의 문제로 환원된다는 점이다. 소설에서 모든 문제는 돈이 원인이자 결과로 귀결된다. 자식의 행복을 담보로 허성이 '돈'을 선택하기 위해 마지막으로 책임지는 것은 자신의 비양심이다. 결혼 시장에서 딸들의 결혼

비용을 위한 허성의 노동은 투자로 간주된다. 소설에서 허성의 가족들은 결혼을 하나의 목적의식화하기에 경제적 비용으로서 '돈'의 문제가 부각된다. 이는 신자유주의 관점에서 "인간 주체는 '기업가'가 되며, 인간의 활동은 '인적 자본'의 관점에서 재정의"[22] 되는 결과를 낳는다. 허성의 딸들은 자신이 선택한 결혼의 모든 투자와 책임을 허성에게 떠맡기면서 과도한 투자와 선택에 따른 누적이 과부하되어 파멸에 이른다. 실제로 허성은 말희의 유학비용을 마련하기 위해 입찰 경쟁을 벌이고 불량 자재 생산도 마다하지 않는다. 최대 이윤창출을 위한 허성의 과용은 자신의 판단과 결정에 따른 선택으로 치부되지만 그 작동 원리는 경쟁 사회의 논리에서 벗어날 수 없는 개인의 희생인 것이다. 박완서 소설 중 『휘청거리는 오후』는 인물이 고뇌하는 '선택'의 실패가 '자살'로 이어지는 유일한 소설이다. 결혼 시장에서 '돈'이 우선이 되는 자본의 논리를 끊임없이 무기력한 부모의 죄의식으로 치환하며 죽음을 선택한 허성은 자본의 순교자[23]로서 멜랑콜리커이다. 『휘청거리는 오후』는 1970년대 결혼 시장에 산재한 다양한 욕망을 드러냄으로써 그런 욕망을 산출한 당대 현실을 세밀하게 포착하고 있다.

「닮은 방들」[24]은 아파트의 획일화된 주거 시장 속에 길들여지는 익명의 감각이 이분화된 파토스와 경쟁의 논리 안에서 극명하게 드러난다. 소설은 화자가 느끼는 감각들을 이분법적으로 대비하면서 공간의 유사성을 서술한다.

22 진태원, 앞의 글, 175쪽.

23 자기 비난의 절정 속에서 스스로 목숨을 끊는 것은 자본의 원죄를 씻기 위한 최후의 시도라 할 수 있다. 세계의 허망함으로부터 자신의 잘못을, 자신의 죽음을 도출해내는 그들이 순교자라면, 그들의 죄책감이 원래는 자본이 짊어져야 할 죄책감인 것이기 때문이다. 세계를 욕망의 공식으로 환원되지 않는 찌꺼기로 만든 자본의 죄과를 씻기 위해 그들 스스로 세계의 찌꺼기가 되기를 선택한 것이다. 맹정현, 『리비돌로지』, 문학과지성사, 2009, 132쪽.

24 박완서, 「닮은 방들」, 『부끄러움을 가르칩니다』(박완서 단편소설 전집 1), 문학동네, 2013.

이웃사촌과 더불어 살아가는 화자의 구舊동네는 가족처럼 화목한 관계 이면에 과도하게 노출된 사생활과 관심이 개인을 압박한다. 각자의 생활 방식이 공동의 기준으로 동일화되는 관계는 다가오는 이웃의 친밀성이 개별 주체에게 폭력이 된다. 그녀는 이웃과의 차단과 독립성 보장이 장점인 아파트를 선호하게 되지만 아파트의 독립성은 그곳에 안착하는 순간 획일성으로 변질된다.

> 이렇게 나나 철이 엄마나 딴 방 여자들이나 남보다 잘살기 위해, 그러나 결과적으론 겨우 남과 닮기 위해 하루하루를 잃어버렸다. 내 남편이 십팔 평짜리 아파트를 위해 칠 년의 세월과 부드러움과 따뜻함을 상실했듯이.
>
> —「닮은 방들」, 284쪽

> 그후에도 내 생활은 여전히 끔찍하게 따분했다. 나는 내 이웃의 무수한 닮은 방들이 끔찍했고 내 쌍둥이 아들을 구별 못하는 일이 끔찍했고 무엇보다도 한 눈을 애꾸를 만들어가지고 콩알만한 유리조각을 통해 퇴근한 남편의 얼굴을 확인하는 일이 끔찍했다. 천장에 달라붙은 이십 와트 형광등 불빛 밑에서 비인간적으로 창백하고 냉혹해 보여 자기 남편을 아파트 살인범으로 착각해야 하는 일이 끔찍했다.
>
> —「닮은 방들」, 295쪽

대가족의 개성있는 문소리 속에서 남편의 작은 차임벨을 구분하던 청각적 행위는 이제 시각적인 구분으로 바뀐다. 현대인의 피로가 현관렌즈의 소실점에 집약되어 있는 양 남편의 모습은 무서움과 적대의 낯선 타인이 된다. 남편의 현재 속에서 과거의 감성을 찾아내지 못해 불안과 초조의 집중 억압을 겪는 화자에게 남편은 "현대인의 노이로제"라고 명명한다. 집안의 배치, 인테리어, 심지어 옆집 철이 엄마에 의해 굳어진 요리 비법까지 동질화되면서 남편에 의해 현대인으로 규정되는 화자는 "그러나 이런 등식으로 도대체 무엇을 해결할 수 있단 말인가"라는 문제의식을 유지한다.

더 나은 삶을 위한 경쟁이 아닌 '닮기 위한 경쟁'이자 현상 유지를 위한 경쟁은 결여를 상실로 착각하며 발작적인 탈주를 꿈꾸게 한다. 내게는 없는 희망과 희열이 타인에게는 있는 것과 같은 상대적인 불안감을 느끼던 화자는 점차 진실과 허위의 경계에서 혼란을 느낀다. 화자의 문제의식은 무엇이 진실인가에 대한 의문으로 옮아간다. 그리고 점차 그런 의문들은 이성이 아닌 엄마로서의 직관마저 의심하게 만든다. 화자가 아파트 단지 내의 '닮은 방들'로부터 혼란을 느낄 때면 등장하는 쌍둥이 아이들을 구분하기 어려운 상황은 진정한 나와 너를 구분하기 힘든 현실의 알레고리로 작용한다. 자신의 아이들조차 짜고서 자신을 속이는 듯한 의심은 불쾌하고 고통스럽게 화자를 괴롭히며 강박을 키워간다. 진실과 거짓을 구분하기 위한 강박의 진원은 자신에게로 환원된다. 남편에 대한 낯섦을 느끼며 연애시절을 회상하던 화자는 변해버린 남편보다 그를 불쌍해하고 애틋해하던 시절의 자신을 되찾고 싶은 환대의 욕망으로 가득하다. "딴 사람들은 갑각류처럼 견고하고 무표정한데 그만이 인간의 가장 깊고 연한 속살, 따뜻하고 부드러운 속살을 노출시키고 있는 게 불쌍"293쪽하다고 느끼던 자신의 진실을 찾고 싶은 것이다. 화자는 현관의 렌즈를 통해 보던 살인범 같은 남편의 변화된 모습만이 아니라 실은 남편을 그렇게 읽고 싶은 현재의 자신에 대한 두려움이 더 큰 현대인의 일면을 표상한다.

화자는 현재의 남편과 남편의 과거 모두에게 없는 야생성을 타자에게서 찾는다. 철희 엄마가 남편을 "'그 새끼'라고 하는 당돌한 호칭과 짐승 같다는 표현에 이상하리만큼 싱싱한 현실감"295쪽을 느끼며 화자는 탈주를 예감한다. 철희 엄마의 친정 행을 계기로 화자는 철희 아빠와 정사를 감행한다. 화자는 자신의 집과 너무 닮은 방에서, 남편과 너무 닮은 외향의 그로부터 간음하고 있다는 느낌조차 가질 수 없는 죄의식과 쾌감의 무의 상태에 이른다. "간음한 여자를 똑똑히 보고" 싶어서 거울 앞에 선 화자는 과거의 '처녀'로서의 나와 현재 "절망적인 무구無垢를 풍기는" 주체로 이분화된 자신을 본다. 현재의 새로운 주체는 과거 속에서 자신의 진리를 환대하고자 한다. 거울을 통해 과거와 대면한 화자는 자신을 부정함으로써만 현실이 규정하는 주체로 거듭날 수 있다. 그러나 "십 년 가까운 남의 아내 노릇에 두 아이까지 있고 방금 간음까지 저지른", 현재로부터 탈주하고자 했던 화자는 "해맑고 절망적인 기분으로" 내 안의 '처녀'와 대면한다. 외적인 탈주조차 닮음의 회로에 막힌 현실에서 끔찍하게도 내가 느끼는 '처녀'는 탈주체화[25]로 재구성된 주체이다. 닮음의 경쟁 속에서 탈주하기 위해 주체는 자신의 근원을 찾지만 그런 탈주체화는 자신을 주체로 구성하는 유일한 계기이자 동시에 그조차 자본주의의 작동원리로 기능하게 된다. 이로써 작가는 자본에 의해 획일화된 주체 이면에 존재하는 '처녀지'와 같은 무구의 공간성을 배제하고 동시에 포괄함으로써 유지되는 현대성을 적시한다.

25 현 단계의 자본주의에서 우리가 직시할 필요가 있는 장치들을 정의해주는 것은, 이 장치들이 더 이상 주체의 생산을 통해서가 아니라 오히려 탈주체화라고 부를 수 있는 과정을 통해서 작동한다는 사실이다. 탈주체화의 계기는 확실히 모든 주체화 과정에 암묵적으로 포함되어 있다. 조르조 아감벤, 『세속화 예찬』, 김상운 역, 난장, 2010, 43쪽.

「세모」[26]는 부동산 붐을 타고 단시일에 부를 축적한 주체가 직면하게 되는 경쟁과 기만의 현실을 배경으로 한다. 중산층으로 간신히 편입한 화자는 가난에서 벗어났지만 언제든 다시 추락할 수 있다는 불안의 주체이다. 그리고 그런 불안감은 교육시장에서 실감한 학부모의 역할을 통해 재확인된다. 화자는 막내 아들을 사립 학교에 보냈다는 점에서 계층의 편입을 실감하지만 그곳에서조차 견고한 계층의 벽을 실감하며 환대 받지 못한다. 촌지의 '개인 플레이' 개념도 알아듣지 못하는 화자 앞에 자가용과 피아노, 영어 조기 교육의 일상이 나열되고 선생님을 중심으로 완고한 밍크 목도리들의 "난공불락 성새城塞"가 펼쳐진다. 그곳에서 밀려난 화자를 주시하는 것은 밍크의 "노란 의안義眼들"이다. 돈으로도 쉽게 공략하기 힘든 성새는 곧 신분상승의 벽이 되어 화자를 적대한다. 화자가 두려워하는 것은 그 견고한 성새에 밀리면 계급의 한계가 자식에게 되물림된다는 사실이다.

벽에 막혀 "스승과 제자의 어미 사이의 대화"가 불가능한 시대야말로 스펙타클[27]한 사회의 단면이다. 책방에서 만난 언어들조차 추한 허세이자 허위의 성새로 막힌 시절에 봉사하고 시의 언어조차 죽음을 기만하는 밍크 목도리와 다를 바 없어진다. 진실이 소거된 자리에 부의 이미지들이 계급의 서열로 자리하는 것이다. 한 해의 끝이자 시작의 경계인 세모는 가난과 결별하고 부의 입장에 선 주체의 심리적인 경계를 표상한다. 자본의 현실에 집중 억압된 주체의 불안은 실체보다 현실감 있는 이미지 사회에서

26 박완서, 「세모」, 『부끄러움을 가르칩니다』(박완서 단편소설 전집 1), 문학동네, 2013.
27 스펙타클은 오로지 "보이는 것은 좋은 것이며, 좋은 것은 보이는 것이다"라고 말할 뿐이다. 스펙타클이 원칙적으로 요구하는 태도는 무기력한 수용이다. 스펙타클은 반박을 용인하지 않는 자신의 보이는 방식, 즉 가상의 독점에 의해 그러한 무기력한 수용을 이미 획득하고 있다. 기 드보르, 유재홍 역, 『스펙타클의 사회』, 울력, 2014, 20쪽.

조차 미시권력에 의해 서열화된 경쟁질서에 의해 환대 받지 못하는 현실에 기인한다. 이를 인식한 주체가 뱉으려고 시도하는 가래침은 시대의 기만을 향한 저항의 표시이나 "그냥 고여 있고 가래침이 고여 있는 자리는 답답하고" 아픈 통증만이 유발된다. 이는 그러한 저항성을 결코 표출할 수 없이 침윤되어 있는 인물의 현실에 대한 육체성의 대변이다.

박완서는 1970년대 촌지를 두고 벌어지는 학교의 세태에 대해 「세모」는 학부모의 입장에서, 「꿈을 찍는 사진사」[28]는 선생의 입장에서 다룬다. 영길이 근무하는 K중학은 남향과 북향의 중간지대인 협곡에 자리잡고 있으며 공간의 경계성은 계층의 경계로도 분화된다. 밝은 남향의 상류층과 더럽고 음산한 북향의 판자촌 학생들이 공존하는 것이다. 그런 모호한 경계성은 인물의 성장 배경과 흡사하다. 가난한 집안 사정, 지방의 시시한 대학출신인 그가 유지의 딸과 결혼을 약속하고 서울에서 쉽게 일자리를 갖는다. 결정적으로 그는 농염하고 퇴폐적인 도시 여자 석민 엄마와 순결한 낭만성을 지닌 지방인 옥순 사이에 위치한다. 소설에서는 이런 극단성을 오가던 인물이 점차 속물화되면서 자본에 예속되는 집중적 억압 상태에 놓인다.

처음 촌지를 접하는 영길은 불로소득으로 쌓여가는 촌지의 경험을 즐기며 "절묘한 주고받음의 미학"으로 여긴다. 그는 촌지에 대한 죄책감이나 수치심에 무뎌지는 속물이 되어간다. 교환의 흔적을 요구하는 학부모와 학생에게 차별로 부응하는 영길의 태도는 그가 물화되어 가는 증거이다. 교무실에서 보편화된 촌지의 관행을 홀로 거부할 자신이 없던 영길은 옥순과의 첫 데이트로 정화를 기대한다. 촌지를 데이트에 소비하는 것에

28 박완서, 「꿈을 찍는 사진사」, 『엄마의 말뚝』(박완서 소설전집 11), 세계사, 2012.

대한 "내 속의 준엄한 목소리"를 월급으로 보충하겠다는 "간교한 목소리"로 대체하면서 그는 양식집에서 신분의 변화를 소비한다.

동화의 세계에 머물며 어른 세계의 망설임을 간직한 상상계적인 옥순은 부정적인 어른의 세계이자 촌지의 세계에 침윤하고 싶은 영길을 각성시킨다. 속물인 영길에게 옥순은 성찰적 대타자의 역할을 한다. 훌륭한 선생의 사모가 되려는 옥순의 꿈은 그 꿈을 찍는 사진사 영길이 훌륭한 선생의 역할을 다해야만 실현 가능하다. 작가는 사회가 선생에게 품는 도덕적 기대치를 '꿈'으로 풍자한다. 실상 옥순에게 라이벌 의식을 느끼며 "미묘한 육감이 잔물결치는 유혹적인 미소"로 영길을 자극하는 하숙집 석민 엄마와 한 달의 신성한 보수를 모욕하는 촌지의 무게감은 그를 각몽시키기 때문이다. 교육의 시장화는 교사의 능력이 납입금의 수치로 평가되고 부자 학부형이 많은 숫자에 따라 담임 간의 수입에 차별이 생기는 학원 부조리로 구체화된다.

「꿈을 찍는 사진사」에서는 계층의 장벽이던 촌지가 교육 주체인 선생에게 소득분배의 선택지가 된다. 영길은 부유한 학생들이 대거 몰린 반에서 자신에게 주어진 불로소득을 향유하고 싶으나 '꿈'에 대한 기대치로 인해 촌지를 보람 있게 쓸 결심을 한다. 그러나 학생들에게 열의가 없는 영길은 소득 분배의 '대상 자격'에 대한 선택 기준을 두고 갈등하는 자신에게 환멸을 느낀다.

> 나는 나의 선행에 대한 죄의식으로 거의 전전긍긍하고 있었다. 그리고 또 내가 방금 본 가난의 모습은 얼마나 추악했던가.
>
> 나는 내가 가난하게 자랐으니만큼 가난에 대한 호감이랄까 이런 동류의식

때문이었을 것이다. (…중략…) 그러나 나를 길러준 고장의 가난에는 원형이정이랄까, 인두겁을 썼으면 마땅히 지켜야 할 기본적인 도덕이랄까, 그런 게 침범할 수 없는 생활의 맥락이 되고 있었다.

나는 그게 빠진 가난의 모습을 방금 생생하게 목격했다고 생각했고, 그 추악상에 몸서리를 쳤고, 이제 그만 그것과의 관계를 청산해도 양심의 가책을 받을 건 없다고 생각했다.

마침내 나는 돌부리를 발견한 것이다.

—「꿈을 찍는 사진사」, 447~448쪽

작가는 가난의 밑바닥을 접하고도 학생에 대한 환대가 아닌 촌지의 지출에 급급한 화자의 시혜적인 태도를 날카롭게 비판한다. 극단적인 두 동네의 입지조건 사이에서 '풍토병'과 같은 경험에 '양심'이라는 과장은 허세일 뿐이다. 작가는 "고작 그게 양심이었다고 생각하면 양심은 벌써 거기서 끝장"이라고 갈파한다. 양심이라는 당당함은 선행 이전에 이미 합리화할 기회를 기다린다. 촌지 문제와 마찬가지로 성에 있어서도 영길의 허위의식은 파탄을 부른다. 완력으로 옥순을 소유하고자 하던 영길은 옥순의 순결한 의식 속에 자리한 자신의 이상을 나르시시스트와 같이 사랑했을 뿐이다. 끝내 석민엄마의 유혹에 굴복한 영길 앞에 옥순은 "영원히 애어른인 채" 시체로 남는다. 영원히 열 수 없는 미제 지퍼와 같은 옥순의 사체는 화자가 닿을 수 없는 이상이다. '꿈을 찍는 사진사'로 남고 싶던 영길은 순수와 세속 사이에서 점차 '순수'와 '양심'의 내면적 도덕성을 환대할 수 없는 속물의 세계로 편입해 가는 기로에 선다. 「꿈을 찍는 사진사」는 1970년대 박완서 세태소설에서 성 / 자본의 본능과 현실이 어떻게 결합하고 있나를 보여준다. 인물이 도시에서 겪는 성과 가난은 기본적인 에토스가 무화되고 자본의 침식만이 남은 현실을 적나라하게 묘사한다. 작가는 교육의 주체인 선생조차 자아이상을 파괴하고 속물화되는 현실을 날카롭게 비판한다.

「내가 놓친 화합」[29]은 탈내면화되어 가는 주체의 생존 현실을 제시한다. 서울대, 대기업 사원이라는 타이틀은 창수가 항상 이용하던 포장마차를 격떨어지는 공간으로 강등한다. 서울대 학생이라는 이유만으로 포장마차 주인 내외에게 편애를 받던 창수는 그 시절과 마찬가지로 현재 주인 여자가 "생각하는 출세와 내가 한 출세 사이에 가로놓인 허구를 무너뜨려 보고 싶은" 생각이 든다. 수습기간 동안 시간과 장소의 최고급에 능숙해지길 강요받던 창수는 경쟁에서 우위를 선점한 자신의 성공을 타인에게 과시하기 위해 포장마차를 찾은 것이다. 창수는 그곳에서 만난 인물들을 거리를 두고 관찰하며 의식적으로 자신과 대조하며 평가한다. 그는 삼류대학 배지를 단 청년을 향해 우월감을 느끼고 청년과 대작하는 중년 남자의 험한 손에서 오랜 빈곤과 내핍을 읽는다. 그런 그들이 서로에 대한 조건 없이 중동에서 번 돈을 송금하고 적금해 줄 것을 약속하는 신의의 현장에 대해 창수는 불신의 독백을 전개한다.

> 그들은 처음부터 나를 안중에도 두지 않았다. 네 사람에게 나는 없는 거나 마찬가지였다. 그러니까 포장집에는 네 사람만 있는 셈이었다. (…중략…) 중년 남자가 아줌마의 음식 솜씨를 칭찬했다. 청년도 맞장구를 쳤다. 네 사람은 같이 흰 이를 드러내고 웃었다.

29 박완서, 「내가 놓친 화합」, 『그의 외롭고 쓸쓸한 밤』(박완서 단편소설 전집 3), 문학동네, 2013.

> 그들은 행복하게 화합하고 있었다. 나는 그들의 화합과 무관했다. 나는 사람들의 이런 즉흥적인 화합을 믿지 않았다. 그러면서도 선뜻 자리를 뜨진 못했다. 그들의 화합을 적극적으로 방해는 못 하더라도 냉정하게 분석이라도 해야 할 것 같았다.
>
> ―「내가 놓친 화합」, 22~23쪽

창수는 포장마차 내부에 있는 사람들과 자신의 계급이 다르다고 여기며 우월감을 갖지만 타자적 공간에서 역소외를 당한다. 타인을 믿지 못하고 삐딱한 시선으로 타자의 화합을 바라보는 창수의 심리는 생존과 무관하게 돈독하고 아름다운 그들의 화합에 대한 적대로 가득하다. 일면식 없는 타인끼리 한 순간의 친밀감으로 돈거래를 의탁하는 모습을 보며 돈에 있어서 단호한 철학을 지닌 그는 자신은 배신당할 일이 없다고 여긴다. 누구의 편을 들지 않으면서 양자를 모두 불신하는 창수는 그들의 화합에 음모가 있으리라는, 세상의 법칙을 냉소하는 주체의 모습을 보인다. 그러나 그의 생각을 읽기라도 하듯 중년 남자는 "정말 못 당할 것은 돈 손해가 아니라 이 세상에 아무도 생각할 사람이 없다"27쪽는 것임을 언급한다. 누군가 자신을 믿어주고 연고 없이 신용할 수 있는 세상을 꿈꾸는 그들은 생존 이전에 타인에 대한 신뢰와 도덕이 우선시되는 진정한 인간성을 지닌다. 주체의 불신은 계급과 맞바꾼 인간적 가치로 재귀될 수 없다는 불안이 팽배한 세태를 보여준다. '시뮌' 다방에서 만나기로 한 그들의 대화조차 "시몽"의 오역이라고 자의적으로 해석하는 창수는 그들의 '불행한 결말'을 확신한다. 창수는 자신에게 판단의 권리도 준 적이 없는 그들을 향해 불신의 현실을 설파하려한다. 그러나 끝내 다방을 찾지 못한 그는 "남의 행운이

샘나 조바심한 데 지나지 않았는지 모른다"는 판단을 한다. 그리고 시간이 흘러 발견한 '심원深原다방'은 그가 예견할 수 없던 그들만의 화합을 확인시킨다. 경쟁의 패배가 계급의 강등으로 이어지는 현실을 살아가는 주체는 인간적인 유대, 타인에 대한 믿음 등의 보편적인 가치를 불신한다. 그에게 '심원다방'의 존재는 "이 세상에 그런 화합도 있다는 건 이 아니 살맛나는 일인가"하는 탄복을 자아내면서도 자신이 아닌 타인의 관계로 대상화된다.

자본의 신자유주의적 특성은 주체에게 끊임없이 경쟁을 부추긴다. 박완서 소설에서 결혼, 주거, 교육에 이르기까지 모든 일상은 경쟁의 시장으로 전환되고 그 안에서 주체들은 자신의 선택에 스스로 책임을 걸머지는 집중적 억압 상태에 놓인다. 이는 "우리가 어떻게 살아가는가가 바로 체제 모순에 대한 전기적 해법"이 되어 "개인의 운명과 실제적, 현실적 능력으로서 개인성의 격차"를 추동하는 현실에 대한 밀도 있는 묘파인 셈이다.[30] 근면 성실과 노력의 판타지는 개인의 노력으로 가능한 계층 편입의 청사진을 주입하지만 실상 맞닿은 현실은 불변하는 계급의 벽이다. 신자유주의 사회는 "의미 있는 사회의 변화나 변혁을 사고 불가능"하게 만들고 "그것을 위한 조건들 자체가 축소"된다.[31] 생존의 논리 안에서 주체는 타자를 향한 적대를 학습하지만 이웃과의 대면에서 반사되는 적대의 체감에 환멸을 느끼는 부조리함에 직면한다.

30 지그문트 바우만, 이일수 역, 『액체근대』, 강, 2009, 57쪽.
31 진태원, 앞의 글, 176쪽.

2) 주체의 환멸과 부끄러움의 전회

박완서 소설에서 도시 공동체 내의 중산층인 주체에게 자아상실과 죄의식은 현재의 결여를 추동하는 기제가 된다. 1970년대 이후 산업화된 자본주의 현실에서 일상이 요구하는 규범을 내재화한 주체에게 발생하는 결핍의 균열은 부끄러움이라는 감정적 도덕의 잣대를 출현시킨다. 한국전쟁기를 지나 1960~1970년대 산업화의 국가 성장기는 '생존'을 우선으로 하는 암묵적인 사회적 합의를 이끌어낸다. 가난의 탈피, 부의 축적 과정에서 겪게 되는 비도덕적인 행태들은 '생존'의 레테르로 무마되곤 했다. 한국전쟁이 불러온 개인적 / 사회적 죄의식은 한국사회의 전반적 기조를 냉소로 일관하게 만들었으며 타인에 대한 공감력을 저하시키고 이기주의가 팽배하게 만들었다. 공동체에 대한 무관심 속에서 개인들은 현세적 문제에 집중하면서 한국 중산층의 형성과 한국사회의 속물성 심화가 긴밀히 결합되었다는 소영현의 지적은 일리가 있다.[32] 박완서 세태소설에서 주체가 타자를 향한 공감의 환대를 실현할 수 있는 계기는 이 지점에서 출발한다. "타인을 누르고 혹은 타인 대신에 내가 살아남는다는 것, 성공한다는 것, 앞서간다는 것은 드러내어 자랑하거나 과시할 일"이 아니라 "부끄러운 것"이라는 감수성으로 전회한다.[33] 부끄러움을 통하여 인간은 스스로의 비인간성과 대면하고 이 관계를 인간적으로 성찰하는 주체 즉 개인으로 성립한다.[34] 주체

32 소영현, 「전쟁 경험의 역사화, 한국사회의 속물화–'헝그리 정신'과 시민사회의 불가능성」, 『한국학연구』 32, 인하대 한국학연구소, 2014, 283~284쪽.

33 이남호의 견해를 참조하면서 김홍중은 이 시기 생존이 부끄러움이 되는 감수성, 이런 마음의 형식이 광범위하게 공유되면서 하나의 가치로서, 옳은 삶의 기준으로서 설정되어 통용되던 시대를 흔히 '진정성'의 시대라 부른다고 설명한다. 김홍중, 『마음의 사회학』, 문학동네, 2009, 18~19쪽.

34 조르조 아감벤, 정문영 역, 『아우슈비츠의 남은 자들』, 새물결, 2012, 161쪽.

의 일상이 타인에 의해 부러움의 대상이 될수록 박완서 소설의 인물들은 가중되는 빈핍貧乏의식 때문에 일탈행동을 한다. 경제적인 풍족함, 물리적인 평온함은 주체에게 설명하기 힘든 감정의 환멸을 생성하는데 그 기저에 도사린 감수성을 부끄러움으로 설명할 수 있다. 주체가 느끼는 부끄러움의 일탈은 이성적인 거대 이데올로기가 아닌 일상에서 몸의 이상으로, 때로는 물질의 중독이나 욕, 통곡과 같은 파토스의 과잉으로 발산된다.

「지렁이 울음소리」[35]의 인물은 속물이 되어가는 자신의 일상을 거부하며 내부에서 진정성을 희구하는 환대의 일탈을 시도한다. 소설은 행복하고 안락한 1970년대 중산층의 표상을 보여준다. 화자는 TV를 탐닉하는 남편을 묘사하면서 자신과 상관없는 현실을 대상화하며 향락하는 주체의 일면을 제시한다. 편안하고 행복한 일상과 세상사를 "연관지어 생각하는 따위의 주제넘은 짓은 절대로 하지 않"는 남편의 일상은 즉물적으로 감각되는 감미甘味의 주전부리처럼 비판적 사고가 들어설 자리는 없다. 직장, 자산, 가족에 이르기까지 안정적인 삶의 배경을 가진 그에게 현대란 근심마저도 청부할 수 있는 살기 좋은 시대로 인식된다. 모든 혜택을 누릴 수 있는 평온한 삶을 살아가는 남편에게 '내면의 목소리'가 흘러나오는 현실과 이상의 갈등은 전무하다. 그는 속물로 살되 스스로 속물이라는 것에 문제제기하지 않는다. 이에 반해 그의 아내인 화자는 편리함의 이면에 더 끌린다. 그녀에게 현대란 살기 힘든 끔찍한 적대의 시대이다. 삶이 권태로운 화자에게 "심심하다는 것은 불행한 것보다는 사뭇 급수가 떨어지는 불행이면서도 지독한 불행"124쪽이다. 하지만 화자는 행복의 산표본인 자신이

35 박완서, 「지렁이 울음소리」, 『부끄러움을 가르칩니다』(박완서 단편소설 전집 1), 문학동네, 2013.

불행의 자격조차 없다는 것을 알고 환멸을 느낀다. 자신을 부러워하는 이웃들이 가둔 행복이라는 울타리에서 수동적인 행복을 누리는 화자와 행복을 생존의 절대적인 것으로 여기고 누리는 남편의 변별점은 여기서 시작된다. 화자는 행복의 진정성을 의심하기 시작한다. 그녀는 "내 행복을 철석같이 믿고는 있었으나 행복한 것의 행복감과는 무관"126쪽함을 느낀다. 자신이 속물임을 인식한 화자에게 행복은 과시적이거나 평온할 수 없는 부끄러움의 대상이 된다.

화자가 안정된 생활에서 오는 행복을 타진해 볼 기회는 속물이 대물림되는 것에 대한 반발에서 시작된다. 자신의 미래조차 부모의 결정에 따라 쉽게 순응하는 아들을 보며 화자의 내부에 반란이 시작된다. 일상의 한 가운데에서 "그것만은 안 돼. 그것만은 참을 수 없어. 그럴 수는 없어"라는 외침은 참된 삶이 무엇인가에 대한 성찰적 내면의 목소리이다. 그리고 화자의 일탈은 이런 내면의 목소리를 환대하기 위한 분투이기도 하다.

> "그럴 수는 없어. 그것만은 참을 수 없어" 하는 격렬한 외침이 심한 딸꾹질처럼, 오장육부에 경련을 일으키며 치솟았다.
>
> 물론 나는 내 이런 분별 없는 딸꾹질을 한 번도 밖으로 토해내는 일이 없이 잘 삼켰기 때문에 표면상 아무 일도 일어나지는 않았지만 내부는 딸꾹질의 내공內攻을 받아 조금씩 교란되고 있었다.
>
> —「지렁이 울음소리」, 127쪽

일상에서 표면화되지 못한 내면의 목소리는 딸꾹질이나 경련과 같은 몸의 언어가 된다. 그리고 그런 누적들이 객관적인 행복의 지표들을 공소하게 만들어간다. 향도, 생기도 없이 박제된 조화의 경제성만을 칭송하는 남편에게 반발한 화자는 꽃시장에서 느낄 수 있는 "즐거운 현훈眩暈, 뜨거운 부정不貞을 청정하게 저지를 것 같은 설렘", "이십 년 전 청순과 방일放逸이 조금치의 모순도 없이 공존하던 십구 세의 나날 같은 자유"129쪽를 희망한다. 그러나 화자가 감각하는 권태의 원인은 명확하지 않기 때문에 화자가 누리고 싶은 감정의 해방은 현실에서 환대될 수 없다. 감정의 해방이라는 형식만을 좇는 화자는 이후에도 나들이나 박물관 산책 같은 일탈을 기획하지만 집안의 몽상이 주는 희열은 막상 현장에서 불일치의 결과로 고독과 우울을 가중시킬 뿐이다.[36] 자신의 범주를 벗어나지 않는 안정 속에서 '내부의 교란'인 자유를 희구하던 화자는 자신을 대리할 욕쟁이 선생과 조우한다. 이십 년 전 여학교 시절의 풋풋한 감성이 마주한 젊은 국어 선생은 소맷부리에 올이 늘어질 만큼 가난했으나 "가슴속에 분통憤痛을, 욕을 간직하고" 있는 인물로 그가 내뱉는 시대 반발의 카타르시스를 화자가 대신 소비하던 기억 속의 환대 인물이다.

> 이태우 선생은 악을 써가며 이런 것들(해방 후 미군정 하의 불안정한 정세－인용자)을 개탄하고 때로는 누구누구 이름까지 쳐들어가며 욕을 하는가 하면 그때 이미 조금씩 싹수가 보이기 시작한 금전만능의 풍조를 고래고래 소리를 질러가며 경계했다. 그의 욕은 걸찍하고 거침없었고 흥분해서 팔을 휘두를 때는 으레 낡은 양복 소맷부리에 풀어진 올이 몇 가닥 너덜댔다. (…중략…) 그는

36 인물이 느끼는 불안의 정서는 "(결여된) 대상을 상실로서 방어하려는 절박한 시도 속에서 욕망을 연기하고 상실의 부재 속에서 상실적 제스처"를 보이거나 타자적 기억의 파편을 상실하지 못한 멜랑콜리의 표출이다. Agamben, Giorgio, Ronald L. Martinez trans., *Stanzas : World and Phantasm in Western Culture*, Univ. of Minnesota Press, 1993, p.20.

아마 그 시대의 병폐를 남의 상처로서 근심한 게 아니라 자기의 등창으로 삼고 앓고자 했던 것이다. 그만큼 그는 그 시대를 사랑했었나보다.

—「지렁이 울음소리」, 134~135쪽

월남민이던 선생에게 사무친 '자유'와 '민주주의'의 경건한 발음을 기억하는 화자는 처한 현실의 혜택보다 그 이면을 먼저 보는 자신의 감수성이 이태우 선생에서 비롯되었다고 단정한다. 그의 욕을 통해 암담한 시절에 카타르시스를 느꼈던 것처럼 화자는 자신이 차마 넘지 못하는 속물과 권태의 일탈을 선생으로 대리하려 한다. 그러나 젊은 시절 현실을 개탄하던 비분강개의 욕쟁이는 모리배 협잡꾼으로 전락하고 친일의 잔재에 대해 혐오하던 국어선생이 일어의 잔재를 사용하는 것을 확인하게 된다. 감정의 해방에 대한 환대가 현실에서 빈번히 불일치함을 경험하던 화자에게 욕쟁이 선생의 과거와 현재는 이러한 불일치로 동궤를 이룬다. 화자는 그 배신감과 우울을 극복하려는 욕망으로 자신이 일탈하지 못하는 범위의 월경을 그에게 요구하기 시작한다. 경제적으로 열악한 그에게 화자는 "내 생활을 꿰뚫고 내 행복을 간섭하고, 그의 욕이 기름진 시대를 동강내어 그 싱싱한 단면을 보여" 주길 바란다. 젊은 시절 시대에 대해 거침없이 발설하던 그의 욕이 중산층의 허위적인 행복, 속물들을 향해 배설되기를 갈망하는 것이다. 화자는 욕의 향방이 자신에게로 향하는 마조히즘적 욕구가 어차피 실현 불가능함을 알기에 그에게 욕이 아닌 비명이나 신음이라도 짜내려는 도착을 보인다.

나는 마침내 질긴 내 울타리로부터 자유로워진 것이다. 아니 울타리 밖의 회오리바람 같은 자유 속에 내던져진 것이다. 나는 두렵다. 내가 소유하게 된 자유

가. 나는 도저히 그것을 감당할 것 같지 않다. 벌써 비틀대기 시작한다. (…중략…) 나는 그의 먼로가 된 채 내가 짜낸 이태우 선생의 비명을, 신음을 생각한다.

"날 봐줘" "제발 날 살려줘" 그건 어떤 소리 빛깔을 하고 있었을까. 지렁이 울음소리 같았을까 몰라. 그 신음을 육성으로 들어두지 못한 건 참 분하다.

—「지렁이 울음소리」, 145~146쪽

'욕'의 배설로 잃었던 자신의 과거를 환대하려던 화자의 시도는 실패하고 만다. 현대는 "고전적 욕쟁이의 시대"가 아님을 강조하며 욕을 조르지 말아달라는 유서는 활자화된 그의 비명이며 이를 통해 화자는 현재의 속물성을 환기한다. 개인의 감수성 안에서 욕의 배설조차 가치 절하되는 시대의 허무가 적나라하게 드러나는 대목이다. 선생의 유서는 화자의 은밀한 도덕성을 위협하는 데 한정되며 '치정사건', '혼외정사'의 상상력으로 허약한 화자의 내면을 비웃는다. 마릴린 먼로가 시인이었다는 사실, 먼로의 육체성을 시인이라는 감성과 결합시키는 것을 거부하는 남편과 마찬가지로 화자 역시 책 광고냐는 물음으로 사실을 대한다. 치정사건이라는 상상도, 먼로가 시인이었다는 사실도 "음습하고 권태로운 욕망"으로 가득 찬 속물성과 연관 없는 다른 세계의 일이다.

「지렁이 울음소리」에서 화자가 진정 환대하고자 하는 것은 선생의 '욕'이 아니라 그것이 부재하는 자리, '지렁이 울음소리' 같은 상실의 신음소리이다. 화자는 선생의 욕이 현존하지 않는 한에서 그것을 점유하기 위한 충동drive을 추동하기 위해 상실의 상태를 연기할 수밖에 없다. 그런 의미에서 화자는 "내가 속한 울타리 밖으로 벗어나본 적이란 없"는 속물이지만 소유할 수 없는 것을 상실의 형식으로라도 반복하며 일상에 균열을 내려고 시도하는 주체이도 하다. 정리하면, "분별없는 딸꾹질을 한 번도 밖으로 토해내는 일 없이 잘" 삼키는 화자의 행위는 집으로 되돌아오는 인물의 회귀구조와 맞물린다. 물질적 풍요의 울타리 밖으로 넘어설 수 없는 화자의 한계가 바로 딸꾹질을 배설할 수 없는 행위이자 욕조차 대리할 수 없는 상황으로 연동되는 것이다. 욕망을 표출할 수는 없으나 욕망을 욕망한다는 것 자체가 속물적 주체의 성찰 계기이며 이웃의 타자를 공감하기 위한 환대의 윤리가 된다.[37]

「어떤 나들이」[38]의 주체 역시 권태를 피해 도심을 활보한 만유객이 되었다가 폐쇄적인 일상으로 회귀하는 하루를 살아간다. 소설의 화자가 처한 일상의 외적인 평온은 타인들에게 상대적인 풍족으로 비춰지고 부러움의 기대치가 높아질수록 그녀의 빈핍貧乏의 감정도 깊어진다. 가족들의 생존에 알맞은 수입과 최소의 노동력만을 요하는 집안일은 그녀에게 어떤 변화도 요구하지 않는다. 패류처럼 자기 세계에 칩거한 남편과 아이들 앞에서 그녀는 사적 영역인 집에서조차 소통의 기회를 얻지 못해 환대 불가능의 상태에 처한다. 촘촘하게 늘어선 집의 공간조차 화자의 "모든 시계視界와 사념思念까지도 막아놓고" 포위망을 좁혀간다. 두통, 갈증, 죄의식, 환각의 욕구 등은 '정형화된 일상을 견디라'는 위협과 '탈피하라'는 초자

37 차미령은 구역질, 딸국질, 가래침 등의 신체 언어에 함축된 또 하나의 은유적 기능으로 탈출과 자유의 욕망에 주목한다. 이런 혐오의 대상은 외부적인 대상인 동시에, 그 모든 혐오의 대상을 수리할 수밖에 없는 자기 자신으로 향한다는 것이다. 1970년대 박완서 소설이 혐오와 수치를 경유하여 자유를 향한 도정에 있는 중이라는 논자의 평가는 주체의 성찰과 진정성 탐구를 통한 환대 가능성을 타진하는 데에 유의미한 참조점을 제시해 준다. 차미령, 「생존과 수치」, 『한국현대문학연구』 47, 현대문학연구회, 2015.

38 박완서, 「어떤 나들이」, 『부끄러움을 가르칩니다』(박완서 단편소설 전집 1), 문학동네, 2013.

아의 이중성을 그대로 노출한다. 이런 갈등 사이에서 자유를 갈망하는 주체의 선택은 알코올 중독으로 발현된다.

> 날씬한 병 모가지는 손아귀에 들어오기에 맞춤하고 새침하도록 차다. 그러나 나는 알고 있다. 차디찬 이 병이 내 육신과 얼마나 뜨거운 교합을 할 것인가를. 병을 들어낸다. 병 속의 투명한 액체. 이 세상에서 가장 신비롭고도 귀한 증류수—나는 부들부들 떨리는 손으로 병마개를 따고 독한 소주를 꿀같이 빤다.
>
> —「어떤 나들이」, 44쪽

남편이 알코올 중독으로 사망한 아버지에 대한 두려움과 저주를 표출하는 데 반해 화자는 그런 남편에 대해 반발하듯 알코올에 매혹을 느낀다. 심야방송에서 저명인사가 언급한 "국산주는 아무리 계속해 마셔도 중독의 염려가 없다"는 권위를 정언명령 삼아 화자는 술의 유혹에 응답한다. 니코틴 냄새로 화자의 체취와 상념을 따분하게 짓누르며 오염시키던 남편을 향한 적대는 술과의 에로틱한 교합으로 대체된다. 남편의 담뱃진 냄새와 쇠붙이 같은 감촉은 소주의 향그럽고 뜨거운 감각으로 화하며 열기를 더한다. "한 방울 한 방울이 지닌 밀도 높은 자극"이 식도를 거쳐 가는 과정은 다분히 성애적인 장면으로 화자의 내부에 잠재된 열정을 점화한다. "생명과 불의 화합"인 술로 화자는 생명력을 얻고 "자기 자신의 실체로부터 해방"하는 물의 동력을 점차 소진해가는 과정을 보여준다.[39] 술이 발화시킨 화자의 자유는 삶의 즐거움, 흥을 돋우며 긍정 속에 화자를 자신

39 가스통 바슐라르, 김병욱 역, 『불의 정신분석』, 이학사, 2007, 155~158쪽.

의 구경꾼으로 탈주체화하며 공감의 환대를 시도한다.

화자는 술기운을 빌려 『완전××』와 『정통××』의 경쟁에 둘러싸인 아들과 소통을 시도하지만 거부당한다. "팔천 원짜리 캐비닛과 그 속에 담긴 몇 가지의 폴리에스테르 섬유와 스테인리스 식기와 양은솥 나부랭이"와 완전시리즈의 책들을 온종일 지키던 화자는 비루한 자신의 일상을 아들에게 전가한 채 외출을 시도한다. 만취한 화자의 도심 만유漫遊는 아름다운 풍경과 출렁이는 영상들의 환희, 화자 내부에서 솟는 웃음으로 충만해진다. 한낮의 버스 속에서 즐기는 구경과 소리를 드높여 부르는 노래, 빈번히 갈리는 옆자리 신사에게 기대어 빠져드는 오수를 번갈으며 화자는 취기를 향유한다. 화자의 화려한 성장盛粧과 넘치는 웃음, 음치의 노랫소리는 주변의 시선을 모은다. 주변을 향한 화자의 시선과 화자를 향한 주변의 시선이 교차하면서 세계와 주체의 경계는 무화된다. 주체가 객체를 내면화하는 멜랑콜리커처럼 만보객은 자신인 동시에 타자가 되는 자기분열성을 내포하는 환대의 윤리자이다. 또한 만보는 "권태와 우울을 이기기 위한 수단인 동시에 권태와 우울이 조성하는 세계를 인식하는 작업"[40]이다. 평소 자신을 '허드레 야채 이미지'에 이입하던 화자는 자서전에서 스스로를 '시든 가지'로 표현한 K여사에게 동류의식을 느껴왔다. 그러나 도심의 고층빌딩에서 마주친 K여사의 화려한 전시회는 그녀의 착각을 배반한다. 아들에게 거부당하듯 앞에서 걸어오던 청년과 맞부딪혀 껴안은 대리석의 차가움은 그녀에게 현실감을 부여한다. 취기의 사라짐은 계층의 자각과 시간의 흐름, 귀가의 의무를 단번에 일깨운다. 취기, 상소리, 격앙된 감정

40 김홍중, 앞의 책, 241쪽.

을 한꺼번에 배설하던 화자의 열정은 추위와 허기의 현실로 회귀한다.

화자가 상실로 느끼는 것은 "내 생활과는 이질적인 것에 대한 강한 동경"이다. 그러나 과거 시골 출신의 화자가 도시의 훈향을 기대하며 시작한 결혼 생활에서 의식의 빈핍만을 경험한 채 부끄러움과 마주하듯 이질적인 것을 향한 동경은 결여가 전제된 상실이다. 결국 도심의 만유 속에서 화자는 그 누구와도 소통하지 못하는 환대 불가능성을 경험한다. 비싼 낭만의 조각인 귤 향기를 오래 탐닉하지만 화자의 심리적 추위와 허기의 상실감은 달래지 못한다. 한 무더기의 군밤으로 "시민들의 공원"에서 타인을 만난 화자는 군밤을 먹으며 "같이" 가을 하늘을 바라 볼 것을 요청하지만 "혼자" 쉬고 싶은 청년과의 불통을 경험한다. 타인에게서 풍기는 이질적인 귤 냄새를 향수하지만 화자의 술 냄새는 두 사람의 관계를 단절시킨다. 그리고 화자는 바래다준다는 타인의 친절을 사양하면서 단절감을 확인한다.

> 열한 평의 틀에 부어진 채 싸늘하게 굳어버린 쇠붙이인 나를, 나는 똑똑히 자각한다. 이미 오래 전에 그렇게 굳어버린 것이다.
>
> 소주 한 병쯤이 굳어버린 쇠붙이를 다시 쇳물로—무한한 가능성을 잉태한 이글대는 쇳물로 환원시킬 수는 도저히 없는 것이다.
>
> 소주 한 병이 그렇게 뜨거운, 냉혹하도록 뜨거운 열원熱願일 수는 없었던 것이다. 나는 다만 녹슬어가고 있을 뿐 이글이글 용해될 수는 도저히 없는 것이다.
>
> —「어떤 나들이」, 62~63쪽

화자는 자신의 권태를 알코올이라는 매개체로 다시 살려보려 하지만 "열정을 억압하고, 삼키고 또한 비가시적으로 만들어버리는" '열정의 소멸에 대한 열정'에 의해 실패하고 만다. 이는 하이데거가 근대인의 가장 근본적 정조로 지적한 '권태'의 감정이다.[41] 빈핍 의식에서 비롯된 '공허'와 가족의 '무관심', 이웃과의 '단절'은 비극적 파토스마저 불가능하게 만드는 권태를 발생시킨다. 타오르는 물이 가져다준 일시적인 동력이 사라지고 내부의 열정이 다시 권태의 일상으로 돌아오는 산책의 끝은 탄성에 이끌리듯 화자를 제자리로 위치시킨다. 화자의 알코올 중독은 여성 주체를 가정에 유폐시키며 공동체와 단절시키는 현실의 집중적 억압이 중독의 환각적 일탈을 통하지 않으면 자유조차 꿈꿀 수 없다는 절박함의 방증이자 환대 불가능성이기도 하다. 그러나 천진한 즐거움과 뜨거운 격앙의 체험에서 오는 갈증을 내장한 주체의 나들이는 결코 일회적으로 소진되지 않고 점화의 기회를 엿볼 것이다. 소설의 화자는 싸늘하게 굳어버린 권태의 자아를 "똑똑히 자각"하고 있는 주체로서 세계를 인식하고 있으며 "무한한 가능성을 잉태한 쇳물"로의 용해를 향한 내면의 열망을 담지한 주체이자 외출의 반복 운동을 통해 자아를 성찰하는 공감의 환대자이기도 하다.[42]

「유실」[43]은 「지렁이 울음소리」와 「어떤 나들이」의 주체가 집 안팎의 범주에서 행하던 내면의 여로형 구조를 도시와 변두리의 공간으로 확장하여 내면의 타자성을 환대한다. 「유실」의 김경태는 스스로 속물적인 일상

---

41 위의 책, 221쪽.

42 습관처럼 반복되는 목적 없는 외출이라는 행위는 적극적인 저항의 의미를 지니는 정치적인 것임에 틀림없다. 왜냐하면 반복되는 외출은 자신의 일상에 가장 충실하면서 그 일상으로부터의 탈출에 도달하는 길이므로 도피가 아니라 충실이며, 일상에 함몰되는 것이 아니라 함몰되고 있는 자신의 삶을 똑똑히 인식하고자 하는 투철한 의식의 소산이기 때문이다. 구번일, 「여성주의 시각에서 본 '집'의 의미 연구–박완서, 오정희, 배수아를 중심으로」, 연세대 박사논문, 2012, 42쪽.

43 박완서, 「유실」, 『엄마의 말뚝』(박완서 소설전집 11), 세계사, 2012.

을 기꺼이 살아가며 현실의 질서를 체화한 인물이다. 철저히 도시민으로 살아온 그는 "도덕적 감각 속에 잠재한 중용의 정신"을 강조하는 예민한 평형감각의 소유자이지만 이는 모럴의 감각이라기보다는 경제적인 실리에 가깝다. 그런 적절한 중용으로 부동산과 증권에서 큰 이익을 본 그는 물화의 본능 앞에 자신의 심리를 다스리는 자기규율처럼 '당뇨'와 '결핵'이라는 병 앞에서 신체 관리의 능력을 발휘한다. 김경태에게 중증의 당뇨병과 결핵은 죽음과의 사투가 아니라 육체를 객관화하고 길들이는 과정의 하나일 뿐이다. 일정양의 결핵약과 당뇨관리를 위한 규칙적인 일상은 건강의 회복보다 병의 정복에 대한 자신감을 더 깊이 각인시킨다. 수치로 환산되는 그의 하루는 병의 관리를 명목으로 자신을 대상화하여 육체와 심리가 완벽히 조화로운 속물로 탄생하는 계기가 된다. 김경태는 요행으로 획득한 부의 축적을 모럴의 감각으로 대체하듯 식욕과 정욕 같은 본능조차 허용하지 않는 규율화된 일상 속에서 자신의 욕망을 향한 육체적 자발성을 정복한 것을 현실에서의 승리로 과장한다.

「유실」의 인물이 스스로 완벽하다고 여기는 일상에 균열을 가져온 기회는 서적 외판원이 된 동창과의 조우를 통해서이다. 친구의 "늙고 고달픈 뒷모습이 아름답다"고 느끼게 된 그는 자신의 예속된 규율을 내려놓고 식단과 금주의 금기를 깨며 향락을 즐긴다. 병과 일상의 정복에도 불구하고 성기능이 정지되었던 김경태의 육체는 모든 규율에서 벗어나자 다시 살아나는 아이러니함을 보인다. 김경태가 자신의 일상에 대한 부끄러움에 접근하게 된 동기는 제어되지 않은 본능에 대한 탐구로부터이다.

「유실」에서 주체의 탈예속화는 공간의 이동으로 표상된다. 투명한 자기관리를 벗어난 "행동이 전혀 그의 제어를 받지 않았다는 건 생각할수록 불가사의하고도 기분 나쁜 일"로 치부된다. 소설에서 동창 서병식은 김경태가 자신을 찾아가기 위한 매개가 된다. 과음으로 기억이 단절된 김경태는 탈선한 하루를 찾아가며 낯선 장소에서 자신의 협소했던 생활권에 대해 회고한다. 그는 "성남시, 조미숙"이라는 "그의 단절된 시간, 그 섬뜩한 공허 속에서 반짝이는 요기 어린 빛"217쪽을 단서로 잃어버린 시간을 찾기 위한 길을 떠난다. 자신을 바라보는 김경태의 시각은 여전히 대상화되어 있지만 그는 규율화를 벗어나 '세계의 밤'의 혼동 속에 출몰하는 자아를 유령처럼 여기며 예속과 탈예속의 경계를 허물기 시작한다.[44]

소설에서는 도시 / 로컬, 서울 / 성남, 가정 / 여인숙, 아내 / 조미숙, 생활권 / 환락가, 문화 / 자연을 철저히 이분화하며 대비한다. 성남시행 버스를 타고 고층아파트에서부터 허허벌판→호수→공터→개발이 중단된 아파트→비닐하우스 들판 등 점차 서울 변두리를 향해 가는 여정은 주체에게 도시 생활의 환멸을 가져온다. 위성도시의 미개발 상태는 완벽한 도시 일상에서 가려졌던 내면의 황폐함을 그대로 드러낸다. 주체의 환멸은 일상의 형식을 좇으며 외면했던 자신의 본질을 환대하기 위한 시도이기도 하다. 그의 공간이동은 도시에서 로컬로 향하듯 규율화된 외부에서 자신의 내면을 찾아가는 여행이 된다. 도시에 위치하는 현대적 일상의 자아와 성남에 잔재한 원초적 본능의 자아는 이동의 횟수가 더해질수록 견고함이 균열된다. 내면의 갈등과 환멸의 경험이 중요한 이유는 주체의 자각이 이웃과 공동체를

44 의사의 처방쯤 우습게 알고 금지된 술을 퍼마시고 2차에 가선 홑치마만 입은 여자를 실컷 주무르다가 막판엔 성남시까지 원정을 가서 오입을 하고 온 엉뚱한 녀석을 속으로 미소 지으며 바라보고 있었다. 그는 그 녀석이 밉지 않았다. 밉지 않을 뿐더러 사랑스러웠다.(「유실」, 218쪽) '세계의 밤'에 대한 자세한 개념은 슬라보예 지젝, 이성민 역, 『까다로운 주체』, 도서출판 b, 2005, 63~74쪽 참고)

향한 공감의 환대에 바탕이 되기 때문이다. 주체의 이질성과 취약함이 공동체의 윤리적 관계의 출처라는 근거는 여기서 찾을 수 있다. 따라서 그의 반복된 이동은 내부의 타자성을 공감하고 환대하기 위한 각성의 여로가 된다.

「낙토樂土의 아이들」[45]은 개발지역과 구시가의 대립이 성인뿐 아니라 어린 세대에게까지 배제의 논리를 주입해 가는 부정적인 교육의 실상에 갈등하는 주체의 환멸을 보여준다.

개발촌으로 변모해 가는 무릉武陵동이 낙토인 이유는 "시시하게 벼포기나 감자 알맹이 따위를 번식시키진" 않으면서 "땀 흘려 파는掘 사람의 것이 아니라 파는賣 사람의 것"으로 변질되었기 때문이다. 무릉동은 누구나 환영받는 무릉도원의 도교적 개념에서 명명을 차용했으나 땅의 경제적 관념이 노동력이 아닌 도시의 개발 계획에 따른 자본의 논리에 포섭되면서 가난한 자들에게는 결코 낙원이 될 수 없는 적대의 공간이 된다. 「낙토樂土의 아이들」에서 경작과 생산의 땅이 지닌 본질적 의미의 가치전도는 '답사'라는 용어의 변용에서도 찾을 수 있다. 지질학도인 화자에게 답사는 순수학문의 영역이지만 무릉동에서의 답사는 부동산의 현장 확인용 상투어로 변질된다. 학문을 향한 정열의 근본이던 답사가 치부의 용어로 활용되면서 화자는 점차 학문적 흥미를 잃어간다. 박완서 소설에서 복처를 부러워하던 남성인물처럼 화자는 대놓고 아내를 두둔하지 않지만 자신의 학문을 경제성의 논리로 저울질하며 교수라는 허울에 환멸을 느낀다. 아내의 답사는 '돈줄'이자 '부동산학'의 가능성까지 담보하는, 순수학문의 영역을 넘어서는 자본의 잠식을 엿보게 한다. 학문이라는 특화된 전문 영

45 박완서, 「낙토(樂土)의 아이들」, 『배반의 여름』(박완서 단편소설 전집 2), 문학동네, 2013.

역이 자본의 가치로 환산되면서 '답사'라는 공통항이 전혀 다른 효용가치로 산업화된 자본주의 사회에서 평가되는 것이다.

「낙토樂土의 아이들」에서 자본의 집중적 억압은 어른들뿐 아니라 후속 세대에도 극명하게 보여준다. 소설에서는 '착한 어린이'의 신화가 어린 세대에게 주입되면서 그 이면에 계층적인 배제와 차별을 자연스럽게 습득하도록 유도되는 과정이 그려진다. '완전한 학습'과 '완벽한 질서'를 추구하는 무릉국민학교는 철저한 주입식 교육과 엄격한 규율로 아이들을 통제한다.

> 현대의 수제는 태어나는 게 아니라 부모의 물질적인 뒷받침과 학교에서의 가장 정선된 지식의 가장 기술적인 주입에 의하여 만들어지는 거기 때문에, 자기처럼 유능한 교육자와 골고루 있는 집 자식들로만 된 학생이 만난 자리인 무릉국민학교야말로 수재 교육의 행복한 온상이라는 거였다. (…중략…) 구시가에 대한 친근감은 거의 없다. 막연한 혐오감이 있을 뿐이다.
>
> 무릉동 사람들이 썩은 강이라 부르는 강이 그런 거리감을 만들어주고 있는지, 구시가에 대한 혐오감이 멀쩡한 이름 있는 강을 썩은 강이라 천대하게 됐는지 그것까지는 확실하지 않다.
>
> 아무튼 무릉동 사람들은 아이들이 강가에 가서 노는 걸 막기 위해 아이들에게 미리 강에 대한 호기심 대신 공포를 가르쳐야 했다.
>
> 강은 구시가의 공장에서 버리는 독이 있는 물과, 구시가의 가난뱅이네 구식 뒷간에서 직접 흘러내리는 똥오줌 때문에 썩었노라고 죽었노라고, 거기 손이나 발을 담그는 일은 똥통에 손발을 씻는 것만큼이나 비위생적인 일이라고 가르치고 또 가르쳤다.
>
> —「낙토(樂土)의 아이들」, 317~318쪽

무릉국민학교의 완벽한 교육은 타자를 상정하고 적대하면서 가치를 높이는 상대적인 성격을 지닌다. 구시가는 가난과 비위생, 지진아 노릇의 교육저하, 불만인의 저급한 부정성을 함의하는 언표로 적대된다. 도시 계획에 의해 분할된 공간성은 혐오와 공포의 계층의식으로 후속세대에게 교육된다. 심지어 시장의 논리에서나 통용되던 경쟁의식은 선행과 인정의 정서적인 영역에서조차 훈육의 일환으로 도입된다. 무릉국민학교 교장은 시험과 같은 순위제뿐 아니라 청소, 환경미화를 비롯한 선행도 경쟁을 붙인다. 그는 불우이웃돕기의 모금 실적을 올리는 방안으로 반끼리 경쟁을 붙이고 우수반에 상장을 수여하며 신문사에 성금을 전달할 기회를 부여한다. 어른들의 명예욕과 마찬가지로 아이들의 과열경쟁은 어서 수해가 나서 수재민 돕기의 선행을 할 기회를 벼르지만 "왜 불우이웃은 도와줘야 하나, 왜 불우이웃은 도와줘도 도와줘도 끊임없이 생기나, 우린 도대체 불우이웃과 어떤 관계에 있나"321~322쪽하는 본질적인 부분은 늘 생략된다. 이 과정에서 도움 받는 타자 계층 아이들의 심리와 갈등은 삭제되고 '불우이웃'으로 전시될 뿐이다. 불우이웃에 대한 본질은 회피한 채 불우이웃돕기의 행위만이 강조되는 아이러니한 상황이 "무릉국민학교 아이들의 착한 마음"으로 훈육된다. 이웃에 대한 적대를 바탕으로 한 교육은 공감이 배제된 시혜의 환대만을 주입한다. 그리고 그런 아이들은 자신들을 교육한 어른을 닮아간다. "성장을 억제해서 키운 분재의 나무"처럼 꼬마 신사 숙녀로 키워진 아이들은 위생적인 공간에서 목욕을 하고 로션을 바른 뒤 간식을 들고 숙제하며 양식집에서는 능숙하고 권태롭게 칼질을 한다. "타협적이면서도 깔보는 듯한" 어른들의 표정을 닮은 아이들에게 화자는 불안을 느낀다. 화자는 자신의 아이들을 통해 비로소 자신이 환멸을 느꼈던 전도의 순간에 부끄러움을 느낀다. 순수학문이 부끄러워지는 시대, 교육자의 소명이 복처에 비해 경제적인 가치 절하로 평가받아 환영받지 못하는 시대에 편승한 자신이 부끄러워지는 것이다. 화자의 아이들은 계절의 낭만인 낙엽이 환경 질서를 어지럽힌다는 명목으로 인위적인 나목裸木이 되는 정서의 불모지대인 교육 현장에 처한다. 화자는 자신의 아이들이 "부자연을 강요당하고 있는 어린 나목 같은 생각이 들면서 아버지로서의 가책과 사랑으로 가슴이"319쪽 저린다. 그러나 아내가 마련해준 "내 생활의 안일은 내 마음의 불편을 더운물이 눈 녹이듯" 흔적도 없이 잠식시킨다.

「낙토樂土의 아이들」의 화자는 「지렁이 울음소리」와 「어떤 나들이」의 주체가 타성의 일상과 내적 욕망 사이에서 갈등하던 그 경계에 머물면서도 그들과 반대되는 심리 양상을 보인다. 「낙토樂土의 아이들」의 화자는 「지렁이 울음소리」의 속물적인 남편이 표상하던 비판과 성찰이 없는 타성적인 안일한 삶에 더 마음이 기운다. 박완서 소설의 인물들은 자신을 억압하는 공동체적 현실의 외압에 대한 반발보다 2세를 향한 윤리적 잣대를 더 엄격하게 벼리는 특성을 보인다. 속물적인 삶의 안일함과 그것에 반향되는 죄의식과 부끄러움 사이의 환멸과 갈등은 주체 자신의 몫보다 자녀에게 영향이 갈 때 더욱 강하게 부인된다. 생존 제일주의의 자장에 대한 주체의 혐오는 그것을 답습하는 자녀들에 대한 염려로 이어지면서 안일과 타성을 타파할 동력을 얻는다. 박완서는 냉소주의가 팽배한 시절에 현실을 외면하지 않는 주체의 부끄러움을 사건 개입의 실천으로 제시한다.

「조그만 체험기」[46]는 '법'이라는 형식에 내재된 존재론적 모호함에 의

46 박완서, 「조그만 체험기」, 『배반의 여름』(박완서 단편소설 전집 2), 문학동네, 2013.

해 지배되는 일상이 소시민의 이름으로 적대되는 현실을 지적한다. 타자의 삶에 눈감아 왔던 주체의 타성은 언제나 타자로 전락할 수 있는 삶의 위기를 겪으며 타자와 교감하고 환대할 기회를 만난다.

1960년대부터 이어져 오는 문학의 '소시민 의식'은 트리비얼리즘과 연관하여 설명할 수 있다. 김주연에 따르면, 문학의 트리비얼리즘이란 '사소한 것에 대한 집착'으로 통용되는 일반적인 의미가 아니라 "'사소한 것의 사소하지 않음'의 확인"이다.[47] 「조그만 체험기」에서 화자는 '간장종지처럼 작고 소박한 자유'에 대해 언급한다. 1970년대, 시대의 압제 아래 철학적이고 인식론적인 혹은 정권 반대의 정치적인 "화려하고 볼품 있는 자유" 속에서 작가는 일상의 가장 작고 사소한 자유, 그러나 결코 사소하지 않은 "억울하지 않을 자유"의 트리비얼리즘을 갈파한다.

평소 화자의 남편은 "저 사람은 법 없이도 살 사람"이라는 소리를 듣는다. 이는 법 내부에서 예외가 되는 자, 법에 의해 언제나 배제가 가능하다는 의미로도 환원된다. 법 없이도 살 사람은 그의 도덕성에 대한 칭찬이기 전에 법의 그물에 언제나 걸려들 수 있는 다양한 조건을 가진 인물이라는 뜻이기도 하다.

> 법 없이도 살 수 있는 사람이란 정의감이 투철한 사람을 의미한다기보다는, 법이라면 달라는 것 없이 두렵고 싫어서 자기 양심에 걸리는 일과 법에 걸리는 일을 동일시하며 조심조심 살아온 사람을 의미하는 것일 게다. 법의 그물에 대해 아무것도 모르면서 어떻게 그걸 피할 수 있는 법을 안다고 할 수 있겠는가.

---

47 김주연, 「새시대 문학의 성립－인식의 출발로서 60년대」, 『아세아』 창간호, 1969.2, 255쪽.

이건 실제로 죄가 있고 없고와는 상관없는 일이었다. (…중략…) 법이 결코 법 없이 살 수 있는 사람의 편일 수는 없을 것 같은 깨달음이 왔다.

—「조그만 체험기」, 122쪽

"규칙은 실상 예외를 통해서만 생존"하며 "정상적인 상태는 아무것도 증명하지 못하지만 예외는 모든 것을 증명한다."[48] 법은 준법정신에 의해 지탱되는 것이 아니라 위법에 의해 건재하는 것이다. 소설에서 남편의 범법 행위는 규칙에서 벗어나는 것이 아니라 규칙이 스스로 효력을 정지시켜 예외를 창출한 행위에 해당한다. 화자의 남편은 범법자의 배제를 통해 법이 지탱되고 위법의 선언으로 법의 실정효과가 가능해지는 아이러니에 놓인다.

남편에 의해 형이 집행되기도 전에 피의자 가족의 정체성을 얻은 화자는 사실관계를 확인하기도 전에 검찰청의 고압적인 분위기 속에 주눅이 든다. 박완서 소설에서 감옥, 학교 교육을 통한 규율은 개인을 "자본주의가 요구하는 순종하는 신체"로 거듭나게 한다. 화자는 "나에게도 빽이 있는 것 같은 환상"에서 깨어나자 혐오감이 일던 K지청의 피의자 가족들에게 "진한 친화감"을 느낀다. 그리고 그들로부터 수감자들을 만나기 위한 소소한 법칙을 배워나간다. 남편과 상면한 화자는 자신의 계급에서 용납할 수 없는 사건의 가벼움에 오히려 '억울함'을 느낀다. "법질서는 단지 위반 사실에 대한 제재가 아니라 어떤 제재도 없이 동일한 행위가 반복되는", "예외적 사례를 통해 성립"된다.[49] 남편의 경우는 예외적 사례에 불과하다. 게다가 화자에게 상납을 요구하는 수사과 주임은 개인적인 만남에

48 조르조 아감벤, 박진우 역, 『호모 사케르 – 주권 권력과 벌거벗은 생명』, 새물결, 2008, 57쪽.
49 위의 책, 75쪽.

서 남편의 무죄를 시인한다. 결국 남편은 "법이 무엇인가를 참조한다는 단순한 사실 자체와 관련"[50]되는 과실 책임을 이유로 입건된 것이다. 남편을 사기죄로 몰아가는 법은 위법의 근거가 과실인지, 과실의 전제가 법인지 경계가 모호해진다. 권력의 말단으로서 권주임은 이런 모호함을 이용해 브로커와 다를 바 없는 행태를 보인다.

권력의 유혹과 협박에도 화자가 다른 이들과 감정을 공유할 수 있었던 것은 피해자가 가해자가 되는 무수한 폭력사범의 허위와 불량 납품자재에 속아 비양심적인 제조자로 둔갑한 남편의 죄목이 동일한 양상을 보이기 때문이다. 그들과 남편은 억울함의 심정을 공유하며 법에 의해 범죄자로 낙인찍힌 예외자인 것이다. 실정법의 이중성은 피해자를 가해자로 만들면서도 양형 경감을 미끼로 그들에게 사기 치는 브로커의 범법 행위는 눈감는다. 심지어 공무원 부조리 단속기간에 남편을 구속한 검찰 직원은 화자로부터 상납을 요구한다. 결국 국민의 예외자는 가난한 자와 더불어 법의 이면을 이해하고 활용하지 못한 개인들이다.

구치소 안의 남편을 이해하면서 화자는 구치소 밖의 질서와 옥바라지하는 피의자 가족을 객관적으로 바라본다. 복잡하고 까다로운 수속과 범법자의 가족 역시 범법자 취급을 하는 구치소 직원의 "철저한 불친절과 경멸과 냉대"는 그들을 거대 기계로 인식하게 만든다. 그들로부터 손해를 보지 않기 위해 화자는 자발적으로 주눅들고 길들여져 간다. 그런 기계적인 관계 속에서 화자는 평소 자신의 교양있는 '겸손'과 '평등'이 실은 어느 타인이나 자신에게도 그렇게 대하라는 나름의 오만이었음을 깨닫는다.

50 위의 책, 76쪽.

시혜적인 자신에 대한 환멸은 타자적 내면에 대한 개안이다. 계급의 허위 속에 주변을 돌아보지 않았던 주체의 부끄러움은 자신에 대한 통찰을 통해 외부 타자에 대한 관심으로 이어진다. 화자는 소시민으로서 자신의 계급적 위치를 자부했던 공동체 내의 역할 모델과 범법자 가족으로서 가난한 이들과 다를 바 없는 현재의 자신 사이에 괴리를 확연히 느끼게 된다. 박완서 소설의 인물들은 사회가 전자를 요구하면서도 언제나 후자로 자신들을 강등할 수 있다는 점에 환멸을 느끼며 탈주한다. 남편의 "면회보다 면회하기까지의 그 길고긴 기다림의 시간"을 좋아하게 된 화자는 타자 각각의 억울한 사연 속에 자신의 억울함이 포함됨을 느낀다.

구치소의 억울함은 폭력범 일소 기간의 성과주의에 복무하기 위해 "가장 무력한 비폭력범"이 악질적 폭력범으로 만들어지고 때로 소소하다는 이유로 자신의 죗값을 인정하지 않는 파렴치한 억울함까지 뒤섞인다. 구치소 밖에서 화자가 알고지낸 누구보다 가난한 그들은 "마치 억울함만을 숙명처럼 보장받고 살아온 사람들 같았다".130쪽 사실 실정법은 이들 존재에 의해 지탱될 수 있다. 법 없이 살 수 있을 만큼의 규율에 충직한 소시민성은 그런 실정법을 뒷받침하며 희생된 이웃이 있었기에 가능했다는 깨달음에서 주체는 부끄러움의 감각으로 전회한다. 소설의 결말에서 제시된 공해병 환자의 예는 이런 주체의 고뇌를 암유한다. 일류 대학 출신이자 일류 기업체의 전도유망한 청년이 어느 날 앓게 된 병세는 가난한 이들의 억울함이 공기 중에 원한으로 떠 있어 육신의 심정을 해치는 공해병이 되었다는 것이다. 이런 우연의 상상력은 생존주의에 경도됨이 당연스럽던 감각에 대한 성찰이 없이는 불가능한 사유이다. 제3자로 존재하는 이웃에 대한 사유는 그들을 환대하려는 주체의 의지에서 출발한다.

「우리들의 부자」[51]에서는 계층의 분화 속에 주체와 타자의 지형이 세분화되고 그 안에서 사건에 충실한 주체의 윤리가 확연히 드러난다. 소설은 속물적인 주체와 타자의 만남으로 시작된다. 순복은 개발구역의 빈민촌이라는 로컬적 특성과 뇌성 소아마비를 앓는 딸을 가진 타자적 인물이다. 이런 순복의 딸 혜나를 중심으로 인물들이 연결된다. 한복 삯바느질을 맡기러 왔다가 순복이 동창생임을 우연히 알게 된 숙경은 지방대학의 특수아동교육과를 나왔던 경력으로 혜나에게 관심을 갖는다. 그러나 혜나 모녀를 향한 숙경의 태도는 환심을 가장한 우월의식을 내장한다. 혜나의 비정상성을 감추고 현실로부터 보호하여 환상적인 공주와 같은 삶을 살게 하기 위해 다른 아이들을 외면하는 순복의 편향된 모성성에 숙경은 분노한다. "순복의 참혹한 열등의식과 그것을 필사적으로 엉구고 있는 모성애"517쪽에 넌더리를 내면서도 숙경은 차츰 순복 모녀에게 관심을 갖는다.

> 혜나를 조금씩 조금씩 밖으로 끌어내는 재미 때문이었다. 어쩌면 그것은 재미 이상의 것이었다. 내 나름의 휴머니즘 같은 거라고나 할까. 그러나 실상 나는 내 휴머니즘을 가장 믿지 못했다. 나의 사람됨을 엉구고 있는 잡다한 것들 중에서도 그거야말로 개떡 같은 거였다.
>
> —「우리들의 부자」, 519쪽

숙경은 순복의 삯바느질 솜씨를 주변에 홍보하면서 경제력으로 순복을 길들인다. 때문에 혜나에게 공주의 환상을 벗기고 불구인 정체성을 심어

51 박완서, 「우리들의 부자」, 『엄마의 말뚝』(박완서 소설전집 11), 세계사, 2012.

주려는 숙경을 경계하면서도 순복은 그녀를 냉대하지 못한다. 실상 숙경은 특수아동교육과를 전공했지만 사명감 없는 자신의 전공 포기를 나름의 휴머니즘으로 자위한다. 그런 자신이 혜나를 구제하려는 생각으로 전공을 활용할 때 숙경은 자신의 휴머니즘을 불신한다. 숙경은 자신의 개입에 충실성이 부족함을 깨닫는다. 그녀의 도움은 중산층의 시혜의식에서 벗어나지 못하는 것이다. 숙경은 자신의 속물성을 직관적으로 파악하고 있는 성찰적 속물이다. 스스로 속물임을 인지하고 벗어날 때 속물은 더 이상 속물이 아니게 된다. 소설의 결말에서 숙경만이 순복을 환대할 수 있는 까닭은 그녀가 성찰적 주체이기 때문이다.

숙경은 순복과의 갈등 끝에 소개받은 특수교육기관으로 혜나를 보냈으나 순복의 과잉대응으로 난처한 처지에 놓이고 그곳에서 동창이자 재벌인 혜림과 조우한다. 기부자이자 죽은 장애아의 엄마이기도 한 혜림은 외부자와 당사자의 관계를 넘나든다. 엄격한 자립 교육을 지향하는 기관과 혜나에 대한 특별대우를 요구한 순복의 대립은 각각의 입장을 포괄한 혜림의 등장으로 일단락된다. 최대 기부자로서의 권위와 구성원들에 대한 관심을 과시하지 않고 적절히 조화하는 혜림의 능숙함은 숙경과 순복을 자연스럽게 굴복시킨다. 혜림을 대하는 숙경과 순복의 태도는 차이를 갖는다. 상류사회에 대한 아득한 거리감으로 실체 없는 소문에도 "때때로 울컥 치미는 난폭한 적의"를 느끼던 소시민 숙경은 혜림이 소문과 달리 가치 있게 돈을 유용하고 소탈하게 거친 식사를 하는 것을 보고 혼란을 느끼며 혜림을 경외한다. 이에 비해 이미 가난한 타자인 순복은 계급의 차이보다 장애 자식을 두었다는 동료의식에 경도된다.

소설에서 주체인 숙경과 혜림에게 다른 점이 있다면, 숙경은 자신의 위선에 내면적으로 갈등하면서도 순복에 대한 자기 과시를 감추지 않았지만 혜림은 숙경의 근검절약도, 순복의 가난도 얕잡지 않고 긍정한다는 것이다. 숙경이 끊임없이 순복 앞에서 시혜적인 교양을 연기하고 자신을 성찰하면서 갈등하는 이유는 타자와 대면하고 그로부터 인정받는 주체로 거듭나기 위함이다. 숙경과 혜림의 차이는 자신을 과시하고 기만하며 의도적으로 타자를 배척하는 인정투쟁의 유무이다. 명백한 상류층인 혜림은 타자의 인정을 필요로 하지 않는 스놉 그 자체이다. 공동체 내 상위계급의 절대성은 타자의 인정이 필요없는 독립적인 존재로 자리한다. 숙경은 소시민의 계급적 불안을 타자의 인정투쟁을 통해 확인하려는 특성을 보인다.

숙경과 순복이 혜림에게 몰입된 후 벌어진 사건에서 그녀의 속물성이 밝혀진다. 법을 내세워 약자를 위해하는 혜림의 행위는 인간관계나 타자의 가난과 같은 개별적인 사안보다 금전관계만이 강조되는 비인간성을 상징한다. 이에 반해 모든 상황을 파악한 숙경의 부끄러움은 "완벽하고 규범적인 자아의 이상에 못 미치는 결점을 의식하면서 자기 경멸이 생기는 분열적 상황"[52]으로 설명된다. 숙경은 돈의 회수만을 목적으로 순복의 처지에 대한 배려가 없던 정황은 자신과 혜림이 다를 바 없었다는 점에 환멸을 느낀다. 타자를 향한 가식적인 시혜성, 배금주의적인 속물성, 우정의 허위성이 모두 집약된 자신의 비인간성과 대면한 숙경의 부끄러운 감수성은 환대를 향한 주체의 성찰을 촉구한다.

「그 가을의 사흘 동안」[53]에서는 의사로서 생명을 살리는 역할의 의무와 과거의 복수를 위해 생명을 죽이고 부를 축적하는 실리 사이에서 갈등하

52 게오르 짐멜, 김덕영 · 윤미애 역, 『짐멜의 모더니티 읽기』, 새물결, 2005, 230쪽.
53 박완서, 「그 가을의 사흘 동안」, 『엄마의 말뚝』(박완서 소설전집 11), 세계사, 2012.

는 인물의 반전이 서술된다. 소설에서 생명을 탄생시키는 산부인과 의사가 생명을 말살하는 시술을 선택한 이유는 죽음에 이르는 체험 때문이다. 한국전쟁 중 외국인에게 강간을 당했던 화자는 낙태를 원하는 여성들을 대변하여 "사람을 질병에서 해방시키는 게 인술의 꿈이라면, 여자를 그런 질병 이상의 고독한 고통에서 해방시키는 건 나의 꿈"309쪽이라는 자기변명으로 인술이 죽음을 부르는 유일한 의술인 소파수술 집도의가 된다. 빈촌의 야릇한 화냥끼와 야합하여 경제적 부를 이룬 화자의 안정감 속에서 그녀의 윤리성을 지탱하는 것은 생명을 향한 잠재된 욕망이다. 서사의 표면에 드러나지 않지만 그녀를 괴롭히는 이물성의 정체는 열렬한 살의로 낙태한 그녀의 아이 즉 생명이다. 「그 가을의 사흘 동안」에서 살해의 대가로 쌓은 부와 생명을 향한 이끌림의 공존을 최소한 견딜 수 있게 하는 것은 '우단의자'로 표상되는 아버지의 존재이다. 화자의 개업 의도를 모르던 아버지는 '히포크라테스 선서'를 선물하고, 그것은 산부인과에 겉도는 실용성 없는 사진관 의자처럼 화자의 행동과 상반된 내용으로 화자를 감시한다. 병원과의 부조화에도 30년 동안 우단의자를 방치하는 화자의 무의식적 의도는 자신의 타자성을 확인하기 위한 마조히즘적인 장치인 것이다.

조산한 생명을 받은 초기의 자신을 "완성된 나, 이상화된 나"처럼 여기는 화자의 도착은 죽음의 일상 속에서 생명을 향한 잠재된 욕망을 암시한다. 소설에서 생명에 대한 화자의 욕망은 시선과 연관성을 갖는다. 그녀가 첫 시술을 맡은 출산에서 산모의 몸에서 나오는 순간 눈을 뜬 아기의 시선은 삶과 죽음의 경계에 있는 몸 속 태아가 아니라 인간으로서의 시선이다. 아이의 개안은 그 경계에서 삶의 영역으로 전환되었음을 의미한다. 화자를 "관통하는 경외감"은 생명을 향한 경외감이자 화자가 억압한 욕망이기도 하다. 이제 화자는 폐업을 사흘 앞둔 상황에서 그 감각을 다시 욕망한다.

> 내가 처형한 눈, 한 번도 의식화되지 않은 눈, 앞으로 의식화될 가망이 전혀 없는 채송화씨만 한 눈이 느닷없이 나의 어떤 지난날부터 지금까지를 한꺼번에 꿰뚫어 보는 듯한 느낌에 나는 전율한다. 그 채송화씨만 한 눈이 샅샅이 조명한 나의 생애는 거러지보다 남루하고 나의 손은 피 묻어 있다. 황 영감이 그의 첫 손자를 이 세상에 맞이하는 일을 내 손에 맡기기 싫어한 걸 나는 이해할 수밖에 없다.
>
> —「그 가을의 사흘 동안」, 343쪽

화자가 시술한 태아의 눈은 죽음의 시선으로 화자의 낙태된 아이를 환기시키면서 화자의 죄의식을 유발한다. 감았던 눈의 개안이라는 전환이 생명의 창출이라면, 감기지 않는 눈은 감시의 눈이자 주체를 응시하는 눈이다. 화자는 자신의 아이에 대한 복수로 죽인 타자의 눈에 의해 응시됨으로써 부끄러움을 느끼고 자신 내부의 타자성을 감지하게 된다. 화자의 의술은 환자의 고통을 적대하며 자신의 기억을 보상하려는 이기심이자 박해를 또 다른 박해로 대처하는 사도-마조히즘적 도착이다. 화자의 내면을 감시하는 태아의 시선은 화자의 기억 속에 내재한 아버지의 우단의자와도 동궤를 이룬다. 자신의 뜻대로 하고 살면서도 화자는 우단의자가 "넋을 움켜쥐고 있는 것"처럼 느낀다. 우단의자를 치우지 않은 화자는 큰타자의 응시에 노출을 원하는 주체이다. 살의를 품은 자신의 의술에 대한 죄의식을 유발하면서 화자는 복수와 죄의식의 균형을 유지하려 한다.

> 그러면서 나는 나 자신에 대한 어떤 의구심에 사로잡혔다. 왜 나는 내가 이렇

게 이해할 수 없는 거동이나 기색을 보일 때 기분이 더 나빠지는지. 하물며 자기 자신에 있어서랴. 하긴 그 우스꽝스러운 날림 결혼식 구경을 하면서 느닷없이 살아 있는 완전한 아기를 받아보고 싶단 생각을 품기 시작하고부터 나는 나로부터 떨어져 나가 내가 도저히 이해할 수 없는 것이 되고 있는지도 모른다.

—「그 가을의 사흘 동안」, 347쪽

"내가 여자이기에 받은 치가 떨리는 박해의 기억"을 "남에게 분배함으로써 나만의 억울함을 덜어보려" 하는 화자는 우울증적 인물이다. 자신을 겁탈한 미지의 대상에 대한 분노의 리비도를 자신에게 투사하여 외부 타자를 학대하듯 화자는 내안의 나를 학대한다. 타인의 태반을 먹는 여자들이 자신 역시 태반의 제공자임을 인지하지 못하고 비릿한 입으로 음담패설을 즐기게 심리적으로 그들을 박해했으나 식인적 우울증은 "아무리 남을 비참하고 추악하게 만들어놓고 비교해도 역시 내가 더 비참하고 추악"349쪽한 환멸의 결과를 낳는다.[54] 부를 축적했으나 살해의 일상을 향한 주체의 환멸은 내면 윤리에 귀 기울이고 타자와 공존하며 그들을 환대하기 위한 기회가 된다.

「꿈꾸는 인큐베이터」[55] 역시 인물의 잠재된 결핍의식과 시대의 개발 논

54 애도와 우울증의 차이를 세 가지로 요약하면, 첫째, 애도는 의식적인 대상과 관련되지만 우울증은 무의식적인 대상과 관련된다. 둘째, 애도는 대상과 관련되지만 우울증은 나르시시즘, 즉 자아 형성과 관련된다. 셋째, 애도와 달리 우울증에서는 애증의 양가감정이 자아 내부로 투사되면서 사랑의 대상을 자아로 바꾸고 자신의 자아는 초자아의 역할을 하면서 사디즘을 발현한다. 초자아는 동일시된 자아에게 사랑과 증오의 애증병존의 감정을 갖는다. 때문에 우울증은 자기 파괴를 넘어 사랑하는 대상에 대한 복수를 내재하고 자살 충동으로까지 이어진다. 여성문화이론연구소 정신분석세미나팀, 『페미니즘과 정신분석』, 여이연, 2003, 57쪽.

55 박완서, 「꿈꾸는 인큐베이터」, 『엄마의 말뚝』(박완서 소설전집 11), 세계사, 2012.

리가 알레고리적으로 결합하면서 주체의 불안이 부끄러움의 성찰로 이어진다. 소설은 평범한 중산층의 일상을 살아가는 화자의 까닭모를 감정기복에서 출발한다. 화자는 여동생의 살림과 육아를 돕는 일이 귀찮으면서도 "동생이 때때로 내 생활을 훼방 놓아주기"를 바라는 이중성을 보인다. 화자의 이런 이중성은 심각한 건망증을 지켜보는 남편에게도 적용되어 그의 친절과 공손을 과장과 위선으로 취급한다. 화자와 남편의 갈등은 표면적인 서사로 드러나지 않지만 그녀는 남편의 출장기간 동안 영화 〈장미의 전쟁〉을 반복해서 보며 작중인물들의 증오에 감정을 이입하고 그들의 부부싸움 중 아내의 구두를 톱으로 자르는 장면을 아들로 대체하는 환각까지 경험한다. 여성성을 상징하는 구두에 아들을 대입하는 화자의 상상력은 부부의 내면적 갈등이 아들로 인한 것임을 암시한다.

조카의 재롱잔치에서 만난 학부형과 대화를 나누면서 화자는 자신과 마주할 기회를 갖는다. 화자는 철저히 자신의 입장에서 딸만 있는 남자가 불행해야 한다고 규정하고 그에게 아들이 없는 현실에 대한 적의를 강요한다. 재롱잔치 영상을 전달한다는 핑계로 다시 남자를 만나서도 화자는 자신이 무엇을 원하는지 모른 채 산다는 것의 덧없음만 탓한다.

화자의 내면에 자리한 부끄러움은 자신의 죄의식을 타자에게 투사한 행위에 대한 환멸에 기인한다.

"여자만 너무 미워하지 마세요. 그 여자들도 오죽해야 그 짓을 했겠어요."

"남편 몰래 했다고는 안 했어요. 하나같이 남편이 호흡이 아주 잘 맞는 공범자던데요. 너무 장시간 떠들었습니다."

그가 도망치듯이 먼저 가버렸다. 머릿속에서 공범자란 말이 벌떼처럼 잉잉

댄다. 뭔가 이치에 닿는 말을 찾아내려고 안간힘쓴다. 가까스로 나를 줄창 괴롭혀온 그 께름칙한 느낌, 그걸 떨쳐버리지 않으면 아무것도 못 느끼게 될 것 같은 몸에 철갑을 친 느낌은 바로 공범자와 같이 사는 느낌이었구나, 라고 생각한다.

—「꿈꾸는 인큐베이터」, 283~284쪽

남자에게 아들이 없다는 것에 대한 불만을 추궁하던 화자는 오히려 자신이 그런 현실에 야합했으며 이를 의식하지 못하고 있는 남편 역시 공범자라는 것을 깨닫게 된다. 그는 화자가 들키기를 갈망해 오던 마조히즘적인 문제를 부각한다. 동생이 자신의 일상을 훼방 놓길 바라듯 화자는 자신의 아들에 대한 성취감과 행복감 이면에 도사린 비도덕성을 질책받길 바란다. 단순한 가계家系를 위한 출산이 아닌 인류애적인 후손의식을 강조하던 남자는 여아 선별 낙태를 감행하는 의학계와 부모들을 질타한다. 화자는 남자와 헤어진 후 비로소 10여 년 전의 경험을 떠올린다.

생활고로 연년생이 될 아이를 낙태할 당시 화자는 남편과 함께였기에 "죄의식보다는 가난은 참 무섭다는 궁핍에 대한 공포감"을 크게 느꼈다. 하지만 이후의 낙태는 남편의 방관과 시어머니, 시누이의 협잡으로 폭력에 가까운 상태가 된다. 대학동창이자 단짝이었던 시누이는 타인의 숨겨둔 아들에 대한 염문을 전하며 아들의 필요성을 강조하고 시절을 잘 타 재산을 모은 시어머니는 상속권을 빌미로 손자 상성을 한다. 화자는 그들에게 이끌려 양수검사를 하고 여아로 판별되자 중절수술을 하는 자신의 몸이 "인큐베이터에 지나지 않았다는 걸 수락"한다. 상속세와 교환된 여아, 인큐베이터에 불과한 모체는 모두 물신화된다.

> 내가 나의 인큐베이터됨을 참아낼 수밖에 없었던 소인은 그러니까 기저귀 찰 때부터 비롯됐던 것이다. 그러나 앞으로는 달라져야 한다. 누구에게 보이기 위해서가 아니라 나를 위해 어떡하든지 달라져야 한다. 남편도 나도. 이건 사는 게 아니다. 그렇게 간악한 짓을 저지르고도 죄책감을 못 느끼는 그 께름칙함을 떨쳐버리지 않는 한 생전 아무것도 느낄 수가 없을 것 같다.
>
> —「꿈꾸는 인큐베이터」, 302쪽

화자는 무기력하게 시댁의 음모와 타협한 자신의 기원을 친정어머니의 성차별적인 도덕관에서 찾는다. 그러나 "머리에 무거운 게 찍어누름으로써 도리어 빳빳이 세울 수밖에 없는" 임을 인 여인의 자세처럼 친정어머니의 가르침은 후자에 방점이 찍힌다. "머리끝에서 발끝까지 직선이 관통하고 있는 것처럼 당당하다 못해 존엄한 걸음걸이"300쪽는 공범의식의 회피가 아닌 "그 찍어누르는 존재에 의해서만 꿀리지 않고 당당하게 처신할 수 있는 여자 팔자"300쪽의 불합리함을 고발한다. 화자의 여성성은 환대받지 못한 딸을 포기한 대가로 후천적 남성 성기인 아들을 얻으며 "남자가 된 것처럼 당당"한 가면을 쓴다. 공범의식으로 시어머니와 시누이에게 안하무인으로 굴면서도 남편만은 "공범자끼리는 해칠 수밖에 없는 심리" 때문에 외면했던 화자의 무의식은 딸을 위한 항변으로 다양한 논리를 펼친 외간남자의 노력 앞에서 비로소 환대의 계기를 맞는다.

「꿈꾸는 인큐베이터」에서 또한 주목할 점은 화자의 각성 과정이 교외의 풍경과 오버랩된다는 것이다. 집주변에서 벗어나지 못했던 화자의 운전은 집과 멀어지고 싶은 욕망에 교외로 향한다. 길을 뚫기 위해 잘린 산의 단면은 피 범벅이 된 사타구니 같은 붉은 단애, 그 가운데 빨려가는 차들의 행렬은 난개발의 알레고리이다. 평화로운 강마을에 볼이 붉은 건강한 소년들과 머리에 임을 인 아낙이 있는 목가적인 풍경은 도심에서는 볼 수 없는, 그러나 낙태하는 여성의 현실처럼 개발의 묵인 앞에 놓여있다. 지켜야 할 것에 대한 무감을 죄책감으로 깨닫지 못하는 현실에 대한 경종은 어딘가에 있을 유턴 지점을 찾는 주체의 성찰로 이어진다. 작가는 성비 조절, 난개발 등 자연에 대한 인위적인 파괴 앞에 공범자로서 결핍되어 있는 생명의 존엄에 대한 주체의 성찰을 촉구하며 이런 바로잡음이 타자에 대한 환대로 이어짐을 강조한다.

『아주 오래된 농담』[56]에서 주체의 빈핍 의식은 남성 젠더의 역할과 사랑 사이의 갈등으로 대립한다. 소설에서 아버지의 죽음과 맞바꾼 영묘의 탄생은 장남 콤플렉스를 일찍 겪은 형과 남편 없는 늦둥이의 출산을 부끄러워하는 어머니에게 적대시된다. 영빈만은 "저렇게도 감동적인 건 이 세상에 다시 없을 것" 같은 느낌으로 아기에게 매혹된다. 영빈은 누이에 대한 부친애적 감정과 두 딸의 아버지로서 역할 모두 남성 젠더의 몫으로 수긍한다. 그러나 아내 수경은 시어머니로부터 아들을 낳지 못하는 것에 대해 지속적인 압력을 받는다. 각자의 몫으로 강요된 젠더의 의무는 아들에 관심을 보이지 않는 영빈과 같은 남성 역시 시혜적인 인물로 오히려 연민의 대상이 됨을 보여준다. 없는 열패감을 공처가의 가면으로 씌우는 사회에서 영빈은 아들을 '신비감'으로 맞이하길 종용받는다. 이는 「꿈꾸는 인큐베이터」의 화자가 마주한 이웃 남성의 항변에서도 목격한 바 있으나 영빈의 경우 현실과 타협하는 주체가 된다.

---

56 박완서, 『아주 오래된 농담』(박완서 소설전집 21), 세계사, 2012.

영빈의 내적 설렘의 주인공 현금과 아내 수경의 만남은 일상에서 영빈이 직면하는 빈 공간을 의미한다. 어린 시절 라이벌인 한광과 더불어 익명의 설문지에 장래희망을 의사로 표기한 영빈은 하굣길에서 그들이 밝힌 장래 희망을 비웃으며 분홍색 혀를 날름거리고 사라진 현금에 대한 기억을 각인한다. 그 순간을 에로틱한 감각으로 기억하는 영빈은 의사로서 안온한 일상에서도 내적인 욕망을 감지하며 지낸다. 영빈에게 '의사'라는 기표는 명예와 돈을 추구하는 가난한 집안을 일으켜야 하는 의무이자 동시에 현금이라는 파편을 평생 인지하게 한다. 불명예 공무원으로 사망한 아버지로 인해 도덕관과 합법적인 출세를 요구 받은 영빈은 가족과 미래만을 위해 모범생의 삶을 살아왔으나 그의 내면에 자리한 현금은 관능의 감각 그 자체이다. 현실의 빈핍의식에서 발생한 권태의 감정은 생존만을 위해 경주한 부끄러움에 대처할 수 없는 주체의 무능에서 오는 결과이다. 영빈은 그 자리에 현금을 대체하면서 자유를 갈망한다. 영빈과 광을 놀리던 분홍색 혀의 현란함과 더불어 어린 시절 현금의 방을 감싸던 "눈부시게 요염"한 능소화의 만발은 '마녀의 화형식'처럼 훗날 영빈과의 불륜을 예비한다.

> 집에서 기르는 친숙한 개가 늑대처럼 낯설어 보이는 섬뜩한 시간이라는 뜻이라나 봐. 나는 그 반대야. 낯설고 적대적이던 사물들이 거짓말처럼 부드럽고 친숙해지는 게 바로 이 시간이야. 그렇게 반대로 생각해도 나는 그 말이 좋아. 빛 속에 명료하게 드러난 바깥세상은 사실 나에겐 만날 만날 낯설어. 너무 사나워서 겁도 나구. 나한테 적의를 품고 나를 밀어내는 것 같아서 괜히 긴장하는 게 피곤하기도 하구. 긴장해 봤댔자지, 내가 뭘 할 수 있겠어. 기껏해야 잘난 척하는 게 고작이지.

그렇게 위협적인 세상도 도처에 잿빛 어둠이 고이기 시작하면 슬며시 만만하고 친숙해지는 거 있지. 얼마든지 화해하고 스며들 수도 있을 것 같은 세상으로 바뀌는 시간이 나는 좋아.

—『아주 오래된 농담』, 104쪽

큰 따옴표 없이 이어지는 현금의 내적 독백에서 청자가 영빈과 현금 자신이듯 인용문의 화자 역시 현금이자 영빈이 되기도 한다. '개와 늑대의 시간'은 일상과 비일상의 경계를 오가는 영빈과 현금의 상태를 상징한다. 빛의 시간인 일상에서 현금은 이혼녀이자 불륜녀로서 적의의 대상이 되는 타자이다. 친숙함 / 낯섦의 개념을 넘나드는 현금의 존재는 영빈에게는 일상의 오염이자 버팀목이기도 하다.

가족의 집과 현금의 집을 오가는 영빈의 생활은 일상에서 비일상으로의 반복된 탈주이다. 타자와 교감의 순간인 개와 늑대의 시간은 영빈이 집 안의 자투리 공간에서 강 너머 현금의 아파트를 갈망하는 때이기도 하다. 영빈에게 '개와 늑대의 시간'은 "일상의 견고함"에서 "적나라한 외설의 현장"을 그리워하는 시간이자 가부장의 모든 도덕성을 내려놓고 심연과 마주하는 시간이기도 하다. 경계의 시간 안에서 영빈과 현금의 단독성은 마주한다. 1970년대 박완서 소설에서 아파트는 획일성과 폐쇄성을 대표하며 중산층의 계급의식을 반영했다면 2000년대 정착된 아파트 공간에서 베란다로 세부화된 잉여 공간은 주체가 자신의 단독성을 확인하는 장소로 변모한다.

박완서 소설의 주체는 경제적 안정감에도 불구하고 내적인 결핍이 과잉되어 권태와 불안의 감정으로 갈등한다. 속물적인 특성을 지닌 그들은 타인에 의해 빈핍의식이 부각된다. 그들은 공동체가 요구하는 도덕률에서 벗어나지 않지만 개인의 욕망에 귀를 기울이고 이에 충실하고자 한다. 소설에서 인물이 보이는 일탈은 도덕과 윤리의 해리 사이에서 각자의 단독성singularity과 직면하고 이를 성찰하는 과정에서 타자를 향한 공감의 환대가 요구된다.

2. 자본의 전시와 타자의 경계성

1970년대 이후 한국사회는 자본주의에 의해 과잉개발지역과 저개발지역으로 분화되고 개발과 저개발이 병존하거나 분리되는 과정을 반복하면서 거주자들을 적대화·계급화하기 시작한다. 자본주의에 의해 생산되는 공간은 차이와 배제의 논리로 무장하면서 불균등한 발전을 가시화한다. 국가 기획에 의해 국민의 위치에 있는 그들의 부는 당대 부동산 경기를 타고 소수자를 경계 밖으로 내몰면서 자신들만의 영토를 확장해 간다. 개발지역 사람들은 국가의 '물리적 경계' 내에 포섭되지만 대부분 자신들의 생활거주지로부터 강제 이주된다. 이는 로컬리티 내부의 배제와 포섭이 동시에 일어나는 것으로 파악된다.[57] 로컬local은 '특정 장소' 혹은 '국부'를 지칭하는 한편, 생활 / 노동의 공간인 거기(장소)서 살아가는 사람을 일컫기도 한다. 또한 "무엇이 있거나 무슨 일이 일어난다고 알려지는 장소 혹은 위치"라는 사전적 정의도 포함된다. 로컬이 동시대적이면서 문제적인

---

57 하용삼·배윤기, 「경계의 불일치와 사이 공간에서 사유하기－G. 아감벤의 국민·인민·난민을 중심으로」, 『대동철학』 62, 대동철학회, 2013, 103쪽.

공간으로 부각되는 이유는 로컬화가 고정적인 개념이 아니라, 같은 장소를 두고 그런 과정들이 '누구'에 의해 '무엇'을 향하여 '어떻게' 일어나는가에 따라 다양한 갈래로 나눠질 수 있기 때문이다. 로컬은 이런 과정들이 경합하고 갈등하는 지점으로 설정되고, 이런 과정들을 탐색 가능케 하는 고정되지 않는 비판적 준거를 제공한다.[58] 로컬리티 공간에 대한 위화감과 이질감은 이런 과정에서 주체로부터 적대된다. 개발지역이 부의 권역에 진입하면서 쇠락하는 비개발구역은 타자들의 공간이자 이질적인 공간으로 전시된다. 르페브르가 언급하는 '부르주화된bourgeoisified 공간'이란 "심사숙고할 가치가 있는 모든 계획은 수량화할 수 있어야 하고, 이윤이 생겨야 하며, 소통 가능해야 하고, 현실적이어야 한다". 이에 따라 로컬 공간은 "전술과 전략에 대한 가정된 결과인 셈이다. 아주 간단히 말해서, 생산의 지배적 양식의 공간이며, 그래서 부르주아가 통치하는 자본주의의 공간"[59]인 셈이다. 로컬화는 "공간적으로 광범위한 권력체제의 결과이며, 타자를 제압하고 어떤 장소에 대한 하나의 상상을 정당화하는 세력의 능력"[60]을 표현한다.

박완서 소설은 한국의 근대화 이행과정에서 급격한 산업화로 인해 부르주아 계급이 정복과 착취를 정당화하는 체제의 요구에 부합할 때 산출

---

58 배윤기, 「인식의 경계로서 로컬리티와 탈식민화– 파농의 논의를 중심으로」, 『새한영어영문학회 2010년도 봄학술발표회 논문집』, 새한영어영문학회, 2010.5, 123쪽. 특히 로컬을 '지금 여기'의 시간적 현재성과 공간적 현장성을 의미하는 용어로 이해하는 연구자의 견해는 필자의 논지와 공명하는 부분이 많다.

59 조명기 · 배윤기, 「로컬 지배 카르텔과 로컬 정체성 형성의 주체 투쟁」, 『인문연구』 62, 영남대 인문과학연구소, 2011.

60 배윤기, 「인식의 경계로서 로컬리티와 탈식민화(2)」, 미국문학과 문화연구(블로그, http://blog.daum.net/bygwind/11799462), 2010.8.6.(접속일자 : 2015.2.20)

되는 본질적인 결핍 의식과 그들 내부에 잠식된 '불안'의 심리적 근원에 대해 탐구한다. 아울러 경쟁과 개발의 논리에 공동체의 경계 안팎에 거주하는 타자는 경계적 정체성을 강요당하고 적대되면서도 비판적인 태도로 주체의 정체성을 교란한다. 그들은 주체의 결핍을 알고 있으나 "마치 모르는 것처럼" 행동하면서 결핍을 환상으로 봉인한다. 이로써 박완서 소설은 국가의 도시기획에 의해 도시 공동체로 새롭게 편입된 개인 역시 1970년대 이후 현재에 이르기까지 자본주의를 동력으로 한 근대사회 내부의 경쟁과 계급 위주의 빈부격차 속에서 언제나 타자로 밀려날 적대의 위기에 처해 있음을 암시한다.

1) 로컬리티의 차별과 배금주의

도시 개발에 의해 로컬화되는 공간의 분할은 이주민과 구거주민 사이의 계층적 차이를 확연히 드러낸다. "표준화된 주체를 생산하는 '국민화 과정'은 다양한 공식적 장치들을 통해 모호하고 혼종적이어서 분류하기 까다로운 '~에 거주하는 사람'인 거주자로서의 구체적인 공통성을 상실"하게 만든다. 도시의 외곽으로 배치된 타자들은 가난, 비위생, 불만, 교육수준 저하 등의 부정적 기표가 되어 혐오와 공포의 대상으로 적대된다. 로컬의 생산성, 지역성은 이제 개발의 논리에 의해 그 개념들이 소거되고 "단순한 '머무름'이나 기껏해야 '입주' 정도로 전락된 '거주(자)'에 대한 근대적 도착倒錯과 의미상의 착종錯綜을 부각"[61]하게 된다. 또한 공간적인 로컬화는 물리적 위치의 특성만이 아닌 공동체 내에서 배제되는 타자에 대한 심

61 배윤기, 「근대적 공간, 경계, 로컬리티-기반의 이해」, 『새한영어영문학회 2012년도 가을학술발표회 논문집』, 새한영어영문학회, 2012.10, 42~43쪽.

리적 로컬화가 병행된다. 배금주의적 현실은 이런 심리적 로컬화를 가능하게 하는 핵심 요소이다. 개인마다 다른 가난의 형상을 경제적인 빈궁의 일면만으로 확대할 때 배금주의는 개인을 타자화하는 잣대로 작용된다.

「창밖은 봄」[62]은 로컬로 분류되는 도시의 경계공간에서 살아가는 도시 빈민의 공간적 · 심리적 적대 현실을 묘파한다. 소설에서 길례와 정씨는 공동체에 의해 적대적인 타자로 만들어진다. 과부인 식모 길례와 나이 많은 물역 배달부 정씨가 지키고 싶던 플라토닉한 사랑은 타인들에 의해 오염된다. 이들의 관계를 의심한 길례의 주인집 사모는 자신의 친구 세 명에게 이 사실을 전하고 의견을 교환한다. 그들에 의해 길례와 정씨는 도둑이자 불결한 인물로 거듭나며 이들을 정화하기 위해 정씨의 주인도 연대를 권유받는다. 사모의 친구들은 자신의 경험을 잣대로 길례와 정씨를 적대적 타자로 설정한다. 사모는 친구들과 소통하며 자신의 아들딸이 정결해지고, 깨닫지 못했던 집안 살림이 헤프게 느껴지며 경멸하던 수준의 물역가게 주인에게 동류의식을 느낀다. "사람 부리는 처지끼리란 모든 타락과 싸워 끝내 도덕을 지키기 위해 단결해야 할 가장 고상한 공동운명체"464쪽라는 사모의 생각은 기만적인 주체의 허위적인 도덕성을 의미한다. 타자를 공동체 내에서 몰아내기 위한 주체의 단결은 타자의 생존을 담보로 한 폭력성을 내장한다. 식모와 배달꾼은 공동체의 가장 경계에 있으면서 주체에 의해 언제나 공동체 밖으로 배제될 위치에 있는 로컬적 존재들이다. 사모가 느끼는 가식적인 도덕의 쾌감은 타자를 향한 폭력에 비례한다. 정당한 노동의 대가도 받지 못한 채 연고도 없는 길례와 정씨는 공동체에 적대되어 쫓겨난다.

62 박완서, 「창밖은 봄」, 『엄마의 말뚝』(박완서 소설전집 11), 세계사, 2012.

식모나 배달꾼의 직책이 한시적이듯 공동체에서 밀려난 길례와 정씨의 생존 공간 역시 일회적이다. 새 집의 건축 현장 귀퉁이에 가건물로 지은 이들의 신혼집은 그들의 불안한 위치를 상징한다. 고난의 겨울은 가난한 이들의 삶에 또 다른 시련을 남긴다. 순박한 정씨가 저지른 작은 실수는 "그의 의식 속에서 성난 사람들은 법, 경찰 그런 걸로 비약"하여 위법이 된다. 물역상회의 주인이 그랬듯 정씨의 실수는 다른 주체에게 위협받아 노동력이 착취된다.

「창밖은 봄」에 등장하는 또 다른 외부 타자는 점쟁이 백봉 선생이다. 점쟁이는 계층에 관계없는 고객을 상대하고 상류층 귀부인에게도 공평하게 퉁명스럽게 대할 수 있는 특별한 직업이다. 백봉 선생은 누구보다 공동체 내부 주체들의 성향을 잘 파악하고 있다. "경쟁사회에서 남보다 빨리 돈을 벌거나 빨리 출세하고픈 욕망을 채우기 위해선 자기하고 대등하거나, 자기보다 우월한 경쟁자를 무슨 수를 써서라도" 앞지르려하는 "해악의 의지"가 그들에게 있다는 것이다.

> 그러나 그에겐 자기가 이 사회의 욕망의 질서로부터 소외된 위치에 있다는 아웃사이더로서의 열등감이 지글대고 있고, 이런 열등감은 그 따위 악희가 되어 그가 참여 못 한 욕망의 질서를 조소하고, 더러운 욕망을 포장한 도덕적인 얼굴을 능멸하는 것으로 복수를 꾀하고 있는 것이다.
>
> —「창밖은 봄」, 489쪽

주체의 은밀한 욕망과 비도덕적인 성향을 누구보다 잘 알고 있으며 심지어 자신의 영역에서 상류층에게 하대할 수 있으나 점쟁이는 결코 상류층에 편입될 수 없다. 상류층뿐 아니라 일반인의 일상에서조차 환대받기 어려운 백봉 선생은 제웅 제조나 라이벌의 신을 훔쳐 삶아먹는 유치한 방자술로 직업적인 권태에 반항한다. 도시 공동체 내부에서 외부적 삶을 살던 백봉 선생은 길례의 무욕에 자극을 받는다.

타인을 해하기 위한 방자술은 길례에게 억압이 된다. 정씨가 자신의 소소한 실수를 공권력까지 확대하여 불안해했듯 길례 역시 교수 부인으로부터 국가권력에까지 피해의식을 갖는다. 인간의 영역에서 철거민을 몰아내고 나무를 심은 국가권력이었기에 "나쁜 짓을 해서 입을 화가 비방을 안 써서 입을 화보다" 그녀를 더 두렵게 한다. 정씨나 길례와 같은 하층민에게 억압과 폭력은 도처에 만연해 있다. 개인적인 액을 자연물에게조차 떠맡기지 못하는 길례의 투명한 도덕심은 경쟁의 현실을 무화시킨다. 생존주의 앞에서도 타인에게 부끄러움이 없는 길례와 정씨의 양심이 환멸의 대상이 될 만큼 세태의 부패도는 심각하다. 결국 백봉 선생이 처한 외재성은 "있는 사람들 사회의 막강한 실력에 압도당하는 거나, 지금 길례를 통해 밑바닥 인생의 무공에 압도당하는 거나"497쪽 등가로 여겨지는 공간의 특성을 지닌다.

끝없는 배제 속에서도 공동체의 경계를 벗어나지 않는 정씨와 길례처럼 백봉 선생 역시 직업을 버리고 "언 땅처럼 저희끼리만 단단히 뭉쳐 그를 따돌리던 끼리끼리의 질서 속으로 온몸을 곡괭이 삼아 파고들 결심"498쪽을 한다. 「창밖은 봄」에서 타자로 적대되는 정씨, 길례, 백봉 선생은 모두 봄을 기다린다. 소설에서 그들이 기다리는 '봄'은 절기의 시간성만을 의미하는 것은 아니다. 정신적 · 물질적 거주 공간의 강탈은 언제나 거주자들에게 제시되는 도래하지 않는 시공간에 대한 '기다림'을 하나의 덕목으로 교육하고 교화시킨다. 이에 따라 일그러지는 현재에 대한 '불만'이나 '일탈'은 부도덕, 결함, 비정상으로 간주되는 반면, 착하게 순종하는 근면한 '기다림'은 규범적이고 도덕적인 정당성을 사회적으로 부여받는다.[63] 국가의 질서가 요구하는 구획된 타자의 위치에서 벗어나 그들끼리의 로컬리티적 성향을 주고받는 환대는 길례와 정씨처럼 '불결'하거나 '불량'으로 간주되어 위협 당한다. 아직은 오지 않는 봄을 기다리며 공동체의 경계에서 살아가는 일. 그 희망이 그들에게 봄으로 남는다.[64]

「도둑맞은 가난」[65]은 중산층에서 하층민으로 몰락한 타자를 주인공으로 설정하여 타자의 현실에 본질이 되는 가난에 대해 언급한다. 「도둑맞은 가난」의 분석은 박완서 소설에서 '가난'을 대하는 주체와 타자의 입장을 동시에 고찰하는 기회가 된다.

소설에서 화자가 친근하게 느끼는 가난의 성격은 산동네의 묘사에서 엿볼 수 있다. 화자는 하층민들의 생존을 위협하는 겨울에서조차 생기를 찾으며 가난을 정면으로 대하고 억척스럽게 사는 사람들은 특이한 발랄함을 가졌다고 언급한다. 이에 반해 화자의 가족들은 끝까지 가난을 거부한다. 생존의 실리보다 주변의 이목을 더 중요하게 생각하는 화자의 가족들은 순수한 속물로, 파산을 하고 전세에서 월세, 산동네로 가세가 기울어 가면

---

63 배윤기, 앞의 글, 21쪽.

64 이렇듯 끊임없이 공동체의 경계로 밀려나는 길례와 정씨의 가난이 "작가의 조작에 의한" "안이한 타협의 결과"로 평가되거나 "가난이 그 자체로 미화된다는 것은, 오히려 문제를 은폐하는 이데올로기적 작용"이라는 비판은 인물들을 타자화 시키는 공동체의 본질에 대한 분석이 부족한 것으로 판단된다. 성민엽, 「윤리적 결단과 소설적 진실」, 편집부 편, 『박완서론』, 삼인행, 1991, 44쪽.

65 박완서, 「도둑맞은 가난」, 『부끄러움을 가르칩니다』(박완서 단편소설 전집 1), 문학동네, 2013.

서도 가난한 사람들의 불가해한 생활력을 경멸하며 "고리타분하고 시척지근한 가난의 냄새에 발작적으로 진저리"를 쳤다. 식구 중 가장 어린 화자는 인형 옷을 만드는 재봉질로 생계를 시작할 수 있다는 생존본능으로 충만하지만 화자의 가족들은 결국 화자를 남긴 채 동반 자살을 하고 만다. 속물적인 삶에 깊이 뿌리내린 그들은 "상징계의 원칙과 법칙을 물화하고 물신화하여 그것에 대한 형식적 숭배를 지속"[66]하는 인물들이다. 이들은 가난에 대한 사유를 거부하고 부의 가치를 맹목적으로 따른다. 죽음의 순간에도 그들은 가난의 현재 상태를 인정하지 않고 잃어버린 중산층 생활을 마음속에 각인한 채 가난에 적응하는 화자를 비난하며 생을 마감한다.

가난에 패배한 가족들 앞에서 화자는 죽음과 바꾼 가난을 지키기 위해 필사적으로 살아간다. 주목할 점은 가난 앞에서 맹목적이던 화자의 가족들과 달리 가난의 한 가운데에서 화자가 지키고자 하는 가치들이다. 고작 인형의 옷을 만드는 미싱사지만 그녀는 일류 양장점에서 재봉사로 일할 날을 꿈꾼다. 또한 경제적인 이유로 상훈과 동거를 시작했지만 가장 중요한 이유는 상훈을 사랑한다는 마음임을 상기한다. 상훈이 다니는 멕기 공장의 반지일망정 먼저 고백하기를 기다리는 화자는 희망과 순정으로 가난과 대적한다. 또한 화자는 폐병으로 죽어가는 상훈의 동료를 위해 선뜻 생활비 통장을 건네며 "내가 살고도 남아 남을 돕는다"는 생각에 기뻐한다. "어려울 땐 어려운 사람들끼리 도와"야 한다며 환대의 방법까지 상훈에게 일러주는 화자는 기본적인 삶의 도덕률을 지닌다. 하층민들의 삶에 가난은 그 자체로 스며있지만 아픈 동료를 위해 애타심과 이기심이 투쟁

66 김홍중, 앞의 책, 91쪽.

하며 위로금을 건네고 혼자라는 외로움 대신 타인과 부대끼며 살아가는 공존을 창출하는 환대의 배경이기도 하다. 이런 가난의 에토스를 지닌 화자이기에 "상훈이와의 뭔가 막연히 미흡한 교접"은 늘 불안을 동반한다. 가난의 이면인 생존의 절박함이 소거된 상훈의 태도는 "전연 이질적인 것"으로 화자를 압박한다. 그는 가난이 가난답지 않은 인물로 돈에 초연하며 가난에 대한 우월감을 내재한 인물이기도 하다.

> 도대체 가난을 뭘로 알고 즈네들이 희롱을 하려고 해. 부자들이 제 돈 갖고 무슨 짓을 하든 아랑곳할 바 아니지만 가난을 희롱하는 것만은 용서할 수 없지 않은가. 가난한 계집을 희롱하는 건 용서할 수 있다손 치더라도 가난 그 자체를 희롱하는 건 용서할 수 없다. 더군다나 내 가난은 그게 어떤 가난이라고, 내 가난은 나에게 있어서 소명召命이다.
>
> —「도둑맞은 가난」, 403~404쪽

상위 계급으로의 편입이 아닌 계급의 강등을 경험한 화자에게 가난한 삶, 가난 그 자체는 죽음으로부터 지켜낸 생존의 절대영역이다.[67] 그런 절박한 가난 앞에 상훈은 "가난뱅이 짓을 장난 삼아 해보는 부자"로 정체를 밝힌다. 화자의 사랑을 돈의 가치로 환산하는 주체와 그런 그를 부끄러워

67 「도둑맞은 가난」에서 화자가 고수하는 '가난'의 절대성에 대해 조미희는 "가난을 바라보는 긍정적이고 따뜻한 희망이 아직은 존재"하고 있다는 '가난의 낭만성'으로 평가한다.(조미희, ,「박완서 소설에 나타난 실험으로서의 가난과 도시빈민의 삶」,『한국현대문학회 학술발표회 자료집』 8, 한국현대문학회, 2014, 148쪽) 연구자는 '가난'의 불결함, 생존 위주의 이기주의, 비도덕 등의 절대적인 잣대로 가난을 파악한다. 그러나 이는 가난에 대한 작가 인식의 시기적 변모라기보다는 가난의 다양한 양태로 보아야 할 것이다. 박완서 소설에는 가난을 대상화하는 주체뿐 아니라 가난의 주인공인 타자가 감각하는 가난의 양상 또한 개별자로서 존재한다.

하는 화자의 소통은 불발한다. 화자는 자신과의 시간들을 무시하며 부리는 사람으로 채용할 기회를 주는 상훈의 배금주의적이고 시혜적인 오만함을 강하게 비난하면서 그를 쫓아낸다. "얼마나 떳떳하고 용감하게 내 가난을 지켰나 스스로 뽐내며"405쪽 방으로 돌아왔지만 화자의 가난은 지켜내야 할 만큼 자본 앞에 취약한 것이기도 하다.

> 내 가난을 구성했던 내 살림살이들이 무의미하고 더러운 잡동사니가 되어 거기 내동댕이쳐져 있었다. 나는 그것들을 다시 수습할 수 있을 것 같지가 않았다. 내 방에는 이미 가난조차 없었다. 나는 상훈이가 가난을 훔쳐갔다는 걸 비로소 깨달았다. 나는 분해서 이를 부드득 갈았다. 그러나 내 가난을, 내 가난의 의미를 무슨 수로 돌려받을 수 있을 것인가.
>
> —「도둑맞은 가난」, 406쪽

상훈과의 갈등으로 화자는 수습이 불가한 상태가 된다. 돈의 이력으로도 구입하기 힘든 가난의 가치는 부자들이 "빛나는 학력, 경력만 갖고는 성이 안 차 가난까지를 훔쳐다가 그들의 다채로운 삶을 한층 다채롭게 할 에피소드"406쪽로 남는다. 배금주의에 의해 오염된 가난은 내재된 본질이 파열된 채 부富의 반대항인 빈궁으로만 남을 뿐이다. 현실은 타자의 미래와 희망, 사랑의 긍정적인 에토스를 상상으로조차 환대하지 않는다. 이렇듯 「도둑맞은 가난」에서 작가는 가난한 자의 절대 영역조차 배금주의로 물들이는 주체의 현실을 강하게 질타한다. "쓰레기 더미에 쓰레기를 더하듯" 가난의 "무의미한 황폐의 한가운데 몸을" 던지는 화자의 행위는 그 자신이 쓰레기의 삶[68]으로 전락하는 순간이다. 주체의 체험은 기억으로만 남으면

될 뿐 가난한 타자의 궁핍이 독자적인 가치를 갖지 않는다는 생각에 타자의 가난은 한껏 유린된다.

「티타임 모녀」[69]의 화자 역시 「도둑맞은 가난」과 동일한 상황에 처해진다. 다른 점이 있다면 「티타임 모녀」의 화자는 산동네의 가난한 집안 태생이라는 것이다. 연탄장사와 파출부를 직업으로 가진 부모 밑에서 자란 화자는 '위장취업자'인 남편을 만난다. 소설 속의 화자는 가난과 더불어 고등학교도 졸업하지 못했기에 남편이 최고 학력자임을 확인하고 좌절한다. 회고 시점으로 서술되는 소설에서 화자는 자신이 얼마나 철저하게 남편을 오해했는지 밝히고 있다. 명문대 출신이지만 가난할 거라던 당시 화자의 착각은 "가졌거나 못 가졌거나 배웠거나 못 배웠거나에 따라서 사람 대접이 달라지는 세상은 옳지 못한 세상"362쪽이라는 그의 신념에 감동하여 결합을 결심한다. 화자는 남편에게 '평등한 관계'를 바랐고 이는 운동가 남편의 이상과 일치하지만 그의 운동권적인 속성에 매달려야 겨우 평등이 유지되는 서글픈 관계가 된다. 화자는 남편이 꿈꾸지 않는 미래를, 서로의 평등을 환대한다. 아이를 낳고도 '스스러운 손님' 같던 남편과 화자가 심리적으로 평등해진 계기는 근대적 도시 공간이 아닌 서울 변두리에 인공적이나마 자연으로 조성된 공간에서 살면서이다. 그러나 아이의 부상은 화

68 바우만은 인간적 결속의 형태를 설계하는 것이 문제가 될 때 인간이 쓰레기가 된다고 설명한다. 피상적인 포함 / 배제 범주에 도전하는 괴짜, 악당, 잡종들. 그들만 아니라면 우아하고 평온했을 풍경에 오점을 남기는 사람들의 흔적을 없애거나 지워버림으로써만 형태가 보다 일관되고 조화롭고 안전하고 전체적으로 더 안정감 있게 될 것이다. 흠 있는 존재들이 그들로 아감벤의 예외화에 따른 포함적 배제와 맞닿는 개념이다. 지그문트 바우만, 정일문 역, 『쓰레기가 되는 삶들』, 새물결, 2008, 64~65쪽.

69 박완서, 「티타임 모녀」, 『나의 가장 나종 지니인 것』(박완서 단편소설 전집 5), 문학동네, 2013.

자를 남편의 공동체에 노출시키며 완전한 타자로 규정하는 사건이 된다.

> 그러나 병원 구성원이건 가족들이건 약속이나 한 듯이 그들의 특별 대우에서 나를 철저히 소외시켰다. 나의 소외감은 참담했다. 그들은 나를 없는 것처럼 대했다. 그들 사이에 나는 존재하지 않는 거나 마찬가지였다. 나 혼자 병실을 지키고 있을 때 문병객이 나타날 적도 있었다. 그럴 때 그들은 나를 빤히 바라다보면서도, 어머, 아무도 없네, 하며 돌아서곤 했다. 사람이 생각할 수 있는 가장 완벽한 천대였다.
>
> —「티타임 모녀」, 367쪽

아이의 뇌진탕은 남편 집안의 권력을 호명한다. 가난한 시절 아들의 귀티를 반색하던 남편은 집안 내에서 경영하는 병원에서 귀빈 대접을 받는 아들을 자랑스럽게 생각한다. 이에 반해 아픈 아이 곁에 있으면서도 시댁으로부터 철저하게 존재를 무시당한 화자의 목소리는 남편에 의해 삭제된다. 남편의 귀향을 재촉하는 메아리의 유혹은 "그가 못 들은 척해도 나는 그가 그걸 듣고 있다는 걸"368쪽 알게 한다.

화자와 철저히 거리를 두고 무시하는 남편의 집안은 화자의 가족에게 아파트 생활을 시혜적으로 허락하지만 그곳에 살던 사람들에 대한 정보를 차단함으로써 인간적인 교감의 기회를 박탈한다. 그런 까닭에 현재 살고 있는 집과 '우리'가 상관없다고 생각하지만 이때 '우리'의 범주에는 화자만이 속할 뿐이다. 남편과 아이는 "나직하고 그윽하게" 부르는 다른 계급의 공동체로 편입될 사람들이다. 파출부의 경력으로 딸의 아파트를 청소해 주는 어머니, 뚫어진 검은 양말에 흔적을 남기지 않는 아버지의 새카만 발뒤꿈치로 인식되는 가난의 세계로 화자는 다시 돌아가게 될 것을 예감한다. "다시 돌아가 끌어안아야 할 사람들에 대한 혐오감, 아니 도저히 그게 될 것 같지 않은, 그러나 그럴 수밖에 달리 어쩔 수가 없을 것 같은"347쪽 배제의 현실에 화자는 놓여있다.

화자의 어머니에게 부잣집 수준에 대한 감식안은 고작 파출부의 직업의식의 발로이듯 화자는 부잣집의 '며느리'가 아닌 부잣집 '손자의 생모'로서만 자격이 있을 뿐이다. 못 가지고 못 배운 사람에게 대접이 달라지는 옳지 못한 세상의 전형은 남편이 살아왔고 앞으로 살아갈 세계인 것이다. 「티타임 모녀」는 가난을 도둑맞은 여성이 그 가난을 벗어날 신분 상승의 기회를 얻었으나 끝내 이를 수용하지 않는 배타적인 적대의 현실을 보여준다.

「주말 농장」[70]은 박완서 소설에서 드물게 도시와 농촌이라는 공간적 분화가 명확히 드러난다. 소설은 도시와 농촌, 소비와 생산, 주체와 타자의 이분화된 경계와 특성을 구체적으로 묘사한다.

소설에서 자아가 소거된 맹목적인 모방은 '주말 농장 소동'을 불러온다. 가난하고 소박해야 할 시인이 아이들의 정서 교육으로 주말 농장을 구입했다는 소문은 화숙 일행에게 강한 반발을 불러온다. 계층의 위계의식과 소비의 과열 경쟁의식은 부의 과시로 이어진다. 아파트 생활의 익명성, 자기 과시의 끝없는 경쟁의 기표 속에 주체의 불안은 소비의 중독으로 표출된다. 부유한 화숙과 동창들은 "단돈 이십오만 원"에 땅을 흥정하기로 하고 아이들과 답사 겸 야유회를 떠난다. 우월한 계층의식으로 시작된 주말 농장의 구입 목적은 수단이 되어 야유회를 위한 전투적인 전시 경쟁으로

70 박완서, 「주말 농장」, 『부끄러움을 가르칩니다』(박완서 단편소설 전집 1), 문학동네, 2013.

과열된다. 외제 등산기구, 미제 식음료, 고급 세간, 맞춤 나들이옷, 야한 수영복 등 그녀들의 소비 행태는 소비재 박람회를 능가한다.

도시의 여성 주체가 불안의 심리를 과소비와 자기과시로 대처한다면, 로컬의 타자는 도시로부터 배제된 열등감에 사로잡힌다.

> 이제 곧 손바닥에 못이 박일 테고, 아버지의 소원대로 별수 없이 이 고장에 뿌리를 내릴밖에 없겠거니 생각하니 기가 막히면서도 한편으론 안심스럽다. 그것은 벼랑으로 떠밀듯이 그를 범죄 일보 전까지 아슬아슬하게 몰고 가던 도시의 거센 물살로부터 놓여났다는 안도감이었다. 돈 여자 (…중략…) 이런 도시의 신기루를 좇다 보면 그는 늘 벼랑 끝에 서 있었다.
>
> 도시는 텃세가 심해 촌놈에게 그런 걸 조금도 나누어주려 들지 않을 뿐더러 섣불리 그런 걸 좇는 자를 악랄하게 골탕 먹이기 일쑤였다.
>
> —「주말 농장」, 159쪽

"콩 심은 데 콩 나고 팥 심은 데 팥 나는 땅뎅이"의 정직과 근면의 생산력은 돈과 여자로 대표되는 도시의 소비성과 대립한다. 근대 도시공간은 성공과 출세를 위해 상경한 농촌 이주민들로 넘쳐났지만 그들은 간신히 도시 기층민으로 남아 변두리 인생을 살아가거나 만득과 같이 도시의 가난을 견디지 못해 귀향하는 부류로 나뉜다. 아버지의 유언처럼 정직과 근면의 농촌 질서는 만득에게 도덕적인 삶을 강요한다. 그런 그에게 화숙 일행의 야유회는 도시에의 미련을 상기시키는 공포에 가깝다. "깡통, 유리병, 은종이, 바나나 껍질 등 번들대는 도시의 파편"과 퍼컬레이터의 원두커피가 풍기는 이질적이고 세련된 향기는 도시의 향기이자 그리운 향기이다. 만득을 향해 노골적으로 웃어대는 화숙 일행의 음탕한 음향과 선정적인 자태는 도시의 신기루가 공간 이동한 듯이 여겨진다. 이에 반해 "튼튼하고 일 잘하고 무던하고 그러나 인물 없는" 만득의 아내는 시골의 공간성을 그대로 체현한다. 소설에서 작가는 타자성이 내재된 자연의 영역으로 상징되던 여성성을 교묘히 비튼다. 작가는 남성 / 여성, 도시 / 농촌, 소비 / 생산의 이분법을 교란하면서 배금주의에서 자유로울 수 없는 현대성에 대해 날카롭게 지적한다. 이는 순박한 농촌의 아낙인 만득의 아내가 그들의 희망으로 제시하는 것이 물질성, 돈이라는 점에서 확인할 수 있다.

도시의 주체들이 남기고 간 도시의 훈향은 만득이 탈향에 실패한 상처이자 도시의 적대로 인한 열패감을 환기시킨다. 하지만 커피의 여향과 도시의 파편들은 아내와 만석의 순결한 노동의 공간을 오염시키는 불순물이기에 환대 불가능하다. 만석이 아내를 향한 분노는 도시적 자본의 잣대로 바라본 시골의 경제적 빈곤에서 오는 낙차가 너무 크기 때문이다.

> 그러나 이젠 명확해지고 만 것이다. 아내가 목이 빠지게 목숨 걸고 하는 무시무시한 농사질 옆에서, 도시의 여자들이 벌일 아기자기한 농사 소꿉질의 그 나불나불 까르르까르르에 대한 복수인 것이다. 그들이 그렇게 아무것도 모른다는 것, 그 가공할 천진난만에 대한 복수인 것이다.
>
> —「주말 농장」, 172쪽

농촌-도시의 위계에서 바라본 도시는 향수의 공간만이 아닌 유린과 파괴의 폭력적 욕망을 불러온다. 로컬의 입지에서 회고한 도시는 "얼마나 집요하게 일확천금을 추구하고, 얼마나 친근하게 돈과 여자라는 도시의 화려한 신기루"163쪽를 찾았던가를 떠올리게 하는 부정적인 형상이다. 만득은 심리적으로 도시의 변두리에 머무는 경계적 타자이다. 만득은 도시 외부의 시각으로 도시를 비판하고 비근대적인 로컬의 일상으로 도시의 "그 반드르르 하고 요사스런 상판때기를 갈기갈기 찢어 놓고픈, 철석같은 안일을 우당탕탕 교란하고픈, 실컨 유린하고픈"171쪽 욕망을 느낀다. 소설은 공간의 이분화를 바탕으로 만득이 돈과 여자의 유혹에서 벗어나 '스리꾼 손'이 아닌 못이 박힌 투박한 농부의 손과 땅의 정직한 생산성을 믿는 과정으로서 로컬적 타자의 재탄생을 예고한다. 그러나 만득이 행하는 도시를 향한 복수는 그 어떤 타격도 줄 수 없는 개인적인 차원에 머무는 것이 사실이며 건강성의 결과가 다시 돈으로 회귀된다는 점에서 문제적이다. 작가는 만득이 도시를 향해 보이는 심리적인 적대와 파괴욕망과 더불어 로컬의 건강성도 그나마 도심으로부터 물리적인 거리가 있는 농촌에서야 가능한 것임을 암시한다. 이는 근대적이고 소비적인 도시의 적대적 배타성에 대한 반증이기도 하다.

질서정연한 도시 공간은 규칙에 의해 지배되며, 규칙은 금지와 배제를 포괄하는 한에서 가능하다. 법이란 법이 존재하지 않았다면 허용되었을 행동과 무법 상태에서 살도록 허용되었을 행위자들을 금지함으로써 법이 된다. 법의 적용 한계를 설정하고 똑같은 기준으로 면제 / 배제라는 보편적 범주를 창출할 권리, 그리고 '제한 구역'을 설정하고 그 때문에 인간 쓰레기가 되어 배제되고 재생되는 사람들을 처리할 쓰레기장을 제공할 권리 없이 법은 결코 보편성에 도달할 수 없다.[71] 박완서 소설에서 도시는 이런

71 지그문트 바우만, 정일문 역, 앞의 책, 67쪽.

타자들의 쓰레기를 끊임없이 변두리로 밀어내는 냉혹한 적대의 질서를 배경으로 한다. 『오만과 몽상』[72]은 도시 한가운데의 주축이 되는 상류층과 도시의 변두리로 끝없이 밀려가는 로컬적 하층의 극단적인 두 인물의 삶을 대조한다. 작가는 가계家系의 혈통이 부와 가난의 대물림을 운명처럼 전제하는 소설의 전개에서 특히 '가난'에 대해 여러 각도로 조망한다.

소설에서 남상의 집은 "가난과 불화와 병고"로 점철된 공간이다. 남상의 집에서 우정을 쌓은 부잣집 막내아들 현은 가난의 현실에 익숙한 관찰자가 된다. "동학군은 애국투사를 낳고, 애국투사는 수위를 낳고, 수위는 도배장이를 낳고, 도배장이는 남상이를 낳고, 매국노는 친일파를 낳고, 친일파는 탐관오리를 낳고, 탐관오리는 악덕기업인을 낳고, 악덕기업인은 현이를 낳"1권, 103쪽은 가계도를 확인하며 남상과 현이 절교한 후 남상에 대한 복수로 가난을 자발적으로 선택하고 현이 그 고통을 견딜 수 있었던 까닭도 이런 경험 때문이었다. 현은 의식적으로 남상의 시선을 자기 감시로 내면화하면서 남상의 꿈을 선취한다. 집을 나온 현은 가난의 한가운데서 가난을 대상화하며 냉소한다. 가계도와 같이 자신의 출신을 긍정하는 현에게 가난은 생존의 양태가 아닌 타자의 감각일 뿐이기에 공감의 환대가 불가능하다. 주체인 현은 궁핍과 빈곤을 선택했을 뿐 가난에 대한 감정은 객관화된 감상에 불과하다.[73]

72 박완서, 『오만과 몽상』 1・2(박완서 소설전집 9・10), 세계사, 2012.

73 이정숙은 「1970년대 한국소설에 나타난 가난의 정동화」에서 '가난'과 '빈곤'의 다른 위상에 대해 논의한다. 그의 연구에 따르면 빈곤은 단순히 경제적인 차원을 지칭하는 데 비해 '가난'은 '삶'이라는 연상을 동반하는 주관적이고 감정적인 양상을 포괄한다. 가난은 당대적 '관념정서'이자 주체를 변용하는 힘으로 작용하는 '이행'의 과정이 드러난다는 것이다. 연구자는 1970년대 문학이 근대화 시기의 윤리적 주체구성의 문제를 제기하는 주체를 양산했다고 볼 때 당대의 '가난'은 통치성과 시민성을 관통하는 요인이 된다고 주장한다. 이정숙, 앞의 글.

이상한 일이었다. 한 번도 마음으로부터 몸담은 일 없이 관조하던 궁핍이 그 구체적인 실상을 한 후부터 오히려 떼어버릴 수 없는 피부적인 게 되고 있었다. 그는 화려하고 규칙적인 꽃밭에 누워서 오히려 가난의 썩어 문드러진 살갗에 자신의 맨살을 맞부비고 있는 것 같은 혐오감을 맛보곤 했다.

—『오만과 몽상』 1, 172쪽

부자인 현에게 가난은 타자와 공감을 거부하는 관념의 파편이었으나 스스로 절하한 궁핍이 영자의 배려에 의해 점차 구체적인 현실의 삶으로 다가온다. 가난은 영자뿐 아니라 빈촌 주민들의 몸에서 절로 우러나는 그들의 것이었다. 위계적인 계급의식을 버리지 않는 현에게 가난은 극한의 상태를 완벽히 극복하고자 하는 나르시시즘적인 자기과시의 일면이기도 하다. 그러나 가난의 현실적 공감은 점차 현의 치기어린 감정을 가시화하며 영자를 겁탈했던 자신의 행위와 타인에 대한 냉정함에 대한 죄책감을 불러온다.

사실 현의 조건이 되는 부조차 완전하지 못하다. 현은 가난의 씨앗으로부터 잉태되고 부도덕한 상전에 대한 복수의 방식에 의해 탄생되었기 때문이다. 현의 결여는 가난에서 비롯되었다는 탄생의 비화, 자신의 방종을 감내하는 조강지처에 대한 복수로 현에게 자애를 베푸는 부친의 부성, 우정과 의리의 감수성을 파괴한 남상에 대한 보복 등이 가난을 거점으로 얽혀있다. 자발적인 가난을 선택한 현의 행위는 남상을 향한 반발뿐 아니라 정당하지 못한 가계의 치부致富에 대한 부정과 적대까지 잠재되어 있다.

현이 자신이 포기한 꿈으로 복수를 준비하는 동안 남상은 군대를 다녀오고 가난과 본격적으로 대결한다. 현의 가난이 개인의 대결 의식에서 존재한다면 남상의 가난은 가계의 집단화된 구조로 존재한다. 그의 가난은 그의 부재에도 어떤 변화도 없이 거대하게 느껴진다. 게다가 도시 개발에 의해 남상의 판잣집은 철거를 강요받는다. 현대화의 발전을 위해 남상의 마을 사람들은 타자가 되어 더 저개발된 지역으로 이주당한다.

> 그러나 시에서 한동네가 옮겨 앉을 수 있도록 마련해준 생활 터전은 사람이 뿌리내리기엔 뭔가 감때 사나운 고장이었다. 허허벌판이라 사람이 부리는 텃세 사나울 걱정은 안 하더라도, 지세도 그렇고, 바람도 그렇고, 땅빛까지도 갓 도려낸 살점처럼 사납게 시뻘겠다. 더 겁나는 건 그것은 사람들 사는 고장으로부터 너무 멀었다. 남에게 옮기는 몹쓸 괴질을 앓는 사람들도 아니겠다. 그렇게 멀찌거니 내다 버리는 것처럼 내몰 게 뭔가 싶어 야속하기도 했고 하루 벌어 하루 먹는 사람에겐 사람들이 복작대는 고장과의 너무 아득한 거리는 생존 자체를 위협했다.
>
> —『오만과 몽상』 1, 83쪽

개발촌에서 그들은 도시 경제 발전의 잉여 인구[74]로 몰락한다. 불하의 감언이설에서 시작된 철거민촌은 도시계획의 확장에 따라 단계적으로 외곽 쪽으로 밀려난다. 합법화를 기대하며 삶의 터전을 개척하지만 잉여적인 존재들은 다시 미개발 구역으로 배치된다. 정책자의 청사진에 속은 사람들은 지속적으로 로컬화되고 반론을 제기하는 사람들은 걸러져 마지막엔 주동자 없는 집단만이 쓰레기처럼 남겨진다. 이런 쓰레기들을 향해 철

74 바우만은 '잉여 인구'는 인간 쓰레기의 또 다른 종류라고 설명한다. 그들은 경제 발전에 따른 의도되지도 않고 계획되지도 않은 '부수적 희생자들'이다. 지그문트 바우만, 정일문 역, 앞의 책, 80쪽.

거 작업을 맡은 말단 관리인들이 언급하는 '신사적'이고 '인간적'인 대접은 허울뿐인 혜택의 남발이다. 철거민촌 사람들이 "더러운 도시의 배설물처럼 저항 없이 도시의 외곽으로" 떠밀려간 경계 공간은 상하수도가 없는 최소한의 생존여건도 갖추지 못한 공간이다. 신사적으로 살던 터전을 떠난 그들이 새로운 땅에서 약속된 갖가지 혜택의 불이행은 너무 쉽게 포기한 것들에 대한 후회만 낳을 뿐이다. 사회적 생존을 유지하는 데 필요한 자신감과 자부심을 박탈당한 가운데 생물학적 생존을 유지하기 위한 수단을 획득해야 하는 힘겨운 작업에 직면해 있는 이들에게는 자신이 설계 때문에 고통받는 것인지 아니면 태만 때문에 비참해진 것인지 사이의 미묘한 차이를 구별하기 위해 깊이 생각하고 음미할 이유가 없는 것이다.[75]

소설에서 철거민촌과 새롭게 구성되는 양옥촌 간의 갈등은 삶의 편리성을 넘어 계급의 위계적 불평등으로 촉발된다. 상하수도 시설 없이 강제 이주당한 철거민촌 사람들은 거주 전에 상수도 시설이 완비된 양옥촌의 조건에 분개한다. 때맞춰 양옥촌에 기승하는 좀도둑의 난행이 철거민촌의 이주 시기와 맞물리면서 두 집단은 대립각을 세운다. 철거민촌 사람들은 그간의 모든 수모에 대한 복수로 오물 투척 사건을 일으킨다. 양쪽 동네의 패싸움으로 번진 일련의 과정에는 "추상적인 불우 이웃은 아이들의 정서 생활에 도움을 주지만 구체적인 불우 이웃은 아이들을 해친다"1권, 253쪽는 신조로 철거민촌의 사람들을 집값 하락의 원흉으로 지목하며 적대하는 여론의 시선이 개입되어있다. 잉여 인간들은 단순히 이질적인 존재가 아니며 사회의 건강한 조직을 갉아먹는 암적 존재이자 '우리의 생활방식'과 '우리의 가치'

75 위의 책, 81쪽.

를 위협하는 적[76]으로 간주된다. 철거민촌 사람들은 '똥'을 복수의 수단으로 활용했지만 자신들이 사회의 '똥'으로 전락하는 결과만을 낳는다.

이런 외부 가난의 현실과 집안의 내부 변화조차 불가능하자 남상은 가난으로부터 탈주를 결심한다. 『오만과 몽상』에서 가난의 내부에 있는 인물에게 가난은 원망과 구원의 여지가 없는 '악 그 자체'로 감각된다. 그리고 그 역시 가난에서 탈피하고자 또 다른 가난을 매도한다. 남상이 악덕 기업가의 심복노릇을 하며 치부하는 과정은 가족적 분위기를 강조하며 기업의 책임을 사원들에게 전가하는 모순 속에서 발생한다. 근면과 노력의 판타지로 국가의 책임을 개인에게 전가하는 논리가 기업 집단에서도 반복됨을 확인할 수 있다.

그러나 남상에게 로컬화된 판잣집과 악덕 사장의 하수인 역할이라는 가난의 이면에는 영자로 표상되는 사랑이 존재한다. 남상의 혈족에 흐르는 저항의 기질은 로컬의 배제와 현실의 타협을 낳았지만 가난을 타파하고자 하는 복수와 저항의 감각은 사랑을 매개로 극복과 환대의 기회를 만든다. 작가는 사랑의 추상성으로 가난을 탈출하는 권선징악적인 행복한 결말을 예비하지 않는다. 가난을 이용하여 부를 쌓은 유산자는 부도를 내고 잠적해도 행복이 보장되고 가난에 저항하여 현실에 타협하는 남상에게 "그게 아닌데, 그게 아니라니까, 하며 나무라는" 내면의 소리는 인물을 각성시킨다.

가난을 배경으로 하는 박완서 세태소설에서 여성인물들은 가장 현실적으로 가난에 대처한다. 작가는 가난에 대처하는 여성인물과 남성인물의 특성을 통해 가난의 속성과 현실의 단면을 핍진하게 묘사한다. 『오만과

76 위의 책, 83쪽.

몽상』에서 영자는 부와 가난의 극단에 있는 인물들을 매개하는 역할을 한다. 현을 향한 영자의 배려는 그에게 "가난의 속성의 하나인 상호의존성"으로 명명되지만 작가는 현이 가치를 부여하기 싫어했던 '인정'으로 정정한다. "잘해주고 싶어도 잘해줄 사람"이 없고 "남이 잘해주는 걸 무심히 받아들일 줄 모르는" 고아의식에서 벗어나기 위해 영자는 몸과 마음을 현에게 보시하며 그에게 공감의 환대를 베푼다.

> "그래. 재봉틀 기름이 돼버린다니까. 참 오빠가 그걸 알 리가 없지. 아무도 직접 겪어보지 않으면 모를 거야. 우리들이 어떻게 재봉틀 기름이 되는지. 일류 미싱사가 된다는 게 뭔 줄 알아? 틀 일에 이골이 난다는 건 자신을 조금씩 녹여서 재봉틀 기름을 만든다는 거야. 재봉틀이 저절로 돌아갈 때쯤은 우린 다 녹아 버려서 아무것도 남아 있지 않아. 아무것도……."
>
> —『오만과 몽상』 1, 204쪽

위의 인용에서 영자는 돈을 벌고 가난을 극복하기 위해 전 존재를 바치는 여성의 일상을 언급한다. 박완서 소설은 가난을 배경으로 남성인물과 여성인물의 역할을 대립적으로 설정한다. 『오만과 몽상』의 영자, 「도둑맞은 가난」의 화자, 「꼭두각시의 꿈」에서 성길의 누나와 같이 가난한 여성인물들은 생존을 위해 가난의 일상을 책임진다. 그녀들은 고아이거나 무력한 가장을 대신해 스스로 가장이 된 '희생하는 누이'의 표상이다. 남성 인물들의 시각에서 그녀들은 "고전적 순정"을 지닌 배려와 순종의 여성상이거나 순결한 소녀적 감수성의 판타지 대상이다. 그러나 작가는 가난의 현실을 체화하고 타자에게 조건 없는 희생을 베푸는 영자, 자기희생의 덧없음을 깨닫고 주체를 각성시키는 성길의 누나, 가난의 에토스를 지키기 위해 애쓰는 여성 화자에 이르기까지 가난의 진정한 본질을 추적한다. 이에 반해 주체로 등장하는 상류층의 남성인물들은 가난한 여성의 희생을 당연시 여기며 죄책감 없이 받아들인다. 가난의 경험조차 능력의 일부로 도취하는 그들은 나르시시스트적인 성격을 갖는다. 완벽한 타자인 가난한 여성 인물에 비해 『오만과 몽상』의 남상이나 「주말농장」의 만득이와 같은 가난한 남성 인물은 열등감과 패배의식으로 가득하다. 그들에게 가난은 경제성을 중심으로 한 궁핍의 결과이며 현실과의 대결구도만이 강조되기에 자멸 의식으로 충만하다. 박완서 소설의 일상적 감각으로서 가난은 상호 소통에 기반한 희생의 환대, 주체의 자각 기회, 물리적인 빈곤이 얽힌 복합적인 정조이다. 따라서 박완서 소설에서 타자가 위치하는 로컬리티는 도시 공간에서 배제되는 공간적인 위상변화만이 아니라 가난의 다기한 구도를 내포한다.

결국 박완서 소설에서 타자가 적대되는 궁극적인 이유는 가난이다. 작가는 타자의 가난을 배금주의적인 궁핍으로 한정하려는 시각에 맞서 가난에 얽힌 공간의 위상학, 에토스적 정서, 주체와 타자의 개인 내력에 따른 수용의 강도 등 다양한 방면에서 복합적으로 서술한다. 박완서 소설에서 가난은 타자에게 일방적으로 부여된 현실이 아닌 주체와의 관계성 안에서 파악된다는 점이 특징적이다.

2) 비판적 타자의 반향과 정체성 교란

현실에 대한 냉소주의cynicism는 "권위에 대한 풍자적이고 반어적인 반응의 하나로, 지배질서나 정치인들에 대한 개인의 태도"를 대변한다. "현실이 왜곡되어 있고 그런 왜곡된 전망을 피할 수 없다는 사실"을 개인이 알고 있지만 여전히 그런 왜곡을 거부하지 못하고 집착할 때 '냉소kynicism'가 발생한다.[77] 냉소적 태도는 이데올로기에 대한 우리의 '인식'보다 '행위'에 의해 작동하는 것이다. 따라서 우리가 현실 이데올로기를 비판하는 순간 우리는 이미 그런 이데올로기의 가치를 전파하는 것이다. 본 연구는 더 나아가 이런 냉소적 주체를 반향하는 '비판적 타자'에 주목한다. 공감의 환대 대상인 비판적 타자는 이데올로기적 현실의 왜곡을 알면서도 그대로 행하는 냉소적 주체의 행위를 그대로 반향하고, 그들의 타자 배제를 받아들이면서 적대되지만 주체로 하여금 당연한 이데올로기적 행위를 절단하는 혼란을 초래한다. 이때의 주체는 소설 속 개인을 타자로 소외하는 인물이자 때로 소설 밖의 독자를 겨냥한 것이기도 하다. 권력 담화는 내적으로 분열되어 있어야만 하고, 수행적으로 "속여야"하며, 그 자체의 기저에 있는 수행적 제스처를 부인해야 한다. 따라서 이따금씩 권력 담화와 대결할 때 진정으로 전복적인 유일한 행위는 단지 그것을 말 그대로 받아들이는 것이다.[78]

박완서 세태소설에서 비판적 타자를 주목해야 하는 이유는 그들이 단순히 주체의 속물성을 드러내는 수동적 인물이 아니기 때문이다. 박완서 소설 속의 비판적 타자는 주체의 정체성을 교란하면서 반성과 행위 변화를 요구하는 능동적인 인물이다. 자신을 배제하고 적대하는 현실을 수용하면서 타자는 주체를 객관화하고 그들의 속물성을 반영한다. 박완서 소설에서 타자는 강압적인 배제와 자의식적인 거리두기가 동시에 진행되는 상호작용을 재현한다.

77 지젝은 독일의 이론가 페터 슬로터다이크(Peter Sloterdijk)의 냉소 개념을 전유하며 냉소적 주체에 대해 비판한다. 토니 마이어스, 박정수 역, 『누가 슬라보예 지젝을 미워하는가』, 앨피, 2005, 127~150쪽 참조.

78 슬라보예 지젝, 이성민 역, 『부정적인 것과 함께 머물기』, 도서출판 b, 2007, 453쪽.

『도시의 흉년』[79]의 비판적인 타자들은 지씨 일가의 가장 속물적인 약점을 드러낸다. 도시의 주체는 로컬적 타자들에 의해 와해되고 그들의 일상은 새로운 방식으로 절합된다. 『도시의 흉년』에서 소설을 이끌어가는 초점 인물 수연은 냉소적 주체이자 타자로부터 영향을 많이 받는 인물이다. 할아버지 대를 이어 남매 쌍둥이로 태어난 수빈과 수연 남매는 '쌍둥이 남매는 상피 붙는다'는 전근대적 미신에 지배받는다. 집안을 일으키기까지 물욕의 화신이 된 어머니, 무능력한 아버지, 상피에 대한 극한 혐오로 수연을 증오하는 할머니, 소비지향적인 언니 등 수연은 어른들의 비의적 태도와 배금주의적 태도를 비판하며 관찰자적 태도를 유지한다. 어려서부터 가족으로부터의 배제와 가난, 성차별 속에서 자란 수연은 자신이 가족의 타자라는 피해의식을 갖는다. 그럼에도 불구하고 수연은 경멸하는 어머니의 '돈'으로 모든 사치스러운 의식주를 해결한다. 또한 어머니의 치부과정을 비판하지만 자신의 자립과 상관없이 자신이 "태어난 고장의 허구는 온전한 채로 보존돼 있길" 바란다. 자신이 누리는 현실이 변하지 않기를 바라고 그런 현실과 비의적 저주에서 벗어날 수 없는 운명의 무기력함을 인정하면서 현실과 그런 자신에 대한 자의식적 거리를 유지하는 태도[80]야말로 냉소적 주체의 표상이다. 아버지와 어머니의 도덕성을 징치하고자 하나 결국 가장 비도덕적이자 물신주의적 부인의 태도가 강조되는 인물 또한 수연이다. 아버지의 부정을 돕고 어머니를 치매로 몰고 가는 결정적인 파국의 행위는 그녀로부터 나오기 때문이다.

『도시의 흉년』에서 한국전쟁 이후 천민자본주의의 토대 위에 세워진

79 박완서, 『도시의 흉년』 1~3(박완서 소설전집 3~5), 세계사, 2012.
80 페터 슬로터다이크, 이진우・박미애 역, 『냉소적 이성 비판』, 에코리브르, 2005, 46~50쪽.

지씨 가家를 무너뜨린 것은 세 명의 타자들이다. 수연은 타자들을 향해 주체의 시혜적인 베풂의 논리를 설파하며 "베풂을 받는 자의 자세는 무릎을 꿇는 자세여야 하는 것"이라고 강조한다. 타자들은 주체 수연의 냉소와 적대를 불식시키는 각자의 방어력을 갖는다.

지씨 일가의 상징적인 가장이지만 실제적으로 가장 무력한 인물은 아버지이다. 아버지의 경제적 무능력은 어머니의 치부 능력과 반비례한다. 성기능의 불구화, 병신육갑 춤으로 발산되는 권태는 삶의 무기력함이 육체적 불구의 기표로 작용함을 의미한다. 이를 표상하는 아버지의 절름발이 첩은 아버지의 남성성을 회복시키고 어머니의 여성성을 공략한다.

> 이 여자는 그 불구의 다리를 애처롭게 끌고, 아버지의 횡포에 가까운 무자비한 혹사에 노예처럼 순종했었다. 그러다가 불구의 다리를 긴 치마로 가리라는 아버지의 명령엔 단호히 불복종하며, 불구의 다리를 여봐란 듯이 뻗어서 그 미움을 남김없이 노출했었다. 그때 여자는 고집스럽다 못해 눈부시게 오만했었다.
>
> 이 여자의 불구야말로 아버지도 조종할 수 없는 이 여자만의 것이었던 것이다. 이 여자는 온몸으로 아버지에게 굴종하면서도 미운 다리만은 오히려 아버지의 굴종을 받기를 바라고 있었고, 실제로 그런 경지에까지 이르렀던 것이다.
>
> —『도시의 흉년』 2, 190쪽

어머니의 능력 앞에서 발기 불능이던 아버지는 자신만을 바라보며 공대하는 절름발이 첩으로부터 아들을 얻는다. 심리적 안정감으로 성적 능력을 회복한 아버지는 자신이 직접 이룩한 가정을 지키기 위해 어머니의 경제적 성공을 갈취한다. 아버지는 절름발이 첩의 동생을 운전수로 고용하여 어머니의 불륜을 조장하고 첩의 오빠들을 직원으로 채용하여 어머니의 공장과 재산을 잠식한다. 불능의 아버지를 향한 정절을 유일한 가치로 삼던 어머니의 정조를 계획적으로 훼손함으로써 아버지는 절름발이 첩보다 더 비열한 부도덕자가 된다. 절름발이 첩은 아버지가 바라는 가부장성을 그대로 감내하고 그 가부장성을 반향하여 아버지 스스로 첩의 가정을 지키도록 유도한다.

> 아무것도 바라지 않을 테니 다만 자기가 지대풍의 첩이라는 것과 수남이가 첩의 자식이라는 것만 인정해달라. 그것이야말로 얼마나 자신만만한 도전일까.
>
> 그 여자야말로 가장 정확하게 우리 집의 허약성을 꿰뚫어보고 있음이 분명했다.
>
> —『도시의 흉년』 2, 312쪽

상류사회에 편입하기 위해 벼락부자의 부와 법관 사위의 권력을 결합시키려던 부모의 태도에 비해 절름발이 첩은 자신의 불구성을 그대로 노출하며 자의식을 강하게 드러낸다. 집안의 불구성을 숨기기에 급급한 수연의 가족들에 비해 절름발이 첩은 몸의 불구성을 가시화한다. 자신의 정체성이 약점이 되지 않기 위해 권력과 결탁을 시도하거나 은폐하는 어머니에 비해 절름발이 첩은 자신의 약점을 "무기 삼아 휘두를 수 있는" 강점을 가졌고 어머니의 무기인 돈이 아닌 서자와 첩의 정체성에 대한 인정투쟁을 벌임으로써 어머니의 허점을 노린다. 돈으로 무마할 수 없는 정체성의 인정을 요구하는 절름발이 첩의 태도는 어머니와 수연의 배금주의와 시혜성을 무력화한다.

두 번째로 순정은 도시의 변두리인 정릉의 산동네에서 가난하게 살아가는 로컬적 인물이자 부의 가치를 최선으로 아는 수빈의 어머니와 대척점에 선 타자이다. 수빈은 할머니와 어머니의 과잉보호를 받으며 집안의 모든 혜택을 누리는 인물이다. 그는 어른들의 '익애溺愛의 세계'에서 벗어나고자 하지만 자신감이 결여된 인물이기도 하다. 수빈을 놀리기 위해 수연은 순정과 미팅을 주선하지만 수빈과 수연은 속물적인 세계와 동떨어진 순정의 인간됨에 반한다. 순정은 "그녀의 사람됨의 깊은 본질에서 우러나오는 무구함과 건강함"을 지닌 인물이다.

> 가난뱅이가 가난이라는 것에 대해 긍지나 사명감 같은 걸 갖고 있으리라고 믿는 것처럼 가난에 대한 큰 오해는 없거들랑. (…중략…) 진짜 가난뱅이는 허구헌 날 가난에 넌더리를 내야 하고, 혹시 바늘구멍만 한 출구라도 어디 없나 해서 눈에 핏발이 서 있어야 하고, 온갖 상상력을 동원해서 부자들의 생활을 꾸며 놓고 거기 침을 흘려야 돼. 부자들이 시들하게 지천으로 누리는 일상이 가난뱅이에겐 정열과 목숨까지 바쳐도 아깝지 않은 꿈이요 이상이야.
>
> —『도시의 흉년』 3, 23쪽

수연은 순정과 만나면서 지속적인 갈등을 겪는다. "자기 자신마저 불확실"해지는 심리적 갈등은 자신이 거리감을 두고 바라본 속물의 세계에서 벗어날 수 없다는 확인과 순정을 통해 목도하게 되는 가난의 참상 간의 괴리이다. 수연은 가난의 극적인 장면을 무감각하고 무감동하게 지켜보던 순정을 정서적인 박약으로 느낀다. 하지만 순정에게 가난은 일상의 현실 그 자체이다. 그녀는 가난한 자들의 "속성인 무지, 특히 성적인 무지, 미신, 그런 것에 대한 미움"을 그대로 환대한다. 가난을 의식하고 순정을 통해 자비를 베풀고 있다는 수연의 우월감과 도취가 순정의 반향으로 비로소 허위로 판명된 것이다. 소설에서는 순정이 자신의 감정을 지키려는 태도를 보일 때마다 수연에 의해 박약의 상태로 비하된다. 수빈의 모친에게 수모를 당한 순정은 "사람에게서 오로지 인두겁만 남겨놓고 모든 사람다움을" 짓밟는 가난의 악덕보다 돈이 더 큰 악이라고 비판한다. 순정은 지씨 일가를 구성하는 배금주의적 물욕을 간파한다.

'순정'적인 인물의 인간성은 자신을 능멸하던 수빈의 모친이자 치매에 걸린 시모를 외부로부터 '강요'된 것이 아닌 스스로 우러난 '연민'으로 대한다. 순정은 가난한 지역에 봉사활동을 하듯 수빈의 모친을 동일하게 인간적이고 일상화된 태도로 환대한다. 순정의 이런 태도는 주체 수연의 교만하고 시혜적인 정체성을 교란하고 수연이 독립된 주체로서 자립하는 데 큰 영향을 준다.

『도시의 흉년』의 세 번째 타자인 구주현은 지씨 일가의 물질성과 상관없는 타자성으로 주체를 매혹하는 인물이다. 구주현은 "낳을 때부터 핏줄 같은 건 없었던 것 같은 완전한 후레자식성"을 보이기도 하지만 "예의범절로 어른을 대하는 양갓집 자제다움 역시 그 특징"이기도 한 양면적인 인물이다.

> 실은 나도 탈 속의 구주현을 좋아했었다.
>
> 탈을 통해 본 두레박 우물처럼 깊고 깊은 그의 눈을 좋아했었다.
>
> 그러나 그 속에 깊이 잠긴 그의 영혼에 도달하기 위해선 일단 그 속으로 추락하지 않으면 안 된다. 추락해서 내가 만날 수 있는 건 과연 그의 영혼일까. 어쩌

> 면 나의 파멸이나 아닐는지. (…중략…) 그와의 접근의 상상은 번번이 추락의 쾌감을 동반했고, 그런 쾌락이란 파멸의 공포하고도 일치하는 것이어서 나는 깊이 몸을 떨었다.
>
> —『도시의 흉년』 2, 223~224쪽

가면 밑에 은폐되어 있으리라는 어떤 진실보다 가면에 더 많은 진실이 함축되어 있다. "상호 주관적인 상징적 그물망 속에서 우리가 차지하는 실제적 장소를 결정"하는 가면은 "수행적 차원에서 우리가 가장하는 그것으로 만든다".[81] 구주현은 고고, 탈춤, 드럼 등 예술을 통해 자신을 억누르는 현실에 대한 해방감을 발산한다. 골수의 농사꾼 아버지와 가난한 장사꾼 집안의 어머니 사이에 태어난 구주현은 태생적으로 불완전성을 지닌 인물이다. 농촌과 가난의 로컬성과 더불어 반골기질이 농후한 그는 야학, 탈춤, 학생 운동 등을 통해 시대에 저항한다. 수연이 이모의 화냥끼를 좋아하듯 그녀가 매력을 느끼는 구주현의 딴따라 정신과 운동권의 저항 정신은 주체에게 결여된 잉여이다. 소설의 다른 타자들과 달리 구주현은 수연의 집안과 직접적인 상관성을 갖지 않는다. 그러나 수연의 애인으로서 구주현은 수연을 변모시키는 데 가장 결정적인 역할을 하는 타자이다. 탈춤판에서 처음 구주현을 만난 수연은 "탈이 조금도 흉측하지 않고 자기의 예전 얼굴, 자기의 속 얼굴 같은 친근감이 생기면서, 아직도 정직해지지 못한 복잡한 얼굴들이 오히려 탈바가지 같은 느낌이 들고 벗겨내고 싶은"『도시의 흉년』 1, 341쪽 충동까지 느낀다. 탈을 통해 구주현을 경험하는 수연은 자신이

81 슬라보예 지젝, 주은우 역, 『당신의 징후를 즐겨라!』, 한나래, 1997, 78쪽.

쓰고 있는 부유층의 탈과 냉소적인 내면의 거리에서 어쩌면 전자가 진실일지 모른다는 두려움을 경험한다. 자립을 향한 열망과 상피 소동이후의 내쫓김을 감당할 수 있던 까닭도 그녀가 탈의 진실을 수용했기 때문이다. 구주현의 탈에서 느껴지는 정체성의 반향은 수연을 교란시킨다.

수빈과의 오해로 '상피'의 저주를 믿고 싶은 어른들과 상관없이 수연이 진정으로 자유로워지는 계기는 구주현과의 사랑으로부터 시작된다. 구주현은 수연에게 없는 "완전한 자유의 경지"를 대리 체험하게 한다.

이상의 세 인물들은 지씨 일가의 단점을 부각하고 반향하며 물신주의로 물든 주체들의 정체성을 교란해서 파멸시키는 타자들이다. 이들 타자는 지씨 일가의 자녀 중 가장 극적인 삶을 살며 능동적 인물인 수연을 변모시킨다. 수연은 자신을 둘러싼 적대적이고 환멸적인 상황에 대해 자의식적인 거리두기를 하는 냉소적 주체이기도 하다. 『도시의 흉년』에서 타자들은 지씨 일가에 의해 억압되고 적대되지만 동시에 정체성과 연민, 사랑이라는 키워드로 주체의 정체성을 교란하고 그들과 공존의 환대를 위해 주체를 변모시키는 능동적인 역할을 한다.

「거저나 마찬가지」[82]에서는 민중을 위한 운동권자의 시혜적인 태도를 비판하고 그들의 거짓된 공감의 환대를 간파한 타자의 태도 변화를 제시한다.

「거저나 마찬가지」의 화자는 "자기 사람이 필요하다"는 친척 아저씨의 취직 조건으로 봉제 공장에 취업하지만 오히려 위장 취업자인 고교 선배를 돕게 된다. 가난으로 이류대학조차 졸업하지 못한 화자의 열등감은 언니가 고학력자임을 의심하는 민감한 촉수로 작용한다. 화자는 생존을 위

82 박완서, 「거저나 마찬가지」, 『그리움을 위하여』(박완서 단편소설 전집 7), 문학동네, 2013.

한 운동에 선택의 여지가 없는 자신들과 달리 "선택해서 이렇게 살고 있다"라는 언니의 떳떳함, 화자의 리라이팅에 흡족해하며 자신의 그림자로 숨겨두고 활용하는 언니의 기민함까지 읽어내며 '타자를 위한 운동권'이 '타자를 이용하는 허위'임을 반향한다.

소설은 화자를 중심으로 민중인 박기남과 운동권을 대표하는 언니, 두 인물을 극단적으로 대조한다. 화자가 사랑을 느끼는 박기남은 천성적으로 '측은지심'을 소유한 인물이다. 계산적이지 않은 그의 책임감은 자신과 직접 상관없는 공장 사고도 나서서 수습하지만 누구보다 민중의 편에서 사고를 수습해야 할 언니는 "그 일을 기화로 동료들의 분노를 총집결해 불을 지필 만반의 준비"154쪽를 하고 있다가 갈등 없이 일이 수습되자 실망의 빛을 보인다. 같은 사고를 대하는 두 사람의 태도는 가난을 대하는 천성과 계획적이고 인위적으로 정치화하려는 환대의 인식 차이에서 비롯된다.

화자가 기남과 언니와 각각 맺은 구두 계약은 민중 / 운동권, 타자 / 주체의 대비를 심화해서 보여준다. 기남의 인간적인 면모를 확신한 화자가 결혼계약 없이 동거를 시작하듯 재회한 선배 언니의 번역일 역시 '프리랜서'라는 직함의 낭만성으로 조건 없이 시작한다. 화자에게 번역 과정에서 동화작가로 데뷔할 수 있다는 환상을 심어준 언니는 그러나 화자의 능력과 금전을 모두 갈취하며 자신의 이력을 쌓아간다. 이런 사실을 모두 알고 있는 화자는 언니의 태도에 거리감을 두고 관찰하며 '일'을 한다는 자체에 만족하고 감내한다.

화자를 이용하는 언니의 불합리함은 '집' 문제에서 극에 달한다. 가족에게나 내줄 수 있는 잠자리, 신혼의 방을 친구에게 기꺼이 개방하는 기남에 비해 별장까지 소유할 정도로 부유해진 인권 운동가 언니는 구두 계약으로 오백만 원의 전세금을 챙기며 화자에게 별장을 전세 준다. 차츰 '거저나 마찬가지'의 경제관념은 민중인 화자를 위한 환대가 아닌 인권운동가 언니에게 유리한 개념으로 변모해간다.

> 나는 비로소 '거저나 마찬가지'를 심각하게 의심하기 시작했다. 거저면 거저고 아니면 아니지 마찬가지란 무엇일까. 이 집을 정말 거저로 빌려준 거라면 나로부터 아무런 대가도 바라지 말아야 한다. 전세금이 살아 있어 내가 전세를 든 거라면 당연히 전세 들어있는 동안의 내 프라이버시는 보장돼야 한다. 그러나 내가 이런 심각한 의문에 사로잡혔을 때는 이미 나의 오백만원은 없는 거나 마찬가지였다.
>
> ―「거저나 마찬가지」, 172쪽

화자와 기남의 노동력으로 변화된 집은 언니의 주말 별장이 되고 화자의 신분은 전세인이 아닌 별장 관리인으로 전락한다. 화자는 별장의 가치를 높이고 주변 땅값의 시세를 높이는 역할을 위해 '거저'의 대상이 된 자신을 깨달으며 비로소 지금까지 언니가 자신에게 보여준 태도를 반추하고 비판한다. 언니의 행위를 그대로 받아들이고 반항하던 화자는 가장 가난하고 가까운 '민중'인 자신이 대의의 개념에서 소외되었으며 공감의 환대 대상이 아님을 인식한다. 언니에게 '나'로 비유되는 민중은 성공을 위한 '거저'의 발판이 되고 현재도 여전히 '거저나 마찬가지'로 대가 없는 실익의 착취 대상이 되는 셈이다.

소설의 결말에서 화자는 '거저'의 횡포 앞에서 자신의 일상을 먼저 변화시키려 한다. 타인에 대한 배려가 천성인 기남에게 화자는 '거저'의 기만을 인지시킨다. 화자는 고아인 기남에게 '식구'라는 명목으로 '거저나 마찬가지'의 노동력을 착취하는 친척들로부터 품삯을 강요하라고 이른다. 조건부적인 환대조차 용인하지 않는 주체를 향해 무조건적인 타자의 전도된 환대에 화자는 제동을 건다. "인간관계 속에 숨은 그럴듯한 허위의식을" '돈 얘기'로 걷어내면서 화자는 자신들의 섹스에도 대가와 책임을 요구한다. '거저의 근성'을 버리고 아이를 기회로 생활에 변화를 추구하듯 이제 그들의 주변 일상은 타자에게만 '거저'가 아닌 마땅한 '교환'과 '권리'가 자리해야 한다는 것을 소설은 강조한다. 주체의 기만적인 현실에서도 타자인 화자는 타자성을 스스로 환대하며 일상의 변화를 꾀하는 것이다.

「거저나 마찬가지」에서 타자는 위선적인 주체에게 직접적인 반격을 가하지는 않기에 주체는 여러 변수에도 불구하고 타자의 능력에 기생해서 자신의 목적을 달성한다. 그러나 소설의 결말에서 변모하는 타자의 적극성은 주체의 행위가 더 이상 정당화되기 어려울 것을 예감하게 한다. 아울러 불변할 주체의 현실을 고발하면서 화자는 주체의 자리에 독자를 위치시킨다. 「거저나 마찬가지」는 박완서 소설 중 전쟁소설이나 작가의 자전적 내용이 아닌 타자 지향의 소설임에도 불구하고 1인칭으로 진행되고 있다. 때문에 독자들은 화자의 발언이 작가의 생각을 충실히 전달한다는 생각과 더불어 화자를 신뢰한다. 화자의 입장에서 전달되는 주체의 비도덕적 행위는 글을 읽는 독자들의 가치관에 숨겨진 허위의식도 반향한다. 소설은 가난한 민중의 근처에서 그들의 권익을 위한다는 운동권자들조차 가난을 자신의 경력에 이용하며 진정한 공감의 환대를 모색하지 않는 현실을 비판한다. 자본주의 시장의 경쟁 논리에서 '나'의 소유가 우선시되는 현실은 반대로 '남'의 소유, 노동력이 나를 위해 봉사하는 것에 둔감하기 쉽다. 소설은 독자에게 현재 내가 누리는 안락함이 공존하는 타인의 영역을 '거저나 마찬가지'의 착각으로 침범한 대가는 아닌지 반성하게 한다.

「부끄러움을 가르칩니다」[83]는 자신의 부조리를 객관화하지 못하는 주체에게 '부끄러움'이라는 감각의 회생을 '가르치는' 타자의 비판이 능동적으로 묘사된다. 「부끄러움을 가르칩니다」의 화자는 '부끄러움'에 민감한 인물이다. 자신의 실수나 도덕성에 반하는 상태를 못견뎌하는 화자는 자신의 내부에 "유독 부끄러움에 과민한 병적인 감수성"이 있다고 느낀다. 그런 화자의 부끄러움이 둔감해진 계기는 피난 시절에 있다. 홀어머니와 어린 동생들이 함께한 피난살이는 가난의 바닥을 경험하게 한다. 피난지에 미군부대가 정착하자 장녀인 화자는 집안의 생계를 위해 양공주 되기를 강요받는다.

> 나는 무서워서 온몸이 오그라드는 것 같았다. 아마 그 순간 내 내부의 부끄러움을 타는 여린 감수성이 영영 두터운 딱지를 붙이고 말았을 게다. 제 딸을 양갈보 짓 시키지 못해 눈이 뒤집힌 여자를 어머니로 가진 여자. 그 가슴의 그 징그러운 젖을 빨고 자란 여자가 어떻게 감히 부끄럽다는 사치스러운 감정을 간직할 수 있을 것인가.
>
> —「부끄러움을 가르칩니다」, 317쪽

부끄러움이라는 감성은 자신이 감당 안 되는 상황에서 벗어나고자 하는 감각이다. 그것은 부끄러운 상태의 나와 그런 나를 바라보는 탈주체적 시선의 이분화 속에서, "주체화와 탈주체화, 자기를 잃음과 자기를 갖춤,

83 박완서, 「부끄러움을 가르칩니다」, 『부끄러움을 가르칩니다』(박완서 단편소설 전집 1), 문학동네, 2013.

노예 됨과 주인 됨의 절대적인 공존 속에서 산출되는 것이다".[84] 하지만 피난 시절 화자가 겪은 상황은 객관적 현실과 자의식적 사안을 구분할 수 밖에 없는 절대적인 현실의 문제이다. 그런 현실을 생존으로 무화하는 어머니 앞에서 화자의 자의식은 철저히 적대된다. 딸의 순결을 전제한 도덕성이 생존 앞에서 무너진 시대에 심리적 결벽조차 사치가 된다.

'생존'이 시대의 면죄부가 되어 화자는 세 번의 결혼과 두 번의 이혼을 경험한다. 무식하고 교만한 시댁에서 아기를 낳지 못하고 이혼을 '선택'한 첫 번째 결혼, 돈과 명예, 처복만을 밝히는 두 번째 결혼을 거쳐 세 번째, 화자가 결혼한 상대는 배금주의적인 장사꾼이다. 세 번째 남편과의 삶에서 화자는 근대 도시의 경박함을 닮아간다. 경쟁과 과잉으로 분망한 남편의 생활에 맞춰야 하고 집에서 전화까지 전세로 구색을 갖춘 삶은 화자를 양공주로 만들고자 한 어머니와 다를 바 없는 억압이 된다. 옛 동창을 만나는 일조차 인맥으로 계산하는 남편은 "어떡허든 우리도 한밑천 잡아 한번 잘 살아봅시다"를 강조하며 일확천금을 노리는 인물이다. 화자는 기존 남편들과 헤어질 때마다 생각한 '징그럽다'는 언급을 세 번째 남편에게도 동일하게 적용한다. 이때의 징그럽다는 혐오감은 부끄러움을 대신한 감정이다. 혐오의 대상에서 자신을 인식하며 한편으로 그런 혐오로 자신이 인식되지 않을까하는 두려움이 전제된 감정이기 때문이다.[85]

---

84 조르조 아감벤, 정문영 역, 앞의 책, 161쪽.

85 아감벤은 하이데거가 언급한 부끄러움과 혐오감의 연관관계를 벤야민의 혐오감 논의와 전유하여 설명한다. 부끄러움이란 존재 전체를 가로지르고 규정하는 존재론적 감정으로서 인간과 '존재' 사이의 만남을 고유한 장소로 한다. 혐오감도 비슷한 패러다임으로 설명할 수 있다. 혐오감을 경험하는 사람은 어떤 식으로든 혐오 대상에서 자신을 인식하는 한편으로 자신이 인식되지 않을까 두려워한다. 그는 어떤 절대적 탈주체화 속에서 자신을 주체화하는 것이다. 위의 책, 161쪽.

남편의 속물성을 혐오하면서도 화자 역시 그와 닮은 속물성을 반향한다. 오랜만에 동창들을 만난 화자는 물건을 감정하고 값을 매기듯이 "그녀들을 순식간에 감정"한다. 고급 의상 속에 비친 싸구려 낡은 내복과 거칠고 상스러운 손에 끼워진 다이아 반지, 세련된 양장을 입은 친구의 피곤과 싫증이 밴 맞벌이의 고됨 등을 한눈에 알아낸 화자는 "알아낸 것 이상의 것을 그녀들에게서 알아내고픈 흥미가 전연 일지" 않는다. 화자의 친구들은 그녀가 세 번의 결혼을 한 것을 알면서도 그녀로부터 사실을 확인하려든다. 그들은 개인의 특수한 삶의 이력이 생략된 결과만을 비판의 도구로 삼는다. 친구들의 의도를 간파한 화자는 변명의 여지없이 사실을 긍정함으로써 부끄러움이 소거된 태도에 대해 친구들의 경멸을 받는다. 그리고 화자는 자신에게 소진된 부끄러움을 여전히 간직하고 있다는, "부끄럼 타는 마지막 인간"이라도 될 경희를 접한다. 소설에서 경희를 대하는 화자는 비판적이다. 경희네의 부유함을 선망하며 그에 대한 반응으로 자신의 형편을 읽어 내려는 친구들의 의도를 화자는 이미 파악한다. 상대방의 경제력부터 알고 싶은 세속적 호기심에 대해 화자는 모르는 척이 아닌 실제로 자신도 정확히 알지 못하는 사실 자체로 대한다. 또한 자신의 부를 과시하는 경희에 맞서 집의 규모와 세간이 외적 차이가 있을지언정 "금전적 가치와 전시효과 외엔 특별한 심미안이나 애정을 두지 않긴 마찬가지일 테니, 그것들이 무의미하기도 마찬가지"323쪽라는 태도를 보인다. 화자는 도덕적, 현실적으로 자신을 소외하려는 주체 앞에서 그들을 비판하며 오히려 세속적 태도 그대로를 반향함으로써 그들의 의도를 무화시킨다.

뱅어처럼 가늘고 거의 골격을 느낄 수 없는 유연한 손가락에 커트가 정교한

에메랄드의 침착하고 심오한 녹색이 그녀의 귀부인다운 품위를 한층 더해주고 있다. 아름다운 포즈였다. 그러나 부끄러움은 아니었다. 노련한 연기자처럼 미적 효과를 미리 충분히 계산한 아름다운 포즈일 뿐이었다. 부끄러움의 알맹이는 퇴화하고 겉껍질만이 포즈로 잔존하고 있을 뿐이었다. 나는 실망과 안도를 동시에 느꼈다.

—「부끄러움을 가르칩니다」, 324쪽

부끄러운 상황에 대한 존재론적 인식이 결여된 경희의 부끄러움은 포즈만이 남은 부끄러움의 모방일 뿐이다. 세속에 경도된 경희의 태도는 진실의 가치보다 세속의 가치가 우선시되는 심리적 갈등의 기회조차 무화된 제스처에 불과하다. 부끄러움의 진위를 가리는 화자는 경희도 다른 동창과 다를 바 없이 속물적이라는 점에 안도하면서도 부끄러움의 가치가 결여된 현실을 혐오한다. 화자의 경제 상태를 파악하지 못한 경희는 화자에게 남편의 출세를 위한 내조 차원에서 일본어 학원을 동행하자고 제의한다. 화자와의 친분보다 화자의 배경에 흥미를 보이는 경희와 고위층 부인인 동창과의 처세술을 강조하는 남편은 동일한 부류의 인물들이다. 경희에게 특별한 기대가 없는 화자는 남편에 대한 혐오로 "이혼을 하게 되면, 일본어로 자립 밑천"을 삼을 생각을 하며 일본어 학원에 다니지만 그조차도 쉽지 않다.

세속된 현실에 복무할 계획으로 시작한 일어 학원이지만 화자는 일어 덕분에 부끄러움의 감각이 재생되는 기회를 맞는다. "어느 촌구석에서 왔는지 야박스럽고, 경망스럽고, 교활하고, 게다가 촌티까지 더덕더덕 나는 일본인들"326쪽에게 "경제 제일주의 나라의 외화 획득의 역군답게 다부지고 발랄하고 긍지"에 찬 관광 안내원은 학원가에서의 소매치기를 주의시킨다. 타국어로 듣는 자국의 현실과 비하는 그의 내부에 잠재되었던 감각을 환희와 고통 속에서 환대할 계기를 준다.

소설의 서두에서 피난 시절 정신적인 지주가 되었던 의연한 남대문의 중심성은 복구된 서울의 근대화 속에서 향수조차 되지 못하고, 번화가의 횡단보도를 타인과 바삐 걷는다는 것만으로도 충족감을 느껴 목적을 잃고 방향성을 상실하는 맹목적 모방은 1970년대 자본주의 근대화의 현실을 그대로 전달한다. 부끄러움을 모르는 시대, 부끄러움의 상실이 당연시되는 시대에 화자는 부끄러움을 공유하고 '가르치겠다'고 한다. 지적인 영역에서 감각의 영역으로 전환된 가르침은 주체가 잊었거나 깨닫지 못한 공감의 환대이다. 이때의 수용 주체는 세 번의 개가를 실패하게 한 남편들과 동창들, 그리고 "경제 제일주의 나라"의 근대화 신화에 놓여 있는 당대인들과 현재의 독자를 포함한다. 소설은 과잉의 교육열로도 환대할 수 없는 부끄러움의 습득을 타자를 통해 전달한다.

박완서 소설에서 진정성을 고민하던 주체가 생존에 경도되어 도출된 자신의 빈핍의식을 부끄러움으로 성찰했다면, 타자 역시 동일한 감각의 부끄러움을 내재한다. 이런 현상은 1960년대 절대적인 가난의 타파와 생존 자체가 목적이던 시절을 지나 가난을 객관화하며 시대적인 성찰의 윤리를 필요로 한다는 것을 알 수 있다. 박완서는 당대인들이 감각하는 공통된 내부균열을 주체와 타자가 동시에 성찰하는 기제로 '부끄러움'에 주목한다.

「흑과부黑寡婦」[86]의 타자는 소문에 의해 구성된 인물이다. 그러나 주체가 실제로 경험하는 타자는 소문이나 공동체의 상식에 포섭되지 않기에 두

86 박완서, 「흑과부(黑寡婦)」, 『배반의 여름』(박완서 단편소설 전집 2), 문학동네, 2013.

려움과 이질감을 유발한다. 우리 동네의 광주리 아줌마 별명이 '흑과부'인 것은 검은 살결과 속셈이 검다는 중의적 표현이 포함되었기 때문이다. 광주리 장수와 날품팔이를 겸해 생활하는 흑과부는 죽지도 않은 남편을 죽은 것처럼 욕하며 자신이 과부라는 정체성을 은근히 밝힌다. 물건을 강매하며 허드렛일을 알아서 하는 흑과부가 투덜거리며 노출하는 정보는 실상 "과부라는 것과 숭인동 돌산 위 판잣집에서 산다는 것 외에" 없다. 욕으로 일상을 시작하는 흑과부의 전략은 "푸념이 듣기 지겨워서라도 그저 얼른 물건을 팔아주는 게 수"라는 반응을 이끌어낸다.

> 그녀의 남편은 양쪽 폐가 다 결딴나 죽을 날만 기다리는 폐병쟁이라는 게 제일 먼저 난 소문이었다. 이사 오는 날 그녀의 남편을 본 사람은 누구나 속으로 그 정도의 진찰은 하고 있었기 때문에 신기할 것도 없는 소문이었다.
>
> 이어서 그녀가 병든 남편을 얼마나 심하게 구박하나 하는 소문이 퍼졌다. (…중략…) 흑과부가 진짜 과부가 되고 나서도 그녀에 대한 지겨운 소문은 그치지 않았다. 산동네서 집이 헐린 사람은 잠실 아파트 입주권을 주는데 입주금 마련도 어려운 사람들은 언 발등에 오줌누기로 우선 입주권을 팔아서 쓰고 본다는 거였다. 그런데 아줌마는 입주금을 제일 먼저 마련해들였다는 소문이었다.
>
> 흑과부가 입주금 마련도 어려운 극빈자 속에 포함되지 않았다는 사실이 우리 인심 좋은 이웃들에게 안겨준 배신감은 엄청난 것이었다.
>
> —「흑과부(黑寡婦)」, 145 · 148~149쪽

"소문이라는 소통 양식은 확실과 불확실의 경계를 넘나드는 언어이다."[87] 흑과부의 남편이 살아있다는 사실에 동네 사람들은 큰 충격을 받지 않았으며 흑과부 역시 남편의 성불능을 내세워 이미 과부나 마찬가지라고 능청을 떤다. 동네 사람들은 그녀의 남편이 확인된 이후부터 흑과부라는 별명을 부르기에 그녀에 대한 모호함은 그녀의 일방적인 속임수가 아니다. 또한 흑과부의 남편이 폐병쟁이라는 것도 사실 여부를 확인하기 어려우며 그녀가 병든 남편에게 가짜 약을 먹이며 구박한다는 소문 역시 서마담네 식모의 사실 조작이나 과장일 수 있다. 흑과부가 서마담네 지하실에서 산다는 근접성이 소문의 신빙성을 더해주지만 갈기 힘든 연탄 보일러 때문에 식모를 구하기 힘들었던 서마담네가 흑과부를 이용할 속셈으로 자선을 베푼 계기로 미루어 본다면 흑과부에 관한 소문은 호의적이기 어렵다.

위의 인용문에서 두 가지 소문은 흑과부의 비인간성을 전제하는데 그녀의 성격에 대한 부정성은 비인간적인 몸의 괴물성과 연동된다. "희로애락뿐 아니라 상식적인 선악의 기준이나 성별, 연령, 용모의 미추가 사람에게 끼치는 영향으로부터도 초월"145쪽한 것 같은 흑과부는 "인간적인 감정의 교류를 위한 대화가 가능하다고 상상"할 수도 없는 경계적 인물이자 아브젝트abject[88]로서 중산층 일상에 불안을 야기하는 인물로 적대된다.[89]

---

87 김근호, 「박태원 소설 『천변풍경』의 서사적 재미」, 『현대소설연구』 56, 한국 현대소설학회, 2014, 90쪽.

88 아브젝트가 되는 것은, 부적절하거나 건강하지 않은 것이라기보다 동일성이나 체계와 질서를 교란시키는 것에 더 가깝다. 그것 자체가 지정된 한계나 장소나 규칙들을 인정하지 않는데다가 어중간하고 모호한 혼합물인 까닭이다. (…중략…) 도덕을 거절하는 것은 아브젝트가 아니다. 왜냐하면 도덕을 거절한다는 것은 도덕에 대한 관념이 부재하거나, 법을 인정하지 않음으로써 반항 · 자유주의 · 자살적인 범죄처럼 모종의 위대성을 품을 가능성이 있기 때문이다. 그보다 아브젝시옹은 도덕을 알면서도 그 가치를 부정하는 것이어서 훨씬 더 음흉하고 우회적이며 석연찮은 어떤 것이다. 줄리아 크리스테바, 서민원 역, 『공포의 권력』, 동문선, 2001, 25쪽.

89 정연희는 흑과부의 아브젝트적 특성에 대해 다음과 같이 피력한다.
"애도의 기간을 생략한 신속한 생명력은 두려움과 혐오감을 불러일으키지만, 동시에 아브젝트 속에서 중산층의 알량한 자비심과 일상적 속물성은 분리되고, 화자는 자연적인 생명감을 그녀의 괴물성은 오염될 수 있다는 점과 가난의 동질성으로 추락할 수 있다는 예시로서 주체에게 거부된다. 그러면서도 그녀는 정당한 구매와 노동력의 대가가 마치 그녀에게 적선을 하는 듯한 착각을 일으키게 하는 전략적 인물이다. 그녀에 대한 편견과 소문은 경계가 불분명한 외양으로 사람대접을 못 받게 하고 그럼에도 불구하고 그녀를 끊임없이 필요로 하게 만드는 거부와 매혹 사이에 발생하여 주체를 불안하게 한다. 흑과부의 남편이 사망했다는 사실을 듣고 화자는 자신의 아이의 시선을 의식하며 제스처에 불과한 문상을 한다. 그곳에서 화자는 평소 자신이 품고 있는 상가喪家의 이미지와 다른 분위기에서 흑과부를 접하고 혼란을 느낀다. "그녀의 팔뚝의 싱싱함"과 빨고 있는 "이불의 진분홍", "표정없이 담담한" 그녀의 태도와 "물건 팔고 돈 받을 때처럼 당연하게" 조의금을 받는 그녀의 태도는 상가에 대한 주체의 상식에 포섭되지 않는 타자의 형상이다. 그러나 다음 장면에서 화자는 엄마의 눈물을 살피는 막내 앞에 타자의 불행을 받아들이지 못한 자신에게 '심한 부끄러움'을 느낀다.

소문에 대한 공동체의 태도는 화자가 보인 중산층의 허위의식과 교만의 시혜성이 집단화한 모습을 보여준다. 관용 담론이 관용을 베푸는 자의 우월성을 드러내면서 관용의 대상을 비대칭적으로 대상화하는 이데올로기[90]가 되는 것처럼 주체의 시혜성은 부자와 빈자를 가르는 경제적 조건

발견하게 된다. 흑과부를 한정하는 사회 신체적 기호가 제거된 평등한 생명성을 발견하게 되는 것이다." 정연희, 「박완서 단편소설의 생태문학적 가치」, 『어문논집』 68, 민족어문학회, 2013, 320쪽.

90 "나는 관용적인 사람이다"라는 선언은, 주체에게 품위와 예의 바름, 절제와 아량, 세계시민주의와 보편성 그리고 폭넓은 시야를 안겨주는 동시에, 관용의 대상이 되는 이들을 부적절하고, 무례하며, 근시안적이고 편협한 이들로 구성한다. 웬디 브라운, 이승철 역, 『관용』, 갈무리, 2010, 285쪽.

만이 전제 대상이 된다.

흑과부의 소문은 '보기'보다 '듣기'에 더 가깝지만, 그것은 재현의 자기 동일적 성격을 가장 잘 드러내는 예 중의 하나이다. 소문은 그 대상이 되는 타자가 어느새 실종되고 그 소문을 주고받는 주체들의 입과 귀만 남는 말의 행로이다. 소문에서 소문의 대상은 부재하며, 소문은 소문을 나르고 듣는 사람의 '상상적인 것'에 지나지 않는 것이다.[91] 소문은 일종의 집단적 상상체계의 언어로서 마치 꿈과 같은 역할을 한다. 그 속에서 혼재되어 있는 정보, 신념, 가치, 욕망 등은 언어로 구축되는 중산층의 유대성 혹은 연대성의 표지가 된다. 소문은 소문을 유통하는 개인들에게 공동체 일원이라는 은밀한 환상을 심어준다.[92] 흑과부가 입주금을 제일 먼저 마련했다는 소문에 분노한 이웃들은 "여직껏의 그녀와의 거래를 크나큰 자선처럼 느꼈고, 몰수할 수 있는 거라면 베푼 자선에 이자라도 붙여서 몰수하고픈 심정"149쪽으로 또 다른 소문을 공모하면서 적대의 증오를 키워낸다. 그래서 흑과부는 "남편을 아스피린도 아까워 밀가루를 섞어 멕이면서 그만한 목돈을 꿍쳐"놓은 비인간이 되고 "밀가루를 섞어 먹였다지만" "독약을 조금씩 섞어 먹여 줘였는지" 모르는 인물로 둔갑한다. 그녀를 착실히 이용하던 이웃들은 "간접화법의 사용과 의존적인 진술 구조" 안에서 "인용의 인용"을 반복하며 "빈틈이 있는 인용"을 유통한다.[93] 때문에 그들은 온갖 억측 속에 사건과 사건 사이의 여백을 채워가며 흑과부에 대한 악의적인 소문을 재생산해낸다. 흑과부에 대한 부정적인 소문의 공모는 "우리의 착

91 최성희, 「폭력과 초월－타자에 대한 폭력과 타자의 폭력」, 부산대 박사논문, 2011, 94~96쪽.
92 김근호, 앞의 글, 90쪽.
93 한스 J. 노이바우어, 박동자 역, 『소문의 역사－역사를 움직인 신과 악마의 속삭임』, 세종서적, 2001, 16~17쪽.

하고 인정 많은 이웃"이라는 반어적 수사와 함께 "이런 울분이 절대로 사사로운 감정이 아니라 적어도 의분義憤"이라는 도착을 만들어낸다. 그들의 의분은 위선적인 단결력을 만들어 "앞으로 흑과부 물건을 사지도 않고, 일거리도 주지 않기로" 결정한다.

각종 소문과 배제 속에 흑과부는 태연한 태도를 취한다. 소문을 향한 어떤 반박도 없는 반향의 상황에서 당혹스러운 것은 주체의 정체성 혼란이다. 화자는 파출부를 쓰면서도 차츰 흑과부의 편함과 강매하던 물건의 친숙함을 그리워한다. 심지어 흑과부의 상술을 두둔하면서 배척운동에 회의를 느끼기도 한다. 화자는 함께 배척운동을 결의한 다른 이웃들이 이미 흑과부를 이용한다는 것을 알게 되면서 자신도 흑과부를 불러들이게 된다. 진정성이 결여된 소문이 만든 배제의 수행성은 중산층의 개인주의 앞에 허약함을 드러낸다. 흑과부의 전략과 반향, 화자와의 소통은 주체 스스로 허위를 자각하게 하고 타자를 적대하는 공동체의 균열을 가시화하는 저항성을 갖는다.

「무중霧中」[94]은 공동체 내부에서 타자가 느끼는 괴리감과 더불어 타자가 관찰한 공동체에 영향을 주는 정보의 허상과 그것에 의해 침윤되는 주체의 불안을 반향한다. 무정형의 안개는 촉각을 시각화하는 특이한 형질로 다른 사물에 흡착하여 자신의 입자를 드러낸다. 소설의 주인공인 첩과 이웃인 범법자 역시 스스로 자신의 정체성을 표출하기 어려운 인물들이라는 공통점을 갖는다. 더불어 이들은 "쫓기는 불안"의 심리를 공유한다. 화자는 세 번의 개가로 불안한 자신의 심리를 십대 딸의 일상에 투사하는 엄마의 욕망을 그대로 반향하면서 도시로 출분한다. 성적 결백을 믿지 않는

94 박완서, 「무중(霧中)」, 『그의 외롭고 쓸쓸한 밤』(박완서 단편소설 전집 3), 문학동네, 2013.

엄마의 욕망에 대한 화답으로 화자는 도시에서 몸으로 생존하는 타자가 되는 것이다. 자신의 재벌 후원자를 '아빠'로 칭하지만 그녀의 의식주를 책임지는 가상의 가족은 "눈치껏 처신하는 게 귀염을 오래 받을 수" 있고 '첩'이라는 자신의 정체성을 자각해야만 붕괴되지 않는 불안한 관계이다. 아파트의 경제성을 생각하는 아빠와 정체를 발각당해도 탈출이 가능한 1층을 원하는 화자의 희망은 불일치한다. 이렇게 거주공간에 대한 공동체 내부 주체와 경계의 타자 사이에 시각은 비동일성을 보인다.

1층에 유일한 이웃인 옆집 남자를 향한 화자의 관심은 자신의 정체성을 숨겨야 하는 그의 의도를 자꾸 노출시킨다. 감춤이 서로의 신분 노출에 위협이 되는 역설적인 상황은 "누구에겐가 쫓겨 숨어 살고 있을지도 모른다는 의심"을 확신으로 전환시킨다. 소설 초반에 화자는 자신을 쫓기는 자로 규정하지만 결국 쫓기는 자의 정체성은 옆집 남자의 행위를 통해서 선명해진다. 화자는 그의 숨결과 심장박동에 자신을 합체하며 쫓기는 불안의 심리를 공유한다.[95]

화자와 옆집 남자는 불안의 정체를 명확히 파악하고 있는데 반해 아파트의 구성원들은 정체를 알 수 없는 불안의 무중霧中 속에 있다.

"설탕이 몸에 그렇게 해롭다면서요?"

"그걸 인제 알았수. 소금도 설탕 못지않게 해롭다는 게 밝혀지고, 아무튼 야단이야."

95 "우리가 누군가를 '누구'이다라고 말하고 싶은 순간 우리의 어휘는 혼란되어 그가 '무엇'이다라고 말하고 만다. 우리는 자기와 유사한 타인과 필수적으로 공유하는 성질들을 애써 묘사하게 된다. 그 결과 우리는 그의 특별한 유일성을 놓쳐버린다." 한나 아렌트, 이진우・태정호 역, 앞의 책, 242쪽.

“커피도 하루 석 잔 이상 마시면 심장에 부담을 준다는 게 밝혀졌다면서요?”

“된장이 암을 유발하는 게 밝혀진 건 어떡허구요? 그까짓 커피 끊는 건 문제 없지만 된장을 끊어야 할지 말아야 할지 요새 큰 고민이라니까요.”

“그러게 모르는 게 약이에요.”

“그렇지만 오늘 다르고 내일 다르게 새록새록 밝혀지는 사실이 신문 텔레비를 통해 쏟아져들어오는 걸 어떻게 모른 척해요.” (…중략…)

“일층에도 한 가구 더 있을 텐데요?”

이번엔 반장이 나한테 추궁했다.

“아, 네, 마침 부인이 여행 중이라나봐요. 제가 대충 전하죠 뭐.”

“전하는 거야 인쇄물도 있는데 뭐 어려운가요. 반상회란 어디까지나 참석에 의의가 있다는 데 대한 인식이 문제죠.”

“네, 그것도 전할게요.”

나는 내가 무슨 잘못을 저지른 것처럼 괜히 필요 이상으로 쩔쩔맸다.

—「무중(霧中)」, 314~315쪽

반상회에서 동네 사람들은 화자가 일층에 산다는 이유로 무시하며 타자화한다. 관찰적 태도로 그들을 대하는 화자는 그들의 맨션 콤플렉스에 오히려 ‘연민’을 느낀다. 맨션의 특권의식을 공유하지만 반상회의 내용은 그들이 겪어온 ‘서민 주택’의 일상과 다를 바 없다. 소설에서 주목되는 내용은 오히려 입주민의 일상과 상관없는 정보들이다. ‘매스컴’에 의해 확산되는 정보들은 “너무도 극소수를 대상으로 한 조사나 통계의 결과”임에도 불구하고 일방향적이고 동시다발적인 확산력으로 인해 일상의 불안을 가중시킨다. 정보의 근원과 정확성을 알 수 없이 ‘매스컴’의 권위만으로 사실로 둔갑하는 소문 앞에 공동체는 무방비로 노출된다. 소문은 '불안'에 의해 구성되며 '간접화법'과 '상호 의존적인 진술 구조'에 의해 공감하고 실천하면서 개인은 '집단적 주체'로 거듭난다. "소문 속에서 사람들은 혼자가 아니며, 늘 다른 사람들의 불안, 희망, 기대" 등을 나누어 가진다.[96] 정보가 구성하는 허위의 구조를 직시하는 것은 타자의 시선이다. 화자는 "아무리 보아도 갈피 잡을 수 없는 막막한 혼돈으로밖에 안 보이는 사람 사는 켯속"을 제한된 잣대로 "그 속에서 일어나는 문제와 현상의 의미를 밝혀내려는 노력"의 공구를 비판한다. 과다한 정보의 이데올로기는 불안을 조성하고 전염시키며 서로 공유하는 과정에서 끊임없이 재생산되며 증폭된다. 정보의 부분성은 불안으로 말미암아 전체를 장악하고 우려를 현실로 만들어버린다. 심지어 그들은 화자의 어머니처럼 "십대의 성경험 비율 증가"의 불안은 걱정이 지나친 나머지 "그들의 자녀가 거기 못 낀다는 건 다행스럽기 전에 불안한 일"이 되는 도착을 낳는다. 도시 공동체 구성원들의 불안은 '타자의 욕망désir 혹은 향유jouissance에 대한 불안'으로 재해석된다. 가늠할 수 없는 타자의 욕망에 직면한 주체가 갖는 의문과 더불어 불안의 본질적인 대상은 궁극적으로 상징화가 불가능한 실재이다.[97] 소설에서 아파트 공동체는 화자를 계급화하여 무시하지만 정작 소문의 본질을 꿰뚫지 못해 불안을 느끼는 쪽은 그들 자신이다.

「소묘素描」[98] 역시 공동체의 정보에 의해 가족관계 내부에서 인물이 느끼는 괴리감을 제시한다.

---

96 한스 J. 노이바우어, 박동자 역, 앞의 책, 18쪽.

97 홍준기, 「라깡과 프로이트 · 키에르케고르」, 『라깡의 재탄생』, 창작과비평사, 2002, 194~211쪽 참조.

98 박완서, 「소묘(素描)」, 『그의 외롭고 쓸쓸한 밤』(박완서 단편소설 전집 3), 문학동네, 2013.

소설에서 화자의 시어머니가 거실에서 재배하는 바이올렛은 '살리는 생명'으로서의 생명 권력[99]을 떠올리게 한다. 시어머니의 바이올렛은 휴면기 없이 사시장철 여러 빛깔로 피어난다. 자연을 거스르는 만개는 "사치스럽고 극성" 맞으며 "요괴롭다 못해 독기까지" 느껴진다. 타인에게 기꺼이 꽃을 분양하고 특별하게 키우는 비결을 '사랑'으로 언급하는 시어머니의 행위는 우세종만을 '살리는 생명'으로 인정하려는 왜곡된 모성의 파편이다. 시어머니의 사랑은 각종 재배도구를 이용한 비료와 약품의 투여, 조경의 세심한 조율에 의해 과학적이고 인위적인 돌봄을 의미한다. "잠시의 나태나 휴면도 허용하지 않고 만개滿開의 지속만을 강요"412쪽받는 꽃은 "플라스틱 조화와 다를 게" 없이 인공적인 존재가 된다. 시어머니의 생명 권력에 의해 재생산되는 바이올렛은 가시적인 완벽을 지향하는 화자의 가족 관계에 비유된다. 화자의 남편은 부유한 환경에서 자란 명문 법대 출신으로 대학원을 다니며 유학 준비를 한다. 외모와 조건이 어디에도 빠지지 않는 남편은 그러나 결정적으로 타율적인 의지박약의 인물이다. 남편의 삶은 어머니에 의해 인큐베이터에서부터 거실의 창가에서만 자라며 사랑의 이름으로 각종 영양제와 비료로 양육되는 바이올렛과 다를 바 없이 수동적이다. 퇴직한 은행원인 시아버지 역시 시어머니에 의해 구상된 화려한 옷을 입고 외출을 하거나 파트너 없이 집안 구석에서 정구치기를 한다. 시어머니를 제외하고 「소묘素描」에 등장하는 가족들은 목소리가 거세된 타자이다. 시아버지의 취향과 습속은 중간에 위치한 시어머니를 통

99 생명권력은 신체의 조련과 순응성을 증대시켜 효과적인 통제 체제로의 신체를 통합한다. 또한 종으로서의 신체, 즉 증식, 출생률 사망률, 건강을 관리 통제하는 조건으로서 생명권력이다. 안현수, 「푸코의 권력이론의 양상과 '주체'의 문제」, 『동서철학연구』 72, 한국동서철학회, 2014, 315쪽.

해 며느리에게 전달되는데 정작 당사자의 의견은 존중되지 못한다.

시어머니의 영역에 익숙해진 남편이나 시아버지와 달리 결혼으로 시집에 들어온 화자는 특별한 관리에 의해 시어머니의 가족으로 거듭난다. 시어머니는 전화 통화로 접하는 최신의 정보들로 화자를 훈육하고 관리한다. 「소묘素描」의 화자는 「흑과부黑寡婦」나 「무중霧中」의 인물과 같이 도시 공동체의 수행 언어에 의해 적대되고 타자로 구성되는 폭력적인 상태에 놓인다. 그리고 그녀는 정보에 의한 정체성을 그대로 수용하며 시어머니에게 반향한다.

> 그것보다 훨씬 생생한 현실감으로 느낄 수 있는 게 방 안에 충만한 정보였다. 증권시세, 사체시장 정보, 부동산전망, 누구라면 다 알만한 댁 자녀의 결혼 예물, 예단 소식, 그리고 며느리 다루는 법 등의 정보가 눈에 보이진 않지만 방 안에 가득 충만한 걸 나는 피부적으로 느낄 수가 있었다. 그분의 정보욕은 한이 없었다.
>
> —「소묘(素描)」, 413쪽

위의 인용문에서 전화는 소문의 생산과 유통, 소비까지 포괄한다. 정보라는 명명 아래 소문이 단순한 호기심을 넘어 수행될 때 정보교환은 목표물인 인물을 억압할 계기가 된다. 타인을 비방할 때는 일본어로 하고 심지어 화자의 전화까지 엿듣는 시어머니의 정보욕은 "정신의 공기"처럼 화자의 일상과 밀착되어 있다. 화자는 시어머니의 동류집단에 의해 일방향적으로 소통되는 소문에 공감하거나 흥미를 느낄 수 없다. 살아 움직이며 정보로 충만한 시어머니의 거실에 비해 화자의 별채는 돌파구 없는 정보가 모여 썩어가는 닫힌 세계이다. 시어머니의 감시하에 외부 통화를 해야 하는 화자는 타인들이 알고 싶어 하는 결혼 생활에 대해 진실을 밝히지 못한다. 운치 있게 자란 노송을 뽑아가며 '젊은것들 저희끼리 제멋대로 자유롭게' 살게 하기 위해 별채를 지었다는 시어머니의 전시된 희생의 이면엔 감시 통화와 차임벨의 수신호로 며느리를 조련하는 행위가 있다. 손님의 등급에 따라 비상벨의 숫자를 정하고 화자의 입성과 접대 방식을 지시하는 시어머니는 손님들 앞에서는 그녀를 칭찬하지만 자애의 가면 뒤로는 화자를 홀대한다. 화자가 비위를 맞출 대상은 시어머니의 성미가 아닌 "다양하고 변덕스럽기 짝이 없고 눈에 보이지 않는 최신의 정보"이다. 심지어 시어머니에 의해 수행되는 정보는 화자를 포위해 집밖의 영역에서조차 화자를 시어머니의 담론에 조종되게 한다. 이미 누구보다 자유스럽고 행복하게 사는 걸로 소문이 난 화자는 시어머니의 감시가 없는 집밖에서도 그 틀에 의해 연기해야 하는 기계에 불과하다. 그리고 담론을 향한 화자의 반향은 수동적인 며느리임에도 불구하고 새로운 정보를 욕망하며 끊임없이 화자를 향해 긴장의 끈을 놓지 않는 시어머니의 균열에 원인이 된다. 정보에 대한 시어머니의 호기심이 기대를 거쳐 수행의 연결고리로 발화되어 수신자인 화자에게 도달했을 때, 그것은 억압과 무기력, 비자발적 행동으로 이어져 표면상 화자 가족의 소통 불가능으로 귀결된다.

그러나 시어머니의 왜곡된 환대를 감당하는 가족들 내에서 화자는 저항의 연대를 모색한다. 시아버지에게 친화감을 느끼는 화자는 시어머니의 차임벨에 옷을 갈아입듯 시어머니의 취향으로 옷을 입는 시아버지에게 "같은 꼭두각시 신세끼리 마음만 통하면 반란"을 꾀할 수도 있다는 마음을 품는다. 아내에 대한 거부로 알코올을 선택한 시아버지의 주정은 시어머니가 틀어 놓는 클래식 오케스트라에 의해 "성대를 제거당한 맹수의 울부짖음보다도 더 비참하고 헛"되게[422쪽] 잠식된다. 목소리가 거세된 자리에 알코올로 거리를 두는 시아버지는 '반란하지 않는 반란'을 선택함으로써 수동적인 나름의 방식으로 시어머니의 권력에 저항한다. 실상 화자가 불안한 이유는 이런 가족 구도 안에서 자신 역시 시아버지·남편과 닮은 아이를 낳을 것 같은 기시감이다. 박제된 행복의 표본이 된 남편과 그 미래인 시아버지를 보며 화자는 '혁명'을 위해 우선 자신을 돌아본다. 비판적 타자인 화자는 남편이 일상에서 느끼는 '무력감'이 화자 자신이 정략결혼으로 선택한 결혼에 대한 '혐오감'으로 자리해 무기력의 악무한으로 진행됨을 깨닫는다. 그리고 화자는 이런 악무한의 끝에 자신들의 2세가 자리할 것을 두려워한 것이다. 소통 불가능한 가족 구도에서 화자가 시도하는 것은 일방향적 연대이다. 자신의 의지박약을 감추는 남편, 알코올만이 반전의 기회가 되는 시아버지 등 소통의 의지가 없는 이들을 향해 화자는 연민을 품으며 그들의 존재만으로 위안을 느낀다.

일상에 무기력한 남편, 목소리가 거세되어 의지를 상실한 시아버지, 유학을 핑계로 정략결혼 후 외부 정보에 의해 길들여지는 화자 등 「소묘素描」의 인물들은 시어머니가 습득하는 도시 공동체의 정보를 반향하며 1970년대 자본주의 사회에 팽배했던 무기력한 인물들의 표본이 된다. 하지만 이들의 수동적인 반향성은 알코올, 오락실, 연대를 위한 일방향적 연민의 탈주로 이어지면서 저항과 교란을 시도한다. 클레식의 볼륨으로 시아버지의 주정을 숨기고, 남편에게 무심한 화자에게 핀잔을 주며 끊임없이 새로운 정보를 욕망하는 시어머니의 이면은 생명 권력의 정체성이 교란되는 불안의 증거이다. 비판적인 타자의 성찰과 연대시도는 집안의 절대 권력이 내포한 균열지점을 적시한다.

「그의 외롭고 쓸쓸한 밤」[100]에서는 공동체의 언어에 의해 규정된 타자의 일탈적 반향이 언표에서 누락된 본질을 표면화하면서 주체에게 당혹감과 혼란을 주는 역할을 한다.

그가 집을 장만하고 남은 빈방을 '할머니방'이라 명명한 것은 언표적인 특성일 뿐이다. 어머니의 명함판 사진이나 고상한 빛깔의 커튼, 고가구 등의 연출은 의미가 되는 어머니의 존재가 소거되었을 때만 환대 가능해진다. 우리가 말한 것의 진정한 의미를 결정하는 것은 언어 그 자체이다.[101] "본보기로서의 효도가 하기 싫은" 부부에게 할머니방은 '효도 교육'과 '정서 교육'을 전시할 수 있는 효과적인 장치이다. 주변인들이 "그의 효성에 감동하고 그의 인간성까지를 재평가"하는 편리함은 책임과 실천이 소거되었을 때 누리는 평화이다. 시골에 있는 형의 상경으로 할머니방의 존재가 알려지자 그는 의례적으로 어머니를 초청하지만 어머니의 '방문'이 '정착'이 되길 바라지 않는다. 할머니방은 허위적이고 가식적인 환대의 흉내를 위해 필요할 뿐이다. 그는 "도시화된 윤경과 아파트 세대인 아이들 사이에 평생 일과 가난에 찌든 촌부인 그의 어머니가 끼어들 생각을 하면 겁부터 났다".[346쪽] 그들 관계에 균형을 잡기보다 도망치고 싶은 그의 행태는 우연한 행운으로부터 실력으로 검증해야 하는 회사 내의 위치와 상동한다. "자신이 전전긍긍하고 있는 게 무슨 일이 일어날까봐서인지, 안 일어날까봐서인지를 분간"[348쪽] 할 수 없는 불안은 이미 가족 관계의 파괴를 욕망한다. 이런 주체의 욕망 안에서 타자는 지속적으로 배제된다.

---

100 박완서, 「그의 외롭고 쓸쓸한 밤」, 『그의 외롭고 쓸쓸한 밤』(박완서 단편소설 전집 3), 문학동네, 2013.

101 슬라보예 지젝, 김소연 역, 『삐딱하게 보기』, 시각과언어, 1995, 264쪽.

그를 패배시킨 건 어머니가 아니라 말이었다. 그가 만들어낸 한마디로 끝내 주는 반짝이는 말, 온 세상의 사람 마음을 자유자재로 농간 부릴 수 있는 마술의 언어, 그에게 작은 성공과 교만과 닭장 속의 안일과 예쁜 처자식을 보장해준 요사스러운 말들이 갑자기 등을 돌리고 날을 세웠고 그는 참따랗게 패한 것이다. (…중략…) 외롭고 쓸쓸한 어린 날, 어머니의 치마폭에 얼굴을 묻으면 진한 고생과 가난의 냄새가 났었고, 그 냄새는 그의 다친 마음을 부드럽게 어루만졌고 새로운 기운과 꿈을 불어넣어주었다.

지금 그 냄새는 어디 있는가. 그는 냄새를 찾아 열심히 코를 벌름댔다. 그러나 어머니의 치마폭에선 그의 집에 지천으로 있는 마녀의 어쩌고 하는 화장품 냄새만 코를 찌를 뿐이었다.

—「그의 외롭고 쓸쓸한 밤」, 351 · 354쪽

소설에서 언어는 직장과 가정의 공동체 모두의 갈등에 핵심이 된다. 그의 잠재 욕망을 가시화했던 '말'은 그의 위치가 허상임을 인지하고부터 더 이상의 우연을 용납하지 않는다.[102] 더불어 "우리를 견딜 수 없게 하는 것은 언어와 언어의 상징화라는 기능에 있다".[103] 그에게 어머니는 "힘과 고

102 라캉은 말과 주체의 관계를 설명하면서 공허한 말과 충만한 말을 대비시킨다. 라캉은 언어에 귀속되는 진술의 주체를 충만한 말에 귀속되는 언표의 주체와 구분한다. 진술의 주체는 언어의 영역에서 자아의 대상화된 상대물이다. 이때 공허한 말은 언어 속에서 소외된 말, 언어의 상상적 변형에 복종된 말이다. 일상의 삶에서, 인간존재는 공허한 말을 통해 소통한다. 이에 반해 충만한 말은 주체가 자신의 무의식적 욕망을 떠맡는 것과 일치한다. 충만한 말은 주체에게 비나르시스적인 욕망 만족을 제공한다. 자아-논리적인 상상적 대상화에 수반하는 말의 공허함 너머에서, 주체는 자각은 못해도 자신의 무의식과 끊임없이 말하고 있다. 충만한 말은 상호주체적 관계를 정초하는 매개물이며, 주체가 다른 주체에 의해 전적으로 받아들여짐과 동시에 출발해야 한다. 충만한 말은 억압된 기표들의 상징적 의미를 현행화하는 이차적 역사화에 상응한다. 또한 어떤 공통되는 "인정, 계약, 상호인간적 상징의 기능이 존재한다. 로렌토 키에자, 이성민 역, 『주체성과 타자성』, 난장, 2012, 85~101쪽.

난의 상징"이며 아파트라는 편리와 결합될 수 없는 고난과 불편, 문화가 아닌 야만의 세계에 머물러야 하는 존재이다. 그가 손쉽게 '할머니의 방'을 전시할 수 있었던 이유도 그런 전제에서 가능하다. 야만의 세계를 실체 없이 판타지로 작동시키려던 주체 앞에 타자인 어머니는 주인이 되어 그 역할을 그대로 시연한다. 어머니의 이물성은 판타지를 넘어 현실에서 실제로 작동될 때 악몽이 된다. 작가는 모성 이데올로기의 환상을 향해 어머니의 향유로 대응한다. 앳되고 달뜬 목소리로 매일의 목욕을 즐기는 어머니, 여유롭게 주방 일을 하며 커피를 즐기는 어머니, 화장품 향기 가득한 어머니는 노인에게 아파트는 닭장이라는 인식을 극락으로 전환한다. 그에게 할머니방의 표상이 필요 없이 아파트에 잘 적응하는 전복적인 어머니는 담론 너머 회피하고 싶은 본질의 대면이자 환대의 시작이 된다.

「공놀이 하는 여자」[104]에서는 돈과 정체성의 문제로 갈등하던 타자가 부모의 죽음으로 이를 해결하고 배금주의 현실을 각성하며 비판하는 과정을 서술한다.

소설에서 아란은 철저히 타자의 삶을 살아온 인물이다. 늙은 회장의 첩으로 살아온 아란의 모친은 경제적인 원조를 거부한 채 아란을 호적에 올려 줄 것만을 요구한다. "사실을 사실대로 인정"받고 싶은 엄마의 바람은 이루어졌으나 정체성의 인정은 아란의 삶에 별반 변화를 주지 못한다. 아란은 입적 후에도 서울 변두리 영세민용 연립에 살아가면서 남자 친구의 사법고시 뒷바라지를 한다. 경제적, 관계적 질서에서 소외된 인물이 사회공동체에 기입될 수 있는 방법은 권력의 편입이다. 그러나 번번이 시험에

103 슬라보예 지젝, 이현우 · 김희진 · 정일권 역, 『폭력이란 무엇인가』, 난장이, 2011, 106쪽.
104 박완서, 「공놀이 하는 여자」, 『그 여자네 집』(박완서 단편소설 전집 6), 문학동네, 2013.

실패하는 아란의 남자 친구는 아란에게 금전적, 육체적으로 기생한다.

돈과 정체성의 문제로 집약되는 아란의 삶은 조형물이 사라지고 기표만 남은 '존재의 아픔' 근처의 두 구멍으로 유비된다. 아란은 어린 시절 엄마의 선물로 받은 공으로 묘기에 가깝게 다루던 공놀이를 우연한 기회에 회상하게 된다. 젊은 부부와 어린 아이가 공을 잃어버리자 아란은 첫 번째 구멍에서 어렵게 그것을 꺼내준다. 그러나 그들은 아란을 기다려주지 않고 행복한 모습으로 되돌아간다. "그녀는 화끈한 모욕감에 얼굴을 붉히며 주인에게 버림받은 공을 그 구멍 속으로 되돌려주었다."257쪽 '부'는 있었으나 늙고 폐쇄적인 아버지 진회장의 존재로 인해 부모의 사랑을 받지 못한 아란에게 젊은 부부와 어린 아이의 잔상은 아프게 각인된다. 호적에 입적은 되었으나 가족과 단절된 아란은 버림받은 공과 같은 적대적인 처지이다.

두 번째 구멍에서 아란이 공을 끄집어 낸 것은 진회장의 사후 아파트를 유산으로 물려받은 이후의 일이다. 진회장의 유족들은 마지막 유산으로 아란이 받은 집을 매수한다. 이 과정에서 아버지의 생후 흔적을 돈으로 환치하는 주체의 적대적 현실이 드러난다. 아란은 그들에게서 받은 거금 "삼억 오천의 횡재보다도 그런 거액을 들여서라도 아란을 자기네 핏줄공동체 안에 들이지 않으려는 그 집 식구들이 무서웠다".267~268쪽 갑작스러운 유산에 아란이 불안감을 느끼는 이유는 더 이상 그들을 비난할 이유조차 없어졌기 때문이다. 부모의 죽음으로 정체성과 돈을 모두 회수했으나 아란은 여전히 가족으로 인정받지 못하고 적대된다. 힘껏 걷어찼으나 되돌아온 공을 원래의 구멍에 밀어 넣는 아란의 행위는 변할 것 없는 그녀의 심리 상태를 의미한다. '아란'이라는 공은 그 존재만으로 아픔을 갖는다.

결국은 이렇게 진씨집과 화해를 하게 될 줄이야. 돈독인지 돈힘인지를 맛보고 나서야 진씨집에서 여태껏 당한 것을 용서할 수도 있을 것 같은 자신에게 아란은 문득 비애를 느꼈다. 도시 한가운데서도 문득 지난날의 향수처럼 풀이나 거름 냄새 같은 게 코끝을 스쳐갈 때가 있듯이, 잡힐 듯 말 듯 모호하고 생뚱스러운 비애였다.

—「공놀이 하는 여자」, 277쪽

처음으로 거액을 소유한 아란은 '돈'의 약자인 자신을 무시하던 직장과 남자친구를 향해 "세상의 주도권은 항상 가진 자에게 있었던 것과 같은 이치"임을 반향한다. 구멍에서 다시 공을 빼낸 아란은 발끝으로 공을 희롱하며 자신이 아닌 남자친구와 세상을 공으로 비유하고 비판한다. 그리고 힘껏 차버린 공이 다시 존재의 아픔으로 회귀할 때 아란은 증오조차 남지 않은 관계에 대한 '비애'를 느낀다. 아란은 증오가 제거된 상태에서 자신을 적대했던 '돈'의 방식으로 가진 자로서의 정체성을 교차한다.

이제 「J-1 비자」[105]에 이르면 로컬화와 타자 문제가 공동체 내부의 식민주의와 결합되는 양상을 볼 수 있다.

평소 열등감이 많은 이창구 선생이 제자의 미국 초청에 응답한 이유는 소설의 원작자로서 번역의 문제에 민감하게 반응했기 때문이다. 그의 소설이 번역되는 과정에서 이창구 선생은 번역의 정치성[106]을 겪으며 심한 열

105 박완서, 「J-1 비자」, 『그 여자네 집』(박완서 단편소설 전집 6), 문학동네, 2013.

106 번역되는 문화와 번역하는 문화 사이에 정치적이고 문화적인 조건과 힘이 어떻게 개입하느냐의 문제이며 누락되고 배제되는 것들보다 오염되고 변형되는 것들의 윤리성 문제이다. 번역은 원천 텍스트의 "타자성"을 정확하게 위치시켜 있는 그대로를 전해야 하지만 정치, 사상, 권력의 전략 등 문화 헤게모니에 의해 수용 텍스트가 타자로 전락하는 위치전도가 발생하기도 한다. 로만 알루아레즈 · 카르멘 아프리카 비달 편, 윤일환 역, 『번역, 권력, 전

등감을 느낀다. 그는 “영어 좀 한다고 우리말 모르는 것에 대해선 전혀 위축되지 않는” 번역자의 당돌한 태도보다 끝까지 그 상태를 참아낸 자신의 참을성에 더 큰 실망을 느낀다. 번역으로 자국 문학의 변방성이 세계화나 될 듯한 환대의 기대감을 가지려는 속물적인 마음을 감지했기 때문이다.

> 그는 번번이 문화적인 바람 쐬기 정도의 바람마저도 따돌림을 당한 것처럼 느끼고 돌아와야 했다. 그건 그가 국제공통어를 익히지 못해서도 주제 발표나 토론에 참가할 기회가 한 번도 없었기 때문도 아니었다. 그런 답답함하고는 종류가 다른 괴상한 느낌이었다. 아무리 떼거리로 몰려가 많은 자리를 차지해도 투명인간이 된 것처럼 그 자리에 소속감이 느껴지지 않은 건 어쩌면 그만의 느낌인지도 몰랐다.
>
> —「J-1 비자」, 290쪽

이창구 선생은 외국에서 작가 교류가 있을 때마다 제3세계 작가로서의 차별적인 정체성을 체험한다. “영어권뿐 아니라 백인들의 언어권에서 그가 느낀 생전 끼워줄 것 같지 않은 느낌”의 과민성은 그의 ‘유일한 정신의 증후’였지만 깨어있는 그의 열등의식이야말로 로컬화된 식민성, 그 적대에 대한 자각이기도 하다.

하위주체로서 자신의 작품에 대해 목소리를 낼 기회를 얻었으나 이창구 선생은 비자 문제로 갈등을 겪게 된다. 방문 비자가 아닌 ‘J-1 비자’만을 인정하여 체재비와 사례금을 산정하는 미국 대학 측의 규정과 쇄도하

복』, 동인, 2008, 11~16쪽.

는 비자 신청에도 불구하고 제도를 개선하지 않는 미국 대사관의 횡포로 이창구 선생의 출국은 불가능해진다. 'J-1 비자'는 미국 내에서 노동을 할 수 있는 특수비자라는 이유로 발급 기피 대상이 된다. 학술적 초청까지 의심하는 미대사관 직원의 고압적 태도는 비자를 받으려는 한국인 모두를 잠재적 이민 노동자로 간주하여 입국을 차별화한다.

또한 소설에서 화자가 겪은 불합리함은 스스로 말할 수 없는 타자라는 점에서 더욱 문제적이다. "미 대사관에서 한국인을 상대로 하는 업무에 정상적인 처리기간"은 존재한 적이 없으며 심지어 미 대사관은 한국인의 민원을 받지 않는다. 학회 날짜를 연기하면서까지 미국의 대학과 이창구 선생은 비자를 발급받기 위해 다각도로 노력한다. 작가는 소설을 통해 식민적 모순뿐 아니라 이런 현실에 호응하는 인물들의 허위성도 함께 비판한다. 이창구 선생의 사정을 알게 된 주변 인물들은 대개 도움보다는 그런 기회를 자기 자랑거리로 삼는다. 빽줄과 연줄의 도움으로 "자기만 쉽게 비자를 받은 데 대해 자부심과 특권의식"을 드러내거나 일이 잘 풀리지 않은 원인을 이창구 선생의 저자세 탓으로 돌리는 그들의 행태는 "누가 누가 더 더리고 비천한가, 지지리 못난 사람들끼리 키재기를 한 것처럼, 자신은 그중 가장 못나 그 비천의 밑바닥을 핥은 것"307쪽처럼 느끼게 한다. 한국의 한복판에서 제국의 역할을 하는 미대사관을 향해 피식민인이 할 수 있는 것은 연줄을 통한 뒷거래로 일처리를 용이하게 하는 주변부적인 도움에 불과하며 이는 자기 권력 과시의 방편으로만 활용될 뿐이다.

미국에 초청한 한국인을 이런 식으로 대하는 것이 과연 미국의 국익에 부합하는 일인지, 나를 초청한 당사자로서 미대사관에 정식으로 항의해주시기를

> 바랍니다. (…중략…) 우리가 이해할 수 없는 일로 우리의 초청계획이 무산된 것을 유감스럽게 여기며 당신이 그 일로 미국 정부로부터 당한 일에 분개하고 있습니다. 이번 경험은 한국에서 식민주의가 종식된 게 아니라 아직도 현실적으로 존속하고 있다는 우리의 이해를 재확인시켜주었습니다.
>
> —「J-1 비자」, 309~310쪽

이창구 선생은 스스로 말할 기회조차 부여되지 않는 제국적 현실을 본토의 지식인들에게 설명한다. 한국 내의 특권화된 영역인 미대사관의 행태는 자국의 의식있는 엘리트들로부터 지탄을 받는다. 이는 1950년대 이후 한국 땅에 존재했던 제국주의의 현재 진행형으로 해석된다. 「J-1 비자」에서 이창구 선생은 J-1 비자 발급이 무산되기까지의 불합리함을 억압 주체에게 직접 전달할 수 없는 로컬적 타자이다. 이창구 선생은 자신의 목소리를 위임한 본토의 지식인 집단으로부터 현재의 신식민화된 자신의 위치를 확인받는다. 하위주체를 대변하는 현대 제국의 지식인들은 제국의 본토에서 타자를 위해 봉사하는 환대의 모습을 보이지만 이 역시 사법적 권리를 갖는 개입이 될 수 없는 한계를 지닌다.

「J-1 비자」의 결말은 식민적 잔재에 의해 불합리한 경험을 한 타자가 자신에게 내화된 식민주의적 태도를 확인하게 되는 이중 모순을 다룬다. 이 소설에서 주체의 정체성을 교란하는 진정한 타자는 아내이다. 소설의 반전은 자신이 식민적 타자임을 주장한 인물이 자신 역시 '아프리카에 대한 우월감'에서 벗어나지 못함을 확인할 때이다. 이창구 선생을 초청한 대학에서 미대사관에 보낸 항의문에는 한국의 문화인사와 남아프리카의 나딘 고디머 여사를 등가의 타자로 설정하여 대사관의 무례한 태도를 질타한다. 미국의 지식인들이 한국을 남아프리카보다도 못하게 여긴다는 이창구 선생의 적대적 불평에 아내는 "남아프리카가 어때서요?"라고 반문한다. 작가는 식민주체인 미국의 입장에서 한국과 아프리카는 어차피 동일한 식민대상이라는 점에 대한 자각과 더불어 왜 타자적 인물은 아프리카를 비하하는 행위 속에서 자신이 경멸하는 미국의 태도를 모방하는가 질문한다. 자신이 비판하고 있는 체계 안에 자신을 몸담을 수밖에 없는 아이러니, 자신이 비판하는 체계에 의해 근본적으로 오염되어 있다는 사실에 대한 인식은 곧 자신이 비판하는 것과 자신이 연루되어 있다는 공모성의 인식이다.[107] 아내로부터 반사된 시선은 이런 화자의 모습을 그대로 반향하며 화자의 정체성을 교란한다.

소설에서 타자들은 주체의 단점을 부각하고 반향하며 정체성을 교란하지만 각자의 극복 키워드로 주체의 행위를 변모시키기도 한다. 또는 소설 밖의 독자들에게 인물의 입장에서 전달되는 주체의 비도덕적 행위가 글을 읽는 독자들의 가치관에 숨겨진 허위의식을 반향하여 적극적인 성찰을 유도하기도 한다. 박완서 세태소설에서 비판적 타자를 주목해야 하는 이유는 그들이 단순히 주체의 속물성을 드러내는 수동적 인물이 아니기 때문이다. 자신이 현재 위치한 상태에서 정체성을 인정받길 원하는 그들의 인정투쟁은 그들을 적대하는 공간의 특성을 가시화하고 주체의 정체성을 교란하고 혼란시키는 능동적인 방어이다. 비판적 타자는 자신을 배제하고 소외하는 현실을 수용하면서 주체를 객관화하고 그들의 속물성을 반향한다. 박완서 소설에서 타자는 강압적인 배제와 자의식적인 거리두

107 박오복, 「탈식민주의 비평가의 윤리, 책임-가야트리 스피박」, 『영어영문학』 47-2, 한국영어영문학회, 2001, 575쪽.

기가 동시에 진행되는 상호작용을 재현한다.

3. 복수 보편성의 공존과 선택의 윤리

박완서 소설에서 타자를 환대하기 위한 주체의 선택은 윤리적 진정성에 이르기까지의 고투를 보여준다. 공감의 환대는 이상적인 공동체 유지를 위한 발로이며 이때의 공동체성은 결핍된 인간 존재가 온전한 실체를 이루기 위해 타자와 결합하는 것이 아니라 자신의 결핍에 대한 문제 제기를 위해 타자를 필요로 한다. "인간 존재는 존재하기 위해 자신에게 이의를 제기하고 때로 자신을 부인하기도 하는 타자를 향해 나아간다." 자신을 "항상 미리 주어진 외재성外在性, extériorité"이자 "갈라진 실존"으로 체험하면서 인간 존재는 "타자 또는 복수의 타자",[108] 복수 보편[109]의 공동체를 부른다. 친구와 적을 구별할 수 있는 곳에서는 정치가 시작되지만 정체성을 알 수 없는 이웃은 정치학의 영역으로 판단하기 모호하다. 그러나 환대의 동력은 이러한 모호성에서 비롯된다. '내 자신처럼 사랑'하기 힘든 이웃이지만 나는 '내 이웃을 사랑'할 때 주체로 거듭난다. "삶을 상징적 의미로 온전히 설명할 수 없도록 만들어주는 것은 이웃 속의 '실재'이고 이 실재에 노출될 때에만 인간은 주체로 탄생한다."[110] 이런 공동체 내부에서

108 모리스 블랑쇼 · 장-뤽 낭시, 박준상 역, 『밝힐 수 없는 공동체』, 2005, 18쪽.

109 김미현은 박완서의 「엄마의 말뚝 1」을 근대에 대한 혼종적 번역 양상으로 파악하고 근대의 개념이 분열되고 복수화(複數化)되어 있기에 안정적 위치를 결여한 근대라고 설명한다. 논자는 여러 개의 보편성이 동시에 공존하는 '복수보편성'이 비연속의 연속을 보여준다고 강조한다. 이 책은 논자의 견해를 전유하여 공동체의 소통 과정에서 개인의 실재가 노출되어 존재하는 지점을 복수보편으로 정의한다. 김미현, 『번역 트러블』, 이화여대 출판부, 2016, 47쪽.

타자를 환대하기 위한 주체는 외적 도덕률과 내적 윤리 사이에서 길항한다.[111] 박완서 소설에서 책임의 윤리에 충실한 주체가 선택하는 타자와의 소통은 이 시대에 나와 차이나는 존재들, 공동체 내부 구성원들끼리 동일성을 확인하는 기존의 소통행위 즉, 이전에 주어진 가치를 공유하는 손쉽고 편안한 과정을 통해 구성원들끼리 서로의 같음을 확인하며, 거기서 발생하는 교감을 강화시키는 행위로는 도달할 수 없다. 주체와 타자의 '보편적 단독자universal singular'[112]의 만남이 바로 기존의 소통 개념을 붕괴시키는 보다 급진적인 의미의 소통 개념이라 할 수 있다. 주체와 타자의 관계를 복수 보편성으로 사유하는 방법은 동일화의 밖에서 안을 사유하는 방법이며 소통을 통해 현재의 일상에서 주체의 윤리적 선택으로 타자를 향한 절대적 책임을 확인하는 공감의 환대로 귀결된다.

1) 주체의 개입과 진정성의 회복

환대는 "내 속에 들어왔지만 내가 소화할 수 없는 것으로 남아 있는 타자와 '함께 거주'하는 것"이다.[113] 일상의 도시 공동체 내부에서 경험하게

---

110 민승기, 「이웃의 윤리학」, 『자음과모음』 15, 2015.봄, 341쪽.

111 윤리적 진정성의 순수한 형태는 행위나 실천이 아니라, 행위나 실천의 극단적인 지연에 깃든다. 그것은 망설임이며, 주저이며, 때로는 실천적 무능이기도 하다. 왜냐하면, 윤리적 진정성은 결국 자신의 내부에서 은밀하게 들려오는 '내면의 참된 목소리'를 듣기 전에는 어떤 행동도 하지 않는다는 원칙에 기초한 것이기 때문이다. 이와 반대로 도덕적 계기를 통해 드러나는 진정성(도덕적 진정성)은 주체가 자신과 성찰적으로 관계 맺는 내면적 숙고를 통해 도달되는 것이 아니라, 공동체가 외적으로 부과하는 삶의 형식들에 의해 구현된다. 김홍중, 앞의 책, 36~37쪽.

112 보편의 대변자로 등장한 단독자는 사회체 내에서 작동하는 '자연스러운' 관계 체계를 교란한다. 부분-아님(non-part)을 전체와 동일시하는 것, 사회 내에 제대로 정해진 자리를 갖고 있지 않은 부분(혹은 사회 내에 할당된 종속된 자리에 저항하는 부분)을 보편과 동일시하는 것은 정치화의 기초적 행위이다. 슬라보예 지젝, 김정아 역, 『죽은 신을 위하여』, 길, 2010, 106쪽.

113 민승기, 「환대의 시학 (1)」, 『자음과모음』 14, 2011.겨울, 620쪽.

되는 타자의 다양성은 나와 타자의 분별을 어렵게 한다. '우리'와 '타자'의 경계는 공동체 내부의 두려움과 낯섦의 불안을 타자에게 투사하여 범주화할 때 발생한다. 타자는 선험적이지 않으며 서로에게 상대적이라는 사실을 인정할 때 우리의 탈중심화가 가능해지고 다른 자아로서의 타자를 환대할 수 있게 된다. 박완서 소설에서는 부끄러움의 전회를 겪은 주체의 내부 타자가 외부 타자의 심연과 마주하는 순간의 상황이 포착된다. 우연한 마주침을 직시하고 타자의 상대성을 인정하며 경계와 거부가 아닌 공존을 선택하는 주체의 충실fidelity한 개입은 절대적인 책임을 전제로 한다는 점에서 윤리적이다. 상대적 타자의 존재를 인정하려는 주체의 노력과 그를 회피하지 않고 감응하려는 시도 속에서 주체는 끊임없이 타자를 향해 열려 있으며 스스로를 노출시킨다. 이렇듯 공감의 환대는 동일시를 강요하지 않은 열림일 때만 가능하다.

또한 진정성은 개인주의적 가치를 내면화한 근대적 인간이 공동체로부터 주어지는 역할 모델과 자신의 '진정한' 욕망 사이에 괴리를 발견하고 이를 주체적으로 극복하는 과정에서 등장한다.[114] 진정성이 내 안에 타자성의 발견을 시작으로 할 때, 공감의 환대는 타자성을 인정하고 공존하려는 주체의 윤리에서 찾을 수 있다. 외부적 질서가 강요하는 규범의 현실과 내면적 도덕률이 강조하는 윤리성 사이에서 박완서 소설의 주체는 한 쪽으로 치중되지 않는 환대의 '자유'를 갈망한다.[115]

---

114 Berger, P., ""Sincerity" and "Authenticity" in Modern Society", *Public Interest* 31, 1973, p.82; 김홍중, 앞의 책, 26쪽 재인용.

115 김홍중에 따르면, 윤리와 도덕이 결합된 진정성은 내면의 목소리에 치중하여 공적 지평을 외면하는 자기중심적 폐쇄성의 윤리적 진정성과 시대적인 규범, 명령, 당위들이 발휘하는 강력한 헤게모니의 사회적 슈퍼에고로 군림하는 도덕적 진정성의 결점이 항존한다. 박완서 소설의 주체들은 이런 극단적인 불안한 체제 안에서 전자에 더 인력을 느낀다. 박완서 소설에

「어느 시시한 사내 이야기」의 사내는 자신에게 멀미를 일으키던 이웃의 실체에 대해 자각하는 우연한 기회를 맞는다. 사내는 아버지와 아들에 이르는 가족 관계 안에서 저항과 책임으로 문제를 극복하지 못한 굴종적 주체의 나약함을 감추기 위해 속악한 이웃과 현실의 갈등을 적대로 대처했던 것이다. 때문에 김복록의 정체 파악과 대결의지는 주체의 심연과 타자의 심연이 마주하는 환대의 장이 된다.

> 나는 또다시 그놈의 지긋지긋한 멀미를 느낀 것이다. 그러나 도피하고 굴종해야할 것으로 느낀 게 아니라 맞서서 감당하고 극복해야 할 것으로서 느꼈다. 그러기 위해 나는 사람 속에 도사린 끝없는 탐욕과 악의에 대해 좀더 알아야겠다. 옳지 못할수록 당당하게 군림하는 것들의 본질을 알아내야겠다. 그것들의 비밀인 허구와 허약을 노출시켜야겠다. 설사 그것을 알아냄으로써 인생에 절망하는 한이 있더라도 멀미일랑 다시는 말아야겠다. 다시는 비겁하지 말아야겠다.
>
> —「어느 시시한 사내 이야기」, 270~271쪽

우연한 사고이자 욕심으로 김복록이 사망한 뒤 '돈'과 '빽'이 있는 김복록의 아들들은 탐욕의 대물림 조짐을 보인다. 또 다른 자신의 모습을 아들들에게 발견할 것이 두려웠던 화자는 김복록 부자의 기시감에 다시 멀미를 느낀다. 그러나 "현실에서 자유를 누리고자 책임을 회피하기 위해 퇴행적인 환상을 만들고 그 속에서 마치 모든 것이 타자인 아버지에게서 비롯되었다는 듯 타자의 욕망을 상연"하던 화자는 이제 현실에 충실한 개

서 일상성의 가치는 이러한 현대성의 특성이 당대에 머무르지 않고 지속성을 지닌다는 점에서 기인한다.

입을 다짐하며 타자의 환상을 가로질러 모든 것을 주체 자신이 만들었음을 받아들인다.[116] 이웃을 향한 혐오이자 방어기제이던 멀미 대신 인생의 절망까지 각오하는 주체의 적극성은 타자와 공존하기 위한 주체의 윤리적 태도이다. 탐욕과 악의의 본질에 대해 알고자 하는 그의 욕구는 자신의 나약함을 성찰하고 그 기반으로 상대적 타자를 존재 그 자체로서 인정하려는 공감의 환대를 보여준다. 자신에게로 침잠하지 않고 타자의 본질을 파악하려는 그의 앎의 욕구는 '시시한' 사내의 일상을 타자를 향한 열림의 일상으로 탈바꿈시킨다.

「조그만 체험기」의 화자는 더 나아가 타자와 자신의 처지가 다르지 않음을 현실적으로 공감하며 환대하기에 이른다. 구치소에서 가난한 이웃과 억울함을 공유하는 화자는 "친해진 사람들과의 공통의 억울함에서 나만 놓여나는 게 무슨 배신 같아" 특별 면회를 거절한다. "오 분의 만남을 위한 갖은 수모와 다섯 시간의 기다림조차도 공평한 게 아니라 각양각색으로 억울한 사람들만의 이중의 억울함"131쪽이라는 사실을 인지한 화자는 법치의 공간에서조차 계층이 나눠는 현실을 목도한다.

아직 구형이 확정되기도 전에 수감자가 되어 범법자 취급을 받는 남편과 양형을 경감하기 위해 감옥소 밖의 현실에 휘둘리며 범법자 가족으로 취급되는 화자는 일상의 예외적인 존재가 된다. 남편의 옥살이를 뒷바라지하며 감옥의 시스템, 수감 가족의 희생, 양형을 둘러싼 각종 비리를 체험한 화자는 자신이 무지했던 일상의 전후가 매우 달라졌음을 느낀다. 이미 화자를 둘러싼 일상은 평범한 사람들의 삶의 터전이 아닌 누구나 잠재

116 박정수, 「옮긴이의 글 – 지젝에게 물어본 정신분석학의 행방」, 토니 마이어스, 박정수 역, 『누가 슬라보예 지젝을 미워하는가』, 앨피, 2005, 10쪽.

적으로 범법자가 될 수 있는 예외의 상태가 상시화된 적대의 공간인 것이다. 화자는 수사과 권주임의 지속적인 상납 협박과 온갖 "불법적인 수회의 방법" 역시 불법이라는 이유로 포기하고 합법적으로 변호사를 선임하지만 그 역시 사건을 '돈'으로 취급하며 재판에 도움이 되지 않는다.

타자와 보편적인 억울함을 공유하고, 특별면회를 거절하며 변호사 선임을 취소한 화자의 선택은 주체의 결단이자 충실성이다. 변호사조차 선임이 불가능한 가난한 사람들 틈에서 "만약 남편에게만 변호사가 딸렸더라면 나머지 사람들은 법정에서까지 그 고약한 억울함을"135쪽 맛보았을 것이라는 화자의 안심은 타자를 향한 환대의 윤리이다.

> 달라진 건 아무것도 없다. 생활의 평온이 돌아오니 다시 그전처럼 자유의 문제를 생각하는 밤까지도 돌아왔다. 어느 날이고 자유를 유보하고 있는 상황이 좋아져서 우리 앞에 자유의 성찬盛饌이 차려진다면 어떻게 할 것인가. 그전 같으면 아마 가장 화려하고 볼품 있는 자유의 순서로 탐을 냈을 것이다. 그러나 그런 일이 있은 후로는 하고많은 자유가 아무리 번쩍거려도 우선 간장종지처럼 작고 소박한 자유, 억울하지 않을 자유부터 골라잡고 볼 것 같다.
>
> —「조그만 체험기」, 135쪽

소설에서 소시민 화자가 생각하는 자유는 '숨 쉬는 공기'와 같이 자신이 현재 일상에서 누리는 소소한 것들이다. 하지만 '소시민의식'이라는 개념에는 "세계관 혹은 이데올로기의 층위와 현실에 대한 태도의 층위, 문학적 의식으로서 '반성적 자의식'이라는 층위가 착종"되어 있다.[117] 일상에 밀착되어 있는 자유이자 생존과 연관성 없는 듯하지만 개인의 행복에 절대적인 자유가 그것이다. 자유의 트리비얼리즘은 그런 당연함이 가난과 연관되지 않아야 한다는 주체의 진정성에 입각한다. 남편의 재판을 겪기 전까지 화자는 당대를 살아가는 이웃들이 겪는 부자유에 대해 경험할 기회조차 없었기에 피상적인 자유에 관심을 쏟았다. 가난한 이들에게 주로 부여되는 '억울함'은 주체 본위의 감각이 아니라 대상과의 관계성에서 도출된다. 주권자에 의해 주체가 예외적인 상태에 놓일 때 저항할 수 있는 방법이란 무엇인가. 작가는 사건에 대한 주체의 충실한 개입을 통한 공감의 환대를 강조한다. 누구나 쉽게 결탁할 수 있는 불법의 방법, 돈의 과시, 권력의 협잡과 단절하는 주체의 의지야말로 법의 취약성을 드러내는 방법이다. 화자의 윤리적 결단은 가난과 배제의 관계를 의심하고 "약하고 가난한 사람들에게 숙명처럼 보장된 진짜 억울함"에는 없는 소리에 귀기울이며 내가 숨 쉬는 공기 속에 그들의 원한이 "심정을 해치는 공해"로 존재할 수 있음을 자각하고 공감하는 환대의 행위이다.

「우리들의 부자」에서 숙경은 혜림과 순복 사이에 존재하는 중산층으로서의 입지가 확연한 인물이다. 철저한 배금주의와 속물성을 드러내면서도 성찰의 여지가 없는 혜림과 절대적인 가난과 비정상성의 타자인 순복 사이에서 숙경은 전자를 선망하면서도 후자에 친연성을 가지는 인물이다. 숙경이 성찰적 속물인 까닭은 다음의 인용문에서 확연히 드러난다.

> 나는 그들을 빨리 안 보는 게 수다 싶어 도망치듯이 물러나 큰길로 나왔다. 큰길 건널목에서 몇 번이나 파랑불을 놓치고 그냥 서 있었다. 용달차가 빈 차

117 김영찬, 「1960년대 문학의 정치성을 '다시' 생각한다」, 『상허학보』 40, 상허학회, 2014, 197쪽.

표시를 올리고 가까이 오고 있었다. 나는 손을 번쩍 들어 용달차를 세우고 올라 탔다. 그리고 방금 떠나온 아파트 이름을 댔다.

우리 집엔 남아도는 빈방이 하나 있었다.

—「우리들의 부자」, 568~569쪽

무일푼으로 파산하여 길거리에서 만난 순복의 일가를 보며 숙경은 일단 회피한다. 하지만 순복의 해맑은 얼굴은 주체의 죄의식을 일깨우는 타자의 얼굴이기에 그를 해한 배금주의 앞에 숙경은 부끄러움을 느낀다. 순복은 무일푼에 모든 관계가 단절되자 비로소 평온함을 느낀다. 숙경의 예상처럼 혜나는 특수교육기관에서 자립할 수 있는 경력을 쌓고 순복에게 희망을 준다. 숙경은 순복의 처절함을 외면하려 하지만 이는 자신이 경멸하며 환멸을 느낀 혜림과 동일한 행위가 된다. 숙경의 망설임은 가난한 과부의 타자성에 절대적인 응답을 요구하는 성찰로 이어진다. 「우리들의 부자」에서 순수한 속물로서 혜림이 타자를 적대한 데 반해 성찰적 속물로서 숙경은 타자를 향한 환대를 보인다. 특수아동 교육에 대한 소명이 없는 자신에 대한 비판, 휴머니즘으로 포장하는 심리에 대한 불편함 등 숙경의 태도는 모든 이웃을 사랑할 순 없다는 사실이 내가 사랑하지 않는 사람은 없다는 지젝의 전제를 상기시킨다. 전체에 대한 총체적 시선의 부족으로 자신을 책임에서 면제해 줄 수는 없다는 윤리적 책임이 발현된 것이다. 성찰적인 주체로서 숙경은 순복을 향한 무조건적인 환대를 행한다. 자신의 집에 남은 '빈방'으로 순복을 초대하는 숙경의 태도는 계산적이고 시혜적인 교만을 벗은 자신의 타자성과 마주함이자 타자를 환대하기 위한 진정한 윤리성의 발현이다. 도시 공동체의 공백으로 남은 타자에게 적극적으로 개입하는 충실한 주체로서 숙경은 절대적인 책임 의식을 바탕으로 이웃과의 공존을 추구한다. 숙경의 빈방으로 실현될 소통은 “존재가 존재하는 대로 그 존재를 사랑하는 것”[118]으로서 각자의 존재 양태로 만나는 것이다. 숙경이 순복을 환대하는 것은 자신의 계급적 의무나 우정의 깨달음에서 벗어나 있다. 그 어떤 실질적인 변화를 추동할 수는 없지만 순복의 존재를 향해 손을 번쩍 들어 화답하는 숙경의 행위는 순복을 존재로서 인정하며 더 이상 새로운 것 없는, 유일하게 진정으로 충만한 상태이다.

「조그만 체험기」와 「우리들의 부자」는 환대에 있어서 재분배와 증여의 관계를 보여준다. 김현경에 의하면, 환대란 타자에게 자리를 주는 것 또는 그의 자리를 인정하는 것, 그리하여 그를 다시 한 번 ‘사람’으로 만들어주는 것이다. 이때 재분배는 복지 국가의 복지 수급처럼 돈을 낸 사람은 어떤 인정도 기대하지 않으며, 받는 사람은 어떤 기억의 의무도 지지 않는다. 이에 반해 증여는 인정의 문제이다. 증여를 구성하는 것은 단지 주는 행위 자체가 아니라 준 사람과 받은 사람의 관계에 대한 특정한 해석이다. 「조그만 체험기」의 화자는 ‘법 규범’의 테두리에서 우리가 쉽게 잊고 있던 가난의 문제를 성찰하고 소유所有의 현대적 의미가 물질화 시켜버린 지위와 시민권의 상실을 ‘자유’의 억압으로 비판한다. 가난한 타자들의 말과 행위를 공유할 수 있는 사적 영역의 박탈이 공론의 영역에서 배제로 이어졌다는 것이다. 화자의 환대는 그런 타자의 당연한 권리를 재분배적인 구조로 이해할 수 있다. 「우리들의 부자」는 증여자의 도움을 “받는 사람의 마음에 기억을 남기려” 하는 행위 안에서 재분배와 대조된다. 고마운 마

118 조르조 아감벤, 이경진 역, 『도래하는 공동체』, 꾸리에북스, 2014, 158쪽.

음으로 주체의 행위를 기억하려는 타자의 태도는 실물의 흐름으로 이해되는 증여와는 또 다른 환대의 특수성이다.[119]

「낙토樂土의 아이들」에서 편리한 일상에 무감각했던 화자의 부끄러움을 자극한 것은 아들의 "작고 여린 손"과 동화의 여운이다. 타자에 대한 적대, 무릉동 사람들끼리 닮아가는 우월감과 이해관계에 따른 타협은 작은 어른이 되어버린 아이들을 통해 그대로 드러난다. 「닮은 방들」에서 타자와 닮은 공간과 삶의 습속들이 인물을 불안하게 만들고 쌍둥이 아이들조차 구분하기 어려운 혼란 속에 빠지게 하듯 「낙토樂土의 아이들」의 화자는 어른들의 모습을 그대로 반사하며 아이다움을 잃어가는 아이들을 보며 안일한 일상에 불안을 느낀다.

> 느닷없이 가슴에 와 박힌 그 의문이 왜 그렇게 아프고 쓰린지 몰랐다. 아프고 쓰릴 뿐 아니라 그 느낌은 깊은 수면 속을 뚫고 들어온 현실의 촉감처럼 생소하고 기분 나쁜 것이기도 했다. 나는 그 아픔으로 하여 내가 속한 편안한 세계를 수면의 세계처럼 느끼기 시작하고 있었다. 그렇다. 그 아픔은 아득한 것 같으면서도 실은 인접한 각성覺醒의 세계에서 오는 아픔이요, 그걸 통해 각성의 세계로 갈 수 있는 아픔이기도 했다.
>
> —「낙토(樂土)의 아이들」, 329쪽

화자는 동화 「벌거벗은 임금님」을 아이에게 읽어주며 기존 공동체의 유지를 위해 "결코 말해져서는 안 될 것을 불쑥 말해버림으로써 결국 자

119 김현경, 앞의 책, 190~197쪽 참조.

기도 모르게 파국을 초래"[120]하는 '순진한 수다쟁이' 아이가 될 수 없는 자신의 아이들의 처지를 깨닫는다. 어른들에 의해 적대를 습득한 아이들의 낙토는 타자를 철저히 배제하고 자신들끼리의 경쟁과 타협 속에서 공동체를 유지하는 비윤리성에 토대를 둔다. 작가는 후속 세대인 미래 속에 기성세대의 물욕과 허위가 '어른 아이' 같은 현재형으로 되비친 이중적 반영[121]의 결과로 귀결됨을 비판한다. 그의 아이들은 계층의 위화감을 배우고 우월감과 이해관계의 타협을 습득하는 무릉동이 낙토樂土라고 배워왔다. "교육이라는 하나의 상징권력이 미래에 다양한 권력으로 변이가 가능"하다면, "교육은 정치권력, 경제권력, 문화권력 등으로" 나아가는 미래의 길목이 될 수 있다.[122] 작가는 중산층의 교육열이 미래의 상징 권력의 시초로서 가질 영향력에 대해 통찰한다.[123]

무릉동에 벌거벗은 임금님이 나타나면 아이들이 어른들의 눈치를 보지 않고 임금님의 상태를 외칠 수 없을 것 같은 기시감은 동시에 냉소적인 어른들의 시대 이데올로기를 내포한다. 화자의 관성적인 일상에서 느끼는 생소함, 기분 나쁜 통증은 계몽의 각성으로 이어진다. 타자를 적대하는 현실을 각성하는 과정은 통증을 유발하며 온 의지력을 모아야만 가능한 주

---

120 슬라보예 지젝, 박정수 역, 『그들은 자기가 하는 일을 알지 못하나이다』, 인간사랑, 2004, 159쪽.
121 위의 책, 164쪽.
122 김한식, 「도시의 성장소설의 배경과 성격－60~70년대 소설을 위한 시론」, 『한국문학연구』 43, 동국대 한국문학연구소, 2012, 402쪽.
123 박완서 소설에서 산견되는 교육열은 신분 상승을 향한 열망과 자본의 속성에 대한 비판 의식을 내포한다. 소영현의 연구는 이에 참조점이 된다.
전쟁 이후 역설적 평등이 구현된 사회적 정황은 고등교육을 획득 가능한 자본으로 여기게 하는 경향을 부추겼는데, 사회의 물질적, 제도적 자원들이 새롭게 마련되어야 한다는 시대적 요청은 교육자본의 시대적 효력을 극대화하고 있었다. 이에 따라 1960~70년대에는 교육자본의 획득을 통한 개인의 사회적 계층상승이 동시적으로 사회 자체의 발전이라는 거대한 기획 속에서 의미를 부여받을 수 있었다. 소영현, 앞의 글, 306~307쪽.

체의 절대적인 책임과 진정성을 요구하는 과정이다. 주체의 진정성 회복은 일상의 평온을 파괴하는 각성에 충실히 반응하고 상대적 타자의 존재를 인정하기 위해 열리는 공감의 환대이다.

「유실」의 김경태는 완벽하다고 여기던 주체의 본질이 허위였음을 자각하며 타자성을 환대하기 위한 공간의 이동을 반복한다. 성남시는 주체에 잠재되어 있던 욕망의 장소로 김경태가 병자이던 시절에는 불가능했던 성적 능력이 회생하는 곳이자 이해타산 없이 타인에게 물질과 동정을 베푸는 환대의 장소가 된다. 도시에서 외곽의 위성도시로 왕복하는 동안 그는 잃어버렸던 소지품을 하나씩 찾아간다. 그러나 그가 진정으로 찾는 것은 "감쪽같이 끊겨 달아난 시간"이자 "그 시간을 지배한 녀석과 그의 내부의 자아를 연결하는 일"이다.

> 끊긴 시간을 이을 수 없는 한 녀석은 남이었다. 남처럼 대할 수밖에 없었다. 녀석이 그의 속에 있다는 걸 처음 알았을 때 녀석은 얼마나 생급스러웠던지 숫제 적이었다. 그러나 점점 알 것 같았다. 지난 날 수없이 녀석을 만나왔음을. 그의 꿈속에서, 욕망 속에서.
>
> 해태가 석대 위에 올라 앉았는 데서 서울은 끝났다. "안녕히 가십시오" 그러나 밖에서 들어올 때 석대의 글씨는 "어서 오십시오"로 되어 있다. 그러니까 해태는 공평무사한 경계의 표시가 아니라 서울 편인 셈이었다. 하긴 서울시민은 해태를 좋아하니까. 그는 별것도 아닌 걸 가지고 새로운 발견처럼 고개를 끄덕였다.
>
> —「유실」, 221쪽

그는 현재의 혼란을 가져온 단절된 시간 속의 자아를 대상화하며 "그 녀석"의 정체를 찾아 성남시로 향한다. 서울로 표상되는 도시는 '이성의 빛'으로 로컬과 도시의 경계 지표가 되는 폭력을 내장한다. 따라서 인물이 혼돈을 향해가는 입구에서 '어서 오십시오'가 아닌 '안녕히 가십시오'로 표기하며 현실에서 자아를 소외시킨다. 인용문에서 주목할 것은 중심지표를 서울에 두는 도시 중심의 폭력성을 주체가 깨닫는 장면이다. 생존 위주의 절대성이 부끄럽다는 감수성은 도시의 일상에서 누렸던 실리적 중용이 "별 것도 아닌" 문제가 아니라는 것을 자각하는 점에서 중요하다. 공평무사하지 못한 현실에 억눌린 타자성을 환대하기 위해 성남시를 오가며 '그 녀석'을 찾아가는 김경태의 노력은 주체의 충실한 개입으로 평가할 수 있다. 김경태의 시도는 「지렁이 울음소리」와 「어떤 나들이」의 인물들이 현실 내부에서 갈망하던 감정이 막상 외출의 장소에서는 감흥이 일지 않듯 "그 모든 것은 서울에서의 환상일 뿐 성남시가 가지고 있는 건 아니"라는 낭패감에 다다른다. 김경태의 생활은 서울의 일상을 살되 도시 외곽에 두고 온 그 녀석에게 마음을 빼앗기고 성남시에서는 그 흔적조차 모호하다. 도시와 로컬, 문화와 자연의 양분화된 영역에서의 이동이 아니라 그 연결고리로서의 이동과정이 "근본적인 자기-체험의 부인할 수 없는 구성성분"[124]이 되는 것이다.

> 비로소 그는 성남시 어디멘가에 잃어버린 게 무엇인지 알 것 같았다. 그것은 녀석이었다. 녀석은 어쩌면 자신이었다.
>
> 그의 유실은 엄청났고 돌이킬 수 없었다. 그는 성남시 쪽을 돌아다보았다. 해태의 글씨는 "안녕히 가십시오"로 바뀌어 있었다.

---

124 슬라보예 지젝, 이성민 역, 앞의 책, 65쪽.

안녕, 앞으로 다시는 성남시를 찾는 일은 없을지도 모른다. 그러나 녀석을 탐색하는 일로부터 놓여날 수 있을 것 같진 않았다.

그는 자신의 존재가 작은 시험관 속의 현상처럼 뻔하지 않다는 게 갑자기 무서워졌다.

—「유실」, 241쪽

그의 광기적 제스처는 결국 조미숙으로부터 잃어버린 300만 원짜리 어음의 회수와 함께 일단락된다. 그의 광기를 받아주던 조미숙은 무형의 '그 녀석'을 유형의 유실물과 교환하고 종적을 감춘다. 김경태에게 이제 '그 녀석'은 사라진 매개자[125]가 되어 제어 불가능한 영역을 열어젖힌다. 그의 내면 여행은 성남과 서울을 오가며 심연으로서 그의 내면에 존재하는 단독성의 대면과 도시민으로서 규율화와 경제적 실리의 중용을 요구하는 일상의 불일치이자 공감의 환대 공간으로 위치 이동한다. 김승옥의 「무진기행」을 연상시키는 「유실」의 결말은 환상의 과거로부터 현실로 복귀하는 주체를 보여준다. 김경태는 예전과 다름없는 일상으로 복귀하지만 더 이상 자신을 규율할 수 없고 자신을 객관화할 수 없는 불안 속에서 탐색과 성찰의 주체로 거듭난다. 유실한 주체의 내부 타자를 성남시에서 다시 찾을 필요가 없는 까닭은 나의 단독성을 담지한 주체로서 도시로 편입되었기 때문이다. 이제 그는 도시의 일상이자 공동체 내부에서 자신의 단독성

125 지젝에 의하면 인간이 주체가 되기 위한 조건은 심연과 과잉의 조건이며 '결단의 제스처' 속에서 '선택'된다. 의미체계인 기표에 틈으로서 '제3항'을 도출하는 주체의 행위는 다음과 같이 설명된다. "'특별히 인간적인' 차원은 유한한 생활세계 맥락에 사로잡힌 연루된 행위자의 차원도 아니며, 생활세계로부터 면제된 보편적 이성의 차원도 아니며, 오히려 둘 간의 바로 그 불일치, 그 '사라지는 매개자'이다." 위의 책, 32쪽.

을 탐색하며 타자를 향한 환대의 열림을 시도할 것이다.

「그 가을의 사흘 동안」에서는 트라우마의 복수로 시작됐던 죽이는 의술이 퇴임 전 사흘이라는 시간동안 살리는 의술로 전환되면서 주체의 내부 환대가 외부 타자와 공감하는 확장성을 보인다.

소설의 화자는 '목소리'의 출현에 의해 우울증을 해소할 계기를 얻는다. 목소리는 화자가 강간을 당하던 순간에 들리던 몽환적인 개구리 소리에서 화자가 새 출발을 계획하는 양옥집 주변의 교회당에서 울리는 통곡소리로 전환된다. 미군부대와 윤락가의 흔적으로 창녀가 많던 화자의 병원 주위는 개발구역으로 전환되면서 그 자리에 교회당이 활발하게 세워진다. 쾌락과 살해의 공간이 회개의 공간으로 재생되면서 단골 여성들의 고통의 원인을 완벽히 제거하는 화자의 의술 대신 고통을 되새기며 통곡으로 살리는 신이 자리바꿈한다. 화자는 교회당의 통곡 소리가 갖는 고통을 자신이 근본적으로 해결해 줄 수 있다고 여기지만 타자의 통곡과 마주하자 자신의 내면에 응어리진 우울의 정체가 한 덩어리의 통곡일지 모른다는 의심을 갖는다. 그리고 화자에게 아무 의미 없던 지엽적인 소리는 화자의 일상을 뚫고 억압되어 있던 생명에 대한 욕망을 다시 분출시킨다.

소설은 화자가 비정상적인 회임의 아기들과 조우하면서 자신의 경험을 반복하고 감정을 대리하며 환대하는 전개를 보여준다. 황 씨의 겁탈당한 딸의 아기를 받고 느꼈던 생명의 감각적 부활은 폐업 이틀 전, 화자의 타자성과 대면하게 하고 하루 전, 드디어 겁탈 당해 회임한 만삭에 가까운 소녀와 상면의 기회를 맞는다. 원치 않는 아기를 가진 소녀의 고통을 자신의 고통으로 동일시한 화자는 소녀의 조산 과정을 고문자처럼 지켜보면서 홀로 가학과 증오의 시간을 보낸다. 그러나 무의식 중에 미숙아를 신생

아처럼 취급하여 우단의자에 올려놓은 화자는 살해가 아닌 생존의 사건에 개입한 충실한 주체의 역할을 한다. 화자는 자신의 행위를 자각한 순간 자신이 "기르고 사랑할 수 있는" 아기를 갖고 싶었음을 확인한다. 아기를 받아보고 싶다는 욕망이 생명에 대한 갈구임을 확인한 화자는 아기의 생존을 선택하고 환대를 결심한다.

> 어제는 내가 살아 있는 아기를 받아보고 싶단 소망을 건 마지막 날이었다. 내 소망은 마지막 날에야 이루어졌고, 오늘은 새날이었다. 그게 무효가 되고 나서야 비로소 나는 그게 이루어졌음을 깨닫고 있었다. (…중략…) 나는 나의 아기와 함께 새집으로 들 터였다. 아기를 내 새집 뜨락, 양지바른 곳에 깊이 잠재울 터였다. 나의 아기가 죽다니. 그러나 한 번도 아기를 못 가져본 여자보다는 아기의 무덤이라도 가진 여자가 훨씬 아름다울 것 같았다.
>
> —「그 가을의 사흘 동안」, 366~367쪽

미숙아를 살리고자 했던 화자의 노력은 자신과 더불어 모든 낙태모들을 대신한 애도의 몸짓이다. 미숙아였지만 아이는 인위적인 죽음이 아닌 자연사로 죽음으로써 무덤을 갖게 될 것이다. 화자는 아이와 더불어 도시 개발에 의한 혼돈의 공간이자 살의의 공간인 병원에서 양지바른 뜨락이 있는 통곡과 회심의 환대 공간으로 이동한다. 화자는 자신의 집으로 타자를 초대하며 환대한다. 이로써 화자의 우울증은 출산과 회생 노력을 대리로 겪으면서 애도된다. 화자는 아기가 잠든 땅위에 "수많은 아기의 한 번도 의식화되지 못한 작은 눈 같은 채송화씨"367쪽를 뿌리겠다는 다짐을 한다. 선택의 윤리자로서 주체는 감시의 시선이 아닌 죽어간 생명의 환대를 위한 개화를 기대한다. 죽은 아기를 안고 통곡을 가슴에 간직한 신도들과 교회당으로 향하는 화자의 행위는 모든 낙태모의 공동체와 함께 죽은 아기들을 추모하기 위한 행렬을 연상시킨다. 「그 가을의 사흘 동안」은 응시의 시선과 통곡으로 발산된 목소리의 교직에서 타자와 공감하고 환대하는 주체의 윤리가 발생한다.

「꿈꾸는 인큐베이터」가 아들 선호의 생명 경시에 의한 여성 젠더의 훼손과 일탈을 난개발의 알레고리와 겹쳐 묘사했다면 『아주 오래된 농담』은 동일한 상황에서 남성 젠더 역할의 난해함과 자본주의의 결탁을 환대의 방식으로 극복한다.

"유구한 여성 잔혹사"인 남아 수태를 위해 한광의 산부인과를 찾은 수경과 자유 속에서 "생명의 행로"를 찾으려던 현금은 우연히 가까워진다. 각자의 의도대로 영빈의 아이를 잉태하려는 시도 끝에 현금은 임신 불능의 판정을 받고 수경의 정체를 알게 된다. 아들을 임신하기 위해 두 딸을 낙태하는 수경을 보면서 현금은 가장 부도덕한 사건에 의해 가치관의 변화를 겪는다. 사랑이라는 자유 속에서 자신이 책임질 수 있는 생명을 환대하려는 현금은 가부장에 의해 쉽게 생명을 파멸하는 행위를 부도덕으로 규정한다. 자신에게 떳떳한 불륜이 도덕이 되는 현금의 모순은 수경에 의해 정체성이 균열된다. "분열된 내 정체성을 정직하게 드러내고 잘 살아낼 테니 두고 봐"를 외치는 현금은 완벽한 타자이며 그녀가 지켜준 타자의 거리는 영빈이 또 다른 생명을 환대할 공간이 된다. 자신이 외면했던 가부장의 진실과 득남에 이르기까지 아내가 자신을 속여 온 과정을 "알고도 모르는 척"하며 영빈은 생명을 환대한다.

영빈은 영묘 시대이 보여준 천박한 자본주의의 속성을 해결해야 할 위치에 놓인다. 경호의 사망이후 송 회장은 두 손자의 유산을 빌미로 영묘를 집안에 유폐시킨다. 삼촌들을 공식적인 후견인으로 세우며 친권까지 위협하는 송 회장의 의도 속에는 가부장적 권위를 돈으로 환산하는 속물성이 내포된다. "장손에 대한 집착과 돈 욕심은 한 몸뚱이처럼 절대로 서로 떼어놓고 생각할 수 없는 게 송씨 집안의 전통적인 사고방식이자 가훈"262쪽임을 체득한 영묘와 영빈은 가부장의 권위와 돈의 비인간적인 결합 속에서 해답을 찾지 못하는 절박한 상황에 놓인다. 친권을 지키기 위해 자신을 포기하는 영묘를 보며 영빈은 영준을 소환한다.

작가에 의해 호출된 영준은 글로벌적인 감각으로 자본주의와 가부장이 얽힌 가족문제를 해결한다. "약자에겐 강하고 강자에겐 약한" 영묘의 시댁을 겨냥해 영준은 자신의 '돈'이 아닌 '돈의 씀씀이'를 과시한다. 글로벌한 자본의 흐름 속에서 눈에 보이지 않는 돈 10억보다 송회장이 선호하는 전시용 '기금 전달식'은 권위와 돈의 형식적인 위용을 보이며 송씨 가문의 위세를 제압한다. 자본으로 자본의 문제를 내파한 영준 덕분에 영묘는 아이들을 데리고 유학길에 오른다.

> 그것도 기분 좋았지만 더 좋은 건 여러 사람들하고 어울려 넓은 방바닥에 아무렇게나 드러누워 휴식을 취하는 거더라구. 여기는 내 나라다, 나는 마침내 고향에 돌아왔다, 아저씨 아주머니들과 찜질방에 같이 누워 있을 때처럼 그 느낌이 기분 좋게 온몸에 퍼질 적도 없더라구. 반드시 핏줄이 통하는 것만 가족이 아냐. 적어도 그 시간만은 다들 가족이었으니까.
>
> —『아주 오래된 농담』, 308쪽

영준은 자신의 고국 경험과 이민생활을 바탕으로 혈연 중심적인 한국의 가족 개념도 수평적으로 확대한다. 그는 친족을 향한 한국인의 밀착된 정서는 침대가 아닌 방바닥에서, 서로 어울려 눕는 공간성에서 온다고 설명한다. 동일한 복장으로 한 공간에 누워 휴식을 공유하는 그 순간을 가족으로 지칭하는 그는 서구적 생활과는 차별되는 공감의 환대를 장소의 친밀감으로 환기한다. 소설에서 가장 현대적인 환대자로 등장하는 영준은 가부장적인 환경을 여성의 입장에서 보길 권유하고 백인들 틈에서 실력으로 인정받으며 무엇보다 가족의 구속을 가족의 힘으로 전환시킨다. 영준은 새로운 해결책의 유입이 아닌 "20세기적인 시각에서 21세기적인 시각으로 다시 번역함으로써 자본주의와 가부장제를 제3의 공간으로 이행"[126] 시킨다.

'아주 오래된 농담'은 기원과 진위 여부가 중요한 것이 아니라 힘겨운 상황을 웃음으로 넘기게 하는 순간에 방점이 찍힌다. 『아주 오래된 농담』에서 작가는 이웃과의 관계를 가정의 내밀한 공간과 연결한다. 주체는 불륜, 가부장, 배금주의의 문제들에 충실히 개입하면서 타자로 배제되는 인물들과 관계 변화를 내포한다. 영빈에게 현금, 수경, 영묘로 얽히는 사건들은 그들의 고통 및 타자성과 상호 감응하는 선택의 순간에 공감의 환대가 가능해진다.

박완서 소설에서 주체는 현실의 타성 속에서 끊임없이 대면하는 이물성에 의해 갈등한다. 적당히 속물적인 자신의 삶에 수긍하고 타협하며 살아가던 주체는 외부 타자와 마찰하며 자신의 진정성 부재에 대해 성찰하기 시작한다. 진정성 추구의 기본적인 충동은 그것이 어떤 내용의, 어떤 품질

126 김미현, 「작품 해설 – 번역, 그리고 반역」, 박완서, 『아주 오래된 농담』(박완서 소설전집 21), 세계사, 2012, 242쪽.

의 삶이든지 간에 개인 자신에게 진실된 삶을 살려는 파토스이다.[127] 타자의 삶에 눈감아 왔던 타성이 언제나 타자로 전락할 수 있는 삶의 위기를 겪으며 주체는 타자와 교감할 기회를 만난다. 자신에게 내재한 시혜적인 교만을 성찰하며 절대적인 타자 앞에 우연히 마주한 상황을 선택한 주체는 그것에 충실히 무조건적인 책임을 느끼는 공감의 환대자이다. 상대적 타자의 존재를 인정하려는 주체의 노력과 그를 회피하지 않고 감응하려는 시도 속에서 주체는 끊임없이 타자를 향해 열려 있으며 스스로를 노출시킨다. 이렇듯 공감의 환대는 동일시를 강요하지 않은 열림일 때만 가능하다.

2) 이물성의 수용과 숭고적 타자 연대

우리가 나를 타자와 구분하고 타인을 타자라 칭할 때 타자는 나와 같은 자아의 위상을 부여받는다. 즉 타자는 나의 행위의 수용자가 될 때 호명되고 주체로서 인정할 때 그래서 나의 인식으로 타자가 환원될 때 타자는 타자가 된다. 이때 타자는 나의 행위의 간접적 대상이며, 내가 이해할 수 없는 존재가 아니라 내가 이해할 수 있고 인식할 수 있는 타자로 만들고자[128]할 때 타자의 이물성이 노출된다.

박완서 소설에서는 일상적 공간에서 공동체 내의 구성원들의 공존을 위한 소통 도구이자 동시에 타자를 배제하는 폭력의 도구인 언어에 의해 타자로 억압되는 인물이 등장한다. 직접적인 폭력 대신 언어와 보편적인 법에 의한 "정상적인 비폭력"을 주장할 때, 이미 '정상'이라는 전제된 기준은

---

127 김홍중, 앞의 책, 50쪽.

128 정혜욱, 「지젝과 데리다의 폭력론」, 『새한영어영문학회 2010년도 봄학술발표회 논문집』, 새한영어영문학회, 2010.5, 93쪽.

타자에게 강요된 최고의 폭력이 된다. 언어의 폭력은 언어가 속한 상징세계의 변화에 따라 본질이 형성된다. 언어는 존재 자체가 가진 '본질을 분리해내는' 폭력성을 내포한다. 사회적 지배 구조에 의한 폭력과 그에 의해 은폐되었던 존재가 드러나는 존재론적 폭력은 언어를 통해 연결되어 있다.

본고에서는 타자에 대한 감각을 공동체의 언어로 환원하거나, 공동체 언어의 수행으로 이데올로기화된 타자를 노출하는 담론을 추적해 보았다. "담론을 통해 주체의 정체성의 핵심적인 부분이 구성된다는 점"과 "'언어라는 장벽' 너머에 있는 헤아릴 수 없는 심연"의 모순적인 관계성[129]을 고려하는 과정에서 타자의 이물성은 가시화된다. 그런데 박완서 소설의 타자가 담지한 이물성은 본질적으로 '숭고'의 성격을 가진다. 도덕의 선과 악, 미와 추, 적과 동지의 식별을 모호하게 만드는 괴물 같은 타자는 주체에게 불쾌한 공포로 다가온다. 현실의 구조적 불균형을 왜상의 형태로 드러내는 역할을 하는 타자는 공포와 불쾌함을 주지만 동시에 "현실의 찡그림"과 같은 숭고함의 지위를 갖는다. "숭고는 그 위에 욕망의 실재계가 왜상적 찡그림에 의해 각인되는 대상, 현실의 한 조각"인 것이다.[130]

이렇듯 타자는 사회적·상징적 정체성 자체에 문제가 있는 것이 아니라 그것이 이데올로기에 의한 수행적 효과performative efficiency를 발휘할 때 언어적 폭력에 영향을 받는다. 단지 존재 자체에 대한 해석이 아닌, 해석의 대상이 되는 개인을 두고 그들의 존재 자체와 사회적 실존을 결정해 버리는 해석이 문제적이다.[131] 본 연구에서는 이런 현실의 왜곡을 체현하고 소

---

129 슬라보예 지젝, 이현우·김희진·정일권 역, 앞의 책, 112쪽.
130 슬라보예 지젝, 주은우 역, 앞의 책, 238쪽.
131 슬라보예 지젝, 이현우·김희진·정일권 역, 앞의 책, 99~112쪽 참조.

통과 연대로 공감의 환대를 실행하는 타자의 적극성을 드러낼 것이다. 이러한 과정은 아울러 주체에게 환대의 아포리아를 경험하게 하며 진정한 환대자로 거듭날 수 있는 계기를 마련해준다.

『도시의 흉년』의 수연은 아버지의 외도와 어머니의 발병으로 시작된 지씨 일가의 몰락으로 주체에서 타자로 자리매김한다. 무엇보다 수연은 가족의 오해 속에 전근대적인 비의의 주술인 근친과 상피 붙은 낙인의 결말을 수행한다. 순정과 결혼한 수빈은 어머니를 봉양한다는 명목과 더불어 상피의 낙인에서 해제되지만 수연은 집안의 적대를 받으며 오염물로서 이물적인 존재가 된다. 가난과 수치, 정체성 상실의 부정적 기표는 동시에 수연의 성장을 추동하는 숭고의 지위를 갖는다.

타자들의 반향에 의해 수연이 겪은 일상의 변화는 타자로 전환된 그녀가 자신의 정체성을 받아들이는 데 도움이 된다. 수연은 구주현의 옥살이 뒷바라지를 하면서 자신의 계급 안에서 만나지 못했던 여러 유형의 사람들과 얽힌다. 술집을 경영하는 성미영과 동거하면서 구주현의 과거를 엿보고 야학에서 아이들과 갈등하면서도 강요되지 않은 일에 소명을 느끼며 "그들에게 부당한 걸 못 참는 생기"가 있다는 점을 이해한다. 타자를 존재 자체로 공감하기 시작하는 수연은 외부 타자들과 감응하면서 가족에 대한 이해도 깊어진다.

> "못 믿겠으면 온 동네 사람 앞에서 맹세해도 좋아. 자기는 사모관대하고 나는 족두리 낭자하고 마당에 차일 치고 온 동네 사람을 다 불러 모아 국수 잔치를 하면 될 거 아냐. 나도 내가 지긋지긋하게 미워하고 사랑한 식구들과 친척들을 다 초대할 거야. 그 자리가 나에게도 그들과의 화해의 자리가 됐으면 얼마나

좋을까. 꼭 그렇게 될 수 있을 것 같아."

—『도시의 흉년』 2, 372쪽

소설에서 수연과 구주현 두 타자의 연대는 모든 갈등의 해결점이 된다. 우선, 구주현은 아버지의 땅을 포기하지 않음으로써 아버지가 어머니와 자신을 사랑한 방법이 땅을 지키는 일이었음을 깨닫게 된다. 딴따라 기질과 사회운동으로 발산되던 한과 응어리를 농사로 대신하려는 그의 노력은 수용할 수 없던 아버지와의 화해를 위한 시도이다. 그 과정에서 구주현은 작고한 아버지 때부터 쉽지 않았던 동네 공동체와의 화해를 기대한다. 공동체를 지향하는 농촌의 삶을 이해하고 그들과 공존하려는 그의 의도를 수연 역시 공감하여 자신들의 혼인 잔치의 증인으로 동네 사람들을 지목한다.

『도시의 흉년』에서 수연은 자신에게 부여된 폭력적인 언어 담론을 스스로 파기하는 인물이다. 수연은 구주현과 결합하면서 자신의 의도와 상관없이 어머니가 강압적으로 달아준 인공의 처녀성을 파기한다. 동시에 평생 낙인이 되었던 근친적 상피의 비의성에서도 벗어나게 된다. 비의의 불행은 단지 수연만이 아니라 그녀의 가족 모두를 불안과 불행으로 이끄는 불길한 이물성이었기에 그것이 극복되자 가족의 화해 가능성도 열린다. 수연은 자신이 계기가 되어 치매에 걸린 노모를 돌볼 결심을 한다. 두 타자의 연대는 각각의 가족사가 화해하고 공존하는 공감의 환대로서의 장이자 전근대적인 미신을 타파하고 소비지향에서 생산지향으로, 도시에서 로컬로의 전환을 예고한다.

작가는 도시에서 해결할 수 없던 문제를 공간적 로컬로 끌어온다. 도시와 농촌에 걸쳐 있는 인물을 통해 문밖의 외부시선으로 도시 공동체의 공존 문제를 해결할 실마리를 찾는 것이다.

『오만과 몽상』에서 주체와 타자가 겪는 가난 체험은 두 인물을 모두 각성시키는데 그 중심에 타자를 무조건적으로 환대하는 여성 인물의 역할이 두드러진다. 조건 없는 베풂으로 타자를 환대하는 영자의 태도는 "남의 고통에 대한 따뜻한 연민에서 우러나는 마음의 손길이 선천적으로 결여되어 있다고"1권, 117쪽 느끼는 현을 각성시킨다. 『오만과 몽상』에서는 가난, 고아, 여성의 중층적인 타자의 기표를 집약한 절대 타자가 주체와 또 다른 타자 모두를 환대하는 공감의 환대자로 등장한다. 자신의 몸을 소진하며 타자를 향한 절대 책임을 실천하는 영자의 무모함은 절대 악으로 상징되는 가난의 한복판에서 복수와 저항으로는 헤어나오지 못하는 악무한성을 가장 현실감 없는 사랑이라는 방법으로 단절시킬 수 있음을 보여준다. 영자는 현과 남상 모두에게 가난의 공포와 동시에 사랑의 매혹이라는 양가 감정을 느끼게 하는 인물이다. 영자의 흔적을 지우려는 현과 그녀의 흔적을 찾으려는 남상 사이를 오가는 영자는 두 인물 사이에 존재하는 가난의 메타포와 등치된다. 소설에서는 현과의 재회도, 남상의 2세를 향한 미래도 영자의 죽음으로 실패한다. 영자의 죽음이 숭고한 이유는 그녀의 죽음이 가난과 복수, 절망의 밑바닥을 현시하기 때문이다. 희생과 가난, 죽음으로 점철된 영자는 가난의 현실에서 소거되고 그 전제를 바탕으로 타자의 연대를 예비한다.

"매국노는 친일파를 낳고… 악덕 기업인은 현을 낳고… 도배장이는 남상이를 낳고"를 반복하던 가계의 수행성은 영자의 죽음으로 폭력적인 배제에서 벗어난다.

"형님 글쎄 된다니까요. 형님도 자신을 가지세요."

"나 자신 있어서 나가는 거 아닐세. 자네가 자꾸 나 같은 게 필요하다고 하니까 나가는 게지. 그렇게 폭삭 망하고 사람까지 잃고도 죽고 싶진 않았든지 나를 필요로 한단 소리를 들으니까 정신이 번쩍 나더라니까." (…중략…)

두 사람이 묘지로 올라간 후에도 한동안 현은 위령탑 근처를 배회했다. 두 사람이 꼬불꼬불한 묘지 사잇길로 멀어져가는 걸 바라보면서 현은 무덤들이 숨 쉬는 걸 좀 더 확실히 느끼고 있었다. 숨 쉬는 무덤 사이에 서려 있는 것도 충충한 추억이 아니라 예감이었다. 그는 고통스럽지만 보람 있는 삶을 예감했다. 남의 생명과 고통을 위한 헌신까지도.

—『오만과 몽상』 2, 271~272쪽

영자의 죽음으로 숭고를 체험한 인물들은 각자의 현실을 극복할 기회를 얻는다. 주체인 현은 이해 불가능한 타자의 절대적인 환대와 죽음을 경험한 후 의사라는 직업을 선택한 소명을 재확인하며 공존 가능성을 탐색하는 인물로 거듭난다. 남상의 모함으로 일터에서 쫓겨났던 덕환과 남상의 재결합은 각자의 가난의 의미를 이해하는 단독성의 연대이다. 가난의 현실이 당장 타개되거나 해결되지는 않지만 그들의 연대는 상호성에 근거하여 절대 악에 대항하는 윤리적인 모색이 될 것이다.

「흑과부黑寡婦」에서 공동체의 비인간적인 결속을 파기하고 죄책감 없이 흑과부를 부르게 된 화자는 그녀로부터 소문의 진상을 확인하게 된다. 타자의 목소리로 남편을 향한 그녀의 진심을 직접 듣게 된 화자는 더 이상 "자선을 베푼다는 엉뚱하고도 아니꼬운 생각을 다시는 안하게" 된다. 병든 남편과 자식들을 위한 그녀의 생활력은 정체성을 교란하던 태도와 흑과부의 거짓정보까지 화자가 이해하도록 유도한다.

사시장철 치마끈으로 꽁꽁 동여맨 납작한 가슴 속에 그렇게 아름다운 젖무덤이 감춰져 있으리라곤 누가 감히 상상이나 했겠는가. 흑과부의 속살은 매력적으로 검고, 피부는 섬세하고, 가슴은 풍부했다. 그러나 그런 아름다움엔 뭔가 개척되지 않은 처녀지處女地 같은 생경함이 있었다.

그 아름다움, 그 생경함은 그녀의 눈물보다 훨씬 충격적으로 내 아둔한 의식을 때렸다. 나는 쇠뭉치로 골통을 한 대 얻어맞은 것처럼 정신이 번쩍 나면서도 얼떨떨했다.

가난이란 그녀가 혼자서 감당하고 싸워나가기엔 얼마나 거대하고 공포로운 악惡이었을까? 혼자서라니!

광 속에 천 장의 연탄과 연탄 보일러로 물이 데워지는 작은 욕실이 있는 집 속에 안주한 나의 안일한 소시민성에 이제서야 그것이 쇠망치 같은 충격이 되어 부딪쳐온 것이다.

—「흑과부(黑寡婦)」, 156쪽

내적 독백 속에서 화자가 지각한 타자의 본질은 숭고[132]의 대상이 된다. 흑과부는 성 정체성의 무화, 계층적 배제에도 무관하며 결국은 적대했던 주체가 환대할 수밖에 없도록 만드는 모호하고 위협적인 타자로 인식되어 왔다. 공감의 환대에서 경계는 가시적이고 시혜적인 공동체의 왜상이자 숭고의 대상이 된 흑과부가 주체를 맞는 순간에 발생한다. 화자의 집에

132 승화 과정은 명명화되기 전의 것이나, 대상이 되기 전의 것에 이름을 붙일 수 있는 가능성에 다름 아니다. 승화 과정은 통명명화이자 통대상화인 것이다. (…중략…) 인식과 단어의 안쪽이 아닌, 항상 그것과 더불어 그것을 횡단하는 숭고함은 우리를 부풀리고 넘쳐나게 하며, 던져진 주체인 동시에 타자이자 터뜨리는 존재가 될 수 있도록 한다. 그것은 일탈이자 구획의 불가능이고 완전한 결핍, 즐거움-매혹이다. 줄리아 크리스테바, 앞의 책, 35~36쪽.

서 목욕을 하던 흑과부는 주인을 손님과 같이 맞이한다. 손님의 손님이 된 주인의 이율배반성은 우리 집을 낯선 공간이자 환대의 공간으로 경험하게 한다. 성별을 알 수 없던 흑과부의 외향에 가렸던 육체, 그 실재와 대면한 화자는 그동안 자신의 통념 속에 있던 흑과부에 대한 편견이 해소됨을 경험한다. 스스로 손님이 되는 거리감을 통해 흑과부를 환대할 수 있는 공간이 열리는 것이다. 화자는 이미 흑과부로부터 무한한 환대를 받아 왔으며 공동체의 가식적인 시혜의 위선을 깨닫는 순간 주체의 윤리 의식이 눈을 뜨게 된다. 환대하는 장소이자 환대받는 장소, 가장 친밀한 공간이자 낯선 공간이 되어버린 집에서 고유성을 박탈당한 인물은 비로소 주체가 된다.[133] 흑과부의 여성성의 발견은 경계를 알 수 없던 아브젝트로서의 흑과부가 처녀지, 그 원초적인 대상으로서의 가치와 동질화된다. 화자는 흑과부에 대한 관찰적 지각이 자극이 되어 그녀의 설명으로도 알 수 없던 타자가 지닌 가난의 본질을 꿰뚫게 된다. 흑과부는 젠더적인 자극으로 그녀만이 가진 특이성의 복합적인 측면을 화자에게 노출한다.

아브젝트인 흑과부는 자신을 억압하던 현실을 반향하고 화자의 소시민적 허위를 인지하게 함으로써 환대의 심연을 열어젖힌다. 소설은 나 역시 그녀와 같이 가난해질 수도 있다는 상대적인 이해의 차원에서 흉측한 악몽이자 불안으로서의 가난이 아닌 "혼자서 감당하고 싸워나가기에" 거대하고 공포스러운 가난이라는 타자의 입장에 대한 적극적인 주체의 인지를 보여준다. 경쟁의 시대에 안일한 소시민성의 계급이 밟고 올라선 가난의 타자가 얼마나 치열한 삶을 살고 있나에 대한 자각의 파열음은 주체에

133 민승기, 앞의 글, 634쪽.

게 평등과 심정적 연대의 계기를 준다. "여자의 몸으로 얼마나 고단한 일상인가"라는 화자의 독백은 타자에 대한 응답이자 그 순간이야말로 주체가 스스로의 틈을 통해 환대의 공간을 열어가는 과정이며 자신의 경계를 넘어서는 지점이다.

「무중霧中」은 타자에 의한 타자의 환대가 보편성의 전제임을 발견하고 은폐되었던 공동체의 특성을 조망한다. 소설에서는 안개와 같이 불안정한 정체성으로 살아가는 타자의 환대와 그들과 다를 바 없이 주체들이 겪는 현실의 적대성이 동시에 서술된다.

소설의 결말에서 옆집 남자는 범법자로 판명되지만 그의 죄명이나 범법적인 정보는 제시되지 않는다. 매스컴을 통해 남자의 죄상을 접한 화자는 타자의 시선으로는 그의 죄를 이해하지 못한다.

화자에게 옆집 남자는 안개가 사라진 후 발견된 "안개의 입자"가 얼마나 아름다운지 '마음'과 '숨결'로 지각한 유일한 인물이다. 화자를 경계하던 남자는 자신과 동일한 감각을 소유한 화자를 향해 손을 내밀어 자신의 베란다로 초대한다. 화자는 이 독특한 소통의 경험으로 그 역시 '쫓기는 사람'이라는 타자적 정체성을 확신한다. 또한 옆집 남자는 반상회의 결과로 문패를 달기로 했다는 화자의 속임수에 충실히 가명을 명시한다. 문패 사건으로 옆집 남자는 공동체 질서에 충실하면서 익명 뒤에 숨으려 시도했으나 그 행위 자체가 자신의 허위를 드러냄으로써 화자의 농담이 진실의 일부를 노출하는 사건이 된다. 일상에서 그가 보이는 불안, 경계, 방어, 익명성은 아파트 공동체의 호기심과 반감의 이물성으로 남는다. 그러나 이런 감각에 동질감을 느끼고 기꺼이 환대하려는 화자의 태도는 과도한 근접성으로 타자를 견딜 수 없게 한다. "그의 숨결을, 타인의 인기척"을 느끼고 싶어 하는 화자의 욕망을 견디지 못한 그는 자신의 실재를 피해 법의 현실로 도피한 것이다. 불안의 정체를 파악하고 불안 너머의 타자와 대면하려는 화자의 시도는 옆집 남자의 회피로 실패하고 말지만 현실의 안락을 포기하고 타자를 선택한 화자의 태도는 환대의 장을 열어젖힌다.

> 어찌 그에 관해 드러나지 않은 게 그 부분뿐일까? 그는 제 발로 걸어가 자수한 게 아니었다. 그를 그리로 쫓은 건 나였다. 그는 나한테 쫓겨 막다른 골목으로 들어갔을 뿐이었다.
>
> 그리고 나는 현상금을 놓친 셈이었다. 그만한 돈이면 지금처럼 쫓기는 불안 없이도 지금 같은 안락을 일 년쯤은 누릴 수 있으리라. 그러나 나는 현상금을 놓친 게 별로 아깝지 않았다. 나 역시 쫓기는 몸이었고, 쫓기는 일로부터 한시인들 자유로워질 자신이 없었기 때문이다.
>
> 비로소 나는 내가 철들고 덮어놓고 몸을 던진 광대무변한 혼돈 속에서 무엇인가를 보았다고 말할 수 있을 것 같았다. 그건 사람마다 죽자꾸나 쫓고 쫓기고 있다는 거였다.
>
> —「무중(霧中)」, 325~326쪽

매스컴과 '기라성 같은 명사들'처럼 체제 내의 주체는 그를 단순히 범법자로 명명하거나 그의 흔적을 "아파트의 문제점", 즉 집단의 문제로 환원한다. 그러나 그는 안개의 입자와 같이 안개가 사라진 후 다른 존재에 의해 정체성이 밝혀진다. 공동체는 그를 범법자로 지목하며 그의 정체성을 파악하지만 민감한 타자적 특수성은 그의 단독성을 환대한 화자만이 지각 가능하다. 그는 도시 공동체의 왜상을 드러내는 존재로서 숭고한 타자이다. 그의 모호한 정체성의 이면을 직시하고 환대하는 화자는 공동체의 경계에서 그 허상을 잘 파악하고 있다. 불안 속에서 인간주체는 '불안 너머'를 지향할 수 있으며 불안 너머에 존재하는 순수한 타자가 명명될 때 불안은 자유와 욕망을 지향하는 숭고한 정서로 다가올 수 있다.[134] 그것은 "사람마다 죽자꾸나 쫓고 쫓기고 있다는 현실" 속 공동체에 내존한 현대인의 보편적인 심리임을 암시한다.

「소묘素描」에서 화자의 시댁은 시어머니에 의해 조직된 완벽한 가족구도를 보이지만 조화 같이 인공적으로 관리되며 생기를 잃는다. 2세에게조차 생명 권력에 의한 수동성의 되물림 구조를 거부하는 비판적 화자는 다른 타자의 이물성을 수용하고 연대함으로써 공감의 환대를 실행한다.

외부에 의해 대상화되는 지점에서 벗어나기 위해선 인물 스스로 자기 자신을 생성하기 위한 구체적인 실천이 문제가 된다.[135] 화자는 서로의 소통을 피하는 남편과 대면할 의지를 세운다. 화자의 소통 방식은 타인의 감정과 무관하게 스스로를 위무하던 일방향적인 감정에서 벗어나 각자의 단독성이 양방향적으로 부딪히고 마주하는 것으로 전환된다.

> 인조 맹수가 도시의 골목을 횡행하고 있을지도 모른다고 생각했다. 그가 무사히 돌아올 수 있을까? 그 괴수가 횡행하는 거리에서. 그 인조 맹수들은 거리 거리에서도 뻥뻥댔고, 내 머릿속에서도 뻥뻥댔다. 나는 처음으로 그에게 싱싱한 욕망을 느꼈다. (…중략…) 꿈과 현실이 행복하게 화합했다. 그는 피투성이

---

134 홍준기, 앞의 글, 223~224쪽.

135 따라서 푸코 철학이 권력의 개별화와 동질화를 벗어나는 지점은 주체 스스로 자신의 특이성을 끊임없이 발견하는 작업이 된다. 안현수, 앞의 글, 324쪽.

였다. 그가 피투성이인 게 겁나지도 싫지도 않았다. 나는 그의 상처를 정성을 다해 애무하고 그의 피를 핥았다. 그의 싱싱한 상처와 더운 피가 나의 더운 피를 불러일으켰다. 나는 그와 화합하면서 기적을 믿었다. 인조 짐승이 야성 짐승으로 살아나는 판에 무슨 일인들 못 일어날까 싶었다. 안채 사람과 별채 사람과의 관계도 문득 살아나 불화하고 아우성치면 얼마나 살맛날까 싶었다.

—「소묘(素描)」, 430~431쪽

시어머니의 생명 권력을 피해 남편이 향한 곳은 현실이 아닌 가상의 오락공간이다. 현실에 투지를 상실한 남편은 가상의 적을 만들고 어머니가 아닌 '우주 괴물'을 향해 도전 의지를 불태운다. 어머니 세계의 인공성이 인조성으로 전치된 환상 속에서 남편은 피투성이의 왜상적인 상태가 된다. 성인이 되기까지 시어머니에 의해 계획된 현실에서 벗어난 적이 없던 남편에게 남은 선택지는 유년의 가상공간인 것이다. 그런 남편을 피투성이로 인식하는 화자는 남편의 무기력에 대한 비판에서 이물성의 수용으로 확장된 감성을 보여준다. 2세에 대한 공포를 극복하고 인조 짐승을 야성의 자연으로 전환시키는 그 쾌의 순간에 화자는 시어머니의 현실이 균열되는 지점을 가시화하고 더불어 숭고의 타자 연대를 보여준다. 화자가 그의 상처를 회피하지 않고 애무하는 그 순간의 선택은 이해할 수 없는 타자와 공감하고 공존하기 위한 절대적 환대의 윤리이다. 단독성을 지닌 타자와 타자의 결합은 자녀에게 물려주기 싫었던 왜곡된 환대를 극복하려는 화자의 실천적 행위이다. 타성적인 안락한 생명 권력에 균열을 내기 위한 화자의 방법은 타자와의 연대와 더불어 열세한 타인의 고통과 상처를 받아들여 생명을 환대하는 것이다. 두려움과 경계의 대상인 '부정적인 타자'

와 공존하는 것, 이는 내적인 질서 안에서 외적인 변화를 추동하는 것으로 현재, 이곳에서 사건을 인지하고 개입하는 인물의 실행으로 가능하다.

소설에서 숭고한 타자는 주인을 손님으로 맞이하여 환대하면서 집을 낯선 공간으로 변모시키고 '가난'의 보편적 인지 속에 주체와 연대를 맺는다. 더 나아가 타자의 적극성은 공동체에 의해 억압되는 또 다른 타자를 환대하고 그들과 소통, 연대하면서 적극적으로 현실에 균열을 가하기도 한다. 공감의 환대는 타성적인 주체의 일상을 반향하고 비판하는 타자의 단독성과 주체의 내면 타자성이 마주하는 그 심연에서 시작된다. 사건의 입각점이 되는 그 지점에서 타자성을 공감하고 책임지는 주체의 윤리는 복수보편의 공동체를 가능하게 하는 환대 행위로서 가치를 갖는다.

제4장

가족 공동체의 수행과 차이의 환대

차이의 환대는 환대 주체가 공동체 내부에서 타자로 전락하는 모순 속에서 진행된다. 환대의 주인이었던 주체는 노년이 되면서 주인도 타자도 아닌 경계에 위치한다. 인간의 생물학적인 노쇠현상은 죽음을 향한 노정에 있다. 치매, 경제력 상실, 생과 성에 관한 감각의 저하 등 변화될 미래에 대한 상식 담론은 노년을 공포와 경멸의 기표로 환치시킨다. 연구에 따르면, 우리 근현대문학에서 '노인'의 모습은 크게 두 가지 요소의 결합으로 소설 속에 등장한다. 가부장의 절대권위를 끝까지 놓지 않으려는 '老慾'과 실제로는 점차 가족 내에서의 영향력을 잃어가는 자신의 모습을 응시할 수밖에 없는 이의 '자괴감'이 양 끝에서 힘겨루기를 하는 사이에 자리한 '남성' '노년'의 형상이 그것이다. 대부분의 우리 근현대소설에서 '노년'은 주변부에 자리하고 있을 뿐 서사의 중심에 서는 초점화자가 되거나 자신의 목소리를 전면에 드러내는 주인공이 되지는 못했다.[1]

이에 반해 박완서 소설에서는 노년이 초점화자가 되어 자신의 정체성을 고민하거나 주변과의 관계성 안에서 우리 시대 노년의 모습을 새롭게 조명해 보고 있기에 특징적이다. 무엇보다 박완서의 노년소설은 기존 노년소설에서 목소리를 낼 수 없던 하위주체인 노년 여성의 입장을 다각도로 조망해 볼 수 있다는 점에서 가치를 갖는다.[2]

박완서 문학에서 노년소설은 1980년 후반부터 2000년대까지 고르게 분포해 있으며 각 시기마다 환대의 양상이 변모한다.

1980년대 들어 박완서 소설에서 노년소설의 편수가 증가한다. 이는 흔히 작가가 50대로 접어들면서 생물학적인 노년에 대해 접근해 가는 시기와 연관하여 설명된다. 이 시기 노년소설에서는 노년 주체의 입장에서 타자화되고 적대되는 현실에 대한 고뇌와 노년의 정체성 재정립에 대한 문제를 집중적으로 다룬다.

---

1 서형범, 「노년을 위한 시민 인문학 : 노년문학의 세대론과 전망－새로운 문화환경에 조응하는 문학예술의 가능성에 대한 시금석으로서의 몫을 중심으로」, 『시민인문』 22, 경기대 인문과학연구소, 2012, 14~15쪽.

2 박완서의 노년 및 관련 소설을 대략적으로 통시해 보면 다음과 같다.

연도	작품명	편수
1970년대	「이별의 김포공항」(1974), 「포말(泡沫)의 집」(1976), 「상(賞)」(1977), 「집보기는 그렇게 끝났다」(1978), 『살아있는 날들의 시작』(1979), 「황혼」(1979)	6편
1980년대	「천변풍경(泉邊風景)」(1981), 「쥬디 할머니」(1981), 「울음소리」(1984), 「지 알고 내 알고 하늘이 알건만」(1984), 「저녁의 해후」(1984), 「저물녘의 황혼」(1985), 「해산바가지」(1985), 「애보기가 쉽다고?」(1985), 「꽃을 찾아서」(1986), 「저문 날의 삽화(揷話)」1~4(1987), 「저문 날의 삽화(揷話)」5(1988), 「가(家)」(1989)	15편
1990년대	「우황청심환」(1990), 「여덟 개의 모자로 남은 당신」(1991), 「오동(梧桐)의 숨은 소리여」(1992), 「나의 가장 나종 지닌 것」(1993), 「환각의 나비」(1995), 「마른 꽃」(1995), 「길고 재미없는 영화가 끝나갈 때」(1997), 「너무도 쓸쓸한 당신」(1997), 「그 여자네 집」(1997), 「꽃잎 속의 가시」(1998)	10편
2000년대	「그리움을 위하여」(2001), 「그 남자네 집」(2002), 「마흔아홉 살」(2003), 「후남아, 밥 먹어라」(2003), 「촛불 밝힌 식탁」(2005), 「그래도 해피엔드」(2006), 「친절한 복희씨」(2006), 「대범한 밥상」(2006), 「갱년기의 기나긴 하루」(2008), 「빨갱이 바이러스」(2009), 「석양을 등에 지고 그림자를 밟다」(2010)	11편

1990년대는 노년의 피부양자 입장이 강화되고 노년 주체가 배우자, 운동권 아들 등 가족 관계를 새롭게 바라보는 시각이 드러난다. 또한 이전 소설에 비해 돌봄의 주체이자 환대의 주체가 며느리에서 딸로 확장되는 시대 변화도 나타난다. 부양 주체의 변화는 효부 이데올로기에서 벗어나 노년을 환대하는 다른 시각이 편입됨을 확인할 수 있다.

2000년대의 큰 변화는 노년의 입장에서 다른 노년을 어떻게 환대할 것인가. 혹은 스스로 자신의 노년을 어떻게 환대할 것인가에 대한 고민이 두드러진다는 점이다. 이는 환대의 범주가 가족에서 자신, 타자로 확대됨을 의미하며 차이의 환대를 향한 새로운 계기를 마련하는 것이기도 하다.

이상으로 정리해 보았을 때 박완서의 노년소설에서 차이의 환대는 노년에 대한 정체성 정립과 노년 환대의 관계성 변모에 대해 지속적으로 천착됨을 확인할 수 있다. 이 글에서는 이러한 흐름을 바탕으로 환대의 주체지만 실상 공동체의 담론에 의해 외부자로 분류되는 '내부 타자'인 노년을 환대하는 양상에 대해 알아 보도록 하겠다.

1. 여성의 내-외존과 생명의 돌봄

박완서 노년소설에서 주체는 초점 행위자인 노년이거나 치매를 간병하는 가족, 특히 딸이나 며느리가 주로 대상이 된다. 그들은 분명 공동체의 내에 존재하지만 타자를 환대할 결정권은 부양의 허울만을 지닌 남성에게 있기에 공동체의 타자로 전락한다. 노년과 그들의 실질적 부양자인 여성은 모두 환대 주체로서 공동체 내부에 존재하지만 가부장의 질서 속에서 외존하는 인물들이다. 가부장적 가족 관계는 노년 부양의 갈등 관계에서 남성에게 실질적인 가장의 권위만을 남겨놓은 채 갈등 자체에서 빗겨나게 한다. 실질적인 부양자와 공모관계에 있는 남성은 피부양자의 불합리함을 방조하거나 가부장의 권위를 엄격하게 유지하는 역할만을 한다. 남성과 여성 사이 그리고 남성과 노년 사이의 권력관계의 본질은 가부장이다. 아울러 남성 또는 아들에 대한 복종 및 인정은 전통적인 가부장적 이데올로기의 구조이다. 여성의 경우 여기에 주변의 시선이 더해지면서 효부孝婦이데올로기는 당연한 의무가 된다. 이에 따라 가족 구성원의 실제 도움 여부와 상관없이 기관이 아닌 가정에서 치매에 걸린 노부모를 봉양하는 것이 여성에게 강요되었다. 정신적인 가학에 이르는 부양자의 스트레스는 질병인 치매가 노년의 정상적인 과정이자 간병이 효부의 미덕으로 상찬될 때 극에 달한다. 또한 박완서 소설에서는 이와 상반되게 노년의 외로움과 소외감이 질병으로 오인되고 호도되는 과정을 제시하기도 한다.

노년 여성의 경우 돌봄의 주체가 돌봄의 대상이 되면서 다른 여성인 딸과 며느리에게 돌봄의 대물림 구조를 보인다. 박완서 노년소설에서 돌봄은 여성성을 중심으로 인간관계, 배려, 책임, 이해[3] 등의 가치와 타자에 대

3 흔히 간호학적인 측면에서 논의되는 돌봄은 단순히 돌보는 행위 이상의 복잡한 것으로 문화적으로 도출된 도덕·인지·감정적 요인을 포함하는 과정으로 설명된다. 하이데거(Martin Heidiger)는 돌봄을 인간 실존의 기본 현상이자 해석의 단서로 보고, 돌봄은 인간을 인간되게 만드는 것으로 만일 우리가 돌보지 않는다면 우리는 인간성을 상실하게 된다고 말했다. 또한 특별히 윤리적 개념에서 Care는 돌봄이라는 논의보다 '배려'라는 이름으로 자주 논의되는데 주로 행동보다 마음을 중심으로 한 돌봄의 개념이 전개된다고 볼 수 있다. 길리건(Gilligan)과 나딩스(Noddings)로 대표되는 배려윤리는 여성성을 중심으로 인간관계, 배려, 책임, 이해 등을 주요 가치로 다루는데 길리건은 여성적 따뜻한 도덕성을 주요 담론으로, 나딩스는 타인에 대한 도덕적 전념과 타인에 대해서 정신적 부담을 갖는 상태를 돌봄으로 본다. 이성원, 「현대적 효 개념에서의 돌봄의 의미와 특성 연구」, 『효학연구』 14, 한국효학회, 2011, 26~27쪽.

한 윤리 의식으로 고찰된다. 이 과정에서 작가는 가부장적인 효부孝婦 이데올로기의 극복을 통해 가족 내의 환대 가능성을 제시한다.

1) 추체험적 미래와 관습의 거부

기틴스는 가족 이데올로기 중심에 젠더 관계와 연령 관계에 대한 신념이 자리한다고 설명한다. 남성·여성·어린이 각각에 걸맞은 역할과 진술이 가족 개념에 포함되어 있다는 것이다. 한국사회의 경우 연령이라 칭해지는 세대의 대상은 조부모(노년세대)·남성·여성의 관념이 선행되었다가 근대에 이르러 가족 구도가 변모하면서 노인에서 어린이로 변화된 측면이 크다. 현대 핵가족의 구성은 부모와 어린이를 중심으로 재편되었다. 가족이 "유동적인 사회집단"이며 가족the family은 없고 가족들families만이 있다는 특수성을 인정한다고 해도 전통적인 관념에 집착해 있는 노년세대는 이러한 변모를 체화시키지 못한다.[4] 때문에 기본적인 가족 구성원의 범주 안에서 제외되는 현실의 낙차에서 오는 괴리감과 상실감이 크게 작용한다. 가족 구성원으로서 어린이와 노년은 모두 경제력이 불가능하다. 그러나 노년의 경우 자산에 따라 사회적 혹은 가족 내 대응 태도가 달라진다. 돌봄과 인정의 권리와 의무가 동시적으로 적용되는 대상이 노년이다. 노년은 부양으로 인한 부담으로 환대 불가능한 대상이 된다. 특히 그들의 과거지향적 가치관은 노년의 입장에서 향수가 될지라도 부양자에게는 구습과 관습의 적대적 상식이 된다.[5] 노년은 경제력 상실, 부양의 노동, 간병

---

4 다이애너 기틴스, 안호용·김홍주·배선희 역, 『가족은 없다』, 일신사, 1997, 15~22쪽 참조.

5 관습 그리고 에토스는 현전화하여 작동되지만 오래전부터 이어져온 과거의 흔적이다. 흔적 속에서, 관습 속에서 과거의 내용이 바뀌고 순서가 뒤바뀌고 또 그 형식적 논리마저 변할 수 있다. 흔적은 유동적으로 현전화할 수 있다. 그때그때마다 실천적으로 요구되는 일들을

등의 요인으로 가족 내에서 격리와 혐오의 대상이 된다. 대부분의 노년세대를 부양하는 주체는 며느리와 딸로 여성과 노년의 대립 관계는 부양자와 피부양자의 갈등으로 확인된다.

「포말의 집」[6]은 견고하다고 믿는 가족 관계의 허상에 대해 언급한다. 소설의 '집'은 현대성을 상징하는 직선의 아파트이자 관계가 단절된 가족에 대한 은유이기도 하다.

시어머니와 합가 후 남편이 미국지사로 발령을 받자 화자는 홀로 노모와 아들 사이에 남는다. 소통의 부재 속에 화자의 시모는 점차 '노망'이 들기 시작한다. 시모는 며느리와 손자의 물건을 숨기고, 욕실 양변기 물로 세수를 하며 옷 갈아입는 것을 거부한다.

> 나는 마치 귀중품을 약탈하는 것처럼 힘겹고 모질게 헌 옷을 벗겨내고 새 옷을 입힌다. 노인의 나체를 보는 건 참 싫은 일이다. 더군다나 살갗에 닿는 일은 그분이 그걸 즐기기 때문에 더욱 싫다.
>
> 아마 노인학교만 없었던들 나는 이런 싫은 일을 일주일에 한 번씩이나 하려 들진 않았을 것이다.
>
> 그러니까 시어머니도 나도 싫어하는 일을 오직 남의 이목 때문에 하는 것이다. 노인학교만 해도 그렇다. 나는 시어머니가 노인학교에 가서 어떤 즐거움을

관습 속으로 집결시키기에 관습은 변할 수 있는 것이다. 그 시작점을 알 수 없고 언젠가는 '흔적 없이' 사라질 수도 있지만 늘 진행 중이라는 예기 속에 관철되는 관습의 시간성, 삶을 반복 속에 가두는 듯하면서도 새로움을 가져다주는 그것에 익숙해질 필요가 있다.(김미정, 「이행의 시간성과 주체성」, 『동방학지』 158, 동방학회, 2012, 200쪽) 관습은 변화의 잠재태를 내포한다. 그러나 이 글에서는 수용자의 세대 차이에 따라 관습의 변화를 받아들이는 낙차가 다름을 확인할 수 있다.

6 박완서, 「포말의 집」, 『배반의 여름』(박완서 단편소설 전집 2), 문학동네, 2013.

맛볼 수 있으리라곤 생각 안 한다. 다만 이 아파트 단지에 사는 노인네들이 노인 학교에 가는 게 유행이기 때문에 보낼 뿐이다.

—「포말의 집」, 71쪽

화자는 식성에 대한 정보만이 충분하다고 여길 만큼 시어머니에게 관심을 두지 않는다. 화자의 '효'는 '남의 이목'을 의식하고 시류에 편승하기 위한 쇼에 불과하다. "아파트 단지에 사는 아무하고도 친하지 않았지만 아무하고나 대개는 낯이 익었고 남 하는 대로 휩쓸리지 않으면 뒤로 욕을 먹을 것 같은 막연한 공포감"72쪽은 현대의 익명성이 낳은 폐해이다. 현대의 부정성은 타자에 대한 무관심을 가족 관계에까지 소급한다. 효의 행위조차 '유행'의 방편이 되어버린 일상은 가식적이나마 편승하지 않으면 도태될 위협을 느끼게 한다. 소설 속의 남편 역시 노모의 존재를 의식하지 않으면서 무시한다. 화자는 남편이 노모를 대하는 태도와 아들에 대한 기대 사이의 모순을 객관화한다.

동석이를 위해 동석이를 위해 (…중략…) 그는 피임을 할 때도 그러더니, 미국에 자리를 잡아야 하는 것도 동석이를 위해서란다. (…중략…) 알 수 없는 아이 동석이를 위해. 자기는 서른 살 때 시작한 불효—어머니와 말이 하기 싫은 불효를 이미 열다섯 살에 시작하고 있는 동석이를 위해 남편은 낯선 땅에서 고생을 하잔다. (…중략…) 자기가 자기 어머니에 대한 마음 씀씀이만 갖고 짐작하더라도 부모의 자식에 대한 희생처럼 억울할 건 없다는 걸 알 터인데 왜 동석이를 위해 희생을 각오하자는 걸까.

—「포말의 집」, 76쪽

화자는 남편이 "자기의 삶의 의미를 오로지 자식을 위한 걸로 국한시키는 낡은 의식"76쪽을 비판한다. 작가는 부모라는 미명을 자신의 존재성과 바꾸고 살아가는 의무감과 반복되는 노년의 소외를 고발한다. 소설의 결말에서 화자는 수면제가 시어머니의 수명을 단축시킬까 두려운 것이 아니라 그런 바람을 갖는 자신이 두려워 수면제를 복용한다. 굳게 잠긴 방문들을 향해 밤마다 나체로 울부짖는 시어머니의 모습은 추체험적인 화자의 미래이기도 하다. 화자는 그런 환영을 피해 수면제에 의지한 잠 속으로 도피한다. 「포말의 집」은 현대의 노년 '돌봄'이 갖는 허위성, 가족 간 소통의 단절, 반복되는 '내리 사랑'의 의무가 산출할 미래 노년의 소외를 거리를 두고 형상화한다. 작가는 부정적인 미래와 불가해한 현재의 상태를 노년에 투시하던 주체가 타자화된 노년과 화해할 수 있는 방법을 「울음소리」[7]에서 제시한다.

「울음소리」에서 노년의 몸은 비정상적인 출산으로 생산을 중단한 며느리의 몸과 순치되면서 쇠락한 생명의 시원으로서 경외감을 불러일으키는 기폭제가 된다.

칠 년 전 낳은 첫아이가 뇌성마비로 삼 주일간 생존해 있을 때 그녀와 남편은 아기의 생명을 빨리 거둬가길 신에게 기도한다. 아기가 죽기까지 남긴 울음소리는 생명의 소리가 아닌 죽음을 향한 고통의 소리였고 그녀와 남편은 "기도를 통해 감쪽같이 아기를 모살謀殺"한 자신들의 혐의에 죄책감을 느껴 피임을 유지한다.

7 박완서, 「울음소리」, 『저녁의 해후』(박완서 단편소설 전집 4), 문학동네, 2013.

방에 요강이 있건만 노망난 노인은 오줌을 싸기도 하고 누다가 흘리기도 해서 방에선 늘 진한 지린내가 났다. 노인의 망령은 그뿐이 아니었다. 여름이나 겨울이나 윗도리만 입고 하체는 벌거벗고 살았다. 기저귀라도 채워서 흉한 부분만이라도 가려주려 해도 막무가내였다. (…중략…) 해괴한 망령 때문에 시어머니는 아들의 효성은 물론 모든 타인과의 관계에서 완전히 고립되어 오로지 그녀 하나만을 상대했다. 그녀마저도 대인관계라기보다는 외부와의 관계를 차단하는 담벼락일 수도 있었다. 수치감이 제거됐음에도 불구하고 시어머니의 치부는 음습하고 쓸쓸했다. 그녀는 그곳을 대할 적마다 남편이 그곳으로부터 태어났다는 데 혐오감과 굴욕스러움을 느꼈다.

—「울음소리」, 79~80쪽

아이의 죽음이후 잉태를 거부하는 그녀와 단산이 된 시어머니는 모두 불모의 몸이다. 자녀들이 이민과 사망으로 멀어지자 노모는 심리적 충격으로 노망이 난다. 그러나 정작 노모의 증세는 이사를 하면서 시작된다. 노모에게 '집'은 자식의 출생과 성장, 죽음을 경험하는 공간이며 노모의 몸 그 자체이다. 그곳을 떠나 아파트의 밀폐된 공간에 유폐된 노모는 집과 가족에 대한 그리움을 자신의 몸으로 전시하기 시작한다. '그녀'가 느끼는 적대는 생명력을 느낄 수 없는 시모의 불모성 그 자체이다.

저 배가 한때 쉴새없이 자식을 배고 기르느라 풍만하게 부풀었을 생명감이 넘치는 고장이었다는 걸 누가 알까? 그녀는 자기만이라도 그것을 알아줘야 할 것 같았고, 그곳에 귀를 기울이면 그 속을 거쳐간 생명들의 흔적을 느낄 수 있을 것 같았다. 그녀는 처음으로 시어머니의 적나라한 노구老軀에 연민을 느꼈다.

그리고 매일 아침 시어머니의 문 앞에서 되풀이한 살의에 대해 구차한 변명이 나마 하고 싶어졌다. 내가 정작 죽이고 싶었던 것은 저분이 아니라 저분의 노망, 아니 저분의 이물감이었어. 그녀는 시어머니의 노구를 향한 연민보다 훨씬 진한 연민을 시어머니가 아파트를 처음 보고 느꼈을 그 엄청나고 고독한 이물감에 대해 느꼈다.

—「울음소리」, 81쪽

집의 불모성과 육체의 불모성이 유비되는 이 장면은 그녀가 시어머니를 돌보면서 겪는 괴로움이 물리적인 조건에 기인한 것만은 아님을 의미한다. 집에 대한 이물감이 시어머니의 몸에 대한 이물감으로 전이되고 이는 바로 자신의 불모에 대한 이물감으로 이행한다. 시어머니의 노구老軀에 대한 시선에서 느껴지는 불모의 촉감이 생명의 흔적으로 회귀하면서 비로소 그녀는 '연민'의 감정적 환대에 도달한다. 남편의 뿌리에 덧입혀졌던 이질감의 근원을 거둬내는 순간 울리는 울음소리는 먼 곳에서 오는 생명의 신호이자 노년의 몸에 잠재된 생명을 향한 화해의 감각이다.

「갱년기의 기나긴 하루」[8]는 '돈'이 부모 자식 간에 미치는 영향과 80대와 20대 사이에 위치한 화자가 겪는 세대적 갈등을 통해 노년을 향해가는 세대상을 추정해 본다.

소설에서 화자의 나이는 정확히 제시되지 않는다. '갱년기'로 지칭되는 화자의 상태는 80대 시모와 결혼한 아들 사이에 자리한다. 그들 사이에서 경제력 없는 화자는 양쪽 모두에 발언권을 잃고 전개되는 상황을 감수하

8 박완서, 「갱년기의 기나긴 하루」, 『그리움을 위하여』(박완서 단편소설 전집 7), 문학동네, 2013.

기에 바쁘다.

화자의 시어머니는 노년의 경제력이 자식들에게 위세로 작용한다는 신념을 가진 인물이다. 평소 근검절약으로 사놓은 땅 중 일부를 팔아 아들에게 아파트를 구입해 준 후 시어머니의 권한이 강해진다.

> 내가 다달이 시어머니 아파트로 시누이 말 짝으로 파출부 나가게 된 경위가 대강 이러했다. 절대로 자식 신세 안 지고 사는 잘난 노인들의 잘난 노인다운 이 착한 일을 내가 미력이나마—한 달에 한 번이니까—거드는 일을 영광스러워는 못 할망정 파출부라니, 그렇게 말하면 안 되는 줄 안다. 그러나 그날이면 아침부터 심사가 꼬이는 걸 어쩔 수가 없다. 신역이 고돼서는 절대 아니다.
>
> —「갱년기의 기나긴 하루」, 280쪽

80대인 화자의 시어머니는 며느리에게 부양의 의무를 요구하지 않는다. 화자 내외와 분가하여 넓은 아파트에 혼자 거주하는 시어머니는 자식들에게 의지하지 않는 자신에 대해 우월감을 갖는다. 친목 모임의 리더 역할을 하는 시어머니는 돌봄의 '신역'이 소거된 자리에 며느리의 센스를 요구한다. "센스야말로 간섭을 가장 싫어하는 원초적인 감수성"이라는 생각으로 자신을 '파출부'로 격하하는 화자에게 시어머니는 고용주로만 여겨진다. 소설은 시어머니의 생색과 며느리의 센스 사이의 그 감정적인 경계에서 노년의 경제력과 감정의 과부하 사이를 오간다. 이들의 갈등은 "사라져 가는 세대"가 갖는 젊은 날의 향수가 기껏해야 '배고픈 시절'에 불과하다는 것을 알게 된 화자의 연민으로 무마된다. 경제력과 학력의 우월감, 노년의 당당함을 구가하던 4·4회 회원들은 난만하던 이야기의 끝에 애절한 노래를 반복하며 과거를 향수한다. 유복한 현재를 살면서 그들이 그리워하는 '그 옛날의 광영'은 '배고프던 시절'이었던 것이다. 도도한 자만심과 '돈'으로도 되돌릴 수 없는 그들의 청춘이 기껏 생존의 고난을 겪던 시절이라는 점에 화자는 비로소 그들을 연민으로 환대한다.

"부모 자식 간에도 자유를 사고 팔 수 있게 하는 게 돈의 힘"임을 시어머니로부터 겪은 화자는 자신의 며느리에게 똑같은 이유로 무시당한다. 좋은 대학 경영학과를 졸업하고 대기업에 취직한 화자의 아들은 부모의 도움 없이 집을 사고 결혼을 한다. 이후 부모에게 이혼을 통보한 아들을 보며 화자는 "부모는 투자를 안했으니 부모의 발언권이 약하고, 저희들끼리는 구속력"291쪽이 없었다고 생각한다. 화자는 현대 사회에서 노년을 돌보는 젊은 노년으로 설명할 수 있다. 노년의 초입에서 화자는 경제력의 부재로 부모로서의 자존감조차 지키기 어렵게 된다. 「갱년기의 기나긴 하루」는 사이에 낀 세대이자 돌봄의 위, 아래 세대를 아우르는 화자의 복잡한 입장을 '갱년기'로 통칭한다. 소설은 노년의 경제력이 돌봄에 미치는 영향력을 중간 세대의 입장에서 보여준다. 화자의 불안은 시모와 같은 경제력을 갖지 못한 자신이 가까운 미래에 겪게 될 노년의 상태에 기인한다. 1990년대 이후 박완서 노년소설의 부양주체로 등장하는 딸들은 같은 가부장제 내에서도 효부 이데올로기를 강조하던 시기와 다른 면모를 보인다.

「길고 재미없는 영화가 끝나갈 때」[9]는 부양자인 딸이 관찰자로 등장하면서 가부장제적 삶에 충실했던 부모와 오빠를 환대하는 과정이 드러난다. 소설은 독자에게 제목처럼 마치 한 편의 영화를 감상하듯이 독서를 유도한다.

---

9 박완서, 「길고 재미없는 영화가 끝나갈 때」, 『그 여자네 집』(박완서 단편소설 전집 6), 문학동네, 2013.

소설에서 노년의 일생을 한 편의 영화로 비유할 때, 그 첫 주인공인 화자의 아버지는 가부장제에 의해 가장 혜택을 받은 인물이자 가부장의 억압에 피해자이기도 하다. 장남의 역할에 충실함을 강요받으며 자란 아버지는 평범한 어머니를 아내로 맞이하면서 자신의 욕망을 억압한 대가로 장남의 권위를 지켰지만 여러 소실을 전전하면서 반란을 일으킨다. 아버지에게 장남의 역할은 '돈'이었고 권위의 지탱은 어머니의 봉양으로 가능했다. 노년이 되어 어머니와 생활하면서도 아버지는 어머니의 시중을 당연히 여기고 병든 어머니의 수발조차 태연히 받는다. 화자는 자식의 입장에서 아버지의 무자비함을 고통으로 여긴다.

두 번째 주인공이자 영화의 반전을 이끄는 인물은 화자의 어머니이다. 첫날밤부터 아내가 아닌 며느리의 역할만을 강요받은 어머니는 아들 낳기, 시부모 봉양, 투기 금지의 모든 조건을 완벽히 지켜낸다. 그녀는 남편의 외도에 맞서 맏며느리의 체통을 지키며 살아간다. 그런 어머니가 말년에 부양에서 놓여나고 아버지와 합가해서 편안해질 무렵 암에 걸린다. 수술 후 딸인 화자가 배변을 받아내는 순간에도 아버지의 안위를 걱정하는 어머니 역시 가부장의 체제에서 쉽게 벗어나지 못한다. 어머니의 마지막 자존심은 시한부 상태를 알리지 않음으로써 아버지가 마음껏 자기 본위의 망상에 빠지게 하는 것이다.

텍스트 내에서 어머니의 역할이 중요한 이유는 두 번의 웃음[10]과 연관

10 베르그송은 웃음에 대하여 세 가지의 전제를 도출해 낸다. 첫째, 고유한 의미로 인간적인 것으로서의 웃음이다. 사람이 동물을 보고 웃는 것은 동물에게서 인간의 태도라든가, 인간적인 표정을 읽었기 때문이다. 둘째, 웃음에 수반되는 무감동이다. 웃음에 감정 이상의 대적은 없다. 웃음은 연민이나 애정에서 한발 벗어나 거리를 둘 때 삶의 희극으로 다가온다. 세 번째 징후는 웃음이 반응을 필요로 한다는 것이다. 사람들은 웃음을 진실하다고 생각하지만, 웃음은 현실의 또는 가상의 다른 사람들과 무언가 합의를 본, 거의 공범이라 할 만한 저의(底意)

되기 때문이다. 희극적인 효과를 부여하는 부조화로서 웃음[11]은 사회 현상과 상반된 연관성을 갖는 것으로 분석된다.

첫째 웃음은 동네 노인들의 잡담 속에 끼어든 어머니의 발언이다. 죽음을 앞둔 노년들의 소망은 대부분 피부양자로서 부양자인 자녀들에게 부담을 끼치지 않는 범위의 노년의 말로이다. 이에 반해 어머니는 "방귀를 참을 수 있을 때까지"의 삶을 언급한다. 어머니의 발언은 상식의 경직성을 뚫고 울리는 소박성에 웃음을 자아낸다. 어머니의 '방귀'는 생리적인 참을성, 개인 의지의 측면이 강하게 부각된다. 그것이 다른 노년에게 웃음을 주는 이유는 상황의 경직성을 너무나 가벼운 이유로 이완시키기 때문이지만 어머니의 진의를 이해하는 화자에게는 큰 울림이 된다. 맏며느리로서 체통의 권위에 얽매어 살아온 어머니의 발언은 "사람의 체면 유지를 위태롭게 하는 온갖 것들이 포함된 것"이며 무엇보다 이를 깊게 이해하지 못한 타인들은 실소로 넘겼지만 어머니의 삶을 연민으로 대하는 화자에게 이는 비극에 가까워진다. 연민과 애정은 웃음을 동반하기 어렵다.

두 번째는 영화의 반전이자 가장 핵심이 되는 아버지의 대사와 어머니의 웃음이다. 이는 길고, 재미없는 텍스트 전반에 활력을 부여하는 장치로 작용한다.

> 여보, 사랑해. 사랑해. 사랑해요.
>
> 그 흐느끼는 음성을 통해 여지껏 들리던 그 이상한 잡음도 복받치는 울음을

를 숨기고 있다. (베르그송, 이희영 역, 『웃음 / 창조적 진화 / 도덕과 종교의 두 원천』, 동서문화사, 2008, 16~18쪽.

11 위의 책, 116쪽.

> 참는 소리라는 걸 알아차렸다. 그런데도 나는 웃음이 폭발할 것 같아 얼른 전화통을 손바닥으로 틀어막고 방바닥에 뒹굴고 말았다. 나중에 보니까 통화가 끝난 어머니도 아픈 배를 움켜쥐고 그렇게 웃고 있었다. 어머니는 하루에도 몇 번씩 그 통화를 생각하고 웃음을 걷잡지 못했다. 어머니는 의사가 예언한 생존기간도 미처 못 채우고 돌아가셨지만 칠십에 처음 들은 사랑의 고백 때문에 그동안을 즐겁게 보내셨다. 똥구덩이에 빠져서도 웃음을 잃지 않았다.
>
> —「길고 재미없는 영화가 끝나갈 때」, 143쪽

아버지의 "사랑하오"라는 대사와 어머니의 웃음은 그들을 지배하며 억압한 가부장에 항거하는 메타포가 된다. 시한부 선언을 받은 어머니의 병명 앞에서 가부장적인 생활에 익숙한 아버지가 기계적이고 습관적으로 할 수 있는 대사는 아마도 어머니를 향한 독설 혹은 현재 생활의 불편함이었을 것이다. 어머니의 죽음 앞에 선 아버지의 '고백'은 '참회'에 가깝기에 웃음을 폭발시킨다. 어머니의 수용과 상관없는 아버지의 일방적인 감정 고백은 가부장적 권위의 전복이자 '인간적인 표현'이다. 특히 서사의 맥락에서 아버지의 고백 직전까지 아버지의 관심 자체만으로 긴장한 어머니의 "전 괜찮아요. 많이 나았어요"라는 독백 이후에 이어진 아버지의 눈물과 결합된 감정적 발언이기에 긴장의 이완력이 더 강하게 전달된다. 가부장적 관성에 익숙한 인물들에게 아버지의 돌발 발언은 조강지처를 향한 일편단심과 같은 가부장성의 관념을 환기한다. 그러나 어머니의 죽음이라는 상황의 한계는 아버지의 뒤늦은 참회라는 위선적인 관성을 넘어서기에 이런 의미가 표면화되지 않는다. 어머니와 화자의 웃음은 가부장적 체제의 경직성에 대한 강한 적대의 표시이자 아버지라는 인물에 대한 거리감을 반증하기도 한다.[12] 어머니와 화자에게 아버지가 느끼는 비극은 심리적 거리감으로 바라보기에 희극으로 다가오는 것이다. 이렇듯 텍스트에서 두 가지 웃음은 가부장제의 경직과 전복이라는 상이한 두 측면을 극명히 보여준다.

「길고 재미없는 영화가 끝나갈 때」에서 역할은 미비하지만 눈여겨 볼 인물은 오빠이다. 이 소설은 어머니의 임종 후 아버지를 모시고자 하는 화자가 오빠와 상의하는 장면으로 시작한다. 소설의 서두의 대화 속에서도 오빠는 외부의 시선을 극도로 의식하며 장남으로서의 권위에 집착한다. 그는 어머니의 부양을 딸에게 맡기는 것에 불만을 품으면서도 자신이 부양하지도 못한다. 자신의 처지를 비관하며 난봉피운 아버지를 경멸하는 오빠는 오이디푸스적인 인물로 아버지를 미워하면서도 아버지에게서 벗어나지 못하는 가부장의 후예이다. 오빠는 다른 소설에서 드러나지 않고 빗겨나 있던 주인의 목소리를 대변한다. 즉, 그는 자신이 직접 부모를 부양하지 않으면서도 가부장의 책임에서는 자유로울 수 없고 자신 역시 가부장으로서의 권위는 지키고 싶은 인물이기도 하다. 어머니의 장례식에서 상주인 오빠는 길고 지루한 영화가 끝났을 때의 관객을 연상시키며 "장남된 도리를 제대로 못 한다는 자책감을 어서 벗어나고 싶어서 이제나저제나 임종 소식"143쪽만 기다리는 인물이다. 가부장제 아래에서 부양이라는 돌봄의 가치와 부양자인 딸의 관찰적 시점은 「환각의 나비」[13]로 이어진다.

12 희극성은 사물을 닮아가는 사람이 지닌 어떤 면이고, 완전히 특수한 일종의 경직에 의해서 처음부터 끝까지 기계 장치, 자동 현상, 즉 삶이 없는 운동을 모방하는 인간적 사건의 양상이다. 따라서 그것은 초미의 교정을 촉구하는 개인적 또는 집단적인 불완전성을 나타내는 것이다. 웃음은 이 교정 그 자체이다. 또한 인간과 사건의 특수한 방심을 지적하고 저지하는 사회적 행동이다. 위의 책, 55쪽.

13 박완서, 「환각의 나비」, 『그 여자네 집』(박완서 단편소설 전집 6), 문학동네, 2013.

소설에서는 치매의 병증으로 피부양자에 대한 돌봄이 가족 공동체 모두의 의무가 되고 그 안에서 갈등의 일상이 구체화된다. 특히 돌봄의 주체가 돌봄의 대상이자 타자로 위치이동하고 노년의 정체성 문제와 맞물리면서 「길고 재미없는 영화가 끝나갈 때」와 마찬가지로 가족 공동체 간의 이견이 드러난다.

총 4편으로 구분된 「환각의 나비」는 '그 집'의 경계적 성격, 치매 어머니의 가출과 영주네 삼남매의 갈등, 그 집과 자연스님의 내력, 그 집에서 만난 자연스님과 어머니 그리고 영주의 반응으로 구성된다. 소설에서 그 집의 경계성은 어머니와 자연스님의 가족 공동체 내의 위치를 유비한다. 소설은 그 집의 '느낌'에 대한 서술로 시작한다. 보통의 집과 다른 그 집은 "저 깊은 중심에 숨어 있는 불변의 것", 예감과 같은 느낌으로 사람들에게 거부와 유혹의 대상이 된다. 양옥집 동네에서 위성도시로 변모한 Y시가 구동네로 전락하는 정체성의 변모, 약수터와 전철의 길목이자 지름길이지만 결코 내부 공동체에 편입되지 못하며 Y시의 원주민 동네에서도 '섬'으로 남는 그 집은 경계 중의 경계를 표상한다.

영주 어머니에게 그 집과 같은 임계 공간은 과천이다. 과부가 되어 하숙을 하며 '먹이는 모성'으로서 생계를 담당하던 어머니의 정체성이 변모하는 첫 공간이 과천이다. 과천의 아파트는 일층에서 마당을 가꾸고 각종 산을 오르며 이웃 노인들과 교류가 가능한 공간이다. 어머니에게 과천은 자식에서 손주들을 돌보는 돌봄의 역할 연장과 더불어 건강한 노년으로서 자기 정체성을 확립해 가는 공간이기도 하다. 그런 어머니의 공간이 의왕터널과 과천터널로 훼손되는데 그곳에 다른 의미를 부여하는 것은 오히려 영주이다. 노년의 교류가 활발하던 공간을 방해하던 터널은 아들 집의 인접성으로 전환된다. 이 무렵에 발병한 어머니의 치매는 전자의 중요성 대신 후자의 의미만이 부각되어 적대된다.

노모의 치매 이후 둔천동으로 거주를 옮긴 영주 가족에게 '과천'은 "별안간 드러내기 시작한 아들의 보호 밑에 있고 싶다는 갈망"64쪽의 표출 공간으로 규정된다. 과천을 향한 어머니의 가출이 시작되자 치매 노모를 돌보기 위한 가족들의 갈등이 가시화되고 그 과정에서 타자인 어머니의 입장은 무시된 채 돌봄 주체의 입장만이 강조되어 환대가 어려워진다. 어린 시절부터 어머니와 함께 동생들을 돌보며 자라온 영주는 어머니에겐 일상의 동지에 가까웠기에 자신의 학위를 위해 아이들을 돌보며 노년을 보내던 어머니의 치매에 대한 연민이 앞서는 인물이다. 의왕터널에서 발견된 어머니의 행색과 아들네 집에 간다고 전하던 순찰대원의 언급은 영주가 '딸의 부양'에 대한 외부 시선을 의식하고 어머니에 대한 서운함이 폭발하는 계기가 된다. 어머니가 아들에게 부양받지 않는 점에 대한 친지들의 비판적 시선과 아들의 노모 부양이 "이 땅의 모든 어머니들의 유구한 전통"이라고 여기는 영주의 선입견은 그대로 어머니에게 각인된다. 이에 반해 남동생 영탁은 결혼 전에 어머니를 당연히 모신다는 다짐이 결혼 후 부양자인 며느리의 입장으로 전환되어 치매 노모의 부양을 꺼리게 된다. 딸과 아들 집에서 각각 과천을 욕망하는 어머니의 진의는 자녀들의 입장 차에 따라 오해된다.

물론 『살아있는 날들의 시작』, 「가家」, 『나목』과 같이 일부 박완서 소설에서 가부장제적 사고를 가진 노년 여성은 딸에게 의탁하는 것을 극도로 수치스럽게 생각하며 자발적인 가부장성을 보인다. 가부장제 사회에서 남성에게 귀속되는 심리적 우월성은 논리적 우월성의 표현으로 해석되고,

그와 함께 남성적 가치는 초개인적 타당성을 획득하는 것[14]으로 상식화된다. 그러나 "우리 아들이 데리러 온댔는데, 야아가 왜 이렇게 늦나"라는 치매 노모의 기다림은 그런 상식과 더불어 가출했던 노모에게 모시러 올 것을 기약한 영탁의 언급 때문이기도 하다. 이렇게 「환각의 나비」에서는 치매 전 노모가 원하던 삶이 치매 후 아들 부양에 대한 기대로만 왜곡되어 해석된다. 소설에서는 부양을 의무로 여기고 부담스러워하는 아들과 아들 대신 어머니를 부양한다는 점에 대한 딸의 자괴감이 대립된다.

이상의 소설이 노년을 돌보는 부양 주체의 일상을 배경으로 한다면, 박완서 소설의 노년 주체는 철학적이고 사변적인 관념들을 일상의 현실 속에서 사유한다. 특히 「저문 날의 삽화揷話」 시리즈는 죄, 자유, 죽음 등의 추상적인 개념과 연관된 일화를 통해 그것이 노년의 심미안으로 어떤 의미를 갖는가를 탐색한다.

「저문 날의 삽화揷話 1」[15]은 '죄'의 정체를 혼란스러워하는 화자의 고백으로 시작한다. "우리가 죄인 줄도 모르고 편히 몸담고 있는 크나큰 잘못, 진짜 죄에 대한 환기"14쪽를 언급하면서도 화자는 자신의 '죄'를 일반의 죄로 회피하고자 하는 위선을 직시한다. "이 모든 사태의 뒤에는 설명할 수 없는 대악이 존재한다는 환기까지만 가능한 것인데, 이러한 환기는 정치적인 상황에 대한 개입과 안온한 일상의 유지라는 갈등관계를 적정선에서 무리 없이 타협하는 방식"[16]이기에 화자에게 심리적 불편감을 불러온다. "지금

---

14 리타 펠스키, 김영찬 · 심진경 역, 『근대성과 페미니즘』, 거름, 1998, 82쪽.

15 박완서, 「저문 날의 삽화揷話 1」, 『나의 가장 나종 지니인 것』(박완서 단편소설 전집 5), 문학동네, 2013.

16 오자은, 「1980년대 박완서 단편 소설에 나타난 중산층의 존재방식과 윤리」, 『민족문학사연구』 50, 민족문학사학회, 2012, 253쪽.

있는 것은 언젠가 있었던 것이요, 지금 생긴 일은 언젠가 있었던 일이라 하늘 아래 새것이 있을 리 없다"[20쪽]는 전도서의 대목은 고백성사와 더불어 자신의 죄를 종교적 관습에 기대어 보려는 화자의 내심이기도 하다.

남편의 친구 아들 영택을 양자로 맞이한 화자는 딸만 있는 집에 가계에 대한 갈망으로 아이를 입양한다. 그러나 영택이가 혼외 자식 출신이었음을 알게 된 화자는 영택에 대한 정을 거둔다. 결벽증을 가진 화자는 영택의 친부모에 대한 도덕적 망상 끝에 남편에게까지 자신이 느낀 불결함을 덧씌운다. 가족의 장래에 영택이의 과거가 누가 될까 두려웠던 화자의 이기심은 남편과 영택의 사이를 이간질하기 시작한다. 영택이를 친구의 혼외자식이 아닌 남편의 혼외자식으로 몰아가는 화자의 태도는 정신적 간음자의 행태와 다름없다. 가족의 범주에서 영택을 타자로 경계 긋던 화자는 영택의 방에서 불온서적을 확인하고 이를 남편에게 알린다. 고지식한 공무원인 남편은 결국 영택을 쫓아내고 그들의 관계는 회복할 수 없는 지경에 이른다.

> 나는 그렇게 떨고 있는 게 손녀가 아니라 나일 거라는 기이한 느낌에 빠져들었다. 손녀의 작은 심장 소리, 할딱이는 숨소리, 꼭 감은 눈 속의 막막한 어둠, 나쁜 것, 나쁜 사람에 대한 공포는 나에게 얼마나 익숙한가. (…중략…) 나는 어머니가 시키는 대로 눈을 꼭 감고 몸을 잔뜩 오그리고 마음속 깊이 떨었다. 그때 어머니는 나쁜 사람이 한번 눈독을 들이면 곧장 악에 물든다는 미신적인 공포감을 갖고 계셨던 듯하다.
>
> 그후 철이 들고 나서 그 미결수들은 나중에 무죄가 판명되어 풀려나는 수도 있고 또 독립투사도 얼마든지 섞여 있을 수 있다는 걸 알게 되었다. 어머니는

왜 그런 말을 안 해주었을까, 어머니가 그걸 조금만 귀띔해주었던들 꼭 감은 눈 속의 어둠이 그리도 완벽하고 막막하지만은 않았으련만. 이렇게 훗날 어머니를 경멸한 주제에 오늘날 손녀에게 해줄 수 있는 것 역시 똑같은 짓밖에 없었다. 손자의 칠흑 같은 어둠에 행여나 반딧불만한 빛이라도 스며들까봐 전전긍긍하고 있었다.

—「저문 날의 삽화(揷話) 1」, 33~34쪽

영택에 대한 화자의 판단은 '나쁜 사람'(죄인)으로 귀결된다. 하지만 영택의 죄는 영택에게서 비롯되지 않았다는 데에 문제가 있다. 화자의 결벽에 문제가 된 영택의 과거는 그의 부모의 몫이며 영택의 방에서 발견한 불온서적 역시 영택의 행위와 직접 연관되어 확인되지는 않는다. 인용문에서 보듯 죄에 대한 화자의 적대는 일면적인 상식에 불과하며 그 기저엔 내 가족의 안위만을 위하는 가족 이기주의가 자리한다. 이렇게 보았을 때 영택은 철저한 타자의 위치에 자리한다.

"매일매일 말과 행위로 못 박는 죄인 중 의인은 몇몇이나 되리이까?"35쪽라는 화자의 독백은 우리가 바로 그 죄인이라는 고백이자 혹은 그런 의인이 과연 몇이 될지 모르겠다는 자조적인 고백이기도 하다. 그러나 표면적으로는 아들로 인정하면서도 내면적으로 아들로서 결격을 들추는 화자의 양면성과 자신의 도덕적 기준을 타자에게 전가하여 죄를 전도시키고 아울러 남편조차 공범이 되도록 죄를 확장한 명백한 조건들은 화자가 언급한 '잘못'에 불과하다. 정작 화자에게 죄는 '죄'의 상식에 비친 두려움에 타자와 소통하려 시도조차 하지 않은 점에 있다. 인간의 관습으로 죄의 공과를 판단할 수 없으나 회피 그 자체도 죄가 될 수 있음을 화자는 신을 향한 질문을 통해 확인한다.

「저문 날의 삽화挿話 4」[17]는 박완서 노년소설 중 유일하게 젊은 시절에 대한 향수가 드러난다. 박완서는 노년에 접한 이기利器인 '차'의 소유와 훼손의 과정을 통해 상식의 전환이 노년의 삶에 미치는 영향에 대해 암시한다.

「저문 날의 삽화挿話 4」의 전체적인 서사를 관통하는 화제는 '차'이다. 노년의 편리를 위해 필요하지만 면허증 취득부터 운전에 이르기까지 노년성을 대면하게 하는 화제를 통해 작가는 '자유'의 의미를 되새겨 본다. 교통이 불편한 선산에 성묘를 가기 위해 택시를 대절하던 남편은 택시회사 사장의 허언에 분노하여 예약을 거절한다. 관절염이 심한 화자가 불편한 한복까지 차려입고 성묘를 가는 동안 신체적 동통은 "무의식적으로 순종해왔던 것"에 대한 반발에 상승작용을 한다. 제수의 격식, 복장의 기본예절과 더불어 화자의 조상에 대해선 "공경할 의무를 지려 들지 않는" 남편의 가부장성은 다음에 등장할 종질 세대와의 비교를 위한 구세대의 특징을 보여주는 장면이다. 화자 내외가 '택시' 문제로 고민하는 동안 선산에서 만난 남편의 종질들은 '마이카' 세대답게 '차'에 대한 자신들의 견해를 나눈다.

> 느닷없이 튀어나온 자유란 말이 빈속에 마신 맥주의 첫잔처럼 속에 짜릿하고 상쾌하게 꽂혔다. 나의 자유에 대한 관념은 맨 존엄하고 비통하고 난해한 것들뿐이었다. 당장 떠오르는 말만 해도, 진리가 그대를 자유케 하리니, 자유 그것 아니면 죽음을 달라, 자유에서는 왜 피의 냄새가 나는가 등등. 하여 자유에 대한 불가해한 안타까움이 거의 체질화돼 있었다. 그런데 차가 자유라? 자유가

17 박완서, 「저문 날의 삽화(挿話) 4」, 『나의 가장 나종 지니인 것』(박완서 단편소설 전집 5), 문학동네, 2013.

그런 손쉬운 지름길을 거느리고 있다는 건 미처 몰랐었다. 자유의 여신상으로 상징되는 나라에 유학까지 갔다 온 관민이다운 발상에 나는 너무 감탄을 하고 있었다.

—「저문 날의 삽화(揷話) 4」, 108~109쪽

현대 사회에서 차는 "자유 그 자체"라는 종질의 언급에 화자는 감탄한다. 화자의 상식 속에 머물러 있는 생명과 진리와 대등한 '자유'라는 관념의 무게가 일상 속에서 충분히 가벼워질 수도 있음을 깨달은 것이다. 그러나 그런 신/구 관습의 전환이 노년 세대에게 직접적으로 적용되기는 어렵다는 것을 작가는 다음의 일화에서 지적한다.

기계 조작에 서투른 남편은 노년이 되어 운전에 흥미를 갖고 도전한다. 거듭된 실패 끝에 면허를 따고 중고차를 구입하는 모습을 지켜본 화자는 불안과 비애를 느낀다. 자신들의 "초로初老가 정신없이 휘몰아치는 근대화의 소용돌이에 휩쓸리지 않고 다만 관망할 수 있도록 거리를 유지시켜주는 발판쯤은 될 수 있는 줄"120쪽 알았던 화자에게 운전대에 앉은 남편의 비장한 표정은 "늙음과 필사적이 얼마나 안 어울리는 양극"인지를 주지시킨다. 근대화의 물질성을 관조할 수 있으리라 여겼던 화자의 노년은 현실에 적응을 강요받는다. 그러나 차의 내부를 "아무리 들여다보아도 도무지 아무것도 모르겠는 난감한 낭패스러움과 기계 속에 대한 천성의 이질감"123쪽을 가진 남편은 체제 부적응의 표시인 교통 위반을 수시로 저지른다.

편리성에 떠밀려 '관망'의 능동이 아닌 '적응'의 수동에 익숙해진 노년의 화자 내외는 시대의 부적응자로 전락한다. 그렇지만 차에 적응하기 위한 화자와 남편의 갈등은 과거의 향수에서 힘을 얻는다. 화자와 남편은 차의 고장으로 고속도로에서 정차한다. 톨게이트까지 차를 밀고 가던 내외는 미루나무처럼 키 크고 씩씩하며 어여쁘고 팽팽했던 젊은 시절에 끌던 리어카를 추억한다.

> 그 옛날, 그 곤궁하고 씩씩하던 날이 합력을 해서일까, 오르막 길도 그닥 힘들지가 않았다. 더 신나는 건 처음으로 내 차를 소유한 것처럼 느낄 수가 있었다. 우리가 마구 휘둘리고 끌려다녀야 하는 애물단지가 아니라 우리 힘에 순종하는 우리의 소유물이었다. 소유한 이상 언제고 마음만 먹으면 자유로워질 수도 있을 것 같았다. 완만해 보였지만 힘이 부쳐 숨이 턱에 닿으니까 높은 봉우리를 오르는 것처럼 급박해졌다. 정상에만 올라봐라. 이놈의 차를 냉떠러지 밑으로 굴려버리리라. 그리고 훨훨 자유로워지리라.
>
> —「저문 날의 삽화(揷話) 4」, 130~131쪽

근대화에 끌려가는 듯한 노년의 비애는 막상 차가 고장이 나서 나의 소유물이 되었을 때 이르러 '자유로움'이 된다. 이는 끝내 자유로워지기 어려운 현대인에 대한 역설이기도 하다.[18] 젊은 세대에게 자유를 주던 '차'가 노년 세대에게 '구속'이었듯 자유의 포획에서 벗어나기 어려운 젊은 세대에 비해 물욕과 편리함을 쉽게 거부할 수 있는 노년의 동력을 엿볼 수 있다.

「저문 날의 삽화揷話 5」[19]는 「저문 날의 삽화揷話」 시리즈 중 유일하게 3

---

18 근대성의 경험은 혁신, 덧없음, 혼돈스러운 변화 같은 압도적인 감각을 낳기도 했지만 동시에 안정성과 연속성을 희구하는 다양한 욕망의 표현을 낳기도 했다. 따라서 이상화된 과거에 대한 애도로 이해되었던 향수가 이제는 근대를 구성하는 주제로 나타난다. 즉 진보의 시대는 잃어버린 상상 속의 낙원을 그리워하는 동경의 시대이기도 했던 것이다. 리타 펠스키, 김영찬·심진경 역, 앞의 책, 76쪽.

19 박완서, 「저문 날의 삽화(揷話) 5」, 『나의 가장 나종 지니인 것』(박완서 단편소설 전집 5),

인칭 소설이다. 대부분 1인칭 주인공 화자로 전개되어 독자가 인물의 일상에 이입되기 용이했던 반면, 「저문 날의 삽화揷話 5」는 비현실적인 소재로 마지막 편답게 1~4 시리즈의 모든 주제가 압축되어 있으며 노년을 좀 더 객관화하여 바라보고 싶은 작가의 의도가 강하게 피력되어 있기에 인칭의 변화가 두드러진다.

「저문 날의 삽화揷話 5」는 시리즈의 마지막 편인 만큼 노년에 대한 사유가 시적이기까지하다. 이 텍스트는 노년의 주제 중 가장 민감한 '죽음'에 대해 다루기 위해 서사적인 반전 효과를 이용한다.

퇴직을 앞둔 영감님과 텃밭 가꾸기를 좋아하는 마나님은 서울 근교에서 전원생활을 하며 만족스러운 노후를 살아간다. 작가는 전원의 공간 설정을 통해 봄-여름-가을-겨울에 이르는 계절의 순환을 자연의 섭리대로 설명해 가는데 그 시간적 배경은 자연스럽게 노년의 계절인 겨울로 향하여 고즈넉한 노년의 일상을 비유한다. 그러나 노년의 평온함은 소설의 중반이후부터 갑작스럽게 반전된다. 자연에서 시작된 평온은 자연의 변화에 따른 불길함으로 이어진다. 별안간 '빗금'을 그으며 침범해 내려오는 산 그림자의 불길한 예감, "끈 끊어진 추가 곧장 낙하하듯" "허공으로 빨려들었다가 미끄럼 타듯이 유연히" 흩어지는 새들의 무리는 섬뜩한 불안감을 주며 "평화 속에서도 불길한 운명들이 요변"하는 모습으로 보이기까지 한다. 추락과 하강의 이미지는 죽음을 대비한다. 작가는 "저 사는 일에 대해서도 한치 앞을 못 내다보는 주제에 어찌 새들의 삶 속의 복병을 안다고"145쪽 할 수 있겠는가라는 질문을 던지며 복선을 제시한다.

문학동네, 2013.

자신만의 공간을 요구하며 기도방을 만든 아내는 신을 향한 "비천한 아부"로 죽음을 간구한다.

> "도대체 뭘 그렇게 매일 빌 게 있어. 남편한테도 의논 못 할 고민이 있단 얘기 아냐, 그건."
>
> "죽고 사는 건 사람의 소관이 아니니까요."
>
> "그건 또 무슨 해괴한 소리야. 우리 둘 중의 하나가 죽을병이라도 들었단 소리야 뭐야."
>
> "그게 아니구요. 내가 허구한 날 비는 한 가지 소원은 우리 식구가 순서껏 죽게 해달라는 거니까요."
>
> "순서껏?"
>
> "네, 우리 부부가 퍼뜨린 아들딸들과 그애들이 짝을 맞아 다시 퍼뜨린 손자들 중 우리 직계 식구들 사이의 죽음만이라도 태어난 순서대로 이루어지이다라고 빌 때처럼 마음이 간절해질 때는 없다우. 그 밖의 욕심은 아예 부려본 적도 없건만 너무 욕심 많다 하실 것 같아 내가 얼마나 열심히 알랑거리는지 아마 당신은 모를 거유."
>
> 그가 엿본 건 결코 아내의 비밀이 아니었다. 아내가 그에게 감추거나 속이고 있는 건 아무것도 없었다. 그에게 뭔가를 음흉하게 감추고 있는 건 그의 아내가 아니라 현재 그가 누리고 있다고 믿는 유유자적인지도 몰랐다.
>
> —「저문 날의 삽화(揷話) 5」, 151쪽

소설은 철저히 노년의 입장에서 '죽음'의 공포를 고찰한다. 모든 생명체가 경험하는 죽음과 시간적으로 가장 가까운 노년에게 '죽음'은 존재 자체가 두려운 것이 아니라 오히려 죽음의 순서', 죽음을 수용하고 현실을 살아내야 하는 현실의 원리를 고민하게 한다. 이는 자신의 삶에 거리를 두고 관조할 수 있는 인물에게 가능한 사유이다.

결국 신을 향한 아내의 간절한 희구는 실현되지 않는다. 전원의 아늑함과 노년의 유복함은 대비하지 못한 불길함 속에서 가족의 죽음과 조우한다. 자녀 중 일가족이 교통사고를 당하고 전화기를 망연히 바라보는 내외의 모습으로 소설은 끝이 난다. 서정성과 이완의 배경을 한꺼번에 무너뜨리는 추락과 긴장의 결말구조는 '죽음'의 허망함을 더 크게 전달한다. 박완서 노년소설에 나타나는 혈연 공동체 보존에 대한 열망은 전후에 겪은 순서 없는 죽음의 공포가 현대 사회에서도 얼마든지 가능함을 확인하면서 파괴된다. 「저문 날의 삽화揷話 5」는 노년에게 죽음의 문제가 당사자의 몫으로 집중될 것이라는 편견을 깨고 일상을 역습하는 죽음의 이면을 잘 포착한다. 가족 중심의 안위, 여성의 일과 가부장의 그늘, 현대의 이기인 자동차, 신을 향한 기도 등 「저문 날의 삽화揷話 5」에는 전편에서 익숙하게 보아온 노년의 소재들이 조금씩 변주되어 단편을 완성해 간다. 이런 균열들은 '관습'으로 명명되는 상식의 평정을 깨뜨리며 올바른 상식의 기준에 대해 의문을 제기한다.

「저문 날의 삽화揷話 5」에서 노년이 경험하는 가족의 죽음이 공포와 절망의 반전으로 낯섦을 주었다면, 「여덟 개의 모자로 남은 당신」[20]에서는 배우자와 사별하고 애도하는 단계에서 사유하게 되는 삶과 죽음의 관계성이 노년 주체의 시각으로 재정의된다.

20 박완서, 「여덟 개의 모자로 남은 당신」, 『나의 가장 나종 지니인 것』(박완서 단편소설 전집 5), 문학동네, 2013.

소설에서 화자의 남편은 폐암으로 시한부 인생을 선고받는다. 암은 나이와 상관없이 진행되는 병으로 노년과 직접 연관성은 없다. 그러나 「여덟 개의 모자로 남은 당신」에서 암은 노년의 두려움인 죽음을 앞당기며 폭력적인 병의 확장 앞에서 생존의 시간들을 환대하도록 노부부의 일상을 바꾸어 놓는다.

작가는 죽음을 "기억의 집인 육신이 소멸한다"[21]고 설명한다. 박완서에게 육체는 기억의 집이자 타자와 소통할 수 있는 장소로서 가치가 있다. 노쇠가 시간의 흐름에 따라 진행되는 데 반해 발병은 마음의 준비 없이 갑작스럽게 노부부에게 언도된다. "죽을 날을 정해 놓은 사람과의 나날의 안타까움"이자 추억은 여덟 개의 모자로 집약된다. 항암 치료의 부작용으로 시작된 탈모를 가리기 위해 자식들은 아버지에게 모자를 선물하기 시작한다. 모자에 얽힌 특별한 의미는 『그 산이 정말 거기 있었을까』와 『그 남자네 집』에서 제시되었던 내용으로 반복된다. 경제적으로 어렵던 시절, 유일한 사치품이었던 중절모는 화자가 시집살이의 고통을 견디게 해주는 "정서적 돌파구" 역할을 한다. 과거 의관衣冠의 역할을 하던 모자는 이제 병든 남편에게 마법같이 다양한 정체성을 치장해 준다. 장사꾼으로 살아온 남편에게 연예인, 예술가, 노교수와 같은 변장의 기회를 주는 것이다.

> 일찍이 연애할 때도 신혼 시절에도 느껴보지 못한 느낌이었다. 그건 순전히 살아 있음에 대한 매혹이었다. 그러고 나서 풍성한 식탁에 마주 앉으면 우린 더불어 살아 있음에 대한 안타까운 감사와 사랑으로 내일 걱정을 잊었다. (…중

21 박완서, 「나의 삶, 나의 문학」, 『박완서 문학 길 찾기』, 세계사, 2000, 26쪽.

략…) 죽음을 앞둔 시간의 아까움을 느끼고, 그 아까운 시간에 어떻게 독창적으로 살아 있음을 누리고 사랑할 것인가를 생각해야 하는 건 인간만의 비장한 업이 아닐까. 그가 선택한 인간다운 최선은 가장 아까운 시간을 보통처럼 구는 거였고, 우리가 할 수 있는 최선은 그에게 순간순간 열중하는 것이었다.

—「여덟 개의 모자로 남은 당신」, 302쪽

예정된 죽음 앞에서 '평범의 미학'은 어느 때보다 배우자의 존재를 빛나게 한다. 화자는 그 빛남이 행복하고는 다르다고 설명한다. 노력에 의한 '평범'은 더 이상 언어적 의미로 이해될 수 없는 지점에 자리한다. 작가는 한정된 시간의 생존 그 자체보다 그 시간들을 어떻게 살아냈는가의 과정에 가치를 부여한다.

「여덟 개의 모자로 남은 당신」에서 화자는 노년의 관찰자이자 행위자로서의 특징을 잘 보여준다. 남편의 마지막 투병기간 동안 화자는 절망감과 피해의식으로 평소와 다른 심리 상태를 보인다. 평소 자신이 약자의 편이라고 여기며 살아온 화자는 노사분규로 남편의 CT촬영이 지연되자 노동자들을 강자로 여기며 비난한다. 화자는 약자와 강자의 경계를 판단하는 도덕적 평정심조차도 주관에 의해 바뀔 수 있음에 당혹해 한다. 객관적이라고 생각했던 신념의 허위는 당사자적 입장이 강해지는 죽음에 이르러 가족 중심의 이기를 보이는 것이다. 남편은 그런 화자를 '틈바구니에 낀 쥐'로 지칭한다. 죽어가는 사람의 연민으로 바라본 틈바구니는 노년의 화자에게 남은 평생의 화두가 된다. 그리고 화두를 고찰하는 화자의 노력은 노년 주체 역시 성숙에 이르는 과정 중의 한 단계에 있음을 의미한다. 작가는 「마른 꽃」[22]에 이르러 배우자의 사별 이후 새로운 일상의 관계를 넘어서 죽음을 환대하는 적극적인 사유의 단계로 나아간다.

「마른 꽃」은 노년소설 특유의 관조적 입장에서 과거의 가치를 현재적 관점으로 서술해 간다. '마른 꽃'은 열매를 맺을 수 없는 생명의 소진을 보이지만 향은 소거될지언정 '꽃'의 가치는 유지되는 영원의 이중성을 갖는다. '시든 꽃'이 아닌 '마른 꽃'은 화려했던 생화의 시절을 정지된 향수로 음미하며 현재의 노년을 환대하기 위한 주체의 감각적 은유이다.

집안 행사로 지방을 다녀오던 화자는 우연히 노년 남성과 동행하고 그와의 만남으로 지난 시절을 회상하며 현재의 초로를 반추한다. 아쿠아마린 반지를 낀 근사한 노년 남성을 만난 화자는 내부에 청년 같은 연애의 감각을 지닌 자신을 발견한다. 사별 후 독거하는 화자는 "전화선으로 핏줄들과 긴밀히 그리고 규칙적으로 연결"되어 현대적인 가족관계를 누리며 산다. 현재의 삶에 만족을 느끼던 화자는 노년 남성과의 만남을 현실감 없는 꿈으로 치부한다. 꿈꾸는 대로 실현되는 것은 꿈과 다를 바 없다고 여기는 화자는 낭만적 감정과 현실의 괴리를 직시한다. 화자는 자신의 현재 감정과 상관없이 추악한 하체의 나신에 놀라게 된다. 남녀의 연애 감정은 노년이라는 세대적 차이를 뛰어넘지만 "볼록 나온 아랫배가 치골을 향해 급경사를 이루면서 비틀어 짜 말린 명주빨래 같은 주름살이 늘쩍지근하게"36쪽 쳐진 생산이 중단된 노구, 상체에 비해 볼품없는 하체의 거울상은 화자에게 충격으로 다가온다.

사별한 남편의 묘 곁에 가묘를 만든 화자는 젊은 시절의 정열을 넘어 노년의 평온을 환대한다. 작가는 젊은 시절의 정열과 정욕을 등가하며

22 박완서, 「마른 꽃」, 『그 여자네 집』(박완서 단편소설 전집 6), 문학동네, 2013.

"정서로 충족되는 연애는 겉멋에 불과"하다고 단언한다.

> 내복을 갈아입을 때마다 드러날 기름기 없이 처진 속살과 거기서 우수수 떨굴 비듬, 태산준령을 넘는 것처럼 버겁고 자지러지는 코곪, 아무 데나 함부로 터는 담뱃재, 카악 기를 쓰듯이 목을 빼고 끌어올린 진한 가래, 일부러 엉덩이를 들고 뀌는 줄방귀, 제아무리 거드름을 피워봤댔자 위액 냄새만 나는 트림, 제 입밖에 모르는 게걸스러운 식욕, 의처증과 건망증이 범벅이 된 끝없는 잔소리, 백 살도 넘어 살 것 같은 인색함, 그런 것들이 너무도 빤히 보였다.
>
> —「마른 꽃」, 46쪽

인용문에는 노년의 생물학적 변화가 적나라하게 묘사되어 있다. 세상과 인간, 그 자신까지도 꿰뚫어보는 발레리조차 면도할 때 아니면 거울을 쳐다보지도 않는다는 언급으로 노년을 직시하지 못했다[23]고 할 때 노년의 인물이 자신의 현재성을 이렇게 솔직하게 직시하며 수용한 소설은 전무할 것이다. 하지만 작가는 노년의 생리적 · 정신적 부정성은 객관화된 잣대로 평가될 것이 아님을 분명히 한다. 작가에게 노년의 부정성이 극복되는 곳은 정욕이 사라진 자리에 새로운 관계 맺기가 주는 '일상의 권태' 보다는 오히려 죽음의 '영원한 잠'이다.[24] 친밀감 정도의 거리를 유지하던 노년의 연애는 각자의 가족에 의해 결론을 요구 당한다. 독거로 노년의 평온

23 폴투르니에, 강주헌 역, 『노년의 의미』, 포이에마, 2015, 342쪽.

24 노인에게서 죽음이 최악의 불행이 아니라는 증거는 '삶을 끝장내기'로 결심하는 노인들의 수이다. 오늘날의 사회에서 대부분의 노인들에게 삶의 여러 조건들 속에서 살아남는다는 것은 헛된 시련이다. 그리하여 많은 노인들이 삶의 단축을 선택하는 것을 우리는 이해할 수 있다. 시몬느 드 보부아르, 홍상희 · 박혜영 역, 『노년』, 책세상, 2014, 623쪽.

한 삶을 누리는 화자에 비해 아들과 합가한 그는 며느리로부터 은연중에 결혼의 압박을 당한다. 화자는 자신의 연애가 '사랑'이라는 정의로 가족의 관계성 안에 환원되는 점에 불만을 느낀다. 시아버지의 부양을 '자원봉사'로 여기는 그의 며느리와 엄마의 연애를 '바람난 딸'처럼 대하는 딸 사이에서 화자는 노년의 진정한 사랑에 대해 피력하며 노년의 적층된 일상을 무시하고 현재적인 가족의 관계 맺기를 강요하는 가족 공동체의 상식을 경계한다.

노년의 결혼을 부추기며 정신적 · 육체적인 부양의 의무에서 벗어나려는 가족들을 향해 「마른 꽃」의 화자는 죽음의 가치로 대응한다. 노년을 객관화하는 화자는 단편적인 설렘의 정서가 일상의 부정적인 습속까지 채워줄 수 없음을 인지한다. 가묘를 만들면서 화자가 사유하는 죽음의 적극성은 외부에서 폭력처럼 주어지는 죽음이 아닌 노년이라는 시간이 만드는 죽음의 친연성이자 부정적인 현실을 단축시킬 수 있는 주체의 의지로서의 죽음이기도 하다.

돌봄의 개념 안에서 노년은 주체에서 피부양자가 됨으로써 자연스럽게 타자의 위치에 자리한다. 그 자리에 돌봄의 주체인 부양자는 피부양자를 통해 자신의 노년을 추체험하는 기회를 맞는다. 돌봄의 주체들이 피부양자를 향해 연민의 소회를 느끼는 까닭은 미래의 노년과 마주하기 때문이다. 또한 특이한 점은 박완서 소설에서 부양자의 역할을 맡는 '며느리' 역시 가정 내에서 진정한 주체의 자리에 있지 못하다는 것이다. 잔존한 '효부孝婦'의 가부장적인 이데올로기는 공동체의 관습으로 작용하여 돌봄의 개념을 가족 내부 질서 유지를 위한 목적으로 환원시킨다. 또 다른 환대의 주체가 될 남성은 자신의 의지로 부양자의 이름만 취하고 환대의 장소에서 부재하거나 여성의 뒤로 빗겨나 있다. 때문에 가부장적 질서하에서 환대의 행위자로서 돌보는 여성의 타자화와 환대의 주체의 회피로 환대의 공백이 발생한다. 따라서 차이의 환대를 위해 돌봄의 주체가 진정한 주인이 되기 위해서는 '효' 이데올로기에서 벗어나야만 하는 것이다. 이런 전제는 딸과 아들이 부양자로 등장할 때도 큰 변화가 없다. 다만, 부양자인 딸의 경우 부모의 젊은 시절을 지켜보며 성장한 자녀로서 그들의 인생에 연민을 느끼고 노년 이전에 추체험될 미래의 내 모습으로서 부모를 대상화하는 이해의 진폭이 더 넓게 서술된다. 박완서 소설에서 부양자 딸이 노년을 직접적으로 환대하는 장면은 이러한 과정의 이해가 필수적이다.

자녀들과 독립하여 노년을 살아가는 인물들은 가족 공동체 내에서 돌봄의 범주보다는 노년의 정체성 재고에 무게를 둔다. 일상에서 맞닿는 추상적인 개념들, 특히 삶과 죽음에 대해 재사유하면서 기존 담론의 관습을 거부하는 성숙한 사고는 노년의 정체성을 재정의하기 위한 배경이 되며 이후 공동체 내의 또 다른 타자를 환대하기 위한 전제가 된다.

2) 주체의 각성과 일상의 균열

박완서 소설에서 노년을 환대하기 위한 주체는 주변의 이목에서 자유로울 수 없다. 노년을 환대함에 있어서 가부장적인 효부 이데올로기는 전통적인 상식으로 내재화되어 부양자와 피부양자 모두를 지배한다. 박완서 노년소설은 내재된 가부장성에 굴복해야 하는 부양자의 갈등이 심화된다. 주변의 이목을 의식하며 노년을 '봉양'하던 이들이 상식과 현실의 낙차를 극복하는 방법은 현재 자신의 내면에 충실하며 효부의 가면을 벗고 노년의 누적된 세월 자체를 인정하는 것이다.

「집 보기는 그렇게 끝났다」[25]는 주체의 각성으로 효부 이데올로기의 극복을 향한 시초가 되는 텍스트이다. 소설에서는 제자의 불온사상이 문제가 되어 공안에 연행되어 가는 남편을 배웅하는 화자의 심리가 전반부를 지배한다. 화자는 초대하지 않은 낯선 손님의 등장에 긴장한다. 세 사람의 묵인된 상황에서 화자의 남편은 당분간 여행을 떠나는 것으로 가족들에게 알리기로 한다. 환영할 수 없는 타자의 억압적인 카리스마에 눌린 화자는 남편에게 위로를 받고 싶지만 남편은 끝까지 가부장의 권위를 잃지 않기 위해 노력한다.

> 나는 넥타이도 가까스로 맬 만큼 맥 빠진 손 끝에 안간힘이 생기면서 다 맨 넥타이의 한쪽 끈을 힘껏 잡아당겨 남편의 목에 죽지 않을 만큼의 고통을 가하고 짐승 같은 비명을 짜내고 싶은 충동을 느꼈다. 그런 충동은 순간적이었지만 싱싱하고 강렬했다.
>
> 넥타이를 다 매자 남편은 양복깃을 토닥거리며 나를 바라보았다. 나도 남편을 똑바로 바라보았다. 내가 거의 참을 수 없을 만큼 애무를 바랄 때, 고상하게도 어머니와 분재를 공경하는 방법을 설교한 남자의 얼굴을 바라보면서 나는 욕지기처럼 울컥 그와 나와 같이 산 세월이 억울해졌다.
>
> —「집 보기는 그렇게 끝났다」, 336쪽

거만한 손님 앞에서 학자적 권위와 가부장적 권위를 내세우는 남편은 화자의 바람을 인식조차 못한다. 남편은 돌봄을 요구하는 노모와 분재의

---

25 박완서, 「집 보기는 그렇게 끝났다」, 『배반의 여름』(박완서 단편소설 전집 2), 문학동네, 2013.

안위만을 걱정하며 집을 나선다. 소설에서는 공사의 구분이 권력자에 의한 연행과 가부장의 부재, 그 일과 상관없이 여전히 강요되는 가정의 돌봄으로 점묘된다.

남편의 부재로 화자는 비로소 가족의 상황을 직시한다. 가족의 일과 자신의 직업을 분리하면서 선을 긋는 남편은 가족과 가정은 공적 영역의 보호처이자 위안의 공간으로 인식하는 가정의 낭만화[26]를 꿈꾼다. 그러나 화자는 "가족의 한 사람이 고통받고 있을 때 같이 고통받는 것이 가족으로서의 의무"345쪽라고 생각하며 아들의 고통과 상관없이 노망을 부리는 시어머니를 적대한다. 극적인 상황에서조차 남편이 등가로 생각하던 부양과 분재가 실은 동일한 관상용 행위임을 화자는 서서히 깨닫는다. "남편이 가꾸고 아끼는 분재를 우리 식구가 덩달아 위하듯이 시어머님의 노망 역시 남편을 덩달아 우리 식구가 힘을 모아 정성껏 가꾸고 기르고 있었고, 그것을 은근히 남에게 자랑스러워"341쪽하는 관상용 돌봄인 것이다. 가족 각자의 취향과 감정이 소거된 채 가부장의 지배하에 동일성만이 강조된 가정은 세 평에 취약한 평온함을 유지해 왔으나 가장의 부재로 일상에 거리감이 생기자 비로소 돌봐온 것들의 정체에 대한 고민이 시작된다. 가족의 고통을 모르는 시어머니는 환대 불가능한 '타자'가 된다. 화자는 분재에 대해서 역시 애정을 갖지 못한다. 낙랑장송처럼 품위 있는 윗가지와 달리 인위적으로 억제된 성장으로 괴롭게 또아리를 튼 분재의 형상은 화자 집안의 분위기를 환유한다. "집안의 점잖음과 화평도 남편이 분재 가꾸듯이, 그 취미에 맞게 자르고 다듬고 억제해서 만들어낸 작품"346쪽에 불과했다.

26 연효숙, 「한국 근(현)대 여성의 갈등 경험과 여성 주체성의 미학－가족과 모성의 서사에서 여성의 언어로」, 『한국여성철학』 1, 한국여성철학회, 2001.

화자는 억제된 분재의 하단 같은 자신의 억압된 심리를 '증오'로 명명한다. 외며느리의 시집살이 시절부터 누적된 증오는 병수발의 고됨과 효부 이데올로기의 부담까지 더해져 화자를 압제한다. 응축된 적대를 표면화하면서 화자는 시어머니의 절제된 식단을 가정의 평화로 바꾸고 그녀가 미식美食에 탐닉하도록 방조한다. 또한 딸에 대한 차별, 효부 노릇의 어려움을 자녀들에게 노출하며 그들과 소통하기도 한다. 이제 화자의 집은 점잖고 화평한 집이 아닌 "매일 포장지를 찢어내듯이 점잖고 화평한 겉껍질"을 찢어내는 각성의 과정에 있다. 표면화된 고상함, 도덕적인 평정이 뿌리 아래의 내면에서는 괴롭게 뒤틀려 있다는 사실을 발견한 화자는 남편의 귀환에도 흔들리지 않는다. 포장보다 내면의 '진짜 모습'을 본 화자는 일상을 포장하려 하는 남편과 그것을 찢어내려 하는 화자의 갈등을 '진짜 살맛'으로 환대한다. 화자의 이런 태도는 남편의 회귀로 가족 내의 점잖고 평온한 포장이 감쪽같이 회생하고 심지어 자신이 그 과정에 협조할지 모르지만 이미 맛본 '살아있는 맛'은 효부 이데올로기의 허위를 차이로 인식할 것이다. 화자에게 이제 집은 (돌)보는 공간이 아니라 살아가는 공간, 낯선 익숙한uncanny 환대의 공간이 된다.

『살아있는 날의 시작』[27]은 돌봄에 있어서 가부장적인 이데올로기가 강요하는 효부상의 상식과 이를 극복하고 각성하는 여성의 인간애가 대립 구도를 보인다. 이 소설은 또한 1970년대 가부장적인 사회에서 며느리와 딸의 '돌봄'의 역할이 어떻게 다르게 인식되었는지를 대비한다.

청희의 시모인 송 부인은 "숙명적으로 여자는 피해자요, 남자는 가해

27 박완서, 『살아있는 날의 시작』(박완서 소설전집 8), 세계사, 2012.

자"라는 생각을 가진 인물로 결혼과 동시에 아들에게 며느리를 지배할 권한을 끊임없이 주지시킨다. 송 부인의 훈육은 자신이 치매에 걸렸을 때, 실상 '효성'의 찬사는 아들 '인철'이 받지만 '효부'의 굴레로 '돌봄'의 행위는 오로지 청희의 몫으로 확인된다. 청희는 자신이 "막연히 생각하고 있던 늙음"과 "실제로 맡겨진 늙음"이 판이하게 다름에 곤혹스러워 한다.

> 그 여자는 고색창연한 늙음을 만날 때마다 저절로 경외감에 사로잡히곤 했었는데 그건 결코 깊은 주름살이나 은빛 머리에 대해서가 아니라 오래 산 뇌의 수없는 주름살 깊은 골짜기에 간직한 한말의 풍운, 망국의 한, 기미년 만세, 열녀문, 열두 대문, 쓰개치마…… 그런 것들에 대해서였다. 그 여자에게 늙음이란 곧 19세기였다. 역사책이나 고담책 속에 문자가 되어 죽어 있는 걸 생생한 체험으로 간직하고 있는 마지막 사람들이었다. 왕의 마지막 백성들이었다.
>
> —『살아있는 날의 시작』, 32~33쪽

청희는 역사 속에서 보편적인 개념으로 늙음을 이해하고 있었으나 시집온 날부터 효부로 칭해지면서 효부의 관점으로 늙음을 대할 것을 종용당한다. 친척들이 그 여자를 기특하게 여기는 "한결같은 효성"(방점 – 인용자)은 청희에게 '노망'난 시모를 향한 지속적인 돌봄의 헌신을 강요한다. 청희의 시모는 시간을 소급해 가는 퇴화로 어린 아이와 같은 식욕과 투정만이 남는다. 『살아있는 날의 시작』에서 인물이 갈등하게 되는 계기는 가부장적 질서가 낳은 '효'라는 상식이 배제해 온 '사랑'과 '인간애'의 문제이다. 직업, 가정, 부양의 세 가지를 모두 책임지는 청희에게 효는 점차 "가정의 화목이라는 전시용의 세공품의 균형"을 위해 노인의 공경까지 활용되고 있다는 의문이 들게 한다. 그 의문의 핵심엔 남편 인철의 가부장적인 기만이 숨어 있다. 아내의 능력과 인간미에 열등감을 느끼는 인철은 친모의 '돌봄'에서 시종일관 벗어나있다. 소설에서 인철의 아버지에 대한 언급이 없던 것으로 미루어 그동안 가정의 중심은 노모에게 있었음을 짐작할 수 있다. 가정의 주체에서 '노망'으로 타자가 된 어머니에 대해 그는 간호 대신 임종 자리에서 맏상주 노릇을 하고 싶어 한다. 아내에게 부양의 의무를 모두 전가한 그는 외부로부터 효자로 칭송받았으나 청희의 노고는 자주 의심받는다.

시어머니의 임종 후 폐암에 걸린 친정어머니를 책임지면서 청희는 '효'의 허상과 재직면한다. "오로지 종적인 인간관계에 생애를 건 어머니, 젊은 날은 그런 관계의 지고의 이상인 효를 몸소 실천하는 데 바치고, 훗날 반드시 효로써 보상받게 되리라는 걸 철석같이 믿었던 어머니가 어이없이 허탕치고"345쪽 이민 간 아들들로부터 소외당한다. 시어머니의 간병이 너무나 당연시되던 상황과 달리 홀로 남은 친정어머니를 집으로 맞이하기 위해 청희는 어머니와 남편 모두에게 잠재한 가부장과 대결한다. 사위에게 죄스러워하는 노모와 유산을 바라며 청희를 위협하는 남편의 행위는 관계에 따라 '돌봄'의 동일한 주체에게 어떤 의무가 부가되는지를 가늠하게 한다. 시어머니의 부양에 요구되던 효부 이데올로기는 가벼워졌으나 과거의 효부 이데올로기가 남아있는 친정어머니가 현재의 변화된 가족 관계에 적응하지 못하는 낙차 역시 청희가 감당할 몫이 된다. 『살아있는 날의 시작』에서 청희는 부양자로서 며느리와 딸의 역할을 모두 경험하면서 부양 이데올로기의 허위에 대해 각성하게 된다. 부양자로서 피부양자를 환대할 수 없게 만드는 가부장적 구조는 여성 부양자 역시 타자로 억압하고 소외하는 적대의 구조인 것이다. 소설의 결말에서 청희가 이혼을 결심하는 계기는 미래의 시어머니나 어머니의 어느 지점에 놓이게 될 자신의 위치와 단절하기 위함이다. 소설은 육화된 부덕의 탈이 청희와 같은 며느리나 딸만을 소외하는 것이 아니라 돌봄의 대상이었던 노모들 역시 비인간적인 '효'의 대상으로 전락시키며 진정한 환대의 기회를 박탈하는 결과를 낳을 수 있음을 대변하고 있다.

「울음소리」와 마찬가지로 '돌봄의 고통'을 '돌봄의 기억'으로 극복하는 주체의 인식 전환은 「해산바가지」[28]에서도 확인할 수 있다. 「해산바가지」는 가계家系에 대한 집착으로 환대받지 못하는 친구의 손녀 일화로 시작한다. 딸만 낳은 외며느리의 단산 선언에 분노하는 친구와 산아제한을 강조하는 세태 사이에서 화자는 "남자 여자 문제라면 더욱 갈피를 못 잡는 이 시대의 우리 의식의 갈등과 혼란"216쪽에 우울해 한다. 실상 남아 출산을 놓고 '인간의 가치'를 경제력으로 환산하며 여아의 출산을 터부시 하는 현실은 노년 역시 경제 생산력 영도의 상태라는 점에서 여아와 다를 바 없는 상태로 유추된다. 소설에서 화자는 그런 아이와 노년의 대등한 관계를 '생명'의 환기로 환대하며 일화를 이어간다.

지적이고 영민한 친정어머니와 달리 화자의 시어머니는 지식에는 문외한이나 "자기 나름의 확고한 사랑법"으로 손주들을 키우며 살림을 한다. 그러나 말년에 발병한 시어머니의 치매는 화자를 고통스러운 부양자의 위치로 내몬다.

28 박완서, 「해산바가지」, 『저녁의 해후』(박완서 단편소설 전집 4), 문학동네, 2013.

그분이 징그럽고 혐오스러운 것은 성적 불만보다 더 참기가 힘들었다. 때때로 혐오감이 고조될 땐 살의를 방불케 해 섬뜩한 전율을 느끼곤 했다. 이런 정서적인 불균형을 은폐하고, 아이들 앞에서나 이웃이나 친척 보기에 여전히 좋은 며느리처럼 보이려니 여간 힘이 들지 않았다. 나는 점점 못쓰게 돼갔고 때로는 자신의 몸과 마음이 망가져가는 걸 즐기기도 했다. 저 늙은이가 저렇게 며느리를 못살게 굴다가 필시 며느리를 앞세우고 말걸. 두고 보라지. 이렇게 악담을 함으로써 복수의 쾌감 같은 걸 느꼈다. 그러나 그건 어디까지나 내 비밀스러운 속마음일 뿐 겉으론 음전한 효부 노릇을 해야 했으므로 나는 어느 틈에 신경안정제를 상습적으로 복용하고 있었다.

—「해산바가지」, 235쪽

부양의 과정이 가시적으로 표면화되는 물리적인 노동에 비해 노모가 호시탐탐 부부의 침실을 엿보는 심리적 스트레스는 부양의 노고로 인정되지 않는다. 이를 견뎌내는 화자의 '정서적인 불균형'은 세간의 이목을 고려하여 음전한 효부노릇으로 억압된다. 박완서 소설에서 부양자의 수면제와 신경안정제는 부양의 고통에서 일시적인 탈출구가 되곤 한다. 「해산바가지」의 치매 노모는 자녀들을 돌보던 기억으로 퇴화한다. 부부의 방에 요강을 들이고 나오는 일에 열중하는 어머니가 "자기 아니면 안 되는 일에 헌신한다고 생각하는 독재자처럼 고집스럽고 당당"237쪽해 보인 이유는 돌봄의 가장 기본적인 요소인 먹임과 배설을 담당하기 때문이다. 어린 유아에게 배설은 성인의 돌봄 없이는 정상적으로 해결될 수 없다. 화자의 시어머니는 아이의 배설을 돌보던 기억이 정신적 쇠퇴를 누르고 행위로 발현되었고 화자의 부부는 어머니의 행위를 적대하면서도 "이상하게도 그날부터 밤오줌을 누기 시작"한다.

시어머니의 심화되는 치매 증상 속에서도 "아이들이나 친척과 이웃들에겐 여전히 무던하고 참을성 있는 효부로 보이길"239쪽 바라던 화자는 드디어 자신의 위선에 절망한다. 화자의 적대는 내면에 진실이 없이 기존 효 이데올로기를 수행하는 자신에 대한 마조히즘적 자학으로 이어진다. 치매의 증상이 각자 다른 노년의 개별성은 배제한 채 동일한 효의 전통으로 돌봄을 강요하는 현실은 그것이 표상적인 이념으로 변질되었다는 증좌이다. 그 안에서 집안의 주인이었던 노년도, 부양자로서 노년을 환대해야 할 여성도 결코 환대의 주인이나 타자로 위치하지 못한다. 박완서 노년소설에서 부양 주체의 각성은 단순히 노년을 향한 자신의 내면적인 각성이 아니라 효부 이데올로기의 구조적인 문제까지 겨냥하고 있다는 점이 중요하다.

「해산바가지」의 화자가 내면 갈등의 해결책으로 시모가 손주들을 돌보던 시절까지 소급해 간 것은 환대의 주인이었던 노년의 기존 정체성을 확인하기 위함이다. 성별의 차별 없이 생명 그 자체를 환대하던 시어머니의 평등 윤리는 노년이 된 그녀 역시 '연령'에 상관없이 존중되어야 할 인간적 가치인 것이다. 돌봄의 기억으로 치매 중에도 자녀들을 환대하는 주인으로서의 시어머니와 피부양의 위치에서 돌봄의 대상이 된 시어머니의 타자적 위치는 가족 공동체의 내외존성으로 모두 환대되어야 한다.

「마흔아홉 살」[29]은 박완서 노년소설에서 부양자가 두려워하는 '효부'의 위선이 공동체에 노출되었을 때 그들이 겪는 고충과 그 의미에 대해 재고

29 박완서, 「마흔아홉 살」, 『그리움을 위하여』(박완서 단편소설 전집 7), 문학동네, 2013.

한다. 「마흔아홉 살」에 등장하는 시부모는 병에 걸렸거나 노후의 가난으로 자녀에게 의탁하는 노년이 아니다. 황혼 이혼으로 시어머니는 딸의 집에, 시아버지는 아들 집을 선택하면서 자연스럽게 합가했으나 각 노부모를 대하는 가족의 태도는 상반된다. 시어머니와 합류한 딸은 집안일을 총찰하는 엄마의 역할에 크게 만족한다. 시아버지 역시 며느리에게 폐를 안 끼치며 지내왔으나 카타리나는 시아버지에 대한 불만으로 팽배해 있다. 평생 시어머니를 향한 "이기적, 독선적, 가부장적"으로 살아온 시아버지의 태도에 공감하면서도 며느리인 카타리나는 시아버지를 떠맡게 된 상황을 시어머니에 대한 적의로 투사한다.

'엄마-딸'의 관계는 노년의 노동력이 '부양'의 의미보다 '협력'의 관계로 전환될 수 있는 친밀감을 바탕으로 한다. 혈연, 동성, 타자성이 일치하는 '엄마-딸'은 서로를 환대할 수 있는 조합이다.[30] 그러나 '시아버지-며느리'는 가족 내에서 '엄마-딸'의 가장 극단에 위치한 관계이다. 비혈연, 이성, 형식상 가정의 권력자와 가족 범주의 외곽에 타자로 위치한 이들의 관계는 가장 불안정한 관계이기도 하다. 시아버지와 며느리 사이에 완충지대로 존재하던 시어머니가 사라지자 카타리나는 시어머니가 시아버지를 향해 느꼈던 불합리함이 자신에게 전이된 것으로 느낀다. 그녀는 "시어머니와 완벽하게 한 편이 되어 시아버지를, 아니 그분의 남성성을 구박하는 의식"102쪽으로 시아버지의 속옷을 혐오한다. 시아버지의 팬티에서 시어머니를 떠올렸던 원인은 이러한 여러 요인과 더불어 '엄마-딸'의 돌봄 관

30 여자들은 집안에서, 가족 내에서 해야 할 역할이 있다. 이 역할 덕택에 여자들은 자기 정체성에 몰두하고, 자기 자신을 유지할 수 있게 되는 것이다. 여자들은 가사의 책임을 지고, 가족들과 특히 자식들, 손자들과 능동적인 관계를 유지한다. 이 나이 때에는 여자가 남편보다 우세하다. 시몬느 드 보부아르, 홍상희 · 박혜영 역, 앞의 책, 366쪽.

계의 낙관성에 비해 상대적으로 구부舅婦의 관계적인 부담감이 시모를 향한 적대로 변질된 것이다.

외형상 시아버지에게 최선을 다하지만 속옷을 향해 적대를 쏟던 카타리나에게 가부장제의 편린은 가족 내부의 타자를 환대하지 못해 외부 타자로 향하게 한다. 그녀는 성당의 자원봉사 모임으로 노년 남성의 목욕 봉사를 주도한다. 모임의 명칭을 '효부회'로 칭하며 의무감을 내세우는 것이 자신들에게 "알몸을 맡길 노인에게나 우리 봉사자들에게나 덜 위선적이고 거리감도 생겨서 좋다고"85쪽 강조한 카타리나는 내부의 가책을 봉사활동에서 만회하려는 의도로 충만하다. 그러나 그녀의 이중성은 시아버지의 팬티를 "헝겊 조각에서 쨍그렁 소리가 나는 것" 같이 강한 적대로 세탁기에 뿌리치는 장면이 회원에게 목격되면서 문제가 된다. 노년 남성의 아랫도리를 너무나 기쁜 얼굴로 닦아대던 카타리나가 정작 점잖은 시아버지의 속옷을 학대한다는 사실이 모든 회원들에게 뒷담화로 공개되고 카타리나는 그 상황을 우연히 엿듣게 된다. 카타리나의 행위는 성의식의 억압과 성적 갈등으로 매도되었으나 정작 그녀는 회원들의 인신공격이 "위선에는 엄하고 위악에는 너그러운 세태로 일반화" 되길 바란다.

"그때(70년대－인용자) 불어넣은 정의감을 헛되게 소진하지 않고 어느 한 구석에 간직하고 있는 게 그래도 여자들이라고 나는 생각한다. 네가 그 구설수만 분분하고 땡전 한 푼 안 생기는 목욕 봉사에 그렇게 헌신적일 수 있었던 것도 그놈의 정의감의 찌꺼기 때문이었을걸. 소외된 사람 나몰라라, 내 집구석 내 식구만 잘살면 그만으로 사는 게 어쩐지 편치 못해서 시작했을 테니까."

"무슨 정의감씩이나. 순전한 자기 위안이지."

"자기 위안이면 예술이게. 맞아, 넌 그 일을 예술처럼 하더구나."

"놀리지 마라. 그게 설사 예술이라고 해도 내 이중성은 용서받지 못할 거야. 난 왜 이렇게 겉 다르고 속 다를까. 어디까지가 진실이고 어디서부터 가짜인지 나도 모르겠는 거 있지."

"그건 네 인간성의 문제가 아니라 으레 그러리라고 정해진 고정관념과 사실과의 상관관계야."

—「마흔아홉 살」, 104~105쪽

관습화된 '고정관념'은 카타리나의 이중성을 위악으로 판단한다. 그러나 고상한 시아버지를 고상한 방식으로 부양해야 하는 정신적인 압박은 그녀에게 '사실'로 남는다. 카타리나의 무의식은 내부의 속물성을 외부의 교양으로 환치한 위악을 너그럽게 일반화해 주길 희망하는 것이다. 박완서는 부양자인 카타리나의 혼란이 개인의 내부 문제에 그치는 것이 아니라 간과할 수 없는 '주변의 이목'과 연관됨을 지적한다. 효부회에서 카타리나의 행위를 문제 삼은 핵심은 그녀가 효부회의 회장이라는 점이다. 외부의 도움 없이 순수한 봉사로 하던 시절에는 카타리나의 노력과 성의가 회장으로서 당연시되다가 본당 신부의 관심 속에 효부회가 교회에서 인정받는 봉사 단체로 성장하자 개인의 도덕성을 '스캔들' 삼아 회원들은 권력에 대한 관심을 보인다. '봉사'를 향한 진심의 본질을 권력의 욕망이 덮으면서 카타리나의 혼란은 오히려 도덕성을 획득한다. 작가는 개인의 도덕성에 잣대를 대는 공론의 본질은 권력의 문제에서 벗어나기 어렵기에 주체의 위선 자체가 중요한 현안이 아님을 암시한다. "모든 인간관계 속엔 위선이 불가피하게 개입"하며 "꼭 필요한 윤활유"임을 강조하는 작가는 노년을 환대하는 주체의 새로운 일면을 제시하고 있다. 소설은 형식이 텅 빈 본질을 대신함을 암시한다. 카타리나는 다른 여성 부양자들처럼 가부장성에 직접 맞서는 각성을 보이지는 않지만 효부 이데올로기의 허위에 대한 발산을 외부의 다른 노년 타자를 통해 수행함으로써 본질적으로 다른 부양자들과 동일한 문제의식을 갖는다.

이상 제시된 소설들의 경우 주변의 시선에 의해 끊임없이 노동과 희생만이 요구되고 실질적인 가족의 주인은 남성의 역할로 분할되면서 부양 주체인 여성은 가족 내의 타자로 전락한다. 실상 "효부는 있어도 효자는 없는" 상황에서 여성 주체를 타자로 위치 짓는 상황은 치매의 병든 노모와의 이자관계가 아닌 효부의 이데올로기를 덧씌우는 가부장체계이다. 박완서 소설에서 여성인물들은 이타성 자체를 내면화하는 차이의 변화를 충실히 보여준다. 효부의 억압을 거부하고 주체의 충동에 충실하면서 자신의 효부 가면을 탈각할 때, 비로소 노년 타자를 환대하는 가능성을 열어가는 것이다. 비록 노모의 치매와 남편의 귀환으로 여성 화자들의 조건은 예전과 동일하게 제자리로 돌아왔지만 차이를 경험한 화자들의 각성엔 낯선 익숙함일 뿐이다.

작가는 노년의 입장에서 젊은 '이상'의 이면에도 관심을 갖는다. 그러나 작가의 초점은 현실 개혁의 의지가 아니라 그들과 관계 맺은 가족들의 상처와 의식의 변화이다. 노년의 완고한 현실기준과 어긋나는 젊은 이상은 가족의 파괴를 낳지만 현실의 불합리함을 재고하는 계기를 마련하기도 한다. 가족 중심의 가치지향은 노년의 각성으로 일상의 균열과 대면하게 된다.

「저문 날의 삽화挿話 2」[31]는 민중 운동이 간과하기 쉬웠던 여성의 억압과 가부장성에 대해 노년의 시각에서 비판하고 혜안을 제시한다.

김창희 선생의 아들은 한때 그녀가 "이해할 수 없는 이상에 목숨을 걸고 싶어했고" 현재는 그 시절의 고문으로 "이상 대신 공포"가 그 자리를 차지하고 있다. 요양원이라는 범주 밖의 세상에 적응하지 못하는 아들을 둔 그녀에게 위층 가연의 신랑은 아들의 자리를 대신하는 인물이 된다. 약자 편에 서서 세상과 맞서는 이상을 간직한 가연의 신랑은 세간의 상식으로는 '화염병'과 같은 인물에 불과하다. 운동권의 상징인 화염병은 세상의 구원이 아닌 위협으로 간주된다. 김창희 선생은 "내 아들을 그 꼴로 만든 무자비한 힘을 향한 화염병을 가슴 깊이 품고 살고 있고 같은 것을 품고 있다고 믿을 만한 그에게 그렇게 이끌렸던 게 아닐까"55~56쪽 추측한다. 아들과 같은 꿈을 꾸고 있다는 반가움에 무조건 가연의 신랑 역성을 들던 김창희 선생은 제자의 생활을 조금씩 간섭하면서 신념에 균열이 생긴다. 가연을 통해 "경제적 궁핍으로부터 내외간의 불화, 생활에 대한 자포자기의 과시, 정신적 황폐"43쪽 등을 감지하던 그녀는 결정적으로 가연의 친정에 당당하게 생계를 요구하는 가연의 신랑을 의심하기 시작한다. 가연의 친정이 부도로 망하고 가연에게 내조를 강요하며 가연의 신체에 가학적인 행위를 서슴지 않는 그를 향해 김창희 선생은 결국 분노를 터뜨린다.

가연이가 불쌍해서 내 살점이 아팠다. 처음 느껴보는 느낌이었다. 그 새로운 느낌이야말로 우정인지도 몰랐다. 여태껏 나는 그녀를 사랑하기보다는 길들이고자 했고 결과적으로 그녀 남편의 편이었지 그녀 편은 아니었다. 그녀 말짝으

31 박완서, 「저문 날의 삽화(挿話) 2」, 『나의 가장 나종 지니인 것』(박완서 단편소설 전집 5), 문학동네, 2013.

로 그 남자의 역성을 들 때도 물론 그러했지만 역성을 안 들 때도 그러했다. 시어머니가 본질적으로 아들 편이듯이.

가연이에게 우정을 느끼자 가연이는 물론 그 남편과, 그들의 관계가 비로소 바로 보이기 시작했다. 직시해야 할 시간은 불가피하게 왔고 직시해야 할 것은 고통스럽더라도 직시하는 게 수였다.

—「저문 날의 삽화(揷話) 2」, 60~61쪽

작가는 남성 민중 운동가들이 중층의 피억압자인 여성을 가부장적으로 학대하는 행위에 대해 비판한다. 소설은 민중의 범주에 여성을 고려하지 않고 스스로 권력자가 되어 여성에게 기득권을 행사하는 그들의 허위를 직시한다. "남자의 기득권을 안 내놓으려 들면서 권력자의 기득권은 내놓으라고 외치는 것도 가짜답고, 도대체 제 계집을 종처럼 다루면서 일말의 연민도 없는 자가 민중을 사랑한다는 소리"62쪽를 믿을 수 없다는 것이다. 소설에서 김창희 선생은 여성 스스로 자립하여 대등한 관계가 될 때 그런 허위를 끊는 길이 된다고 주장한다. 아들의 입장에서 가연의 신랑만을 마음으로 편애하던 그녀는 운동권 내부의 문제를 간파함으로써 가정과 민중의 주변자로 내몰렸던 가연을 환대할 기회를 얻는다. 김창희 선생이 가연에게 느끼는 '우정'은 가연에 대한 연민일 뿐 아니라 아들로 인해 절대적인 것으로 여기던 일상적 신념의 균열이기도 하다.

「저문 날의 삽화揷話 1」, 「저문 날의 삽화揷話 2」, 「나의 가장 나종 지니인 것」에서 운동권 아들을 둔 노년 여성의 인식변화를 볼 수 있다면, 「우황청심환」은 노년 남성이 운동권 아들을 환대하기 위한 심리적 변모가 나타난다.

박완서 소설에서 「우황청심환」[32]은 외국인의 정체성을 가진 이방인이 주인에게 환대를 요구하는 유일한 소설이다. 청년시절 중국에서 독립운동한 종조부의 직계인 남궁의 육촌들은 남궁 씨의 정식 초청 없이 가족 단위로 약초를 들고 한국에 입국한다. 주인의 부재 기간 중 손님을 맞이한 가족들은 각자의 입장에서 타자를 의심한다. 남궁의 아들 내외는 타자가 소속된 공동체를 비판한다. 물욕에 눈뜬 사회주의 체제에서 음성적인 수출 장려 수단으로 약재 행상을 허용하는 제도를 비판하며 "정부나 개인이나 그런 식으로 달러에 환장"하는 세태를 개탄한다. 아들의 냉정한 말투와 며느리의 타자 비하 발언, 연변 동포들의 조야함, 억척스러움, 가난에 대한 아내의 지나친 관심과 혐오는 타자를 향한 남궁 가족의 적대의식을 반영한다. 하지만 남궁은 그들의 소박하고 건강한 친화력에 호감을 갖고 그들의 약제 행상을 도울 방안을 모색한다.

> 남궁 씨 눈엔 우황청심환만 들어왔다. 그리고 그의 가족사 속의 한 기인이 만들어낸 불가사의한 거리를 뛰어넘어 간신히 상봉한 후손들의 감회를, 우황청심환의 값어치가 떨어진 것만큼의 무게가 짓누르는 것처럼 느꼈다. 처량하고도 고약한 느낌이었다. 만약 저 아우가 한낱 환약 따위의 값어치에 따라 인격까지 격하시키는 이 땅의 인심을 안다면 어떤 마음일까 자괴하면서도 그런 느낌을 극복할 수는 없었다.
>
> —「우황청심환」, 270쪽

남궁에게 '우황청심환'은 노모에게 효를 다하지 못했다는 자책의 도구

32 박완서, 「우황청심환」, 『나의 가장 나종 지니인 것』(박완서 단편소설 전집 5), 문학동네, 2013.

이자 은행 재직시절 유일한 뇌물로 받아 그를 끊임없이 억압하던 기제이다. 육촌의 우황청심환을 책임지고 사장에게 가져간 남궁의 행위는 열등감을 자발적으로 해결하려는 의지의 산물이다. 남궁은 기꺼이 자신의 퇴직 선언과 골칫거리 타자의 부산물을 교환한다. 이후에도 귀국하지 않고 덕수궁 돌담길에서 약보따리 행상을 시작한 육촌 가족을 돌보는 일은 남궁의 몫이다. 육촌 가족은 잘 사는 인척에게 덕 보는 이치를 당연하게 생각하며 남궁의 도움을 흔쾌히 수용한다. 이 장면에서 주목할 점은 주체의 무조건적인 환대가 주체만의 역할에 한정되지 않는다는 점이다. 앞서 보았듯 타자의 흔적은 그의 열등감을 상쇄하는 '선물'로 작용하고 "그들의 욕심이 보기 싫어 모르는 척할래도 갈 데가 없어진 남궁 씨의 발길은 매일 그곳으로 출근하다시피"247쪽 했으며 타자들 곁에서 함께 흥정하고 말동무로 소일을 한다. 때문에 타자의 환국 이후 남궁 씨의 일상은 노년의 적막만이 남는다. 노년의 남궁은 타자를 돌보며 환대하는 동안 자신 역시 타자로부터 환대의 초대를 받았던 것이다.

그러나 「우황청심환」은 결국 혈연 직계가족 내부의 환대 문제로 돌아선다. 육촌 가족을 향한 아내의 노골적인 적대의 근원에는 운동권인 아들의 타자적 입지가 중첩되어 있다. 한국전쟁의 기억으로 운동권은 다 좌익으로 보고 무조건적인 반대를 하던 남궁에게 아들의 이해를 촉구하던 아내는 육촌 가족의 행태를 보며 "거렁뱅이 근성"이 "고작 사회주의"에 불과함에 환멸을 느낀다. 범주의 다름에도 불구하고 두 노년은 연변인들을 환대하고 적대하면서 그들에게 아들을 투사해왔던 것이다.

어떻게 아내를 위로할 것인가. 남궁 씨는 첫 포옹처럼 가만가만 아내를 안았다. 그리고 가슴을 열고 서로의 상처를 조심스럽게 맞댔다. 나에게도 같은 상처가 있다오. 그걸 확인시켜주는 것밖에 위로의 방법이 없었다.

—「우황청심환」, 277쪽

아들과 원수처럼 지내는 남궁 역시 아들을 향한 걱정과 연민을 느낀다. 사회주의와 상관없이 외부에서 온 타자를 환대하던 남궁은 정작 자신의 아들을 이데올로기의 허울로만 대하려 했던 것이다. 조건부의 환대조차 하지 못했던 가족 내의 타자는 부부의 동일한 상처이다. 아들의 생사를 파악하지 못한 내외는 서로의 상처를 환대하고 타자의 빈자리를 공감하며 평온한 일상의 균열을 직시한다.

「나의 가장 나종 지니인 것」은 더 나아가 참척을 당한 화자가 사실 자체를 받아들이며 애도의 과정 속에 은폐했던 일상의 균열을 드러내게 된다. 「나의 가장 나종 지니인 것」은 소설의 특이한 형식으로 주목을 받은 텍스트이다. 손위 동서와 통화하며 화자의 일방적인 독백으로 진행되는 이 소설은 작가의 장광설을 방불케 할 만큼 여러 갈래의 이야기들이 산발적으로 흩어져 있다. 수신자의 언어조차 발신자인 화자의 목소리를 거쳐서 독자에게 읽히기에 소설의 내용은 화자의 가치관에 따라 일방적으로 전달된다. 그럼에도 불구하고 소설의 전체구조는 참척 이후의 일상적 변화, 수신자의 발언 반박, 발신자의 변모된 인식에 대한 심층적 설명의 단계로 모든 산발적인 이야기들이 구성의 규칙성을 보인다.

화자의 아들은 운동권이 아닌 데모의 단순 가담자에 불과함에도 쇠파이프에 맞아 사망한다. 개인적인 죽음의 결과는 시대의 "집단적인 열정" 속에서 열사로 탈바꿈된다. 통화의 수신자인 동서는 진실과 상관없이 죽음을 이데올로기 투쟁의 도구화한다는 것을 지적하지만 화자는 "죽음까지 횃불로 삼지 않을 수 없을 만큼 시대가 깜깜했다"는 의미로 파악하며 아들의 죽음을 가치평가한다. 민가협에 가입한 화자는 중요하고 사소한 일상의 가치가 전도되는 변화를 겪는다. 세상의 물건들이 지닌 질긴 생명력, 주변의 이목을 의식하는 행위에 반감을 갖는 화자는 존재 자체의 부담으로 오히려 부재의 필요성, 무한의 비교항을 탐닉한다. 은하계의 단위를 외우며 "인간의 운명이나 수명 따위도 덩달아서 아무것도 아닌 게"396쪽 되는 허무감으로 참척의 상황을 버텨온 것이다.

그런 화자는 친구의 소개로 동창의 집에 문병을 가게 되면서 비교항의 사슬에서 놓여난다. 화자는 그곳에서 타자를 환대하는 주체를 통해 돌봄의 가치를 되새긴다. 동창의 아들은 차 사고로 뇌와 척추를 다쳐 하반신 마비에 치매까지 걸린 중증 환자이다. 오랜 병구완으로 지친 동창은 말끝마다 욕을 달면서 아들의 시중을 든다. 친구가 화자를 위로하는 방법은 "죽는 것보다 못한 경우를 보고 위로"받으라는 "인간성 중 가장 천박한 급소"였다. 화자는 친구의 배려에 절망하지만 결국 친구의 의도는 존재의 부재 속에서 충만함을 느끼고 무한 속에서 유한의 가치를 절하하던 화자의 생존 방식과 동일한 시도였던 것이다. 대의가 우선이 되던 시절, 개인적인 죽음의 개별성조차 일반화의 개념으로 편입되고 강압적인 시대의 애도는 노년이 겪은 참척의 슬픔도 시대 논리 속에 솔직하게 다가서지 못하게 한다. 중증 환자를 돌보는 노년과 그런 노년의 돌봄을 생존으로서 화답하는 모자 관계는 죽음을 포장하던 화자의 일상에 균열을 가져온다. 역사의 굴곡 속에서 가족 중심주의가 만연할 수밖에 없던 시대감각에 저항하여 노년의 주체는 진정한 타자가 누구인지 진지하게 묻는다. 작가는 가장 내밀한 가족 공동체의 경계적 시선으로 노년을 설정하고 추상적인 관념들이 일상과 결합될 때 시대 논리에 따라 배제되는 타자를 일상의 균열 속에서 추적한다.

전통적인 '효'의 상식에서 돌봄은 자녀가 부모를 공경하는 정신적인 측면을 강조한다면, 현대의 효는 생명윤리에 근거하여 인간관계 이전의 차원에서 논의되는 비계약적 돌봄을 의미한다. 이 논리에 따르면, 태어날 때부터 자신의 의지와 상관없이 순수한 비계약적인 형태로 '부모-자녀'의 관계가 형성되어 봉양 및 부모 돌봄의 태생적 의무가 주어지게 된다.[33] 박완서 소설은 인간관계 속에서 가부장적 질서의 지탱을 위한 당위적인 윤리로서의 돌봄에 비판적 시각을 견지한다. 작가에게 노년은 '나의 부모'이기에 부양해야 하는 의무가 아니라 노년 그 자체로 존중되어야 하는 권리를 의미한다. 돌봄은 인간의 선천적 자질이며, 공감, 감정이입, 고통에 대한 연민, 타인에 대한 배려와 민감성 등의 정서적 능력을 통해서 인간관계 속에서 삶의 의미를 구현하는 근원적 존재방식[34]이기 때문이다. 박완서 노년소설에서 '돌봄'은 공공의 사회적 돌봄의 확대 이전 상태에서 가정 내의 돌봄이 환대의 측면에서 어떤 영향을 갖는지 고찰하는 기능을 한다. 특히 작가는 돌봄의 물리적인 노동 강도만이 부각되는 것에 반발하여 노년의 부양 주체인 여성의 감정적 고통을 간파하며 돌봄의 현실적 속성을 명확히 파악해 낸다. 이는 내재화된 효부 이데올로기의 상식을 각성하는 과정에서 명징하게 드러난다.

33 이성원, 앞의 글, 20~36쪽.
34 공병혜, 「돌봄의 윤리를 위한 미감적 윤리적 패러다임」, 『대한간호학회지』 32-3, 한국간호과학회, 2002, 366쪽.

박완서 노년소설에서 주체의 돌봄은 단순히 "돌봄 관계의 당사자들을 사회적으로 주변화하는 가치적 평가"에서 벗어나 "인간 의존이라는 불가피한 사실의 보편성"[35]이라는 존재론적 측면의 각성과 돌봄의 과정에서 양산되는 특이성을 주체와 타자의 감정적 교호 과정에서 면밀히 고찰한다는 점에서 환대의 개념과 교집합된다.[36] 또한 노년의 주체는 가족 관계 안에서 시발된 개념을 이데올로기의 왜곡과 생명의 존재론으로 일반화하여 사유하고 있다. 이는 노년의 환대가 가족 공동체뿐 아니라 사회의 관계로 확대 가능성이 있음을 시사한다.

2. 노년의 소외와 타자의 역능성

과거 가부장적 이데올로기는 노년을 향해 공대를 강요하며 가족 내 권위의식으로 존재했지만 자본주의적 현실 아래에서 현대의 가부장은 가족 내에서조차 경제적 · 현실적 노동력의 환산으로 노년의 가치를 절하하고 적대한다. 따라서 노년 세대가 자신의 과거에 집착하며 현실과의 낙차를 거부할수

35 마경희, 「돌봄의 정치적 윤리 – 돌봄과 정의의 이원론을 넘어」, 『한국사회정책』 17-3, 한국사회정책학회, 2010, 323쪽.

36 효부 이데올로기에 대한 강한 비판이 내포된 『살아있는 날의 시작』에서 화자의 다음과 같은 언급을 통해 작가가 주장하는 노년의 다양태를 가늠할 수 있다.
"아뇨. 당신 어머니는 제 십자가예요. 끝까지 지겠어요. 그러나 앞으로 제가 남의 십자가가 되긴 싫어요. 전 노후의 삶도 제각기 환경이나 능력과 타협해가면서 자유롭게 선택할 수 있어야 된다고 생각해요. 아들하고 살든, 딸하고 살든 부부끼리 살든, 혼자 살든, 양로원에서 친구끼리 살든 (…중략…) 이것저것을 좋을 대로 섞어서 살든." 『살아있는 날의 시작』, 240쪽.
화자의 발언에 남편은 부양의 책임을 회피한다고 화자를 비난한다. 그러나 화자는 "양로원에도 꿈을 거는 나라엔 꿈이 있는 양로원"이 있을 거라고 대립한다. 돌봄의 책임이 가정을 넘어 공공의 영역으로 확대될 필요성을 암시하는 것이다.

록 노년의 정체성은 소외될 뿐이다. 이 글에서는 가족 내에서 노년 세대가 경험하는 정체성의 소외와 그에 대한 대응으로 노년이 몸으로 감각하는 감정의 차원을 살펴보겠다. 박완서 노년소설에서는 노년의 몸을 향한 공동체의 인식과 시선, 노년 자아가 느끼는 몸의 감각, 몸의 현시, 몸을 통한 감정의 분출 등 노년과 몸의 다양한 연관성을 확인할 수 있다. 내재된 욕망에 충실하고 자신의 감각에 정직하고자 하는 행위는 노년을 수동적인 타자가 아닌 역능적인 가능성의 타자로 탈바꿈시킨다.

1) 가부장의 실추와 관계의 단절

가부장적 사회에서 남성에게 기대되는 '사회적 성취'의 결핍은 오늘날 노년 남성의 '남성성'을 훼손시킨다. 남성은 '문명'으로 여성은 '자연'으로 대비되는 남성 중심적 젠더 담론에서 여성성은 몸과 성의 영역에 한정되며, 따라서 여성성의 성취는 여성이 자연, 몸에 묶인 존재일 때 가능하다. 반면 남성은 그러한 속박에서 벗어나 '문명'을 성취할 때 남성성을 획득할 수 있다.[37] 퇴직, 퇴출 등 공적 영역의 사회 공동체에서 배제된 노년 남성은 무소속의 상실감을 겪는다. 훼손된 남성성의 권위는 가정 내 가부장적 질서에서도 동일하게 작동하여 때로 무성적 존재로 인식되기도 한다. 노년 여성의 경우, 생산이 중단된 그들은 추악한 몸이자 무화된 성적 존재로 취급된다. 생식과 몸의 기능이 단절된 여성은 이미 문명 속의 잉여로 취급된 타자성의 극단을 표상한다.

「황혼」[38]의 여성 인물은 언어와 관념의 수행에 의해 '노년'으로 확정되

---

37 정진웅, 「노년 호명의 정치학」, 『한국노년학』, 31-3, 한국노년학회, 2011, 758쪽.
38 박완서, 「황혼」, 『그의 외롭고 쓸쓸한 밤』(박완서 단편소설 전집 3), 문학동네, 2013.

고 타자로 배치된다. 작가는 소설의 인물을 늙은 여자, 젊은 여자, '젊은 여자의' 남편과 아이들로 구분하면서 전형화한다. 제목과 같이 노년의 '황혼'에 대해 언급하지만 과연 현대의 황혼은 어떤 상태인가에 대해 작가는 천착하고 있다.

홀시어머니를 부양하는 젊은 여자에게 늙은 여자는 "한 가지 근심으로서밖에 인정"되지 않는다. 그리고 젊은 여자의 근심 역시 늙지 않은 시어머니를 '노인네'로 만드는 과정에서 생겨난 소통의 부재가 낳은 결과이다. "모든 자연스러운 행동을 하나하나 간섭 받으면서 늙은 여자로 만들어진" 시어머니는 손자가 생긴 후 정식의 호칭 그대로 할머니로 불리면서 대화의 방식까지 간접적으로 바뀐다. 아이들이 없는 곳에서조차 아이들을 경유하여 소통하는 방식은 늙은 여자와의 대면을 회피하기 위한 구실일 뿐이다. 늙은 여자는 자신의 젊은 시절 '효부'의 역할을 회상하며 "며느리의 손길이 닿을 때마다 억지로 웃던 웃음", 고통을 경감해 주던 관심을 그리워한다. 그러나 젊은 여자는 늙은 여자의 '화병'을 정서적 치유가 아닌 현대의 의학으로 '치료'하려 한다. '듣기만'하고 '대답은 하지 않는' 젊은 의사, 간호사를 통한 간접적인 말하기 방식은 현대의 병원이 늙은 여자를 대하는 방식과 젊은 여자의 그것이 상동임을 보여준다. 심지어 늙은 여자의 아들조차 부정하는 치유의 방식은 늙은 여자의 정서를 '성적 욕구불만'으로 규정짓게 한다.

노모의 가슴앓이의 원인은 정서적인 부분의 보호를 요청하는 신호이다. 때문에 과거에는 효로서의 '돌봄'이 치유의 방법으로 통용되었고 누구도 이상하게 여기지 않았다.[39] 그러나 현대에 이르러 노모의 가슴앓이는 질병으로 분류되었으며 정서의 영역이 아닌 몸의 영역으로 분류된다. 치유가 아닌 치료의 방법으로, 효가 아닌 의학으로 관리체제가 대체된다. 가슴앓이는 노인성 질병이라는 병명으로 상식화된다. 결과적으로 현대 의학에 의해 진단되지 않는 질병은 병으로 인정받지 못한다. 부모의 상태에 대해 대화와 관심이 아닌 병원 체계에 의해 판단하는 시대가 도래했다는 점을 노년 세대는 인정하기 어렵다. 노부모를 돌봐왔던 자신의 과거와 대비하면서 현대의 노년은 바뀐 인식의 차이를 수긍할 수가 없는 것이다. 그러나 「황혼」은 단순히 현대에 말살되어가는 효사상을 비판하는 것이 아니다. 노년의 정서적 박탈감을 의학의 영역으로만 해결하려는 자녀 세대의 의식과 가부장적 '효사상'에서 벗어나지 못하는 노년의 향수가 빚어내는 낙차는 결국 가족 내부의 타자를 적대하는 공동체의 균열인 것이다.

> 늙은이를 산 채로 내다버리고 온 지게를 자식이 훗날 자기를 내다버리기 위해 거두어두더란 옛말은 재미없었지만 기분 나쁘고 겁나는 얘기였다. 그래서 자식 보는 앞에서 더욱 부모에게 효도를 극진히 했었다. 고려장 이야기는 곧 그 시대의 늙은이들을 위한 사회보장제도 같은 거였다.
>
> 늙은 여자도 자식 보는 데서건 안 보는 데서건 부모에게 불효한 바 없었다. 그래도 자식 보는 앞에서 좀더 효도를 극진히 했다면 그것은 자식이 훗날 본받

39 「아직 끝나지 않은 음모 1」(1979)에서도 홀시어머니의 가슴앓이 증세가 등장한다.
그후 삿갓재댁은 영 아들을 며느리 방에 들여보내지 않고 혼인하기 전처럼 안방에서 데리고 잤고 몰래 좀 가까워지려는 낌새만 보이면 영락없이 가슴앓이가 도져 집안을 발칵 뒤집었다. 이제 삿갓재댁의 가슴앓이엔 장석이 손이 약손이란 건 마을 사람이면 모르는 사람이 없었다.
박완서, 「아직 끝나지 않은 음모 1」, 『그의 외롭고 쓸쓸한 밤』(박완서 단편소설 전집 3), 문학동네, 2013, 82쪽.
소설 속에서 아들 내외를 분리시키던 시어머니의 병증은 손자가 생긴 후 사라진다. 시어머니의 돌발행위는 누구나 병이 아니라는 것을 짐작게 하지만 결코 지탄받지 않는다는 점에서 「황혼」의 노모와 대비된다.

게 하고자 함이었을 게다.

그러나 자식은 지금 그것을 본받고 있지 않다. 아마 훗날 그의 자식 역시 그를 본받지 않으리라는 걸 알고 있기 때문일 것이다. 어쩌면 아예 그런 것에 의지할 필요가 없는 새로운 삶의 모습이 생겨났는지도 모르고. 그렇다면 고려장을 건 저주가 무슨 소용일까. 늙은 여자는 그 유구하고도 진부한 사회보장제도가 자기 대에 와서 단절됐음을 느꼈다.

—「황혼」, 49~50쪽

"거북한 명치를 쓸어줄 타인의 손"을 그리워하던 늙은 여자의 '화병'은 젊은 여자의 친구들에 의해 프로이트의 권위를 전유하여 '성적 욕구불만'으로 오해된다. 가족 내부의 정서적 교감이 부재한 상태에서 노년의 외로움은 정신병적 영역으로 왜곡되어 관리되어야 할 '병, 노망'으로 치부된다. 효에서 효로 이어지리라던 상식은 노년의 미래에 인식의 변화를 요구한다. '효'의 가부장적 굴레는 자녀 세대에 억압이 될 뿐 아니라 노년을 "자기 뜻대로 아무것도 할 수 없는" 수동적인 타자로 유폐시킨다는 그 사실이다.

「촛불 밝힌 식탁」[40]에 이르면 합가 상태의 부양이 아닌 분가한 노년 세대조차 가족 공동체에서 환대받지 못하는 현실의 일례가 확인된다.

초등학교 교장으로 은퇴한 화자 부부는 아들 내외와 가깝게 살고 싶어 서울로 이동한다. 당연히 합가를 상정하고 노후를 계획한 부부는 며느리의 반대에 의해 같은 단지 앞뒤 동의 아파트 두 채로 분가하여 이사한다. "수프가 식지 않는 거리"를 원하는 노년의 아내와 "불빛을 확인할 수 있

40 박완서, 「촛불 밝힌 식탁」, 『그리움을 위하여』(박완서 단편소설 전집 7), 문학동네, 2013.

는" 거리를 원하는 화자는 물리적인 거리의 근접성이 심리적인 소통의 친근성과 비례한다는 믿음을 갖는다. 노년의 동창들조차 근거리에서 "과외 공부에 바쁜 애들을 조부모와 같은 식탁에 앉힌다는 게, 그것도 정기적으로, 그건 보기 드문 효도"184쪽라며 내외를 부러워한다. 화자는 자신에게 자연스러운 것이 부러움이 되는 세상을 개탄하면서도 상대적으로 "내 자식이 그 고약한 세상에서 첨단을 가게 변하지 않은 것만도 다행"185쪽으로 생각하며 자신의 선택에 만족한다. 이런 결정은 경제력을 가진 노년에게 부여된 가족 간 최소한의 소통방법이라고 여긴 것이다.

그러나 노년의 소통 방식은 자녀 세대에게 거부당하기 시작한다. 며느리의 "국적 불명의 퓨전 요리"를 신기해하던 아내는 차츰 자신의 방식으로 별식을 만들어 나르기 시작하나 허탕을 치곤 한다. 불빛의 소통은 "신기할 정도로 마누라가 별식 만드는 날과 일치"해서 소등이 된다. 아들의 가족에게 불빛의 확인은 소통의 강제로 여겨지기에 집의 내부 소등은 노년의 부모와 소통 거부를 의미한다.

아무리 부모 자식 간에도 감시하는 마음으로 지켜본다는 건 안 좋은 일이다. 나는 언제부터인지 아들네의 불 꺼진 창이 딴 집의 불 꺼진 창하고는 다르다는 걸 알게 되었다. 칠흑이 아니라 모닥불의 잔광 같은 불확실한 밝음이 깊은 데서 일렁이고 있는 것 같은 느낌이 왔다. 퓨전 음식을 더욱 분위기 있게 만드는 아름다운 양초가 켜진 식탁이 떠올랐다. 그 식탁에 손자들도 함께 하고 있는지는 그다 중요하지 않았다. 그건 사실이 아니라 망상일 수도 있었다. 망령 부리기에 이른 나이도 아니니까. 그렇다고 일찍 망령 나는 게 자랑일 수는 없지 않은가. 망상으로부터 하루 빨리 벗어나야 한다고 생각했다. 마누라가 입맛으로 아들을 붙잡아둘 수 있다는 망집에서 하루빨리 벗어나야 하듯이.

—「촛불 밝힌 식탁」, 187쪽

아들네의 불 꺼진 창을 의심하던 화자는 집에 있으나 끝내 문을 열지 않는 그들의 행위를 확인하고 만다. 소통을 거부하는 아들 가족의 마음을 간파한 화자는 아내에게 줄 선물로 양초를 고른다. 이는 아내를 사랑하는 화자가 자신처럼 상처받지 않도록 우회의 어법으로 아내에게 현재 상태를 전달하려는 배려이다. 작가는 촛불의 낭만적인 식탁이 가족 공동체가 노년을 배제하는 수단으로 전락한 적대의 순간을 포착한다.

「천변풍경泉邊風景」[41]에 이르면 가정에서 타자로 내몰린 노년의 일상이 주변 공동체로 확대되면서 소속감을 잃은 노년의 훼절된 정체성이 천변의 속화된 풍경에 비유적으로 형상화된다.

「천변풍경泉邊風景」에서 노년의 초점 인물인 배우성의 심리는 「마흔아홉 살」에서 며느리의 입장에서 일방적으로 전달되어 들을 수 없었던 시아버지의 목소리로 이해된다. 소설은 며느리 정란이 "새벽의 안면安眠이 보호받기를 강경하게 요구"하는 "허약하고 예민한 신경"과 노년의 신체리듬 사이의 분투로 시작된다. 노년의 일상은 "며느리가 포고한 정적에 아부하기 위해 기침과 오줌을 참고, 차 마시고 싶은 것도 라디오 틀고 싶은 것도 참으면서, 깨어서도 자는 척 숨을 죽여야 하는 굴욕"148쪽에 처할 만큼 적대적이다. 그는 자신의 늙음에 대해 비참함을 느끼며 아침 산책을 위한 대탈출조차 초라해지는 자기 연민을 느낀다.

41 박완서, 「천변풍경(泉邊風景)」, 『그의 외롭고 쓸쓸한 밤』(박완서 단편소설 전집 3), 문학동네, 2013.

초로初老에 접어든 배우성은 천변에서 만난 '백수회百壽會'와 관련된 일화 속에서 노년의 일면들을 체험한다. "사회적 지위 하나"만을 본다는 백수회의 유일한 조건은 그가 "도저히 늙은이이길 그만둘 수가 없으리라는 예감"이 들게 한다. '백수회'는 노년을 환대하는 유일한 집단이자 노년의 정체성을 기반으로 하기 때문이다. 이름에 대한 정보 없이 이전의 사회적 지위만이 노출된 백수회 회원들의 정체성은 각자의 호칭에 집약된다. 사실 그들의 고급 호칭은 "아득한 과거의 것이었고, 과거 중에서도 가장 화려했던 시기의 것일 뿐 현재의 그들관 아무런 상관"156쪽 없는 노년의 허세에 불과하지만 사회 공동체에서 밀려난 노년에겐 유일한 향수이자 노년의 권력이기도 하다. 백수회는 자신들의 허세를 무기삼아 약수터에 밀집한 노년들의 상위권력 행세를 하기에 배우성은 가입을 주저한다. "사람들마다의 좋은 한때에 대한 더러운 집착과 집단이란 것의 터무니없는 허구에 대해 이를 갈아붙이고 싶은 건 시늉뿐 어쩔 수 없다는 엄살"158쪽로 합리화한 것이다. 검증되지 않은 과거를 빌미로 노년의 권력집단이 된 백수회의 형상은 속화된 샘터 주변의 상권과 흡사하다. 종교의 진리나 엄숙함이 결여된 샘터 주변의 암자는 오직 이권을 올리기 위해 존재한다. 평균수명의 신장으로 건강관리를 위해 자신의 방법으로 극성스럽게 운동하는 노인인구와 노년의 희구를 종교로 조종하여 재미를 보는 암자, 암자의 일가붙이를 마담으로 고용해서 간이 다방으로 수입을 올리는 여러 행태들이 노년의 새벽 일상 속에서 그들만의 세상으로 펼쳐진다. 온 세상을 자본으로 획일화하려는 의도는 부처님의 자비가 신랄함과 야유로, 작위적인 코미디로 희화화된다. 그리고 다시 가정으로 되돌아왔을 때, 노년은 여전히 가족들에게 소외당한다.

백수회의 유일한 홍일점인 노여사가 고혈압으로 쓰러지자 회원들은 문병을 간다. 그들은 의치를 뺀 노여사의 함몰된 입에서 "늙음의 가식 없는 진면목"을 대면하고 충격을 받는다. 사별한 아내의 의치를 닦던 기억이 있는 배우성은 "의치 하나 닦아 달랠 사람이 없는 노여사의 병상의 외로움이 자신의 외로움이 되어 뼈에"176쪽 사무치는 경험을 한다. 소설에서 '의치'는 표면으로 드러나는 노년의 치부이자 돌봄의 여부를 판별하는 잣대가 된다. 배우성은 노여사를 달래 의치를 닦으며 노년의 외로움을 위무한다. 그러나 집으로 귀환한 그 역시 노여사와 다를 바 없는 상황이 된다.

> "뭐라구요? 백수회라구요? 날더러 그 백수횐지 백 살까지 살고 싶어 환장한 노인들의 망령휜지의 뒤치다꺼리를 하라구요? 당신 아버지 이제 육십이에요. 백 살을 사시면 도대체 앞으로 몇 년을 더 사시겠단 소린 줄 알아요? 자그마치 사십 년이란 말예요. 그래서 하루도 안 거르고 매일 아침 산에 오른다, 약수를 퍼마신다, 극성을 떨었던 거예요. 아유 지긋지긋해, 아유 내 팔자야."
>
> —「천변풍경(泉邊風景)」, 177쪽

> 그의 무소속감은 참담했다. 여북해야 백수회까지는 너무했다손 치더라도 약수터 늙은이 축에 자진해서 속하려 했겠는가. 그러자니 오래 전에 정년퇴직한 것처럼 사람들을 속이게 되고, 그게 그만 스스로에게까지 나이를 속이는 결과가 되었던 것이다.
>
> 남을 감쪽같이 속이려다가 탄로가 나면 무안하다. 그러나 자신을 속이려다가 탄로가 났을 때처럼 구원의 여지가 전혀 없이 무안하진 않을 것 같았다.
>
> —「천변풍경(泉邊風景)」, 178쪽

백수회의 정식 가입을 위해 회원 초대를 해야 하는 절차는 시아버지의 식사를 군상으로 언급하며 그를 가족관계의 군식구 취급을 하는 며느리에게 불가능한 일이다. 배우성은 "말다운 말을 나누어본 지가 몇 년 만인지" 모르는 아들에게 돈을 맡기며 백수회 모임을 부탁한다. "혈육이니 생판 남인 며느리보다는 수월"하리라는 기대와 아들의 난처한 표정을 볼 수 없어 쫓기듯 헤어졌던 배우성은 며느리의 언성을 듣고 자신의 타자화된 상태를 실감한다. 환대의 주체이자 주인인 아들은 발언의 전달자 역할을 하며 목소리가 소거되어 있어 소설에서는 철저히 실제 부양자와 피부양자의 사이만이 부각된다. 소설에서 며느리의 발언은 역으로 그가 백수를 누리도록 자신을 적대하는 가족 관계 안에서 살아가야 한다는 의미이기도 하다.

이러한 갈등관계의 근원에 '무소속감'이 자리한다. 강제 퇴직을 당한 후 사회적 활동을 제지당한 노년의 활동범위는 사회에서 집안으로 옮겨온다. 하지만 사회 공동체에서 배제된 노년 남성은 집안에서 역시 더 이상 가부장의 권위를 유지하기 어렵다. 자신의 나이를 세뇌하여 노년 집단에 속하려던 배우성의 자기기만은 사회와 가정에서 모두 타자화된다.

「너무도 쓸쓸한 당신」[42]에서는 체제 순응적인 남편에게 강한 거부감을 가진 인물이 자신 역시 자발적으로 가부장성을 수행하는 관습에 혼란을 느낀다. 소설은 부부 관계 내에서의 가부장성과 관계 단절에 대해 천착한다.

소설의 주인공에게 체질적으로 체제 순응적인 남편은 참을 수 없는 인격의 소유자로 적대된다. 소설에서 그녀의 남편은 랑시에르적 현실의 치안에 가장 알맞은 인물이다. "갈등 없는 추종", 맹목적인 남편의 체제 복

42 박완서, 「너무도 쓸쓸한 당신」, 『그 여자네 집』(박완서 단편소설 전집 6), 문학동네, 2013.

종은 내용의 여부와 상관없이 형식 그 자체로 순수한 개인의 표상을 보여준다. "입만 열었다 하면 옛날 고릿적 도덕책 같은 소리"156쪽만하고, 1970년대 유신시대에는 맡은 반 지진아까지 국민교육헌장을 달달 외우게 하는 교사였으며, 교장이 되고 나서는 정권이 바뀔 적마다 대통령 사진을 바꾸며 주인의 이름이나 인품과 상관없이 주인이라는 사실만이 중요한 남편은 출세 지향적 인물이 아닌 텅 빈 권력추종의 순수성을 입증한다. "가족을 부양해야 한다는 가부장의 고독한 책무"로 기꺼이 서울로 상경한 가족들과 별거한 채 연금을 송부하고 검약한 생활을 하는 남편에 비해 오염된 인물은 오히려 그녀이다. 소설에서 그녀는 남편에게 적대감을 보이면서도 남편보다 더한 가부장성을 모방한다. 그녀의 가부장성이 문제적인 이유는 그것을 자발적으로 행하면서도 끊임없이 의심하며 혼란스러워하는 그녀의 태도 때문이다. 아들의 졸업식을 앞두고 그녀는 홀로 시댁으로서의 권위를 즐긴다. 딸의 졸업식에서 그녀는 경제적으로 부유한 사돈집안에 자격지심을 느꼈으나 아들의 졸업식에서는 저자세의 위치가 전도된 것으로 생각한다. 시댁이라는 주도권은 아들의 처가살이조차 시댁의 배려로 둔갑시키며 "시에미의 꼬부장한 심정"으로 현실을 대하게 한다. 그러나 그녀의 자존심은 번번이 사돈댁의 교만한 교양 앞에서 오히려 열패감을 느낀다.

「너무도 쓸쓸한 당신」에서 작가는 남편의 가부장성과 그녀의 자발적 수행 서사를 플래시백으로 병존시킨다.[43] 촌스러운 복장으로 졸업장 근처

[43] 유사성을 이끌어 내기 위해 만들어 온 기초 텍스트와 삽입 텍스트를 패러프레이즈하는 것은 보다 일반적인 의미를 가지게 될 것이다. 일반적인 의미는, 인간은 항상 관료주의에 대항한다거나 또는 '운명을 피할 수 없다'와 같이 추상적인 것일지라도 서술 전체를 다음 단계로 끌어올린다.(미케 발, 한용환·강덕환 역, 『서사란 무엇인가』, 문예출판사, 1999, 264쪽)

카페에 등장한 남편을 보며 그녀는 젊은 시절 부부 사이의 "감질나는 옛 기억을 붙잡으려는 시늉"을 하며 사라져가는 한때의 낭만을 아쉬워한다. 평교사에서 교장으로 승진해가던 남편의 권위주의적 직업의식, 남매의 교육을 위해 별거하고 은퇴 후 시골에서 전원생활을 하는 남편의 상황까지 그들의 부부 관계는 "고요한 파탄"으로 향한다. 융통성 없이 고지식한 남편으로부터 탈출한 자신의 선택을 당연시하며 부부 간의 불화를 남편의 탓으로 돌리는 그녀에게 옛 기억의 회상 불가능성은 관계 회복의 당위조차 앗아간다. 그녀에게 그들의 관계보다 더 고통스러운 것은 자신보다 관계의 본질을 더 잘 깨닫고 있는 남편의 일별이다. 남편이 보내는 짧은 연민의 눈길은 그녀에게 되돌려 준 타인의 응시이다.

이렇듯 사돈을 향한 우월감의 실체는 '보통의 부부 사이'를 연기해야 하는 그들의 어긋난 불행이다. 표면의 부정성에 가려진 진실은 부부의 불완전한 관계였던 것이다. 그녀가 아들의 처가살이를 정당화하는 사돈에 맞서 자신의 옹색한 살림이 아닌 남편의 가난한 시골집을 떠올린 이유는 그들의 관계에 대한 성찰의 발로이다. 또한 그녀는 격식에서 자유로운 제사를 자랑하는 사돈을 향해 "제사는 자기가 보고 기억하는 조상에 한해서만 지내면 된다는 것"을 주장하며 그녀 역시 시댁 제사에 불참하는 것을 문제 삼지 않던 남편을 심리적으로 비호한다. 집안 식구들에게 특별히 권위적이지 않은 남편에 대해 그녀는 그가 "월급봉투만 축내지 않으면 가장의 권위는 저절로 따라오는 것으로 믿었기 때문"이라고 판단한다. 그러면서

「너무도 쓸쓸한 당신」에서는 남편의 관료적이고 가부장적인 과거와 그것을 부정하면서도 자신 역시 가부장성에 복무하는 주인공의 사고가 교차하고 있다. 그녀가 심리적으로 저항하고 있는 대상은 남편이 아닌 자신과 남편의 관계를 단절시키는 가부장성 그 자체이다.

도 은퇴 후 최소한의 생활비만으로 살아가는 남편의 집념이 투박한 손과 손톱 밑의 때로 가시화되었을 때 그녀는 이물감을 느낀다. 권위, 고리타분함, 도덕성, 융통성 없음의 교과서적인 남편에 대한 선입견은 허방을 밟은 듯한 이물감의 새로운 감각에 의해 균열된다. 그녀는 규정된 감각적 경계의 분할선을 혼란스럽게 그리고 지우길 반복한다.

노년의 인물에게 과거는 현재의 거울이자 가치이다. 그들에게 과거는 단순한 향수의 대상이 아니다. 과거 가부장적 질서 내에서 실행한 '효'의 상식이 자녀 세대에게는 불가능한 현실임을 확인한 노년에게 인식의 낙차는 소외감을 가져온다. 아울러 사회공동체에서 노년이 생산적 주체의 위치에서 비생산적인 타자로 강등되었을 때,[44] 과거의 직함은 노년의 현재적인 가치로 작용할 듯 여기지만 이 역시 가족 내부에서는 인정되지 않는다. 소통의 부재 속에 노년이 체감하는 가족 간의 단절은 그들을 적대의 현실로 내몬다.

2) 감각적 타자의 몸과 정념의 재생

몸은 육체 / 정신, 몸 / 마음으로 대립되는 개념으로 사용하기도 하지만 몸의 외연은 넓게 적용될 수 있다. "우리말 '몸'은 정신과 분리된 '육체'로

44 베버에 따르면, 진보 과정에 기초한 근대화는 발전의 무한성을 전제하고 그 발전의 절정이란 영원히 도달할 수 없는 현실을 가리킨다. 근대인들은 생명의 유기적 순환 속에서 삶의 완숙성과 포만감으로 말년을 맞이하고 또 그렇게 함으로써 존경의 대상이 되었던 노년이 그 가치를 상실하게 되었다. 진보와 발전의 근대적 이데올로기는 끊임없는 갱신의 동력만을 찬양함으로 어떤 성취와 업적도 최종적인 것이 아니라 단지 일시적인 것에 불과하기 때문이다. 이와 같은 현실에서, 결국 노년은 무의미한 사건이 될 수밖에 없다. 막스 베버, 전성우 역, 「직업으로서의 학문」, 『'탈주술화' 과정과 근대–학문, 종교, 정치–막스 베버 사상 선집』, 나남, 2002, 46~48쪽; 오양진, 「늙은 형식으로서의 이태준 단편 2」, 『국어국문학』 162, 국어국문학회, 2012, 363~364쪽 재인용.

는 완전히 포함할 수 없는 영역"이며 "어떤 사람의 모든 것, 전일적이고 총체적인 것을 의미"한다.[45] 몸은 자신의 현존을 가시화하는 공간이기에 공동체의 구성원으로서 존재감을 드러내는 역할을 하기도 한다. 정신/육체의 이분법적 사고체계에서 벗어나 근대 자본주의 체제 아래 규율화되고 훈육화되는 몸을 연구한 푸코의 이론[46]은 이를 뒷받침한다. 또한 인간과 세계의 소통에 매개자가 되는 몸은 생명 존재에 대하여 일정한 환경에 가담하며 스스로의 주관적 경험을 통해 능동적으로 느끼며 살아가는 생생한 주체가 되게 한다.[47]

몸은 의식과 정신활동의 담지체인 감각의 공간이자 성차와 젠더가 발생하는 토대이며 육화된 계급의 표지, 권력이 실현되는 곳으로 타자성과 그 대응방식을 모색할 수 있는 장소다. 몸의 감각 기관에 의존하는 감각sensation은 우리가 가진 대부분의 관념들의 원천으로 세상의 이해이자 우리를 세상에 열어주는 살아있는 중개자 역할을 한다. 또한 감각기관과 연관된 느낌의 감각과 더불어 감정은 신체 전체에서 울리는 감성이다. 감각과 감정은 사물의 작용에 대한 신체의 주관적 반응이라 할 수 있다.[48] 전통적인 철학 연구는 이성 우위로 진행되면서 감정은 열등한 것이자 경험적이며 비도덕적으로 이해되어 왔다. 그러나 감정은 "우리가 하지 않을 수 없는 것과 선한 것the good"[49]을 제시하면서 도덕적 규범과 연관성을 갖

45 이숙인, 「유가의 몸 담론과 여성」, 한국여성철학회 편, 『여성의 몸에 관한 철학적 성찰』, 철학과현실사, 2000.
46 미셸 푸코, 오생근 역, 『감시와 처벌』, 나남, 2003.
47 모리스 메를로 퐁티, 최의영 역, 『보이는 것과 보이지 않는 것』, 동문선, 2004, 108~110쪽 참조.
48 정미숙, 「백신애 소설의 몸과 감각」, 『한국문학논총』 61, 한국문학회, 2012, 239~240쪽.
49 제프 굿윈 외, 박형신 · 이진희 역, 『열정적 정치』, 한울아카데미, 2012, 82쪽.

는다. "이성과 달리 감정은 행위와 필연적인 연관을 가지기 때문에 도덕적 반응은 이성보다 감정의 산물"[50]로 이해되기도 한다.

몸은 외부를 향해 열려 있으며 타인 및 공동체와 지속적인 교감을 통해 교섭하는 존재이기에 그 안에 각인된 억압과 배제, 욕망과 저항의 흔적을 확인할 수 있는 텍스트이기도 하다. 박완서 노년소설에서는 가족 공동체가 노년에게 규정하는 몸의 인식과 노년 스스로 자각하는 몸의 감수성이 분열한다. 이는 가족공동체에 의해 노년이 타자로 배제되고 적대되는 과정을 가시화하는 동시에 몸의 생명감으로 인식을 전환하는 노년의 능동적인 저항성으로 귀결된다. 박완서 소설에서 노년은 무성적인 존재로 상식화되어 과도한 성욕의 대척점에서 비정상으로 자리매김되거나 상고적 향수의 후진성으로 비하되기도 한다. 작가는 노년의 이성적인 '지혜'가 아닌 삶의 '감각'으로서의 감정을 현실 대응기제로 주목한다. 타인에 대한 연민, 분노, 동정과 같은 감정의 표출은 배면에 노년을 억압하는 공동체적 상식을 드러내며 능동적인 타자로서 존재감을 현현하는 방식이기도 하다.

「지 알고 내 알고 하늘이 알건만」[51]에는 교환의 물질성과 성적 비하의 대상이 되는 적대 받는 노년의 몸에 대한 반발로 삶의 건강한 생명력을 표상하는 노년 인물이 등장한다.

소설에서 노년의 신분은 육체의 제약을 전제로 변모한다. 모란 시장에서 행상을 하던 성남댁은 '안존한 보통 마나님'으로 변신하기 위해 체면을 강요당한다. 성남댁의 복장, 식성, 큰 목소리, 습성, 성격, 욕설 등의 모든

---

50 리차드 노만, 안상헌 역, 『윤리학 강의』, 문원, 1995, 124쪽.
51 박완서, 「지 알고 내 알고 하늘이 알건만」, 『저녁의 해후』(박완서 단편소설 전집 4), 문학동네, 2013.

외적 조건은 광주리 행상의 시간들이 누적된 결과물이다. 성남댁의 체화된 육체적, 심리적 습속들은 상류층으로 대표된 며느리 진태 엄마에게는 '상스러운 과거'이며 본능적인 혐오의 적대 대상일 뿐이다. 몸의 감각적인 소유권 상실은 육체적 소외의 한 형태로 간주될 수 있다.[52] 그들과 성남댁은 중풍이 든 노부의 수발과 열세 평의 아파트를 사이에 둔 계약 관계가 된다. 진태 엄마가 성남댁에게 요구하는 체면은 결국 성남댁의 몸을 제약하는 조건으로 미래에 인계될 열세 평의 아파트와 교환된다.

노년의 성남댁에 의해 돌봄의 대상이 되는 영감님의 죽음을 향한 몸은 성남댁의 상스럽지만 생동감있는 몸과 대비된다. 식욕과 배설의 단순한 기능만이 강조되는 영감님의 몸은 성남댁의 극진한 돌봄과 상관없이 진태 엄마의 계획적인 관리에 의해 점차 쇠락해간다. 「지 알고 내 알고 하늘이 알건만」에서는 재산을 목적으로 하는 두 부양자의 동일한 목적에도 불구하고 연민과 배려로 노년 타자를 부양하는 성남댁과 간신히 피부양자의 생명 유지와 체면치레를 중시하는 진태 엄마를 통해 돌봄의 이중성을 가시화한다.

성남댁의 몸이 대상화되어 타자로 전락하는 것은 적대적인 내부 공동체의 관음증적인 소문에 의해서이다. 영감님의 장례식에 모인 진태 엄마의 친구들은 서로의 소문을 교환하며 "소문의 울타리"로 성남댁의 정체성을 구성해간다. 그 과정에서 과거를 묻지 않겠다는 조건으로 성남댁의 자발적인 변화를 강요하던 진태 엄마의 가식과 음모가 드러난다. 진태 엄마에 의해 정보를 얻은 그녀의 친구들은 성남댁이 광주리 장수였다는 점과 가난한 외양을 묘사하며 계급의 차이를 한껏 유린한다. 그리고 영감님의

52 브라이 언터너, 임인숙 역, 『몸과 사회』, 몸과 마음, 2002, 413쪽.

사후와 상관없이 유지될 듯 인식되던 계모의 위치와 열 세평의 아파트는 모두 폐기처분된다.

“조숙하고 조로하는 시대”에 성남댁의 건강하고 상스러운 노년은 성적 욕망으로 왜곡된다. 영감님과의 관계를 간병인으로 이해한 성남댁은 자신의 교환성에 충실하고자 배설로 오염된 영감님의 아랫도리를 깨끗이 거두려 노력한다. 성남댁에게 하늘이 아는 ‘죄’는 죄책감에서의 자율성 여부로 일부종사의 순결을 자부하는 그녀에게 이런 행위는 직업적 가치관에 해당한다. 그러나 성적 결벽이 남다른 성남댁의 노년의 성은 중년의 망상 속에서 훼절된다. 진태 엄마 일행이 성남댁의 몸을 평가하는 것은 단순한 몸의 외형이나 습성이 아닌 노년의 성으로 귀결되어 왜곡된다는 점에서 문제적이다. 아파트를 얻기 위한 노력이 성적인 욕구 해결을 위한 음란한 행위로 치부되고 무거운 임을 지던 버릇으로 엉덩이를 휘둘면서 걷게 된 걸음걸이 역시 성적인 왕성함으로 이해된다. 장례일정 동안 영감님 댁의 체면으로 타인과 단절된 성남댁은 이들의 뒷담화를 일방적으로 수신하면서 예전 남편을 향해 일부종사해 온 자신의 권위 추락에 분노한다.

성남댁만 “빼놓고 모든 사람이 가담해서 진행시키고 있는 교묘한 음모”는 영감님의 죽은 몸을 대하는 진태 엄마 일가의 태도에서 극대화된다. 평소 영감님이 사별한 아내를 화장한 죄책감에 대해 알고 있던 성남댁은 시아버지의 유언으로 화장한다는 소문의 진위를 간파한다. 장례식의 주역인 망자를 제치고 통곡과 혼절을 연기하던 진태 엄마 주변에서 성남댁은 자신이 모든 진실의 “단 하나의 진짜”이기에 오히려 자신의 존재가 밝혀질까 두려워한다. 성남댁은 자신을 적대하는 소문과 음모에 몸의 정체성을 회생하며 저항한다.

그동안 너무 오래 편하게 지냈지만 차츰 왕년의 걸음걸이가 살아났다. 임을 일 자신까지 생기면서 어느 틈에 엉덩이를 신나게 휘두르고 있었다. 그녀도 스스로 그걸 느꼈고, 어제 여편네들한테 들은 해괴한 흉이 생각났다. 천하 잡년들! 엉덩이짓이라면 그저 잠자리에서 그 짓 하는 생각밖에 할 줄 모르는 몸 편한 것들이 나의 엉덩이짓이야말로 얼마나 질기고 건강한 생명의 리듬이란 걸 어찌 알까보냐는 비웃음을 그녀는 그렇게밖에 표현 못 했다.

—「지 알고 내 알고 하늘이 알건만」, 210쪽

주변사람들에게 슬픔의 죄의식을 들게 하던 진태 엄마가 화장장을 떠난 후 홀로 화장의 과정을 지키던 성남댁은 자신의 대척점에 있던 영감님의 '재'로 변한 몸을 환대한다. 성남댁은 "사람 팔자도 쓸모없어지면 버려지긴 쓰레기보다 나을 게 없다는 생각"208쪽을 한다. 이는 사망한 영감이나 성남댁 모두 노년의 타자로 소외되는 현실이며 죽음의 평등 앞에서 노년의 타자가 노년을 환대하는 적극적인 환대의 장면이기도 하다. 성남댁은 화장 이후 '재'로 변한 영감님의 유골을 맞이한다. "아무것도 남아 있지 않은 잉여물, 현전하는 것도 부재하는 것도 아니며 완전히 소진되어 규정할 수 있는 것이라곤 아무것도 남아 있지 않은 잔존물"로서 재는 인식되거나 간직될 수 없는 형태로 거기 '있다'.[53] 재로 남은 타자의 유골이 가부장의 권위와 물질적 가치가 모두 소거된 몸의 정화이듯 성남댁은 "감정의 찌꺼기, 남아서 할 일이 있을 것 같은 치사한 미련"209쪽 등의 허욕이 사라진 자리에 잃었던 생명의 감각이 회귀하는 것을 느낀다.

53 민승기, 「환대의 시학 (1)」, 『자음과모음』 14, 2011.겨울, 625~626쪽.

영감의 장례과정은 돈에 의해 압제되었던 성남댁의 본질이 되살아나는 입사와 같은 경험이 된다. 진태 엄마가 시아버지의 사망을 돈으로 환산하여 효부의 연기를 했다면, 성남댁이 영감님 생전에 모은 '돈'은 간병의 대가이자 가족을 먹이는 생존의 몫이다. 마늘 열 접의 임이 아파트 한 채로 둔갑하여 가족을 위한 '먹이는 모성'으로 인식되었지만 성남댁은 생활비를 절약하여 마련한 목돈이 자신의 분수에 맞는다고 만족한다. 이러한 삶의 건강한 정념은 공동체가 왜곡한 소문에 맞서는 타자 나름의 저항방식이다. 「지 알고 내 알고 하늘이 알건만」에서 공동체의 적대는 삶의 건강성과 돌봄의 진정성을 노년의 계급과 성적욕망으로 환원하여 비하하지만 타자는 질기고 건강한 몸의 회생과 생명의 정념을 부활하며 화답한다.

「쥬디 할머니」[54]는 과거 전력에 의해 가족 공동체에서 배제된 노년 인물이 망상 속에서 가족을 만들고 해체하는 반복을 보인다. 특히 소설 속 노년 여성의 몸은 공동체에 의혹와 매혹의 대상이 된다.

쥬디 할머니는 사진 속에만 존재하는 이상적인 가상의 가족에 둘러싸여 소속감을 느낀다. 또한 아파트 이웃들에게 "할머니는 혼자 살고, 인심 좋고, 유식"해서 인기를 얻는다. 가상의 정체성을 형성하고 가시하며 과장하던 완벽한 조건의 할머니는 '혼자'라는 사실에 수렴되면서 조금씩 균열을 보인다. 가장 사랑하는 손녀 쥬디 이외에 "할머니는 딴 손자녀의 이름은 제대로 기억을 못 하는지 자주 헷갈려서 이랬다 저랬다"180쪽 하지만 서양 이름에서 오는 아니꼬운 주체성으로 무마한다. 할머니가 자랑스러워하는 쥬디마저 사진 속 서너 살의 아동의 시간에 정지되어 있다. 무엇보

54 박완서, 「쥬디 할머니」, 『그의 외롭고 쓸쓸한 밤』(박완서 단편소설 전집 3), 문학동네, 2013.

다 이웃을 당황스럽게 하는 것은 노년답지 않은 할머니의 몸이다. 젊음을 과장하는 일반적인 노년들 틈에서 쥬디 할머니는 오히려 늙음을 과시하지만 "싸고 싼 향내 풍기듯이 정욕의 그루터기"가 암시되고 색정적인 분위기를 풍긴다. 쥬디 할머니의 몸은 생산이 중단되어 처지고 황폐해진 노년 여성의 몸이 아니다. 사실 늙음은 남녀 구별 없이 동일하게 경험하는 것이지만, 그것을 바라보는 사회의 시선은 차별적이어서 여성의 늙음은 더욱 희화화되고 비하되는 경향이 있다.[55] 길고 곧게 묶은 머리, 희고 풍만한 가슴, 포갠 다리에서 엉치까지의 선정성은 출산이나 가족의 돌봄과는 개연성 없는 섹슈얼한 여성성의 메타포이다. 노년 여성에 대한 이웃의 상식은 쥬디 할머니가 여성의 노동이나 모성성의 범주에서 벗어날 때 정욕과 색정의 여성성으로 그녀를 비하한다. 특히 외국에 거주하는 중상류층의 가족관계와 쥬디 할머니의 섹슈얼한 '몸'의 관계는 극단적인 차별화를 보이며 비현실성을 내포한다. 화려한 화장대, 이국적인 향수병, 우아한 담배합, 오렌지 주스 등 쥬디 할머니의 일상을 구성하는 외형은 일반 노년 여성의 소비에 상치된다. 따라서 이웃인 상완이 엄마가 쥬디 할머니를 보면서 느끼는 복잡한 감정은 "그녀는 서른다섯에 벌써 남편에게조차 여자로서의 자신"이 없는 스스로를 되돌아보게 하는 열등감으로 작용한다.[56] 이웃의 젊은 여성이 쥬디 할머니에게 느끼는 열등감은 늙지 않는 몸, 성적인 몸으로서 기존 노년에서 벗어나기에 불안감과 더불어 혼란을 준다.

55 그것은 여성의 몸이 주로 섹슈얼리티의 대상이거나 노동과 생산의 주체로 여겨져왔기 때문일 것이다. 김경미, 「우러름과 능멸의 삶, 늙음을 받아들이는 법」, 김미영 외, 『노년의 풍경』, 글항아리, 2014, 186쪽.

56 사람들은 노인들이 사회가 노인들에게 품고 있는 이미지에 복종하기를 바란다. 그리하여 노인은 특정한 방식으로 옷을 입고, 단정하게 예의를 갖추며, 외모에 주의하도록 강요받는다. 특히 성적인 면에는 더욱 억압이 가해진다. 시몬느 드 보부아르, 홍상희 · 박혜영 역, 앞의 책, 307쪽.

결국 쥬디 할머니가 지닌 경제적인 자유로움과 소비에 대한 동경은 '세컨드'가 누리는 부의 경멸과 연결되면서 성적 관습의 위반으로 적대된다. 상완이 엄마는 이웃에 사는 세컨드의 사생활을 폭로하며 "어엿한 조강지처하고 세컨드 비밀"에 대한 혐오를 드러낸다. 이웃 세컨드는 공동체의 "공공의 적"으로 치부되며 스캔들의 대상으로 쥬디 할머니에게 알려진다. 그 소식 이후 쥬디 할머니의 일상은 변함이 없었으나 "조금씩 조심스럽게 일정한 생활 밖의 어떤 지점으로 끌려"간다. 점쟁이까지 완벽히 속인 쥬디 할머니의 약점이 드러난 계기는 과거의 기억과의 조우이다.

> 할머니 귀 속에선 여자들의 수많은 입이 쑥덕거리고 깔깔거리는 소리가 한 덩어리의 날카로운 아우성이 되어 점점 기승스러워지고 있을 뿐이었다.
>
> 곧 죽을 것 같아. 혼자서. 할머니는 혼자서 죽을 것 같은 공포감이 힘이 되어 겨우 몸을 일으켰다. 할머니의 둘레의 모든 것은 그대로 있었지만, 할머니에겐 아무것도 보이지 않았다. 할머니는 그게 조금도 이상하지 않았다. 그것들은 어차피 무無에서 빌려온 것이었으므로 마지막 권리가 무에 있음을 고분고분 받아들여야 할 것 같았다. 그래도 할머니는 거의 촉감만으로 전화기를 찾아 다이얼을 돌릴 수가 있었다.
>
> "이사장이야? 난데 우리 아파트 좀 급히 처분해줘야겠어. 물론 대신 하나 사줘야지. 혼자 살아도 큰 게 낫겠어. 이웃을 봐야 하니까. 상종 안 해도 이웃은 이웃 아냐. 이웃에 정떨어지니까 한시가 급해."
>
> (…중략…) 말이란 건 좋은 거였다. 말을 하니까 한결 기운이 났다. 그래, 난 다시 울타리를 칠 수 있을 거야. 새로운 울타리를.
>
> —「쥬디 할머니」, 198쪽

과거 소실이었던 정체성과 남편의 재산을 빼돌린 사실을 알고 있는 사람을 만나자 쥬디 할머니는 이웃을 떠날 계획을 한다. 쥬디 할머니는 일반적인 노년 여성이 가족 공동체나 사회 공동체에서 위치하는 조건의 이상을 가짐으로서 사회적·상징적 질서 너머에 존재하는 이상화된 타자가 된다. 학벌, 외모, 권력, 재력을 모두 갖춘 가족 공동체는 할머니의 곁에 존재하지 않는 '무無'에서 빌려온 것이다. 아무런 갈등과 고통이 없는 가족사는 공허함 속에 박제된 사진의 이물감일 뿐이다. 쥬디 할머니는 가족공동체 없이 경제적, 물리적, 심리적, 젠더적으로 독립된 노년의 표상으로 등장하기에 노년에 대한 공동체적 상식에서 벗어난다. 가부장과 현대의 경계에서 경제력 상실로 아들과 며느리의 부양을 받으면서도 배제되던 상식의 노년과 쥬디 할머니는 상반된 입장인 것이다. 사실 쥬디 할머니의 망상적 연기는 공동체의 질타를 받으면서 동시에 공동체의 욕망이 투사된 것이기도 하다. 쥬디 할머니가 소실이라는 도덕적 평가는 노년의 적당한 고독과 풍족한 생활에 대한 선망의 이면이다. 쥬디 할머니는 이웃의 시선에서 자유롭지 못하지만 다시 울타리를 칠 수 있으리라는 자신감으로 새로운 장소에서 이방인의 감각으로 살아갈 정념을 스스로에게 북돋운다. 쥬디 할머니가 새롭게 만들어가는 가족의 '울타리'와 여성성은 도덕적 잣대로 자신과 노년을 억압하는 현실에 대항하는 기제로서 타자의 양가적 특성을 보여준다.

「쥬디 할머니」가 노년의 타자화된 육체성과 공동체 배제의 상관관계에 중점을 둔다면 「오동梧桐의 숨은 소리여」[57]는 더 근원적인 노년의 정념에

57 박완서, 「오동(梧桐)의 숨은 소리여」, 『나의 가장 나종 지니인 것』(박완서 단편소설 전집 5), 문학동네, 2013.

대해 고찰한다. 제목과 같이 오동나무는 고령이 되면 세포가 죽어감에 따라 공동이 생긴다. 소설에서 작가는 가구와 더불어 악기로도 재탄생되는 오동나무의 내부 공동에 잠재한 소리를 노년의 생의 감각과 병치한다.

「오동梧桐의 숨은 소리여」에서 김 노인은 아내로부터 책임 없이 사랑만 할 것을 유언으로 듣는다. 그러나 김 노인이 살아온 세월 속에 지방의 소읍小邑 공동체는 주변 젊은이들을 사랑하지 않아도 '책임'지는 것을 어른의 당연한 상식으로 여긴다. 합가한 아들 가족 내에서 김 노인은 잔소리를 넘어 '목소리'가 소거된 생활을 한다. 부족할 것 없는 생활에서도 이웃과 헤어지고 익숙한 물건과 이별한 김 노인은 자신의 정체성을 거울로 확인할 만큼 단절된 생활을 한다. 외적인 단절은 김 노인이 내적 감각에 집중하게 하는 계기가 된다.

일상의 감각에 대한 작가의 견해는 "육체보다 정신이 더 고급한 무엇이란" 생각에 반대한다. 노년의 인물에게 변치 않고 유지되는 맛에 대한 '충직성', 현재의 정치사로 환기되는 경험 속의 애상적인 군가, 파출부를 향한 연민, 이성을 향한 소년 같은 두근거림 등 시청각적인 감각과 정서가 김 노인을 지배한다. 학원에 다니는 바쁜 손자들, 식사 한 번 함께 못하는 며느리와 아들 틈에서 외부에 노출될 기회조차 없는 김 노인은 노년이라는 이유로 가정에서도 배제되었기 때문에 이러한 주관적 감각을 통한 자기만족을 누린다.

작가는 소비에트 연방이 해체되는 현대사를 노년의 일상적 감수성과 연결한다. 수많은 희생을 낳은 국경 없는 깃발이 "피 한 점, 눈물 한 방울의 애도도 없이 순간적으로 영원히" 사라지는 허무함은 이 장면을 함께 보는 인물에 대한 연민으로 이어진다. 파출부의 외아들이 노조 일로 사망했고 김 노인 역시 과거 어린 딸을 잃은 경험을 상기하면서 자식 잃은 부모의 경험으로 동류의식을 느낀다. 그러나 타인에 대한 노년의 관심과 연민은 쉽게 오해된다. 책임과 사랑이 모두 필요 없는 가족 대신 파출부의 참척의 고통을 어루만지려던 김 노인은 "마음을 표시하는 데 돈처럼 효과적인 직통은 없다는 게 마치 그가 방금 새로 발견한 진리인 양"328쪽 기쁨을 느낀다.

김 노인은 놀이시설 방문에서 두 번째로 감각적 정서에 매료된다. 아이들과 떨어져 고적대의 흥겨움에 심취되었던 김 노인은 실로폰 아가씨의 눈짓에 "뱃속 깊은 곳으로부터 폭죽이 터지는 듯한 환희"를 느낀다. 적당히 거리를 둔 아가씨의 가벼운 포옹과 볼 키스에 소년처럼 두근대던 김 노인은 짜릿하고 감미로운 흥분을 반추하며 시간을 보낸다.

> 다시 롯데월드에 가서 그 아가씨를 만나보고 싶단 생각 같은 것은 안 했다. 다만 그런 느낌이 그의 내부에서 일어났다는 게 중요했다. 그의 노구老軀에 그런 싱그러운 울림이 숨어 있었다는 게 놀랍고도 신기했다. 그것은 또한 아줌마에 대한 친근한 연민과 마찬가지로 자신의 마음속에서 일어날 수 있으리라고는 예상을 못 했던 것이었다.
>
> —「오동(梧桐)의 숨은 소리여」, 338쪽

위의 인용에서 보듯 김 노인은 파출부에 대한 연민의 감정과 몸으로 느낀 감각을 등가시킨다. 노년이 주는 고립감에 억압되어 있던 자신의 감각이 부활했다는 점에 김 노인은 "넉넉한 행복감"을 느끼며 만족한다. 익숙하지 않은 낯설고 신선한 몸, 이것에의 이끌림은 타자의 발견임과 동시에 살아있는 감각의 담지자인 자신을 확인한다는 점에서 중요하다.[58] 그러한 김 노인의 '싱그러운 울림'은 파출부를 추행하고 쇼걸에 홀린 불결한 주책과 망령으로 가족들에게 오인된다. "아들 내외로부터 칠십 노구의 성적 능력을 이러쿵저러쿵 저울질" 당하는 수모를 겪은 김 노인은 십삼 층 아래 투신의 돌파구로 향한다.

> 그럼에도 불구하고 몸을 던져 세상을 버릴 생각은 나지 않았다. 죽음이 무섭단 생각보다도 목숨이 아까웠다. 칠십 노구는 삭정이처럼 초라할 뿐 아니라 아들 내외가 궁금해하는 능력이 없어진 지도 오래였다. 마누라가 죽기 훨씬 전부터였다. 그래서 아마 영감의 뒷날을 그렇게 근심한 마누라건만 재혼하라는 소리를 입에 담지 않았을 것이다. 그런 별볼일 없는 늙은 몸이건만 얼마나 신기한가. 꽃이 피면 즐겁고, 잎이 지면 서러운 걸 느낄 능력이 정정하니. 그 밖에도 아직 깨어나지 않은 소리가 또 있을지 누가 아나. 아직도 밝혀내지 못한 비밀이 남아 있는 한 그의 목숨은 그에게 보물단지였다.
>
> —「오동(梧桐)의 숨은 소리여」, 341~342쪽

가족 내에서 노년의 감각적 분화는 성적 욕구 불만으로 단순화된다. 타인을 향한 연민이나 감각적 소통조차 이해 받지 못하는 노년이 향하는 것은 내부의 정념이다. 노구老軀를 고목에 은유하는 작가는 일상을 '감각한다는 사실' 자체가 주는 기쁨을 노년 타자의 저항성으로 환원한다. 이는 물질의 헤픔 속에서 타인에게 무감하며 성적 감각의 강도 때문에 섬세한 감정의

58 정미숙, 앞의 글, 251쪽.

변모를 체감하지 못하는 현대 가족의 모순에 대한 작가의 경고이기도 하다.

「꽃을 찾아서」[59]에서는 노년의 은퇴가 외곽으로 벗어난 거주지의 낙후성에 은유되고 이방인에 의해 환대 주인의 역할이 전도되기도 한다. 그러나 노년의 상고적 정념은 식물적 감각으로 은유되어 부활한다.

「꽃을 찾아서」에서 장명환 씨는 과거와 현재의 공존을 바라는 마음으로 흰비름꽃에 관심을 갖는다. 노처에게 방이동의 '방이'는 병자호란을 떠올리게 하는 상식에서 거부감이 들지만 장명환 씨에게 '방이芳荑'는 한자의 풀이대로 흰비름꽃을 닮은 낭만적인 공간이 된다. 소설에서 방이의 명칭이 내포하는 상식, 우범지대의 비호감과 낭만적 고답성은 노년을 대하는 세태와 유비된다. 개발이 진행되는 집주변의 생활권과 역사 복원지구의 특성을 모두 갖춘 장명환 씨의 거주지는 은퇴 후 노년을 살아가는 그의 일상을 그대로 축약해 놓는다. 유행하는 염색 머리와 군살이 붙지 않은 몸매에도 불구하고 늙음이 낙인처럼 새겨진 노처는 장명환 씨의 은퇴 후 좁은 다세대 주택에서 얼굴을 맞대고 하루를 보내며 붙박이처럼 집에 있는 그의 시중을 들어야 하는 염증이 "뼈 마디마디에 옮은 통증"으로 각인된다. 장명환 씨 역시 사회적 가치가 끝난 자신의 은퇴 생활에 내심 열등감을 느끼며 지낸다. 노처와 노부는 서로의 노년을 안쓰러워하며 자화상처럼 노년의 현재와 마주한다.

장명환 씨는 일상의 미세한 파문으로 들리는 소녀의 피아노 소리를 들으며 "전신의 감각이 가닥가닥 살아나는 것 같은 묘한 전율"405쪽을 느낀다. 장명환 씨의 꽃을 향한 낭만적 감수성은 교육자로서 미성숙한 여중생

59 박완서, 「꽃을 찾아서」, 『저녁의 해후』(박완서 단편소설 전집 4), 문학동네, 2013.

의 보호자 역할, 고대부터 켜켜이 일상의 삶이 압축된 이 땅과 더불어 자라난 들풀의 생명력으로 확장된다. 장명환 씨는 철거민을 향한 다세대주택자들의 동정심과 우월감 이면에 자리하는 '소멸하는 것들에 대한 연민'을 느낀다. 마지막 철거민들의 일상을 "늙어가는 여자의 벗은 몸을 훔쳐보는 것처럼" 죄스러워하던 장명환 씨는 몸의 흔적을 더듬듯 그들이 버리고 간 일상의 잔해들 속에서 상고에서부터 전해진 비름꽃의 흔적을 찾는다. 개발의 논리에 의해 "압착한 건 땅이 아니라 이 시대의 가장 미천한 삶"이라고 여기는 그의 철학은 사라진 삶의 궤적이 복원되기 어려울지라도 "영원히 한 켜 지층으로 남아, 조용하게 구정물도 거르고, 이름 모를 풀과 흰비름꽃처럼 보잘것없는 들꽃"418쪽도 키우리라는 공생과 환대의 확신을 갖는다. 자칫 여성성의 은유가 노년의 경직된 남성성의 잔재로 보일 수 있는 장명환 씨의 감수성은 일상의 감각으로 회귀하면서 노년의 상고적 가치에 대한 원숙성으로 해석된다. 「꽃을 찾아서」에서는 근대의 개발논리, 역사 복원의 거창한 의식이 간과한 일상의 가치가 노년의 퇴락해가는 하루와 연동된다.

소설의 마지막 일화에서 신념의 주인은 환대 대상에 의해 타자의 위치로 전환된다. 정명환 씨의 집에 월세로 살게 된 일본인 지요코는 환대의 조건을 모두 갖춘 이방인이다. 그녀는 유학 간 아들에 의해 추천을 받은 명확한 정체성을 지녔으며 매달 십오만 원을 지급할 정도로 경제적 능력을 갖춘 이방인이다. 무엇보다 언어적 순응과 한국사와 풍속에 대해 관심이 많은 학습자인 타자는 "버리고 싶었던 누습이나 대대로 누적된 열등감까지도 지요코가 건드리기만 하면 빛나는 문화"427쪽가 되도록 하는 완벽한 조건을 가졌기에 조건부 환대가 가능하다. 한국사에 대한 주관이 뚜렷한 장명환씨가 지요코에 대해 무조건적으로 찬탄하는 아내에게 반감을 느끼면서도 지요코를 인정하는 것은 위의 조건에 합당하기 때문이다. 그러나 정명환 씨의 신념에 위협을 가하는 열등의식은 서 교수와의 만남을 통해 부각된다. 한국사 교수이자 운동권 아들을 둔 서 교수 앞에서 장명환 씨는 일본 고대사를 연구하는 아들의 학문적 정체성과 현실 순응 태도를 비교하게 된다. 장명환 씨는 자녀의 정체성을 자신의 일부로 동일시하는 노년의 특성을 보인다. 때문에 친구와 상관없는 열등감으로 서 교수의 저술을 위한 북측 자료 유입에 자발적으로 협조하기로 하고 지요코의 도움을 확신한다.

> 그는 마치 아직 본 적도 없는 꽃을 찾아서 여직껏 그렇게 헤맨 것처럼 느꼈다. 뒤늦게 찾아낸 목적이 그의 헤매임에 활력을 보탰다. 시원하고 아름다운 대로가 꺾이면서 건너편 재개발지구가 보였다. 그곳 역시 한 마을이 헐리고 새로운 마을이 생겨나기 전의 막막한 빈 터였다. 앞으로 국내에서 가장 호화스러운 아파트가 들어설 자리라는 소리를 어디서 들은 것 같았다. 그러나 지금은 그냥 빈 터였다. 거기에 휜비름꽃이 피어 있을 것 같은 기대로 그는 당당하게 팔차선을 횡단하기 시작했다.
>
> —「꽃을 찾아서」, 446쪽

주인의 부탁을 거절하는 지요코의 태도는 이방인이지만 주인보다 우월감을 가진 타자로 볼 수 있다. 한국 생활에서 연탄가스와 사상 대립을 경계해야 한다는 지요코의 정보는 한국의 사상 문제를 경제적 낙후성과 등치하는 일면을 보인다. 심지어 불온한 우편물의 송부는 자기 책임이 아니라는 내용증명 우편물은 감정의 영역을 성문화하는 치밀함으로 해석된다. 환대한 주인에게 환대 받을 조건을 제시한 타자의 역습은 타자의 정체성을 주인에게 환원한다. 타자에게 폐를 끼치지 않아야 하는 주인은 환대할 자격조차 타자로부터 검열 받는다. 사상적 식민성의 여운을 벗어나고자 하던 장명환 씨는 오히려 불가능성을 확인하게 되는 것이다. 타자의 친절과 겸손에 미혹되었던 현실감은 장명환 씨에게 열꽃처럼 화려한 분노를 자아낸다. 그러나 언어의 흔적으로만 남아있는 흰비름꽃처럼 "그의 몸 곳곳에서 열꽃처럼 화려하게 피어나던 분노도 초라하고 쓸쓸한 흰비름꽃으로 사위어가고"446쪽 만다. 작가는 직접 확인할 수는 없지만 일상의 지층에 흔적으로 남아있을 희망을 흰비름꽃으로 은유한다. 노년의 상고적 신념은 그것을 '찾는 행위' 속에서 여전한 정념으로 지켜지고 있다.

노년의 상고적 회상과 정념의 재생은 「저녁의 해후」[60]에서 타자와의 해후를 통해 재현된다. 소설에서 노년 타자의 몸과 정신의 비정상성은 장소감과 연동되어 무관심의 적대적 현실을 가시화하고 타자의 문제의식을 환기한다.

「저녁의 해후」에서 남편의 몸은 생명과 생명의 부재가 공존한다. 뇌일혈로 시작된 몸의 병은 박제된 기억을 소환하지만 영원히 당시만 반복되기에 화자에게 끔찍한 일로 여겨진다. 이에 반해 화자는 자신의 성장盛裝이 조카와 자매로 착각되길 바랄 정도로 늙음에 민감하다. 화자가 자신의 노년과 대면하게 되는 계기는 조카의 맞선 상대 아버지와 조우하면서이다.

노년의 두 사람은 과거 선을 보았던 송도의 청년 시절로 회귀한다. 과거

60 박완서, 「저녁의 해후」, 『저녁의 해후』(박완서 단편소설 전집 4), 문학동네, 2013.

의 해후 속에서 중심이 되는 송도는 그들의 토포필리아[61]를 표상한다. 장소는 "개인과 공동체 정체성의 중요한 원천이 되며 때로는 사람들이 정서적 · 심리적으로 깊은 유대를 느끼는 인간 실존의 심오한 중심"[62]이 된다. 정결한 송도 한옥의 자태와 시들지 않는 토종 국화의 생생함은 낭만의 장소로 추억되지만 '궁합'을 이유로 일방적인 파혼을 선고받은 화자에겐 당시의 추억들이 '초조初潮의 기억'처럼 몸 안에 각인된다. 조 노인의 편향적인 회고와 화자의 불편한 감정은 공감 속에서도 지속적으로 충돌한다. '용수산'의 상호가 환기하는 송도의 맛집에서 그들은 고향의 음식에 대해 회상하며 이야기를 나누지만 "서울이란 데가 팔도 사람들이 모여서 들끓는 데니만치 음식 맛도 팔도음식 맛을 한데 골고루 섞었다가 나눈 맛"107쪽이듯 서울에서 추억하는 송도의 맛은 순수한 기억의 맛이 될 수 없는 재가공된 맛의 모방일 뿐이다. 그리고 그런 부자연스러움은 조 노인의 틀니로 은유되어 화자에게 생경함을 느끼게 한다. 짙은 눈썹과 우뚝한 코, 정결하고 날카로운 구레나룻, 완강한 턱의 사각모 청년은 길이 잘 든 대머리와 곰팡이 빛깔의 구레나룻, 단단하게 빛나는 앞니와 분홍빛 부자연스러운 잇몸의 틀니를 지닌 노년이 되어 화자에게 세월의 위화감으로 다가온다. 과거의 시간이 주는 거리감, 노년의 물리적 감각, 휴전상태라는 현실이 개입하면서 장소의 공감은 균열된다. 조 노인과 화자가 공유하는 송도의 장소감은 다르게 각인된 추억의 불화로 불완전하지만 그럼에도 불구하고 몸이 기억하는 송도의 맛과 청춘의 회상은 정서적 유대이자 이방의 노년이라는

61 이푸 투안의 인본주의 지리학에 따르면 장소는 획일적인 경관의 의미가 아니라 고유성, 개체성, 역사성을 지니며 거주자의 의식과 경험이 반영된 토포필리아(Topophilia)의 특성을 지닌다. 이푸 투안, 심승희 · 구동회 역, 『공간과 장소』, 대윤, 2007.

62 에드워드 렐프, 김덕현 · 김현주 · 심승희 역, 『장소와 장소상실』, 논형, 2014, 288쪽.

심리적 유대로 두 인물을 엮는다. 청춘의 기억 속에서 화자가 직시하게 되는 노년은 "어쩔 수 없는 친근함"이 되어 이후의 여정을 함께하게 한다.

「엄마의 말뚝 3」에서 지척에 둔 개성 땅을 향해 섰던 엄마의 모습처럼 「저녁의 해후」의 조 노인은 송도와 가까운 북단의 임진각에서 갈 수 없고 향유할 수 없는 문화의 가치에 대해 강변한다. "그 문화와 숨결을 같이했던 사람의 기억이나 마음속"에 있는 가치를 향한 화자의 상고적 감수성은 그가 미세한 골목까지 재현한 고향 땅의 지도 그리기에 공감된다. 장소는 "점유하고 있는 인간의 가치나 신념이 내재되어 있는 곳"을 의미하기에 "주관적이고 구체적"이다.[63] 그러나 돌아갈 수 없는 곳을 향한 "늙은이의 지칠 줄 모르는 기억력이 왜 그렇게 싫은지 그만, 제발 그만두라고 들입다 소리치고 싶은 걸"117쪽 참아내는 화자의 태도는 남편의 박제된 기억과 조 노인의 기억력을 동궤에 놓는다. 조 노인의 토포필리아조차 미구에 사라져갈 것임을 연민하는 화자의 태도는 그 기억을 담지한 노년층의 희소성만큼 사라질 것들의 현실적인 가치에 대한 저항으로 남는다.

> 나는 요를 깔고 그를 안아다 눕히고 포근한 명주이불로 감쌌다. 그래도 불편한 쪽의 죽음이 온몸으로 퍼질까봐 불안해서 그의 몸을 주무르기 시작했다. 평소엔 한 이불 속에서 살만 잠깐 스쳐도 질겁을 하게 싫던 불수의 반신을 온기가 돌아올 때까지 정성 들여 주물렀다. 그 반신이나마 있음으로 해서 그가 살아 있다는 사실이 새삼 눈물겨웠다.

조 노인으로부터 받아들이길 한사코 거부한 잃어버린 것, 부재不在하는 것에

63 박승규, 『일상의 지리학』, 책세상, 2009, 152쪽.

대한 슬프디슬픈 사랑법이 어느 틈에 나한테 옮아붙은 것처럼 느꼈지만 그게 그다지 기분 나쁘진 않았다.

—「저녁의 해후」, 119~120쪽

조 노인과의 만남은 화자에게 휴전과 노년이라는 현실에서도 "잃어버린 것, 부재하는 것"의 가치를 되새기게 한다. 노년의 타자들은 사라질 것들을 호명함으로써 은폐되었던 타자의 감각을 환기시킨다. 그들의 "슬픈 사랑법"이 그들만의 몫이 아닌 아직도 건재한 장소감이자 우리가 소외한 폭력적인 무관심 때문에 억압받던 감각이 우리의 몫이기도 하다는 점에서 작가는 평등의 윤리를 제기한다. 그리고 그런 윤리성은 노년의 몸이자 거부하던 몸을 기꺼이 환대하는 또 다른 타자의 행위로 이어진다. 사라져 가는 것들, 과거와 노년이 병치되고 그것들의 소외가 당연함의 자명성을 가지면서 무뎌져 갈 때, 작가는 불수의 반신에 생명을 불어넣으며 역설적으로 미력했던 삶의 정념을 재생한다. 소설에서 거부, 부재, 슬픔의 부정적인 감각은 노년 타자의 적극적인 환대로 온기와 생명, 사랑 전이의 긍정적 정념으로 재생된다.

「대범한 밥상」[64]은 공동체 구성원과 타자의 소통 과정으로 논의를 확대한다. 소설에서는 현실 공동체의 모든 문제와 연관성 있는 배금주의적 사고가 노년의 몸을 비도덕적인 성으로 적대한다. 돈은 가족, 죽음, 스캔들, 건강, 인간관계를 포함하는 소설 속 소재들의 누빔점 역할을 한다.

남편의 사후 화자는 자신까지 암으로 시한부 선고를 받자 자녀들의 상

64 박완서, 「대범한 밥상」, 『그리움을 위하여』(박완서 단편소설전집 7), 문학동네, 2013.

속 문제와 연관하여 '돈'의 문제를 재사유하게 된다. 노년에게 돈은 자신을 보호하는 권력이자 관계의 끈이 되기도 한다. 중산층의 굴곡 없는 삶을 살아오며 돈 문제를 남편에게 전담하던 화자는 자신의 결핍의식을 "돈의 치사한 맛도 뜨거운 맛도 모른다는 게 사는 데 있어서뿐만 아니라 죽는 데 있어서까지 중대한 결격사유"197쪽로 인식한다. 소설은 2차 서사에서 스캔들에 의해 타자가 되어버린 친구 경실의 대응을 통해 '돈'과 노년의 몸의 관계에 대한 해답의 기회를 마련한다. 1차 서사는 노년에도 자유로울 수 없는 돈의 문제와 타자의 적대를 동시에 서술한다.[65]

「대범한 밥상」에서 경실은 소문에 의해 타자가 된다. 조문 현장에서 시작된 경실과 사돈 관계의 의혹은 경실이 손주들과 함께 사돈과 합가하면서 사실로 규정된다. 동창 모임에서 회자되는 경실의 소문은 외부의 영향력에 관계없이 혜자에 의해 일방적으로 전달되고 동창들끼리 생산하고 소비되면서 한 인물을 부도덕한 지경으로 몰락시킨다. 2차 서사의 전반부에서는 사건의 중심이 되는 경실은 부재하고 그녀를 대신해 동창생들의 입담이 서사를 이끈다. 그들의 관찰은 풍문이나 기억에 의존하기에 인물이나 사건에 대한 간접적인 관계를 갖는다.

65 서술 중에 이야기의 앞뒤를 도치했거나 이야기의 여러 단계들을 새로이 배치한 사실로부터도 역시 대단히 흥미있는 작품해석상의 문제들이 나타날 수 있다. 왜냐하면, 작가가 개개의 사건들을 적당한 순서로 정해서 작품 속에서 배열한 것이야말로 바로, 사건들을 연대기적으로 나열한 '자연적 순서(ordo naturalis)' 속에서는 아직 나타나지 않는 그러한 복잡한 의미와 얽힌 관계를 작가가 이미 파악하고 나서, 그것을 표현해 놓은 것이라 볼 수 있기 때문이다. 도치의 한 특별한 형식은 서술자의 주제이탈, 지엽적 탈선 또는 여론(餘論)인데, (…중략…) 언뜻 보기에 본론에서 벗어나고 있는 것처럼 보이는 이런 짓이 작가의 본래 의도를 실현시키는 데에 이바지하는 경우가 허다하다. 그것은 이런 형식들이 독자로 하여금 겉보기에는 아주 서로 동떨어진 두 영역을 연결해서 생각해 보도록 강요하기 때문이다.프란츠 슈탄첼, 안삼환 역, 『소설형식의 기본유형』, 탐구당, 1982, 118쪽.

우리끼리니까 말이지 하도 해괴망측해서 입에 담기도 뭣하다. 그러면서 주위를 살피는 시늉까지 하면 세상에서 제일 고독하고 불쌍해 보이던 과부와 홀아비 사이에 느닷없이 썩어가는 과일 냄새 같은 부도덕의 낌새가 감돌기 마련이었다. (…중략…) 인두겁을 쓰고 어떻게 그럴 수가, 이건 상피 붙는 것보다 더한 스캔들이다. 한번은 영감님이 손녀를 자전거에 태우고 읍내로 난 길을 가는 걸 봤는데 경실이는 대문 밖까지 나와서 그들이 멀어져가는 걸 마냥 손을 흔들어 배웅하고 영감님은 위태롭게 뒤돌아보고 또 돌아보면서 하니 안녕, 안녕 하니, 하더라는 것이었다. 자는 건 못 봤어도 그건 두 눈으로 똑똑히 봤다. 한 폭의 그림이더라. 평화가 강물같이 흐르는. 그럼 됐냐? 내가 뭐라고 하기 전에 다들 한마디씩 했다. 늙은이들이 하니라니 미쳤군, 미쳤어. 미쳐도 더럽게, 아이고 닭살이야. 나는 암말도 못했지만 이미 등줄기에 닭살이 돋고 있었으므로 몸으로 동의한 거나 마찬가지였다.

—「대범한 밥상」, 202~203쪽

거짓투성이며 부정적인 경실의 소문은 당사자의 목소리는 배제된 채 상식화된다. 혜자에 의해 전달되는 결과들은 경실을 부도덕한 몸이자 동창회의 공동체를 오염시키는 몸으로서 적대한다. 소문 속에서 경실은 참척 당한 어머니, 사돈의 예의, 고아가 된 손주의 보호자로서의 모든 역할의 비도덕성이 강조된다. '할머니'의 발음이 '하니'로 둔갑하는 손녀의 언어유희 속에서 부도덕한 회상들은 "이간질 루머wedge-driving rumor"로서 "방어적 성격"[66]을 갖는다. '사돈'이라는 기표의 경직성은 노년의 동거에 대

66 니콜라스 디폰조·프라샨트 보르디아, 신영환 역, 『루머 심리학』, 한국산업훈련연구소, 2008, 27쪽.

해 더 엄격한 도덕의 잣대를 요구한다. 함께 살아간다는 기의의 넓은 외연을 '성적' 관계에 집중하면서 화자의 동창들은 집단의 순결성에 대한 위협을 루머로 방어하는 것이다. 화자와 동창들은 비도덕성의 잣대를 공유하고 경실을 희생양으로 삼으면서 호기심의 강도를 높여간다. 소문의 초점이 사돈끼리의 동거로 맞춰지면서 그들의 비난 속에 정작 조실부모한 손주들의 입장은 고려되지 않는다. 경실에 대한 소문은 상식에 대한 편견과 노년의 성에 대한 호기심, 무엇보다 돈에 집착하는 현대인의 특성을 적나라하게 보여준다.

노년의 성에 대한 천박한 호기심은 손주들 앞에서 표현할 수 없던 참척의 고통으로 설명된다. 손주들의 양육을 위해 합가했던 두 노년은 고통스러운 몸의 절규를 지켜보는 관계가 된다. 그들은 아이들의 성장을 보면서도 가슴을 움켜쥐는 통증의 의미를 침묵으로 이해한다. 자식을 잃은 부모들의 감정적 속내는 통증이 "유일한 존재감"으로 이해될 만큼 몸과 마음의 교류를 초월하는 것이다. 보상금을 향한 욕심, 사돈 간의 비도덕적인 동거로 매도되던 노년의 몸은 세상을 대하면서도 실체를 느끼지 못하는 참척의 고통스러운 몸으로 설명된다. 그리고 그런 고통은 현실의 제약조건과 시선의 배제를 초월하는 힘이 되기도 한다. 때문에 이성을 가장한 외부의 판단보다 고통을 감지하는 경실의 감정은 도덕적인 반응이 된다. "남이 뭐라고 하든 그게 나하고 무슨 상관이야. 내가 아닌데. 소문뿐 아냐"219쪽라는 경실의 무관심[67]은 현실의 질서로부터 해방된 인물의 특성을

67 랑시에르는 현실의 관계에 밀착해 있는 주체가 자기 이해로부터 분리되는 경험, 주체의 인식과 감정을 규정하는 힘의 관계로부터 분리되는 해방의 순간을 무관심으로 설명한다. 박나래, 앞의 글, 68쪽 참조.

나타낸다. 그녀는 자신을 향한 규정성을 이행하면서도 자신의 목소리로 모든 스캔들을 해명하며 오히려 노년의 성과 돈의 굴레로부터 누구보다 자유롭기에 평등의 관점에서 감각을 재분할하는 인물이다.

「친절한 복희씨」[68]에서 복희 씨가 '친절'하고 '착한' 여자로 거듭난 것 역시 '타인의 언어'에 의해 규정되었기 때문이다. "가난한 집 딸년들의 피 속에 유구하게 전해내려오는 희생 정신"243쪽에서 자유롭지 못했던 복희 씨가 장사로 물리가 터서 부유하나 단순하고 나이 많은 남편과 살기 위한 생존 전략은 규정된 담론을 모방적으로 수행하는 것이다. '벌레 한 마리 잡지 못하고 얼떠야' 하는 복희 씨는 전처의 아이를 거두면서 전처 식구들을 집에서 몰아내고 자신의 아이를 낳아 기르며 안정적인 노년을 지낼 만큼 경제적으로 부를 누린다. 노년의 복희 씨가 누리는 외적인 안정감은 "인생의 슬픈 동반자"이자 '욕망 속의 대상'[69]인 생철갑의 아편이라는 출구가 있기에 가능하다. 죽음충동[70]을 유발하는 생철갑은 남편을 향한 적대의 타살과 복희 씨의 자살의 경계에서 긴장과 동시에 삶의 균형을 준다. "착각은 바로 우리의 운명"이라는 복희 씨와 남편의 관계는 극단적인 대

68 박완서, 「친절한 복희씨」, 『그리움을 위하여』(박완서 단편소설 전집 7), 문학동네, 2013.
69 죽음이 함축하는 상징적 거세, 사물의 타살은 '실재계 속에 상실의 구멍'을 가져오고 이것이 애도 과정을 통해 기표를 작동시켜 타자의 영역인 상징질서에 어떤 변화를 가져온다. 이때 애도의 대상은 욕망 속의 대상, 오브제 a로 변신하는데 이 상징적 기표가 상실의 기표, 즉 즉 대타자 속에 있는 결핍의 기표S(ø)이고 상징적 욕망의 기표(Φ)이다. 박찬부, 『기호, 주체, 욕망』, 창비, 2007, 313쪽.
70 용어 자체가 함축하는 의미와는 정반대로 죽음충동(death drive)은 다른 사람들을 향한 공격적 충동들과는 상관없다. 죽음충동은 타인을 파괴하려는 충동이라기보다는 자기 자신을 파괴하려는 충동으로 (…중략…) 죽음충동에는 쾌락이란 보상이 수반되지 않는다.(파멜라 투르슈웰, 강희원 역, 『지그문트 프로이트 콤플렉스』, 앨피, 2010, 173쪽) 자신의 쾌락을 억압하여 불감에 이르게 하며 잇속을 챙기는 시장통에서 얼뜨기 구실의 전술을 펼치게 하는 복희 씨의 이런 억압들이 향하는 곳은 죽음을 통한 자기파괴이다.

립항으로 구성된다. 텍스트에 서술된 '동물성 / 식물성, 변태 성욕 / 배려의 마음, 돈 / 교양, 친절 혹은 착함 / 평범 혹은 살의'의 이항대립은 타인에게조차 복희 씨의 노년이 성욕 과다로 오해되면서 그 관계성이 파괴된다. 표면적 서술에서 복희 씨는 규정된 외부 질서에 순응하지만 위의 요소들은 실상 복희 씨 내부에 공존하고 있다. 소설은 복희 씨의 심리적 이항대립이 성립하게 된 계기를 설명하기 위해 현재의 관점에서 과거를 소급하여 삽입한다.

'마음'으로 하는 정신적인 사랑을 꿈꾸던 복희 씨가 처음 사랑을 느낀 것은 '몸'의 반응으로부터이다. 주인아저씨 집에 군식구였던 대학생이 측은지심에서 발라주던 글리세린은 복희 씨 내부의 '황홀한 감각'을 촉발시키는 환대의 경험이다. 그리고 그 감각은 젊은 복희 씨를 "진홍색 요요한 꽃을 뿜어내는 박태기나무"로 둔갑시킨다. 복희 씨의 식물성은 "준수하면서도 민감한 청년이 마음으로부터 우러나 남을 배려할 때의 따뜻하고 근심스러운 표정"244쪽의 정신성을 지향하지만 만개한 몸의 감각으로 표상된다. 몸의 황홀한 개안은 결국 주인아저씨의 동물같은 강간에 무너진다. 복희 씨는 집안 여자들의 비기秘器인 생철갑의 아편을 만지며 복수를 다짐하지만 그것은 효과를 보장할 수 없는 '환상'에 불과함을 인지한다. 마조히즘적인 연기를 요구하는 주인아저씨의 변태적인 성욕에 맞서 복희 씨의 나무는 신성한 신전으로 격상되고 복희 씨 자신은 주인아저씨와 결혼함으로써 '돈'과 타협한다. 정신적인 승화와 몸의 타락을 분리한 복희 씨는 남편의 도착이 수입을 올리는 기폭제가 됨을 알고 이를 이용한다. 남편의 동물성을 조종하면서도 살의를 느끼고 정작 자신의 쾌감은 신음소리조차 용납하지 않는 불감의 복희 씨는 양가적인 인물이다.

'친절과 착함'의 가면을 쓴 복희 씨가 자신의 평범함과 살의로 편중되는 계기는 남편의 동물적 성욕 때문이다. 중풍에도 비아그라를 찾는 남편의 성적 집착은 상대적으로 젊은 복희 씨의 성적 에너지로 젊은 약사에게 왜곡된다. 복희 씨가 내부에 잠재된 몸의 감각을 재생하게 된 계기는 신성의 영역으로 불감을 가시화하던 몸을 오염시킨 외부의 시선 때문이다. 도착된 비정상성에 맞서 복희 씨는 모든 살의와 에로티즘이 집약된 생철갑을 제거하고 그 자리에 자신을 세운다. 이로써 복희 씨는 몸의 부활로 노년의 정체성을 재생하며 자신을 규정하던 담론들에 저항한다.

박완서 노년소설에서 「저물녘의 황홀」[71]을 주목해야 하는 이유는 노년의 본질적 문제인 노년 자신의 환대와 관련된 소설이기 때문이다. 우리는 늙어가는 자를 우리 존재 속에 있는 타자라고 생각한다.[72] 나의 생물학적, 정신적 노년을 직시하는 것은 그만큼 어려운 일이다. 노년들은 타인을 통해 반사되는 자신의 노쇠를 부정하거나 젊은 시절에는 노년을 불구성과 동일시하며 요절을 희망하기도 한다. 「저물녘의 황홀」에서 화자가 자신의 노년을 적대하는 방식은 냄새로부터 온다.

> 내가 떨구고 간 나의 체취가 빈집에 괴어서 온종일 썩어가는 음습한 냄새였다. 젊음에 의해 희석되거나 중화될 길이 막힌 채 괴어 썩어가는 늙은이 냄새는 맡을 때마다 새롭게 섬뜩하고 고약했다. 어쩌면 안방에서 나의 시체가 썩어가고 있을지도 모른다는 터무니없는 생각까지 들고부터 그 냄새는 고약할 뿐만이 아니라 무서웠다. 내가 살아 있다는 증거는 무엇이란 말인가. 나로 인해 기뻐하

71 박완서, 「저물녘의 황홀」, 『저녁의 해후』(박완서 단편소설 전집 4), 문학동네, 2013.
72 시몬느 드 보부아르, 홍상희·박혜영 역, 앞의 책, 399쪽.

거나 괴로워할 사람도, 내가 사랑하거나 미워할 사람도 없는 집구석에서 말이다. 먹고 마시고 숨쉬고 소리내는 나의 인기척을 타인에 의해 확인시킬 수도, 타인의 인기척을 감지할 수도 없는데 어떻게 내가 살아 있다는 걸 믿을 수 있을 것인가. 내가 살아 있다는 게 의심스러울수록 안방 아랫목에서 나의 시체가 썩어가고 있을지도 모른다는 혐의는 짙어만 갔다.

—「저물녘의 황홀」, 334~335쪽

인용문에서 화자가 응시하는 자신의 노년은 죽음의 냄새로 설명된다. 소설은 노년의 몸을 적대하고 혐오하는 억압기제가 자신이 된다는 점에서 문제적이다. 그런데 문면으로 보았을 때 노년의 냄새가 죽음의 냄새로 전환되는 이유는 화자가 가족 공동체 내부에 있지 않기 때문임을 알 수 있다. 노년의 냄새는 그 자신에게서 나오는 냄새라기보다 가족 공동체 속에서 희석될 수 없는 고독의 잔재라는 것이다. 화자의 고독은 자신을 대상화하여 죽음으로 몰아간다.

사진으로만 남은 화자의 가족들은 희로애락의 감정을 공유할 수 없는 거리에서 '가족'이라는 이름으로만 존재한다. "너무 일찍 삶의 목표를 아이들한테 이양해버린" 자식들의 귀국거부 사유 속에는 늘 노년의 모친이 고려되지 않고 생략된다.

「저물녘의 황홀」에서 화자의 노년은 집 앞 황량한 공터와 그 곳에 뿌리 내린 벚꽃의 식물적 상상력 안에서 생명과 불모를 오간다. 도심 변두리 공터에 만개한 벚꽃을 보며 화자는 죽음의 병을 은유한다. "목숨을 다해 암으로 피어나고" 싶은 화자의 간절함은 죽음의 꽃으로 자식들을 불러 모아 보고 싶은 노년의 그리움이다. 죽음을 연기演技하기 위해 병원을 찾는 화자의 모습은 「황혼」의 노년 인물과 흡사하다. 가족의 관심을 끌기 위한 이들의 꾀병, 혹은 상상의 병증은 돌봄의 심리적 영역이 아닌 종합검진의 의학적 관리로 판단 내려진다. 종합 검사를 하며 "꿈꾸던 죽음보다 현실로 다가온 죽음이 훨씬 낯설고" 두려운 화자는 가족의 온정이 아닌 검진 장비의 차가운 촉감에 경색한다. "꾀병 앓기도 힘든 세상"에 그 꾀병으로 노년을 환대했던 기억의 삽화가 더해진다.

식물의 생명력을 죽음의 꾀병으로 만개하고 싶어 하던 화자가 회상해낸, 어린 시절 할아버지의 첩인 화초 할머니야말로 식물성을 표방하는 인간이다. 소설 속 삽화에서 두 노년 여성은 섹슈얼의 차이로 대별된다. 색스럽고 향기로운 첩과 박색에 작은 키, 일밖에 모르지만 집안의 권위를 물려받으며 남편에게 신임을 얻는 본처가 그들이다. 투기를 모르는 본처는 심지어 첩과의 공존을 제안한다. 화초 할머니의 화려한 외양과 수동성은 관상용에 가깝다. "아름답고 향기로운 화초를 새로 들여놓은 것처럼" 집안을 부드럽고 화려하게 만든 화초 할머니의 역할은 친할머니의 관용이 있었기 때문에 가능하다. 중풍에 걸린 할아버지의 고집으로 조강지처만 병구완이 가능해지자 할아버지에게 외면받은 화초 할머니는 "암울하고 짐스러운 그림자"가 된다. 이에 반해 할아버지의 병구완과 의사소통, 응석을 받는 할머니는 "무명의 무색옷에도 못생긴 얼굴의 곰보 자국에도 침범할 수 없는 기품"을 지닌다. 노년에게도 가부장의 권위가 살아있던 시절, 노년 여성은 돌봄의 선택권으로 지위를 인정받는다. 그런데 할아버지와 동일한 병증을 하조댁이 앓게 되자 할아버지는 "차츰 자신의 닮은꼴로, 잃은 반쪽으로, 애지중지"하며 그녀와 자신을 동일시한다. 병과 추의 근친성이 노년을 잠식하면서 치매 노부부는 "젊은 연인처럼 온종일 손잡고 바라만 보아도 싫증나지 않는" 이상한 금슬을 자랑한다. 그리고 치매의 동행은 재산 분할로 이어진다. 할아버지의 유언으로 재산의 상당 몫이 화초 할머니에게 분배되자 할아버지의 운명 직후 그녀는 무수한 질타를 받으며 집을 떠난다.

「저물녘의 황홀」은 노년의 몸이 지닌 새로운 일면을 제시한다. 소설의 화자는 공동체에서 소외된 자신의 몸을 적대하며 혐오의 감정을 자신에게로 향한다. 노년을 소외하고 거부하는 가족 공동체에 맞서 자신의 몸을 대상화하던 화자는, 노년의 추한 몸을 추함으로 내파하던 어린 시절의 또 다른 노년에 대한 기억을 소환한다. 당시에는 재산을 탐한 물질적 수단의 동기가 비판되었으나 현재 노년의 화자는 그것조차 뛰어넘으며 타자의 외로움을 헤아린 하조댁이 연기한 몸에 경의를 표한다. 혐오의 감정은 유해한 행위와 인간의 존재성을 분리해서 구분해야 한다. 혐오의 대상이 "성장하고 변화할 수 있다는 점에서 인간으로서 그들에 대한 존중은 유지되어야 한다".[73] 화자는 회상 속 하조댁을 향한 인간존중의 사고관을 자신에게 이입한다. 화자가 노년의 몸을 향해 보였던 혐오와 적대의 만개는 가족 공동체의 관심을 모으기에는 부족하지만 극단의 고독은 노년 스스로의 환대를 위한 성숙과 변화의 정념으로서 가치를 갖는다.

박완서의 노년소설은 노년의 몸과 몸에 내재한 감정이 타자화되는 순간을 포착한다. 가족과 이웃의 공동체에 의해 규정되고 간과된 타자의 몸을 대면하는 감수성은 분명 윤리적[74]이다. 박완서 소설에서 자본과 섹슈얼리티, 상고적 기억, 노년 정체성의 감각적이고 감성인 차원, 타자적 위

73 마사 너스바움, 조계원 역, 『혐오와 수치심』, 민음사, 2015, 199쪽.
74 박준상, 「타자-공동의 몸」, 『문학과 사회』 90, 문학과지성사, 2010, 453쪽.

치에 대한 욕망과 깨달음은 그것을 억압하고 있는 현실에 대한 저항이기도 하다. 원초적인 몸의 파토스가 노년과 결합하는 까닭은 노년의 배제가 공동체의 가장 기초 단위인 가족으로부터 출발하기 때문이다. 권명아의 논의대로 사회 공동체의 문제를 권력이 책임지지 않는 한국사회의 특질 속에서 가족은 마지막 피안이 된다.[75] 이는 역으로 가족 공동체에서 배제됨이 지역과 국가 공동체의 배제로 이어지기 쉽다는 것을 의미하기도 한다. 박완서는 늙음을 '추함'과 동의어로 만든 특정 제도 권력의 미의식이나 소비 능력이 있어야 존엄하다는 자본의 논리, 또는 사회적으로 유익한 활동을 해야 의미 있다는 유사 공공성 논리[76]를 비판적으로 바라보면서 노년이라는 생이 타자로 전락해 가는 다양한 양상을 제시하고 있다.

3. 일상의 재분할과 평등의 윤리

노년의 물리적 쇠락은 '보살핌'의 측면에서 돌봄의 행위 주체와 피부양의 노년 타자를 필요로 한다. 일상의 다양한 부양 형태는 돌봄이 필요 없는

75 권명아에 의하면, 한국사회에서 가족이란 개인적 · 사회적 · 국가적 정체성이 생산되고 재생산되며 그 정체성을 보존하는 최초이자 최후의 '보루'로 간주된다. 한국에서 가족이란 특정한 개인의, 한 사회의, 국가의 고유한 정체성의 보고이자 저장소로 간주된다. 권명아는 가족을 '바깥'에 대항한 최후의 보루로 상정하는 상황을 '마지노선의 이데올로기'로 지칭한다. 마지노선의 이데올로기는 단지 전투적 국가주의 담론으로만 출현하지 않고 가족을 다른 어떤 정체성보다 중요한 마지막 보루로 간주하는 일상적 담론들 속에서 집요하게 재생산된다. 일상적 삶이 전쟁의 패러다임으로 재구축되는 재생산의 속에서 식민주의와 파시즘의 흔적까지 찾아낼 수 있다는 것이 저자의 주장이다. 권명아, 『식민지 이후를 사유하다』, 책세상, 2009, 363~364쪽.

76 이숙인, 「노년의 거장들, 어떻게 달랐나」, 김미영 외, 『노년의 풍경』, 글항아리, 2014, 67쪽.

노년 주체를 '노년'이라는 이유로 가족 공동체의 타자로 전락시키는 이중성을 보이기도 한다. 박완서 소설에는 가족 공동체 내에서 주인이 타자로 전락하는 내부적인 배제가 환대로 극복되는 다양한 양상이 드러난다. 작가는 죽음, 보살핌, 타자의 재인식 등 노년과 밀접한 환대의 일상을 부부, 자녀, 인척 등 다기한 인간관계 속에서 새롭게 조명하고 있다. 이 글에서는 죽음이나 병증과 같이 노년의 생리적인 변모를 내적인 요소로 분류하고 가부장, 계층의식, 스캔들 등 노년의 외부에서 억압 기제로 작용하는 요소를 외적 요소로 명명한다. 차이의 환대는 노년의 일상에 있어서 내외부를 구성하는 요소들을 향해 성찰과 저항으로 기존 담론에 균열을 가한다.

노년 스스로가 과거부터 체화된 가부장의 현실을 살아오면서 세대와 가족, 이웃을 아우르는 공동체 내부의 갈등과 타협을 통한 정체성의 변모를 겪는다. 물리적으로 삶과 죽음 사이의 시간을 살아가며 기존 가부장적 질서의 가치 전도자이자 동시에 변화하는 가부장제의 대상이 되기도 하는 노년의 내외부적 조건들은 노년을 끝없이 임계적 타자로 위치시킨다. 그러나 규정된 일상의 반복적 수행을 통한 차이의 환대는 노년의 개별적인 삶의 특성들, 존재론적 사유 등의 차이를 가시화하며 기존의 담론을 재분할한다. 평등을 내재한 박완서 노년소설의 인물들은 극복하기 어려운 노년의 내부 조건을 관조적으로 수용하고 외부 억압의 현실을 수행적 실천으로 내파하면서 노년을 향한 공동체의 상식을 재편한다.

1) 임계적 일상과 관조적 주체의 공생

노년의 생물학적 원인인 병증, 노쇠, 죽음은 인간이 저항할 수 없는 기본 조건이다. 죽음을 향해 가는 모든 인간에게 공평하게 진행되는 이러한 요건들은 노년 당사자조차 수긍하기까지 오랜 시간과 성찰이 필요하다. 삶과 죽음 사이의 경계의 일상을 살아가는 노년에게 임계성liminality은 "틀 또는 경계선의 안 / 밖이라는 역설로서만이 아니라 친숙한 외부와 낯선 내부, 실재적 외부와 잠재적 외부 사이를 왔다 갔다 하는 운동"[77]으로 인식된다. 이 글에서는 인물 각각의 임계적 일상의 특징을 규명하고 노년의 생물학적 쇠퇴를 둘러싼 노년과 가족들의 다양한 갈등을 고찰해 보았다. 특히 불변하는 노년의 육체적 현실을 감내하고 성찰하면서 이를 객관화하고 관조하는 노년과 부양 주체의 수용적 태도는 노년에 대한 기존의 부정적인 담론을 넘어서며 차이를 가시화하는 환대의 윤리로 해석할 수 있다.

『살아있는 날의 시작』에서 효부 이데올로기의 진정성에 대해 의심하기 시작한 청희는 외압에 의한 가시적인 효의 개념이 아닌 노년에 대한 인간애적인 연민의 시선으로 부양의 개념을 전환한다.

> 그러나 그 여자에게 맡겨진 늙음은 아무것도 기억하고 있지 않았다. 먹을 것에 대한 과도한 집착이 전부였다. 늙으면 애된다는 옛말의 고지식한 본보기일 뿐이었다. 그러나 그 여자는 자신에게 온 몸으로 의탁하고 있는 천진무구한 늙음에 대해 한없이 경건하고 따뜻한 마음이 될 수가 있었다. 남들이 고생한다고 동정해주는 일에 그 여자는 거짓 없이 기쁨을 느끼고 있었다. 그것은 자신이 생각해도 뜻밖의 일이었다. 자신의 정신의 영토 내에 그런 곳이 따로 마련돼 있는 줄은 그 여자도 미처 모르고 있었다.
>
> —『살아있는 날의 시작』, 33쪽

77 사카이 나오키, 후지이 다케시 역, 『번역과 주체』, 이산, 2005, 39쪽.

청희는 시어머니의 노망을 죽음으로 가는 과정의 하나로 관조한다. 그래서 자신의 부양을 "효가 아닌 연민"이라고 칭한다. 인용문에서 보듯 청희가 바라보는 '효'는 좀 더 일반화된 관점이다. 그녀는 자신에게 온전히 의지하는 노년을 '천진무구'하다고 표현한다. 청희는 "효도 말고도 사람과 사람 사이엔 얼마든지 아름다운 사랑의 관계"가 있음을 설파하면서 "남자들이 효도라는 걸로 억압하지만 않았어도 세상의 고부 간은 지금보다는 훨씬 좋아졌을"245쪽 것이라고 탄식한다. 인간 존중의 차원에서 청희는 효를 넘어선 사람 사이의 관계를 주장하면서 돌봄에 대한 진정한 차이의 기준을 제시한다. 작가는 이렇듯 노년의 돌봄을 가부장적 질서 내의 좁은 식견에서 벗어나 생명윤리의 차원에서 개체로서 인정할 것을 요구한다. 그것은 물리적인 희생과 도덕적 억압이 아닌 그 자체로 타자를 맞이하는 평등의 윤리이다. "사람이라면 늙고 병들었을 때 마땅히 받아야 할 대접"이 있다는 주장은 노년의 돌봄에 대한 진정한 상식의 기준이다. 진정한 돌봄이란 "세계 내"에 깊숙이 참여하여 주체적인 삶의 의미를 발견하기 위한 존재양식[78]이며 환대를 통한 공생의 삶이다.

"부덕이 얼마나 편파적이고, 자학적이고, 자신의 미명의 그늘에서 악덕을 키우기만을 일삼는지를 알아낸 이상, 그런 게 결코 덕목일 수 없다고 생각하게 된 이상, 이미 그것의 화신으로 살 수도 없는 거 아니니? 엄마는 엄마의 참모습으로 사는 일을 아마 피할 수 없을 것 같다."

그 여자의 얼굴이 점점 빛나기 시작했다.

78 공병혜, 앞의 글, 365쪽.

"엄마는 그것으로부터 자유로워질 생각을 하면 가슴이 막 울렁거린단다. 그것으로부터 자유로워진 이상 그것이 안 된다면 안 되는 걸로 덮어놓고 복종하던 모든 것에 왜?라는 질문을 던져볼 수도 있을 거야. 그게 만져보지 못하게 하던 걸 만져볼 수도 있을 거야. 그게 금하는 걸 두려워하지 않을 거야."

—『살아있는 날의 시작』, 465~466쪽

세 아들은 모두 외국으로 이민을 가고 딸에게 의지하게 된 것을 수치로 여기는 노모와 병든 장모를 핑계로 외도를 감행하는 남편사이에서 청희는 효부와 부덕의 '오래된 속임수'를 간파한다. 부덕과 참자아 사이의 임계적 일상을 살아가던 청희는 "여지껏 사람들이나 도덕으로부터 배운 좋은 팔자"라는 상식이 위악적이고 편파적인 고정관념일 뿐임을 알게 된 이상 그대로 따를 수 없음을 깨닫게 된다. 부덕의 강압 속에 자신의 추체험적 미래와 단절하기 위한 청희의 각성은 진정한 가족 공동체의 일상을 사유하기 위한 불일치의 가시화이다.

『살아있는 날의 시작』의 인물이 가부장의 수행 속에서 차이를 반복하며 노년을 부양했듯 「해산바가지」의 화자는 가부장성에 의해 역차별된 노년의 존재론적 감성을 분할한다.

정신적 증오와 효부상 사이에서 갈등하던 화자의 인식 전환은 과거를 회상하게 하는 소품에서 시작된다. 시어머니를 맡길 요양시설을 찾아 가던 중 '박'을 발견한 화자는 젊은 시절 출산을 위해 시어머니가 공들인 '해산바가지'의 기억을 반추한다. 남아선호가 만연하던 시절, 화자의 시어머니는 네 딸과 마지막 아들을 낳을 동안 한 치의 차별 없이 산모와 아이를 위해 경건한 의식을 치른다. 화자는 인간의 생명을 그 자체로 존중하던 시어머니를 기억하며 "그분의 망가진 정신, 노추한 육체만 보았지 한때 얼마나 아름다운 정신이 깃들었었나를 잊고 있었던"246쪽 자신을 자책한다.

> 위선을 떨지 않고 마음껏 못된 며느리 노릇을 할 수 있고부터 신경안정제가 필요 없게 됐다. 시어머니도 나를 잘 따랐다. 마치 갓난아기처럼 천진한 얼굴로 내 치마꼬리만 졸졸 따라다녔다. (…중략…) 임종 때의 그분은 주름살까지 말끔히 가셔 평화롭고 순결하기가 마치 그분이 이 세상에 갓 태어날 때의 얼굴을 보는 것 같았다. 나는 마치 그분의 그런 고운 얼굴을 내가 만든 양 크나큰 성취감에 도취했었다.
>
> —「해산바가지」, 247쪽

효 이데올로기의 허위로부터 각성한 화자는 위선이 없는 진심으로 노년을 환대한다. 인간적인 의존을 필요로 하는 노년의 물리적 쇠약의 시기가 어린 아이의 돌봄과 다를 바 없다는 것을 화자는 증명한다. 생명과 죽음의 임계적 일상은 아이와 노년의 삶을 넘나든다. 화자의 각성은 그런 노년을 관조하고 공생하기 위한 전제가 된다. 박완서 노년소설에서 생명을 향한 환대는 '효'라는 상식에 대치되는 개념이다. '효'로서의 '부양'이 가정과 사회 공동체의 관계 유지를 위한 요소라면, '생명'의 보편화는 부모-자식의 관계를 넘어선 인간 존재의 시원으로서 존중되어야 할 가치이기 때문이다. 작가는 가정 내의 유교적 효 개념이 생명의 잉태와 탄생에 관여한 여성의 친밀성을 파괴하는 기제로 작용함에 주목한다.[79]

---

79 『살아있는 날의 시작』에서 화자의 모친이 운명한 직후의 대목 역시 「해산바가지」의 결말과 흡사하다.

「길고 재미없는 영화가 끝나갈 때」의 제목처럼 영화가 길고 재미없어진 이유는 아버지, 어머니, 오빠에 이르기까지 가부장제에 너무 잘 들어맞는 인물들의 역할 때문이다. 영화가 재미있기 위해서는 반전이 필요하다. 그 반전은 어머니의 임종 후 아버지의 몫이자 영화에서 사라질 수 없는 내레이터의 몫이기도 하다. 「길고 재미없는 영화가 끝나갈 때」의 환대 주체는 화자이다. 모든 인물의 관계는 화자의 시점으로 독자에게 전달되는데 텍스트에서는 어느 인물에게도 편향되지 않는 객관적인 감각을 유지하려고 애쓰는 인물이 바로 화자이다. 화자는 스스로 "효녀도 아니고 착한 여자도 아니란 것"을 인지하며 "그건 자신에게도 설명되어지지 않는 복잡하고 난해한 부분"이라고 언급한다. 「길고 재미없는 영화가 끝나갈 때」에서 화자가 타자를 환대할 수 있는 이유는 바로 설명할 수 없는 이러한 임계적 일상이 주체를 구성하기 때문이다.

> 오빠는 어머니가 돌아가셨을 때 시종일관 길기만 하고 재미없는 영화가 마침내 끝났구나, 하는 얼굴로 상주 노릇을 했다. 길고 재미없는 영화는 아무도 또 보고 싶어하지 않는다. 그러나 난해한 영화를 보고 나면 혹시라도 이번엔 조금이라도 더 이해할 수 있을까 해서 한두 번 더 보게 되는 수가 있다.
>
> —「길고 재미없는 영화가 끝나갈 때」, 149쪽

"그러고 보니 탄생과 사망은 정반대되는 일 같으면서도 닮은 데가 있어요. 그걸 지키고 도와준 사람에게 해방감과 완성감을 주거든요. 어머니는 고통을 잘 이기시고 마지막엔 아주 편해지셔서 곱게 운명하셨어요. 주름살이 다 펴지는 것 같아지면서 사상이 꽃같이 아름다웠어요. 전 큰일을 해낸 것처럼 보람과 슬픔을 느꼈어요. 슬픔은 오히려 그 다음이었어요." 『살아있는 날의 시작』, 367쪽.

'길고 재미없는 영화'는 어머니에 의해 끝났지만 화자는 아버지를 환대함으로써 그 영화를 난해함으로 받아들인다. 어머니의 작고 후에도 여전한 난봉기를 보이는 아버지를 향해 화자는 가부장의 억압에서 남성젠더 역시 수해자가 아니며 그런 측면에서 아버지는 인과응보의 악인이 아니라고 판단한다. 화자는 가부장제에 의해 철저히 희생의 삶을 살아온 어머니에 대한 연민을 가진 인물이다. 그러나 인생은 어머니의 마지막 소박한 소망인 생리현상조차 관장할 수 없도록 망가진 채 생을 마감하게 한다. 예측할 수 없던 아버지의 고백으로 어머니가 즐겁게 운명하기까지 화자는 "사람 팔자는 관 뚜껑 덮을 때까지 아무도 예측할 수 없는 그야말로 한치 앞을 내다볼 수 없는 난해한 숙제"149쪽라고 결론을 내린다. 가부장성의 안팎에서 가족들의 일상을 관찰하고 자신 역시 가부장제의 틀에서 벗어나기 힘들지만 추체험한 미래 속에서 누구도 그 불가해한 노년의 인생을 도덕적 잣대로 평가할 수 없다는 것이다. 부양자로서 어머니를 돌보며 아버지의 역할에 적대를 보이던 화자의 회심은 아이러니하다. 환대 불가능하던 인물을 억압된 타자로 인식하고 공식이 통하지 않는 인생의 난해함을 차이로 감응할 때 비로소 환대의 가능성이 열린다. 노년의 삶과 죽음을 객관화하며 난해한 영화 같은 일상을 아버지와 공생하려는 화자의 윤리는 환대 불가능성을 가능성으로 추동한다.

돌봄의 주체였던 부모의 젊은 시절을 기억하고 현재 노년의 정체성 변모를 인정하고 감응하는 부양 주체의 환대는 「환각의 나비」에서도 찾을 수 있다. 소설 속 노년의 환대에 있어서 과천의 임계적 특성은 가부장적 돌봄의 경계선 안팎에서 아들의 채무감과 딸의 가부장적 젠더 수행 사이를 오갈 뿐 아니라 어머니의 노년 정체성에 있어서도 건강하고 원숙한 노년의 특성과 피부양의 의존적인 노년 사이를 오가는 상징적인 공간성을 갖는다. 치매에 걸려서도 하숙치던 시절 자주 하던 소리를 하며 가사 일을 돕던 어머니는 몸이 기억하는 '먹이는 모성'의 표상이다. 돌봄의 주체에서 대상으로 전락한 어머니의 위치 전환과 치매 노모를 사이에 둔 영주네 삼남매의 갈등은 외부의 시선과 가부장적 상식에서 벗어나지 못하기에 어머니는 가족의 타자로 남는다.

한편, 자연스님의 존재성 역시 임계적인 특성을 보인다. 처녀 점집에서 절집으로 간판을 바꾸자 처녀 점쟁이는 자연스님으로 호명된다. 그 집의 위치적 배타성과 마찬가지로 마을 사람들 누구도 그곳을 이용하지 않은 채 절은 그 자리에서 친숙한 외부이자 낯선 내부의 성격을 보인다. 가족 공동체 내에서 자연스님 역시 '먹이는 여성'의 역할을 하지만 그녀는 돌봄의 주체가 되지 않는다. 가족들에게 자연스님은 사업 수단을 위한 도구 역할을 할 뿐이다. 그 집을 소유하는 과정부터 현재에 이르기까지 자연스님을 이용하여 부를 축적하는 모친 마금네와 가족들은 돈을 경멸하는 그녀와 교류를 단절하며 그녀를 소외한다. 자연스님 역시 가족 공동체에 내외존하며 환대받지 못하는 타자이다.

부처님 앞, 연등 아래 널찍한 마루에서 회색 승복을 입은 두 여자가 도란도란 도란거리면서 더덕 껍질을 벗기고 있었다. 더할나위없이 화해로운 분위기가 아지랑이처럼 두 여인 둘레에서 피어오르고 있었다. 몸집에 비해 큰 승복 때문에 그런지 어머니의 조그만 몸은 날개를 접고 쉬고 있는 큰 나비처럼 보였다. 아니아니 헐렁한 승복 때문만이 아니었다. 살아온 무게나 잔재를 완전히 털어버린 그 가벼움. 그 자유로움 때문이었다. 여지껏 누가 어머니를 그렇게 자유롭고 행복하게 해드린 적이 있었을까. 칠십을 훨씬 넘긴 노인이 저렇게 삶의 때가 안 낀 천진 덩어리일 수가 있다니.

—「환각의 나비」, 94~95쪽

어머니와 자연스님이 만난 그 집은 돌봄의 주체와 돌봄이 필요한 대상의 접촉공간이자 가족 내 타자들이 새롭게 만난 상생의 환대 공간이다. 경계적인 공간에서 타자들은 서로를 환대하며 일상을 영위한다. 자신이 가족들의 "유일한 돈줄"임을 알면서도 무욕과 무소유로 대응하는 자연스님과 그녀가 머무는 곳은 현실계에서 분리된 공간성을 갖는다. 그런 공간에 자연스럽게 흡수된 어머니는 불안정한 기억에도 몸은 익숙하게 자연스님을 위해 가사 일을 한다. 자연스님은 "그 옛날, 전생으로 돌아와 있다"는 생각으로 평온을 느낀다. 어머니 역시 그 옛날 영주 남매들을 먹여 기르던 그 시절로 회귀한 듯한 노동의 나날을 보낸다.

영주가 디딘 곳이 현실이라면, 자연스님과 어머니가 있는 곳은 환상의 세계로 비춰진다. 소설의 도입과 연관해서 본다면, 자연스님과 어머니의 위치는 환상과 현실의 경계지대이다. 먹이는 어머니의 승화는 도교적인 관조적 거리에서만 환대가 가능하며 현실의 가족에게는 그저 감당해야 할 치매의 병증만이 부각된다. 자녀들에게 환상의 영역에 있는 어머니의 모습은 어쩌면 가장 현실적인 어머니상이다. 먹이는 어머니는 스스로 자립한 모성, 그 연장선에서 자식들에게 의탁하지 않는 노년의 이상적인 모습을 상징한다.

자연自然이라는 법명과 호접몽을 연상시키는 소설의 메타포는 도가적인 관점에서 인생의 해탈을 환기한다. 타자의 삶을 임계적인 일상 속에서 가부장적인 부양의 개념으로 한정하던 주체는 현실과 그 집의 환상적인 경계에서 비로소 타자를 그 자체로 수용하고 관조하며 환대하게 된다. 소설에서 주체는 어머니의 환상적 타자 공간을 자신이 발 딛은 가부장적 부양의 현실 공간으로 환원하는 동일성의 폭력을 멈추고 관조적으로 수용함으로써 차이의 환대를 실천한다.

「여덟 개의 모자로 남은 당신」에서 화자는 노년에 사별한 배우자를 애도하면서 그의 사후를 통해 일상과 죽음 사이에 임계적인 자신의 노년을 관조적으로 수용한다.

남편의 발병으로 삶과 죽음 사이에 위치하던 화자는 자신의 평소 도덕적 평정심의 경계적 판단조차 회의하게 된다. 남편에 의해 '틈바구니에 낀 쥐'로 은유된 그녀는 그것을 남은 노년에 삶의 화두로 삼는다.

> 여봐란듯이 틈바구니에 끼기 위해선 거친 두 목청 사이에 낀 틈바구니의 숨결을 찾아내야만 할 것 같다. 어쩌면 그는 그때 삶과 죽음의 틈바구니에서 어느 만큼은 내 원색적인 분노를 관조할 수도 있었기에 해본 단순한 연민의 소리일 뿐인 것을 내가 괜히 심각하게 굴었는지도 모르겠다. 그래도 여전히 틈바구니는 아무것도 아닌 게 되지 않는다. 그가 남긴 모자가 나에겐 모자라는 물질 이상이듯이 틈바구니란 말 또한 말뜻 이상의 것, 한없이 추구해야 할 화두임을 면할 수가 없다.
>
> —「여덟 개의 모자로 남은 당신」, 310~311쪽

화자의 도덕적 평정심이 경계적 판단까지 흐린 이유는 생에 대한 욕망으로 기울었기 때문이다. 노년이라는 시간성은 죽음에 더 가깝기에 사별

을 앞둔 화자는 남편의 죽음에 자신을 동일시한다. 오히려 병과 노년, 삶과 죽음의 사이공간에 있는 인물은 남편이다. 화자의 남편은 병과 노년을 철저히 다른 영역으로 객관화한다.[80] 소설의 맥락에서 노년이기에 쉽게 병에 노출되었다는 회피나 병에 의해 노년의 죽음에 가까워졌다는 절망은 찾아볼 수 없다. 노년의 내적 조건을 포용하는 대신 그는 철저히 평소와 같은 일상을 살아감으로써 노년의 죽음을 담담하게 수용한다. 죽음을 일상화하는 타자의 관조적 시각은 주체에게 성찰의 기회를 남긴다. 타자의 죽음으로 그 타자의 삶에 대한 주체의 개인적인 참여도 미완성으로 남는다.[81] 타자와 연결된 주체의 삶은 타자의 죽음으로 영원한 미완으로 남는 것이다. 소설에서 화자는 남편의 죽음으로 삶과 죽음의 임계적 상태가 된다. 노년 화자에게 덧입혀진 죽음의 체험은 "생명의 가엾음이 티끌과 다를 바 없다는 속절없는 생각"으로 성찰된다. 박완서 노년소설의 관조성은 무념무상의 상태로 접어드는 동양적인 노년의 상식을 넘어선다.[82]

80 김은정은 박완서 노년소설에 나타나는 암, 중풍, 치매 등 '질병'의 의미를 탐구하면서 '암'이 노년기라는 시간적 특성을 강하게 반영한다고 지적한다. 노년기 암은 전이 속도가 빠르지 않기에 죽음을 품위 있게 준비할 수 있는 계기를 준다는 것이다. 또한 연구자는 예정된 죽음으로 말미암아 자녀 혹은 배우자나 오해에 쌓여 있던 친구와 극적인 화해를 할 수 있는 계기를 마련해 준다고 설명한다. 김은정, 「박완서 노년소설에 나타나는 질병의 의미」, 『한국문학논총』 70, 한국문학회, 2015, 305~306쪽.

81 폴 리쾨르는 "더 이상 대답할 수 없는 망자(亡子)의 침묵에 대한 두려움에, 상대의 죽음은 우리라는 공통된 존재에 닥친 상처처럼 나에게 파고든다"라고 말했고 막스 셸러는 타인의 죽음에 참여함으로써 인간은 죽음을 경험한다고 대답했다. 폴 투르니에, 강주헌 역, 『노년의 의미』, 포이에마, 2015, 328쪽.

82 유가와 도가를 막론하고 동양의 옛사람들은 청춘이 지나가며 맞이하는 생물학적인 늙음으로 인한 심신의 쇠잔을 안타까워하면서도, 그것을 시간의 흐름에 의한 자연스런 변화로 받아들이면서 그 여정을 도덕적 인격의 완성과 덕의 완성을 향한 과정으로 삼는 발상의 전환과 실천을 요구한다. 그러한 전환과 실천의 결과, 늙음은 낡음이나 스러짐이 아니라 도리어 젊음의 완성이 된다. 박경환, 「늙음이 내뱉는 장탄식, 노경에 접어든 자의 심득(心得)」, 김미영 외, 앞의 책, 273쪽.

노년의 주체가 관조적인 객관화로 환대할 수 있는 표면적인 타자는 사별한 남편과 그에 의해 주체에게 화두로 남은 죽음이라는 시간일 것이다. 그러나 머리카락으로 남을 생명의 잔재는 티끌 같은 무상함이지만 평범한 사람의 '틈바구니'라는 일상적 용어는 화자의 남은 일생에 깊은 화두를 남긴다. "사용자와 노동자, 가진 자와 못 가진 자, 칼자루를 쥔 자와 칼날 쥔 자, 통일꾼과 반통일꾼이 서로 목청을 높여 싸우는 걸 봐도 전처럼 선뜻 어느 쪽이 옳거니 양자택일이 안"310쪽 되는 이유는 삶의 객관적 거리감으로 타자에 대한 감각적 선택이 더욱 신중해졌으며 상황을 내면화한 주체의 대응 윤리가 책임의식으로 전환되었기 때문일 것이다. 남편의 죽음은 화자에게 심층적으로 타자의 의미를 재고하게 한다. 타자의 입장을 포기하지 않는 환대의 주체, '틈바구니'의 경계적 인식을 향한 끝없는 추구는 죽음을 향한 노년의 불안이 당연시되는 기존의 담론에 차이를 가시화하고 이를 재고하게 한다. 죽음을 향해 가는 일상을 성찰하고 인생을 '완성'해 가는 덕목으로 임계적 상태를 수용하는 노년의 태도는 평등의 윤리를 내포한 차이의 환대를 가능하게 한다.

「마른 꽃」에서 박완서는 노년의 완성된 사랑과 죽음에 대한 작가의 철학과 환대의 의미를 제시한다. 노년의 사랑은 가족이라는 관계 맺기의 생성과 죽음의 단절 사이를 오가는 임계적 일상 내에 존재한다. 작가는 노년에 이르기까지 일상에서 사랑이 갖는 의미와 죽음의 친연성에 대해 고찰한다.

> 그 시절 내 눈을 가리고 오로지 한 남자만 보이게 한 그 맹목의 힘을 딸은 지금 정열이라 부르고 있는 것 같았다. 정열이라고 해도 좋고 정욕이라 해도 좋았다.

지금 조박사를 좋아하는 마음에는 그게 없었다. 연애감정은 젊었을 때와 조금도 다르지 않은데 정욕이 비어 있었다. 정서로 충족되는 연애는 겉멋에 불과했다. 나는 그와 그럴듯한 겉멋을 부려본 데 지나지 않았나보다. 정욕이 눈을 가리지 않으니까 너무도 빤안히 모든 것이 보였다. (…중략…) 그런 것들을 아무렇지도 않게 견딘다는 것은 사랑만 있다고 되는 것은 아니다. 적어도 같이 아이를 만들고, 낳고, 기르는 그 짐승스러운 시간을 같이한 사이가 아니면 안 되리라. 겉멋에 비해 정욕이 얼마나 아름다운 것인지 이제야 알 것 같았다. 재고할 여지는 조금도 없었다. 불가능을 꿈꿀 나이는 더군다나 아니었다.

—「마른 꽃」, 46~47쪽

위의 인용을 통해 생명의 탄생과 돌봄의 고단함을 겪으며 '짐승스러운 시간'을 공감한 사랑을 작가는 '정욕'이라고 명명한다. 삶을 확장해 가는 공격과 지배의 시간을 지나 사랑과 수용, 교환과 교감의 단계로 '승화'해 가는 것, 너그럽고 무사무욕한 마음으로 모든 것을 포용할 수 있는 마음이 노년의 강력한 힘이다.[83] 이런 힘이 있기에 화자는 죽음을 넘어선 생명을 추구할 수 있다. 노년의 일상에서 죽음과 가까이 있는 화자는 '가묘'를 만들고 그곳에서 '깊은 평화'를 얻는다. 화자에게 죽음의 근원은 이승의 풀, 개미, 메뚜기, 굼벵이에 이르는 미물까지 죽은 육신을 희생하여 키워내는 평화와 자유이다. 자신의 죽은 육체가 남편과 합장되어 "어느 날부터인가

83 폴투르니에는 아들러가 제시한 열등감 콤플렉스(complexe d'infériorité)를 극복하여 권력의지를 승화하는 심리적 이론을 전유하며 노년의 승화를 언급한다. 그는 특히 은퇴 후 노년의 설계에 있어서 '준비하는 노년'의 배움을 강조한다. 텍스트의 내용은 계급적 권위에서 개인적인 도덕적 권위로 전환을 요구하는 단락이지만, 노년의 복합적 특성을 설명함에 있어서 '사랑'의 포괄적인 범주는 위의 내용과 결합하여 이해해도 큰 이론적 결함은 없으리라 판단된다. 폴투르니에, 강주헌 역, 앞의 책, 379~381쪽.

그와 함께 저것들을 키우게" 되리라는 관조적인 확신은 정욕의 시간을 거친 노년만이 도달할 수 있는 철학적 사유의 깊이다.[84] 이승에서 육신이 다하여 다른 생명을 키워내는 순환적 생명론과 희로애락이 초월되는 '평화와 자유'를 환대하는 주체에게 세속의 일상이 부여하는 관계는 공허한 일탈일 뿐이다.

「마른 꽃」에서 화자의 딸과 그의 며느리는 노년의 로맨스를 다시 가족관계로 환원하려 한다. 그러나 화자는 정욕이 없는 관계, 세월의 적층이 없는 관계는 진실된 사랑이 아님을 강변한다. 남편의 묘비 옆에 있는 가묘야말로 죽어서도 혈연을 넘어 삼라만상의 생명체를 키워내는 따뜻한 연대이며 이것이야말로 박완서 노년소설의 진정한 환대이다. 작가가 정의하는 노년은 "인간과 인간사이의 진정한 화해"가 가능한 시기이며 죽음 그 너머는 "인간과 자연까지도 조화"가 가능한 공간이다. 이런 확장성은 박완서의 노년이 단순히 근대의 발전지향성의 반대항으로서 관조적인 세계, 주체에 대응되는 타자항을 설정한 것으로 보기는 어렵다. 박완서가 강조하는 화해와 상생은 미분화적인 원시성이 아닌 공생의 개념으로 보아야 한다. 이는 분열과 갈등 이후의 단계로 죽음 이후의 부활을 예고하는 예수와 같이 지금, 여기의 현재성 안에서 사유된다. 관습, 인식, 혹은 몸으로 체득한 앎의 상식의 대립 속에 갈등과 분열로 점철된 일상의 고차원적

---

84 이와 비슷한 견해로 김미영은 키케로의 『인생론』을 근거하여 노년의 성(性)을 설명한다. 키케로에 따르면, 노년기는 청년기의 육욕, 야망, 투쟁과 적대감 등, 욕망에의 복무기간을 마친 자의 자유로움과 여유가 주어진다는 것이다. 키케로는 욕망으로부터 자유로워진 것, 그 자체가 더없이 즐겁다면서, 노년에는 육체가 쇠락하지만, 이 시절은 "몸과 함께 하는" 일에 복무하는 기간이 아니라, "마음과 함께 하는 삶"의 과정이기에 더 이상 강인한 체력을 요하는 일은 노년에게 강제되지 않는다고 말한다. 김미영, 「한국 노년기 작가들의 노년소설 연구」, 『어문론총』 64, 한국문학언어학회, 2015, 227쪽.

인 단계로 보아야 한다. 「마른 꽃」에서 노년의 가장 큰 불안인 죽음 그 너머로 일상을 사유하는 화자는 산자의 환상 속에 삼라만상의 생명체를 키워내며 따뜻한 죽음의 연대를 기획하는 환대의 윤리자이다.

일상의 경계 안팎에서 죽음과 생명의 관조를 통해 차이를 환대하던 작가의 시선이 일상 내부의 생명 탐구로 전환된 소설이 「나의 가장 나종 지니인 것」이다. 참척의 고통을 열사의 희생으로 일반화하는 외부 시선에 부합한 화자는 그 안에서 간과되기 쉬운 단독성의 가치를 사유한다. 친구에 의해 방문한 동창의 집에서 화자는 고통스러운 돌봄의 과정에서도 존재하는 생명 그 자체의 존엄과 마주친다. 동창이 거구의 아들에게 욕창이 생기지 않도록 돌보는 과정에서 화자와 친구가 도움을 주려하자 환자는 강하게 거부한다. 환자는 "신뢰와 평안감의 극치"를 모친의 돌봄 속에서 느꼈고 모친 역시 병구완의 고통만이 아닌 "씩씩하고도 부드러운 자애"를 간직하고 있었던 것이다.

> 저는 별안간 그 친구가 부러워서 어쩔 줄을 몰랐어요. 남의 아들이 아무리 잘나고 출세했어도 부러워한 적이 없는 제가 말예요. 인물이나 출세나 건강이나 그런 것 말고 다만 볼 수 있고, 만질 수 있고, 느낄 수 있는 생명의 실체가 그렇게 부럽더라구요. (…중략…) 저는 드디어 울음이 복받치는 대로 저를 내맡겼죠. 제가 그렇게 많은 눈물을 참고 있었을 줄은 저도 미처 몰랐어요. 대성통곡, 방성대곡보다 더 큰 울음이었으니까요. 제 막혔던 울음이 터지자 그까짓 은하계쯤 검부락지처럼 떠내려가더라구요. 은하계가 무한대건 검부락지건 다 인간의 의식 안에서의 일이지, 제까짓 게 인간 없이는 있으나 마나 한 거 아니겠어요.
>
> —「나의 가장 나종 지니인 것」, 400~401쪽

아들의 사망 후에도 비교의 절대우위를 내세우던 화자에게 생명의 원초성은 가장 큰 약점이 된다. 결국 죽음을 이기는 것은 생명 자체의 시원성이라는 것을 각성하게 된 화자에게 그동안의 과장된 씩씩함은 애도하지 못한 우울의 다른 모습이다. 생명이 있는 존재의 돌봄을 통한 감정적 교호가 단절된 화자에게 아들의 부재는 그 자체로 받아들여야 할 현실인 것이다. 따라서 화자의 통곡은 "기를 쓰고 꾸민 자신으로부터 비로소 놓여난 것 같은 해방감"401쪽의 산물이고 죽은 아들을 애도하기 위한 필수 과정이기도 하다. 작가는 아들의 존재가 절멸하고 아이러니하게 가장 상처받은 모친은 '장한 어머니'가 된 현실의 비극을 지적한다. 그 독한 세상을 다 살아내지 못해 아직도 "꼬리라도 어디 한 토막 숨어 있으면 어쩌나 의심"하면서 화자는 애도된 세상을 다시 살아가야 한다. 아직 다 살아내지 못한, 생명의 보유는 아들에서 화자의 생명으로 전환된다. "울음을 참고 살 때도 통곡의 벽"은 그 자체로 존재해야 하는 것처럼 생명 그 자체는 모질고 독한 세상의 끝까지 존재해야 한다.

「나의 가장 나종 지니인 것」은 돌봄의 개념을 노년 피부양자에서 인간 존재의 생명성으로 확대하여 사유할 수 있다. 돌봄의 대상은 조건에 얽매이지 않고 살아 있다는 존재론적 기준만으로도 차별 없이 보살핌과 배려를 받아야 한다. 따라서 노년의 돌봄 역시 의무가 아닌 돌봄이 필요로 한 타자와 주체의 교호과정으로 인식할 때 환대가 가능해진다.

「그리움을 위하여」[85]는 가족 관계 안에서 노년과 노년 간의 감정적 마찰과 노년이 노년을 환대하는 평등의 윤리를 제시한다. 소설에서 두 노년의

85 박완서, 「그리움을 위하여」, 『그리움을 위하여』(박완서 단편소설 전집 7), 문학동네, 2013.

대별은 노년 세대 내부의 세대 차로도 설명되지만 주로 계층 차이로 드러난다. 경제적으로 넉넉한 집안에서 가사 걱정 없이 살며 평범한 노년을 보내는 화자와 달리 사촌 동생은 가난과 결혼, 사업 실패의 인생역정을 경험하며 노년을 맞이한다. 화자는 노후에 단독주택 옥탑방에서 남편의 병수발을 하며 생업으로 파출부를 구하던 사촌 동생을 고용한다. "시혜보다는 정당한 수입을 보장해주는 게 동생을 돕는 길"20쪽이라는 생각으로 화자는 시혜와 착취의 경계를 자의적으로 판단한다. 동생에게 언제나 고용인 이상의 자비를 베풀었다고 여기는 화자의 의식적인 행동은 이미 고용인과 비교하는 순간 가족으로서의 대상에서 동생을 제외하는 행위가 된다.

더운 여름 절기를 옥탑방에서 괴롭게 보내는 동생을 염려하면서도 화자는 그녀의 끝없는 수다를 핑계로 모른 척 한다. 동생의 큰아들이 동생의 고충을 외면하는 것을 비난하면서 "우리 집에 와 있으라는 소리를 꼴깍 삼키고 만 것은 수다 때문이라기보다는 누가 더 동생에게 가까울까 하는 책임감의 문제"24쪽라는 화자의 변명은 「환각의 나비」에서 치매 노모를 사이에 두고 장남의 책임 공방을 펼치던 영주 남매의 심리전과 다를 바 없다. 서로의 입장차를 내세운 채 정작 가족의 도움이 필요한 노년은 타자로 소외되는 것이다.

화자의 책임 회피의 기회였던 동생의 '바캉스'는 둘 사이에 새로운 관계를 맺을 계기가 된다. '사량도'의 명칭을 '사랑도'로 왜곡해서 인식하는 화자는 동생의 안위보다 궁중 숙수 버금가는 동생의 솜씨를 아쉬워하며 차츰 자신의 불편함을 빌미로 귀환하지 않는 동생에게 원망을 키워간다. 그리고 동생은 정말 사량도에서 사랑에 빠졌음을 화자에게 통고한다. 유부남을 이혼시키고 결혼한 뒤 죽는 순간까지 '사랑한다'는 말을 남긴 남편에 대한 행복으로 옥탑방의 지옥불을 견딘 동생이 새로운 연애를 시작했다는 고백에 화자는 분노를 참지 못한다. 화자의 분노는 동생의 연애 자체가 아니라 이제 더 이상 자신의 가사 일을 동생에게 맡길 수 없다는 데서 오는 고용주로서의 아쉬움에 가깝다. 동생의 친동생들에게 동생의 연애를 말리라는 충고의 핵심도 동생의 행복이 아닌 자신 곁에 묶어두기 위한 이기적인 행동의 일환일 뿐이다.

> 나는 동생에게 항상 베푸는 입장이라는 우월감을 가지고 있었다. 그건 상전의식이지 동기 간의 우애는 아니다. 상전의식이란 충복을 갈망하게 돼 있다. (…중략…) 나는 상전의식을 포기한 대신 자매애를 찾았다. 여름에는 시원하고 겨울에도 춥지 않은 남해의 섬, 노란 은행잎이 푸른 잔디 위로 지는 곳, 칠십에도 섹시한 어부가 방금 청정해역에서 낚아올린 분홍빛 도미를 자랑스럽게 들고 요리 잘하는 어여쁜 아내가 기다리는 집으로 돌아오는 풍경이 있는 섬, 그런 섬을 생각할 때마다 가슴에 그리움이 샘물처럼 고인다. 그립다는 느낌은 축복이다.
>
> —「그리움을 위하여」, 43~44쪽

화자는 동생과 늙은 어부의 사랑이 내포하는 진정성에 감동하며 심리적 변화를 보인다. 사별한 배우자와 금슬이 좋았음에도 사별 후 짧은 기간에 새 출발하는 동생 내외는 "외로움을 이기지 못하는 게" 나쁜 것이 아님을 강변한다. 원숙한 노년의 사랑은 스스럼없이 상대방 배우자의 제사를 챙겨주기에 이른다. 부유한 어부의 재산에 관심이 없는 동생과 그런 동생에게 조건 없이 집 명의를 동생 앞으로 전환한 어부는 타인의 이목을 의식하지 않는 당당한 노년의 모습을 보여준다. '사량'도를 '사랑'도로 바꾸는 것은 화자의 이기심이 아닌 동생 내외의 투박하고 진실된 사랑 그 자체이다. 화자는 비로소 멀리 떨어져 있는 그 섬에 그리움을 느낀다. 화자가 느끼는 그리움은 동생에게 한정된 것이 아니라 동생이 만들어 가는 행복과 노년의 이상적인 사랑의 모습이다. 「그리움을 위하여」에서 노년의 화자는 정직하게 본인의 상전의식을 객관화해서 바라본다. 자신의 단점을 회피하지 않고 직시하며 단점 그 자체를 넘어서는 것. 상전의식의 안위를 포기하고 자매애를 찾는 노년의 노력, 그리고 그런 감성을 관조할 수 있는 거리야말로 차이의 환대이다.

박완서 소설에서 노년의 일상이 내재한 임계성은 돌봄의 주체와 노년 주체 모두에게 해당된다. 가부장적인 부양의 수행 안팎에서 노년을 대하며 친숙하면서도 낯선 노년, 공동체의 경계 안과 밖의 임계적 노년을 수용하는 것은 그들과 공생하기 위한 주체의 윤리적 시도이다. 또한 노년의 주체에게 가족 공동체의 타자는 삶과 죽음, 사랑의 임계적 일상을 성찰하게 한다. 가족의 상실로 죽음을 추체험하는 노년 주체는 삶을 객관적으로 관조하며 공동체 내부에서 분열하는 타자의 단독적인 차이에 대해 사유하는 의식의 성장을 보인다.

불변하는 노년의 육체적 현실을 감내하고 돌보면서 이를 객관화하고 관조하는 노년과 부양 주체의 수용적 태도는 노년을 향한 존재론적 성찰을 전제로 한다. 타자에 대한 연민과 배려의 감정적 교호 속에서 공생을 지향하는 각성된 주체의 평등 윤리는 노년에 대한 기존의 부정적인 담론을 넘어서며 차이를 가시화하는 환대의 실현으로 해석할 수 있다.

2) 타자의 부정성 직시와 전복적 모방

박완서 노년소설에서 가족 공동체의 타자로 내-외존하는 노년은 육체적 쇠락의 내적 조건이 부여하는 불가항력적인 부정성과 가부장제적 현실이 요구하는 왜곡된 노년의 수행 속에서 소외와 갈등을 겪는다. 박완서 소설의 노년 인물은 상식 담론 중 특히 가부장제적 질서를 동경하거나 내화하고 때로 가부장제 질서에 순종하기도 한다. 그러나 그들이 전통적 관습을 수행하면서 보이는 비판적 모방, '흉내내기mimicry'는 전복의 가능성을 내포한 혼종성의 결과이며 상식 담론에 균열을 가하기 위한 환대적 전략이다. 모방은 위장과 같은 것이며, 그것은 차이를 억누르는 조화가 아니라, 현존을 부분적·환유적으로 드러내어 현존을 지키면서 그와 구분되는 어떤 닮음의 형식이다.[86] 모방은 이중적인 표현으로 개혁, 규제, 훈련의 복잡한 전략을 통해 타자를 사유화하는 동시에 차이와 반항의 기호로서 규범화된 지식에 위협을 제기한다.[87] 모방의 양가성은 지배인과 피지배인 모두에게 인정과 체제 유지를 위한 혼란을 초래한다. 박완서 노년소설에서 공동체의 상식 담론을 수행하는 노년 인물의 모방은 적대적 현실에 끊임없이 질문을 던지고 갈등을 일으킨다. 소설 속 노년 인물들은 자신에게 부여된 부정성을 직시하고 수행하면서 그 안에서 내파하는 저항성을 보인다.

「너무도 쓸쓸한 당신」에서 갑작스럽게 삽입된 그녀의 가게 창업기는 남편이 살고 있는 '바라니'로 향하는 여정과 흡사한 점이 주목된다. 창업 초창기 그녀의 사업 수완으로 번창하던 화장품 가게는 근처에 대형 백화

86 호미 바바, 나병철 역, 『문화의 위치』, 소명출판, 2012, 206쪽.
87 박산향, 「김재영의 「코끼리」에 나타난 흉내내기와 이주민의 정체성」, 『한어문교육』 27, 한국언어문학교육학회, 2012, 283쪽.

점이 들어서면서 점차 사양길을 걷는다. 바라니로 향하는 전철 역시 새로운 노선의 시원하고 정결함은 잠시, 이후 국철의 기다림부터 구간의 풍경들은 남편의 현재와 매우 흡사하게 닮는다. 소외되고 버려진 장소, 시골 같지도 않고, 도시 같지도 않은 위치는 부부의 부정적인 노년에 그대로 비유된다. 바라니가 아닌 '러브호텔'로 일정을 바꾼 그들의 동행은 그들 관계에 새로운 전환이 된다. "설사 어느 한쪽이 거기(러브호텔-인용자)에 들어가는 걸 목격했다고 해도 바람 피우러 들어간다는 의심도 안 할 위인들"180쪽이 "그래서 좋은 부부란 말인가. 왜 이 지경까지 되고 만 것일까"180쪽라는 스산한 낭패감을 인지하게 했다는 점에서 새로운 사유의 시작이 된다. 그리고 그곳에서 발견한 남편에 대한 인식 역시 변모의 과정을 겪는다.

> 스킨십이라도 있었다면 남편의 정강이가 그렇게 꼴 보기 싫지는 않았을 것이다. 몸을 비비는 행동이 끊긴 것과 그의 몸이 그렇게도 보기 싫었던 것이 무관하지 않다면 몸을 비비는 행동이란 그닥 얕볼 일도 아니다 싶었다. 그녀가 오늘 느낀 것은 결코 구체적인 욕망이 아니었다. 흔히 등을 긁어준다는 식의 스킨십 정도였다고 해도 그것으로 이 거대한 허전함을 메우고 싶어했다면 그건 욕망보다 크고 아름다운 꿈이 아니었을까. 그것이 가망 없다는 걸 깨닫고 나서야 비로소 그동안 완전히 단절됐던 몸의 만남을 후회하는 마음으로 되돌아보기 시작했다. 그것이 이렇게도 돌이킬 수 없는 실수라고는 미처 몰랐었다.
>
> ―「너무도 쓸쓸한 당신」, 187쪽

오랜만에 해후한 남편이 욕실에서 나온 순간 그녀는 남편의 다리를 보고 혐오감을 느낀다. 집안의 고가구처럼 제자리에서 존재 가치를 잃어가던 남편의 몸이 그녀에게 "군더더기 없는 혐오 그 자체"로 다가오면서 관계에 대한 성찰이 구체화된다. 관행적인 섹스조차 단절된 노부부에게 스킨십은 배제된 타자들의 위무이자 존재증명이 되는 것이다. 모기가 잔뜩 물린 남편의 다리를 보며 "지나치게 초라하고 고달픈 살림살이"를 떠올리고 "가부장의 고단한 의무에 마냥 얽매어 있으려는 남편에 대한 연민"으로 "세월의 때가 낀 고가구를 어루만지듯이 남편 정강이의 모기 물린 자국을 가만가만" 스킨십하는 그녀는 남편의 쓸쓸함만이 아니라 자신의 쓸쓸함도 함께 감각하며 비로소 환대하는 행위가 된다.

「너무도 쓸쓸한 당신」에서는 가부장적 영역에서 자신들에게 부여된 정체성을 그대로 모방하던 두 노년이 즉흥적으로 '러브호텔'에 간다는 장소의 생경함과 그 공간에서 고가구로 치부되던 남편의 다리를 따뜻하게 스킨십하는 노처의 행위가 가난한 시댁이라는 계층의 열등감, 부부 관계의 회복 불가능성 등 모든 관계를 중지시킨다. 소급된 회상 속에서 그녀는 아내, 어머니의 모든 위치에서 자발적으로 가부장을 모방하지만 우연한 시도를 통해 인간애의 경지에서 남편을 객관화한다. 타인의 삶의 고단함에 대한 연민은 자신의 조건에 부합하게 생각하고 말하고 보아왔던 화자의 유기성을 해체하고 그런 방식들의 나눔에 더 이상 분할되지 못하는 노년 여성의 새로운 영역을 만든다. 그녀는 자신의 "정체성, 시간 및 공간과 단절하고 자신의 고유한 실존을 새롭게 틀 짓는 해방을 경험"[88]한다. 소설에

88 Jacques Rancière, interview with Max Blechman · Anita Chari · Rafeeq Hasan, "Democracy, Dissensus and the Aesthetics of Class Struggle : An Exchange with Jacques Rancière", *Historical Materialism* 13-4, 2005, p.293; 박나래, 앞의 글, 72쪽 재인용.

서 그녀의 행위는 가부장적인 부부관계의 차이를 드러내며 평등의 윤리를 구현하는 시도로 평가할 수 있다.

「대범한 밥상」에서 작가는 2차 서사의 전반부에서 소문을 중심으로 타자의 목소리를 누락하고 후반부에서 주체와 타자의 질의응답을 통해 상상으로 대체되었던 경실의 행동들을 호출한다. 이 과정에서 작가는 배제되었던 타자의 목소리를 복원하여 화자가 속한 공동체의 돈과 성의 상식이 어떻게 왜곡되었나를 환원해 준다. 경실은 단순히 장면을 모방하는 것이 아니라 타자의 입장에서 사건을 재해석하면서 타인에 의해 왜곡된 사실을 그들의 기준으로 되돌려 주는 것이다.

대중이 기대하는 돈에 대한 욕심처럼 경실은 사람의 의지로 선택할 수 없이 저절로 되는 것들을 자연스럽다고 판단한다. 어른들의 상식으로 통용되던 돈의 위치에 아이들은 새로운 가족관계를 자리잡게 한다. 경실의 손주들에게 부모의 빈자리에 남은 양가 조부모들의 대리 역할은 자연스러운 것이었다. 어른 세계에서 비도덕적인 노년의 동거는 아이들에게 부재한 부모의 자리로서 당위가 된다. 부정의 몸으로 적대되던 노년의 성은 참척의 고통을 공유하는 부모의 입장으로 해명된다. 화자의 질문에 대답하는 경실은 상식이 재단한 비도덕의 행위를 그대로 흉내내지만 경실의 답변은 현실의 관점에 대한 내파로 되돌아온다.

스캔들의 진위를 밝히는 화자와 경실의 대화는 무의식적으로 화자의 병증인 암을 언급하고 나눔의 철학이 반복되면서 본말이 전도된다. 평범한 먹거리가 도시인들에 의해 암예방 음식으로 둔갑하여 가치를 갖듯 죽음의 문턱에서 '돈'의 상식으로 단순화했던 스캔들은 경실의 설명에 의해 단독성을 갖는다.

"쥐락펴락이 아니라 들었다 놨다 하던 인간도 죽으면 이 세상의 있는 것 털끝 하나도 움직일 수 없잖아. 그거 하나라도 확실하면 됐지 뭘 더 바라." (…중략…) 교신交信, (…중략…) "아이들하고 같이 보면서 가슴을 울렁거린 추억이 있는 것만 보면 닥치는 대로 디카로 찍어서 즉시즉시 아이들에게 보내곤 하니까. 이 할미는 잊어도 너희들을 키운 이 고향산천은 잊지 말라고, 주접떨고 싶어서 여길 못 떠나나봐."

—「대범한 밥상」, 222~223쪽

소설 내용의 절반 가까이 차지하는 화자와 경실의 밥상머리 대화에서 소문의 타자였던 경실에게 화자는 주체가 아닌 타자가 되어 환대를 받는다. 공동체와 타자 사이에서 교집합의 역할을 하던 주체에게 경실은 무소유의 가치를 대화와 밥상의 나눔으로 직접 설파한다. 소설에서 경실의 밥상은 암으로 병든 화자의 몸과 소문으로 적대된 경실의 부도덕한 몸이 식사라는 원초적 나눔을 통해 그 부정성을 내파한다. 아울러 화자와 경실의 소통은 노년 세대의 돈에 대한 새로운 성찰을 촉구한다. 노년에게 "소유는 타인에 맞서는 방어이다". 노년을 "단지 하나의 대상으로만 보고자 하는 자들에 대항하여, 노인은 자기의 재산 덕택에 자신의 신분을 보장" 받게 되는 것이 상식이다.[89] 화자와 동창들이 만든 스캔들은 이런 상식의 전제에서 출발한다. 그러나 경실은 현재의 삶에 만족하며 소유권이란 "이승에 영향력을 행사하고 싶은 욕심을 못 버리는 사람"의 몫으로 치부한다. 타자의 상황에 대한 세부 맥락이 소거된 상태에서 도덕적인 분할이 가하

89 시몬느 드 보부아르, 홍상희·박혜영 역, 앞의 책, 657쪽.

는 폭력성을 가시화하며 작가는 대중이 가하는 비난의 중심에 자본의 논리가 은폐되어 있음을 지적한다. 오히려 돈의 논리에서 자유로운 노년 인물은 그 이상의 감각적 가치를 화자에게 되돌려준다. 자본의 논리로 타자를 획일화하는 대중에게 돈의 무용과 스캔들의 허위를 환원함으로써 스스로를 속물로 느끼게 하는 경실의 시골집은 제3의 공간이 된다. 박완서 노년소설에서 주목할 점은 타자의 객관적 응시가 공동체로부터의 초월을 의미하지 않는다는 것이다. 경실은 유학 간 손주들에게 '고국의 잊지 말아야 할 가치'를 전달하며 공동체를 향한 미감적 파토스를 환기한다. 2차 서사의 결말에 등장하는 '자전거'와 '컴퓨터'는 공동체를 향한 밀어냄과 당김의 반동 속에 공동체의 결합을 향한 갈망의 이면을 형상화한다. 따라서 차이와 해방의 타자에게 사이공간은 공동체와 소통의 환대가 가능한 역할을 한다.

「친절한 복희씨」에서 복희 씨 역시 담론이 규정하는 자신의 감각에 틈을 내고 재분할하는 인물로 등장한다.

복희 씨는 자신의 본성으로 규정되던 친절과 착함이 노년의 성적 욕망으로 오해되자 더 이상의 살의를 참지 못하고 생철갑을 집어든다.[90] 복희 씨가 자신의 성을 억압했던 이유는 도착적인 남편의 태도 때문이다. 노년이 되어서도 남편은 자신의 불구성을 인정하지 않을 뿐 아니라 타인에게 자신의 성적 욕망을 복희 씨의 것으로 오해하게 만듦으로써 복희 씨가 성

90 노인들은 그에게 제시된 전통적인 이상적 노인상을 따른다. 그들은 추문을 두려워한다. 그리고 단순히 웃음거리가 될까 봐 두려워한다. 그리하여 노인들은 남의 시선의 노예가 되어, 사회가 강요하는 정숙함과 점잖을 내면화한다. 자신이 느끼는 욕망 그 자체를 수치스러워하여 그것을 부정한다. 자기 눈에 자기가 음란한 노인, 방탕한 노인으로 보이는 것을 거부하는 것이다. 이렇게 노인들은 성적 충동을 무의식 속에서 억압할 정도로 그 충동들로부터 자신을 방어한다. 위의 책, 447쪽.

적 욕망을 더욱 억누르도록 조장한다. 외부 시선에 의해 은폐되었던 자신의 성적 본능이 가시화되자 복희 씨는 죽음충동과 대면한다. "물귀신이 끌어당기는 힘과 그걸 거부하려는 내 안의 힘"은 죽음 충동과 생존 욕망의 대결이다. 복희 씨 내부에서 진동하던 두 힘은 처음 주인아저씨의 복수를 꿈꾸던 그 시절과 동일한 외침으로 회귀한다.

> 세상이 아름다워서가 아니라, 내가 죽기도 억울하고, 누굴 죽일 용기도 없어서, 어쩔 수 없이 너 죽고 나 죽기를 선택한다. 나는 오랫동안 간직해온 죽음의 상자를 주머니에서 꺼내 검은 강을 향해 힘껏 던진다. 그 갑은 너무 작아서 허공에 어떤 선을 그었는지, 한강에 무슨 파문을 일으켰는지도 보이지 않는다. 그가 죽고 내가 죽는다 해도 이 세상엔 그만한 흔적도 남기지 못할 것이다. 그래도 나는 허공에서 치마 두른 한 여자가 한 남자의 깍짓동만한 허리를 껴안고 일단 하늘 높이 비상해 찰나의 자유를 맛보고 나서 곧장 강물로 추락하는 환幻을, 인생 절정의 순간이 이러리라 싶게 터질 듯한 환희로 지켜본다.
>
> —「친절한 복희씨」, 251쪽

타살도 자살도 할 수 없는 복희 씨는 충동으로 남았던 틈 자체를 직시한다. '죽음의 상자'를 강을 향해 던지며 복희 씨의 환幻은 더 이상 꿈꿀 수 없는 '자유'이자 '인생의 절정'을 향한다. 복희 씨는 남편의 변태적 성욕에 맞서는 내파의 방법으로 죽음을 향해 함께 가는 에로티즘의 극치를 보여준다. 생철갑을 붙잡고 생의 불연속성discontinuité을 건너던 존재가 죽음의 경험에 의해 연속성continuité에 머물려는 순간의 절단이야말로 소설의 극적 전환점이 된다. 죽음의 금기를 위반하려는 복희 씨의 행위는 생의 오르

가즘과 동시에 억눌러 왔던 자신의 금욕적인 성적 욕망까지 발산시킨다. 복희 씨의 생동하는 이면이었던 박태기나무로 재생된 젊은 날의 경계도 더불어 뿌리가 뽑히는 중첩된 환영을 포함하는 것이다.

현실로 되돌아온 복희 씨는 충동을 방어하고 욕망의 현실로 귀환한다. 복희 씨는 모든 정념, 인간적인 것, 상상적 과잉을 비우고 순수한 존재의 맹점으로 추락하는 주체의 궁핍화를 통해 환상을 가로지른다.[91] 복희 씨가 던진 생철갑은 친절과 착함, 마조히즘적 섹슈얼, 그리고 노년의 성에 이르는 "상징적 그물망이 만드는 실체적 규정에 대한 거부" 행위이다. 이런 "비존재를 매개로 존재를 되찾는 적극적 행동이자 자유의 한계에서 윤리의 조건"[92]이 탄생하며 그 순간에 환대의 장이 열린다.[93] 이제 복희 씨의 친절함은 강요된 것이 아닌 자신의 욕망으로 감각을 분할 가능한 차이를 내포할 것을 암시하는 대목이다.

「저물녘의 황홀」에서 타인의 고통과 외로움을 읽어내는 감각적인 하조

91 김석은 라캉의 주체화를 설명하면서 기표에 의해 소외되는 첫 번째 단계를 대타자의 욕망에 휘둘리는 소극성으로 해석한다. 소외가 강요된 선택이라면 다음 단계인 분리는 기표가 태어날 때 잃어버린 존재를 의식하면서 자발적이고 능동적인 욕망의 주체를 만든다고 설명한다. $◇a에서 기표에 의해 소외되고 거세된 주체가 원래 자신의 결여를 지시하는 대상인 a로 진행해 가면서 존재를 회복하는 과정이 환상 가로지르기이다. 환상 가로지르기를 통해 주체는 자신의 원초적 결여가 대타자의 기표적 질서에 내재한 두 번째 결여의 원인임을 알게 된다. 결국 주체의 궁핍이란 자신이 의존하고있는 대타자의 욕망에서 스스로를 분리하면서 대타자는 물론 주체 자신도 결여되어 있다는 사태를 분명히 하는 과정이다. 김석, 「라캉과 지젝－주체화 윤리와 공동선을 향한 혁명」, 『시대와 철학』 25-2, 한국철학사상연구회, 2014, 23~24쪽.

92 위의 글, 22쪽.

93 에로티즘은 "몸과 몸의 경계, 자아와 자아의 장벽은 무너지고 연속성의 순간이 찾아든다는 것이다. 그런 의미에서 죽음과 폭력을 수반하는 '위반'은 궁극적 의미의 '소통'이기도 하다. 유사한 불연속적 존재들 사이에서 주체와 객체로서의 구분이 없어지고 하나로 어우러질 수 있는 순간의 체험이기 때문이다". 김겸섭, 「바타이유의 에로티즘과 위반의 시학」, 『인문과학연구』 36, 대구대인문과학 연구소, 2011, 108쪽).

댁의 몸과 그 극단의 '꾀병'을 가능하게 하는 할머니의 배려는 현재의 노년이 쉽게 모방하기 힘든 경지이다. 노년의 병을 빌미로 가족들을 불러 모으고 싶었던 화자는 꾀병조차 허락하지 않는 의학의 비인간적인 단호함 앞에 실망한다.

> 그러나 과연 그 절묘한 꾀병이 재산만을 목적으로 했을까. 재산은 나중에 덤으로 얻었을 뿐 하조댁이야말로 온몸으로 사람 속의 깊고깊은 오지奧地에 뛰어들 줄 아는 특별한 재능이 있었던 게 아닐까. 나는 실로 몇 십 년 만에 하조댁의 꾀병을 회상하고 새로운 감동에 사로잡혀 있었다. (…중략…) 아아, 나도 그런 꾀병을 앓아봤으면. **그러나 제아무리 화초 할머니도 우리 친할머니의 도움 없이 그의 꾀병을 극치의 경지까지 몰고 갈 수는 없었으리라.**
>
> —「저물녘의 황홀」, 361쪽(강조는 인용자)

하조댁의 몸과 마음의 보시는 선물로 증여되고 '돈'으로 화답 받는다.[94] 화자를 포함하여 주변의 이목이 하조댁을 요물로 평가한 이유는 후자에 무게를 두며 그녀를 교환의 대상으로 파악했기 때문이다. 그러나 노년에 이른 화자는 하조댁을 재평가하며 "꾀병도 그쯤 되면 극치"에 다다른 '아름다움'이라고 주장한다. 병자의 깊은 외로움을 타자의 눈높이에서 환대

94 교환의 대상으로서의 여성은 부족 간의 평등성과 상호성을 보장해주지만 정작 스스로는 자신이 가능하게 한 관계의 외부로 남는다. (…중략…) 문화를 가능하게 해주던 여성이 문화를 가능하게 하는 사물로 돌아오는 이유는 그녀가 자연도 문화도 아닌 공간, 안도 바깥도 아닌 문지방, 마치 닫히면서 열리는 경첩과도 같기 때문이다. 그러나 의미를 가능하게 해주는 동시에 의미로부터 추방된 공간, 문지방, 경첩은 모두 환대라는 공간의 다른 이름이 아닌가? 선물이자 독(poison)인 (이방인) 여성, 경계인, 저주와 축복이 겹쳐 있는 대상인 오이디푸스와 같은 타자들이 환대의 공간 속에서 출몰한다. 민승기, 앞의 글, 616~617쪽.

할 줄 알았던 하조댁은 분명 차이의 환대를 가능하게 하는 환대의 타자이다. 여기서 확인할 것은 하조댁의 행위가 가능했던 궁극적인 이유는 친할머니의 진정한 환대가 있었기 때문이다. 하조댁을 향한 모든 비난에 친할머니는 할아버지의 외로움을 치유한 열녀로 하조댁을 극찬한다. 교환가치로서의 꾀병이 아니라 온몸으로 타자를 감각하며 "사람 속의 깊고깊은 오지奧地"를 두려움 없이 뛰어드는 노년의 '황홀'을 상찬하며 공감하는 것이다. 노년과 병에 대한 연민, 노년의 감식안으로 인간 존재에 대한 존중이 이를 가능하게 한다. 할머니 역시 이점에 대한 공명이 있었기에 하조댁을 인정한 것이다. 하조댁의 꾀병은 또 다른 노년에 대한 환대이자 동시에 주체의 환대를 촉구한다. 하조댁의 '꾀병'을 자신의 '고독'과 등가하며 화자는 고독의 극치, 아름다움을 향해 자신을 던진다.

> 아랫목에 누워서 송장내를 풍기며 썩어가는 또하나의 나를 무서워하지 말고 직시하고 껴안으리라. 그 늙은이를 따뜻하게 녹일 수 있을지도 모르겠다. 스멀스멀 발밑을 기던 땅거미가 비로드처럼 도타워졌다. (…중략…) 어서 가서 우리 집 식탁에도 불을 밝혀야겠다. 그리고 그 늙은이를 위해 오랜만에 맛있는 저녁상을 차려야겠다.
>
> —「저물녘의 황홀」, 362쪽

타인의 눈에 비친 노년이 아닌 노년 자신을 대상화하여 응시하는 화자는 환대의 또 다른 측면을 열어준다. 「저물녘의 황홀」의 노년 화자는 그리부이즘[95]의 일면으로서 병을 과장하지만 이를 고독으로 승화해낸다. 물론 노년의 인물을 환대해 줄 주체로서 가족이 필요하지만, 그 전에 스스로를 환대하려는 노력이 전제되어야 함을 소설은 웅변하고 있다. 소설에서 노년의 화자는 가족 공동체 속에 우선적으로 존경받는 환상을 꿈꾸지만 일말의 가부장성을 허용하지 않는 현실의 낙차를 경험한다. 이런 경험은 노년의 화자가 자신의 정체성을 부정적으로 인식하도록 유도한다. 타자의 환상성이 타자가 지닌 특성을 담보하면서도 타자성을 훼손[96]하는 자기 비하의 역설이 발생하는 것이다. 「저물녘의 황홀」은 가족들이 모두 이민을 감으로써 노년을 소외할 주체의 존재성마저 휘발된다. 이런 화자에게 노년의 타자성을 긍정하고 존재 가치를 높이는 계기는 어린 시절 경험한 타자의 노년을 반추하면서 현재의 노년을 재구성하고 재평가하는 시도에서 시작된다. 이로써 노년의 인물이 노년을 대상화하여 환대하는 '자기 환대'가 실현된다.

먹어야 한다는 사실은 우리가 추구하는 삶의 가치들이 발달하는 데 있어서 너무나 원초적이고 저차원적인 사실이기에 공동의 식사라는 매개된 사회화를 통해 먹는 것의 단순한 자연주의가 극복된다.[97] 소설에서 성찬의 미학화는 공동체 속에서 가능하다는 진리가 대상화된 나의 초대를 통해 가능해진다. 가족 공동체에 의해 소외되는 노년의 자신을 위해 식탁에 불을 밝히고 나를 대상화한 "그 늙은이"를 손님으로 환대하여 맞이하는 일은 노년의 정체성을 새롭게 정립하기 위한 시작인 것이다.

이러한 사유에서 차이의 환대에 내재된 경계가 노출된다. 노년에 대한

---

95 피하고 싶은 난처한 일에 어쩔 수 없이 뛰어들고 마는 미련스러움을 일컫는 말로 시몬느 드 보부아르는 노년이 불러일으키는 두려움 때문에 아예 노년 속으로 몸을 던져버리는 태도를 지칭하며 이를 언급한다. 시몬느 드 보부아르, 홍상희 · 박혜영 역, 앞의 책, 422쪽.

96 김미현, 『번역 트러블』, 이화여대 출판부, 2016, 133쪽.

97 게오르 짐멜, 김덕영 · 윤미애 역, 『짐멜의 모더니티 읽기』, 새물결, 2005, 151쪽.

본질적인 질문은 우리 사회가 일방적으로 노년에게 부여한 담론의 억압을 노년 각자의 개별성으로 그것을 해체하고 반성함으로써 재분할하고 재구성된다. 다시 말해, 노년 스스로 '노년'을 인식하는 것은 타자의 반향에 의한 경우가 대부분인데 노년에 대한 사회의 인식은 부정적인 경우가 많다. 자녀는 가족의 미래로 우선 선택되지만 '과거'의 시간성에 머무는 노년은 가족 공동체에서 배제되기 쉽다. 노년의 고독과 더불어 죽음에 대한 사유는 자신의 존재성을 정립하지 않고는 감당하기 어려운 문제이기도 하다. 박완서 노년소설의 윤리는 가족, 사회에 이르는 공동체 내에서 노년을 사유하면서 노년에 대한 책임과 배제의 권력 문제, 젠더적인 정치성에 국한되는 것이 아니라 노년 자체의 존재론적 사유의 깊이로 나아간다는 점에서 가치가 더해진다. 더불어 박완서 소설에서 노년의 환대는 노년의 역할을 이전의 가부장 자리로 복귀하려는 의도나 혹은 비현실적인 관조성을 강조하여 초월적인 영역에 노년을 위치시키려는 의도에 반대한다. 노년의 관조적 거리를 감각함에 있어서도 박완서 노년소설은 가족과 사회 공동체의 현실에 개입된 화자를 등장시킴으로써 현실 환기력 즉 공통의 삶이라는 심급을 잃지 않는다.

누구에게나 노년은 전통적으로 축적되어온 시간 속에서 과거의 영역이자 물리적인 미래의 영역이기도 하다. 이런 극단의 시간을 현재, 이곳에 도래하게 하여 그 차이를 드러내고 환대하는 역할이 박완서 노년소설의 특징이다. 박완서 노년소설은 현재의 공동체가 미래를 향하게 하고 미래의 시점에서 현재를 비판하게 하는 겹시선의 문학을 추구한다. 더불어 박완서 노년소설은 노년인물이 화자인 동시에 행위자인 유형, 비노년 인물이 초점화된 노년소설의 관찰자로 등장하는 유형, 노년화자가 초점 노년인물의 관찰자로 등장하는 유형 등 여러 노년 인물의 유형이 동시다발적으로 등장하기에 노년 문학의 환대의 경향을 다양한 각도에서 관찰할 수 있다.

박완서 노년소설에서 공동체의 상식 담론을 수행하는 노년 인물의 모방은 적대적 현실에 끊임없이 질문을 던지고 갈등을 일으킨다. 소설 속 노년 인물들은 자신에게 부여된 부정성을 직시하고 수행하면서 그 안에서 내파하는 저항성을 보인다. 노년에게 부여된 상식의 담론은 가부장적인 부부 관계의 단절과 노년 성 담론의 오해, 소문과 물욕의 정체성 소외를 경험하게 한다. 그러나 노년의 전복적 모방은 모방되는 담론에 차연을 내포하고 현실에 재반영함으로써 평등의 윤리로 일상을 재분할하는 차이의 환대를 요청한다.

제5장

박완서 소설과 타자의 환대

이 책은 박완서 문학의 주체와 타자 관계를 공동체 안팎에서 위치조망하면서 환대의 양상을 분석하고 박완서 문학의 의의를 새롭게 밝혔다. 2000년대 이후 한국문학은 국경을 넘나드는 글로벌 디아스포라의 등장으로 한국사회에 존재하는 비주류 이주민들에 대한 사회적 인식 환기 및 타자에 대한 존재론적 성찰, 연대의 수행 방법으로서 '환대'에 대해 다각도로 사유해 왔다. 그러나 우리 문학의 '환대' 논의는 이미 주체 구성, 타자성, 타자 의식, 소통 등의 다양한 주제로 산재해 왔음을 확인했다. 이에 1970년대부터 2010년대에 이르는 박완서의 전 작품을 중심으로 공동체 구성원으로서 주체가 공동체의 경계에 있는 타자와의 관계를 새롭게 정립하기 위해 타자 환대의 공동체적 윤리를 모색하고 환대의 다양한 양상을 규명하기 위한 통합적인 연구를 진행했다.

이 책은 박완서 소설의 환대 주체가 타자를 환대하기 위한 윤리적 수행으로 현실적 선택과 감각적 감응, 응답의 교호 과정을 통시적으로 구축하며 또한 타자의 능동적인 정체성을 환대 층위마다 뚜렷이 밝히고 대별하면서 그들의 적극적인 현실대응이 주체에게 환대의 공동체적 결단을 제기한다는 점에서 선행 연구와 변별된다. 이는 기존의 환대 논의가 환대 주체의 선택 및 결단에 집중되어 타자의 환대받을 권리에 대한 모색이 소홀했다는 점에 대한 대안이기도 하다.

박완서 소설에서 환대는 타자를 적대하는 현실에 대한 '시대 공감'과 그 현실에 의해 주체 역시 타자로 배제될 수 있는 '위기감', 타자적 존재에 대한 '보편적 공존'의 필요성에 이르는 다각적인 인식의 변모 과정이다. 이때의 보편성이란 동일자로 편입되지 않는 공동체의 내외, 혹은 경계에 존재하는 단독성의 소통을 의미한다. 이런 인식들은 이 글의 전 장에 걸쳐 동시적으로 관통하는 흐름이기도 하다.

이상의 내용을 전제로 종합하면, 제2장 증언의 환대에서는 한국전쟁의 폭력으로 인한 여러 외상들이 중심 사건이 된다. 증언의 환대는 전시 한반도의 특수한 상황에 의해 이데올로기의 국외자를 경험한 국가 공동체 외존의 국민이 내부 주체의 입장에서 증언해야 하는 복합적인 상황을 기반으로 한다.

박완서 전쟁소설에서 주체의 경험은 국가 이데올로기에 의한 억압과 동시에 일상 공동체에 의해 소외되고 배제되는 중층억압 상태에 놓인다는 특징이 있다. 당대인에게 균등하게 자행된 전쟁의 폭력은 주체와 타자를 공동체 경계의 불분명한 지점에 놓이게 한다. 소설에서 1950년대 전쟁의 물리적 폭력성은 1970년대 이후 공동체 편입을 위해 주체가 자발적으로 반공 이데올로기를 내면화하면서 기억의 망각을 강요하는 내부 폭력으로 변질된다. 냉전 이데올로기가 종식되는 1990년대에 이르면 전쟁을 미체험한 개인들에 의한 무관심의 망각이 전쟁을 체험한 부모들에게 폭력으로 남는다. 이렇듯 한국전쟁의 배경은 도덕성, 국민 만들기, 체험의 편재에 이르는 각기 다른 변별 기준을 기억의 호명 아래 누빈다. 환대보다는 적대가 일상적이던 전쟁의 현실에서 박완서 소설의 주체는 공동체 편입을 위한 큰타자의 욕망을 욕망하는 결핍의 주체가 된다. 이중으로 작동하는 욕망의 형태는 자발적인 이데올로기의 내면화와 동시에 전쟁으로 파멸된 감각적 일상에 대한 향수이다. 이는 주체의 일상에 은폐된 전후의 사건으로 남아 끊임없이 재귀하며 주체와 대면한다.

작가는 전후 개인들의 결혼, 경제 활동, 이산가족 문제 등 일상에 스며 있는 전쟁의 잔재를 포착하고 반공의 폭력적인 현실에서 살아남기 위해 왜곡하고 망각하기로 공모했던 기억이 전쟁 체험을 분유하는 과정에서 공동체의 갈등 혹은 무관심으로 표류하는 장면을 예리하게 포착한다. 전후 현실에 기입되기 위해 노력하는 주체는 큰타자의 언어로 발언할 기회를 엿보며 증언을 욕망하지만 공동체 외존의 경험과 주체에게 밀착된 기억의 긴장은 이를 불가능하게 한다.

전후 현실에서 전쟁의 자장은 전쟁 이후 태어난 전쟁 미체험 인물들의 현실적인 삶에 영향을 준다. 이들은 부모에 의해 전쟁을 추체험하는데 전쟁에 대한 기억은 왜곡되거나 생략된 채 후세에 전달되거나 초자아에 의해 망각이 금기된다. 기억할 수 없는 전후세대의 전쟁 체험이 인물을 공포로 몰아넣는 것은 무엇보다 현실이 만든 인간관계의 갈등으로 인한 것이다. ‘그 일’로 지칭되는 대상은 때로 월남한 가족이나 죽은 가족에 대한 이념적 오해로, 경제적 계급 분화나 타인과의 소통 부재로 환유된다. 이렇듯 한국전쟁을 배경으로 한 박완서 소설에서 왜곡된 가족사의 자기 암시를 통해 사실을 공모했던 전쟁 체험 인물들은 자녀들의 현실적 요구에 의해 사건을 드러내게 된다. 박완서 소설에서 전후 여파로 인해 고통 받는 인물들은 반공의 사회 체계의 피해자이자 교란자로서 은폐된 사건의 진실을 파헤친다. 사건은 단순히 기억의 문제에 그치는 것이 아니라 사회적 불평등의 차별과 공동체 내부 적대로 인한 가족 관계의 파멸에 이르는 관계의 균열을 양산한다. 사실 반공 이데올로기가 아닌 그로 인해 고통 받고 있는 잔여들의 현실이 보편화되어야 하는 것이다. 신체적인 통증, 불완전한 정체성, 경제적 열등감, 비애나 분노의 감각까지 파편화된 그들의 일상은 배분된 종속의 자리를 거부하고 저항하면서 체제의 불합리함을 가시화한다. 우리는 이렇게 언어화할 수 없는 증언의 불가능성을 바탕으로 주체의 재현 가능성을 사고할 수 있다. 과거 부모들이 공모한 기억이든, 그에 의해 파생된 비애의 감각 혹은 계층의 차별이든 주체와 타자 모두에게 남는 은폐된 사건은 공동체의 감응과 환기, 교호를 가능하게 하는 환대의 가능성이다. 이러한 사건의 대면이야말로 주체가 탈주체의 체험을 가능하게 하는 분리의 지점이다.

사실 박완서 소설에서 진정한 증인은 오빠로 표상되는 호모 사케르적인 인물이거나 그들로 인해 국가권력과 일상의 이웃 공동체로부터 소외당한 가족들이다. 그들은 주체의 언어로 발화할 기회를 박탈당하거나 허언, 신음소리와 같은 타자의 언어로만 발화할 수 있는 실어의 상태에 놓인다. "대체 불가능하고 다른 증언과 공약불가능"[1] 한 그들의 증언은 환원 불가능하다. 아울러 전쟁의 폭력성은 그들을 환대할 주체 역시 실어의 상황에 처한다는 점에서 증언의 아포리아 상태에 놓이게 한다. 이 글에서는 박완서 전쟁소설의 환대 대상인 타자를 직접환대 대상과 간접환대 대상으

1 양운덕, 「침묵의 증언, 불가능성의 증언」, 『인문학연구』 37, 조선대 인문학연구원, 2009, 86쪽.

로 분류했다. 오빠 표상으로 상징되는 증언의 대상이 직접환대 대상이며 제3자로서 간접적으로 사건을 경험하고 그로인해 공동체의 타자로 전락하는 인물들이 간접환대 대상이다. 간접환대 대상은 유소년기 전쟁 체험 인물과 전쟁 미체험 인물로 분화되지만 이들의 세대교체로 점차 타자와 주체의 경계가 무화된다. 이는 한국전쟁에 대한 시대적 무관심과도 관련성을 갖는다. 이때 증언자의 정체성은 타자와 주체의 교집합적인 인물로서 전쟁을 체험했으나 부모와 전쟁 미체험 인물의 중간에 위치하는 인물로 정립된다. 그는 국가 외존의 비국민성을 경험하고 현재 국가 내존의 주체로 위치한 인물로 그를 증언의 주체로 구성하는 결핍과 증언 불가능성으로서의 증언 가능의 구조는 상동을 이룬다.

이렇듯 증언의 구조는 증언자의 역할, 기억의 사후 복원과 재현에 이르기까지 비대칭성을 내포한다. 증언의 환대에서 타자의 기억은 현실에 잠재되어 있으며 그런 미해결의 잠재태들이 주체에게 고통의 신호로 반복되어 변주된다. 특히 간접환대 대상자가 경험의 타자에서 발언의 주체로 정체성이 교차하는 환대의 경계에서 은폐되었던 사건에 대한 지속적인 책무가 사건의 윤리의식으로 발현된다. 기억과 망각의 반복성, 회피할 수 없는 기억의 회로에서 주체는 주체화와 탈주체화를 동시에 경험하며 환대의 경계에서 증언자의 정체성을 부여받는다. 증언자에게 내포된 기억의 잠재태는 육체적 통증과 심리적 죄의식으로 변주되어 공동체와의 소통의 징후로 남아 증언의 환대를 추동한다.

또한 직접환대 대상으로서 타자의 증언은 죽음과 애도의 해원의식으로 가능해진다. 전쟁의 현재 진행적인 상황에서 기억의 호명은 당대의 사건을 현재화하여 자신의 존재 증명을 환대로 요구하는 것이다. 해원을 향한 타자의 발언은 역사에서 결락되었던 사건의 기억을 공동체와 분유하고 환대를 통해 현재의 일상 안에서 사건에 대한 공동체의 인식을 새롭게 재구성하는 역할을 한다.

이렇게 박완서의 전쟁소설은 작가가 겪은 전쟁 이데올로기의 사건을 편향됨 없이 당대적인 목소리로 살려냈으며 가족의 상실, 미시적인 일상의 폭력, 주체의 타자적 경험 등을 텍스트를 통해 핍진하게 묘사하고 있다. 한국전쟁을 배경으로 한 자전 소설에서 작가는 자신이 겪은 현실을 '복수'하되 자신의 생존에 대해 섣불리 운명론과 타협하지 않고 반공 이데올로기에 의탁하지 않으며 과잉의 긍정으로 현실을 봉합하지도 않는다. 대신 작가는 이르집은 '사건' 안에 누락되었던 타자들의 목소리를 복원하고 일상적 무관심 속에서 쉽게 정전을 잊어가는 현재 세대에게 경청을 요구하기도 한다. 박완서가 강조하는 증언의 환대는 바로 현재 진행형이 된다. 냉전의 종식이 아닌 진행의 상태, 보이지 않기에 만성화된 전쟁 불감증의 시대에 작가는 절망이나 냉소가 아닌 휴지의 담담함으로 현재를 적나라하게 드러낸다. 전후는 '무엇'이 '어떻게'를 대체하는 행위이며 '형태 없는 삶'과 '삶이 없는 형태'가 삶의 형태로 합치되는 행위이다. 즉, 전쟁의 '형태'보다는 전후의 '삶의 이력'이 중요하며 '전쟁의 우울자들'과 '전쟁의 미체험 세대'가 공존할 수 있는 장이 바로 박완서 문학의 미덕이라 하겠다. 가능성 자체를 만들어 내는 기원적 조건으로서 증언의 불가능성은 증언 가능성을 구성해 내는 수행사이며 환대를 가능하게 하는 기폭제가 된다. 통약불가능한 전쟁의 폭력성 속에서 살아남은 자로서의 계도적 준엄함이 아닌 그 생생함을 현재로 가져와 세대 간의 불화를 포용하려는 분유 속에서 박완서 소설의 증언의 환대는 의의가 있다.

제3장 공감의 환대는 산업 자본주의에서 신자유주의에 이르는 세태 속에서 도시 공동체에 내존하는 중산층과 그 경계에 위치하는 타자의 관계성을 고찰한다. 도시와 로컬의 경계성은 점차 계급의 문제로 심화되어 갈등의 원인이 된다.

상류층과 중산층 소시민, 도시빈민으로 구성되는 도시 공동체의 계층 구도에서 중산층으로 분류되는 소시민은 상류층 편입을 향한 신분상승의 기회와 부의 결여를 상실로 여기는 불안한 주체이다. 박완서 소설에서 교육, 주거, 결혼에 이르는 모든 일상은 경쟁의 시장화로 전환되고 그 안에서 주체는 선택에 따른 책임을 부여받는다. 경쟁을 부추기는 사회는 체제의 모순을 개인의 삶의 양태로 평가하며 선택과 책임을 개인의 몫으로 부여한다. 국가는 경쟁의 청사진으로 개인의 노력을 통한 부의 미래를 제시하면서 자본주의적 현실의 결여를 주체의 결여로 내화하도록 집중 억압한다. 사회구조적인 결핍에 대한 개인의 반응은 계층 편입의 실패로 인한 도덕적·감정적인 패배주의로 이어져 불안의 적대 심리가 서로에게 전이된다. 경쟁의 패배에서 오는 좌절과 열패감은 중산층의 소시민들이 도시빈민으로 강등되지 않기 위해 닮기 위한 획일화의 경쟁에 이르게 한다. 개인의 죄의식과 경쟁 심리를 부추기며 작동되는 현실 질서를 향해 박완서 소설은 개인 윤리 지향의 진정성 회복 추구라는 저항방식으로 대응한다.

박완서 세태소설의 주체들은 도시 공동체에 내존하며 현실 질서가 강요하는 규범과 내면의 목소리 사이에서 환멸을 느낀다. 욕이나 구역질과 같은 배설이나 알코올 중독, 잦은 외출 같은 반복 강박은 진정성의 간극에 의한 주체의 발산 행위이다. 아파트라는 공간이 주는 편리성과 계층적 우월성은 동시에 획일화와 폐쇄성으로 인한 불안을 야기한다. 주체의 내적 불안은 속물적인 일상에 대한 죄책감이 우울의 기만을 유발하고 도시에서 외부공간인 위성공간으로 이동을 반복하며 자아 찾기를 시도하기도 한다. 중산층의 허위적 행복과 타인과의 불통, 내적 자아 상실과 인위적 개발에 따른 생명 파괴 묵인, 계층의 위화감을 후속 세대에 주입하는 교육 주체의 부도덕, 타인의 시선을 의식하는 모방 행위 등 박완서 소설의 주체는 현실에 영합하는 속물성을 보이며 적대의 일상에 노출된다. 그러나 '생존'의 암묵적 동의로 일반화된 시대적 속물성은 은폐된 내면의 목소리와 충돌한다. 이런 갈등은 주체에게 부끄러움의 감각으로 전회된다. 부끄러움을 통해 내부 타자와 대면한 개인은 자신의 속물성을 반성하고 성찰하면서 진정성 있는 주체가 된다. 공동체의 규범 밖으로 벗어나지는 않지만 주체의 정체성은 내부의 타자성에 의해 지속적으로 균열되고 외부 타자에 의해 윤리적인 감각의 회생을 촉구받는다.

1970년대 활발히 진행된 도시 개발 정책에 의한 공간 분할은 계급의 분화를 초래한다. 새로운 도시의 확장은 광역화와 계층화가 동시다발적으로 가속화되고 도시 중심에서 외곽으로 밀려나는 공간의 재배치에 의해 외부 주체와 토착민 타자의 갈등으로 전개된다. 도시와 로컬리티의 경계에서 공간에 대한 위화감과 이질감은 배금주의 사상을 전제로 심리적 로컬화를 포괄한다. 공간의 생산적 노동력을 담당하던 토착민들은 거주자로 정착하는 유입자들에 의해 불량과 불만, 부도덕, 비위생, 비정상의 도시빈민으로 인식된다. 박완서 세태소설의 주요배경이 되는 가난은 개인에게 한정된 문제가 아니라 경계적인 공간의 위상변화에 의해 집단의 문제로 변모한다. 가난은 물리적인 궁핍에 한정되는 것이 아니라 위계적 계층 분화, 에토스적 정서, 주체와 타자의 가계 내력에 따른 수용의 차별,

상호 소통에 기반한 희생의 환대 등 복합적인 정조를 내포한다. 일상에서 가난을 감각하는 타자는 냉소적 주체에 의한 배제를 받아들이고 그들의 행위를 관찰하면서 주체의 방식으로 현실을 비판한다. 몸의 불구성, 가난, 잉여적 정체성, 탈식민성 등으로 집약되는 타자의 적대적 현실에서 비판적인 타자는 주체에 의한 소외와 억압을 그대로 반향한다. 그들의 태도는 주체의 배금주의적 시혜성과 관용의 이데올로기적 성향을 그대로 반사하면서 주체의 의도를 절단하는 저항성을 보인다. 그들은 타자적 정체성을 향한 인정투쟁을 벌이고 적대적인 공간의 특성을 가시화하며 주체의 현실을 교란한다. 타자는 강압적인 배제와 자의식적인 거리두기가 동시에 진행되는 상호작용을 재현한다. 비판적 타자의 전복성은 자신의 현실을 수용하면서 주체의 반성과 성찰을 자극해 공감의 환대로 이끈다.

주체가 '부끄러움'으로 전회하도록 유도하는 타자는 실재를 내장한 모호한 존재이다. 그들은 근원적인 악이자 무관심의 기피대상이며 주체의 트라우마를 환기하는 이물성으로 제시되기도 한다. 타성적인 일상에서 속물로 살아가던 주체는 외부 타자의 실재와 마주치는 상황에 지속적으로 노출된다. 우연히 마주한 상황을 선택하고 그 사건을 무조건적으로 책임지는 주체의 충실성은 부재한 자신의 진정성을 성찰하는 주체의 노력에서 시작된다. 주체는 자신이 예측하거나 통제할 수 없는 방식으로 타자에게 양도되어 있으며 타자를 '인정'하고 타자로부터 '인정' 받는 공감의 환대 안에서 복수 보편의 공동체를 구성한다. 주체의 언어폭력에 의해 노출된 타자는 적과 동지, 도덕적 선악의 구분을 모호하게 하는 공포와 매혹의 숭고성을 지닌다. 공감의 환대에서 환대의 경계는 타자의 환대자 역할에서 가시화된다. 박완서 소설에서 가난에 대한 보편성 인지, 정체성의 내부 균열을 직시하고 다른 타자를 향해 소통과 연대를 시도하는 타자의 행위는 주체의 환대 시도에 결박된 수동적 타자가 아닌 타자 스스로 환대를 창출하는 능동성으로 평가된다.

불투명한 타자를 인지하고 그의 단독성과 대면하려는 주체의 노력은 타자와 소통하기 위한 환대의 발로가 된다. 공감의 환대는 이해 불가능성을 포기하지 않고 환대의 가능성으로 전환하려는 주체의 노력과 자신의 내부 균열까지 직시하며 다른 타자와의 연대로 공감력을 확장해가는 선택의 윤리이다.

제4장에서는 노년에 대한 차이가 가족 공동체에서 노년을 어떻게 위치시키는가를 고찰한다. 환대의 기본 단위인 가정에서 노년은 환대 주체에서 공동체에 내·외재하는 '내부 타자'로 위치가 전환된다.

박완서 노년소설의 특징은 초점화되는 대부분의 인물이 노년 여성이고 관찰자 역시 여성 화자라는 점이다. 노년 여성은 돌봄의 주체이자 돌봄의 타자 역할이 모두 가능한 존재이기에 노년소설에서 내부 타자로서 공감력이 더 크게 작용하는 인물이다. 이들은 독자로부터 인물에 대한 신뢰를 이끌어내며 노년 작가의 생물학적 연배를 고려할 때 더욱 현실성이 부각된다. 이 책은 박완서 노년소설의 이러한 특징을 포괄하며 존재론적인 양상으로서의 노인성과 타자성이 복합적으로 작용하고 있는 문학인 박완서의 노년소설을 분석했다. 박완서 소설은 노년이 초점화자가 되는 경우와 노년 화자로 소설이 진행될 때 지향점이 달라지는 점을 고려해야 된다.

노년의 물리적 노쇠를 고려할 때 돌봄의 문제로부터 질병, 가족 관계, 노년 인물의 심리적 갈등, 가부장제의 변모 등이 발아된다. 작가는 돌봄의 주체인 며느리는 효부 이데올로기에 의해 억압당하고 또 다른 환대 주체인 남성은 피부양자의 불합리함을 방조하거나 부양자의 권위만을 누리며 심지어 피부양자인 노년까지 소외되는 돌봄의 기형적인 가부장성을 고발한다. 그 안에서 돌봄의 행위자인 여성 역시 내-외존하며 추체험적인 노년의 돌봄이 미래 그녀들의 노년을 예견하게 한다. 가부장적인 효부 이데올로기를 극복하고 내면에 충실한 각성의 주체만이 노년의 생명 자체를 존중하고 배려하는 돌봄의 참된 의미를 구현할 수 있다.

현대 사회에서 노년은 공적 영역에서의 경제적·현실적 노동력의 저하와 사적 영역에서 출산이 중단된 무성적 존재로 취급되며 결국 재생산의 불모로 평가되는 몸의 타자이다. 과거 전통적인 가부장적 이데올로기에 익숙한 노년 세대와 현실의 노년에 대한 상식의 낙차는 가족 관계의 단절을 낳는다. 소통의 부재 속에 노년의 몸은 연민, 분노, 동정의 파토스를 현실 대응기제로 선택한다. 무성적이거나 과도한 성욕의 비정상으로 노년을 분류하는 공동체를 향해 노년은 건강한 생명성, 섹슈얼리티의 교란, 정념의 발견 등 내부 파토스를 몸으로 분출하며 소통을 시도한다. 은폐되었던 노년의 섬세한 생의 감각은 제도 권력의 미의식이나 소비 능력 위주의 자본의 논리, 또는 사회적으로 유익한 활동만을 가치지향으로 삼는 유사공공성 논리 등의 상식을 분할한다.

한편 박완서 소설에서 건강과 경제적인 문제에서 자유로운 노년 화자들은 자신의 정체성 문제에 대해 사유한다. 중산층의 평온한 삶과 운동권 자녀의 일탈 사이에서 노년 화자들은 갈등한다. 가족 중심의 이기 위주로 상황을 대처하던 노년 인물들은 점차 타자에 대한 존재론적, 철학적 사유의 지평을 넓혀 가면서 환대의 범주를 확장해간다. 경제적, 사회적으로 안정된 노년의 일상에 사회적 타자인 가족과 이웃의 등장은 노년이 동의한 기존 담론을 재고하게 한다. 죄, 자유, 문명, 삶, 죽음 등 일상에서 추상적인 개념을 드러내어 고찰하는 것은 노년이라는 시기의 특성과 맞물린다. 추상적인 담론에 대한 완고한 관습을 거부하며 일상 안에서 철학적 깊이를 보여주는 노년 주체는 타자를 가족이라는 한정된 영역으로 소환하여 제한하지 않는다. 박완서 소설의 인물이 가족의 안위로 귀결된다는 한계는 일상의 균열 속에서 타자의 개별적인 상황에 감응하고 존재론적 탐구로 나아가는 서사로 극복된다.

차이의 환대에서 환대의 경계이자 문턱은 노년이 자신을 대상화하는 타자의 영역에 있다. 환대의 경계에서 타자 역시 자신의 타자성을 대상화한다. 이들은 기존 담론에 의해 노년에게 규정된 부정성을 재생하는 몸의 생명성이나 정념의 감각, 혹은 추체험된 기억으로 환기하면서 존재의 다양태를 제시한다. 노년의 타자는 노년을 적대한 현실의 부정성을 강조하고 은폐된 타자의 목소리를 표면화하여 공동체의 상식을 오염시킨다. 이때 타자의 전복적인 모방의 수행은 주체와 독자의 성찰을 유도하는 저항성을 갖는다.

결국 박완서 소설의 노년 인물은 분열과 갈등의 시간을 극복한 이후 공생의 관조성을 객관화하고 삶과 죽음의 임계성을 고찰하며, 노년의 존재론적 성찰을 추구한다. 작가는 이런 추상적인 가치들을 가족 관계, 죽음, 선악을 구분할 수 없는 가치의 난해함, 자기 연민 등 일상의 경험을 통해 의미화한다.

공동체 내부자로서 노년은 랑시에르가 언급한 분할된 감각에 의해 억압된 타자이다. 공동체를 구성하는 경험적 사실을 공유하고 수행함에 있어서 노년은 일상에 각인된 역사이며 내부에 전통과 관습의 이름으로 고정된 상식이 재편을 요구하는 현실과의 각축장이기도 하다. 그 가운데 노년 인물은 가부장적 이데올로기의 관성으로 기존 상식의 온건성을 유지하려 하기도 하지만 자본의 일상으로 구성되는 부정적인 노년상에 대한 저항성을 보이기도 한다. 완고함과 융통성, 현실의 부적응과 적응의 양가성은 노년 주체와 노년 타자의 단일한 성격으로 이분화되지 않는다. 그런 불화의 현실 자체가 노년에 대한 불평등 구조에 평등의 윤리로 개입할 수 있는 차이의 환대인 것이다. 노년은 우리의 현재를 과거로 경험한 시간의 누적이자 누구나 균질하게 경험할 미래이기도 하다. 시대의 변모에도 그 시대를 향한 감각과 반응은 평등하게 각자의 세대에서 가능한 것이다. 공동체에 의해 상식으로 규정된 비정상적 성, 전근대성, 비합리성 등의 노년 정체성은 노년에게 부여된 것으로서 일상의 노년과 마찰을 빚는다. 노년은 공동체의 상식을 반복 수행하고 그러한 규범을 교란하면서 감성화한다. 박완서는 전형화된 담론을 노년이 살아가는 일상의 개별성으로 대응한다. 그리고 밀착된 일상을 객관화하여 관조하는 거리감이야말로 박완서 노년소설에서 차이의 환대를 추동하는 원천이 된다.

상식이 부과하는 사회적 당위와 누구도 피할 수 없는 노년이라는 체험 사이에서 비롯되는 갈등 속에서 문학 장르를 통한 추체험과 문학의 자장 밖에 구체적인 삶의 변화를 모색하는 과정이 노년 문학의 의의일 것이다. 이는 공동체 내부자로서 노년이 현실과 어떻게 길항 관계를 가지며 스스로 정체성을 구성해 가는가를 지켜보고 감응하는 과정의 환대가 필요한 대목이다. 박완서 소설에서 차이의 환대는 공동체에서 타자로 빗겨나 있던 노년이 자신을 억압하는 힘들의 관계를 중지시키고 기존 담론의 우연성을 드러내며 노년에 대한 일상을 재분할하는 가능성을 타진하는 기회로서 유의미하다.

환대hospitality와 적대hostility가 동일한 라틴어 어원을 가지고 있듯이 데리다는 환대가 "자신과 결합되어 있는 자신의 모순을 자신 안으로 옮긴다"[2]

는 아이러니를 설파한다. 환대가 그 내부에 적대를 포함하고 있다는 것은 절대적인 환대의 불가능성을 의미하기도 한다. 환대의 아포리아는 결정불가능성의 주체가 자신을 와해시키는 내부에서 타자가 분열되는 형태로 확인되며 이때 환대가 가능해진다. 주체와 타자가 서로 환대하며 경계를 넘는 순간 환대의 공간이 열린다. 환대의 주체와 대상의 준거점에 따른 모호함, 절대와 조건부 사이의 판단, 환대의 권리와 의무, 환대할 대상에 대한 기준, 환대의 범위 등 환대를 실행하기 위한 복합적인 관계망들이 존재한다. 그럼에도 불구하고 타자는 "마땅히 환대를 받아야 하는 존재"이며 타자에 대한 환대는 "우리의 윤리를 시험하고 문명의 수준을 가늠하는 척도"로 간주된다.[3] 환대는 결과론적으로 고정되는 것이 아닌 여러 관계망 속에서 변화되면서도 견지되어야 할 과정 중에 현현하는 윤리적 가치이다.

박완서 소설은 주체가 타자를 환대하는 거점 공간이 국가, 도시, 가족으로 전이될수록 주체의 윤리적 행위는 분열의 정체성, 불안의 길항, 돌봄의 수행으로 강화되고 타자 역시 예외의 대응, 경계의 교란, 역능의 전복으로 이행되며 능동의 강도를 높인다. 시대의 변모 속에서 박완서 소설의 환대 양상은 절대적인 밀도가 높아지며 그 너머에 주체 자신의 타자성을 향한 환대로까지 이어진다. 이러한 흐름은 환대 공간의 친밀도에 따른 결과라기보다 인간의 존재론적 본질에 대한 사유가 절대적인 환대의 본질에 대한 탐구로 이어지는 작가의식의 발로에 기인한다. 국가 공동체 외존의 주체가 이방인에서 증언의 환대 주체로 정체성이 교차하고 도시 공동체에 내존한 주체가 현실의 균열을 표상하는 숭고한 타자의 연대와 공감

2 리차드 커니, 이지영 역, 『이방인, 신, 괴물』, 개마고원, 2004, 124쪽.

3 Papastergiadis, Nikos, *Cosmopolitanism and Culture*, Cambridge : Polity Press, 2012, p.57.

하며 가족 공동체에 내-외존한 주체가 내부의 타자적 환상을 극복하는 차이 속에서 환대의 경계가 가시화되며 환대의 아포리아가 발현된다. 박완서는 현실의 강압적인 외적 조건만이 아니라 죽음의 절대영역까지 일상에서 환대하는 통찰을 보인다. 박완서 소설의 통시성 속에서 환대의 양상은 복수 보편의 공존을 넘어 현재적인 일상을 재분할하고 불협화음의 공생을 관조하는 더 넓고 깊은 사유로 나아간다.

이 책은 환대라는 새로운 주제의식으로 주체, 여성, 노년, 세태로 한정된 선행 연구의 한계를 넘어 박완서 소설의 전 작품을 분석했다는 점에서 박완서 문학연구의 또 다른 지평을 확장한 연구로 평가할 수 있다. 또한 주체, 타자, 공동체로 대별되던 개별 연구를 '환대'의 키워드 아래 통합적으로 제시하면서 박완서 소설만의 새로운 윤리적 의미를 도출하고 무엇보다 2000년대 이전 문학 연구에서 없던 환대 연구를 1970년대 이후로 견인함으로써 문학의 연속성 차원에서도 의미를 찾을 수 있다.

박완서 소설의 환대는 벌거벗은 존재로서 개인이 언제든 호모 사케르가 될 가능성이 있는 오늘날의 일상에서 끊임없는 환대 시도를 통해 현실을 견디는 동력을 재생산해낸다. 박완서 소설에서 절대적 환대란 그것의 실행이 불가능할지라도 타자의 물음이 제기되는 상황에서 주체가 윤리적 판단을 내릴 수 있는 성찰의 준거가 되어야 함을 의미한다. 타자에 대한 환대는 단순히 차이를 인정하는 관용의 정신이 아닌 '나'와 다른 보편성을 담지한 다양한 존재와의 교호 속에서 주체와 타자가 함께 변화해 가는 절대적인 예외상태의 체험이다.

이는 일상이라는 공간과 현재라는 시간의 극대화된 교직 속에서만 가능한 일이라는 점에서 박완서 소설의 특징이 있다. 앙리 르페브르는 일상을 다루는 것은 공동체 안에서 일상성을 생산하는 사회의 성격을 규정짓는 것으로 본다. 표면적으로 무의미한 사실들 속에서 의미를 파악하고 규정하여 사회의 정의를 내리고, 그 사회의 변화와 전망을 예견해야 한다.[4] 박완서 소설에서 "일상에 대한 양가적 감정은 박완서 문학을 추동시키는 가장 강력한 심적 구조의 하나"[5]라는 지적이나 "박완서 소설은 당대의 담론이 선명하게 포착하지 않았던 삶의 영역에서 도도하게 강화(혹은 억압)되고 있었던 어떤 힘에 대한 탐구"[6]라는 평가는 이를 뒷받침한다.

더불어 이런 점은 아감벤의 '최후의 날'과 같이 현재성에 충실하면서 타자의 존재함 자체를 인정하는 것, 더 이상 새로운 것이라곤 아무것도 일어날 수 없는 시간, 시간들의 유일하게 진정으로 충만한 상태"[7]인 현재, '그렇게 존재 함'을 인식하는 것에서 시작된다. 이와 같은 수행의 공동체야말로 타자에 대한 진정한 환대의 장이자 타자에 대한 윤리가 발생하는 지점이기도 하다. 그런 의미에서 박완서 소설은 당대의 일상을 재현함으로써 현재의 일상을 투사하는 문학이며 공동체의 이타적 윤리[8]를 지향해 가는 환대의 문학으로서 가치를 갖는다.

---

4 앙리 르페브르, 박정자 역, 『현대세계의 일상성』, 기파랑, 2005, 79~85쪽.

5 신수정, 『푸줏간에 걸린 고기』, 문학동네, 2003, 143쪽.

6 차미령, 「생존과 수치」, 『한국현대문학연구』 47, 현대문학연구회, 2015, 448~449쪽.

7 조르조 아감벤, 박진우 역, 『호모 사케르-주권 권력과 벌거벗은 생명』, 새물결, 2008, 150~151쪽.

8 "우리가 관계의 이타적 윤리(an altruistic ethics of relation)라고 불렀던 것은, 공감, 동일시, 혼동을 옹호하지 않는다. 오히려 이 윤리는 참으로 다른, 그 자신의 독특성과 차이 안에 있는 너를 욕망한다. 네가 [나와] 아무리 유사하고 일치한다 해도, 이 윤리는 결코 네 이야기는 내 이야기가 아니라고 말한다. 우리 삶의 이야기들이 더 넓은 특징들에서 아무리 유사하다할지라도, 나는 여전히 네 안에서, 심지어는 집단적인 우리 안에서도 나 자신을 알아보지 못한다." A. Cavarero, *Relating Narratives : Storytelling and Selfhood* 92, London · New York : Routledge, 2000; 김애령, 「서사 정체성의 구성적 타자성」, 『해석학연구』 36, 한국해석학회, 2015, 230쪽 재인용.

참고문헌

기본자료

박완서, 『박완서 단편소설 전집』 1~7, 문학동네, 2013.
______, 『박완서 소설 전집』 1~22, 세계사, 2012.
______, 「한발기」, 『여성동아』 61, 1972.11.
______, 「더위 먹은 버스」, 『세대』 13-4, 1975.4.
______, 「박완서 연재 에세이」, 『현대문학』 638~648, 2008.2~12.

단행본

강영안, 『타인의 얼굴－레비나스의 철학』, 문학과지성사, 2005.
김상구 외, 『타자의 타자성과 그 담론적 전략들』, 부산대 출판부, 2002.
권명아, 『식민지 이후를 사유하다』, 책세상, 2009.
______, 『무한히 정치적인 외로움』, 갈무리, 2012.
권보드래 외, 『1970 박정희 모더니즘』, 천년의상상, 2015.
김동춘, 『전쟁과 사회』, 돌베개, 2003.
김미영 외, 『노년의 풍경』, 글항아리, 2014.
김미현, 『번역 트러블』, 이화여대 출판부, 2016.
김상일, 『알랭바디우와 철학의 새로운 시작』 1, 새물결, 2008.
김연숙, 『레비나스 타자 윤리학』, 인간사랑, 2001.
김현경, 『사람, 장소, 환대』, 문학과지성사, 2015.
김홍중, 『마음의 사회학』, 문학동네, 2009.
맹정현, 『리비돌로지』, 문학과지성사, 2009.
박승규, 『일상의 지리학』, 책세상, 2009.
박완서, 『우리 시대의 소설가 박완서를 찾아서』, 웅진닷컴, 2002.
박찬부, 『기호, 주체, 욕망』, 창비, 2007.
서울대 기초교육원, 『박완서－문학의 뿌리를 말하다』, 서울대 출판문화원, 2011.
송호근, 『한국의 평등주의, 그 마음의 습관』, 삼성경제연구소, 2006.
신수정, 『푸줏간에 걸린 고기』, 문학동네, 2003.
여성문화이론연구소 정신분석세미나팀, 『페미니즘과 정신분석』, 여이연, 2003.
유임하, 『한국소설의 분단이야기』, 책세상, 2006.
이경호·권명아, 『박완서 문학의 길찾기』, 세계사, 2000.
정호웅, 『한국문학의 근본주의적 상상력』, 프레스21, 2000.
편집부 편, 『박완서론』, 삼인행, 1991.
홍준기, 『라깡의 재탄생』, 창작과비평사, 2002.
가스통 바슐라르, 김병욱 역, 『불의 정신분석』, 이학사, 2007.

게오르 짐멜, 김덕영 · 윤미애 역, 『짐멜의 모더니티 읽기』, 새물결, 2005.
기 드보르, 유재홍 역, 『스펙타클의 사회』, 울력, 2014.
나카무라 유지로, 양일모 · 고동호 역, 『공통감각론』, 민음사, 2003.
니콜라스 디폰조 · 프라샨트 보르디아, 신영환 역, 『루머 심리학』, 한국산업훈련연구소, 2008.
다이애너 기틴스, 안호용 · 김홍주 · 배선희 역, 『가족은 없다』, 일신사, 1997.
로렌토 키에자, 이성민 역, 『주체성과 타자성』, 난장, 2012.
로만 알루아레즈 · 카르멘 아프리카 비달 편, 윤일환 역, 『번역, 권력, 전복』, 동인, 2008.
리차드 노만, 안상헌 역, 『윤리학 강의』, 문원, 1995.
리처드 커니, 이지영 역, 『이방인, 신, 괴물』, 개마고원, 2004.
리타 펠스키, 김영찬 · 심진경 역, 『근대성과 페미니즘』, 거름, 1998.
마사 너스바움, 조계원 역, 『혐오와 수치심』, 민음사, 2015.
모리스 메를로 퐁티, 최의영 역, 『보이는 것과 보이지 않는 것』, 동문선, 2004.
모리스 블랑쇼 · 장-뤽 낭시, 박준상 역, 『밝힐 수 없는 공동체』, 2005.
미셸 푸코, 오생근 역, 『감시와 처벌』, 나남, 2003.
________, 오트리망(심세광 · 전혜리 · 조성은) 역, 『생명관리 정치의 탄생』, 난장, 2012.
미케 발, 한용환 · 강덕환 역, 『서사란 무엇인가』, 문예출판사, 1999.
미하엘 빌트 외, 송충기 역, 『일상사로 보는 한국근현대사』, 책과함께, 2006.
베르그송, 이희영 역, 『웃음 / 창조적 진화 / 도덕과 종교의 두 원천』, 동서문화사, 2008.
브라이 언터너, 임인숙 역, 『몸과 사회』, 몸과마음, 2002.
사카이 나오키, 후지이 다케시 역, 『번역과 주체』, 이산, 2005.
소피아 로젠펠드, 정명진 역, 『상식의 역사』, 부글북스, 2011.
쇠얀 키에르케고어, 임춘갑 역, 『사랑의 역사』, 치우, 2011.
슬라보예 지젝, 김소연 역, 『삐딱하게 보기』, 시각과언어, 1995.
___________, 주은우 역, 『당신의 징후를 즐겨라!』, 한나래, 1997.
___________, 박정수 역, 『그들은 자기가 하는 일을 알지 못하나이다』, 인간사랑, 2004.
___________, 이성민 역, 『까다로운 주체』, 도서출판 b, 2005.
___________, 이성민 역, 『부정적인 것과 함께 머물기』, 도서출판 b, 2007.
___________, 한보희 역, 『전체주의가 어쨌다구?』, 새물결, 2008.
___________, 김정아 역, 『죽은 신을 위하여』, 길, 2010.
___________, 이현우 · 김희진 · 정일권 역, 『폭력이란 무엇인가』, 난장이, 2011.
시몬느 드 보부아르, 홍상희 · 박혜영 역, 『노년』, 책세상, 2014.
알라이다 아스만, 변학수 · 백설자 · 채연숙 역, 『기억의 공간』, 경북대 출판부, 2003.
알랭 바디우, 이종영 역, 『윤리학』, 동문선, 2004.
__________, 조형준 역, 『존재와 사건』, 새물결, 2013.
알랭 바디우 · 슬라보예 지젝, 민승기 역, 『바디우와 지젝 현재의 철학을 말하다』, 길, 2013.
앙리 르페브르, 박정자 역, 『현대세계의 일상성』, 기파랑, 2005.

에드워드 렐프, 김덕현·김현주·심승희 역, 『장소와 장소상실』, 논형, 2014.
오카 마리, 김병구 역, 『기억 서사』, 소명출판, 2004.
웬디 브라운, 이승철 역, 『관용』, 갈무리, 2010.
이푸 투안, 심승희·구동회 역, 『공간과 장소』, 대윤, 2007.
자크 데리다, 남수인 역, 『환대에 대하여』, 동문선, 2004.
자크 랑시에르, 오윤성 역, 『감성의 분할』, 도서출판 b, 2008.
____________, 양창렬 역, 『정치적인 것의 가장자리』, 길, 2008.
____________, 주형일 역, 『미학 안의 불편함』, 인간사랑, 2008.
____________·이택광 인터뷰, 최정우 역, 『다시 더 낫게 실패하라』, 자음과모음, 2013.
제프 굿윈 외, 박형신·이진희 역, 『열정적 정치』, 한울아카데미, 2012.
조르조 아감벤, 박진우 역, 『호모 사케르-주권 권력과 벌거벗은 생명』, 새물결, 2008.
____________, 김상운 역, 『세속화 예찬』, 난장, 2010.
____________, 양창렬 역, 『장치란 무엇인가』, 난장, 2010.
____________, 정문영 역, 『아우슈비츠의 남은 자들』, 새물결, 2012.
____________, 이경진 역, 『도래하는 공동체』, 꾸리에북스, 2014.
주디스 버틀러, 양효실 역, 『불확실한 삶-애도와 폭력의 권력들』, 경성대 출판부, 2008.
줄리아 크리스테바, 서민원 역, 『공포의 권력』, 동문선, 2001.
지그문트 바우만, 정일문 역, 『쓰레기가 되는 삶들』, 새물결, 2008.
____________, 이일수 역, 『액체근대』, 강, 2009.
지오반나 보라도리, 손철성 외역, 『테러시대의 철학-하버마스, 데리다와의 대화』, 문학과지성사, 2004.
케네스 레이너드·에릭 L. 샌트너·슬라보예 지젝, 정혁현 역, 『이웃』, 도서출판 b, 2010.
토니 마이어스, 박정수 역, 『누가 슬라보예 지젝을 미워하는가』, 앨피, 2005.
파멜라 투르슈웰, 강희원 역, 『지그문트 프로이트 콤플렉스』, 앨피, 2010.
페터 슬로터다이크, 이진우·박미애 역, 『냉소적 이성 비판』, 에코리브르, 2005.
폴투르니에, 강주헌 역, 『노년의 의미』, 포이에마, 2015.
프란츠 슈탄첼, 안삼환 역, 『소설형식의 기본유형』, 탐구당, 1982.
한나 아렌트, 이진우·태정호 역, 『인간의 조건』, 한길사, 2007.
한스J. 노이바우어, 박동자·황승환 역, 『소문의 역사-역사를 움직인 신과 악마의 속삭임』, 세종서적, 2001.
호미 바바, 나병철 역, 『문화의 위치』, 소명출판, 2012.
Agamben, Giorgio, Ronald L. Martinez trans., *Stanzas : World and Phantasm in Western Culture*, Univ. of Minnesota Press, 1993.
Papastergiadis, Nikos, *Cosmopolitanism and Culture*, Cambridge, Polity Press, 2012.

논문

강금숙, 「박완서 소설의 공간에 나타난 여성의식」, 『이화어문논총』 10, 이화여대 한국어문학연구소, 1989.

강인숙, 「박완서의 소설에 나타난 도시의 양상 (I) - 「엄마의 말뚝 (1)」의 경우」, 『청파문학』 14, 숙명여대 문리과대학 국어국문학과, 1984.
______, 「박완서의 소설에 나타난 도시의 양상 - 도시의 흉년 에 나타난 70년대의 서울」, 『인문과학논총』 16, 건국대 인문과학연구소, 1984.
강진구, 「한국소설에 나타난 이주노동자의 재현 양상」, 『어문논집』 41, 중앙어문학회, 2009.
강진호, 「반공주의와 자전소설의 형식 - 박완서를 중심으로」, 『국어국문학』 133, 국어국문학회, 2003.
______, 「기억 속의 공간과 체험의 서사 - 박완서의 「그 여자네 집」을 중심으로」, 『아시아문화연구』 28, 가천대 아시아문화연구소, 2012.
강희, 「스피박의 학문적, 실천적 미학」, 『영어영문학』 53, 영어영문학회, 1998.
고봉준, 「타자, 마이너리티, 디아스포라」, 『작가와비평』 6, 여름언덕, 2007.여름.
고인환, 「탈북자 문제 형상화의 새로운 양상 연구」, 『한국문학논총』 52, 한국문학회, 2009.
공병혜, 「돌봄의 윤리를 위한 미감적 윤리적 패러다임」, 『대한간호학회지』 32-3, 한국간호과학회, 2002.
곽미경, 「사토 아이코와 박완서 작품에 나타난 현대의 노인상」, 『일본학보』 70, 한국일본학회, 2007.
곽희열, 「박완서(朴婉緖)와 장신(張欣) 소설에 나타난 도시적 일상성 비교연구」, 서울대 석사논문, 2015.
구번일, 「여성주의 시각에서 본 '집'의 의미 연구 - 박완서, 오정희, 배수아를 중심으로」, 연세대 박사논문, 2012.
권명아, 「박완서 - 자기상실의 '근대사'와 여성들의 자기찾기」, 『역사비평』 45, 역사문제연구소, 1998.겨울.
______, 「한국전쟁과 주체성의 서사연구」, 연세대 박사논문, 2001.
______, 「엄마의 이야기는 그녀에게 어떤 의미였을까 - 기억과 해석을 통한 역사적 경험의 재구성」, 『박완서 문학 길찾기』, 세계사, 2000.
______, 「전쟁상태적 신체의 탄생, 혹은 점령당한 영혼에 관한 보고서」, 『지금 여기 박완서』(문인사 기획전 4), 효성문화, 2018.
권영민, 「박완서와 도덕적 리얼리즘의 성과」, 『박완서 문학앨범』, 웅진출판주식회사, 1992.
김겸섭, 「바타이유의 에로티즘과 위반의 시학」, 『인문과학연구』 36, 대구대 인문과학연구소, 2011.
김경수, 「여성경험의 소설화와 삽화형식 - 「저문 날의 삽화」론」, 『현대소설』 9, 현대소설사, 1991.겨울.
______, 「여성 성장소설의 제의적 국면」, 『페미니즘과 문학비평』, 고려원, 1994.
김근호, 「박태원 소설 『천변풍경』의 서사적 재미」, 『현대소설연구』 56, 한국 현대소설학회, 2014.
김동훈, 「무조건적 존중의 대상인가, 두려워하고 경계해야 할 대상인가?」, 『철학논총』 72, 새한철학회, 2013.
김동춘, 「분단이 낳은 한국의 국가 폭력 - 일상화된 내전 상태에서의 "타자"에 대한 폭력행사」, 『민주사회와 정책연구』 23, 민주사회정책연구원, 2013.
김미영, 「박완서의 성장 소설과 여성 주체의 성장」, 『한중인문학연구』 25, 한중인문학회, 2008.
______, 「한국 노년기 작가들의 노년소설 연구」, 『어문론총』 64, 한국문학언어학회, 2015.
김미정, 「이행의 시간성과 주체성」, 『동방학지』 158, 동방학회, 2012.
______, 「우리는 왜 이곳에 있고 저곳에 있지 않은가」, 『실천문학』 48, 2007.겨울.

김미현, 「웰 아임 올드(When I'm old)」, 김윤식·김미현 편, 『소설, 노년을 말하다』, 황금가지, 2004.
______, 「박완서 소설의 근대 번역 양상-「엄마의 말뚝 1」을 중심으로」, 『현대문학이론연구』 47, 현대문학이론학회, 2011.
______, 「작품 해설-번역, 그리고 반역」, 박완서, 『이주 오래된 농담』(박완서 소설전집 21), 세계사, 2012.
______, 「소설의 근성과 벼리」, 『작가세계』 41, 1999.여름.
김민정, 「디아스포라 문학에 나타난 타자 인식 연구」, 중앙대 박사논문, 2015.
김병덕, 「한국여성작가 소설에 나타난 일상성 연구-박완서, 오정희, 양귀자를 중심으로」, 중앙대 박사논문, 2008.
김병익, 「험한 세상, 그리움으로 돌아가기-박완서의 친절한 복희씨 」, 『기억의 타작-도저한 작가정신을 위하여』, 문학과지성사, 2009.
김병희, 「한국현대 성장소설 연구」, 서울여대 박사논문, 2000.
김보민, 「한국 현대 노년소설 연구」, 인제대 박사논문, 2013.
김복순, 「'말걸기'와 어머니-딸의 플롯」, 『현대문학연구』 20, 새미, 2003.
김　석, 「라캉과 지젝-주체화 윤리와 공동선을 향한 혁명」, 『시대와 철학』 25-2, 한국철학사상연구회, 2014.
김애령, 「이방인과 환대의 윤리」, 『철학과 현상학연구』 39 , 한국현상학회, 2008.
______, 「다른 목소리 듣기」, 『한국여성철학』 17, 한국여성철학회, 2012.
______, 「서사 정체성의 구성적 타자성」, 『해석학연구』 36, 한국해석학회, 2015.
김양선, 「증언의 양식, 생존·성장의 서사」, 『한국문학이론과 비평』 15, 한국문학이론과비평학회, 2002.
______·오세은, 「안주와 탈출의 이중심리-박완서, 김향숙의 중산층 여성문제 소설을 중심으로」, 『오늘의 문예비평』 3, 1991.가을.
김연숙, 「채만식 문학의 근대 체험과 주체구성 양상 연구」, 경희대 박사논문, 2003.
김영무, 「박완서의 소설 세계」, 『세계의 문학』 6, 1977.겨울.
김영미, 「박완서 문학에서 '세대'의 의미」, 『한국현대문학회 학술발표회자료집』 8, 2014.
김영택·신현순, 「박완서 소설의 정신분석학적 고찰-『욕망의 응달』, 『오만과 몽상』에 나타난 '콤플렉스', '불안'을 중심으로」, 『어문연구』 63, 어문연구학회, 2010.
김영아, 「박완서 노년소설 연구」, 충북대 석사논문, 2014.
김영찬, 「1960년대 문학의 정치성을 '다시' 생각한다」, 『상허학보』 40, 상허학회, 2014.
김윤정, 「디아스포라 여성의 타자적 정체성 연구」, 『세계한국어문학』 3, 세계한국어문학회, 2010.
______, 「박완서 소설 「그 남자네 집」의 젠더 수행성과 장소」, 『현대문학이론연구』 53, 현대문학이론학회, 2013.
김은정, 「박완서 노년소설에 나타나는 질병의 의미」, 『한국문학논총』 70, 한국문학회, 2015.
김은하, 「완료된 전쟁과 끝나지 않은 이야기-박완서론」, 『실천문학』 62, 2001.여름.
______, 「탈식민화의 신성한 사명과 '양공주'의 섹슈얼리티」, 『여성문학연구』 10-10, 한국여성문학학회, 2003.
______, 「비밀과 거짓말, 폭로와 발설의 쾌락-국가 근대화기 여성대중소설의 선정성 기획을 중심으로」,

『 여성문학연구』 26, 한국여성문학학회, 2011.
_____, 「젠더화된 전쟁과 여성의 흔적 찾기－점령지의 성적 경제와 여성 생존자의 기억 서사」, 『여성문학연구』 43, 한국여성문학학회, 2018.
김정은, 「전쟁 체험 소설에 나타난 여성 목소리의 의미 연구」, 서울대 석사논문, 2015.
김주연, 「새시대 문학의 성립－인식의 출발로서 60년대」, 『아세아』 창간호, 1969.
김한식, 「도시의 성장소설의 배경과 성격－60~70년대 소설을 위한 시론」, 『한국문학연구』 43, 2012.
김 현, 「비평의 방법－70년대 비평에서 배운 것들」, 『문학과지성』 39, 1980.봄.
김혜경, 「박완서 소설의 노년 문제 연구」, 충남대 석사논문, 2004.
김홍진, 「홀로서기와 거듭나기－자기발견의 서사」, 『한남어문학』 22, 한남대 국어국문학회, 1997.
나병철, 「여성성장소설과 아버지의 부재」, 『여성문학연구』 10, 한국여성문학학회, 2003.
남진우, 「박완서 소설에 나타난 식물적 상상력」, 『문학동네』 54, 2008.봄.
류보선, 「고통의 기억, 기억의 고통－그 많던 싱아는 누가 다 먹었을까 연작에 대한 단상」, 『문학동네』 14, 1998.봄.
류종렬, 「한국 현대 노년소설 연구사」, 『한국문학논총』 50, 한국문학회, 2008.
마경희, 「돌봄의 정치적 윤리－돌봄과 정의의 이원론을 넘어」, 『한국사회정책』 17-3, 한국사회정책학회, 2010.
민승기, 「환대의 시학 (1)」, 『자음과모음』 14, 2011.겨울.
_____, 「이웃의 윤리학」, 『자음과모음』 15, 2015.봄.
문성원, 「이웃과 정의」, 『대동철학』 57, 대동철학회, 2011.
박나래, 「미감적 경험의 사회적 함의－랑시에르의 감성론을 중심으로」, 서울대 석사논문, 2014.
박산향, 「김재영의 「코끼리」에 나타난 흉내 내기와 이주민의 정체성」, 『한어문교육』 27, 한국언어문학교육학회, 2012.
박성천, 「박완서 대중소설의 서사성 연구」, 『한국문예창작』 10-1, 한국문예창작학회, 2011.
박수현, 「1970년대 한국 소설과 망탈리테」, 고려대 박사논문, 2012.
박숙자, 「1970년대 타자의 윤리학과 '공감'의 서사」, 『대중서사연구』 25, 대중서사학회, 2011.
박영혜, 이봉지, 「한국여성소설과 자서전적 글쓰기에 관한 연구－나혜석, 박완서, 서영은」, 『아세아여성연구』 40, 숙명여대 아세아여성연구소, 2001.
박오복, 「탈식민주의 비평가의 윤리, 책임－가야트리 스피박」, 『영어영문학』 47-2, 한국영어영문학회, 2001.
박완서 외, 「좌담 6·25 분단문학의 민족 동질성추구와 분단극복 의지」, 『한국문학』 13-6, 1985.
박준상, 「타자－공동의 몸」, 『문학과 사회』 90, 문학과지성사, 2010.
박철수, 「박완서의 문학작품을 통해 본 서울 주거공간의 이분법적 시각」, 『한국주거학회 논문집』 17, 한국주거학회, 2006.
박혜경, 『저문 날의 삽화, 소시민적 삶의 풍속도』, 문학과지성사, 1991.
배상미, 「박완서 소설을 통해 본 한국전쟁기 여성들의 갈망」, 『여성이론』 24, 여성문화이론연구소, 2011.
배윤기, 「근대적 공간, 경계, 로컬리티－기반의 이해」, 『새한영어영문학회 2012년도 가을학술발표회

논문집』, 2012.10.
백낙청, 「사회비평 이상의 것」, 『창작과비평』 52, 1979.봄.
백지연, 「황혼의 삶을 향한 따뜻한 시선」, 『동서문학』 232, 1999.봄.
소영현, 「전쟁 경험의 역사화, 한국사회의 속물화-'헝그리 정신'과 시민사회의 불가능성」, 『한국학연구』 32, 인하대 한국학연구소, 2014.
손남미, 「문학작품 속에 나타난 노인소외 양상에 관한 연구-박완서 단편소설을 중심으로」, 호서대 석사논문, 2008.
손윤권, 「박완서 자전 소설연구-상호텍스트 안에서 담화가 변모하는 과정을 중심으로」, 강원대 석사논문, 2004.
______, 「'번복'의 글쓰기에 의한 박완서 소설 『그 남자네 집』의 서사구조 변화」, 『인문과학연구』 33, 강원대 인문과학연구소, 2012.
손종업, 「삶을 완성하는 것은 결국 죽음이다-박완서의 친절한 복희씨 읽기」, 『분석가의 공포』, 경진문화, 2009.
송명희·박영혜, 「박완서의 자전적 근대 체험과 토포필리아-그 많던 싱아는 누가 다 먹었을까 를 중심으로」, 『타자의 서사학』, 푸른사상사, 2004.
송은영, 「현저동에서 강남까지, 문밖의식으로 구성한 도시사-박완서 문학과 서울」, 『한국여성문학학회 학술대회 발표문』, 2011.4.30.
______, 「'문밖의식'으로 바라본 도시화-박완서 문학과 서울」, 『여성문학연구』 25, 한국여성문학학회, 2011.
______, 「박정희 체제의 통치성, 인구, 도시」, 『현대문학의 연구』 52, 한국문학연구학회, 2014.
서동수, 「한국전쟁기 문인과 대동아전쟁의 기억」, 『우리어문연구』 33, 우리어문학회, 2009.
서영채, 「사람다운 삶에 대한 갈망」, 『그의 외롭고 쓸쓸한 밤』, 문학동네, 2013.
서용순, 「이방인을 통해 본 새로운 주체성에 대한 고찰」, 『한국학논집』 50, 계명대 한국학연구원, 2013.
______, 「서용순, 데리다와 레비나스의 반(反)형이상학적 주체이론에서의 정치적 주체성」, 『사회와 철학』 28, 사회와철학연구회, 2014.
서정자, 「하강과 상승 그 복합성의 시학-최근 10년의 노년소설에 나타난 노년의식과 서사구조」, 『초고속정보화센터논문집』 1, 초당대 초고속정보화센터, 1995.
서형범, 「노년을 위한 시민인문학 ; 노년문학의 세대론과 전망-새로운 문화환경에 조응하는 문학예술의 가능성에 대한 시금석으로서의 몫을 중심으로」, 『시민인문』 22, 경기대 인문과학연구소, 2012.
성민엽, 「윤리적 결단과 소설적 진실」, 『지성과 실천』, 문학과지성사, 1985.
신샛별, 「박완서 소설에 나타난 '먹는 인간'의 의미-초기 장편소설을 중심으로」, 동국대 석사논문, 2015.
신수정, 「증언과 기록에의 소명-박완서론」, 『소설과 사상』 18, 고려원, 1997.봄.
스티븐 앱스타인, 「작품해설-내다보기와 들여다보기」, 『그 많던 싱아는 누가 다 먹었을까』(박완서 소설전집 19), 세계사, 2013.
안용희, 「1920년대 소설의 공동체 의식 연구」, 서울대 박사논문, 2013.

안서현, 「황순원 소설에 나타난 타자 인식 연구」, 서울대 석사논문, 2008.
안 현, 「이주여성을 둘러싼 권력의 작동 양상 연구—다문화 단편 소설을 중심으로」, 한국외대 석사논문, 2014.
안현수, 「푸코의 권력이론의 양상과 '주체'의 문제」, 『동서철학연구』 72, 2014.
양보경, 「박완서 노년소설의 젠더 윤리 양상 연구」, 『아시아여성연구』 53-2, 숙명여대 아시아여성연구소, 2014.
양운덕, 「침묵의 증언, 불가능성의 증언」, 『인문학연구』 37, 조선대 인문학연구원, 2009.
연남경, 「다문화 소설과 여성의 몸 구현 양상」, 『한국문학이론과비평』 48, 한국문학이론과 비평 학회, 2010.
______, 「다문화 소설의 탈경계적 주체 연구」, 『현대문학이론연구』 49, 현대문학이론학회, 2012.
연효숙, 「한국 근(현)대 여성의 갈등 경험과 여성 주체성의 미학—가족과 모성의 서사에서 여성의 언어로」, 『한국여성철학』 1, 한국여성철학회, 2001.
오양진, 「늙은 형식으로서의 이태준 단편 2」, 『국어국문학』 162, 국어국문학회, 2012.
오자은, 「1980년대 박완서 단편 소설에 나타난 중산층의 존재방식과 윤리」, 『민족문학사연구』 50, 민족문학사학회, 2012.
______, 「박완서 소설에 나타난 중산층의 정체성 형상화 연구」, 서울대 박사논문, 2017.
오준심, 「한국 문학작품에 나타난 노인문제 유형 연구」, 백석대 박사논문, 2009.
______·김승용, 「박완서 소설에 나타난 노인에 대한 가족부양 갈등 연구」, 『한국노년학』 29-4, 한국노년학회, 2009.
오창은, 「아파트 공간에 대한 문화적 저항과 수락—박완서의 「닮은 방들」과 이동하의 「홍소」를 중심으로」, 『어문논집』 33, 중앙어문학회, 2005.
______, 「도시의 불안과 여성하위주체—1970년대 '식모' 형상화 소설을 중심으로」, 『현대소설연구』 52, 한국 현대소설학회, 2013.
우한용, 「여성소설에서 에코 페미니즘의 한 가능성—박완서의 그 많던 싱아는 누가 다 먹었을까를 중심으로」, 『한국어와 문화』 1, 숙명여대 한국어문화연구소, 2007.
우현주, 「어머니의 법과 로고스(logos)의 세계」, 『인문학연구』 49, 조선대 인문학연구원, 2015.
______, 「박완서 소설에 나타난 수평적 新가족 공동체 형성」, 『한국문학이론과 비평』 66, 한국문학이론과 비평학회, 2015.
______, 「소문의 타자와 정동의 윤리」, 『한국문학이론과 비평』 85, 한국문학이론과비평학회, 2019.11.
______, 「상생과 불협화음의 경계에 선 말년성(lateness)—박완서의 「빨갱이 바이러스」를 중심으로」, 『이화어문논집』 49, 이화어문학회, 2019.
유남옥, 「풍자와 연민의 이중성—박완서 소설에 나타난 노인」, 『어문논집』 5, 숙명여대 한국어문학연구소, 1995.
윤대석, 「서사를 통한 기억의 억압과 기억의 분유」, 『현대소설연구』 34, 현대소설학회, 2007.
이경재, 「박완서 소설의 오빠 표상 연구」, 『우리문학연구』 32, 우리문학회, 2011.
이경란, 「노년은 타자이기만 한 것인가—여성 노년소설의 노년과 성숙」, 『젠더 하기와 타자의 형상화』, 이화여대 출판부, 2011.

이동하, 「1970년대의 소설」, 『한국문학의 현단계』, 창작과비평사, 1982.
이명원, 「두려운 낯섦-소설이 일상성에 대응하는 양식」, 『문예중앙』 86, 1999.여름.
이상경, 「박완서와 근대문학사-서사의 힘으로 1990년대에 맞선 작가」, 『여성문학연구』 25, 한국여성문학학회, 2011.
이상우・나소정, 「복수와 치유의 전략적 서사-박완서의 자전적 작품세계」, 『인문과학논총』 25, 명지대 인문과학연구소, 2003.
이선미, 『박완서 소설의 서술성 연구』, 연세대 박사논문, 2000.
______, 「세계화와 탈냉전에 대응하는 소설의 형식 : 기억으로 발언하기-1990년대 박완서 자전소설의 의미 연구」, 『상허학보』 12, 상허학회, 2004.
______, 「박완서 소설과 '비평'-공감과 해석의 논리」, 『여성문학연구』 25, 한국여성문학학회, 2011.
이선옥, 「박완서 소설의 다시 쓰기」, 『실천문학』 59, 2000.가을.
이성원, 「현대적 효 개념에서의 돌봄의 의미와 특성 연구」, 『효학연구』 14, 한국효학회, 2011.
이수봉, 「박완서 노년소설 연구」, 고려대 석사논문, 2010.
이수형, 「박완서 소설에 나타난 애도와 죄의식에 관한 연구」, 『여성문학연구』 25, 한국여성문학학회, 2011.
이은영, 「1960년대 소설에 나타난 주체 구성 방식 연구」, 경북대 박사논문, 2010.
이은실, 「현대 소설에 나타난 이주여성 연구」, 인제대 석사논문, 2014.
이은하, 「박완서 소설의 갈등 발생 요인 연구」, 명지대 박사논문, 2005.
이정숙, 「1970년대 한국소설에 나타난 가난의 정동화」, 서울대 박사논문, 2014.
이정희, 「오정희, 박완서 소설의 근대성과 젠더의식 비교연구」, 경희대 박사논문, 2001.
이평전, 「한국전쟁의 기억과 장소 연구」, 『한민족어문학』 65, 한국민족어문학회, 2013.
이행선, 「1920년대 초중반 상식담론과 상식운동」, 『상허학보』 43, 상허학회, 2015.
이혜령, 「소시민, 레드콤플렉스의 양각」, 『대동문화연구』 82, 성균관대 대동문화연구소, 2013.
장영미, 「세태소설과 세계 인식 모색-박태원의 『천변풍경』과 박완서의 『천변풍경』을 중심으로」, 『구보학보』 9, 구보학회, 2013.
장보영, 「서정인 소설의 타자성 연구-대화양상을 중심으로」, 이화여대 석사논문, 2009.
장성규, 「2000년대 한국 소설에 나타난 타자 형상화 방식의 변화 과정 연구」, 『어문논집』 56, 중앙어문학회, 2013.
전흥남, 「박완서 노년소설의 담론 특성과 문학적 함의」, 『국어문학』 42, 국어문학회, 2007.
정미숙, 「탈주의 서사-박완서의 도시의 흉년 」, 『국어국문학』 35, 부산대 국어국문학과, 1998.
______, 「박완서의 『그해 겨울은 따뜻했네』의 가족과 젠더 연구」, 『현대문학이론연구』 29, 현대문학이론학회, 2006.
______, 「백신애 소설의 몸과 감각」, 『한국문학논총』 61, 한국문학회, 2012.
______・유제분, 「박완서 노년소설의 젠더시학」, 『한국문학논총』 54, 한국문학회, 2010.
정연희, 「박완서 단편소설에 나타난 주체와 타자 연구」, 『어문논집』 66, 민족어문학회, 2012.
정진웅, 「노년 호명의 정치학」, 『한국노년학』 31-3, 한국노년학회, 2011.
정혜경, 「1970년대 박완서 장편소설에 나타난 '양옥집' 표상」, 『대중서사연구』 25, 대중서사학회, 2011.

정혜욱, 「랑시에르의 미학적 공동체와 '따로 · 함께'의 역설」, 『비평과 이론』 18-1, 한국비평이론학회, 2013.
______, 「지젝과 데리다의 폭력론」, 『새한영어영문학회 2010년도 봄학술발표회 논문집』, 2010.5.
정희원, 「도시 속의 낯선 이들 – 디킨즈 산문에 나타난 불안한 / 익숙한 낯섦과 타자성의 재현」, 『19세기 영어권 문학』 19-2, 19세기영어권문학회, 2015.
조명래, 「아시아의 근대성과 도시 – 한국 도시경험을 중심으로」, 『공간과 사회』 25-4, 한국공간환경연구회, 2015.
조미희, 「박완서 소설에 나타난 실험으로서의 가난과 도시빈민의 삶」, 『한국현대문학회 학술발표회자료집』 8, 한국현대문학회, 2014.
조은, 「차가운 전쟁의 기억」, 『전쟁의 기억, 역사와 문학』 하, 월인, 2005.
조정환, 「경계-넘기를 넘어 인류인-되기로」, 『문학수첩』 17, 2007.여름.
조회경, 「박완서의 자전적 소설에 나타난 '존재론적 모험'의 양상」, 『우리문학연구』 31, 우리문학회, 2010.
진태원, 「푸코와 민주주의 – 바깥의 정치, 신자유주의, 대항품행」, 『철학논집』 29, 서강대 철학연구소, 2012.
차미령, 「생존과 수치」, 『한국현대문학연구』 47, 현대문학연구회, 2015.
______, 「한국전쟁과 신원 증명 장치의 기원 – 박완서 소설에 나타난 주권의 문제」, 『구보학보』 18, 구보학회, 2018.
최경희, 「「엄마의 말뚝 1」과 여성의 근대성」, 『민족문학사 연구』 9, 민족문학사 연구소, 1996.
최남건, 「2000년대 한국 다문화소설 연구 – 이주민 재현 양상과 문학적 지향성을 중심으로」, 한국외대 박사논문, 2014.
최상욱, 「하이데거와 레비나스에 있어서 '이웃' 개념에 대하여」, 『철학연구』 62, 철학연구회, 2003.가을.
최성환, 「"상식(常識)의 정의"를 위한 시론(試論)」, 『해석학연구』 31, 한국해석학회, 2013.
최성희, 「폭력과 초월 – 타자에 대한 폭력과 타자의 폭력」, 부산대 박사논문, 2011.
하수정, 「노년의 삶과 박완서의 페미니즘」, 『문예미학』 11, 문예미학회, 2005.
하용삼, 배윤기, 「경계의 불일치와 사이 공간에서 사유하기 – G. 아감벤의 국민 · 인민, 난문을 중심으로」, 『대동철학』 62, 대동철학회, 2013.
한귀은, 「장소감에 따른 기억의 재서술 – 박완서의 『그 남자네 집』을 중심으로」, 『현대문학의 연구』 36, 한국문학연구학회, 2008.
한혜선, 「박완서의 두 겹의 글쓰기」, 『한국문학이론과 비평』 7, 한국문학이론과비평학회, 2003.
황도경, 「생존의 말, 교신의 꿈 – 여성적 글쓰기의 양상」, 『이화어문논집』 14, 이화어문학회, 1996.
______, 「이야기는 힘이 세다 – 박완서 소설의 문체적 전략을 중심으로」, 『실천문학』 59, 2000.가을.
황병주, 「1970년대 중산층의 소유 욕망과 불안 – 박완서의 1970년대 저작을 중심으로」, 『상허학보』 50, 상허학회, 2017.
황호덕, 「넘은 것이 아니다」, 『문학동네』 49, 2006.겨울.
홍기숙, 「알랭 바디우의 진리, 사건 그리고 주체」, 『해석학연구』, 36, 한국해석학회, 2015.